Ben Bauhaus
Killerverse

Über das Buch
Ein Serienmörder hat es auf die Mitglieder einer Reisegruppe abgesehen, die vor Jahren in Irland war. Der Täter klebt seinen Opfern Augen, Nase und Mund zu und lässt sie jämmerlich ersticken. Neben den Leichen hinterlässt er Zeilen eines irischen Kinderreims.

Die junge LKA-Beamtin Henni Herzog zieht den ehemaligen Kommissar Johannes Thiebeck zu Rate, denn für sie ist der Fall persönlich: Ihre eigene Schwester hat damals auch an der Reise teilgenommen. Thiebeck stellt schnell fest, dass sich die Betroffenen lieber in Schweigen hüllen. Etwas Schreckliches muss vorgefallen sein, damals während des schweren Sturms in den Wicklow Mountains ...

Über den Autor:
Ben Bauhaus wurde 1973 in Berlin geboren und ist in Niedersachsen aufgewachsen. Nach einem Studium der Amerikanistik an der FU Berlin arbeitet Bauhaus derzeit als Game-Designer. Er hat drei Kinder und wohnt mit seiner Familie in Berlin.

Die Johnny-Thiebeck-Reihe:

1. Bullet Schach
2. Killerverse

BEN BAUHAUS

KILLER VERSE

Roman

LYX
EGMONT

Originalausgabe Januar 2016 bei LYX
verlegt durch EGMONT Verlagsgesellschaften mbH,
Gertrudenstr. 30–36, 50667 Köln

1. Auflage
Redaktion: Kathleen Weise
Umschlaggestaltung & -illustration: bürosüd, München
Satz: KCS GmbH, Stelle | www.schriftsetzerei.de
Printed in Germany (670421)
ISBN 978-3-8025-9614-8

www.egmont-lyx.de

MIX
Papier
FSC FSC® C083411

1

Boxer, die nach dem Training einen trinken gehen, und türkische Geldverleiher ergeben keine gute Mischung. Deswegen beobachtete ich Mustafa und Kemal misstrauisch aus dem Augenwinkel, als sie meine Stammkneipe betraten, und fragte mich kurz, was die Kerle hier zu suchen hatten. Schmolli war gerade dabei, seine alte Geschichte der beiden Tramper zu erzählen, die ich bereits Dutzende Male gehört hatte. Als ich bemerkte, wie einer der Geldverleiher sich weit über die Theke lehnte und der andere Anstalten machte, dahinter zu treten, stand ich auf. Mir war klar, dass Ava, die Barfrau, normalerweise gut klarkam, aber es gab da so ein paar Fasern in mir, die nicht zuließen, dass ich bei solchen Dingen still saß. *Macho-Gene* nannte Jana, meine ehemalige Kollegin vom Berliner Morddezernat, diesen Hang.

»Alles in Ordnung?«, wollte ich von Ava wissen, während ich neben Kemal trat. Ich hatte die beiden Türken vor vielen Jahren im aktiven Dienst kennengelernt, als ihr Onkel von einem seiner eigenen Leute umgelegt worden war. Daraufhin hatten sie das Business übernommen, und seitdem waren wir uns ein paarmal über den Weg gelaufen.

Beide trugen grüne Bomberjacken, Designerjeans und teure Schuhe, aber während Kemals Haare kurz geschoren waren, hatte Mustafa seine zu einem glänzenden kleinen Zopf geflochten. Passend dazu zierte sein Gesicht ein Bleistiftschnurrbart, während Kemal Dreitagebart wie ich trug.

»Johnny Thiebeck! Lange nicht mehr gesehen, Mann.« Kemal, der immer noch auf der Theke lehnte, wandte sich mir zu, während Mustafa nur den Oberkörper etwas zur Seite drehte, um mir minimal Platz zu machen.

Mein Sweater schabte gegen die Fallschirmseide seiner Jacke.

»Wir sind auf der Suche nach Wenzel. Boxt bei dir im Club, richtig?«

Während Kemal mit mir sprach, schaute mich Mustafa von der Seite her an und schob sich einen Streifen Kaugummi in den Mund. Ulli Wenzel saß keine zehn Meter hinter mir an unserem Tisch, zusammen mit fünf anderen von unseren Boxern. Wir kamen nach dem Training oft hierher, um im *Molly & Korn* noch einen Absacker zu trinken. Die Kneipe war ursprünglich eine typische Weddinger Eckkneipe gewesen, die sich in den letzten Jahren etwas gemausert hatte: jüngeres Publikum, ein paar hippe Filmplakate an den Wänden und eine durch eine befreundete Grafikdesignerin leicht überarbeitete Getränkekarte, die durchaus auch den einen oder anderen offenen Wein oder Augustiner hell umfasste. Die Besitzerin hatte zwei jüngere Barfrauen eingestellt, beide mit genau der richtigen Mischung aus Emo, Punk und Tarantino, und seitdem lief der Laden einigermaßen. Ich mochte die Musik und das Bier, sodass ich manchmal sogar ohne meine Boxer-Bezugsgruppe hierherkam. Meine Wohnung befand sich bloß zwei Ecken weiter.

Die beiden Türken schauten mich wachsam an, und ich fragte mich, warum sie nicht an mir vorbeistiefelten und sich Ulli direkt vornahmen. Ohne das Gesicht zu verziehen, drehte ich mich langsam um, als hätten sie mich gerade erst wieder daran erinnert, mit wem ich dort am Tisch mein Bier trank. Und auf einmal verstand ich, warum sich die beiden mit mir unterhielten. Von Ulli war keine Spur zu sehen. Bloß sein halb volles Glas Bier stand noch dort, zwischen Timmos und meinem Platz.

»Ulli?«, fragte ich gedehnt und drehte mich wieder zurück.

Mustafa hatte sich aufgerichtet und stand jetzt so dicht neben mir, dass man die aufgepimpte und neu laminierte Getränkekarte zwischen uns hätte schieben können, ohne dass sie heruntergefallen wäre.

Seine aggressive Haltung beeindruckte mich nicht. Ich war knapp über zwei Meter groß, wog fast hundertzehn Kilo und boxte mehrmals die Woche. Selbst ohne meine körperliche Überlegenheit hätte mich meine jahrelange Ausbildung sowohl beim MEK als auch beim LKA ganz entspannt gelassen. Ich wusste, dass die beiden Jungs davon lebten, dass ihre Kunden Angst vor ihnen hatten. Vermutlich war das auch der Grund, warum Ullis Bier jetzt verwaist dastand. Offenbar hatte er die Türken gleich beim Reinkommen bemerkt.

»Was wollt ihr von ihm?«

Mustafa fuhr sich an die Nase – eine Geste, die ich von Koksern kannte, die in diesem Fall aber möglicherweise eine reine Übersprunghandlung war. Ich schätzte die beiden nicht als Liner ein, dafür waren sie zu sportlich und zu ehrgeizig. Aber gerade bei Schnee konnte man mit einer solchen Einschätzung natürlich ordentlich danebenliegen.

»Geld«, lachte Kemal. »Thiebeck, was denkst du, was wir von dem wollen? Er hat sich Kohle geliehen, und wir wollen sichergehen, dass ihm klar ist, wann Zahltag ist.«

»Wie viel Geld?«

»Das geht dich einen feuchten Scheißdreck an. Nimm's mir nicht übel, Thiebeck, ich will kein Beef mit dir, aber unsere

Geschäfte müssen wir echt nicht mit dir besprechen. Frag deinen Kumpel, vielleicht erzählt er dir was.«

Die naheliegende Frage, wofür zum Teufel sich Ulli Geld von diesen Haien geliehen hatte, verkniff ich mir. Darauf würde ich wohl ebenfalls keine Antwort erhalten.

»Der war heute nicht beim Training. Hat 'ne fette Grippe.«

Kemal nickte, als wollte er sagen, dass er mir kein Wort glaubte. »Wenn du ihn siehst, grüß ihn schön. Und erinnere ihn daran, dass er noch genau eine Woche hat.«

Die beiden verabschiedeten sich höflich von Ava, als hätten sie ihr nur einen Freundschaftsbesuch abgestattet, warfen erst mir und dann unserer Truppe hinten am Tisch einen letzten Blick zu und verließen die Kneipe.

Nachdem ich ihnen noch einen Moment lang hinterhergestarrt hatte, riss mich Ava aus meinen Gedanken. »Wer waren die Kerle?«

»Der Beweis, dass Ulli sich das letzte bisschen Hirn längst weggesoffen hat«, sagte ich und ging an unserem Tisch vorbei auf die Toiletten zu. Ich warf einen schnellen Blick in das Männerklo, aber dort waren die Kabinen leer und das winzige, verschmierte Fenster zum Hof unversehrt. Also schaute ich vorsichtig bei den Frauen rein. Ich konnte niemanden sehen und schob mich langsam in den Raum, dessen mintgrüne Kacheln an den Wänden von mehreren Schichten Aufklebern und dicken Filzstifttags bedeckt waren. Auch hier gab es nur ein kleines Fenster aus dickem Sicherheitsglas, durch das sich Ulli niemals hätte durchschieben können. Langsam drückte ich die Türen eine nach der anderen auf, bis ich Ulli in der Hocke auf einer Toilette sitzen sah.

»Hey«, sagte er und verzog unglücklich das Gesicht.

»Sie sind weg.« Ich machte einen Schritt zur Seite und hielt ihm die Tür auf, während er herabstieg und sich an mir vorbeischob.

Am Waschbecken wusch er sich die Hände, als wäre er tatsächlich bloß kurz auf dem Klo gewesen.

Ich stand hinter ihm und beobachtete seinen gesenkten Kopf. »Was wollten die Penner von dir, Ulli?«

»Was meinst du?« Er drehte sich nicht um, sondern stellte den Wasserhahn ab und riss geräuschvoll Papierhandtücher aus dem Automaten.

»Wieso haben die beiden dich gesucht? Die meinten, du schuldest ihnen Geld.«

Ohne zu antworten, trocknete er sich die Hände und zog weitere Tücher heraus. Endlich warf er die Reste in den Papierkorb und machte Anstalten, den Raum zu verlassen. Ich stand ihm im Weg. Zwang ihn auf diese Weise, zu mir aufzusehen.

»Wie viel Geld hast du dir von ihnen geliehen?«

Ulli starrte mich an. Er war fast zehn Jahre jünger als ich, Anfang dreißig, und trainierte seit drei Jahren im Gym. Anfangs war ich ihm aus dem Weg gegangen, weil er mich genervt hatte. Mit seinem Tick, immer durch die Nase zu lachen, mit seinen lahmen Witzen und seiner schwerfälligen Art. Bei Ulli dauerte es immer etwas länger, bis der Groschen fiel. Aber irgendwann, bei einem gemeinsamen Trainingswochenende in Rostock, hatte ich meine Meinung geändert. Ich hatte seine offene und ehrliche Art zu schätzen gelernt, und mir hatte imponiert, wie Ulli sich immer für andere einsetzte. Er war stets der Erste, der für andere in die Bresche sprang. Wenn einer von den Jungs sonntags früh einen Umzug plante, war Ulli derjenige, der nicht nur Brötchen für alle mitbrachte, sondern auch mit zum Autoverleih fuhr, um die Pritsche zu holen.

Wenn einer Krach mit der Freundin hatte, war klar, dass er bei Ulli auf der Couch pennen konnte – wochenlang, wenn es sein musste. Ulli würde niemals jemanden rauswerfen.

Er tat mir immer noch leid wegen seiner ungeschickten Art und weil er nie irgendwas zu raffen schien. Und weil er sich immer noch wunderte, dass mit den Mädels nichts lief. Dabei gab es sogar ein paar, die ihn ganz niedlich fanden und an den Kampfabenden auftauchten, um Groupie zu spielen. Aber Ulli begriff eben nichts. Nicht mal, wenn so eine richtig scharf auf ihn war.

»Fünfzigtausend.«

»Heilige Scheiße! Wofür?«

Verlegen sah er auf den schmutzigen Boden und murmelte etwas, das ich nicht verstand.

»Was?«

»Attila hat mich darum gebeten.«

»Nicht dein Ernst! Attila, der Hurenkönig?«

Attila Dinzmann, einer der größten Versager im Kiez, der sich selbst aber für einen sagenhaft gefährlichen Gangster hielt, der kurz vor dem Durchbruch stand. Ein echter *wise guy*.

Ulli schüttelte vehement den Kopf, sodass seine dünnen blonden Locken wackelten. »Nein, nicht für ihn. Für seine Schwester.« Jetzt sah er zu mir auf, die Augen aufgerissen, als würde er mich anflehen, ihm zu glauben. »Die ist Rumänin und hat keine Krankenversicherung, aber die braucht dringend eine OP. Mann, Johannes, die kann das nicht zahlen. Hast du eine Ahnung, wie teuer so was in Deutschland ist? Das weiß man gar nicht, wenn immer alles die Kasse übernimmt. Das geht in die Zehntausende, woher soll die denn die Kohle nehmen? Die darf hier nicht mal arbeiten.«

Ich ließ ihn reden, bis ihm irgendwann der Dampf ausging. »Wieso sollte Attila eine rumänische Schwester haben?«

»Der ist halber Rumäne. Wusste ich auch nicht. Sie ist vor ein paar Monaten zu ihm nach Deutschland gekommen und sucht seitdem Arbeit. Aber dann ist sie krank geworden, ist irgendeine seltene Form von Schwindsucht oder so. Jedenfalls muss sie dringend operiert werden, und selber kann sie das Geld nicht auftreiben.« Wieder dieser eindringliche Blick. »Und Attila kann sich von den Zwillingen keine Kohle leihen, die würden ihm nicht mal Kleingeld für den Bus geben.«

Ich nickte. Der Teil zumindest ergab Sinn. Die Zwillinge, wie die beiden Cousins allgemein genannt wurden, weil sie überall immer nur im Doppelpack auftauchten, waren Geschäftsleute. In Attila zu investieren wäre eine denkbar schlechte Businessentscheidung gewesen.

»Warum du? Ich meine, warum hat er dich gefragt?«

Weil Ulli der einzige Depp ist, der Attila noch auf den Leim geht, beantwortete ich mir selbst die Frage.

»Es ist nicht so, dass er mich hängen lässt. Ich habe noch eine ganze Woche Zeit, die Kohle zurückzuzahlen, und Attila hat gesagt, er treibt das Geld auf. Ganz sicher.«

»Wie? Woher zum Teufel soll der arme Schlucker plötzlich genug Kohle haben, um die Zwillinge zu bezahlen? Ich meine, ich will gar nicht wissen, wie viel Zinsen die Kerle nehmen. Hat er einen ugandischen Ölprinzen aufgetan, der sein Vermögen mit ihm teilen will?«

Ulli schüttelte erneut die Locken und räusperte sich. Er setzte zum Sprechen an, stockte, versuchte es erneut. »Attila hat da … ein Ding am Laufen.«

»Ein Ding?«

»Ja. Keine Ahnung, was. Aber er will das Geld für seine

Schwester besorgen, das wollte er von Anfang an. Er brauchte nur etwas Zeit. Die OP musste schnell gehen, sonst stirbt sie. Deswegen habe ich ausgeholfen. Sobald das Ding über die Bühne ist, bezahlt er die Zwillinge. Und ich bin raus aus der Sache.«

»Du bist ein dummes Arschloch, Ulli.« Ich stieß die Klotür hinter mir zu, ohne darauf zu achten, ob er mir folgte oder nicht.

»Trouble?«

Schmolli hatte darauf bestanden, mich nach Hause zu begleiten und eine Station später in die Bahn zu steigen. Seine zugemüllte Familienkarre musste er stehen lassen, wenn wir noch etwas trinken gingen, sonst riss ihm seine Frau den Kopf ab. Er lief neben mir her Richtung Westhafen.

»Die beiden Türken vorhin im *Molly*, was wollten die? Waren die auf der Suche nach dir?«

Ich schüttelte den Kopf.

»Ulli?«

Ich nickte. Schmolli war über die Jahre so etwas wie die rechte Hand unseres Coachs geworden, der vorderste Schlittenhund, der sich darum kümmerte, dass der Rest von uns in der Spur lief. Ich vergaß ab und an, wie wenig ihm entging.

»Das sind Geldverleiher. Ich kenne die von früher. Ulli hat sich eine Stange Kohle geliehen.«

»Scheiße. Kredithaie? Wofür braucht der Geld?« Er kickte eine leere Red-Bull-Dose über das Pflaster.

In der feuchten Frühlingsnacht klang das Geräusch merkwürdig laut. Es waren nicht mehr viele Menschen auf den Straßen unterwegs, die meisten von ihnen heimkehrende Nachtschwärmer wie wir.

Schmolli war auch so ein Gutherziger. Vermutlich hätte einer von uns mit einer kranken Schwester auch ihn um die Kohle bitten können. Er hätte einen Kredit auf sein Haus in Reinickendorf aufgenommen, seiner Frau nichts gesagt und ausgeholfen. Allerdings war Schmolli im Gegensatz zu Ulli ein Fuchs – der hätte niemals einem Arsch wie Attila die Kohle gegeben, und schon gar nicht für eine eingebildete rumänische Schwester. Ich schnaubte. Attila wusste vermutlich noch nicht mal, wie die Hauptstadt von Rumänien hieß.

»Ulli ist irgendwie so einer, der immer Ärger am Hacken hat, oder?«, sagte Schmolli mit einem leisen Lachen.

Ich starrte geradeaus und erwiderte nichts. *Die Scheißschwester ist nicht mein Problem. Die Zwillinge sind nicht mein Problem. Die Kohle ist nicht mein Problem. Und was sie mit ihm machen, wenn Attila nicht mehr auftaucht, ist erst recht nicht mein Problem. Soll der Penner selber sehen, wie er den Karren aus dem Dreck zieht.*

Ich merkte, wie sich meine Kiefermuskeln verspannten.

»Alter, ich hau in' Sack. Sehen wir uns morgen im Gym?« Schmolli hatte angehalten.

»Ich weiß noch nicht. Wahrscheinlich schon.«

Wir umarmten uns, und ich sah zu, wie Schmolli langsam zum Eingang der U-Bahn ging, bevor ich die letzten paar hundert Meter zu meiner Wohnung lief.

Ich ignorierte die junge Frau, die auf der kleinen Treppe vor meiner Haustür saß, bis sie aufstand und sich mir in den Weg stellte.

»Sind Sie Johannes Thiebeck?«

Mir schossen mehrere schlaue, aber unhöfliche Antworten auf diese Frage durch den Kopf. Eine clevere, aber höfliche fiel mir nicht ein. Also sagte ich einfach: »Ja.«

»Mein Name ist Henni Herzog. Ich muss dringend mit Ihnen sprechen.«

Ich schätzte sie auf gerade mal Anfang zwanzig. Sie besaß schulterlange, glatte Haare mit einem Pony. Trotzdem fuhr sie sich nervös durch das Gesicht, um ein paar Seitensträhnen hinters Ohr zu klemmen. Sie besaß eine offene Ausstrahlung, war vielleicht eine Spur zu niedlich, um auf Anhieb ernst genommen zu werden, mit einer kleinen Stupsnase, aber einem entschlossenen Zug um den Mund herum. Am Hals bemerkte ich Gänsehaut, und ich überlegte, wie lange sie hier bereits gesessen haben mochte. Tagsüber machte der Frühling bereits oft wärmeren Temperaturen Platz, aber abends und nachts wurde es immer noch empfindlich kalt. Sie trug nur eine dünne Softshelljacke, dazu Cargopants und ein Paar ausgetragener Sneakers. Möglicherweise hatte sie bereits eine ganze Weile auf mich gewartet, seit dem Nachmittag war ich nicht mehr zu Hause gewesen.

Unwillig betrachtete ich die Kleine, die auf der ersten Stufe stand und die ich trotzdem noch um ein ganzes Stück überragte. Sie versperrte mir den Zugang zur Tür. Wenn ich an ihr vorbeiwollte, musste ich sie beiseite schieben.

Zwei Fragen stritten in meinem Kopf, aber ich stellte keine von beiden. Ich fragte nicht: *Worum geht es denn?*, weil es mich nicht die Bohne interessierte, und auch nicht: *Hat das nicht Zeit bis morgen?*, weil ich die Antwort schon kannte. Wenn es hätte warten können, hätte sie sich längst nach Hause getrollt.

Sie kam meinen Überlegungen zuvor. »Bitte, Herr Thiebeck. Es ist wichtig. Geben Sie mir bloß einen kurzen Augenblick. Danach bin ich sofort wieder weg.«

»Also gut, einen Fahrstuhlpitch«, brummte ich. Kurz überlegte ich, ob ich sie zwingen sollte, gleich draußen mit der Story rauszurücken, damit ich sie erst gar nicht in der Wohnung hatte, aber als sie ein erneuter Schauder erfasste, bekam ich Mitleid. Mit einem Nicken in Richtung Tür gab ich ihr zu verstehen, aus dem Weg zu treten. Das tat sie bloß zögerlich, als traute sie mir zu, plötzlich durch den Türspalt zu springen und im Haus zu verschwinden.

Schweigend folgte sie mir die Stufen hoch in meine Wohnung. Dort setzten wir uns in die Küche. Das weiche Licht der tief hängenden Tischlampe umhüllte sie wie der Schein eines Lagerfeuers, an dem sie sich wärmen konnte.

»Willkommen in meinem Büro. Tee? Kaffee? Brühe?«

»Einen Tee, bitte.« Sie schaute sich neugierig um. »Schönes *Büro*.«

Offiziell arbeitete ich seit meinem Rausschmiss bei der Kripo vor drei Jahren als selbstständiger Sicherheitsberater. Da konnten Kunden normalerweise ein ordentliches Büro erwarten. Die Wahrheit war allerdings, dass ich die meiste Arbeit für die Firma eines alten Kollegen machte und weder ein eigenes Büro noch sonst etwas besaß, das man als *Selbstständiger* gemeinhin zum Arbeiten brauchte.

Den Job machte ich nur, um mich über Wasser zu halten. Weil ich nichts anderes konnte. Hier mit der Herzog in meiner Küche zu sitzen machte mir einmal mehr klar, dass ich diesen Job nur als eine Art Warteschleife angenommen hatte. Damals, als mich Manfred Richards das erste Mal gebeten hatte, für ihn zu arbeiten, war ich noch fest davon ausgegangen, dass sich die Vorwürfe gegen mich zerstreuen würden. Dass meine Disziplinarmaßnahmen fallen gelassen und sich die Punkte der Staatsanwaltschaft als haltlos erweisen würden. Den Totschlag hatten sie mir tatsächlich nicht nachweisen können, aber meine Karriere beim LKA war trotzdem beendet gewesen. Und die Arbeit, die mich übergangsweise über Wasser hatte halten sollen, war längst mein einziger Broterwerb geworden. Sie wurde gut bezahlt, machte mir aber keinen Spaß. Also arbeitete ich so wenig, wie ich mir leisten konnte.

Nachdem ich vor ein paar Monaten geholfen hatte, einen Mörder zu fassen, hatte man mir angedeutet, dass es eventuell die Möglichkeit gäbe, mich wieder in den aktiven Dienst aufzunehmen. Seitdem hatte ich eine Reihe schlafloser Nächte wegen genau dieser Frage verbracht: Wollte ich wieder Bulle sein? Was würde ich ansonsten für den Rest meines Lebens tun?

»Geht das Fenster nach Süden? Ist bestimmt jede Menge Licht hier drin, wenn die Sonne scheint.«

Ich bot ihr verschiedene Wohlfühltees an, die meine Freundin Tamina im Lauf der Zeit angeschleppt hatte, aber Henni Herzog schien so abgelenkt, dass ich ihr schließlich den erstbesten aufgoss: Roiboos-Vanille. Dann stellte ich den Backofen an, um ihn vorzuheizen, und nahm mir ein Bier aus dem Kühlschrank. Mit einem Küchenmesser ließ ich den Kronkorken auf die Anrichte hüpfen und nahm einen langen, tiefen Zug.

Als ich schließlich die Teetasse auf den Tisch stellte und mich Henni gegenübersetzte, schürzte sie die Lippen. Sie konzentrierte sich kurz, als hätte sie wirklich nur die Länge einer Fahrstuhlfahrt, um ihr Anliegen vorzubringen. Dann sagte sie: »Ich möchte, dass Sie in einem Mordfall ermitteln.«

»Tut mir leid, ich bin kein Privatdetektiv.« *Und kein Kommissar mehr*, fügte eine Stimme in meinem Kopf mit leicht bitterem Unterton hinzu. »Ich fürchte, da müssen Sie sich jemand anders suchen. Meine Arbeit umfasst das Erstellen und Überprüfen von Sicherheitskonzepten. Wenn Sie irgendwo ein Firmengelände haben, um das ich mich kümmern soll, können Sie gerne wiederkommen.«

Sie ließ sich durch meine unfreundliche Antwort nicht entmutigen. Im Gegenteil, sie schien mit einer solchen Reaktion gerechnet zu haben. »Jana hält große Stücke auf Sie.«

Ich hatte gerade die Flasche für einen weiteren Schluck angehoben und hielt verdutzt inne. *Damit* hatte ich nicht gerechnet.

Mit dem Handrücken wischte ich mir einen Tropfen Bier vom Kinn und fragte betont gelassen: »Jana Kleidermann? Woher kennen Sie die?«

Jana war jahrelang meine Kollegin beim Berliner LKA 1 gewesen, der Abteilung für Delikte am Menschen – dem Morddezernat. Bis ich eine Menge Mist gebaut hatte und ein Verdächtiger in einem Serienmord nach einer Misshandlung durch mich vom Balkon seiner Villa gestürzt und dabei zu Tode gekommen war. Bevor ich aus dem Polizeidienst entlassen worden, meine Beziehung in die Brüche gegangen war und ich dringend eine Therapie gebraucht hätte. Stattdessen hatte ich mich auf das Boxen konzentriert.

Henni Herzog zündete die nächste Bombe. »Sie ist meine Vorgesetzte.«

Bloß gut, dass ich noch nicht zu einem neuen Schluck angesetzt hatte. »Nicht Ihr Ernst. Sie arbeiten bei der Kripo?«

Sie nickte. »Ich bin die Assistentin von Frau Kleidermann und Herrn Densch.«

Densch! Der geleckte Bürokratenspießer mit dem Stock im Arsch, der jetzt meinen Posten innehatte. Janas neuer Partner. Der so wenig Instinkt besaß, dass ihm der Fall Pieter Gorlaff fast um die Ohren geflogen wäre. Dieser Fall, der mich Freunde und Bekannte gekostet hatte, weil Gorlaff sie umgebracht hatte, und mir nach wie vor Albträume bescherte. Gorlaff, der meine Mutter getötet hatte.

Ich musste an meinen Vater denken, und an das Haus und den Garten. Und den Pflaumenbaum. Von dort aus konnte ich ihr Fenster sehen. Das Zimmer, in das Gorlaff eingedrungen war, um sie umzubringen. Er hatte sie im Schlaf erstickt und mir eine Visitenkarte in ihr Kopfkissen geschoben. Weil ich mich seiner Meinung nach nicht an die *Regeln* gehalten hatte. Die Regeln, die sein krankes Hirn aufgestellt und nach deren Schema er Menschen in meinem Leben ermordet hatte.

Betont ruhig trank ich aus der Flasche. »Gibt's den Kunzi noch? Zu meiner Zeit wurde uns keine zweite Assistenzstelle bewilligt.«

Henni Herzog lächelte. »Ich bin auch erst seit ein paar Monaten beim LKA. Vorher war ich beim Raubdezernat.«

»Vielleicht haben die endlich gemerkt, dass Densch jede Hilfe braucht, die er kriegen kann.«

Sie ging nicht auf meine Stichelei ein. Aber wenn ihr Jana tatsächlich etwas über mich erzählt hatte, würden sie meine Gefühle bezüglich des Mannes aus Hannover nicht überraschen.

»Jana hat Sie jedenfalls nicht hergeschickt. Das Letzte, was sie will, ist, dass *Tarzan* Thiebeck in einem ihrer Fälle ermittelt.«

Ihr Gesicht wurde von einer feinen Röte überzogen. »Nein, Jana weiß nicht, dass ich hier bin.«

Ich lehnte mich nach vorn, plötzlich aufmerksam. Vielleicht interessierte mich ihr Fall doch mehr, als ich ursprünglich gedacht hatte. »Worum genau geht es?«

»Um einen Mord, mit dem meine Schwester Marlene möglicherweise etwas zu tun hat.«

»Inwiefern *zu tun hat*?«

Sie schüttelte den Kopf. »Nicht so, sie ist nicht verdächtig. Aber sie kennt das Opfer. Es ist ein alter Freund von ihr, der Betreiber eines kleinen Reisebüros in Kreuzberg.«

»Und?«

»Seit dem Tod von Steffen Rasmus ist sie irgendwie … komisch. Ich weiß auch nicht, ich mache mir Sorgen.«

»Wie weit sind die Ermittlungen?«

»Das weiß ich nicht. Jana und Mirko halten mich da raus. Sobald sie erfahren haben, dass Marlene meine Schwester ist, haben sie mich quasi vollständig davon abgeschottet.«

»Klar. Mögliche Befangenheit.«

»Ach, das ist doch Blödsinn. Meine Schwester ist doch keine Verdächtige! Sie kannte Steffen, das ist aber auch alles. Einen Kommissar würde man deshalb nie wegen *Befangenheit* abziehen.« Angriffslustig funkelte sie mich an, und ich musste ihr insgeheim recht geben. Vermutlich praktizierten Jana und Densch so eine Art Welpenschutz.

»Und der Fall, mit dem ich mich stattdessen befassen soll, ist auch nicht gerade etwas für Zartbesaitete.« Sie hielt inne, weil ihr auffiel, dass sie dabei war, Interna auszuplaudern. Interna, deretwegen sie nicht gekommen war. »Jedenfalls mache ich mir Gedanken um Marlene und habe ein ungutes Gefühl bei der Sache. Sie will nicht darüber reden.«

»Warum schauen Sie nicht einfach in die Akten? Ich meine, so wie ich Jana und selbst diesen Pedanten Densch kenne, sollte es kein Problem sein, im Kommissariat an die Unterlagen zu kommen. Einfacher jedenfalls für Sie als für mich. Ich bin dort eine *persona non grata*.«

Zerknirscht sah sie mich bloß an und sagte nichts.

»Verstehe. Ihnen ist es lieber, *ich* riskiere meinen Hals statt Sie Ihren.« Unwillig betrachtete ich sie einen Augenblick lang, während sie auf ihre Teetasse starrte und keinen Widerspruch einlegte.

»Haben Sie Geschwister?«, fragte sie unvermittelt.

»Ich hatte. Einen Bruder.«

Sie zögerte. »Das tut mir leid. Er ist gestorben?«

Ich trank einen Schluck Bier und schüttelte den Kopf. »Nein. Es ist kompliziert.«

Sie schien zu verstehen, dass sie besser nicht weiter in mich dringen sollte, und wechselte das Thema. »Ich meine, es ist ja nicht so, als müsste ich einfach in die Unterlagen schauen und wüsste dann, was Sache ist. Jana und Mirko ermitteln beide in dem Fall und sind bisher keinen Schritt weiter. So eingebildet bin ich nicht, dass ich denke, ich müsste nur mit den Fingern schnippen und wüsste, was Sache ist.« Herausfordernd sah sie mich an. »Aber als ich damals zur Abteilung 1 kam, da hatten sich die Wogen um den Fall Gorlaff noch kein Stück gelegt. Und das seit dem Sommer! Die haben immer wieder davon geredet, und von dem beeindruckenden Johannes Thiebeck.«

»Dem gefallenen Engel.«

Sie grinste. »Na ja, *Engel* hat Sie jetzt explizit niemand genannt, gefallen stimmt allerdings wohl. Aber es sind sich alle darin einig, dass Sie den Fall im Alleingang gelöst haben. Dass es ohne Ihr Eingreifen noch zu viel mehr Toten gekommen wäre. Jeder, der mir davon erzählt hat, war voll des Lobes.«

»Selbst Densch, nehme ich an«, sagte ich und stand auf, um eine Pizza aus der Truhe zu holen und in den Ofen zu schieben.

»Ja, ohne Scheiß, selbst der. Jana hat mir von Ihren Schwierigkeiten mit ihm erzählt, und ich kann mir vorstellen, dass Sie und er nicht gerade gut zusammenpassen. Dass er jetzt auf Ihrem Posten sitzt …«

Ich hatte mich zu ihr umgedreht, und sie kam ins Stocken. Aber ich konnte sie nicht richtig verunsichern. Das gefiel mir.

»Jedenfalls hat selbst Mirko mehrfach ziemlich deutlich gesagt, dass er großen Respekt davor hat, wie Sie das alles aufgedröselt haben. Trotz …«

… des Todes meiner Mutter.

Ich setzte mich wieder mit grimmiger Miene an den Tisch, obwohl ich zugeben musste, dass Densch sich nach Abschluss des Falles ziemlich fair verhalten hatte. Für so einen Idioten wie ihn. Er hatte sogar angeboten, sich dafür einzusetzen, dass ich wieder zurück zum LKA kommen könnte. Als was, hatte er allerdings offen gelassen – immerhin blockierte er im Moment meinen Posten.

»Helfen Sie mir?«

Ich wusste, dass ich sie einfach vor die Tür setzen sollte. Jana würde mir den Kopf abreißen, wenn ich nicht bloß in einem ihrer Fälle herumpfuschen, sondern das auch noch im Auftrag ihrer eigenen Assistentin tun würde. Allerdings hatte sie mir in all den Jahren auch nicht die Freundschaft gekündigt, obwohl ich mich oft genug wie ein *waschechter Thiebeck* verhalten hatte, wie sie es zu nennen pflegte.

»Ich weiß noch nicht. Gerade habe ich ein Angebot für einen Job, der richtig Asche bringt. Der Haken daran: Ich muss mich zum Affen machen. Darauf habe ich eigentlich keinen Bock. Aber ich weiß auch nicht genau, ob ich Lust habe, Jana und Densch in die Suppe zu spucken. Ich sag's Ihnen morgen. Wollen Sie Pizza?«

Die kleine Herzog schien sich damit zufriedenzugeben,

dass sie an diesem Tag keine Antwort mehr von mir erhalten würde. Ich rechnete es ihr hoch an, dass sie nicht weiterbohrte und versuchte, mich zu überreden.

Dass sie tatsächlich fast die Hälfte meiner Pizza aß, mit den Fingern, und sich dazu sogar noch ein Bier reichen ließ, verschaffte ihr weitere Bonuspunkte. Aber auch wenn ich sie sympathisch fand, wusste ich, dass die Wahl zwischen dem Job, der jede Menge Kohle, und einem Gefallen, der mir ordentlich Ärger mit Jana einbringen würde, nicht ernsthaft schwierig war. Ich brachte es bloß nicht übers Herz, ihr das jetzt schon zu sagen.

Als sie endlich ging, sah sie kurz so aus, als würde sie mich umarmen wollen. Ich hatte sie gezwungen, sich per Handy ein Taxi zu rufen, und sah dann zu, wie sie langsam die Treppe hinunterstieg. Als sie ein letztes Mal hochsah, hob ich kurz die Hand, dann schloss ich die Tür.

Am nächsten Morgen griff ich mir beim Frühstück mein Handy und rief Kai Stehrs an. Stehrs arbeitete ebenfalls ab und an für Richards, aber während ich mich aktiv dagegen wehrte, die ganz dreckigen und offensichtlich schäbigen Jobs anzunehmen, schien Stehrs in ihnen aufzugehen. Er liebte das Image des zerknitterten Privatdetektivs, der seine Moral genau wie seinen Stolz und seinen Trenchcoat einfach an der Garderobe abgab.

»Johnny. Was liegt an, Bruder?«

»Hey, Mann. Kannst du mir einen Gefallen tun? Ich brauche Infos über eine ganz besondere Kakerlake.«

»Isses was Persönliches?«

Ich zögerte. Gegenüber Kai Stehrs spielte es keine Rolle, ob ich Ullis Probleme als *persönlich* oder nicht betrachtete.

Nicht mein Scheißproblem, hatte ich am Abend zuvor gesagt.

»Ja. Was Persönliches«, antwortete ich. Mein Tonfall sprach offenbar Bände, denn Stehrs bohrte nicht nach.

»Okay, sag an, wer ist der unglückliche Mistkerl?«

»Ich schick dir gleich eine SMS mit dem, was ich von ihm habe. Gib mir alles, was du auftreiben kannst, in Ordnung? Am besten mit einer Adresse, wo ich ihn finde.«

»Geht klar, Bruder.«

Nachdem ich aufgelegt hatte, schickte ich die SMS ab. Ich konnte nicht genau sagen, was ich mir davon versprach. Dass Attila Dinzmann kein Rumäne war, wusste ich. Dass er keine Schwester hatte, konnte ich mir denken. Und dass er nicht vorhatte, Ulli das Geld zurückzuzahlen, dafür brauchte ich keinen Ermittler. Mit einem Seufzer wollte ich das Handy gerade auf den Tisch werfen, als ich zögerte – dann eine weitere Nummer heraussuchte und dem Freizeichen lauschte.

»Hey. Von dir habe ich schon eine Weile nichts mehr gehört. Wie geht's dir?«, begrüßte mich Jana Kleidermann fröhlich.

Seit ich wieder komplett fit war, hatten wir uns etwas aus den Augen verloren. Die Ermittlungen im Fall Gorlaff, die mich in den Augen der Staatsanwaltschaft und des LKA rehabilitiert hatten, waren auch dafür verantwortlich gewesen, dass ich über eine Woche im Krankenhaus verbracht hatte. Dort hatte mich Jana fast jeden Tag besucht und war in den Wochen danach immer wieder mit mir am Hafen spazieren gegangen. Erst in kleinen Schritten, dann zügiger. Zum Schluss hatten wir uns sogar zum Joggen verabredet. Anschließend war ich zum leichten Training und schließlich zum Sparring übergegangen. Einen echten Kampf zu bestreiten hatte ich mich bisher nicht getraut. Ich wusste, dass meine

Rippen verheilt und so belastbar wie vorher waren, aber ich bekam das Gefühl des Versehrten, des Angeknacksten, einfach nicht aus meiner Birne raus.

»Wann hast du heute Dienstschluss? Können wir uns treffen?«

Sie wurde sofort ernst. »Klar. Ist irgendwas passiert?«

»Ich muss was mit dir besprechen. Paar Sachen durchspinnen.«

»Kein Problem. Wollen wir zusammen essen gehen? Burger?«

Ich grinste. Manche Dinge würden sich vermutlich nie ändern. Seitdem ich wieder mehr Zeit mit Tamina, meiner *Gefährtin*, wie sie es ausdrückte, verbrachte, aß ich deutlich weniger Fleisch. Aber für Jana würde ich immer *Thiebeck das Tier*, eine Mischung aus King Kong und Neandertaler, bleiben. Wenn wir früher während des Dienstes oder danach zusammen essen gewesen waren, hatte es meistens Burger geregnet.

Wir verabredeten uns für den frühen Abend in einem Burgerladen in Kreuzberg, und ich legte auf. In ihrer Stimme hatte ich Neugier hören können, aber sie hatte der Versuchung widerstanden, mich schon am Telefon zu löchern. Weil sie genau wusste, dass ich mauern würde. Und ich nahm mir vor, bei unserem Treffen zu ignorieren, dass Jana etwas mit Hennis Fall zu tun hatte. Wenn ich sie aushorchte, würde sie mir das nie verzeihen. Dafür war mir ihre Freundschaft zu wichtig. Außerdem brauchte ich dringend einen Rat, was ich mit meiner unmittelbaren Zukunft anfangen sollte.

Ich verdrängte den Gedanken an das bevorstehende Treffen und setzte mich an den Rechner. Tippte *Steffen Rasmus* in das Suchfenster meines Browsers und fügte *Kreuzberg Reisebüro* hinzu.

Die ersten paar Treffer bezogen sich entweder direkt auf seinen Laden *Up and Away* oder Bewertungen und Kommentare dazu. Dann fand ich mehrere Einträge über einen Mord in einem Reisebüro, bei dem der Eigentümer S. Rasmus ums Leben gekommen war. Die Umstände seien ungeklärt, die Polizei hielt sich bedeckt. Offenbar hatte sich ein Einbrecher vor vier Tagen Zutritt zum Geschäft verschafft und den Inhaber dort überrascht. Der Artikel ging weiter auf die seit Kurzem in bestimmten Bezirken Berlins gesteigerte Brutalität bei Überfällen ein und versuchte, den Vorfall mit mehreren Messerstechereien rund um das Kottbusser Tor in Verbindung zu bringen. Natürlich völliger Unsinn, solange die Presse nicht mehr wusste. Im Netz fand ich keinen einzigen Hinweis darauf, *wie* Rasmus gestorben war. Das allein war bereits interessant, weil es bedeutete, dass das LKA den Deckel draufhielt. Warum wohl?

Nachdem ich noch eine halbe Stunde lang versucht hatte, Informationen zu dem Fall zu finden, klappte ich den Laptop frustriert zu. Aus irgendeinem Grund hatten Jana und Densch entschieden, den Fall in Quarantäne zu stecken. Das ließ ein Vorhaben, ihnen dazwischenzufunken, noch weniger ratsam erscheinen. Jana würde mir *wirklich* böse sein, wenn sie das herausfand.

»Warum willst du den Job nicht annehmen?« Jana dippte eine ihrer Pommes in die Erdnusssauce und biss ein Stück ab.

»Weil ich keinen Bock habe, in so einer Villa zu hocken und den Leibdiener zu spielen. *Thiebeck, fahren Sie den Jaguar vor. Den blauen, den schwarzen hatten wir gestern schon.*« Ich hatte meine Stimme verstellt, und Jana musste lachen.

»Wie gut ist das Angebot?«

»Keine Ahnung. Ich habe es mir noch nicht angesehen.«

Zwei Tage zuvor hatte ich Besuch von einer kleinen adretten Businessmaus erhalten, die versucht hatte, mich als Leibwächter für ihren Boss anzuheuern. Irgendwer hatte ihm böse Briefe geschrieben, und nun fühlte er sich akut bedroht.

Jana wischte sich die Hand an der Jeans ab und streckte sie mir entgegen. »Zeig.«

Ich holte den Umschlag aus der Tasche. Sah zu, wie sie die Lasche zurückschlug und mehrere Blatt Papier, zusammengehalten mit einer Büroklammer, herausholte. Aufmerksam studierte sie den Inhalt. »Du hast dir nicht mal die Zahlen angesehen? Das Honorar?«

Ich schüttelte den Kopf und biss von meinem Burger ab.

»Das ist viel Geld, Johannes. Ich meine, richtig viel. Schau bei Gelegenheit mal rein. Könnte sich lohnen.«

Ich schob mir ein paar Fritten in den Mund, kaute. »Das ist doch Mist. Ich will so was nicht.«

»Dann komm zurück zu uns. Du hast das Angebot damals gehört. Sie vergessen die Geschichte mit Lammert, und du kannst wieder in den aktiven Dienst. Wieder eine Marke tragen, Johannes. Das ist es doch, was du eigentlich willst, oder? Warum dich dieser ganze Sicherheitskram so nervt, warum du sofort biestig wirst, sobald es um das Thema geht. Du hast keinen Bock drauf, weil es nicht das Richtige für dich ist. Weil es nicht das LKA ist.« Sie zuckte mit den Schultern. »Also komm zurück.«

»Als was denn? Wie genau soll das laufen?«

»Als Kommissar. Je nachdem, wo sie eine Stelle für dich haben.«

»Genau, je nachdem. Wo wird denn diese Stelle sein, hier in Berlin?«

Sie sah auf den Teller, ordnete die Pommes mit der Gabel und wollte mir nicht antworten.

»Du weißt genauso gut wie ich, dass ich nicht automatisch hierbleibe. Ich müsste mich bundesweit zur Verfügung stellen. Und wo würde ich dann landen? In Bielefeld? In Paderborn? Oder in irgendeinem bayrischen Kaff? Das kannst und willst du dir nicht ernsthaft vorstellen, oder?«

»Du müsstest ja nicht unbedingt sofort wieder zur Abteilung 1. Ich meine, du hast früher ja auch schon andere Sachen gemacht. Später ergibt sich vielleicht eine Gelegenheit …«

»Was denn? Zur Sitte vielleicht?«, unterbrach ich sie barsch. »Damit ich mich in so einen geilen alten Sack verwandeln kann, der den jungen Huren auf den Arsch starrt?«

Sie grinste. »Ein alter Sack bist du doch längst.«

»Das ist doch Scheiße, Jana. Du weißt genau wie ich, dass es keine Abteilung außer unserer gibt, wo ich das Gefühl hätte, *echten* Dienst zu tun. Mal davon abgesehen, dass sie mir vermutlich überall ordentlich Zunder geben würden. Thiebeck darf wieder Dienst tun … bei den Kleindiebstählen. Entlaufene Katzen vom Baum holen. Nein danke.«

»Du könntest bei uns Innendienst machen.«

»Klar. *Das* wäre natürlich auch eine tolle Alternative. Genau mein Ding.«

»Mann, Johannes, es ist nicht meine Schuld, dass auf deinem Stuhl jetzt der Mirko sitzt. Falls der nicht plötzlich Bock hat, zurück nach Hannover zu gehen oder sich mit Mitte vierzig frühpensionieren lässt, ja, ist dein Platz wohl weg.«

Ich funkelte sie böse an. »Aber meine Schuld ist es, oder was?«

Anstatt sich zurückzuziehen, ging sie zum Angriff über. »Jedenfalls hattest du an dem ganzen Mist einen Anteil. Du warst dabei, als Lammert vom Balkon geflogen ist. Deine Fäuste hatten sich an seinem Gesicht aufgeschürft, oder nicht? Jetzt spiel nicht den Märtyrer, dem das System völlig grundlos übel mitspielt. Du hast dich noch nie an die Regeln gehalten, und oft genug war das auch gut so. Viele von unseren Fällen hätten wir wohl kaum lösen können, wenn du ein anderer Typ gewesen wärst. Aber dann beschwer dich auch nicht über das, was passiert ist. Sei froh, dass du noch einmal eine zweite Chance bekommen hast. Und entscheide, ob du sie nutzen willst oder nicht. Weißt du, eigentlich ist mir das auch scheißegal. So weh mir das tut, zusammenarbeiten werden wir leider nicht mehr. Um dich geht es mir. Ich habe das Gefühl, du gehst langsam kaputt. Weil dich dieser Securityscheiß auffrisst.« Sie stand auf und deutete auf den Umschlag. »Mir ist der Appetit vergangen. Guck da rein, überleg dir, wie viel dir deine Seele wert ist, und entscheide dann, was du mit dem Rest deines Lebens machen willst. Ich würde mich freuen, irgendwann mal wieder mit dir in der Kantine bei uns zu Mittag zu essen, aber falls dir eher der Sinn nach dieser Arbeit da steht, bitte schön. Deine Entscheidung.«

Ohne sich zu verabschieden, zog sie ihre Jacke vom Stuhl und ging. Wütend sah ich ihr nach. Ich wusste genau, was sie meinte. Und es machte mich irre, dass ich nur genau diese Entscheidung treffen konnte. Weil es keine echte Wahl war. Pest oder Cholera. Ich *wollte* wieder mit Marke arbeiten. Wieder Hauptkommissar, oder zur Not Kommissar, Thiebeck sein. Aber hier in Berlin, mit Jana als meiner Partnerin. So wie früher. Alles so wie früher. Nicht in Buxtehude, nicht bei der Sitte, nicht mit irgendeinem Penner als Vorgesetztem oder Partner und nicht im Innendienst.

Ich lehnte mich zurück und fuhr mir durch die Haare. Vor

dem Fall Gorlaff war ich mit meinem Job und meinem Leben unzufrieden gewesen. Aber wenigstens hatte ich genau gewusst, *was* mich unglücklich machte. Jetzt stand ich an einer Wegkreuzung und fühlte mich noch beschissener als vorher. Ärgerlich knüllte ich meine Papierserviette zusammen, feuerte sie auf das Tablett und griff nach Janas Coke, um sie auszutrinken.

Als ich vor die Tür trat, hing die Art feuchter Luft in der Nacht, die fast zu Nebel wurde und die Gaslichtlaternen mit einem Schleier umgab, als hätte ein Filmgrafiker die Szene nachträglich bearbeitet. Nachdenklich ging ich über das schimmernde Kopfsteinpflaster und betrachtete immer wieder den Umschlag in meiner Hand. Unter einer der Straßenlampen blieb ich schließlich stehen und zog die Papiere hervor. Schaute mir das Angebot an. Und pfiff leise vor mich hin. Es *war* eine beeindruckende Summe, die man mir bot, um den Hausdiener zu spielen. Ganz hinten, auf der letzten Seite, hatte die Businessmaus mit Bleistift hinzugefügt: *Rufen Sie mich an. Bitte!*

Und ihre Handynummer.

Kurz entschlossen holte ich das Telefon aus der Tasche und suchte Arne Hegerts Nummer heraus. Bekam das Freizeichen. Weiter vorn konnte ich im Dunst neben einer öffentlichen Toilette eine Uhr erkennen. Gleich halb zehn. Keine Ahnung, ob er bereits zu Hause war.

Er meldete sich. »Ja, bitte?«

Ich grinste und legte auf. Zeit für einen Hausbesuch.

Danach schickte ich eine SMS an Henni Herzog: *Bin an Bord.*

2

Ich klingelte bei einem der Nachbarn, weil ich nicht das Risiko eingehen wollte, über die Gegensprechanlage mit ihm reden zu müssen. Ich behauptete, wichtige Dokumente in den Briefkasten werfen zu wollen. Die meisten Menschen dachten sofort an Vorladungen, Mahnungen und Ähnliches und stellten lieber keine Fragen, aus Sorge, dass ihnen die Antworten nicht gefallen könnten. Auch diesmal erhielt ich schnellen Einlass.

Oben drückte ich auf Hegerts Klingelknopf, schlug die Kapuze meiner Jacke hoch und drehte mich von der Tür weg. Hinter mir hörte ich, wie die Tür aufging.

Ich drehte mich um, hob die Linke mit den Pizzakartons und die Rechte mit dem Sixpack und sagte fröhlich: »Überraschung!«

Arne Hegert starrte mich an.

Ich schob mich an ihm vorbei in die Wohnung. »Männerabend. Du hast noch nicht gegessen, oder?« Ich hatte mir ausgerechnet, dass er noch nicht besonders lange zu Hause sein konnte, und hoffte, ihn zu erwischen, bevor er womöglich wieder aus dem Haus ging. Kino, Freunde treffen, Sport – was wusste ich, was Hegert so für Hobbys hatte. So gut kannten wir uns nicht.

Er arbeitete beim ED, dem Erkennungsdienst im Morddezernat, und wir hatten damals ein rein kollegiales Verhältnis miteinander gehabt. Tatsächlich konnte es sogar ganz gut sein, dass Hegert gar nicht unglücklich darüber war, dass Densch meinen Job übernommen hatte. Vermutlich kam der akkurate Hegert mit der Bürokratenmentalität von Densch besser klar als mit meiner etwas unorthodoxen Arbeitsweise. Hegert hatte mir bei Gorlaff bereits unter die Arme gegriffen und mir interne Ermittlungsergebnisse besorgt. Damals hatte ich ihn aber noch davon überzeugen können, dass ich eigentlich bloß Jana helfen wollte. Das würde diesmal etwas schwieriger werden.

»Komm doch rein«, sagte er benommen und schloss die Tür.

Ich sah mich um. Ich war noch nie bei ihm zu Hause gewesen. Er wohnte oben in einem zweistöckigen Haus mit nur vier Mietparteien in Friedenau. Die Wohnung besaß etwas von einem Loft: Das große Wohnzimmer beinhaltete eine kleine Küche, beziehungsweise mehr eine Kochnische. Eine schmale Wendeltreppe führte nach oben. Bodentiefe Fenster zeigten direkt auf den im Dunkeln liegenden Garten, in dem weiße Glaskugeln einen Weg aus Waschbetonplatten beleuchteten. Vermutlich wohnten in den anderen Appartements ebenfalls ausschließlich ledige Männer im besten Alter, die alle bis spätabends arbeiteten und den Garten niemals nutzten, außer vielleicht, um ihre Mountainbikes alle paar Wochen aus dem Keller zu holen und zu putzen.

»Wie geht's dir?«

»Äh, gut.« Er starrte mich immer noch an und traute sich nicht zu fragen, was zum Teufel ich von ihm wollte.

Erneut hob ich den rechten Arm. »Das Bier ist kalt. Budweiser. Die Pizza noch heiß. Na gut, sagen wir lauwarm. Wo essen wir?«

Hegert deutete auf die Couchecke unter der Wendeltreppe mit einem breiten Sofa, zwei Sesseln sowie einem Couchtisch und einem riesigen LCD-Fernseher. Offenbar gab es keinen Esstisch in der Wohnung. Ich setzte mich, riss den Sixpack auf, poppte zwei Kronkorken und reichte ihm ein Bier. Als er nicht reagierte, stellte ich die Flasche einfach ab.

Mein Handy klingelte. »Entschuldigung«, sagte ich zu Hegert und zog es aus der Hose.

Er nickte bloß.

Es war Stehrs.

»Hast du was für mich?«

»Mehr oder weniger.«

»Okay, schieß los.«

»Als Erstes: Dinzmann ist kein Rumäne.«

»Spaßvogel. Wer hätte das gedacht …«

»Und eine Schwester hat er auch nicht. Auch keine rumänische.«

»Gut, auch keine echte Überraschung. Ulli hat sich nach Strich und Faden verarschen lassen.«

»Was?«

»Vergiss es. Nicht wichtig. Hast du einen Wohnort von dem Penner?«

»Tut mir leid. Seine letzte gemeldete Adresse ist offenbar reine Fiktion. Die hat er zum letzten Mal vor einem Jahr benutzt, um Stütze abzugreifen. Momentan scheint er ohne festen Wohnsitz.«

»Gibt's noch weitere Möglichkeiten, ihn ausfindig zu machen?«

»Sicher. Das könnte aber eine Weile dauern. Und … es ist ziemlich aufwendig.« Er räusperte sich, weil es ihm offenbar unangenehm war, das Thema anzusprechen.

»Hey, kein Ding. Ich bin nicht davon ausgegangen, dass du das umsonst machst.«

»So meinte ich das auch nicht, Johnny, also, was ich sagen wollte …«

»Schon gut, Kai, schon gut. Ist mir klar. Aber vielleicht habe ich demnächst einen gut bezahlten Job. Ich kümmere mich um deine Ausfälle. Finde das Sackgesicht einfach für mich, in Ordnung?«

Er zögerte. Sagte schließlich: »Also gut. Ich grabe weiter und schreibe meine Stunden auf. Und sobald ich was weiß, melde ich mich.«

Wir verabschiedeten uns voneinander, und ich steckte das Handy wieder weg. »Entschuldigung. Salami oder Schinken?«

Hegert nahm sich einen Karton, ohne den Inhalt zu prüfen. Schließlich schaffte er es, mich zu fragen: »Warum bist du hier, Thiebeck?«

»Steffen Rasmus.«

»Das ist nicht dein Ernst, oder? Du kreuzt hier abends auf, machst einen auf Kumpel und willst mich zu einem aktuellen Fall ausquetschen? Du hast doch nicht mehr alle Latten am Zaun.« Er warf den Pizzakarton auf den Couchtisch, starrte kurz auf das Bier, das ich ihm aufgemacht hatte, und griff dann mit verärgertem Gesichtsausdruck danach. Nachdem er einen langen Schluck genommen hatte, ließ er sich mit einem Seufzer zurück in die Kissen fallen. »Du bist ein Penner, Thiebeck. Aber das weißt du selber, oder?« Er klang schon wieder halb besänftigt.

Das war das Gute an Arne Hegert – er grollte einem nicht besonders lange.

Ich grinste.

Eine ganze Weile saßen wir einfach nur da, tranken Bier und schauten uns an oder in den Raum. Als wären wir wirklich Kumpels, die sich einfach nichts zu sagen hätten.

Ich lehnte mich vor. »In Ordnung. Arne, ich brauche Hilfe.«

Er verzog das Gesicht. »Schon klar. Sonst wärst du wohl kaum hier. Aber ich kann dir zu dem Fall nichts sagen. Das könnte mich meinen Job kosten. Warum interessierst du dich überhaupt dafür? Was geht dich Steffen Rasmus an?«

Ich antwortete nicht sofort. Tatsächlich war ich mir bis zu diesem Moment nicht sicher gewesen, *warum* ich der kleinen Herzog helfen wollte. Eine mögliche Antwort wäre, dass ich im Grunde meines Herzens ein netter Typ bin. Aber das wäre gelogen. Die Wahrheit war, dass ich immer gegen den Strom schwimmen musste. Wie ein Lachs.

Henni zu helfen war dämlich. Weil ich dafür einen gut bezahlten Job aufgeben würde, weil ich Gefahr lief, meine Freundschaft zu Jana zu torpedieren, und weil ich mir jede Menge Ärger einhandeln würde. Nicht zuletzt mit Densch, wenn er davon erfuhr. Ich musste grinsen. Vielleicht war Densch auch der *einzige* Grund, warum ich das hier machen musste.

Hegert sah mich immer noch fragend an.

Kurz überlegte ich, ob ich ihn ins Vertrauen ziehen konnte. Ob ich ihm erzählen durfte, dass Henni Herzog hinter der ganzen Geschichte steckte. Er war eine ehrliche Haut und würde offene Karten ganz sicher zu schätzen wissen. Aber tat ich ihm damit einen Gefallen? Immerhin begegnete er Henni tagtäglich auf der Arbeit und würde sein Wissen um ihre Untersuchungen geheim halten müssen. Ich entschied, dass ich das weder Hegert zumuten noch das Risiko eingehen wollte, dass er sich Jana gegenüber verplapperte.

»Ist was Persönliches. Ich kann dazu nichts rausfinden, ist alles wasserdicht versiegelt. Was ist da los?«

Er nickte. »Großer *Shut-Down*. Aber vergiss es, Thiebeck, von mir erfährst du nichts.«

Er schien es ernst zu meinen.

Frustriert verzog ich das Gesicht. »Hör zu, du hast den ganzen Kram doch sicher hier auf dem Rechner. Oder kannst online an die Datenbank? Du könntest eine Runde um den Block gehen, den schönen Garten bewundern oder eine längere Sitzung auf dem Lokus machen. Wenn ich in der Zeit über irgendwas stolpere, das ich nicht hätte sehen sollen, ist das doch nicht deine Schuld, Arne.«

Er lächelte leicht herablassend und schüttelte den Kopf. »Nein, diesmal nicht.«

Ich atmete tief ein, ging in Gedanken meine Optionen durch. Schließlich zuckte ich mit den Schultern und griff nach dem Bier. »In Ordnung. War einen Versuch wert. Trinken wir.«

Wir stießen an. Und ich grübelte darüber nach, woher ich an die Informationen für die kleine Henni Herzog kommen sollte.

Zu Hause stellte ich mich erst unter eine kochend heiße Dusche und überlegte anschließend, ob ich Tamina anrufen sollte. In der Nacht zuvor hatte ich bei ihr geschlafen, und wir würden uns erst in ein paar Tagen wiedersehen, aber wir hatten uns angewöhnt, zwischendurch Kontakt per Telefon oder SMS zu halten. Tamina und ich führten eine merkwürdige Art von *Nicht-Beziehung*.

Damals, als sich der Staub um den Fall Lammert langsam gelegt und ich mitten in den Trümmern meines bisherigen Lebens gestanden hatte, hatte ich sie kennengelernt. Wir hatten etwas angefangen, von dem ich keine Ahnung gehabt hatte, was es war. Irgendwann war mir alles zu viel geworden – die Nähe, die Abhängigkeit, die Verletzlichkeit –, obwohl Tamina keine besonders hohen Ansprüche stellte. Sie wollte nie, dass ich sie offiziell als meine Freundin vorstellte, bestand nicht darauf, mit zu meinen Eltern zu kommen oder gemeinsam Urlaub zu machen. Sie war damit zufrieden, einfach nur Zeit mit mir zu verbringen. Aber selbst das war mir zu viel geworden. Also hatte ich sie auf Distanz gehalten und damit furchtbar verletzt. Nach knapp einem halben Jahr war mir dann aufgegangen, was für ein dämlicher Idiot ich gewesen war. Was ich kaputtgemacht hatte. Und gerade als wir uns wieder annäherten, war Pieter Gorlaff aufgetaucht. Er war in Taminas Wohnung eingebrochen und hatte dort eine Warnung für mich hinterlassen. Aber sie hatte sich nicht abschrecken lassen und war bei mir geblieben.

Im Moment hatte ich allerdings das Gefühl, derjenige zu sein, der mehr wollte. So verbrachten wir Zeit miteinander, stellten uns gegenseitig keine Fragen, auf die wir die Antworten nicht hören wollten, und versuchten, nicht wieder alles kaputtzumachen.

Kurz entschlossen schnappte ich mir mein Handy, tippte eine SMS und schickte sie an Tamina: *Können wir uns sehen? Heute abend?*

Ich musste bloß ein paar Minuten warten, bis ich ihre Antwort erhielt: *Heute ist schlecht. Bin spät zu Hause. Morgen?*

Meine Antwort: *Okay.*

Nachdenklich starrte ich auf den nächtlichen Wedding vor meinem Fenster. Betrachtete meine Wohnung, in der ich schon seit so vielen Jahren lebte. Alleine, seit Kassandra ausgezogen war. In letzter Zeit hatte ich öfter darüber nachgedacht, wie es wohl wäre, hier mit Tamina zu leben. Oder auch in ihrer luftigen, esoterischen und Feng-Shui-bereinigten Wohnung.

Tamina aß wenig Fleisch, gab Yoga-Kurse und stand morgens mit dem Sonnengruß auf. Sie trank Tees, die alle unterschiedliche Auswirkungen auf Psyche und Seele haben sollten, und glaubte an den Kosmos. Alles Dinge, die meilenweit von mir entfernt waren. Aber irgendwie passte es, weil sie kein Missionar war und nicht auf Dogmen stand. Aber würde es auch immer noch passen, wenn wir uns täglich sahen?

Mit einem Seufzer stand ich auf, um meine Sportsachen zu packen.

3

Ich betrat die große Halle, in der sich unser Box-Gym befand, und ließ die Tür hinter mir zuklappen. Hierherzukommen, erfüllte mich immer mit einer ganz besonderen Mischung aus Ruhe und Zufriedenheit. Weil sich nie etwas änderte. Manche von unseren Boxern verließen irgendwann den Club, wenn auch nicht viele, und ab und an tauchten neue Gesichter auf. Aber im Allgemeinen blieb alles beim Alten.

Selbst als das Schwein Gorlaff den Sohn des Coachs und später meine Mutter getötet hatte, änderte sich nichts an unserer Gemeinschaft im Gym. Es schweißte uns nur noch weiter zusammen.

Schmolli, der gerade eine der Boxbirnen im hinteren Teil der Halle bearbeitet hatte, legte sich ein Handtuch um den Hals und kam auf mich zu. Wir umarmten uns, und ich ignorierte die Tatsache, dass sein Shirt bereits schweißdurchtränkt war.

Er deutete auf die Sporttasche in meiner Hand. »Hast du vor zu trainieren? Sag Bescheid, wenn du boxen willst. Ich kann dich richtig hart rannehmen.« Er grinste dreckig.

»Da komme ich drauf zurück.«

Ernst gab er zurück: »Mach dir bloß keinen Kopp. Früher oder später gibt sich das schon wieder.«

»Um einen alten Mann musst du dir keine Sorgen machen«, erwiderte ich, klopfte ihm auf die Schulter und steuerte die Umkleiden an. Die anderen Sportler, die an Geräten, den

Sandsäcken oder oben im Boxring trainierten, begrüßte ich mit einem Nicken. Andi saß unten an dem kleinen Schachbrett neben dem Ring, das Kinn auf die bandagierte Hand gestützt, und bemerkte mich nicht einmal.

Von dem Gang, der zu den Umkleiden führte, ging ein kleines Büro mit einer großen, fast blinden Glasscheibe ab. Hier hauste der Trainer. Emil Bremer, genannt *Emil-Schlemihl* oder einfach nur *Coach*, verbrachte jede freie Minute bei uns im Gym. Bis vor Kurzem hatte er sich damit gebrüstet, dass das Gym seit seiner Eröffnung noch keinen Tag geschlossen gewesen war und die Gelegenheiten, an denen er selbst gefehlt hatte, sich noch an zwei Händen abzählen ließen.

Aber vor ein paar Wochen hatte sich das geändert. Wir hatten feierlich alle gemeinsam die Tür verschlossen und waren auf die Beerdigung von David Bremer gefahren. David hatte seinen Vater vor allem bei strategischen Fragen und der Gegneranalyse unterstützt. Obwohl wir im täglichen Training nicht sehr viel mit ihm zu tun gehabt hatten, war er dennoch ein Fixpunkt für uns alle gewesen. Er war es auch gewesen, der seinen Vater überredet hatte, das Repertoire des reinen Boxens um das Schachboxen zu erweitern. Obwohl der alte Bremer ein leidenschaftlicher Schachspieler war, wäre er nie von allein auf die Idee gekommen, beides miteinander zu verbinden. Die Idee war zu neu, zu hip. Von einem französischen Comickünstler erdacht, war sie noch dabei, sich durchzusetzen.

David hatte ihn davon überzeugt, dass die auf den ersten Blick absurd scheinende Mischung höchste Anforderungen an die Kontrahenten stellte und den Boxsport in ganz neue Dimensionen vorstoßen ließ.

Jeder Kampf ging über elf Runden, sechs davon bestanden aus drei Minuten Blitzschach und fünf aus dreiminütigen Boxrunden. Man konnte den Gegner entweder am Brett oder auf den Brettern bezwingen. Gab es weder einen K.o. noch einen Sieg im Schach, entschieden die Punkte, die man sich erboxt hatte. Aus diesem Grund waren die meisten von uns immer noch Boxer. Das Schachspiel spielte oft die zweite Geige, aber ohne solide Kenntnisse am Brett hatte man kaum eine Chance, die Intervalle im Blitzschach zu überstehen.

Viele seiner Boxer hatten die Idee begeistert aufgegriffen. So wie ich. Und inzwischen war für mich das eine ohne das andere nicht mehr vorstellbar. Die geradezu magische Verbindung aus geistiger Anstrengung und dem Hämmern des Adrenalins beim Boxen, kombiniert mit einer Strategie, die sowohl am Brett als auch auf den Brettern funktionieren musste, machte für mich die Anziehungskraft aus.

»Hey, Coach!«

»Hallo, Johnny.« Auch Bremer warf einen Blick auf die Tasche, die ich in der Hand hielt. »Training?«

Ich nickte.

»Lass es langsam angehen.«

Natürlich war ich auch in den Wochen nach meinem Krankenhausaufenthalt regelmäßig hier gewesen, aber erst als ich die Stiefel wieder angehabt hatte, war ich wirklich *zurück* gewesen. Doch ich spürte immer noch ein Kribbeln im Magen, wenn ich daran dachte, wieder im Ring zu stehen. Ich war noch nicht so weit. An diesem Tag würde ich Seilspringen, mit leichten Gewichten trainieren und vielleicht ein paar Runden mit der Boxbirne verbringen. Möglicherweise etwas leichtes Sparring absolvieren.

In der Umkleide blieb ich wie vom Donner gerührt stehen,

als mir Ulli wie eine Erscheinung aus dem Klo entgegentrat. Er hatte einen weiten Pullover und eine Trainingshose an, und seine Füße steckten in einem Paar Hausschuhe. Die Klamotten sahen aus, als hätte er sie bereits seit längerer Zeit nicht gewechselt, diverse Flecken zeugten davon.

Er blieb ebenfalls verdutzt stehen, hielt mitten im Gähnen inne und starrte mich an. »Was?«, fragte er schließlich verwirrt und fuhr sich mit beiden Händen durch die Haare.

Er schlurfte in eine der hinteren Reihen, und ich hörte, wie er eine Spindtür öffnete. Ich folgte ihm.

»Was zum Teufel machst du hier?«, fuhr ich ihn an, bemüht, nicht zu laut zu werden.

Halb gebückt hielt er darin inne, im Spind herumzukramen, und drehte sich zu mir um. »Ich wohne hier. Bin vorübergehend im Gym untergekommen.«

»Spinnst du? Du pennst hier?«

Er richtete sich auf und nickte. »Ja. Auf den Matten schläft man ganz gut.«

»Weiß der Coach davon?« Unwillkürlich trat ich einen Schritt näher, als wollte ich ihn bedrohen.

Ulli schien das nicht zu bemerken. »Klar. Der hat nichts dagegen.«

»Nur, damit ich das klarkriege: Du versteckst dich hier vor Mustafa und Kemal?«

Endlich hatte er ein Paar Socken gefunden, ließ sich auf die Bank fallen und zupfte den ersten Hausschuh vom Fuß. Dann zog er sich den Socken an.

»Sag mal, hast du einen an der Klatsche?«, herrschte ich ihn an, mein Gesicht dicht an seinem. Dass ich ihn dabei fast anspuckte, interessierte mich nicht. »Du ziehst den Coach mit rein? Und wie bekloppt ist es denn, dich hier zu verstecken? Mann, Ulli, schalt mal die Birne ein …« Ich musste den Reflex unterdrücken, ihm gegen die Stirn zu schlagen.

»Was denn?« Seine Stimme hatte einen verletzten Ton angenommen. »Ich meine, zu Hause kann ich nicht bleiben, da schauen sie als Erstes vorbei. Da ist es doch besser, ich bleibe hier.«

»Und auf die Idee kommt natürlich keiner, oder was? Dass du hier sein könntest? Ulli, wie lange boxt du schon beim Coach? Drei Jahre?«

Er zögerte. »So in etwa, ja.«

»Und du bist zwei-, dreimal die Woche hier. Beim letzten Mal haben sie dich direkt um die Ecke von hier gesucht, im *Mollys*, bei deinem üblichen Umtrunk mit deinen Trainingskollegen.« In meiner Frustration schlug ich mir selbst vor die Stirn.

Bei dem Klatschen sah er erschrocken auf.

»Merkst du noch was? Die Typen sind doch nicht komplett malle. Wenn die dich suchen, dann finden sie dich auch. Jedenfalls solange du dich hier versteckst. Und was passiert, wenn die hier auftauchen und Stress machen? Hält der Coach dann still?«

Er reagierte nicht, sah mich bloß an. Verlegen, beschämt.

Ich stieß ihn gegen die Schulter. »Guckt der Coach einfach zu, wie sie dir die Jacke vollhauen?«

»Nein.«

»Nein, macht er nicht. Und die Jungs? Schauen die zu? Auch nicht. Das gibt einen Mordsärger, Ulli. Eskalation. Die kommen hierher, suchen dich, bringen vielleicht schon jemand mit. Ich meine, die wissen ja, was wir hier machen. Man knöpft sich keinen Boxer mit seinen Kumpels vor, ohne selber ein paar Freunde mitzubringen. Das ist doch Scheiße, Ulli!« Mit einem Stöhnen richtete ich mich auf und zwang mich, tief Luft zu holen. »Du kannst dich hier nicht verstecken. Weil es kein Versteck ist, und weil es für alle anderen jede Menge Ärger bedeutet. Raffst du das?«

Er quäkte kleinlaut etwas, das ich für Zustimmung hielt.

»Gut. Pack dein Zeug und verschwinde. Ich will nicht, dass der Coach da irgendwie reingezogen wird. Wieso sollte der für deine Dämlichkeit bezahlen?«

»Es tut mir leid.«

Ich starrte auf den armseligen Haufen Ulli herab, einen Fuß im Socken, einen im Hausschuh. Völlig geknickt ließ er den Kopf hängen. Mit einem Kopfschütteln ließ ich mich auf die Bank neben ihm fallen. Mein Rücken knallte blechern gegen den Spind. Einen Moment lang sah ich Ulli von der Seite her an.

»Ich habe mich umgehört. Attila hat keine Schwester, und er ist auch kein halber Rumäne.«

»Scheiße!«

»In der Tat.«

Ulli vergrub das Gesicht in den Händen. »Er hat es versprochen«, murmelte er.

Ich berührte ihn an der Schulter, um mich zu verabschieden. Sofort sah er auf. »Kannst du mir helfen?«

»Ulli, ich habe einen Job am Laufen. Den Mist hast du dir alleine eingebrockt. Kümmer dich selber drum, wie du da wieder rauskommst. Treib zumindest einen Teil des Geldes auf, damit kannst du die Brüder etwas beruhigen, und bete, dass Attila wieder auftaucht.«

»Ich habe mich mit ihm und seiner Schwester im *Samsara Hostel*, in der Nähe vom Alex, getroffen. In der Bar. Ich weiß nicht, vielleicht kann man da was rausfinden? Kannst du dort mal hin?«

»Lass den Scheißhundeblick, Ulli.« Ich verzog das Gesicht, drohte ihm mit dem Zeigefinger. »Ich versprech dir nichts, okay? Eigentlich habe ich null Bock, mich um die Sache zu kümmern. Du bist einfach ein Riesenidiot gewesen. Wärst du zu mir gekommen, oder zu Schmolli, hätten wir das alles vermeiden können. Jetzt ist es echt ein bisschen spät.«

Sein Blick änderte sich nicht. Mit feuchten Augen sah er mich von unten her an. Ohne ein weiteres Wort packte ich meine Tasche und ging, um mich im nächsten Gang umzuziehen.

Draußen in der Halle wollte ich mich eigentlich den Gewichten zuwenden, aber dann bemerkte ich Schmolli. Der Gedanke, mir selbst im Weg zu stehen, widerte mich an. Ich konnte es nicht mehr ertragen, einen auf *easy* zu machen. Ich wollte zurück in den Ring. Vielleicht war es auch ein bisschen die Wut auf Ulli und die Zwillinge, die in mir hochkochte.

»Kämpf mit mir«, sagte ich im Vorbeigehen und schlug Schmolli auf die Schulter.

»Bist du sicher?«

»Natürlich«, sagte ich grinsend und schob meinen Mundschutz hinein. »Ich werde dir schon nicht wehtun.«

Kurz darauf stand ich ihm gegenüber und musste schlucken. Meine Angst war bloß kurz vor der Tür gewesen und nun zurück, um ihren angestammten Platz einzunehmen. Aber es war zu spät, um jetzt noch einen Rückzieher zu machen. Ein paar der jüngeren Boxer lehnten am Rand, um uns zwei alten Hasen zuzusehen.

»Alles klar?«, wollte Schmolli wissen und biss mit einer Grimasse auf seinen Mundschutz.

Statt einer Antwort ging ich nach vorn und schlug langsam mit der Führhand nach ihm. Gab ihm genug Zeit, um auszuweichen, machte ihm aber gleichzeitig klar, dass es losging.

Wenn Schmolli und ich sparrten, schenkten wir uns nichts. Der Coach hatte uns schon öfter ermahnt, nicht so grob miteinander umzugehen, aber wir waren beide harte Brocken. Und sture Machos.

Ein paarmal schlugen wir uns gegenseitig in die Deckung, ohne größere Schlagwirkung, doch plötzlich stieß mir Schmolli einen Jab ins Gesicht, um mich zu verunsichern. Ich sah den Ansatz der Bewegung seines rechten Arms, der dem Jab folgen sollte. Ein Hammer auf meine Rippen. Ich fror ein. Zog die Arme runter, um meine Seite zu schützen. Krümmte mich zusammen. Schmolli boxte seit Jahren. Der dachte nicht nach. Sah, dass meine Deckung unten stabil war, und änderte den Schlagwinkel. Erwischte mich voll am Kopf, dass es klingelte.

Benommen torkelte ich zur Seite.

»Scheiße, Johnny, was war das denn? Kannst doch nicht so einfach stehen bleiben«, murmelte er undeutlich um das Gummi herum und kam zu mir.

»Geht schon«, erwiderte ich und schüttelte den Kopf, um die seidenen Tücher loszuwerden, die in meinem Schädel umherwirbelten. »Alles gut.«

Aber nichts war gut. Ich konnte nicht mehr boxen. Nicht, solange ich den Kopf nicht frei bekam. Mit der Linken abwinkend, stieg ich aus dem Ring, um mich stattdessen mit Sprungseil, Freihanteln und Sandsack anzulegen.

Als ich zwei Stunden später völlig ausgepowert zurück in die Umkleide kam, war Ulli längst weg.

Am nächsten Morgen, als ich mich mit einem Kaffee an den Küchentisch in meine sonnendurchflutete Küche setzte, bemerkte ich auf dem Handy drei Anrufe in Abwesenheit. Alle von Henni Herzog. Ich rief zurück.

»Herr Thiebeck!«

»Morgen. Ich fürchte, ich habe schlechte Nachrichten für Sie, Henni.«

»Können wir uns bitte duzen, Herr Thiebeck? Das *Du* rutscht mir sonst früher oder später ohnehin raus«, sagte sie.

Ich hatte keine Einwände.

»Jedenfalls habe ich dafür im Gegenzug Neuigkeiten. Aber du zuerst!«, befand sie. Ihre Stimme klang merkwürdig belegt.

»In Ordnung. Ich habe auf Granit gebissen. Gab da eine Quelle bei euch, von der ich mir jede Menge versprochen hatte. Aber es hat sich herausgestellt, dass mein Status nicht mehr derselbe ist wie früher. Oder mein Charme.«

»Das ist schade. Kenne ich den Kontakt?«, fragte sie.

»Vermutlich.«

»Okay. Aber wie ich sagte, möglicherweise habe ich eine Spur. Kannst du nach Kreuzberg kommen?«

»Wohin genau? 36 oder 61?« Früher hätte die Frage auch *Flaschenbier oder Cocktails* lauten können, aber inzwischen verschwammen die Grenzen zwischen alternativ und Yuppie in Kreuzberg immer mehr. In der O-Straße gab es seit ein paar Jahren ebenfalls Sushiläden und edle Bars, dazwischen aber eben immer noch die alten, verranzten Kneipen von früher.

»36, Nähe Kottbusser Tor.« Sie nannte mir eine Adresse in der Nähe des Landwehrkanals. »Du musst bei WG 42 klingeln.«

»Wohnst du da?« Der Gedanke, bei Henni zu Hause aufzukreuzen, machte mich nervös. Vermutlich, weil sie mir eher wie ein Teenager und nicht wie eine gestandene Mittzwanzigerin vorkam.

»Nein, aber ein Freund von mir. Komm einfach her, dann erklär ich's dir.«

Eine halbe Stunde später versuchte ich, einen Parkplatz in der völlig überfüllten Straße zu finden. Es handelte sich um eine Seitenstraße der Wiener. Hier standen die Fahrzeuge nicht nur in der zweiten, sondern sogar in der dritten und vierten Reihe – an mehreren Stellen hatten Leute einfach auf den breiten Gehwegen geparkt. Ich stellte mich schließlich in eine Einfahrt und nahm ein gefaltetes Stück Papier mit meiner Handynummer aus dem Handschuhfach, um es wie eine Sondergenehmigung hinter die Frontscheibe zu stecken. Funktionierte in diesen Gegenden ganz gut. In Friedenau oder Wilmersdorf eher nicht.

Ich ging durch eine Durchfahrt nicht unähnlich meiner eigenen: abgeplatzter Putz, jede Menge Graffiti und obszöne Sprüche: *Hose runter, Beine breit, ficken ist ne Kleinigkeit! Bevor ich dich besudel, Puppe, ess ich noch ne Nudelsuppe! Distroy. Wixxer.* Und jede Menge Höhlenmalereien von Penissen mit Eiern.

Links ging eine Tür ins Vorderhaus ab, die theoretisch durch ein Schiebegitter gesichert werden konnte. Allerdings hing das verrostete Konstrukt derart schwach in den Angeln, dass es kaum noch jemanden am Zutritt hindern würde. Vermutlich wurde es deswegen längst nicht mehr verschlossen.

Auf dem Klingelschild fand ich sowohl eine *WG 23* als auch eine *WG 42*. Ich klingelte.

Der Buzzer ertönte, und ich stieg in den ersten Stock hinauf. Oben begrüßte mich eine bleich aussehende Henni an der offenen Tür. Kurz fragte ich mich, ob sie möglicherweise krank wurde. Ich reichte ihr einen Pappträger mit vier Bechern Milchkaffee, die ich auf dem Weg besorgt hatte. Etwas ratlos trug sie ihn vor sich her, während sie mich durch den Flur führte.

Bei der WG 42 handelte es sich ganz eindeutig um eine Jungs-Wohnung. Jungs ohne Freundin und wenig weiblichen Besuch, dafür mit einer starken Affinität zu Technik und Computern. An mehreren Stellen standen Rechner und Monitore herum, es lagen Elektronikbauteile zwischen zerknüllten Klamotten und anderem Zeug herum, und insgesamt herrschte ein unappetitliches Chaos in der Wohnung. Ich konnte nicht sagen, wie viele Menschen hier wohnten. Henni führte mich in ein Zimmer, abgedunkelt durch heruntergelassene Jalousien und vollgestellt mit einem Bett und drei Schreibtischen, auf denen PCs und Laptops standen. Alle Bildschirme waren angeschaltet und leuchteten vor sich hin. Rund um das Bett türmten sich mehrere große Haufen Klamotten.

Im Zimmer auf dem Flur gegenüber, in das ich einen kurzen Blick werfen konnte, hatte jemand die großen Altbaufenster sogar permanent mit Packpapier abgeklebt, um eine nachtaktive Terrariumatmosphäre zu schaffen. Ich konnte einen riesigen Bildschirm und mehrere Sitzsäcke auf dem Boden und dazu jede Menge leerer Flaschen und Pizzakartons erkennen. Vermutlich das Konsolenzimmer.

In dem Raum, in dem wir uns befanden, saß ein junger Mann auf einem teuer aussehenden Schreibtischstuhl, der bei jeder Bewegung federte. Ohne sich zu uns umzudrehen, stieß der Kerl sich vom Schreibtisch ab und rollte über den Dielenboden auf uns zu, schwang dann elegant herum und streckte mir im Sitzen die Hand entgegen. Überrascht schüttelte ich sie.

»Ole. Lankat«, sagte er und schubste sich mit den Füßen wieder zurück Richtung Schreibtisch. »Setzt euch doch.«

Ich schaute mich um, konnte aber außer einer halb leeren Kiste Club Mate nichts erkennen, das man als Sitzgelegenheit hätte nutzen können.

Als ich die Kiste hochkant stellte, um sie Henni anzubieten, lächelte sie und sagte: »Ich hole mir einen Stuhl aus der Küche. Brauchst du auch einen?«

Ich winkte ab und stellte die Kiste in die Nähe von Lankats Schreibtisch. Henni drückte mir den Pappträger in die Hand und verschwand aus dem Zimmer.

»Kaffee?«, fragte ich Lankat, der zu programmieren schien. Auf einem Bildschirm konnte ich endlose Zeilen Code erkennen, die er offenbar gerade bearbeitete, während auf einem zweiten eine Art Suchmaschine zu sehen war. Ein Bildschirm auf einem der anderen Tische zeigte eine Art Physik-Engine, während ein Laptop die Musik einer Playlist abzuarbeiten schien. Hören konnte man nichts.

Lankat warf einen schnellen Seitenblick auf den Becher und schüttelte den Kopf.

Er deutete auf eine Flasche Mate, die vor ihm stand. »Das ist das bessere Koffein. Hackerbrause.«

»Aha.« Ich zog einen der Plastikdeckel ab und nahm einen Schluck von dem heißen Getränk.

Als Henni mit ihrem Stuhl wieder hereinkam und sich ebenfalls einen Becher herauszog, fragte sie: »Wieso vier?« Ich brauchte eine Sekunde, bevor ich verstand. »Keine Ahnung. Ich dachte, wenn das hier eine WG ist, wird's schon Abnehmer dafür geben.«

Lankat schüttelte den Kopf. »String und Harro sind nicht da«, warf er ein, als könnte ich mit der Information irgendetwas anfangen.

»Macht nichts. Das kommt schon weg.« Nachdem ich ein weiteres Mal getrunken hatte, wollte ich wissen: »In Ordnung, weswegen bin ich hier?«

Henni nickte, als hätte sie bereits auf die Frage gewartet. »Ole ist Blogger. Investigativer Blogger.«

»Was ist das? So etwas wie ein investigativer Journalist?«

Lankat antwortete, ohne sich zu uns umzudrehen. Dabei schrieb er weiter Code. »In etwa. Ich betreibe mit ein paar Kollegen zusammen den Blog *Druckausgleich*. Wir decken in unserer Freizeit die Scheiße auf, die andere Leute während ihrer Arbeitszeit zu verstecken versuchen.« Er lachte, als hätte er diese Erklärung schon öfter verwendet.

»Eigentlich ist Ole Programmierer und Informatiker, sein Spezialgebiet sind sogenannte *Crawler*. Sagt dir das was?«

Ich schüttelte den Kopf.

Offenbar ungeduldig, übernahm Lankat den nächsten Teil der Erklärung. »Wenn man nach Informationen im Netz sucht, dann bedienen sich die verschiedenen Suchmaschinen dieser Crawler. Die grasen beständig alle verfügbaren Websites ab und katalogisieren sie. Gebe ich in einer solchen Suchmaschine einen Begriff ein, dann greift sie auf diese gesammelten Informationen zu. Dabei unterliegen aber alle frei zugänglichen Websites bestimmten Spielregeln. Stelle ich zum Beispiel Informationen online, die ein Crawler erfasst, und nehme dann die Website später vom Netz, wird diese nicht mehr angezeigt. Ein Nutzer kommt nicht mehr an die

Daten heran.« Er warf mir einen Blick zu, um zu sehen, ob ich folgen konnte.

Ich nickte.

»Es gibt ein Sprichwort: Das Netz vergisst nie. Das stimmt ein Stück weit auch, aber viel wichtiger: Die Crawler vergessen nicht so schnell. Man muss nur wissen, wie man an diese Daten herankommt. Sagt euch die *Wayback Machine* etwas?«

Henni und ich nickten beide.

»Damit kann man sich Websites von früher ansehen. So, wie sie damals ausgesehen haben«, bot sie an.

Lankat nickte. »Genau. Ein Archiv, das sogenannte *Snap Shots* der Seiten macht. Mithilfe von Crawlern, weil die sich auch Zeug merken, das längst gelöscht wurde. Bis sie wieder an derselben Stelle vorbeikommen, und manchmal selbst darüber hinaus. Ich benutze modifizierte Meta-Crawler, um die Informationen der Bots zu sichten und an solche bereits gelöschten, aber noch auf den Servern diverser Suchmaschinen vorhandenen Daten zu kommen.«

Ich wartete geduldig ab, was das alles mit Hennis Fall zu tun haben könnte.

Sie räusperte sich. »Ich bin ungeduldig geworden. Hibbelig, konnte nicht länger einfach nichts tun. Deswegen bin ich zu Ole gegangen und habe ihn gebeten, nach Informationen zu Steffens Tod zu suchen.«

»Das habe ich auch gemacht, aber nichts von Wert gefunden«, sagte ich.

»Genau«, warf Lankat ein. »Wenn man sich offen zugänglicher Bots bedient, dann findet man nichts. Haben wir auch festgestellt. Aber da muss man ja nicht aufhören.« Er tippte etwas ein, öffnete ein neues Fenster auf dem Bildschirm und klickte mehrfach mit der Maus. »Das hier ist der BOLE. Der *Bot von Ole*, wie ihn mein Mitbewohner getauft hat.«

Auf dem Screen erschien eine Liste mit Suchergebnissen.

»Vor drei Tagen war diese Page hier für mehrere Stunden online.« Er betätigte erneut die Maustaste, und eine Seite öffnete sich.

In Großaufnahme konnte ich ein Foto von einem Gesicht erkennen, das mich an den *Schrei* von Munch erinnerte. Es handelte sich um einen Mann, vielleicht Ende zwanzig oder Anfang dreißig, mit kurzen braunen Haaren. Der Mann lag offenbar auf dem Boden, ich konnte fein gemaserte Dielen erkennen. Seine Lider hatte er geschlossen, aus einem Augenwinkel schien ein Rinnsal Blut gelaufen zu sein. Bereits getrocknet. Die Nase sah merkwürdig schmal aus, als würden ihr die Nasenflügel fehlen, aber bei näherem Hinsehen konnte ich erkennen, dass sie einfach nur dicht angepresst lagen, als würde er gerade heftig Luft einziehen. Der Mund war geschlossen, die Wangen eingefallen. Man konnte deutlich den geöffneten Kiefer wie in einem stummen Schrei unter der Haut erkennen, aber die Lippen waren zusammengepresst, offenbar zugeklebt. Auch hier konnte ich Risse und verkrustetes Blut sehen.

»Meine Fresse!«, entfuhr es mir.

Die anderen beiden sagten nichts.

Ohne ein Wort beugte ich mich vor, übernahm die Maus von Lankat und zoomte ein Stück heran. Veränderte den Bildausschnitt und betrachtete die Augen. Zwischen den Wimpern konnte man ebenfalls deutlich Reste von Klebstoff sehen.

»Irgendwer hat dem armen Schwein Augen, Mund und Nase zugeklebt! Der ist vermutlich einfach erstickt. Ist das

Steffen Rasmus?« Ich schaute zu Henni, die bleich neben mir saß und nickte.

Sie schluckte heftig.

»Ziemlich heftiger Shit«, sagte Lankat, der entgegen seiner Worte deutlich entspannter klang als Henni. »Das erinnert mich an meine frühere Mitbewohnerin. Die hat Medizin studiert, und irgendwann lag da mal morgens ein Buch von ihr auf dem Küchentisch. Ich habe beim Cornflakesessen ein wenig darin herumgeblättert.« Er verzog theatralisch das Gesicht. »Es war ein Pathologiehandbuch. Seitdem esse ich keine Cornflakes mehr.«

Ich ignorierte die Bemerkung. »Was ist das für eine Website gewesen, wo das aufgetaucht ist? Gab's da noch mehr Fotos?«

Lankat schnappte sich wieder die Maus und öffnete zwei weitere Bilder. Ein Foto von etwas weiter weg, das Rasmus auf dem Boden liegend zeigte. Seine Arme verschwanden unter dem Körper. Ich nahm an, dass man sie ihm gefesselt hatte, um zu verhindern, dass er sich gegen den Kleber wehrte. Im Hintergrund waren Aufsteller und Regale mit Reiseprospekten zu erkennen. Das letzte Bild war von der Seite aufgenommen und zeigte tatsächlich die unter dem Körper liegenden Arme, allerdings konnte ich keine Fesselung erkennen. Vielmehr sah es so aus, als ob Rasmus seine Hände bloß gefaltet hielt.

Lankat öffnete ein weiteres Fenster mit dem Bericht zu den Fotos. Dort wurde auf reißerische Art und Weise beschrieben, wie der junge Steffen R. spätabends in seinem kleinen Reisebüro überfallen und auf bestialische Weise von einem Unbekannten mit Sekundenkleber umgebracht worden war. Gut ein Drittel des Artikels erging sich in Spekulationen darüber, warum Steffen hatte sterben müssen und welche Bedeutung dabei der Kleber spielte.

»Der Artikel ist morgens um 9 Uhr 45 online gestellt und um 11 Uhr 22 wieder gelöscht worden. Anzunehmen, dass sich ein übereifriger Reporter durch dubiose Quellen Infos und Fotos zu dem Fall besorgt hat und durch eine einstweilige Verfügung der Polizei oder einen Zusammenstoß mit seinem Boss gezwungen worden ist, damit wieder offline zu gehen«, erklärte Lankat.

»Was ist das für eine Seite?«

Er rief die Homepage auf. »Eine kleine Onlineklitsche. Das muss für die ein richtig fetter Fang gewesen sein. Ziemlich blöd, dass ihnen jemand derart schnell das Wasser abgegraben hat.«

Ich griff nach der Maus und schaute mir erneut die drei Bilder an. Warf einen Seitenblick auf Henni. »Fällt dir was auf?«

Sie hatte absichtlich nicht auf den Bildschirm gesehen, zwang sich aber bei meinen Worten dazu, hinzuschauen. Schüttelte dann den Kopf. »Nein. Was?«

»Das sind keine Pressefotos. Ich bin überzeugt, dass das Bilder vom ED sind.« Der Erkennungsdienst sicherte die Spuren am Tatort und hatte eine bestimmte Art, diese zu dokumentieren. »Ich verwette meinen Arsch darauf, dass es aus derselben Serie Fotos mit euren kleinen Papieraufstellern gibt. Die Bilder sind nicht reißerisch genug, und die Seitenaufnahme der Hände dient eindeutig der Dokumentation.«

»Wie sollten die denn ins Netz gekommen sein?«

Bei Hennis Frage zuckte ich mit den Schultern. »Was weiß ich? Möglicherweise habt ihr bei euch einen Maulwurf. Oder bei der Staatsanwaltschaft. Vielleicht hat jemand dringend Geld gebraucht. Soll vorkommen. Das könnte auch der Grund sein, warum das Zeug so schnell wieder gelöscht worden ist. Falls das jemandem bei euch aufgefallen ist, haben die vermutlich richtig Druck gemacht. Geh noch mal auf den Artikel«, befahl ich Lankat diesmal, statt ihm erneut die Maus wegzunehmen.

Folgsam sprang er zurück auf den Artikel.

»Such mal unten nach einem Kürzel.«

Er begriff, was ich vorhatte. Am Ende des Artikels fanden wir die beiden Buchstaben des Autors, *rk*, und suchten im Impressum daraufhin nach den verschiedenen Verfassern.

»Reinhard Kutter.« Auf den Unterseiten gab es Namen und Fotos von allen Journalisten, die für die Website schrieben.

»Kannst du an die Daten des Mannes kommen?«

Lankat grinste breit. »Klar.«

Keine fünf Minuten später hatten wir Adresse, Festnetz- und Handynummer.

Ich wählte und hoffte, dass der Kerl kein Langschläfer war.

»Kutter.«

»Reinhard Kutter? Guten Tag, mein Name ist Thiebeck. Haben Sie eine Minute Zeit?«

»Sicher. Worum geht's?« Der Mann klang nicht, als hätte ich ihn gerade geweckt. Er besaß eine angenehme, volle Stimme, in der ein Hauch von Misstrauen mitschwang.

»Ich bin auf der Suche nach Informationen zu dem Mord in der Adalbertstraße.«

Kutter schwieg, man konnte sein regelmäßiges Atmen am anderen Ende hören.

»Die Sache in dem Reisebüro«, erklärte ich, als er nicht antwortete.

»Ich weiß, wovon Sie reden. Was wollen Sie?« Seine Stimme hatte einen schärferen Klang angenommen.

Ich hatte Sorge, dass er kurz davorstand, das Gespräch zu beenden. »Mit Ihnen reden. Können wir uns treffen?«

Er zögerte. Ich hatte darauf gebaut, dass der Mann sich vermutlich maßlos darüber ärgerte, dass man ihm seinen Artikel zerschossen hatte. Welcher Journalist würde das nicht tun? Und obwohl sein Reflex offenbar gewesen war, mich abzuwimmeln und die ganze Sache abzublocken, zögerte er. Dachte darüber nach, anzubeißen. Ich sagte ihm nicht, was genau ich von ihm wollte. Er musste von sich aus Appetit auf den Köder bekommen.

»Also gut. Wo und wann?«

Die Adresse, die Ole von ihm rausgesucht hatte, besagte, dass er in Mitte wohnte.

»Nähe Hackesche Höfe? Am Monbijou-Park? Kommen Sie da hin?«

»Sicher.«

»Dort gibt es an der Gabelung der Oranienburger, direkt gegenüber vom Park, ein kleines Café. *Chez Che.* In einer Stunde?«

Kutter zögerte erneut, und ich verfluchte meine Ungeduld. Ich hätte dem Mann besser ein Treffen nachmittags anbieten sollen. Um zu vermeiden, besonders verzweifelt zu wirken. Entgegen meiner Befürchtung willigte er jedoch ein.

»Woran erkenne ich Sie?«

Ich überlegte kurz. Bisher war ich das Ganze bereits so verschleiert angegangen, da kam es auf eine theatralische Geste mehr oder weniger auch nicht an. »Ich erkenne Sie, das reicht. Bis dann.« Ich legte auf, während ich das Porträtfoto von Kutter auf der Mitarbeiterseite der Zeitung betrachtete.

Mitte vierzig, schätze ich, mit einem vollen Gesicht, dessen Rundungen durch buschige Koteletten noch verstärkt wurden. Kein unsympathischer Mensch, aber ich konnte in seinem Blick die gleiche Wachsamkeit erkennen, die ich bereits in seiner Stimme gehört hatte. Vermutlich kein einfacher Verhandlungspartner.

»Was denn? Der trifft sich mit dir? Einfach so?«, fragte Henni verblüfft.

»Klar. Der ist bratzig, dass sie ihm seine Story versaut haben. Und neugierig ist er vermutlich auch. Wer ich bin, wie ich an seine Nummer gekommen bin, was ich will.«

»Ich würde gerne mitkommen«, verkündete Lankat.

Sowohl Henni als auch ich sahen ihn verwundert an.

»Du? Warum das denn?«, fragte sie.

Er errötete leicht. »Ich weiß, das klingt jetzt irgendwie dämlich, aber ich mache das schon ein paar Jahre. Also das Rumgraben. Wir haben im Laufe der Zeit auch ein paar dicke Dinger aufgedeckt. Aber eben immer hinterm Monitor. Per Mausklick. Das hier ist etwas ganz anderes. Echt. Ich wäre gerne bei dem Treffen dabei. Immerhin habe ich nicht unerheblich dazu beigetragen, dass dieser Kontakt überhaupt erst zustande kam. Richtig?« Er schien eher Henni als mich zu fragen.

Mir war es recht, ihr die Entscheidung zu überlassen. Ich war zwar nicht gerade erfreut darüber, den kleinen Nerd mitzuschleppen, aber bisher machte er einen einigermaßen sympathischen Eindruck. Und ich musste ihm recht geben: Ohne ihn wären wir nicht so weit gekommen. Ich selbst hatte bei meinem Vorstoß mit Hegert so gnadenlos versagt, dass ich froh sein musste, dass Henni Lankat überhaupt aufgetan hatte.

»Okay«, sagte sie schließlich. Und an mich gewandt: »Es sei denn, du hältst es für sinnvoller, wenn ich stattdessen mitkomme …« Sie ließ den Satz unvollendet und damit keinen Zweifel daran, dass sie eigentlich nicht unbedingt scharf darauf war.

Ich schüttelte den Kopf. »Ole kann gerne mitkommen. Kein Problem. Nur zu dritt sollten wir nicht da anrücken. Nicht, dass uns Kutter gleich wieder wegläuft.«

4

Ich beobachtete, wie Kutter den Blick durch den Raum des kleinen Cafés schweifen ließ. Außer Lankat und mir saßen noch drei weitere Menschen in zusammengewürfelten Sesseln an den niedrigen, runden Tischen, die an einen Irish Pub erinnerten. Zwei von ihnen waren junge Mädchen, tief in ein Gespräch vertieft. Blieben noch wir beide und ein nach Bohème aussehender Mittdreißiger, der einen hässlichen Schal über die Schulter geworfen hatte und in eine Zeitschrift und seinen Espresso vertieft war.

Kutter entschied sich richtig. Mit einem Nicken trat er zu uns, und wir erhoben uns beide nacheinander, um dem Journalisten die Hand zu schütteln. Ohne weitere Begrüßung griff der Mann nach der Karte, nachdem er sich in den Sessel gegenüber hatte fallen lassen, und blätterte darin herum. Dass wir zu zweit aufgetaucht waren, schien ihn kein Stück zu verunsichern.

Unauffällig musterte ich ihn, während er das Menü studierte. Ich konnte ihm nicht verdenken, dass er seinerseits Spielchen spielen wollte. Die Art, wie ich unseren Kontakt begonnen hatte, war Kutter vermutlich kindisch und albern vorgekommen. Der ältere Mann bot eine beeindruckende Erscheinung. Runde Schultern und wenig Körperspannung vermittelten eine gewisse Weichheit, aber allein durch seine Größe machte er einen imposanten Eindruck. Ich schätzte ihn auf knapp eins neunzig. Er sah aus wie jemand, der urplötzlich jede Menge Energie freisetzen konnte.

Die Bedienung trat zu uns an den Tisch, und Kutter bestellte einen Milchkaffee und Leitungswasser. Dann betrachtete er erst mich, dann Lankat aufmerksam. Sagte weiterhin nichts. Endlich nickte er, als sei er zu einem Entschluss gekommen, und lehnte sich nach vorn. Als ich die vorsichtige Art bemerkte, mit der sich der Mann bewegte, fragte ich mich, ob er vielleicht Probleme mit dem Rücken hatte.

»Okay, es geht also um die Sache im *Up And Away*. Warum? Für wen arbeiten Sie?«

Er hatte uns beide angesehen, die Frage aber eindeutig an mich adressiert.

Ich ließ mir Zeit mit der Antwort. Wahrscheinlich hielt er uns für Journalisten. Auf der Suche nach einer großen Story – der, die man ihm unter den Fingern weggebrannt hatte.

Ich nahm einen Schluck Tee, der längst lauwarm war, und schüttelte den Kopf. »Wir sind an der Geschichte aus privaten Gründen interessiert.« Ich konnte den Zweifel in den Augen unseres Gegenübers sehen.

Kutter zog langsam die braune Lederjacke aus und legte sie hinter sich über die Lehne. Das gestreifte Hemd, das er darunter trug, erinnerte mich an die Hemden, die mein Vater bevorzugte.

»Und Journalist bin ich auch nicht, falls Sie sich das fragen. Mein Name ist Johannes Thiebeck. Ich bin ehemaliger Bulle. Und Ole Lankat hier«, ich nickte in Lankats Richtung, »ist Blogger.«

Kutters rechte Augenbraue wanderte nach oben, schwer zu sagen, ob aus Verwunderung oder Verachtung. Ich hatte Schwierigkeiten, ihn richtig zu deuten. Er war gut darin, sich bedeckt zu halten und kaltschnäuzig zu bleiben.

»Was für ein Blog?«

»*Druckausgleich*«, antwortete Lankat.

Die buschige Braue zuckte erneut nach oben.

Lankat fragte: »Sagt Ihnen das was?«

Als er seinen Kaffee und das Glas Wasser von der Bedienung bekam, war Kutter kurz abgelenkt. Er trank erst aus der Tasse, dann aus dem Glas. Nickte. »Reingeschaut. Der Name ist öfter mal aufgetaucht. Und Sie wollen die Geschichte für Ihr Blog?«

Lankat zögerte. Ganz offensichtlich hatte Kutter *ihm* die Frage gestellt, aber er wollte mir offenbar nicht komplett die Unterhaltung entziehen. Ich hatte aber gar nichts dagegen. Die beiden kommunizierten offenbar auf einem Level. Das machte die Sache möglicherweise sogar einfacher. Außerdem war ich gespannt, wie Lankat die Sache anpacken würde. Ich nickte und machte Kutter damit gleichzeitig klar, dass ich nicht bloß für den guten Tee mitgekommen war.

Lankat schien kurz zu überlegen. Wahrscheinlich würde Kutter das Blog nicht ernsthaft als journalistische Konkurrenz sehen, trotzdem ginge eine Veröffentlichung dort in die gleiche Richtung wie bei einer regulären Zeitung oder Zeitschrift. Die Frage war: Würde Kutter trotzdem das Gefühl haben, *seine* Geschichte abzugeben? Zu verschleudern? Oder wäre er froh, dass sie nicht komplett vergraben bliebe?

»Vermutlich nicht«, antwortete Lankat schließlich. »Im Moment geht es mir ausschließlich darum, herauszufinden, worum es bei der Sache geht. Meine Freundin kannte den Toten. Die Sache nimmt sie ziemlich mit«, log er.

Soweit ich wusste, kannte er Hennis Schwester nicht.

Kutter nickte verständnisvoll. Ich konnte nicht entscheiden, ob der Mann Lankat glaubte oder nicht.

Dieser fuhr fort: »Je nachdem, was an der Sache dran ist,

wäre das prinzipiell natürlich trotzdem ein Thema für den *Druckausgleich.*«

Kutter betrachtete ihn aus zusammengekniffenen Augen.

»In dem Fall blieben alle Quellen anonym. Sie würden als ursprünglicher Autor genannt, falls Sie das wünschen. Oder blieben ebenfalls anonym, wenn Ihnen ansonsten Schwierigkeiten entstehen.«

Kutter entspannte sich minimal. Seine wachsamen, dunklen Augen erinnerten mich an ein Raubtier.

»Ich kann meine Quelle nicht preisgeben.«

»Bei der Polizei? Das weiß ich, und das verlangt auch niemand.«

Falls ich mit meiner Vermutung, woher das Material stammte, richtig lag, zeigte Kutter das mit keiner Regung.

»Ich brauche das Material, auf dem basierend Sie Ihren Artikel geschrieben haben. Komplett«, sagte Lankat.

»Das hat die Polizei beschlagnahmt. Und hat dafür die einstweilige Verfügung dagelassen, den Artikel wieder offline zu nehmen.«

Ich nickte. Diese Aussage hatte ich erwartet. »Die Bullen haben das Original. Und Sie haben eine Kopie davon. Mindestens eine«, schaltete ich mich ein.

Wieder blieb Kutters Gesicht ausdruckslos, und diesmal war das allein bereits Aussage genug. Kein Protest, keine Unschuldsbeteuerungen. Ich fasste es als Kompliment auf, der ältere Mann hielt es offenbar nicht für nötig, uns irgendwelchen Unsinn aufzutischen.

»Und wenn es so wäre?«, fragte er schließlich.

Ich zuckte mit den Schultern. »Das hieße, dass wir etwas hätten, worüber sich zu reden lohnt. Wenn nicht, haben wir alle unsere Zeit verschwendet.«

»Nehmen wir mal an, rein hypothetisch, Sie hätten recht. Und ich hätte illegalerweise Material einbehalten. Was hätte ich davon, mit Ihnen darüber zu reden? Geld?«

»Nein.« Entschieden schüttelte ich den Kopf. Darüber hatte ich kurz nachgedacht, aber Henni konnte Kutter vermutlich ohnehin nicht bezahlen. Ich konnte mir auch nicht vorstellen, dass er auf Geld aus war. Es hätte mir auch nicht behagt, für die Informationen zu zahlen. Als würde der Deal dadurch schmutziger werden, als er es war.

Auf der Fahrt ins Café hatte ich mit Lankat darüber gesprochen, und er hatte eine Idee formuliert. Er war großer Fan von sogenannten *barter deals,* also Tauschhandeln, oder sogar der Schenkökonomie. Aber wir konnten kaum davon ausgehen, dass Kutter uns das, was er in der Hinterhand hielt, ohne Gegenleistung – allein für ein Versprechen auf gutes Karma – aushändigen würde. Deswegen hatte Lankat einen anderen Plan entwickelt.

Er ergriff das Wort. »Vielleicht haben Sie Interesse an Informationen, die sich für einen anderen Artikel verwenden lassen.«

Der Journalist nickte auffordernd.

»Ein Freund von mir ist an einer Geschichte über das neue Kulturzentrum unten in Neukölln dran. Der Rücktritt des Vereinsvorsitzenden hatte anscheinend etwas mit Spendengeldern von einem befreundeten Bauherrn zu tun, der für den Bau des Zentrums ordentlich Kohle abgegriffen hat.«

Die Story hatte Benno ausgegraben, ein Freund von Lankat, weil dessen Bruder in dem Zentrum regelmäßig als Erzieher jobbte. Es war momentan das Einzige, was einer guten Story gleichkam, die der *Druckausgleich* in petto hatte. Ein Anruf bei Benno hatte ergeben, dass er keine Probleme damit hatte, die Geschichte zuerst an Kutter zu geben. Den Bloggern ging es nicht um Auflagenzahlen, Klickraten oder journalistischen Ruhm – jedenfalls nicht primär. Ihnen ging es darum, dass Dinge ans Licht kamen, die sonst vergraben blieben. Wer sie aus dem Dunkeln herauszerrte, war weniger wichtig.

»Und Sie geben mir die Story? Mit allen Unterlagen?«

Lankat nickte. Ich konnte sehen, wie er ein Lächeln unterdrückte.

Da waren sie wieder, die misstrauisch zusammengekniffenen Augen. Kutter misstraute allem und jedem. »Exklusiv?«

»Eine Woche, dann läuft es über unser Blog. Und ja, Sie sind der einzige Journalist, der das Zeug von uns bekommt.«

Kutter schien zu überlegen. »Also gut. Geben Sie mir Ihr Material, und ich evaluiere es. Entscheide, ob ich damit genug anfangen kann, um einen Deal zu rechtfertigen. Nehmen Sie meinetwegen Schlüsselinformationen raus, sodass der Kram nicht wasserdicht ist.« Er zuckte mit den Schultern, als wäre es ihm tatsächlich egal. »Ich werde Sie nicht aufs Kreuz legen. Ich benutze es nur, wenn wir uns einig werden. Sicher ist sicher.«

Lankat reagierte nicht sofort. Der Junge hielt sich gut, zeigte keinerlei Triumph darüber, dass Kutter tatsächlich angebissen hatte. »Wie?«, fragte er nach einem Augenblick mit ruhiger Stimme.

»Haben Sie etwas zu schreiben?«

Lankat nickte und zog Papier und Kugelschreiber aus der Jacke. Kutter diktierte ihm den Namen einer Website, auf der wir das Material hochladen sollten.

»Holen Sie sich für den Link des gespeicherten Materials eine *tinyurl*.«

Während er den Zettel wegsteckte, nickte Lankat. Ich kannte das Prinzip, auf solchen Seiten wurden endlos lange URLs, die sich kein Mensch merken konnte, zu handlichen kleinen Kurzformen abgekürzt.

»Melden Sie sich, wenn Sie's haben, ich rufe dann zurück.« Offenbar hatte Kutter vor, weitere Vorkehrungen für diesen Anruf zu tätigen, um sicherzugehen, dass es keine Lecks gab. Einen Moment lang fragte ich mich, ob er wirklich derart brisantes Material besaß, das all diese Agentenspielchen rechtfertigte, oder ob es sich um reine Gewohnheit handelte.

Keine Spuren auf Download-Links in Mails oder auf Websites zu hinterlassen erschien mir vernünftig, aber die Chance, dass einer von uns abgehört wurde, schätzte ich als verschwindend gering ein. Allerdings spielte das keine Rolle, es war Kutters Game. Und wenn er daraus ein Versteckspiel machen wollte, würden wir einfach mitmachen. Trotzdem fragte ich: »Warum der ganze Aufwand? Ich denke, die Bullen haben das ganze Material längst?«

Kutters Finger wanderten über den Rand seiner Tasse. »Natürlich nicht. Die haben einen Bruchteil davon. Den Teil, der auch online zu sehen war.«

Eigentlich hätte ich das erwarten sollen.

Er sah auf und fixierte mich. »Ihnen muss bewusst sein, wie explosiv die Sachen sind. Sie werden verstehen, was ich meine, wenn Sie einen Blick darauf geworfen haben.«

Ich nickte.

»Sobald ich es durchgesehen habe, bekommen Sie von mir ebenfalls eine *tinyurl*. Dann sind wir durch. Klingt das machbar?«

»Machbar.« Lankat nickte.

»Gut«, beschied Kutter und stürzte den Rest des Kaffees

hinunter. Er saß leicht vorgebeugt, auf dem Sprung, und streckte erst Lankat, dann mir die große Hand hin, bevor er sich erhob. »Wir hören voneinander.« Damit ging er und ließ uns in Gedanken und mit der Rechnung zurück.

Nicht einmal anderthalb Stunden später hatte Lankat Kutter angerufen, der wortkarg gleich wieder aufgelegt hatte. Wir saßen in Lankats Bude, in der Henni inzwischen zwei der Fenster angekippt und einen weiteren Stuhl aus der Küche besorgt hatte.

Kurz darauf klingelte das Telefon und Kutter ließ sich die verkürzte URL des Filesharers durchgeben.

»Passwortgeschützt?«, wollte er noch wissen.

Lankat verneinte. Wortlos legte Kutter auf.

»Und jetzt? Wie lange müssen wir warten?«, wollte Henni wissen. »Ich bekomme langsam Hunger.«

»Wir können um die Ecke was essen gehen. Den Laptop nehmen wir mit«, schlug Lankat vor. »Vorne am Görlitzer Bahnhof gibt es einen ganz coolen Laden.«

Während wir uns auf den Weg machten, sagte ich zu Henni im Treppenhaus: »Ich muss als Nächstes mal mit deiner Schwester sprechen.«

Sie verzog das Gesicht, nickte aber. »Ich weiß. Aber das wird sie nicht erfreuen. Sie reißt mir dafür bestimmt den Kopf ab. Dass ich da nicht die Finger von lassen kann.«

Tja, da wird sie aber einfach nicht gefragt werden, dachte ich, während ich hinter ihr nach unten stieg.

Knapp eine Stunde später klingelte Lankats Handy. Wir saßen im *Gruber* in bequemen Sesseln rund um einen niedrigen Tisch und hatten bereits gegessen.

Lankat wollte gerade nach dem Telefon greifen, als ich ihm zuvorkam. Zeit, wieder einen Teil der Ermittlungen in die eigene Hand zu nehmen. Außerdem traute ich Kutter zu, dass er noch härtere Bandagen aufziehen konnte. Ich wollte Lankat nicht zu viel zumuten.

Eine unbekannte Nummer.

»Thiebeck.«

»Haben Sie was zu schreiben?«

Ich bejahte und griff nach einem Kugelschreiber, um auf einen der Zettel zu schreiben, die wir für Notizen mitgebracht hatten.

Kutter diktierte mir eine kurze Abfolge von Buchstaben und Zahlen, die hinter das *tinyurl.com* gehörten.

»Wiederholen Sie's«, befahl er knapp.

Ich kam der Aufforderung nach.

»In Ordnung. Laden Sie's runter und seien Sie vorsichtig damit. Ich werde das File in zwei Stunden löschen. Viel Glück.«

Einen Augenblick lang war ich versucht, ihn davon abzuhalten, sich zu verabschieden, ihn zu der Brisanz des Materials zu befragen. Dann ließ ich es bleiben. Es war sinnvoller, zuerst die Unterlagen zu sichten, bevor ich ihn weiter bedrängte. Ich verabschiedete mich, und wir beendeten das Gespräch. Wortlos schob ich Lankat den Zettel hinüber und lehnte mich vor, um auf den Bildschirm schauen zu können.

Er tippte den Link in den Browser und lud dann den Ordner herunter, der mit einer kryptischen Buchstabenfolge betitelt war.

Einen Augenblick später hatte er den Inhalt mit einem Kompressionsprogramm entpackt und geöffnet. Im Inneren befanden sich weitere Ordner mit Fotos, eine Excel-Datei und mehrere Word-Dokumente. Lankat klickte sich kurz durch den Inhalt, damit wir uns einen Überblick verschaffen konnten. Henni war inzwischen aufgestanden und hatte sich auf die Lehne meines Sessels gesetzt. Kam mir dabei ganz nah. Ich konnte ihr dezentes Parfüm riechen und die Wärme durch ihren Wollpullover an meinen Rippen spüren.

Bald wurde mir klar, dass Kutter die Geheimniskrämerei nicht wegen der Qualität, sondern der Quantität der Unterlagen betrieben hatte: Es ging nicht darum, dass sich in dem Paket ein Staatsgeheimnis befand, im Gegenteil. Wir befanden uns im Besitz ganz alltäglicher Ermittlungsarbeit des Berliner LKA. Und genau das war der springende Punkt: Soweit ich das einschätzen konnte, befand sich in dem Ordner alles, was die Polizei zum damaligen Zeitpunkt über den Mord gewusst hatte.

»Holy Shit!« Ich lehnte mich zurück und fuhr mir durch die Haare, während ich wie aus sicherer Entfernung die Ordnerstruktur überblickte. Dabei streifte ich mit der Hand Hennis Oberarm, die keinerlei Anstalten machte, mir auszuweichen. Vermutlich war sie vom Umfang der Dateien genauso geschockt wie ich.

Ohne wirklich darüber nachzudenken, war ich davon ausgegangen, dass sich Kutters Quelle Zugang zu ein paar Bildern und Notizen hatte verschaffen können. Möglicherweise ein Praktikant oder Assistent, der sein mageres Gehalt aufbessern wollte oder aus einem Gefühl der Kränkung heraus handelte. Von einem Vorgesetzten mies behandelt, bei der Promotion übergangen; solche Auslöser waren ein gefundenes Fressen für Leute wie Kutter.

»Hey! Was ist los? Ihr zwei seht aus, als hättet ihr ein Gespenst gesehen.« Lankat deutete auf den Bildschirm. »Was hat das zu bedeuten?«

»Das Zeug ist Dynamit«, sagte ich. »Wer auch immer das Material zu diesem Fall gestohlen hat, hat Zugang zu allen relevanten Informationen gehabt. Es muss sich um einen leitenden Beamten im LKA oder dem Büro der Staatsanwältin handeln.«

In dem Moment ging mir auf, wie viel Respekt Kutter Lankat, beziehungsweise seinem Blog, zollen musste. Vor allem, wie viel Vertrauen er ihm entgegenbrachte.

»Wer sich im Besitz dieser Daten befindet und die internen Strukturen der untersuchenden Behörde kennt, der braucht nicht lange, um das entsprechende Leck zu finden. Wenn die falschen Personen das hier in die Finger bekommen, ist irgendwer richtig am Arsch. Kutter selbst droht keine echte Gefahr, aber jeder von uns könnte mit diesen Ordnern seiner Quelle ordentlich die Schlinge um den Hals ziehen. Falls wir daran ein Interesse hätten.«

Mein Respekt vor Kutter wuchs. Für den Journalisten wäre es einfacherer und sicherer gewesen, uns abzuweisen.

Sofort keimte ein Gefühl von Paranoia in mir auf. Er war bestimmt niemand, der an Schenkökonomie und an die Gerechtigkeit des Kosmos glaubte. Was versprach er sich davon, uns diese Informationen zu geben und damit potenziell seine Quelle zu gefährden?

Ich hätte diese leise, unruhige Stimme in meinem Inneren gern ignoriert. Oder daran geglaubt, dass Kutter bloß die behördliche Deckelung quersaß und er seine Story veröffentlicht sehen wollte. Offenbar war seine misstrauische und zynische Art ansteckend. Ich schaffte es nicht, die Zweifel ganz zu verbannen, und wandte mich kurzentschlossen den Daten zu. Falls es einen Hinweis auf ein doppeltes Spiel von Kutter geben würde, würde sich dieser am ehesten in den Unterlagen zum Fall Rasmus finden.

Aus den kurzen Notizen des ED ließ sich der Tathergang relativ gut rekonstruieren: Der Täter hatte sich ohne Gewaltanwendung abends Zutritt zu dem Reisebüro verschafft und den noch arbeitenden Steffen Rasmus dort vorgefunden. Ob der Mann seinen Mörder eingelassen hatte, sich dieser mit einem Schlüssel selbst aufgemacht oder ob die Tür möglicherweise gar nicht abgeschlossen gewesen war, blieb unklar. In dem Bericht tauchte die Frage auf, ob Rasmus seinen Mörder gekannt haben konnte. Die Tat selbst unterstützte einen solchen Verlauf allerdings nicht mehr oder weniger als einen zufälligen Mord, wurde in einer Notiz behauptet.

Das hielt ich für völligen Blödsinn. Die Art, wie Rasmus gestorben war, schien dermaßen mit Symbolik überfrachtet, dass ich mir kaum vorstellen konnte, dass sich jemand vollkommen zufällig ausgerechnet dieses Opfer ausgesucht hatte. Ein abschließender Obduktionsbericht fehlte allerdings, dafür war das Datum der Informationen nicht alt genug. Kutters Material stammte direkt vom Morgen nach der Tat. Der ED war dort aufgetaucht, hatte alles erfasst, und wenige Stunden später hatte Kutter seinen Artikel online gestellt. Der Maulwurf hatte also keine Zeit verloren.

Ich dachte kurz an Jana. Und daran, ob ich es ihr nicht eigentlich schuldig war, ihr von dem fetten Leck in ihrer Truppe zu erzählen. Aber wir hatten Kutter unser Wort gegeben, und auch wenn ich persönlich keine großen Skrupel gehabt hätte, mich dem Kerl gegenüber nicht gerade wie ein Pfadfinder zu verhalten, ahnte ich, dass Lankat das anders sehen würde. Journalistenehre, nahm ich an. Ich hatte keine große Lust, die Information gegen Lankats Willen weiterzugeben. Dafür war er für Hennis Fall bisher zu wertvoll gewesen.

Plötzlich stieß ich auf einen Eintrag in der Excel-Liste, der mir beim ersten Überfliegen entgangen war: Auf Rasmus' Schreibtisch hatte man eine Postkarte gefunden, auf der ein einziger Satz stand: *»Two For Joy.«* Kein Empfänger, keine Anschrift, keine Briefmarke, nur dieser eine Satz auf Englisch. *Zwei für Freude* oder *Zu zweit Freude*? Ich war mir nicht sicher.

»Was ist das?«, wollte Henni wissen, die sich auf meine Schulter stützte.

Ohne zu antworten, drehte ich den Laptop etwas zu mir, um das Touchpad besser bedienen zu können.

Ich durchsuchte die Thumbnails der am Tatort gemachten Bilder und fand kurz darauf, was ich suchte: drei Fotos der Postkarte, eins im Hoch- und zwei im Querformat. Geschrieben war der Satz in Schwarz, möglicherweise mit einem dicken Filzstift oder einem Edding. Kantige Druckbuchstaben, die gut lesbar waren.

Ich öffnete ein neues Fenster des Browsers und gab den Satz in die Suchzeile ein.

Enter.

Fast 200 Millionen Ergebnisse, darunter jede Menge Bilder von Elstern. Ich scannte kurz die Ergebnisse, suchte diejenigen heraus, die mir relevant erschienen. Jeder meiner folgenden fünf oder sechs Klicks öffnete eine Website in einem weiteren Tab. Ich brauchte nicht mehr als zwei davon anzusehen, bis mir ein Schauer über den Rücken lief.

Ein angelsächsischer Kinderreim, der von Elstern und Aberglaube handelte. Elstern als Unglücksvögel, als Überbringer guter oder schlechter Nachrichten. Je nachdem, wie viele man von ihnen auf einmal sah, war die Bedeutung jeweils eine andere.

One For Sorrow.
Two For Joy.
Three For A Girl.
Four For A Boy.
Five For Silver.
Six For Gold.
Seven For A Secret That's Never Been Told.

Ich holte das Bild mit dem Spruch wieder nach vorn, betrachtete die schwarze Schrift, möglicherweise geschrieben vom Mörder.

Henni schob sich an mir vorbei und suchte weiter. »Da gibt es verschiedene Versionen. Hier ist noch eine: *One for sorrow, two for mirth, three's a wedding, four's a birth, five is Heaven, six is Hell, seven is the Devil himself.* Dann gibt es hier noch eine mit vier Zeilen, und welche mit zehn.«

»Na ja, die zweite, die du erwähnt hast, ist es nicht, weil der Spruch nicht *two for mirth*, sondern *two for joy* ist.«

Henni schien nicht überzeugt. »Die beiden sind sich aber ziemlich ähnlich, oder?«

»Warum hat Kutter nichts über den Spruch in seinem Artikel veröffentlicht?«, wollte Lankat wissen.

Ich zuckte mit den Schultern. »Vielleicht weil er im Grunde genommen eine ehrliche Haut und kein Trüffelschwein ist. Diese Information kann elementares Täterwissen sein. Natürlich kann das LKA nicht wollen, dass so etwas zu schnell publik wird. Möglicherweise hatte Kutter auch ein schlechtes Gewissen, illegal an das Zeug gekommen zu sein. Und da hat er dann seine Grenze erreicht. Die andere Möglichkeit: Er ist ein Feigling. Wenn er das mit der Postkarte auch noch rausgehauen hätte, dann wären sie ihm noch viel heftiger aufs

Dach gestiegen. Der hätte richtig Ärger bekommen. So haben sie ihm vermutlich nur auf die Finger gehauen und dafür gesorgt, dass das Material wieder offline geht.«

»Was bedeutet das jetzt? Für Marlene, meine ich?«, fragte Henni.

Ich drehte mich zur Seite, um sie anzuschauen. »Kann ich sie treffen?«

Sie überlegte und nagte dabei an der Unterlippe. »Ich weiß nicht. Was erzählen wir ihr? Sie wird kaum begeistert sein, wenn sie erfährt, dass ich jemanden gebeten habe, in diesem Fall zu ermitteln. Immerhin benimmt sie sich so, als wäre ihr überhaupt am liebsten, es würde *niemand* Steffens Tod untersuchen.« Sie seufzte. »Sie ist von uns beiden immer die Stärkere gewesen. Sie hat einen krassen Beschützerinstinkt. Wollte immer auf mich aufpassen, auch, als ich längst alt genug war. Sie ist ein bisschen so wie eine Löwenmama, und ich weiß nicht, ob es ihr gefällt, dass ich mich zur Abwechslung mal in ihren Kram einmische, um ihr zu helfen. Um sie zu schützen.«

»Okay. Vielleicht fällt uns später noch eine clevere Idee ein. Oder sie ändert ihre Meinung.«

»Wie wirst du jetzt weitermachen?«

Ich lächelte böse. »Es gibt da jemanden, dem ich einen Besuch abstatten will.«

5

Ich blieb ganz ruhig sitzen, als ich den Schlüssel im Schloss hörte. Die Tür schwang auf, Hegert trat ein, in der linken Hand eine Sporttasche, das Hemd vollkommen verschwitzt, und zog den Schlüssel ab. Erst dann sah er mich im Gegenlicht der breiten Fensterfront sitzen und stieß einen kleinen Schrei aus.

»Scheiße! Mann, Johnny!« Er warf die Tasche vor sich auf den Laminatboden, und die Plastiknoppen schabten über die glatte Oberfläche. Wütend kam er auf mich zu. »Wie zum Geier bist du hier reingekommen?« Sofort winkte er ab. »Vergiss die Frage.« Er wusste, dass ich auch als aktiver Polizist selten vor verschlossenen Türen haltgemacht hatte.

Mit einem Ächzen bückte er sich, holte ein Handtuch aus der Tasche und wischte sich Gesicht und Nacken ab, bevor er es sich um den Hals schlang und zu mir herüberkam.

»Ruinier dir nicht den Stoff«, sagte ich tonlos, als er sich auf die Couch fallen ließ. »Golfen?«

»Quatsch. Tennis.«

Ich nickte. Squash, Badminton, Tennis – das wären meine nächsten Vermutungen gewesen. Passte auch besser als Golf.

»Warum bist du hier? Ich habe dir schon gesagt, dass ich mit dir nicht über den Fall reden kann.«

»Ich will dir was zeigen.« Ohne ihn aus den Augen zu lassen, griff ich nach meinem Laptop, der sich in einer Tasche unter dem Tisch befand, und klappte ihn auf. Wartete kurz, bis er sich aus dem Stand-by-Modus zurückmeldete, und reichte ihn an Hegert weiter.

»Was wird das?«, fragte er unwillig. Plötzlich begriff er, was er zu sehen bekam. Seine Augen wurden groß.

Lankat hatte mir alle Dateien von Kutter auf einem Stick mitgegeben, als wir uns verabschiedet hatten.

»Ich habe da noch so ein Assessment, das ich für String fertigmachen muss. Aber wenn ihr noch was braucht, meldet euch. Ich will auf jeden Fall wissen, wie das Staffelfinale ausgeht. Und hier sind alle Daten drauf«, hatte er gesagt.

Henni hatte unsere Rechnung im *Gruber* bezahlt, und wir hatten uns verabschiedet. Ich war direkt nach Hause gefahren, hatte die Ordner vom Stick auf meinen Laptop transferiert und mich auf den Weg zu Hegert gemacht. Jetzt saß ich bereits ein paar Stunden in seinem Wohnzimmer herum. Durch mein Eindringen wollte ich ihn auf dem falschen Fuß erwischen, ihn in die Defensive drängen. Das Türschloss war eine Sache von ein paar Minuten gewesen, und durch die wenigen Mietparteien hatte mich oben auf dem Absatz niemand gestört.

»Wie bist du an diese Daten gekommen?« Seine Stimme klang belegt, er musste schlucken.

»Eine Quelle.«

»Wir haben das Zeug sofort vom Netz nehmen lassen. Das kann doch kein Zufall sein, dass ausgerechnet du darüber gestolpert bist.«

Ich nickte. »Kein Zufall. Und ich bin mir der Brisanz des Zeugs durchaus bewusst. Aber eure undichte Stelle ist mir gerade ziemlich egal, Arne. Ich will Informationen zu dem Fall. Mehr, als ich bereits habe.«

Er schüttelte heftig den Kopf. »Auf keinen Fall. Gerade

weil das Zeug existiert, werde ich dir nicht noch mehr erzählen. Vergiss es. Irgendwer wird für das Leck ohnehin seinen Kopf verlieren. Wenn ich dazu was ausplaudere, wie sieht das denn aus? Nachher halten die mich für den Maulwurf.« Er sah mich an.

Ich verzog keine Miene.

»Johnny, das geht nicht. Jana und Mirko machen mich fertig. Die kreuzigen, vierteilen mich und lesen mir dann meine Rechte aus den Eingeweiden. Es geht einfach nicht.« Der letzte Teil klang fast flehentlich.

Ich hatte ihn bald da, wo ich wollte.

Immer noch schwieg ich. Sah auf den Rechner mit dem belastenden Material.

Er seufzte. »Mann, du würdest das doch nie an die große Glocke hängen. Das würdest du Jana nicht antun. Nicht du!« Hegert zögerte. »Oder?« Nach einer kurzen Pause fuhr er fort: »Da lassen die richtig Köpfe rollen. Wir haben immer noch keine Ahnung, wer die Sachen an diesen Journalisten rausgegeben hat. Das ist die größte Ermittlungspanne seit was weiß ich wie vielen Jahren.« Ihm schien eine Idee zu kommen, und seine Augen verengten sich zu Schlitzen. »Du willst das doch nicht etwa machen, um Mirko abzusägen, oder? Selbst wenn er das nicht müsste, würde er vermutlich als leitender Ermittler seinen Hut nehmen. Nee, so asi bist du nicht.«

Ein Moment, in dem er mich musterte und ich scheinbar teilnahmslos mal ihn, mal seinen Couchtisch ansah.

»Du kannst dich doch so nicht zurück in die Abteilung boxen. Mann!« Er fuhr sich mit den Händen durch die feuchten Haare. Plötzlich schien ihm eine Idee zu kommen. »Okay! Okay, also wenn ich dir sage, was du wissen willst, dann hältst du das unter Verschluss? Keine große Glocke?«

Ich antwortete nicht.

»Das musst du mir schwören.«

»Was noch?«

Er überlegte einen Augenblick, musterte mich. Als wollte er mich einschätzen. »Du hilfst uns, die undichte Stelle zu finden.«

»Wie soll ich das denn machen?« Ich musste an Kutter denken und daran, wie ich aus dem Kerl seine Quelle herauskitzeln könnte. Das erschien mir zu optimistisch.

Hegert zuckte mit den Schultern. »Du bist das Tier. Dir fällt schon was ein. Bist du nicht bekannt für deine unkonventionellen Methoden?«

Ich verzog bloß das Gesicht.

»Haben wir einen Deal?«

»In Ordnung.«

»Schön. Was willst du wissen?«, wollte er wissen.

»Wie ist es passiert? Tathergang. Ich weiß nur, dass der Mörder nicht eingebrochen ist.«

Hegert nickte. »Wir haben immer noch keine Ahnung, ob Rasmus den Täter hereingelassen hat oder nicht.«

»Zeitpunkt des Todes?«

»Nach Mitternacht. Das heißt, wir können inzwischen wohl ausschließen, dass der Laden noch offen war und der Mörder einfach hereinspaziert ist.«

»Was hat Rasmus im Geschäft gemacht?«

»Abrechnungen. Hat er abends wohl öfter. Der Laden hat ihm gehört. Er hatte zwar noch zwei Teilzeitmitarbeiter, aber die Hauptlast lag trotzdem auf seinen Schultern. Muss ein ganz schöner Workaholic gewesen sein.«

»Wie genau ist die Tat abgelaufen?«

Hegert rieb sich die Stirn. »Er hat einen Schlag mit einem

stumpfen und einigermaßen weichen Gegenstand auf den Hinterkopf bekommen. Das hat ihn betäubt oder zumindest benommen gemacht.«

»Stumpf und weich? Was soll das denn sein?«

Er verzog das Gesicht. »Das weiß ich noch nicht genau. Der Schlag war heftig genug, um ihm eine leichte Gehirnerschütterung zu verpassen. Mit einem Gegenstand, der nicht die Haut verletzt hat. Es gibt ein dickes Hämatom, aber keine Platzwunde.«

Ich nickte, um ihm zu bedeuten fortzufahren.

»Als Nächstes hat der Täter ihm beide Hände mit Klebstoff eingestrichen und zusammengeklebt.«

»Sekundenkleber. So, richtig?« Ich streckte die Hände hinter den Rücken und drückte die Handflächen zusammen, sodass meine Finger nach unten zeigten.

»Wie einc umgedrehte Bethaltung. Das Opfer wird getroffen, bricht zusammen und fällt auf die Front. Der Mörder packt seine Arme, klebt ihm die Hände zusammen, statt ihn zu fesseln.« Hegert wackelte mit dem Kopf, als wollte er mir weder zustimmen noch widersprechen. »Jedenfalls hat er ihn dann vermutlich auf den Rücken gerollt.«

»Ziemlich unbequem«, sagte ich und lehnte mich versuchsweise gegen meine Arme hinter dem Rücken.

Hegert schnaubte. »Nichts im Vergleich mit dem, was dann kam.«

»Okay.«

»Er dreht ihn also auf den Rücken. Ab da kann ich über den genauen Verlauf nur Vermutungen anstellen, das liegt alles etwas zu dicht beieinander, um eine exakte zeitliche Abfolge zu bestimmen. Vermutlich hat er dem Opfer zuerst die Augen mit dem Kleber zugeklebt.«

»Wie funktioniert das überhaupt? Ist der Kleber nicht wasserlöslich?«

Hegert schüttelte den Kopf. »Jein. Cyanacrylat-Klebstoffe, also das, was man gemeinhin unter Sekundenkleber versteht, brauchen sogar Feuchtigkeit, um überhaupt auszuhärten. Ist zu viel Wasser im Spiel, geschieht das sehr plötzlich, und der Kleber verliert jede Belastbarkeit. Aber gerade am Auge, auf den Lippen und an ähnlichen Stellen herrscht ein ideales Klima, um zu kleben. Inzwischen wird eine Unterart von Cyanacrylat sogar von Medizinern verwendet, um damit Wunden zu verschließen. Nach einer Weile löst sich der Kleber einfach wieder von der Haut.«

»Zeit, die Rasmus aber nicht hatte.«

»Richtig. Ich nehme an, der Täter hat ihm Kleber auf die Augen appliziert und zugedrückt. Dafür gibt es Spuren an den Lidern. Vermutlich war der da noch zu benommen, um zu reagieren. Dann hat man ihm die Lippen zusammengeklebt. Während sich an den Augen noch relativ wenig Kleber findet, hat der Mörder am Mund eine ordentliche Portion verwendet.«

»Er wollte ja auch, dass Rasmus den nicht wieder öffnet.«

»Genau. Und ihn luftdicht verschließen. Da muss der Täter auch schon richtig grob geworden sein.«

»Rasmus konnte aber noch atmen.«

»Ja, durch die Nase. Das wird er vermutlich auch getan haben. Ziemlich heftig.«

Ich nickte. Konnte mir vorstellen, wie das plötzliche Verschließen des Mundes den Puls und damit die Atmung nach oben schießen ließ. Vor allem, wenn man dazu bereits blind war.

»Den Mund, beziehungsweise die Lippen, musste er eine

Weile zusammenpressen. Deswegen finden sich in dem Bereich jede Menge Hämatome und Quetschungen. Dort hat der Täter auch mehrfach nachgebessert. Ich habe Spuren von unterschiedlichen Klebstoffgenerationen gefunden.«

Ich sah ihn fragend an.

»Wenn ich Klebstoff auftrage und der aushärtet, gehört er quasi zu einer *Generation*. Warte ich einen Moment, eine Minute, zwei, und bessere dann nach, dann lässt sich das relativ gut durch die unterschiedlichen Schichten, in denen der Kleber trocknet, nachweisen. Der Täter hat fast ein halbes Dutzend Mal nachgebessert. Im Moment gehe ich davon aus, dass er mit den Oberschenkeln links und rechts vom Kopf des Opfers gehockt und ihn auf diese Weise fixiert hat.«

»Braucht man dazu Kraft?«

»Etwas. Nicht viel. Falls er wirklich die Oberschenkel benutzt hat, hält sich das in Grenzen. Die kann man zusammenpressen, dann hat so ein Kopf nicht mehr großartig viel Spielraum. Zumal, wenn man dann weder Arme noch Beine richtig bewegen kann.«

»Was war mit den Beinen?«

»Gefesselt. Mit irgendetwas, das keine starken Abschürfungen verursacht hat. Unterhalb der Knie und eine zweite Bindung oberhalb der Knöchel, würde ich sagen. Vielleicht ein breiter Gurt oder ein Stoffband. Kein Seil, keine Kabelbinder und kein Tape.« Hegert nannte damit die drei häufigsten Arten der Fesselung, die einem im Polizeialltag begegneten, aber fast immer Spuren auf der Haut hinterließen.

»Okay, und dann spritzt er ihm das Zeug in die Nase und drückt einfach zu?«

Hegert nickte. »Er hebt sich das Einfachste für den Schluss auf. Da hätte er noch nicht mal Kleber benötigt. Wenn das

Opfer gefesselt und der Mund fest verklebt ist, dann muss man bloß die Nase zuhalten, etwas warten, und das Opfer erstickt.«

»Hat der Täter das gemacht?«

»Nein, vermutlich nicht. Ich glaube, dass er relativ bald wieder losgelassen hat. Sobald er sich einigermaßen sicher war, dass die Nase zu ist.«

»Die Haut an den Lippen ist doch dünn. Reißt die nicht einfach auf? Beziehungsweise ab?«

»Das kommt darauf an. Wenn es sich um eine relativ dünne Linie Kleber handelt, möglicherweise schon. Aber der Täter hat den Mund großflächig verschlossen und dabei relativ viel Kleber benutzt.«

»Könnte man den Mund mit Gewalt immer noch aufreißen?«

»Klar. Jedenfalls, wenn man auch die Hände benutzen kann. Ansonsten erlaubt der Kiefer gar nicht so wahnsinnig viel Spielraum. Der ist aus evolutionärer Sicht ja eher dafür gebaut, Kraft beim Zubeißen zu entwickeln und nicht beim Aufmachen des Mundes. Dann kommt dazu, dass es verdammt wehtun dürfte.«

»Aber du verreckst! Bekommst keine Luft mehr. Reißt du da nicht das Maul auf, egal wie schmerzhaft es ist?«

Hegert nickte. »Wir haben im Mund des Opfers auch Blut und entsprechende Risse gefunden. Aber ich könnte mir denken, dass das schwieriger ist, als man sich vorstellt. Und man muss ja, trotz drohender Atemnot, noch den Willen dazu haben. Hast du das? Liegst du da auf dem Boden und weißt, dass du sterben wirst, wenn du dir nicht den Mund zerfetzt? Oder verfällst du einfach nur in Panik? Es gibt Tiere, die können so etwas.«

»Du meinst wie Hyänen oder Füchse, die sich die Pfoten abbeißen, wenn sie in Fallen festsitzen?«

»Ja, zum Beispiel. Andere Tiere sterben in solchen Situationen einfach. Die kämen nicht mal auf den Gedanken, etwas Derartiges zu versuchen. Gab's da nicht mal diesen Typen, der in einem Canyon in Utah unter einem Felsen festsaß und sich schließlich erst selbst den Arm gebrochen und dann das Fleisch mit einem Taschenmesser abgeschnitten hat? Was glaubst du, wie viele Menschen, die du kennst, wären aus diesem Canyon lebend herausgekommen?« Er seufzte. »Ich nehme an, die Mehrzahl von uns wäre elendig verreckt.« Ihm schien eine neue Idee zu kommen. »Möglicherweise ging es dem Täter genau darum.«

»Wovon redest du?«

»Was, wenn der Täter sehen wollte, ob sich Rasmus selbst befreien kann? Ob er bereit ist, diese Selbstverstümmelung zu erdulden, um nicht zu sterben? Vielleicht war es ein Test, den Rasmus nicht bestanden hat.«

Ich überlegte. »Du hast gesagt, der Täter hat jede Menge Kleber auf den Lippen verwendet. Sah das so aus, als wollte er, dass Rasmus den Mund wieder aufbekommt?«

Hegert zögerte. »Nein, vermutlich nicht. Eigentlich sah das sogar so aus, als wollte er sichergehen, dass Rasmus ihn *ganz sicher* nicht mehr öffnen kann.«

Nachdenklich betrachtete ich die Bilder des Toten. Schüttelte den Kopf. »Die kranke Sau. Wie kommt man auf so eine Idee? Was steckt dahinter?«

»Wir haben keine Ahnung. Und leider haben wir auch sonst fast keine verwertbaren Spuren. Es sieht nicht so aus, als ob unser Täter DNA zurückgelassen hätte. Oder Fasern.«

»Wäre ja sonst auch zu einfach gewesen. Was ist mit der scheiß Postkarte?«

»Ich nehme an, du hast es gegoogelt«, antwortete Hegert und fuhr fort: »Irgendwas über Elstern. Ein Kinderreim.«

»Richtig. In Amerika, Australien und auf den Britischen Inseln kennt den jedes Kind. Warum aber gerade die zweite Zeile aufgetaucht ist, ergibt keinen Sinn. *One For Sorrow* – das hätte ich bei Rasmus' Zustand sofort verstanden. Habt ihr noch weitere Opfer?«

Hegert schüttelte den Kopf. »Nichts, was in diese Richtung geht. Und lauf bloß nicht rum und setz irgendwem Ideen in den Kopf. Ein Kinderreim-Serienmörder ist das Letzte, was wir jetzt gebrauchen können. Nein, ich bin mir ziemlich sicher, dass es mit dem Spruch etwas anderes auf sich hat. *Joy* könnte auch ein Frauenname sein. Irgendwie so was.«

Ich glaubte ihm. Glaubte ihm, dass es noch keine weiteren Opfer gegeben hatte und dass er ganz unbedingt keinen Serienmord an den Hacken haben wollte. Aber ich war mir wegen der Bedeutung des Spruchs nicht so sicher wie er.

»Was ist mit dem Klebstoff?«

»Kein Haushaltskleber. Eher industriell, richtig starkes Zeug. Aber eine gängige Marke und absolut kein Problem, es zu bekommen. Darüber dürften wir ihn nicht kriegen.«

»Wisst ihr, wie er den Kleber aufgetragen hat?«

»Nein, keine Ahnung. Es ist ein relativ flüssiger Kleber, kein Gel. Ich nehme also an, dass es eine übliche Plastikflasche war. Das Einzige, was ich mit Sicherheit sagen kann, ist, dass es sich nicht um einen Pinsel gehandelt hat.«

»Pinsel?«

»Manche von diesen Klebern werden in Flaschen mit kleinen Pinseln geliefert. Aber dann hätten die ausgehärteten Strukturen anders ausgesehen.«

»Okay. Wo ermittelt ihr gerade hin?«

»Wie immer, wenn wir keine Ahnung haben: in alle Richtungen.«

Ich lächelte. Den Spruch hatte ich selber bereits eine gefühlte Million Male benutzt. Dann fiel mir etwas ein. »Habt ihr die Körner hinzugezogen?«

»Ja. Mirko und Jana hatten die Hoffnung, dass sie uns irgendwas über den Täter sagen kann. Aber bisher ist es zu dünn, was wir haben.«

»Ich rede mal mit ihr«, sagte ich. »Und wenn ich auf irgendwas Wichtiges stoße, sage ich euch Bescheid.«

»Du willst mir immer noch nicht sagen, warum genau du in dieser Geschichte rumbohrst, oder?«

Ich schüttelte den Kopf und klappte den Rechner zu. »Tut mir leid, dass ich dich so unter Druck gesetzt habe. Aber immerhin habe ich die richtig dreckige Wäsche auch ohne dich gefunden.«

Hegert antwortete nicht, beschwichtigte mich nicht und verzog keine Miene. Er brachte mich zur Tür, und wir verabschiedeten uns.

Das kleine Glöckchen am Eingang klingelte fröhlich, als ich *Doktor Körners Pretiosen* betrat. Es handelte sich um einen kleinen Antikladen im Wedding, der früher einmal ihrem Mann gehört hatte und jetzt von Professor Dr. Hedwig Körner, einer Polizeipsychologin, betrieben wurde.

Wir hatten uns kennengelernt, weil Frau Körner im Fall Gorlaff hinzugezogen worden war – sie war eine leidenschaftliche Expertin von Brett- und anderen Spielen.

Sie hatte geholfen, die Schachmetapher zu entschlüsseln, als Gorlaff für jede meiner geschlagenen Figuren einen Menschen getötet hatte. Und war selbst Teil des Spiels geworden: Ihre Figur war die des Springers gewesen, die Gorlaff ganz zum Schluss geschlagen hatte. Damals war ich gerade noch rechtzeitig in ihre Wohnung gekommen, um ihn zu vertreiben und sie zu retten.

Ich bewegte mich an antiken Möbeln, Schränkchen und Truhen vorbei, um nach hinten zu gelangen. Zwischendrin befanden sich Glasvitrinen, in denen alte Versionen bekannter Brettspiele standen. Tatsächlich hatte ich keine Ahnung, ob Frau Körner überhaupt jemals etwas verkaufte. Die Gegend hier in Moabit in der Nähe der Turmstraße war vermutlich nicht ideal für Laufkundschaft, jedenfalls nicht für derartige Waren, und ich hatte noch nie einen Kunden bei ihr gesehen.

Kühle und Dunkelheit erinnerten mich an ein Museum, und obwohl es nach alten Dingen roch, war es kein unangenehmer Geruch. Bei unserem ersten Treffen hatte mich Frau Körner an meine Besuche bei der Großmutter erinnert, und ihr Laden passte hervorragend zu diesem Bild.

Sie kam gerade aus dem schmalen Gang, der neben dem Tresen in den hinteren Bereich führte, wo sich eine Art Wohnstube und eine kleine Teeküche befand. Eine Tatsache, die den Gedanken verstärkte, sie könnte den Laden ihres verstorbenen Mannes eher wie ein Wohnzimmer und nicht wie einen Laden betrachten.

Frau Körner trug ein hellgraues Strickkleid, das sehr gut zu ihren silbern schimmernden, immer noch vollen Haaren passte. Ich hatte sie damals auf über sechzig geschätzt, wusste inzwischen aber, dass sie eher auf die siebzig zuging. In ihrer Gegenwart wurde mir meine eigene Körpergröße immer besonders bewusst. Ich überragte Tamina, Henni war noch kleiner – aber niemand war so klein und zierlich wie Professor Körner. Sie mochte gerade mal ein Drittel meines Körpergewichts wiegen, und ich war mir sicher, dass ich sie mit einer Hand hätte hochheben können. Versucht hatte ich es allerdings noch nicht.

Sie strahlte mich an. »Guten Tag, Herr Thiebeck, was für eine Überraschung. Wie schön, Sie zu sehen. Kommen Sie, ich habe gerade Tee aufgesetzt.«

Ich schüttelte die warme, weiche Hand, die sie mir mit erstaunlich festem Griff anbot, und folgte ihr in den Gang zu ihrer Stube. Dort wurde eine Wand komplett durch ein Regal aus Büchern eingenommen, vor allem Klassiker und natürlich alles Hardcover, und ein kleines Fenster schaute traurig auf einen betonierten Innenhof. Ich setzte mich auf das Sofa, das von zwei Sesseln flankiert wurde und vor dem ein antiquarisch aussehender Couchtisch mit verschiedenen Magazinen stand. Irgendwie hatte ich das Gefühl, dass sich in dem Raum nichts verändert hatte, seit ich vor Monaten das letzte Mal hier gewesen war.

»Wie ist es Ihnen ergangen?«, fragte sie, als sie sich endlich zu mir setzte, nachdem sie Geschirr und Tee geholt hatte und dann erneut aufgestanden war, um ein Tablett mit Keksen und Kaffeekuchen zu holen.

Mein Angebot, das für sie zu tun, hatte sie unerbittlich abgelehnt.

Ich erzählte kurz, was seit dem Abschluss des Falls Gorlaff passiert war, und sie stellte einige interessierte Fragen.

»Wie geht es Ihrer Freundin?«, wollte sie wissen.

Tamina und Frau Körner hatten sich während meines Krankenhausaufenthalts kennengelernt, und in einer schwachen Minute hatte ich Frau Doktor von unseren Schwierigkeiten erzählt.

Ich verzog das Gesicht, legte den Kopf schief. Frau Körner wusste, dass das kein ganz einfaches Thema war.

»Sie haben mir damals gesagt, dass Sie früher Angst vor Nähe hatten«, fuhr sie fort. »Ist das immer noch so?«

Kurz fragte ich mich, was passiert war. Ich war gekommen, um ihr Fragen zu stellen, stattdessen fühlte ich mich, als hätte sie mich gebeten, auf ihrer Liege Platz zu nehmen. Aber ich nahm ihr die forschende Art nicht übel, manchmal stellte sie genau die richtigen Fragen. Außerdem war das vielleicht so eine Art emotionaler Blutzoll, den man zahlen musste, wenn man Informationen von der Weisen Frau erhalten wollte.

»Nein. Jetzt habe ich Angst davor, was passiert, wenn ich verrate, dass ich diese Nähe suche.«

»Ah, dann haben Sie es bisher für sich behalten?«

Ich wackelte mit dem Kopf, um ein Nicken anzudeuten.

»Vielleicht sollten Sie das nicht tun. Manchmal ist es besser, aufzustehen und in den Schrank hineinzusehen, als sich die ganze Nacht auszumalen, was für Monster sich dort drin verstecken könnten.«

Ich musste lachen, weil ich plötzlich ein Bild von Tamina als kleines Monster in meinem Schrank vor Augen hatte. Das würde ihr gefallen.

Frau Körner berührte mich mit der Hand am Bein. »Aber deswegen sind Sie nicht hier, oder?« Sie zwinkerte mir zu.

»Nein. Es geht um den Mord im Reisebüro.«

»Oh.« Sie faltete die Hände auf den Knien und lehnte sich etwas zurück, schaute mich traurig an. »Der junge Mann mit dem Kleber.« Sie musterte mich aufmerksam. »Aber Sie sind doch nicht wieder zurück im Polizeidienst, oder etwa doch?«

Ich verzog das Gesicht. »Nein.«

»Ermitteln Sie in diesem Fall?«

»Ja.« Ich versuchte, den Gesichtsausdruck neutral zu halten.

Sie dagegen lächelte. »Weiß Frau Kleidermann, dass Sie hier sind?«

Ich war überrascht, dass sie bloß Jana erwähnte und nicht Densch, aber vermutlich hatte die kluge Frau nicht allzu lange gebraucht, um zu verstehen, wie es zwischen ihm und mir stand.

»Nein. Ich forsche in dem Fall nach, weil mich jemand darum gebeten hat.«

Wieder setzte Frau Körner dieses nachsichtige Lächeln wie eine Lesebrille auf. »Eigentlich müsste ich Sie jetzt wieder nach Hause schicken. Aber nehmen wir einmal an, ich wüsste nicht, dass Sie gar nicht an dem Fall arbeiten. Nehmen wir einmal an, mir sei entfallen, dass Sie gar kein Kriminalhauptkommissar mehr sind. Ja?«

»Ja, nehmen wir das mal an«, sagte ich und grinste. Wurde wieder ernst. »Hat man Ihnen die Bilder gezeigt?«

»Ja. Das war kein schöner Tod.«

Ich betrachtete sie einen Augenblick lang. Als Kriminalpsychologin bekam sie bestimmt jede Menge gruseliges Zeug zu sehen, aber irgendwie nahm ich ihr ab, dass jeder Fall sie aufs Neue bestürzte.

»Was denken Sie, warum der Täter auf diese Weise getötet hat? Mit dem Kleber? Arne Hegert hat darauf hingewiesen, dass es für den Täter einfacher gewesen wäre, dem Opfer einfach die Nase zuzuhalten, als er ihm längst den Mund zugeklebt hatte.«

Sie hörte mir aufmerksam zu, ließ mich reden.

»Also ging es vielleicht nicht nur ums Ersticken. Das klingt alles nicht so, als sei der Kleber bloß ein Werkzeug. Sondern als sei er vielmehr ein Symbol.«

»In gewisser Weise vielleicht. Oder es geht dem Täter um die Andacht.«

»Andacht? Was bedeutet das?«

Sie wiegte leicht den Kopf hin und her. »Das ist ein Ausdruck, den ich möglicherweise etwas leichtfertig gebraucht habe. Es war nur so eine Theorie.«

»Bitte, erzählen Sie.«

»Als man mir den Tathergang geschildert und die Fotos gezeigt hat, da habe ich auch sofort gedacht, was für eine Rolle die vollständige Isolation des Opfers zu bedeuten hat. Und warum es von alleine, also ohne weitere Einwirkung des Täters, hat sterben müssen.« Sie sah mich an. »Ich hatte das Gefühl, der Täter wollte im Augenblick des Todes zurücktreten können. Einen ungestörten Blick auf sein Werk richten, ohne sich darauf konzentrieren zu müssen, einen Menschen zu töten. Ein Täter, der auf sein Opfer einschlägt, bis es stirbt, oder es würgt, der befindet sich ›mittendrin‹. Da gibt es keine Distanz.«

»Er hat ihm also die Nase zugeklebt, ist aufgestanden und hat auf Rasmus heruntergesehen, während der erstickt ist?«

»Das würde zumindest Sinn ergeben. Mir kam es vor, als hätte er eine Art ›andächtige Haltung‹ eingenommen, deswegen hatte ich das erwähnt.«

»Aber warum?«, sagte ich mehr zu mir selbst als zu ihr. Und sprach dann weiter: »Um Rasmus beim Sterben zuzusehen. Sich anzusehen, wie der verzweifelt mit seinem zugeklebten Mund versucht, Luft einzusaugen.«

Ich musste wieder an das Foto des Toten denken. Frau Körner nickte, und ich sah sie an.

»Da muss jemand eine ziemliche Wut auf Rasmus gehabt haben. Das ist kein Ausbruch, kein Affekt, wo etwas überkocht. Es ist nicht nur sorgfältig geplant, es dauert auch sehr lange.« Ich versuchte mir vorzustellen, wie Rasmus betäubt dalag. Wie der Täter erst die Hände verklebt, wartet, testet. Sich dann um die Augen, um den Mund kümmert.

»Das muss endlos gedauert haben«, murmelte ich. »Was muss passiert sein, damit ich jemanden auf diese Weise sterben sehen und vor allem keinen Augenblick davon verpassen will?«

Frau Körner schien meine Gedanken nur ungern unterbrechen zu wollen. Zögerlich sagte sie: »Ich würde davon ausgehen, dass der Täter entweder einen abgrundtiefen Hass auf Herrn Rasmus verspürt hat und ihn deswegen leiden sehen wollte oder aber, dass es gar nicht um das Opfer selbst ging.«

»Wie meinen Sie das?«

»Denken Sie an meine Benutzung des Wortes ›Andacht‹. Was, wenn der Täter sich gar nicht an Rasmus, sondern an irgendeinem Opfer vergangen hat? Möglicherweise ging es ihm um die Tat an sich, nicht um eine bestimmte Person.«

»Glauben Sie, der Mord könnte religiöse Motive haben?«

»Wegen der Hände, meinen Sie?«

Ich nickte.

»Mhm, das Aufeinanderlegen der Handflächen erinnert natürlich schon an die Haltung beim Beten. Allerdings hat man dafür die Hände vor dem Körper.«

»Und wenn es das auf den Kopf stellen soll? Quasi ein, ich weiß nicht, umgekehrtes Beten? So wie Teufelsanbeter das Kreuz auf den Kopf stellen?«

Sie schürzte die Lippe, als wäre sie zu höflich, um mir direkt zu widersprechen. »Wenn der Täter die Hände zusammenkleben wollte, dann sind die Handflächen der folgerichtige Kontaktpunkt. Insofern würde ich eher davon ausgehen, dass der Kleber und nicht die aufeinanderliegenden Hände der springende Punkt sind.«

»Also gut.« Ich wechselte die Richtung. »Warum ›*Two For Joy*‹? Was soll das? Warum überhaupt eine Karte?« Ich schränkte ein: »Falls es sich dabei um einen Hinweis vom Täter handelt.«

Sie lächelte. »Um Ihre erste Frage zuerst zu beantworten: Wenn Täter etwas am Tatort zurücklassen, dann gibt es meistens zwei mögliche Gründe.« Frau Körner hob den Zeigefinger, wie um zu zählen. »Sie wollen den Ermittlern eine Botschaft zukommen lassen, sei es, weil sie im Grunde ihres Herzens gefasst werden wollen oder weil sie sich überlegen fühlen. Die zweite Möglichkeit ist, dass die Nachricht für sie selbst und das Opfer bestimmt ist. In dem Fall ist es ihnen schlicht egal, ob jemand anderes darüber stolpert. Sie fühlen sich sicher genug, beziehungsweise diese Botschaft ist derart wichtig, dass nachgelagerte negative Folgen nicht von Belang sind.«

»Was, glauben Sie, ist hier der Fall?«

»Es tut mir leid, Herr Thiebeck. Dafür ist es zu früh. Wir wissen ja noch nicht einmal, ob die Karte wirklich vom Täter stammt. Das wäre zu viel Spekulation.«

Ich nickte, auch wenn ich innerlich wild den Kopf schüttelte. Dieser Spruch *schrie* geradezu danach, vom Mörder zurückgelassen worden zu sein.

Plötzlich stutzte ich. Irgendwas in Frau Körners Gesichtsausdruck ließ mich innehalten. Es war, als würde sie auf etwas warten, mich beobachten. Und als würde sie mir zuzwinkern, ohne das Gesicht zu verziehen. »Ist irgendwas?«, fragte ich leicht irritiert. Reflexartig strich ich mir durchs Gesicht, wie man es tat, wenn einen andere Menschen zu lange musterten.

»Nein, nichts«, antwortete sie, und diesmal fing ihr mildes Lächeln an, mir auf die Nerven zu gehen.

Ich hatte keine Lust auf Spielchen, und vor allem keine Zeit. »Vielen Dank für Ihre Geduld.« Ich erhob mich und schüttelte ihr die Hand.

»Jederzeit, Herr Thiebeck. Ich freue mich, wenn Sie mich besuchen kommen. Und ich wünsche Ihnen viel Glück mit Ihrem Monster im Schrank.«

Beim Verlassen des Ladens verabschiedete mich fröhlich das Glöckchen, und als ich in das lebhafte Treiben von Moabit blinzelte, kam es mir ein bisschen so vor, als sei ich aus einer anderen Welt zurückgekehrt.

6

Im Auto überlegte ich. Langsam wurde es Zeit, dem Hinweis, den ich von Stehrs erhalten hatte, nachzugehen und zu schauen, ob ich nicht eine Spur des Hurenkönigs auftreiben konnte.

Das *Samsara Hostel* lag nördlich vom Alex, in einer Nebenstraße in der Nähe vom Volkspark Friedrichshain. Obwohl ich es eigentlich besser wusste, nahm ich das Auto und brauchte entsprechend lange quer durch die Stadt. Inzwischen war es später Nachmittag, und die kleinen Kopfsteinpflasterstraßen lagen in träger Samstagsnachmittagsstimmung da. Tiefer in der Stadt merkte man von dieser Trägheit nichts, da war der Samstag genauso geschäftig wie der Rest der Woche. Aber hier hatten sogar die meisten kleinen Geschäfte bereits seit mittags geschlossen.

Ich parkte den Wagen und betrat den Eingangsbereich des Hostels.

Hinter dem großen, geschwungenen Rezeptionsbereich arbeitete eine junge Frau mit zwei Zöpfen. Sie sah auf, strahlte mich an und fragte: »Guten Tag, wie kann ich Ihnen helfen?«

»Haben Sie hier so etwas wie einen Manager? Oder Schichtleiter?«

Über ihre fröhliche Miene legte sich ein Schatten. »Gibt es ein Problem?«

Jetzt war ich es, der lächelte. »Nein, kein Problem. Entschuldigung, ich will mich nicht beschweren. Ich bräuchte lediglich eine Auskunft. Alles in Ordnung.«

Der Sonnenschein kehrte zurück in ihr Gesicht. »Ach so. Ich hab mir schon Sorgen gemacht.« Dann schaute sie auf die große Uhr an der Wand hinter sich. »Daniel kommt normalerweise so gegen fünf. Kann aber auch mal eine halbe Stunde oder so später werden«, fügte sie entschuldigend hinzu.

»Kein Ding. Ich warte.« Ich ging zu einem Bereich auf der anderen Seite der großzügigen Halle, in dem kleinere Sesselgruppen und mehrere Rundtische mit Stühlen standen. Ich nahm mir eine der vielen Tageszeitungen, die an Haken an der Wand hingen, und setzte mich, um zu lesen. Direkt neben mir brummte ein Getränkeautomat vor sich hin.

Um viertel nach fünf trat ein junger Mann, nicht älter als Mitte zwanzig, zu mir und streckte mir die Hand entgegen. »Daniel Mittmer, schönen guten Abend. Wie kann ich Ihnen helfen?« Er trug die kurzen Haare mit einem dezenten Mittelscheitel und außerdem einen sauber geschnittenen Bart. Seine Kleidung bestand aus einer Adidas-Trainingsjacke, Cordhose und einem Paar Lederschuhe.

Ich erhob mich, schüttelte seine Hand und stellte mich vor. »Können wir uns irgendwo unterhalten?« Das Foyer des Hostels war immer noch relativ leer, aber im Barbereich hinter mir hatten ein paar Typen angefangen, Billard zu spielen, und gerade waren zwei asiatische Frauen an den Tresen getreten, um nach Zimmern zu fragen.

Überrascht sah er mich an, nickte aber sofort. »Sicher, hier entlang bitte.«

Wir durchquerten den dunkler gehaltenen Barbereich, in dem gerade zwei Männer Stühle aufstellten.

»Heute Abend ist Karaoke, da wird das Haus immer ordentlich voll«, erklärte Mittmer.

Er steuerte auf eine Tür zu, zog einen Schlüsselbund aus der Hosentasche und schloss auf. Hinter der Tür befand sich ein winziges Büro mit einem uralten Computer und einem speckigen Monitor auf einem kleinen Campingtisch. Der Rest des Raums wurde von Regalen eingenommen, in denen vor allem Ordner standen und jede Menge Verbrauchsmaterialien wie Kopierpapier, Druckerpatronen, Klebebandrollen und Ähnliches lagen.

Nachdem ich die Tür geschlossen hatte, breitete er die Arme aus. »Es tut mir leid, nicht gerade wohnlich. Normalerweise arbeite ich vorne beim Front Office.«

Ich nahm an, dass er damit die Rezeption meinte. Er setzte sich selbst nicht auf den einzigen Stuhl, wahrscheinlich, weil ohnehin nur einer von uns beiden hätte sitzen können. Also standen wir uns etwas ungelenk gegenüber, wie zwei Pennäler, die sich zu einem geheimen Treffen hinter dem Schulklo verabredet hatten.

»Ich will Sie gar nicht lange aufhalten. Aber haben Sie diesen Mann schon einmal gesehen?« Ich reichte ihm einen Ausdruck eines Bildes von Attila Dinzmann, das Stehrs mir geschickt hatte. Es zeigte Dinzmann mit einer Wollmütze, leger auf ein Ohr gezogen, und Dreitagebart.

Mittmer studierte das Bild einen Moment lang und schüttelte dann den Kopf. »Nein, tut mir leid. Aber die Chance ist auch nicht groß. Ich selbst arbeite nicht am Empfang, und wir haben hier jeden Tag eine ganze Menge Durchlauf. Weswegen genau suchen Sie den Mann?«

»Es geht um einen Betrugsverdacht.«

Ich rechnete Mittmer hoch an, dass er nicht gleich versucht

hatte, den Cowboy zu spielen und nach einem Ausweis zu fragen, sondern mir einfach zivilisiert auf meine Frage geantwortet hatte.

»Ich gehe davon aus, dass er irgendwann in den vergangenen zwei Wochen hier ein Zimmer gemietet hat.«

Er legte den Kopf schief. »Da ist die Auswahl dann nicht mehr so groß. Wir haben hier vor allem Sechs- bis Achtbettzimmer für junge Reisende. Es gibt allerdings auch einen Bereich drüben im Haupthaus mit Einzel- und Doppelzimmern. Aber das sind nicht mehr als vier Zimmer, dementsprechend gering ist das Aufkommen dieser Gäste.«

Ich dachte kurz nach. »Möglicherweise war er mit einer Osteuropäerin hier. Allerdings habe ich weder einen Namen noch ein Bild von ihr.«

»Ich könnte Susanne das in der Datenbank checken lassen.« Er zögerte. »Allerdings wäre dafür …«

»Schon klar«, sagte ich lächelnd und holte meine Kriminaldienstmarke aus der Tasche. Meine aktuelle Marke hatte ich damals zusammen mit meinem Ausweis und meiner Dienstwaffe bei der Suspendierung abgeben müssen, aber auf diesen Tag war ich vorbereitet gewesen. Johnny Thiebeck war über die Jahre vermutlich der Ermittler, der die meisten dieser Marken verloren hatte. Zumindest offiziell, denn ich besaß sie alle noch. Eine in der Hosentasche, die anderen beiden in einer Schublade in meinem Schreibtisch. Wahrscheinlich hatte ich immer schon geahnt, dass ich eines Tages keine Berechtigung mehr haben würde, die Dinger zu tragen, und hatte dementsprechend vorgesorgt.

Ich mochte die Marken. Sie waren oval, aus schwerem Messing und in etwa so groß wie die Gürtelschnalle eines texanischen Ölbarons. Die meisten Menschen fanden die

Marken deutlich überzeugender als jeden Dienstausweis, obwohl auf ihnen weder Bild noch Name dafür sorgte, dass sie ihren Träger wirklich auswiesen.

Mittmer nickte, als er die Marke sah. Die erhabene Aufschrift KRIMINALPOLIZEI reichte ihm völlig aus. Mit einem verlegenen Lächeln, als sei es seine Schuld, mich angezweifelt zu haben, sagte er: »Danke. Kommen Sie, ich bringe Sie nach vorne an den Desk.«

Ich folgte ihm zum Empfang. Dort wies er die erneut vor Fröhlichkeit schier übersprudelnde Susanne an, die Gäste der Einzel- und Doppelzimmer zu durchsuchen. Ich überlegte, wie sinnvoll diese Aktion war. Wenn ich Attila wäre, hätte ich mir irgendeine Prostituierte geschnappt, sie hierhergebracht und das Zimmer für eine Nacht unter falschem Namen gemietet. Dann würde es nichts geben, das ich hier finden könnte.

Aber ich war nicht Attila, und viel wichtiger: Attila war nicht ich. Der Mann war im Grunde genommen nicht besonders klug. Er besaß eine gewisse geschmeidige Straßenschläue, aber wenig Fantasie. Vermutlich hatte er nur kleine Details seiner Geschichte erfunden oder verändert. Deswegen war ich mir relativ sicher, dass die Frau, die Attila für seinen Betrug an Ulli benutzt hatte, tatsächlich Osteuropäerin war. Vielleicht sogar wirklich Rumänin. Er selbst hatte sich vermutlich bloß ausgedacht, sie als seine Schwester zu präsentieren, und alles andere hatte sich dann so ergeben. Es hätte mich auch nicht gewundert, wenn die Dame tatsächlich krank war.

»Moment. Ah … Wir haben seit vier Wochen einen Gast in 318. Matei. Ileana Matei. Könnte sie das eventuell sein?«

Ohne eine Einladung abzuwarten, ging ich um den Tresen herum und schaute auf den Monitor, den Susanne und Mittmer aufmerksam betrachteten. Kurz glitt mein Blick über die anderen Einträge, oft nur ein oder zwei Nächte. Falls es sich bei der genannten Frau wirklich um Ullis *Tatiana* handelte, dann war Attila ein noch dämlicherer Hund, als ich vermutet hatte.

»Denkbar. Ist sie im Moment hier?«

Mittmer lächelte. »Das kann ich Ihnen leider nicht sagen. Aber wenn Sie wollen, können Sie es versuchen. Das Zimmer befindet sich im dritten Stock im Hinterhaus. Ich gebe Ihnen eine Schlüsselkarte für die Haustür unten mit, dann können Sie dort rein und raus. Ob Sie mit Ihnen reden will, muss sie selbst entscheiden.«

Ich nickte und sah zu, während er sich über Susanne lehnte, ein paar Klicks mit der Maus machte und dann eine komplett weiße Schlüsselkarte, so groß wie ein Personalausweis, vor ein kleines schwarzes Gerät hielt, bis ein grünes Licht aufleuchtete.

»Bitte sehr. Sie können die Karte einfach hier unten wieder abgeben, wenn Sie fertig sind.«

Ich bedankte mich, ließ mir von ihm noch den Weg zum Hinterhaus zeigen und ging dann über den Hof auf das große, vierstöckige Quergebäude zu, in dem der Großteil der Schlafsäle des Hostels untergebracht war. An der Tür gab es einen Drehknauf, der aber auf meine Bemühungen nicht reagierte, sondern freidrehte. Schließlich begriff ich, dass ich offenbar die Karte gegen den schwarzen Knauf halten musste. Auch hier leuchtete im Inneren das grüne Licht auf, und ein leises Knacken ertönte. Als ich an dem Knauf drehte, konnte ich die Tür öffnen.

Ich betrat das Treppenhaus. Zu meiner Linken führte eine offen stehende Tür in ein großes Zimmer. Ich nahm an, dass es sich um einen Speiseraum oder Gemeinschaftssaal handelte. Die Treppe führte mich hoch in den dritten Stock, in dem ich durch eine Glastür einen Flur betrat, der sich in U-Form einmal durch die Etage zu ziehen schien. 318 befand sich offenbar auf der anderen Seite.

Am kurzen Ende des Gangs stieß ich zu meiner Rechten auf einen Raum, in dem sich eine Küche und knapp ein halbes Dutzend junge Spanier befanden, die um einen Tisch herum saßen und mit erhobenen Stimmen diskutierten. Alle anderen Türen, an denen ich vorbeikam, waren geschlossen. Hinter ihnen vermutete ich die Schlafräume, die nur geöffnet wurden, wenn sie gereinigt wurden oder ihre Bewohner ein- und ausgingen.

Schließlich stand ich vor Zimmer 318 und klopfte. Sah auf die Uhr meines Handys. Halb sechs und ein Anruf in Abwesenheit: Henni. Die musste warten.

Von drinnen hörte ich ein zögerliches »Ja?«.

Statt zu antworten, klopfte ich einfach noch einmal. Das hatte sich in den Jahren als Kriminaler oft bewährt. Statt durch Treppenhäuser zu brüllen, dass die Kripo vor der Tür stand, war den Leuten im Nachhinein ein klein wenig Ignoranz meistens lieber.

Ich musste ein drittes Mal energisch klopfen, bevor sich die Tür endlich einen Spalt öffnete. Eine vielleicht dreißigjährige Frau mit langen, leicht gelockten braunen Haaren und starken Augenringen sah mich fragend an.

»Frau Matei? Kann ich Sie einen Moment sprechen?« Mein Körper verspannte sich unmerklich bei diesen Worten. Viele Menschen, mit denen ich zu tun hatte, rochen immer noch den Bullen an mir. Es hatte mit der Art zu sprechen, mit der Körperhaltung, mit dem Ausdruck in den Augen zu tun. Manche Menschen musste ich bloß ansprechen, und sie wollten mir am liebsten die Tür vor der Nase zuknallen. Was viele auch getan hatten. Frau Matei starrte mich nur einen Herzschlag lang an, nickte dann und ging aus dem Weg, um es mir zu überlassen, die Tür aufzustoßen.

Dahinter befand sich ein einigermaßen gemütlich eingerichtetes Zimmer. Außer dem großen Doppelbett, einem Kleiderschrank, einem Nachttisch und einem Sessel, der in der Ecke am Fenster stand, gab es keine Einrichtungsgegenstände. Über dem Bett lag eine dunkelrote Tagesdecke, auf der Fensterbank standen zwei dicke Kerzen, ebenfalls rot, und auf dem Nachttisch hatte Frau Matei eine Stoffserviette ausgelegt. Sie selbst trug einen blauen Wollrock und einen Kapuzensweater, ihre Füße steckten in dicken, selbstgestrickten Socken.

Sie strich sich die glatten Haare hinter die Ohren und setzte sich im Schneidersitz auf das Bett, um mich wachsam zu beobachten. Ich entschied mich dagegen, den Sessel zu benutzen. Das kam mir sowohl zu vertraulich als auch zu unverschämt vor. Deswegen trat ich ans Fenster, schaute kurz in den Innenhof und auf das flache Empfangsgebäude gegenüber und drehte mich schließlich um. Gegen das Fensterbrett gelehnt, sah ich sie an.

»Was wollen Sie von mir?« Sie sprach mit einem leichten, aber deutlichen osteuropäischen Akzent und klang vor allem furchtbar müde.

Wenn ich Attila richtig einschätzte und er sich für die Nummer mit Ulli wirklich eine Prostituierte gesucht hatte, dann würde in ein paar Stunden vermutlich eine lange Nacht für sie beginnen. Kurz überlegte ich, ob das Zimmer so eingerichtet war, weil sie hier Freier empfing, aber das konnte ich mir nicht vorstellen. Nicht ohne Mittmers Wissen und noch viel weniger *mit* seiner Zustimmung. Das passte einfach nicht zu ihm. Vermutlich wohnte sie einfach hier.

»Ich bin nicht von der Ausländerbehörde und auch nicht von der Sitte. Sie müssen sich keine Sorgen machen.« *Das hatte sie bestimmt auch schon öfter gehört*, dachte ich, während ich sie betrachtete. »Heißen Sie Matei?«

Sie nickte.

»Ileana?«

Noch ein Nicken.

»Also nicht Tatiana?«

Ihr Blick, der erschöpft von mir auf die Tagesdecke geglitten war, kehrte ruckartig zu mir zurück. Ich konnte Panik in ihren Augen erkennen.

»Nicht Tatiana. Ileana.«

»Aber den Namen Tatiana haben Sie schon mal gehört?«

»Viele Frauen heißen Tatiana. In meiner Heimat, aber auch hier.«

Touché. Ich beschloss, meine Taktik zu ändern und sie zu duzen. »Kennst du einen Mann namens Attila?«

Sie sah mich ausdruckslos an.

»Attila Dinzmann. Wird auch *der Hurenkönig* genannt. Schon mal gehört?«

»Kann sein.«

Ich seufzte. Langsam fing ihre stoische Art an, mich zu nerven. Ich griff in die Jacke und holte das Bild von Attila heraus. Warf es ihr aufgefaltet auf das Bett. »Der da.«

Sie verdrehte etwas den Hals, um das Foto ansehen zu können, machte aber keine Anstalten, es anzufassen.

Einen kurzen Moment wartete ich, dann stieß ich mich vom Fenster ab. Kam um das Bett herum. Ich konnte sehen, dass ich ihr Angst machte. Langsam ließ ich mich auf das Bett sinken, direkt neben ihr, sodass sie sich keinen Millimeter rühren konnte, ohne mich zu berühren. Ich zeigte ihr das zweite Bild, das von Ulli. Sagte nichts, sondern hielt es ihr nur hin.

Sie starrte darauf und flüsterte: »Er hat mir leidgetan.«

»Die beiden waren hier, oder?«

Sie nickte.

»Und Attila hat dich dafür bezahlt, dass du behauptest, du seist seine Schwester.«

Ileana schüttelte den Kopf. Als ich gerade nachsetzen wollte, erklärte sie: »Er hat mich nicht bezahlt.«

»Sondern?«

»Mir Geld versprochen. Er hatte es noch nicht.«

Himmel! Natürlich, warum sollte der Penner *irgendjemandem* Geld geben, wenn er einfach durch den Kiez laufen und jedem unermessliche Reichtümer versprechen konnte? Ich hoffte, dass Stehrs demnächst mit einem Aufenthaltsort von Attila rumkommen würde, weil ich inzwischen wirklich gern ein paar persönliche Worte mit dem Kerl gewechselt hätte.

»Und dann habt ihr Ulli abgezogen. Ihm die Geschichte von deiner Operation erzählt …«

Erneut verneinte sie. Wieder musste ich nachfragen.

»Nicht meine. Die meiner Tochter.«

Fast wäre ich in ein breites Grinsen ausgebrochen. Attila und seine halbe Fantasie! Mein Hochgefühl verflog aber sofort wieder. Noch war ich kein Stück näher dran, die Assel festzunageln.

»Was ist mit deiner Tochter?«, fragte ich sanft.

»Sveta braucht eine teure Hüftoperation. Sie kann nicht richtig laufen.«

»Wie alt ist sie?«

»Sie wird im Sommer neun.«

»Und wo ist Sveta jetzt?«

»Bei meiner Schwester in Rumänien.«

Daher kam also die Schwester! »Und Attila hat dir das Geld für die OP versprochen?«

Ein Nicken.

»Und wenn du das Geld hast, gehst du wieder zu ihr zurück?« Ich hatte halb erwartet, dass sie in Tränen ausbrechen würde, aber über ihre Tochter zu sprechen schien ihr im Gegenteil Kraft zu geben. Plötzlich saß sie aufrechter da und lächelte. »Oder ich lasse sie herkommen. Wenn ich genug zusammen habe.« Ein Schatten huschte über ihr Gesicht. »Operationen in Deutschland sind teuer.«

»Attila hat Ulli benutzt, um sich Kohle von Geldverleihern zu besorgen. Die machen ihm jetzt Ärger.«

»Das tut mir leid. Er war sehr nett.«

»Ja. Ulli ist ein Netter. Irgendeine Ahnung, wo ich Attila finden kann?«

»Nein. Er hat mich angerufen und um ein Treffen gebeten. Wir haben uns in einem Pizzaladen hier um die Ecke getroffen. Er hat mir erzählt, was er von mir will, und sich dann zwei Tage später gemeldet, als der Termin feststand.«

»Und dann sind die beiden hierhergekommen?«

»Ja. Danach habe ich weder den einen noch den anderen wiedergesehen.«

»Würdest du mich anrufen, falls Attila sich meldet?«

Ileana sah mich einen Moment lang an, als würde sie mich

prüfen. Schließlich nickte sie ernsthaft. Ich holte eine meiner Karten heraus und gab sie ihr.

Als ich an der Tür stand, sagte sie noch: »Sag ihm, es tut mir leid.«

Unten im Auto rief ich Henni zurück.

»Hast du Zeit? Können wir weitermachen?«, fragte sie. Irgendwas in ihrer Stimme ließ mich ahnen, dass es ihr nicht besonders gut ging.

»Sicher. Soll ich dich abholen?«

Sie nannte mir eine Adresse in Schöneberg.

Knapp eine halbe Stunde später hielt ich in der Nähe des Winterfeldplatzes in einer Seitenstraße und Henni stieg zu mir ein.

»Alles in Ordnung? Du klangst merkwürdig am Telefon.«

Sie brauchte einen Augenblick, bis sie antwortete: »Es ist wegen Marlene. Ich fühle mich irgendwie verantwortlich für die blöde Kuh. Aber sie will darüber nicht mit mir reden. Sagt, ich soll mich da raushalten.« Sie riss die Arme in einer abwehrenden Geste hoch. »Geht mich ja eigentlich wirklich nichts an, was sie mit diesem Steffen zu tun hatte. Aber ich kann's einfach nicht. Verstehst du das?«

Ich stellte den Motor ab. »Klar. Es juckt, du musst kratzen, so einfach ist das. Ist bei allen guten Ermittlern so. Soll ich jetzt mal mit ihr reden?«

»Ich fürchte, das ist kein guter Zeitpunkt. Ich habe schon ordentlich in dem Hornissennest herumgestochert.«

»Also gut. Mein Vorschlag: Wir fahren in den Wedding, holen meinen Rechner, gehen in meine Stammkneipe und knacken den Fall über ein paar Bier. Erdnüsse gibt's da auch.«

»Bier klingt gut. Computer müssen wir nicht holen, ich habe meinen dabei.« Sie klopfte auf die Tasche auf ihrem Schoß. »Was ist mit W-LAN?«

»Haben die.«

Plötzlich starrte Henni aus dem Fenster. In einem Hauseingang war eine junge Frau aufgetaucht und holte gerade ein Handy aus der Handtasche.

»Ist sie das?«

Sie nickte. Ich konnte ihr ansehen, dass sie am liebsten rausgesprungen wäre, um noch einmal mit ihr zu reden.

»Lass mich«, sagte ich und stieg aus. Ich ging um den Wagen herum auf Marlene Herzog zu.

Sie trug die Haare, vom gleichen Farbton wie Hennis, lang und offen. Das dezente Make-up unterstrich ihre feinen Züge, die hohen Wangenknochen, den Mund mit den vollen Lippen und die dunklen Augen, die zum Hineinfallen einluden. Sie war fast einen Kopf größer als Henni mit schlankem Körperbau und Beinen, die auch einem Model hätten gehören können. Sie trug ein Baumwollkleid, das ihren Körper umschmeichelte und ihn hervorragend zur Geltung brachte. Darunter schaute eine geringelte Leggings hervor, und ihre Füße steckten in flachen Leinenschuhen. Ich wollte mir gar nicht vorstellen, wie die Lady in High Heels aussehen mochte.

Als sie bemerkte, dass ich auf sie zusteuerte, fixierte sie mich mit einem unfreundlichen Blick, während sie ihr Handy wegsteckte.

»Frau Marlene Herzog?«

»Wer sind Sie?«

Sie sah großartig aus, besaß aber eine enervierende Stimme, bei der ich am liebsten auf dem Absatz wieder kehrtgemacht hätte. Wenn Marlene Herzogs Charakter auch nur halb so anstrengend war wie ihre Stimme, besaßen die Götter in der Tat einen feinen Sinn für Ironie.

»Mein Name ist Johannes Thiebeck. Ich helfe Ihrer Schwester bei ihren Ermittlungen.«

»Henni ermittelt nicht. Nicht in diesem Fall, sie ist damit nicht betraut worden«, wies sie mich scharf zurecht.

»Ich habe die Bilder gesehen«, sagte ich mit gedämpfter Stimme. »Hat Henni Sie Ihnen gezeigt?«

Marlene schüttelte den Kopf und klammerte sich an ihrer Handtasche fest. Sie sah über meine Schulter, als würde sie von irgendwoher Hilfe erwarten.

»Aber das LKA hat Ihnen beschrieben, wie Steffen gestorben ist, oder? Als Sie befragt wurden?«

Widerstrebend nickte sie.

»Hören Sie, Marlene, ich kann mir vorstellen, wie Ihnen zumute ist, aber wir müssen der Sache auf den Grund gehen. Und das geht nicht, wenn Sie uns nicht helfen.«

»Ich habe den Kommissaren alles gesagt, was ich weiß«, beharrte sie. »Und jetzt gehen Sie bitte.«

Ich wollte gerade etwas erwidern, als ich unterbrochen wurde.

»Gibt es ein Problem?«, wollte ein junger Mann, vermutlich so alt wie Marlene, in einem scharfen Tonfall wissen.

»Karsten! Gut, dass du da bist.«

Seine kurzen, schwarzen Haare glänzten vor Gel, und er trug einen anthrazitgrauen, edlen Anzug. Ich schätzte ihn als einen Finanz- oder PR-Berater ein – jemand, der regelmäßig deutlich ältere Männer beeindrucken musste. Er passte gut zu Marlene, ich konnte mir die beiden hervorragend zusammen vorstellen. Er besaß ein offenes, freundliches Gesicht;

ein Typ, den man auf Anhieb sympathisch finden mochte. Mich funkelte er jetzt allerdings böse an. Dann fasste er Marlene am Arm und ging mit ihr zurück zu einem Auto, während er mir über die Schulter noch einen letzten drohenden Blick zuwarf.

Während ich zusah, wie die beiden in den Wagen stiegen, ging ich zurück zum Ford und öffnete die Autotür.

»Hab mir schon gedacht, dass du auch nicht mehr Erfolg hast«, sagte Henni, als ich mich in den Sitz fallen ließ. »Das Ganze ist so besonders absurd, weil Marlene noch nie bei irgendwas die Hilfe von Karsten gebraucht hat.«

»Was meinst du?«

»Sie ist immer die Starke in der Beziehung gewesen. Marlene regelt die Dinge, hat auf Karsten achtgegeben, macht es noch. Ich habe dir ja erzählt, wie wild sie immer auf mich aufgepasst hat. Als sie anfing, Freunde zu haben, hat sie die eben auch unter ihre Fittiche genommen. Sich um deren Zeug gekümmert, dafür gesorgt, dass sie keinen Ärger kriegen.« Henni lachte tonlos. »Wenn du sie mal als echte Furie erleben willst, dann geh hin und erzähl ihr, dass Karsten im Grunde genommen ein totaler Versager ist. Und sieh zu, wie sie dir ins Gesicht springt.«

»Nein danke, kein Bedarf. Sind die beiden noch zusammen?«

»Die Beziehung ist schon eine ganze Weile vorbei, aber ich habe das Gefühl, sie sehen sich noch genauso viel wie vorher.«

Das passte zu dem vertrauten Umgang zwischen den beiden. Ich drehte den Zündschlüssel, und der Motor erwachte heftig blubbernd zum Leben.

Henni schien meinen Wagen zum ersten Mal richtig zu bemerken. »*Nice*. Sieht fast ein bisschen aus wie ein amerikanisches Muscle-Car.«

Mir war klar, woher die Assoziation stammte. Holger, der Schrauber bei mir im Hinterhaus, mit dem ich die Karre umgebaut hatte, hatte mich überredet, einen breiten, schwarzen Streifen längs über das Auto laufen zu lassen, wie ihn viele der alten amerikanischen GT-Wagen besaßen. Er passte hervorragend zu dem dunklen Rot des Lacks.

Ich lachte. »Ist auch eins.«

»Nee, das ist ein Ford, so viel erkenne ich auch noch.«

»Ford Granada. Vorsicht, Klugscheißermodus: Ein Muscle-Car ist nichts anderes als ein Auto vom Band mit einem fetten, maßgeschneiderten Motor. Was bei diesem Baby definitiv der Fall ist.«

Kurz darauf fuhren wir über den Nollendorfplatz Richtung Norden davon.

»Das ist bloß eine Kollegin, ja?«, sagte ich mit Nachdruck, als ich unser Bier an der Theke bestellte.

Anissa, die zweite Barfrau, warf einen kurzen Blick auf Henni, die bereits auf dem kleinen Sofa saß und ihren Rechner hochfuhr. »Ist schon recht«, sagte sie mit einem Lächeln.

Während ich wartete, sah ich mich in der Kneipe um. Der Raum war für einen frühen Samstagabend nicht unüblich zu etwa zwei Drittel gefüllt. An den Tischen und in den Sitzecken saßen vereinzelt auch immer wieder Leute, die ich kannte, und ich begrüßte den einen oder anderen mit Kopfnicken oder Handzeichen.

»Hier«, sagte Anissa.

Ich drehte mich um.

Sie war nicht so hübsch wie ihre Kollegin Ava, aber sie

besaß jede Menge Ausstrahlung. Ihre Kieferknochen waren definitiv zu ausgeprägt für ein Mädchen und die Nase zu lang, und trotzdem erwischte ich mich an manchen Abenden immer wieder dabei, sie anzustarren. Als würde sie eine besonders faszinierende Aura wie einen Umhang mit sich herumtragen.

»Solange du nicht mit Minderjährigen rummachst, kannst du in meiner Kneipe tun und lassen, was du willst.« Anissa bezeichnete das *Molly und Korn* gern als *ihre* Kneipe, selbst wenn sie hier bloß ein paar Tage die Woche arbeitete.

Mit einem Lächeln stellte sie mir die beiden Flaschen und eine Schale mit Erdnüssen auf den Tresen.

Als ich alles zu unserem Tisch zurücktrug, musste ich den Kopf über mich selbst schütteln. Ich hatte keine Ahnung, warum ich überhaupt das Gefühl hatte, mich ihr gegenüber rechtfertigen zu müssen. Ich betrachtete Henni, wie sie im Schneidersitz, bunte Socken an den Füßen, mit ihrem Rechner auf dem Schoß dahockte. Sie sah schon sehr, sehr jung aus. Da ich ebenfalls auf den Bildschirm sehen wollte, setzte ich mich neben sie. Viel Platz war nicht mehr zwischen uns, aber ihr schien das nichts auszumachen.

Wir prosteten uns zu, klickten die Flaschen gegeneinander und nahmen den ersten, langen Zug. Henni konnte auf jeden Fall Bier trinken, das gefiel mir.

»Das Zeug von Ole hast du auch hier drauf, oder?«, fragte ich.

»Ja, ist alles da. Im Netz bin ich auch schon. Womit fangen wir an?«

Ich überlegte. »Such noch mal nach diesem Kinderreim, bitte.«

Während sie auf der Tastatur tippte, dachte ich nach. »Was

hat deine Schwester mit Amerika, Australien, Großbritannien oder Irland zu tun?«

»Puh.« Sie dachte nach. »Auf den ersten Blick … nichts.«

»Was macht sie beruflich?«

»Marlene ist Kinderärztin. Im Krankenhaus. Die macht fast nichts anderes als arbeiten. Die häufen da so viele Überstunden an, dass sie vermutlich schon ab Mai den Rest des Jahres nicht mehr kommen müsste. Wenn das irgendwen interessieren würde. Ich glaube, das war auch ein Grund, warum sie sich damals von Karsten getrennt hat.«

»Was arbeitet er?«

»Der ist PR- und Unternehmensberater.«

»So sieht er auch aus.«

Sie lachte. »Schon, ja. Aber er macht bisher vor allem einen auf dicke Hose. Den richtigen Durchbruch hat er noch nicht geschafft. Laut Marlene. Er wartet noch auf den einen großen Kunden, auf *das* Aushängeschild, das ihm Tür und Tor öffnet.«

»Woher kannten sich Steffen und Marlene? Und wie lange schon?«

»Ewig. Die haben zusammen studiert. Steffen wollte ursprünglich auch Kinderarzt werden, hat aber relativ schnell das Handtuch geschmissen. Ich glaube, der ist eine Weile durch die Weltgeschichte gegondelt, und als er wiederkam, hat er eine Ausbildung zum Reisekaufmann gemacht.«

»Und sein Geschäft eröffnet. Hatten die zweimal was miteinander?«

»Glaub nicht.«

»Benutzt Marlene Facebook?«

»Klar.«

»Du auch?«

Sie lachte.

»Kannst du ihre Bilder sehen?«

Statt einer Antwort tippte sie etwas in den Browser und drehte den Laptop zu mir.

Mir kam eine Idee. »Check mal ihre Freundesliste.«

Henni kam der Aufforderung nach.

Bingo.

Unter Marlenes Dreihundertdreiundachtzig Freunden fanden wir auch Steffen Rasmus. Henni öffnete seine Bildergalerien, und es wurde schnell klar, dass Rasmus entweder nicht besonders paranoid gewesen war, was seine digitale Identität betraf, oder aber einen großen Hang zur Selbstdarstellung gehabt hatte. Die meisten seiner Fotos waren frei zugänglich, nicht nur für Freunde. Wir schauten uns eine Menge Fotos an, die Steffen und andere Menschen spektakulär in Szene setzten: auf dem Tempelberg in Jerusalem, an der Chinesischen Mauer, am Ayer's Rock in Australien. Rasmus schien schon überall gewesen zu sein, und die unglaubliche Menge seiner Fotos allein machte die Sichtung zu einem Albtraum.

»Okay, probier mal Marlene.«

Henni klickte herum. Ich sah Marlene bei einer Gartenparty mit Karsten Haasberg zusammen, konnte mir ansehen, wie sie bei einer Kanutour ins Boot einstieg und wie sie angegurtet an einem Hang in Österreich das Paragliding erlernte. Es gab jede Menge Nahaufnahmen von ihr an diversen Küchentischen oder in Cafés, und ich überlegte, ob ich sie möglicherweise nur an einem schlechten Tag erlebt hatte. Auf fast allen Bildern sah sie fröhlich und offen aus, geradezu unkompliziert, und ich erkannte die schroffe Frau, die ich zuvor kennengelernt hatte, kaum wieder. Ich dachte darüber nach, was diese Geschichte mit ihr machen musste. Ein guter Freund von ihr war auf bestialische Art und Weise ermordet worden. Und ihre kleine Schwester, die sie immer vor allem beschützt hatte, jedenfalls laut Henni, steckte nun ihre zarte Nase dort hinein. Möglicherweise tat ich Marlene unrecht und sie war gar nicht die Zicke, als die sie sich präsentiert hatte. Und als die Henni sie dargestellt hatte. Aber ich verstand trotzdem nicht, warum Marlene so wenig daran interessiert schien, den Mord aufzuklären. Hatte er sie derart mitgenommen? Wollte sie vielleicht ihre Trauer vor irgendwem verbergen? Haasberg vielleicht? Oder versuchte sie bloß, Scheuklappen aufzubehalten und den Tod des Freundes zu ignorieren?

Ich schaute Henni von der Seite her an. Bislang kannte ich nur ihre Version der Geschichte. Was, wenn da mehr zwischen den Schwestern vorging, als ich ahnte? Dinge, die die Ermittlungen erschweren würden? Vielleicht weil Henni sich ein falsches Bild machte?

Wir scrollten uns durch die Bildergalerien und fahndeten nach irgendwas, das die beiden miteinander in Verbindung brachte. Aber Steffen Rasmus tauchte nirgendwo in Marlenes Profil auf.

»Es scheint fast so, als hatten die beiden keinen Kontakt miteinander. Warum ist sie dann so aufgewühlt?«

»Verstehe ich auch nicht. Warte, schau …«

Sie zeigte auf eine Galerie, die mit *Irland 2010* betitelt war. Das erste Bild stellte ein Gruppenfoto von fast einem Dutzend junger Menschen dar, die an einer Steilküste standen und gemeinsam in die Kamera lächelten. Dritte von links, zweite Reihe: Marlene. Den Arm um sie gelegt, stand Karsten Haasberg direkt neben ihr. Die Bildunterschrift lautete: *Am Abgrund – Cliffs of Moher 2010.*

»Und?«

»Na, Irland. Hast du mich nicht zu einem Bezug nach einem englischsprachigen Land gefragt?«

Ich schnaubte. »Ein Urlaub ist ein bisschen dünn, oder? Fast jeder, den ich kenne, war schon mal in Irland.«

»Ich nicht.«

Tamina auch nicht. Als ich ihr damals von meinem Sommerurlaub mit Kassandra in Irland erzählt und erwähnt hatte, dass ich gern noch einmal hinfahren würde, hatte sie sich für Schottland ausgesprochen. »Genauso schön, aber wilder!«, hatte sie behauptet. Im Moment waren Tamina und ich vermutlich allerdings ziemlich weit davon entfernt, einen gemeinsamen Urlaub zu planen. Ich hätte mich längst mal wieder bei ihr melden sollen.

»Jedenfalls ist das eine Spur«, behauptete Henni trotzig.

»Und was hat die mit Steffen Rasmus zu tun? Siehst du den da irgendwo?«

Sie beugte sich vor, betrachtete das Gruppenfoto und bot schelmisch an: »Vielleicht hat der das Bild gemacht?«

Aber auch das Studium der anderen Bilder in dem Album förderte keine Spur von Rasmus zutage. Offenbar hatte die Gruppe eine Rundreise durch Irland gemacht, Anfangs- und Endpunkt war Dublin gewesen, und weitere Stationen hatten Galway, Cork und die Wicklow Mountains umfasst.

Ich verzog das Gesicht. »Wir müssten irgendwie an Steffens Pinnwand kommen, möglicherweise finden wir da etwas.«

»Kein Problem. Ich kenne Marlenes Passwort. Also das, was sie fast immer benutzt. Warte mal.« Sie loggte sich aus und versuchte sich dann unter Marlenes Namen erneut anzumelden. »Tada!«

»Dasselbe Passwort? Für alles?«

»Nicht für alles. Ach komm, jetzt tu nicht so. Das machen

doch viele. Müsstest mal den Fabinger aus der Abteilung für Computerkriminalität predigen hören. Der sagt, das Netz ist voll von Schwachmaten, die absolut schlampig mit ihren Passwörtern umgehen. Nicht mehr ganz so schlimm wie früher, als es irgendwelche Geburtstage von Kindern waren oder die Kosenamen ihrer Frauen. Aber gar nicht bis wenig abgewandelte Passwörter für den ganzen Onlineklimbim, das ist gang und gäbe. Ist das bei dir anders?«

Ich sparte mir eine Antwort, weil sie ins Schwarze getroffen hatte.

»Bitte sehr. Da ist Steffens Pinnwand. Das kann jetzt aber eine Weile dauern«, verkündete sie und begann, nach unten zu scrollen, um irgendwann den Sommer 2010 zu erreichen.

Ich vertrieb mir die Zeit damit, zu Anissa zu gehen und uns Potato Wedges mit der legendären Sour Cream des *Mollys* zu bestellen. Und zwei weitere Bier. Obwohl Henni mit ihrem noch lange nicht durch war, konnte ich Nachschub gebrauchen.

Kurz darauf präsentierte sie mir stolz ein Bild. Es zeigte Marlene, Karsten, zwei junge Frauen, die sich bereits auf dem Gruppenbild befunden hatten, sowie einen älteren Mann mit grauen Locken in einem mächtigen Paar Gummistiefel. Bildunterschrift: *Seamus heißt uns willkommen!*

Zusätzlich hatte Marlene als Kommentar darunter geschrieben: »Es ist wunderschön hier, Steffen. Vielen, vielen Dank für diese tolle Reise!!!«

»Der hat ihnen die Reise organisiert! Was hast du gesagt, wie lange hat er das Reisebüro schon?«

»Ein paar Jahre, aber auf jeden Fall seit 2010.«

Ich zog den Laptop zu mir herüber und öffnete ein neues Fenster. Dort suchte ich nach dem Reisebüro. Tatsächlich gab es auf dessen Seite eine Rubrik, in der damit geworben wurde, dass das *Up And Away* Spezialist dafür war, besondere Reisen für junge Leute zu organisieren: unter anderem nach Island, Schottland und Irland.

»Rasmus ist ein schöner Name.«

»Was meinst du?«, fragte ich abwesend.

»Na, so zum Heiraten.«

»Was?« Ich schaute auf.

Sie lachte. »Guck nicht so erschrocken. Da denkt man halt manchmal drüber nach. Was für Namen es so gibt. Und ob man so heißen möchte.«

»Das macht ihr?«

»Wir Frauen?« Sie zuckte mit den Schultern. »Manche, schätze ich.« Dann grinste sie. »Liegt wohl daran, dass die meisten von euch noch so altbacken sind, dass in den meisten Fällen noch die Frau den Namen des Mannes annimmt. Schau dir Arnes Schwester an.«

»Was ist mit ihr?«

»Die hat geheiratet. Und heißt jetzt nicht mehr Hegert.«

»Na, so toll ist der Name ja auch nicht.«

»Jetzt heißt sie Jessica Schweinshaut.«

»Du spinnst!«

»Nee, im Ernst. Ihrem Mann war wichtig, dass sie so heißt wie er. Da ist doch so ein ätzender Name ein kleiner Preis, den sie ruhig mal zahlen kann, findet er. Aber so ist das ja auch nicht immer. Ich glaube, der Mann unserer Staatsanwältin hat ihren Namen angenommen. Schätze, da hat dann wohl sie die Hosen an. Oder sein Name war auch nicht so prall.«

»Na ja, gibt Übleres als Schweinshaut. Ein Klassenkamerad von mir hieß Augenwurst. Schlimme Augenwurst haben sie zu dem immer gesagt.«

»Ich kannte mal einen, der hieß Abenteuer. Den hätte ich sofort geheiratet.«

»Herzog ist doch auch ganz nett«, wandte ich ein.

Henni blitzte mich über ihr Bier hinweg an. »Würdest du den annehmen, wenn wir heiraten würden? Johannes Herzog? Klingt doch nicht schlecht. Ich würde aber auch durchaus Henni Thiebeck werden.«

Ich räusperte mich, griff nach meiner Flasche, als würde ich dadurch wieder in sicheres Fahrwasser geraten.

Henni lachte und deutete auf den Laptop, um das Thema zu wechseln. »Geh noch mal auf die Pinnwand. Guck mal, ob Marlene mit dem früher öfter Kontakt gehabt hat«, forderte sie mich auf.

Und tatsächlich: In der Zeit *vor* der Irlandreise hatten die beiden immer wieder Nachrichten via Facebook-Pinnwänden ausgetauscht. Mal ein kurzer Gruß, ein Link auf einen Zeitungsartikel oder einen Onlinecartoon.

»Und danach? War da noch irgendwas?«

In den Monaten nach der Irlandreise gab es drei oder vier Posts von Steffen auf Marlenes Seite, aber nicht andersherum.

»Warum hat es da keinen Kontakt mehr zwischen den beiden gegeben? Marlene war auf Facebook ja durchaus noch aktiv, weswegen hat sie dann nicht auf seine Nachrichten reagiert? Und selbst auch gar nicht mehr geschrieben?«

Henni zuckte mit den Schultern. »Das ist komisch, ja. Gerade, wenn ihr dieser Irlandtrip so gut gefallen hat, müsste sie ihm danach ja quasi um den Hals gefallen sein.«

»Was ist mit dem Rest? Kennst du die?«

Sie sprang zurück auf das Gruppenbild an den *Cliffs of Moher*. »Manche davon. Von einigen habe ich nur gehört. Ist halt

Marlenes Freundeskreis, mit denen hatte ich damals nicht viel zu tun.«

In diesem Moment kam Anissa und stellte uns die Kartoffeln, die kleinen Schälchen mit der Sour Cream und zwei Flaschen Bier auf den Tisch. Wir machten eine kurze Pause und aßen, um Hennis Touchpad nicht unnötig durch Fettfinger zu belasten. In der Zeit spekulierten wir weiter über das, was wir gefunden hatten.

»Ist da irgendwas passiert? Etwas, das dazu geführt hat, dass Marlene nach ihrer Rückkehr nicht mehr mit Steffen reden wollte?«

»Was sollte das denn sein?«, wollte ich wissen. »Wir sollten uns die Profile der anderen anschauen. Möglicherweise finden wir dort Hinweise auf ein bestimmtes Ereignis. Zumindest sollte es kein Problem sein, die Liste mit den anderen zu vervollständigen. Genug Gruppenbilder scheint es ja zu geben.«

Nachdem wir mit dem Essen fertig waren, legte Henni eine Liste der anderen Irlandreisenden an.

»Okay, wir haben Marlene und Karsten. Dann Tabea, Micha, Marius, Svenja, Pika, Sunny …«

»Sunny?«

»Ja, Sunny Marquardt.«

Ich schnaubte. »Hoffentlich ist das ein Spitzname.«

»Von denen habe ich zumindest schon mal gehört, beziehungsweise die irgendwo gesehen. Dann ist hier noch ein Owen Carling …«

»Klingt irisch. Zeig mal.«

Henni öffnete die Facebook-Seite eines jungen Mannes mit kurzgeschorenen Haaren. Sein Standort war mit *Berlin* angegeben, aber durch seine Einträge wurde schnell klar, dass es sich bei ihm offenbar um einen irischen Reiseführer handelte. Aus dem Profil ging allerdings nicht hervor, ob er auch für Marlenes Gruppe gearbeitet oder ob es sich um einen normalen Reisenden gehandelt hatte.

»Seit wann sind die beiden befreundet?«

»Juli 2010.«

»Bingo. Das war ihr Reiseführer. Damit besteht also auf jeden Fall eine Verbindung zwischen diesem Carling und Rasmus. Wann ist Carling nach Berlin gekommen?«

Henni brauchte einen Moment, bis sie die Information ausgegraben hatte. »Vor nicht ganz einem Jahr.«

»Vorher hat er in Irland gelebt?«

Weitere Klicks. »Ja, in Dublin.«

»Ich finde die Adresse von diesem Kerl raus, dann können wir dem auf den Zahn fühlen.« Ich machte mir eine Notiz auf einem Bierdeckel. »Was ist mit den anderen?«

Sie ließ die Finger über das Touchpad gleiten. Nach ein paar Minuten verkündete sie: »Tabea und Micha haben sich ebenfalls im Juli mit Owen befreundet. Muss ich die anderen auch noch checken?«

Ich schüttelte den Kopf. »Das können wir später machen. Für den Moment reicht es uns als Bestätigung, denke ich.«

»Also ist unsere Arbeitstheorie, dass Steffen die Reise für die anderen organisiert hat, die daraufhin seinen Angestellten oder was auch immer, diesen Owen Carling, in Dublin getroffen haben, drei Wochen mit dem über die Insel gezogen sind, und irgendwo da ist etwas passiert, das sie Steffen übel genommen haben. Oder das Marlene Steffen übel genommen hat.«

»So in etwa. Wir könnten noch checken, ob einer der anderen Steffen vor der Reise kannte und danach noch mit ihm gesprochen hat.«

Henni stöhnte. »Das ist ganz schön anstrengend, weißt du. Facebook hat nicht gerade besonders komfortable Suchoptionen.«

»Dann lass es. Vielleicht können wir Ole fragen, ob er da seinen … was, *Bot von Ole*? … drüber jagt.«

Sie musste lachen. »Ja, BOLE.«

»Woher kennt ihr euch eigentlich? Ole und du? Ihr seid nicht zusammen, oder?«

»Quatsch. Den habe ich über einen gemeinsamen Freund kennengelernt. Wir hören die gleiche Musik, waren ein paar Mal gemeinsam auf Konzerten, auf die sonst keiner mitgehen wollte. Inzwischen ist er ein richtig guter Freund geworden.« Sie musterte mich. »Horchst du mich aus, ob ich einen Freund habe, Thiebeck?«

Ich schaffte es nicht, mein mildes Lächeln ganz so souverän aussehen zu lassen, wie ich es gern gehabt hätte. Dafür war ich mir ihrer Nähe zu sehr bewusst, hatte noch im Kopf, wie sie roch, und war mir darüber im Klaren, wie weich und warm sie sich neben mir anfühlte.

Um den Moment zu überspielen, nahm ich einen tiefen Schluck Bier. »Ganz unschuldiges Interesse. Es gibt da eine Frau, und ich arbeite sehr hart daran, sie als meine Freundin bezeichnen zu dürfen.« *Mein kleines Monster im Schrank.*

Ich lächelte um die Bierflasche herum. »Noch ist es nicht so weit.«

»Das wird schon.« Sie boxte mir betont kumpelhaft gegen den Oberarm, und bei ihrer Größe sah das so absurd aus, dass wir beide lachten.

»Oh Mann, ich brauche noch ein Bier«, stellte sie fest.

»Ich bin dabei.«

»Machen wir offiziell Feierabend?«

»Hiermit ist Schicht im Schacht.« Ich gab Anissa ein Zeichen. »Aber morgen rede ich mit deiner Schwester, egal wie schlecht gelaunt sie ist.«

Henni nickte.

7

Verschlafen wollte ich gerade das Wohnzimmer durchqueren, um ins Badezimmer zu gehen, als ich Henni auf dem Sofa bemerkte und stehen blieb. Ich hatte vergessen, dass sie sich in meiner Wohnung befand.

Offenbar hatte ich sie geweckt, denn sie öffnete die Augen, blinzelte mich an und streckte dann gähnend die nackten Arme unter der Decke hervor.

»Morgen. Wie spät ist es?«

»Kurz vor zehn.«

Ich hatte sie am Abend zuvor schließlich mit zu mir genommen.

»Oh bitte, Thiebeck, lass mich einfach auf der Couch pennen«, hatte sie gemault, als wir das *Molly* verlassen hatten, irgendwann gegen halb drei. »Ich will jetzt nicht mit der Bahn fahren. Oder noch schlimmer, Nachtbus. Und fürs Taxi habe ich kein Geld. Sei nicht so …«

Unbeirrt war ich auf die U-Bahn zugelaufen, sie aber erneut stehen geblieben.

»Komm schon. Bei meinen anderen Freunden schlafe ich *dauernd* auf dem Sofa. Das macht man so. Ich gehe dir schon nicht an die Wäsche.« Sie grinste angetrunken. »Hast du Angst vor mir?«

Noch einmal boxte sie mich, hart diesmal, aber ich merkte es nicht richtig. Mein Schmerzempfinden war längst von einer Schicht Zuckerwatte überdeckt. Genug Bier.

Ich streckte ihr den Zeigefinger direkt ins Gesicht. »Aber du bleibst auf der Couch!«

Sie machte eine Beißbewegung mit den Zähnen und knurrte wie ein wildes Tier. Dann lachte sie. »Jetzt tu nicht so, als seist du unwiderstehlich. Ich will einen Platz zum Schlafen, keinen mittelmäßigen Stecher.« Mit diesen Worten hatte sie sich bei mir untergehakt und mich mit sich gezogen.

»Kriege ich Frühstück?« Henni lächelte mich mit völlig verwuschelten Haaren an, und kurz wünschte ich mir, ich hätte sie doch nicht nur auf das Sofa verbannt, sondern mit in mein Bett genommen. Sie sah hinreißend aus.

Ich nickte und ging in die Küche, um Kaffee zu kochen.

»Wow, Croissants«, rief sie, als sie aus der Dusche kam.

»Bloß aus dem Ofen.«

»Egal, Croissants! Das ist mehr, als die meisten meiner One-Night-Stands sonst so zu bieten haben.«

Wir grinsten uns an.

»Siehst du, habe ich es nicht gesagt?«

»Was?«

»Deine Küche. Als ich hier am ersten Abend saß, habe ich vermutet, dass die bei Sonnenschein toll aussieht.« Sie gestikulierte mit einem halben Brötchen. »Und ich hatte recht.«

Ich musste lächeln. »Ja, du hattest recht.«

Mein Handy klingelte. Tamina. Ich trug das Telefon ins Wohnzimmer und ging ran. »Hey, du.«

»Guten Morgen. Was machst du?«

»Ich frühstücke.«

... mit einer jungen Frau, die bei mir geschlafen hat.

»Alles in Ordnung?« Tamina lachte.

Ich hatte offenbar zu lange überlegt.

»Bist du jetzt in dieser Villa? Hast du den Job angenommen?«

»Nein, ich bin zu Hause.«

Ich konnte hören, wie sie am anderen Ende der Leitung nachdachte. Wie sie überlegte, ob sie das Recht besaß, mich zu fragen, *warum* ich den Auftrag nicht angenommen hatte oder ob sie das nichts anging. Letztendlich sagte sie nur: »Aha«, aber sie schaffte es, es kein bisschen vorwurfsvoll klingen zu lassen.

»Können wir uns nachher sehen?«, fragte ich.

»Heute Nachmittag. Gerne. Ich treffe mich gleich mit Hannah, aber so gegen drei könnte klappen.«

Wir verabredeten uns zum Spazierengehen, tänzelten beide noch eine Weile um den Abschied herum und legten schließlich auf.

Als ich in die Küche zurückkehrte, lächelte Henni mich an. »War sie das?«

»Wer?«

»Deine Freundin? Die Frau, die du zu deiner Freundin machen willst?«

Ich nickte und nahm einen Schluck von meinem kalt gewordenen Kaffee. Um der Enge des Küchentischs und Hennis Neugier zu entkommen, stand ich auf, um mir einen frischen zu machen.

»Hast du Ärger bekommen? Wegen mir?«

»Ach, Quatsch. Willst du auch noch einen?«

»Hast du es ihr überhaupt erzählt?« Sie legte den Kopf schief und sah mich von unten her an.

»Lass das.«

»Ich zieh dich bloß auf. Ist nicht so ganz einfach zwischen euch beiden, oder?«

Das Mahlwerk und der Milchschäumer machten eine Antwort von mir unmöglich, aber als ich mich schließlich wieder zu ihr setzte, schaute sie mich immer noch an.

»Es ist kompliziert.«

»Woran liegt's? An ihr oder an dir?«

»An ihr, aber ich bin schuld.«

Henni wartete einfach ab, und so fügte ich nach einem Augenblick hinzu: »Ich hab ihr mal sehr wehgetan. Seitdem hält sie mich auf Abstand, aber ich will das längst nicht mehr. Das mit dem Abstand.«

»Ungewöhnlich.«

»Wie meinst du das?«

Sie zuckte mit den Schultern. »Na ja, normalerweise enden diese Geschichten nach dem ersten Kapitel. Er hat Bindungsängste, zieht sich zurück, sie rafft es irgendwann, lässt ihn gehen. Ab und zu tut es ihm dann leid, er will sie zurück, aber es kann nicht gut gehen, weil sich nichts verändert. Hast du dich verändert, Thiebeck?«

Ich wusste nicht, wann Henni angefangen hatte, mich bei meinem Nachnamen zu nennen, aber es gefiel mir. Auf eine nahe, kumpelhafte Art.

»Glaub schon.« Mir war unklar, wie es dazu gekommen war, dass ich in meiner Küche meine Beziehung mit diesem Küken besprach.

»Du musst dich mit kleinen Schritten nähern. Mach schöne Sachen für sie.«

»Mach ich doch.« Das klang trotziger, als ich es gemeint hatte.

Henni lachte. »Überraschst du sie? Machst du nette Dinge, die sie schon von dir kennt?«

Ich zögerte.

»Du kochst bestimmt ab und zu für sie, oder?« Als ich bejahte, fügte sie triumphierend hinzu: »Siehst du. Das ist schön, das mag sie bestimmt. Aber das *kennt* sie schon. Mach doch mal was, das sie nicht erwartet.«

»Zum Beispiel?«

Sie überlegte. »Hast du ihr schon mal einen Brief geschrieben? Einen Liebesbrief?«

»Das ist doch Blödsinn. Tamina wohnt ein paar Ecken weiter. Ich könnte ihr höchstens was auf die Hauswand schreiben.«

»Auch nicht schlecht. Schreib ihr eine Liebeserklärung mitten in den Hinterhof. Jede Wette, das würde sie überraschen.« Auf einmal brummte ihr Handy. »Das ist Jana«, sagte sie und ging ran, während sie aufstand und aus der Küche verschwand.

Ein paar Minuten später kam sie wieder zurück.

»Ich muss los. So gerne ich noch eine Weile hier in der Sonne gesessen hätte wie eine Katze, die sich den Pelz wärmt. Jana will, dass ich mit zu einer Vernehmung nach Hohenschönhausen komme.«

»Ist das der andere Fall? Der, auf den sie dich angesetzt haben?«

»Ja. Ein alter Mann, der sich in seiner Wohnung am Fensterkreuz erhängt hat. Sah nach Selbstmord aus, aber Jana und Mirko glauben nicht daran. Jetzt müssen wir uns mit einem der Nachbarn unterhalten, der sich gemeldet hat.«

»Du klingst nicht gerade begeistert.«

»Ach, irgendwie habe ich das Gefühl, am Ende wird sich herausstellen, dass seine eifersüchtige Ex-Frau ihn da aufgehängt hat. Oder es war doch kein Mord. Außerdem ist es so trübsinnig, in dem verpfuschten Leben dieses alten Mannes herumzurühren.«

Ich ersparte mir eine Erwiderung. Irgendwie kam mir der brutale Mord an Rasmus nicht glanzvoller oder sinnhafter vor als der Tod irgendeines alten Sonderlings.

»Was machst du heute noch?«

»Gleich ist Training angesagt, und ich denke, danach werde ich Marlene einen Besuch abstatten und ihr mal ein wenig auf den Zahn fühlen.«

»Oh, viel Spaß.« Sie sah besorgt aus.

Vermutlich befürchtete sie, dass Marlene sie nach meinem Besuch wutentbrannt anrufen würde. Ich konnte es ihr nicht verdenken, ich war nicht bekannt dafür, bei meinen Befragungen viel Porzellan unangetastet zu lassen.

Nachdem Henni ihre Sachen geholt hatte, kam sie zurück in die Küche und küsste mich auf die Wange. »Danke, dass du mir hilfst.«

Ich zuckte mit den Schultern. »Wir haben immer noch nicht über mein Honorar gesprochen.«

»Nenn einfach deinen Preis«, sagte sie mit einem doppeldeutigen Lächeln, bevor sie die Tür hinter sich zuzog.

Meine Wohnung kam mir auf einmal merkwürdig leer vor. Ich mochte die unkomplizierte Quirligkeit, die Henni wie einen kleinen Wirbelwind um sich herum zu tragen schien. Ich beschloss, das Geschirr vorerst stehen zu lassen und mich beim Boxen abzureagieren.

Als ich nach dem Training, geduscht und kaputt, auf mein Handy schaute, sah ich, dass Lankat angerufen hatte. Ich rief zurück.

»Ole hier«, meldete er sich.

Offenbar hatte er entweder meine Nummer nicht gespeichert oder nicht auf das Display geschaut.

»Thiebeck. Du hast angerufen?«

»Ja, ich kann Henni gerade nicht erreichen. Ich habe etwas herausgefunden. Vielleicht solltest du herkommen und es dir ansehen.«

8

Die Wohnungstür stand bereits offen. Als ich den Flur betrat, kam gerade einer von Lankats Mitbewohnern aus dem Bad. Er nickte mir zu und murmelte seinen Namen, nachdem ich mich vorgestellt hatte.

String war vermutlich mindestens so alt wie ich. Er trug über seinen grauen, bereits dünnen Haaren ein pastellblaues Haargummi, sodass er aussah, als würde er zum Aerobic gehen wollen. Oder bei einem Abba-Revival mitmachen wollen. Ich wusste nicht, ob er seinen Spitznamen trug, weil er tatsächlich dünn wie ein Stück Schnur war, aber es passte auf jeden Fall. Wenn Lankat nicht früher schon erwähnt hätte, wie sein Mitbewohner hieß, wäre ich vermutlich auch gar nicht auf die Idee gekommen, dass er mir gerade seinen Namen sagte.

Lankat saß in seinem abgedunkelten Zimmer am Rechner.

»Hey«, sagte er, ohne sich umzudrehen.

»Was hast du gefunden?« Ich warf einen Berg Klamotten, der inzwischen auf einem der Stühle lag, aufs Bett, um mich zu setzen.

»Halt dich fest, Mann.« Er klickte etwas auf den Monitoren hin und her, rief Fenster mit Code auf, schloss sie wieder und deutete irgendwann stolz auf eine Liste mit Suchergebnissen.

»Was sehe ich da?«

»Also.« Er drehte sich zu mir um, und ich befürchtete bereits, dass es ein längerer Vortrag werden würde. Aber er kam schnell zum Punkt. »Ich habe den BOLE mal mit den anderen Zeilen des Reims gefüttert und mit unterschiedlichen Such-Parametern crossreferenziert. Mit Wörtern wie *Sekundenkleber* oder *Cyanacrylat*, mit *Mord* und mit verschiedenen Ausdrücken für Verbrechen. Auf Deutsch und auf Englisch.« Er sah mich an.

»Wenn ich raten müsste: Nach dem zufriedenen Grinsen, das dir im Gesicht klebt, hast du wohl etwas gefunden, richtig?«

»Der BOLE hat wieder zugeschlagen.«

»Okay, schieß los.«

»Das hier sind die Schlagworte, die bei der Suche aufgepoppt sind …« Er benutzte die Maus, um einige Begriffe zu markieren.

brutal_glue_murder_wicklow_mountains

»Bitte.« Lankat lehnte sich zurück und überließ mir die Maus.

Wie ein Apnoetaucher, der sich kurz vor dem Eintauchen ins kalte Wasser befand, holte ich tief Luft und klickte den Link an. Es war ein Artikel einer irischen Tageszeitung, in dem es um die Ermordung eines Mannes namens Seamus Mulholland ging, der knapp zwei Wochen zuvor auf grausame Art und Weise umgebracht worden war. Der Artikel zeigte ein grobkörniges Schwarzweißfoto eines circa 50-Jährigen, der jovial in die Kamera lächelte. Es war der Mann, den ich bereits von Marlenes Facebook-Foto kannte. Er hatte den Arm um jemanden gelegt, der auf dem Bild nicht zu sehen war. Der Hintergrund sah aus, als sei das Bild in einem Pub aufgenommen worden.

Der Mann, der laut Artikel eine Pension auf einem Gutshof in den Wicklow Mountains in der Nähe Dublins betrieb, war offenbar in der Nacht zum Sonntag ermordet worden. Angeblich war der Mörder auf den Hof gekommen, hatte Mulholland aus dem Bett geholt und ihn dann beim Öffnen der Tür überwältigt. Dann hatte er ihm die Handflächen mit Sekundenkleber auf dem Rücken zusammengeklebt, Augen und Mund verschlossen und anschließend die Nase ebenfalls zugeklebt. Mulholland war erbärmlich erstickt, hieß es in dem Artikel.

Auf Motiv oder Täter gäbe es keinen Hinweis. Dann folgte eine Zusammenstellung mehrerer Artikel, die der Bot offenbar aus verschiedenen Quellen zusammengetragen hatte.

Der *Wicklow glue killer* oder *Gluecifer*, wie ihn ein Portal nannte, hatte die irischen Zeitungen ein paar Tage lang beschäftigt. In mehreren Artikeln tauchte auch endlich auf, was Lankat mir vermutlich die ganze Zeit hatte zeigen wollen. Neben dem Opfer war ein Zettel mit einem einzigen Satz gefunden worden: *One For Sorrow.*

»Ich hab's geahnt.« Resigniert ließ ich mich in den Sitz zurückfallen.

Er verzog das Gesicht. »Das haben wir wohl alle irgendwie. Ich meine, es war eine zweite Zeile. Lag irgendwie nahe, dass es dazu auch eine erste gibt.«

Ich nickte wortlos.

Wenn es eine erste und eine zweite gab – wie wahrscheinlich war es dann, eine dritte bis siebte zu erwarten? Oder noch mehr? Eine Version des Reims besaß zehn Zeilen.

»Und jetzt?«

»Keine Ahnung.« Mit einem Ächzen stand ich auf, konnte nicht mehr still sitzen. Aber in Lankats Zimmer war zu wenig Platz, um sich richtig bewegen zu können.

»Ich fürchte, wir müssen mit dem LKA reden. Das ist keine kleine Privatermittlernummer mehr, die Henni in ihrer Freizeit mit ein paar Kumpels ausknobeln kann.« Ich war schon an der Tür, als ich über die Schulter warf: »Ich halte dich auf dem Laufenden.«

Auf dem Weg nach unten wählte ich Janas Nummer. Sie ging sofort ran.

»Hey«, sagte sie fröhlich. Offenbar hatten ihr die muffigen Ermittlungen in Hohenschönhausen nicht die Stimmung verderben können.

»Wir müssen uns sehen«, sagte ich atemlos durch die schnelle Bewegung.

»Was ist los, Johannes? Wo bist du?«

»Ich habe was im Fall Steffen Rasmus für dich.« Inzwischen war ich unten angekommen und stieß die Tür zum Durchgang auf.

Am anderen Ende sog Jana scharf Luft durch die Zähne. Das hatte sie bestimmt nicht kommen sehen: Der olle Thiebeck ruft mitten am schönsten Sonntagnachmittag an, um ihr in ihren Fall zu pfuschen. Und Hiobsbotschaften zu verkünden.

»Wann? Wo?«

»Ich bin in Kreuzberg. Du?«

»Auf dem Weg nach Mitte. Okay, pass auf, wir treffen uns an der Brücke nach Treptow rüber. *Am Schleusenufer* oder so, weißt du, wo? In einer halben Stunde.«

Wir verabschiedeten uns, während ich zum Auto lief. Ich würde lange vor Jana da sein, aber das Gefühl, etwas tun zu müssen, agieren zu wollen, ließ nicht zu, dass ich mich mit halber Geschwindigkeit bewegte. Es gab allerdings noch etwas, das ich auch im Auto erledigen konnte.

Professor Körner hob nach dem dritten Klingeln ab.

»Körner, ja bitte?«

»Guten Tag, Frau Körner, entschuldigen Sie bitte, dass ich Sie am heiligen Sonntag störe. Thiebeck hier.«

»Ach, das macht gar nichts. Schön, von Ihnen zu hören.«

»Frau Körner, Sie wussten von dem zweiten Toten in Irland, richtig?« Ich musste mich zwingen, nicht allzu aggressiv zu klingen.«

»Ja, das stimmt«, sagte sie ohne jede Reue. Ich biss kurz die Zähne zusammen, bevor ich antwortete: »Warum haben Sie mir davon nichts gesagt?«

»Och, Herr Thiebeck. Sie wissen genau, dass ich eigentlich gar keine Befugnis habe, mit Ihnen überhaupt über den Fall zu sprechen. Allerdings habe ich Ihnen bei unserem Gespräch ja keine Sachverhalte darüber verraten, sondern bloß eine Einschätzung gegeben. Ihnen von dem Mord in den Wicklow Mountains zu erzählen wäre dann aber wohl doch etwas weit gegangen.«

»Schön. Also würde ich gerne meine Frage noch einmal stellen: Warum hat der Täter die Karten hinterlassen?«

Diesmal antwortete sie ohne Umschweife: »Ich glaube, dass der Täter einer inneren Inszenierung folgt. Und der Reim ist sein Leitfaden, seine Regieanweisung, wenn Sie so wollen. Er benutzt die Karten wie ein Set von Karteikarten, die man abarbeitet, denke ich. Aber nageln Sie mich darauf nicht fest!«

»Was ist mit den restlichen Zeilen des Reims?«

Sie antwortete nicht sofort. Sagte schließlich mit leiser Stimme: »Ich fürchte, Sie müssen sich auf noch mehr Tote einstellen. Oder aber sehr schnell sein.«

Ich bedankte mich und legte auf. Boxte gegen das Lenkrad und sah ungeduldig auf die Uhr.

Auf der Brücke wartete ich auf Jana. Starrte ins trübe Wasser und ignorierte die lauten Schreie aus dem Bolzkäfig hinter mir, in dem junge Männer Fußball spielten.

Als sie schließlich kam und sich neben mir gegen das Geländer lehnte, sagte ich bloß: »Schlechte Nachrichten.«

Sie nickte. »Habe ich mir fast gedacht. Wie läuft's in deinem neuen Job in Charlottenburg?«

Wir lösten uns vom Geländer und umarmten uns zur Begrüßung.

»Den habe ich nie angetreten. Hab mich stattdessen um was anderes gekümmert.«

Ich merkte, wie sie sich in meinen Armen verspannte, aber sie erwiderte nichts. Offensichtlich konnte sie zwei und zwei zusammenzählen: Wenn ich Informationen zu ihrem Fall hatte, hatte ich mich offenbar *darum* gekümmert.

»Treptow oder Kreuzberg?«

Wir einigten uns darauf, auf dem Hinweg durch Kreuzberg und zurück auf der anderen Seite zu laufen.

Im Gehen hakte sie sich bei mir unter. »Okay, du hast es spannend genug gemacht. Jetzt rede endlich mit mir, ich halt's nicht mehr aus.« Sie versuchte, belustigt zu klingen, aber es gelang ihr nicht besonders gut.

»Ich bin in dem Fall um Hilfe gebeten worden.«

»Aha. Von wem?«

Ich räusperte mich. Es hatte eine ganze Weile gedauert, bis mir eine einigermaßen plausible Erklärung eingefallen war, warum ich mit dem Fall überhaupt zu tun hatte. Auf keinen Fall wollte ich ihr zu diesem Zeitpunkt davon erzählen, dass Henni mich auf das ganze Ding angesetzt hatte. Es war gut möglich, dass Jana und Mirko sie deswegen nicht in der Abteilung behalten würden. Wenn sich beide Hauptkommissare dafür aussprachen, dass sie besser in eine andere Abteilung wechselte, hatte sie keine Zukunft bei der Mordkommission. Henni hatte Janas Vertrauen verletzt, und ich wollte nicht der Anlass sein, dass sie dafür die Zeche zahlen musste. Möglicherweise konnte sie das später eleganter regeln.

»Ein Bekannter hat in der Sache recherchiert und mich hinzugezogen, als er über ein paar Ungereimtheiten gestolpert ist.«

»Was für Ungereimtheiten?«

Ich konnte an Janas Tonfall erkennen, dass ich mich auf dünnem Eis befand. Das letzte Mal, als ich mich in einen ihrer Fälle gemischt hatte, war ich persönlich betroffen gewesen. Der Täter hatte mein Auto gestohlen, um darin den toten Sohn meines Trainers zu deponieren. Er hatte mit *mir* Schach gespielt, um als Konsequenz aus diesem Spiel Menschen zu töten. Deswegen hatte mir Jana lange Zügel gelassen.

Das würde diesmal anders sein. Der Fall ging mich nichts an, ich hatte gefälligst die Finger davon zu lassen.

»Er hat Kutters Artikel im Netz gefunden.«

Sie schwieg.

»Den Artikel, der eigentlich gar nicht online war. Der Kerl ist ein IT-Tüftler, der sich in seiner Freizeit mit Such-Bots beschäftigt und für einen investigativen Blog arbeitet. So was wie WikiLeaks für Arme. Der hat den Artikel von Kutter gelesen und sich über das Zeitfenster gewundert. Dann hat er weiter recherchiert und sich mit Kutter getroffen.«

Jana hielt kurz inne und sah mich von der Seite her an.

»Ich war dabei, ja.«

Auf unserer Seite des Ufers kamen uns immer wieder Menschen entgegen. Ein Paar mit einem Kinderwagen, eine Mutter mit ihrem Zweijährigen auf dem Laufrad, zwei Jogger. Ein paar Radfahrer rollten in beide Richtungen vorbei. Der Tag besaß diesen Anflug von Wärme, das Versprechen von T-Shirt-Wetter und war doch noch nicht ganz da. Ein leichter Wind kühlte den noch schwachen Sonnenschein beträchtlich herunter. Vermutlich hatten die ersten Eisläden trotzdem offen, und es standen bereits lange Schlangen auf den Gehwegen.

»Und mir ist auch klar, was das Material bedeutet. Ich nehme an, bei euch ist gerade parallel zu den Ermittlungen eine ordentliche Jagd nach dem Maulwurf im Gange. Aber darum geht es mir nicht. Ich weiß von dem Kinderreim.«

Jana hörte immer noch wachsam zu.

»Und dieser Bekannte hat mit seinem Suchprogramm noch etwas anderes gefunden: den ersten Mord.«

Jana wandte sich ab und starrte über das unbewegte Wasser auf die türkischen Männer, die im Käfig den Ball kickten.

»Gibt es mehr? Außer den beiden?«

Sie schüttelte den Kopf. Sah mich immer noch nicht an. »Wir haben die Information über den Mord in Irland ziemlich schnell bekommen. Da sind automatisch Warnlampen angegangen. Einen ungeklärten Mord mit solchen Parametern gibt's weder hier noch dort alle Tage.«

Ich erwähnte nicht, dass Hegert behauptet hatte, es gäbe keinen weiteren Mord. Ich wusste nicht, ob er darüber entweder nicht informiert gewesen war oder mich eiskalt angelogen hatte. Beides konnte ich mir irgendwie kaum vorstellen, aber es erschien mir kleinlich, ihm im Gegenzug Ärger mit Jana einzubrocken, weil er mit mir geredet hatte.

»Und jetzt?«

»Jetzt habe ich einen sehr jungen, aber bemühten Kollegen auf der anderen Seite in Dublin, der ein fast unverständliches

Englisch spricht. Und eine ziemlich unausstehliche Belgierin von Interpol am Arsch.«

Ich musste lachen. »Kann mir vorstellen, dass das nicht gerade optimale Voraussetzungen sind.«

Sie blieb ernst. »Wir wissen nicht mal, ob es sich bei dem Mörder mutmaßlich um einen Deutschen oder einen Iren handelt. Oder vielleicht sogar um eine ganz andere Nationalität.«

»An der Reisegruppe damals seid ihr dran, oder?«

Ihre Augen verengten sich zu Schlitzen, als sie mich musterte.

»Komm schon, das war für den kleinen Computercrack natürlich auch gar kein Problem. Die Infos sind doch alle über Facebook & Co. zugänglich.« Ich verschwieg ihr, dass Henni und ich nicht mal einen Computerfachmann für diese Recherche gebraucht hatten, sondern bloß ein paar Flaschen Bier.

Sie nickte. »Ja, wir haben sie alle vernommen. In der zweiten Runde, sobald wir die Info aus Irland hatten. Von denen stand allerdings keiner mehr in unmittelbarem Kontakt mit Steffen Rasmus, weswegen wir nicht sofort bei ihnen aufgetaucht sind.«

Ich musste daran denken, dass Marlene den Kontakt mit Rasmus derart abrupt offenbar noch während der Irlandreise abgebrochen hatte. Dort musste der Schlüssel zu den Morden liegen!

»Könnt ihr da jemanden hinschicken?«

»Nach Irland?« Jana schüttelte den Kopf. »Du weißt, wie das ist. Jedenfalls nicht schnell und vor allem nicht unkompliziert. Genau deswegen haben wir ja eine Liaison vor Ort.«

»Aber so kann man nicht ermitteln. Du kannst nicht irgendeinen irischen Grünschnabel am Telefon Sachen fragen und dabei echte Erkenntnisse erlangen.«

»Ich weiß. Aber wir haben ohnehin gerade ziemlich viel um die Ohren.«

Ich musste mich zurückhalten, nicht nach dem Fensterkreuz-Fall zu fragen, mit dem sich Henni herumschlug. Und von dem ich nichts wissen durfte. »So viel, dass ihr diesen Fall nicht zwingend lösen müsst? Nicht *schnell* lösen müsst? Wer teilt eure Ressourcen ein, Densch?«

»Johannes, lass das.«

»Ist dem klar, wie viele Zeilen dieser beschissene Reim noch hat? Es gibt welche mit sieben und einen mit zehn Zeilen. Noch fünf bis acht Tote ist kein Problem für euch?«

»Hey, ich habe gesagt, du sollst aufhören!« Jana war stehen geblieben und wurde laut.

Das war mir egal. »Das ist Bullshit, und das weißt du. Der Schlüssel zu dieser Sache liegt in Irland. Dort muss etwas passiert sein, da habt ihr eure erste Leiche her. Das lässt sich nicht von hier aus dem Drehstuhl aufklären.«

»Manchmal kannst du so ein unglaublicher Großkotz sein, das gibt es gar nicht.«

Ich musste grinsen. »Ich weiß.« Überschwänglich packte ich sie an der Schulter und zog sie mit mir. Wieder ernst sagte ich: »Dann muss ich eben nach Irland fliegen. Was ist mit dem Reiseführer damals? Diesem Carling?«

Jana zuckte mit den Schultern. Sie machte sich nicht aus meinem engen Griff los. Ein gutes Zeichen.

»Haben wir natürlich verhört. Aber der hatte mit der Gruppe bloß auf der Reise zu tun. Die kannten sich vorher nicht und haben sich auch danach nicht wiedergesehen.«

»Kannst du mir die Adresse geben?«

Sie sah mich misstrauisch an. »Ich weiß nicht, ob ich möchte, dass du mit ihm redest. Mirko macht mich einen Kopf kürzer, wenn er das Gefühl bekommt, du würdest dich in unsere Ermittlungen einmischen.«

Ich könnte den Fall ja wieder für ihn lösen, dachte ich zynisch, hielt aber die Klappe. Es war nicht klug, Jana zu oft zu zwingen, Stellung zwischen uns beiden beziehen zu müssen. Auf Dauer konnte ich das Duell bloß verlieren.

»Komm schon, wenn der eh mit dem Fall nichts zu tun hat, ist doch alles in Butter. Vielleicht kann der mir ein, zwei Tipps für Irland geben. Ich fliege dann rüber und gehe deinem irischen Kollegen auf den Sack. Klingt doch nach einer Win-win-Situation für dich.«

»Was willst du da drüben machen?«

»Urlaub? Komm schon, ich mach nichts kaputt. Aber vielleicht stolpere ich über irgendwas, das euch weiterhilft.«

»Du machst da drüben keine Thiebeck-Sachen? Dinge, für die wir dann einen Botschafter brauchen?«

»Natürlich nicht.« Ich zwinkerte ihr zu. »Gib mir mal die Adresse von Carling.«

Ergeben holte sie ihr Smartphone aus der Tasche und nannte mir eine Adresse in Schöneberg. »Aber von mir hast du die nicht, klar?«

»Klar!«

Dass Jana sich überhaupt darauf einließ, mir die Adresse zu geben, und nicht darauf bestand, mir den Irlandtrip auszureden, sagte viel darüber aus, wie wenig sie und Densch vorankamen.

9

Owen Carling wollte nicht mit mir reden. Ich hatte bei ihm geklingelt, so unverständlich mit ihm durch das Interkom gesprochen, dass er mich einfach hereinlassen musste, und ihm dann an der Tür versucht zu erklären, warum wir beide uns dringend unterhalten müssten. Aber offenbar hatte ich nicht die richtigen Knöpfe gedrückt oder vielleicht gerade die falschen: Sobald ich Steffen Rasmus erwähnte, konnte er mich gar nicht schnell genug wieder loswerden. Er ließ sich nicht erweichen, nicht überreden oder einschüchtern, mich doch noch hereinzulassen. Also hatte ich mich wieder getrollt, knapp eine halbe Stunde auf einem verlassenen Kinderspielplatz in einer Häuserzahnlücke gegenüber rumgehangen und darauf gewartet, dass Carling sein Mauseloch verließ. Das tat er schließlich.

Ich sprang von der Bank, auf deren Lehne ich wie ein gelangweilter Teenager gesessen hatte, und bewegte mich parallel zu Carling auf der anderen Straßenseite. Als er ganz offensichtlich Kurs auf die S-Bahn nahm, beschleunigte ich meine Schritte. Ich hatte nicht vor, ihn in eine Bahn einsteigen zu lassen und bloß hinterherzusehen.

Auf dem Bahnsteig war nicht viel los, und so brauchte er nicht lange, um mich zu erkennen, als ich auf ihn zusteuerte.

»Ich muss nicht mit Ihnen reden«, fuhr er mich barsch an. Aber die ersten kleinen Flatterer der Unsicherheit konnte ich bereits in seiner Stimme erkennen.

Im Schutz seiner Wohnung war es noch einfach gewesen,

einem Thiebeck die Stirn zu bieten. Jetzt kamen wir uns ganz nahe. Er sprach hervorragendes Deutsch mit minimalem Akzent.

»Warum wollen Sie das denn nicht?«, fragte ich mit sanfter Stimme. Wir standen so nah beieinander, als wollten wir uns gleich umarmen. Ich konnte sehen, dass er gern zurückgewichen, auf Abstand gegangen wäre, sich gleichzeitig aber auf keinen Fall eine Blöße geben wollte.

Owen Carling hatte noch ein paar Jahre bis Ende zwanzig, schätzte ich, und sah auf eine unscheinbare Art gut aus. Er trug die Haare kurz geschoren und besaß eine drahtige Fußballerfigur. Das meiste an ihm war lediglich gewöhnlich, aber seine Gesichtszüge besaßen eine derartige Lebendigkeit und Ausdruckskraft, dass ich mir gut vorstellen konnte, dass er sehr charismatisch und attraktiv wirken konnte. Wenn er wollte. In diesem Moment jedoch hatte er offenbar kein Interesse daran.

Er drehte sich zur Seite, um den direkten Kontakt mit mir zu vermeiden, aber ich nutzte die Gelegenheit, um ihn mit der Brust ein paar Zentimeter weiterzuschieben. Drei, vier Meter hinter ihm lagen die Gleise.

»Was ist damals in Irland passiert?«, stellte ich dieselbe Frage, die ich bereits vor seiner Tür formuliert hatte.

»Für wen arbeiten Sie?« Er sah unsicher zu mir auf.

»*One For Sorrow* … Wofür steht das?«

Jetzt war seine Reaktion heftiger. »Ich habe keine Ahnung!« Mit einer schnellen Bewegung löste er sich von mir, machte einen Ausfallschritt zur Seite.

Ich glaubte ihm. »Was ist damals in Irland passiert?« Anderthalb Meter zur Seite, und ich stand wieder ganz nah bei ihm. In der Ferne hörten wir die S-Bahn näherkommen.

Heftig schüttelte Carling den Kopf. »Ich habe damit nichts zu tun.«

Wind erfasste uns, als der Zug in den Bahnhof rauschte.

»Wer hat denn mit dieser Geschichte zu tun?« Ich hatte einen Schritt auf ihn zu gemacht und betrachtete den wilden Ausdruck in seinen Augen. Er hatte Angst. Und ich bildete mir nicht so viel auf meine Fähigkeiten ein, dass ich annahm, er würde sich vor mir fürchten. Sein Körper verspannte sich, und als die Aufforderung zum Einsteigen kam, sprang er von mir weg. Teilnahmslos sah ich zu, wie er durch die sich schließenden Türen hindurchglitt. Ich ging davon aus, dass ich Owen Carling im Verlauf dieses Falls vermutlich noch einmal wiedersehen würde.

Um sicherzugehen, dass er die Gelegenheit nutzen konnte, lief ich zurück zu seinem Haus, klingelte bei einem der Nachbarn und warf eine meiner Karten in seinen Briefschlitz. Auf die Rückseite schrieb ich: *Rufen Sie mich an, wenn Sie keine Lust mehr auf den Bullshit haben. Oder wenn Sie doch noch Angst bekommen.*

Große Hoffnung hegte ich allerdings nicht, dass er sich bei mir melden würde.

Am Abend, keine vier Stunden später, checkte ich in Tegel TXL am Lufthansa-Schalter ein.

Ich war in ein Weddinger Reisebüro gegangen, vermutlich nicht unähnlich dem, in dem Steffen Rasmus ermordet worden war, und eine junge Türkin hatte mir unter schmerzlicher Belastung meiner EC-Karte den Flug besorgt. Ich nahm an, dass gewöhnlich bloß Geschäftsleute derart kurzfristig Flüge buchten. Geschäftsleute, die sich die horrenden Preise locker leisten konnten. Über das Geld würde ich später mit Henni reden, aber wenn ich ehrlich zu mir selbst war, dann spielte das irgendwie gar keine Rolle mehr. Als wäre das inzwischen genauso *mein* Fall wie ihrer. Als wäre *meine* Schwester darin verwickelt. Und noch hatte ich die Kohle. Wenn die zur Neige ging, musste ich halt doch irgendwelche Jobs von kleinen Büromäuschen im Westend annehmen. Bis dahin konnte ich mich aber um Dinge kümmern, die mich wirklich interessierten.

Tamina hatte ich bloß eine SMS geschrieben, dass wir unseren Spaziergang verschieben mussten, weil ich sie nicht erreicht hatte.

»Nur Handgepäck«, gab ich an, und die stark geschminkte Brünette nickte, während sie auf ihrem Keyboard herumtippte.

Der Rückflug ging in drei Tagen, aber ich hatte mir die Option offen gehalten, in Dublin einfach einen zweiten Flug zu besorgen, falls ich früher zurückkommen wollte. Mittwoch war lediglich die billigste Option für jemanden gewesen, der keine Ahnung hatte, was er in Dublin machen würde, wie lange er dort bleiben wollte und was zum Teufel überhaupt vor sich ging.

Die junge Frau wies mit der Hand auf den Durchgang, der zu den Sicherheitskontrollen führte. Anders als viele andere Flughäfen besaß Tegel keine zentralen Kontrollen, sondern viele Gates hatten eine eigene Durchleuchtungsanlage, durch die das Handgepäck gefahren wurde. Ich leerte meine Taschen und legte Kleingeld, Brieftasche, Handy und meine Uhr in eine der Plastikboxen, den Rechner in eine weitere.

Ohne Schwierigkeiten schritt ich durch den Metalldetektor und nahm auf der anderen Seite meine Sachen wieder an mich. Bevor ich das Telefon in die Hosentasche steckte, warf ich einen Blick darauf. Tamina hatte noch nicht versucht, mich zu erreichen. Ich schaltete das Handy ab.

Etwas über zwei Stunden später stellte ich meine Uhr um eine Stunde zurück und verließ das Flughafengebäude in Dublin. Entgegen meiner Erwartung regnete es nicht, aber der graue Himmel, der gegen die letzten dunkelblauen Reste von Licht zu erspähen war, sah danach aus. Reflexartig zog ich die Jacke zu, obwohl es mir hier drüben wärmer vorkam als in Berlin.

Ich sah mich nach Bussen um. Im Netz war ich über die Information gestolpert, dass man sich die überzogenen Preise der Express-Airlink-Busse sparen konnte, wenn man einfach den 16a in die Stadt nahm.

Es dauerte nur einen Augenblick, bis ich die Haltestelle gefunden hatte, an der einer der Busse bereits wartete. Ich warf meine zwei Euro zwanzig in den kleinen Trichter des Fahrers und entnahm den dünnen Papierstreifen, der den Fahrschein darstellte. Die Maschine, die ihn ausspuckte, ächzte wie ein alter Nadeldrucker.

Die Fahrt in die Innenstadt dauerte etwas über eine halbe Stunde. In der Zeit sah ich aus dem Fenster und starrte die Fronten der typisch irischen Ein- und Zweifamilienhäuser, Shops und *Take-Aways* an.

Ich stieg an der Upper O'Connell Street aus und sah mich um. Obwohl es bereits dunkel war, schien die Stadt erstaunlich belebt zu sein. Überall liefen Menschen über die Straßen und die breiten Gehwege, Autos fuhren in alle Richtungen, und ich brauchte eine ganze Weile, um es überhaupt zu wagen, mich von der Stelle zu rühren. Sich einigermaßen geschickt in der Menge zu bewegen, erforderte ein Mindestmaß an Entschlossenheit und Tempo. Obwohl mich kaum jemand wirklich anrempelte, streiften mich immer wieder Menschen und murmelten: »Sorry, mate.«

Sorry, so viel wusste ich noch von früher, war die höfliche Art des Angelsachsen »Aus dem Weg, Armleuchter!« zu sagen. Ich erreichte den Mittelstreifen der breiten Straße, der viel Platz, jede Menge Bänke, Bäume und die riesige Stahlspitze, *The Spire*, bot. Links und rechts floss der Verkehr unbeirrt weiter, und ich atmete für einen Augenblick etwas auf.

Den Blick fest auf die gigantische, in den Himmel ragende Nadel gerichtet, ging ich langsam weiter. Als ich vor dem schlanken Monument stand, musste ich den Kopf so weit in den Nacken legen, dass es schmerzte – und konnte trotzdem die durch Lichter erhellte Spitze nicht richtig erkennen. Der Himmel hatte sich zugezogen, und Dunst lag wie ein feuchter Schleier tief über der Stadt.

Ich rief mir den Ausschnitt der Innenstadt von Google Maps in Erinnerung: Am Ende der O'Connell Street lag die O'Connell Bridge, die über die Liffy führte. Die Nähe zum Wasser sorgte zusätzlich für eine erhöhte Luftfeuchtigkeit, nahm ich an. Mein Ziel befand sich nicht unweit des Flusses, unten an der Brücke musste ich über den *Bachelor's Walk* am Ufer entlang.

»Keine zehn Minuten zu Fuß«, hatte Stehrs gesagt. Er hatte mir den Kontakt über einen Freund eines Kollegen eines Bekannten vermittelt – eine Art Pension. »Ohne die erdrückende Gemütlichkeit, den Luxus und für einen annehmbaren Preis«, war die Beschreibung gewesen. Bequemlichkeit spielte für mich keine Rolle. Es war mir wichtiger gewesen, nicht zu weit vom Stadtzentrum entfernt zu sein, um am nächsten

Morgen früh aufbrechen zu können. Der Mietwagen an der Station war auf sieben Uhr dreißig für mich reserviert.

Als ich am Ende der O'Connell Street auf den Fluss blickte, hatte ich für einen kurzen Augenblick den Eindruck, in Frankreich gelandet zu sein: Hölzerne Stege bildeten eine idyllische Uferpromenade, und die breite Brücke, die steinernen Mauern und eine schmale Fußgängerbrücke in der Ferne waren alle durch sanft schimmernde Lichter erleuchtet. Sehr romantisch – ich nahm an, dass sich abendliche Spaziergänge bei den Jugendlichen hier großer Beliebtheit erfreuten.

Nachdem ich mich eine Weile durch das dichte Gewühl auf dem extrem engen Bürgersteig gekämpft hatte, wich ich auf die Promenade aus. Dort gab es außer vereinzelt schlendernden Spaziergängern wenig Gegenverkehr, und so kam ich schnell voran.

Kurz darauf wechselte ich erneut die Straßenseite, bog in die Lower Liffy Street ein und stand bald vor meinem Ziel. Der alte Pub, die Holzfassade fingerdick mit blauem Lack bestrichen, war gut gefüllt. Selbst auf der Straße stand ein gutes Dutzend Menschen, viele mit Zigaretten, alle mit Drinks in der Hand.

In goldenen Lettern bat mich *The Amber Oak* einzutreten. Ich schob mich im Eingangsbereich an jungen Männern mit Gel in den Haaren und Frauen mit tief ausgeschnittenen Blusen vorbei. Es wurde viel und laut gelacht, und ich musste mich zusammenreißen, um nicht unwillkürlich das Gesicht zu verziehen, aggressiv zu werden, wenn jemand gegen mich stieß oder mir ein »Sorry, mate!« ins Ohr gebrüllt wurde.

Endlich hatte ich mich zur Theke vorgearbeitet. Dahinter arbeiteten zwei junge Frauen und ein älterer Mann im Akkord: zapfen, Kronkorken öffnen, Geld annehmen und wechseln, Gläser wegräumen. Einen Moment lang hatte ich das

Gefühl, in einer frühindustriellen Fabrik zu stehen, in der in Höchstgeschwindigkeit Brennstoff in einen nimmermüden Koloss gefüllt wurde.

Der Alte fixierte mich, während er ein Pint Guinness zapfte, und nickte mir zu. Einen Augenblick später stand er mir gegenüber. »Wie kann ich dir helfen?«, fragte er in seinem breiten innerstädtischen Akzent, der klang, als hätte er den Mund mit Brei voll.

Ich rief gegen den Lärmpegel an: »Ich brauche ein Zimmer.«

Er nickte und kratzte sich die Koteletten, bevor er sich noch ein Stück nach vorn lehnte und rief: »Geh zur Seite durch, an den Toiletten vorbei führt eine Treppe hoch. Ich schicke dir sofort jemanden.« Er deutete mit dem Arm nach hinten.

Der Alte entfernte sich, um die Arbeit an seinem Pint wieder aufzunehmen. Fergus Wheeler gehört der Pub mit der dazugehörigen Pension, hatte Stehrs gesagt. Ich nahm an, dass es sich bei meinem Gesprächspartner um Mister Wheeler handelte. Mit einem letzten Blick zurück schob ich mich höflich, aber bestimmt durch die Gäste, bis ich den hinteren Flur erreicht hatte, in dem ich etwas freier atmen konnte.

Keine fünf Minuten später tauchte eines der Mädchen, die hinter der Bar gearbeitet hatten, bei mir auf. Bauchfrei, mit schwarz-rot gefärbten Zöpfen und mehreren Piercings im Gesicht sah sie nicht aus, als würde sie in einem konservativen Pub bedienen. Möglicherweise war das *Amber Oak* kein so gewöhnlicher Pub.

»Du brauchst ein Zimmer?«

Ich nickte.

»Komm mit.«

Sie stieg vor mir die schmale Treppe hinauf, und ich warf

einen Blick auf das Tattoo, das zwischen den tief sitzenden Cargopants und ihrem kurzen Oberteil sichtbar war: *Go on … and fuck off!*

Wahrscheinlich ganz sinnvoll, sich einen solchen Spruch in die Haut stechen zu lassen, wenn man als Mädchen in einer Bar arbeitete.

»Hier ist das Zimmer«, sagte sie und drehte einen runden Knauf, um eine Tür zu öffnen. Es gab kein Schloss.

Ich steckte den Kopf durch die Tür und betrachtete die vier Doppelstockbetten. Die meisten schienen belegt. Bei dem Wort *Pension* hatte ich nicht gerade eine Jugendherberge erwartet, deswegen verzog ich das Gesicht.

»Passt dir was nicht?«

Ich schüttelte den Kopf. »Alles in Ordnung. Was kostet das Bett die Nacht?«

»15 Euro, zahlbar im Voraus. Den Gang runter ist eine kleine Küche, da kannst du dir was zu essen machen.«

»Muss ich noch irgendwas ausfüllen? Was Offizielles?«

Sie grinste und schüttelte den Kopf. »Alles gut.«

Zu ihrer Attitüde hätte auch hervorragend ein Kaugummi gepasst, mit dem sie knallend Blasen machen konnte. Vielleicht würde ich ihr später welchen in einem der zahlreichen Newsagents besorgen.

Ich nickte und überreichte ihr das Geld. »Möglicherweise bleibe ich noch länger als eine Nacht. Dann rede ich mit Mister Wheeler.«

»Komm einfach zu mir, Baby.« Sie grinste mich an, wurde dann wieder ernst. »Ihr macht selber sauber, es gibt keine Putze. Gegenüber ist ein Aufenthaltsraum, die Lounge. Im ganzen Haus gilt Rauchverbot. Noch Fragen?«

Ich schüttelte den Kopf, sie nickte, sah mich noch einen

Augenblick lang an und ging dann grußlos zur Treppe. Schon wieder halb unten, rief sie mir über die Schulter zu: »Der Name ist Matty.«

Ich sah ihr nach, bis sie verschwunden war.

Eine halb offen stehende Tür rechts den Gang runter machte den Eindruck, als könnte sie zu Badezimmer oder Toiletten führen. Wahrscheinlich war beides separat. Während ich den ungefähren Grundriss und die Lage der Räume überschlug, kam ich zu dem Schluss, dass es hier oben vermutlich vier solcher Zimmer gab. Vier mal acht – sicher keine schlechte Nebeneinnahme für den guten Mister Wheeler. Steuerfrei.

Ich drückte gegen die Tür und betrat das Zimmer. Das Schiebefenster stand halb offen, um wenigstens einen Teil der menschlichen Ausdünstungen hinauszulassen. In einem der oberen Betten lag jemand, während ich darunter ebenfalls eine hingeworfene Gestalt unter ihrem Schlafsack erkannte. Ein dunkler Haarschopf drehte sich, bis das zerknautschte Gesicht eines Italieners oder Spaniers auftauchte.

»Hey, Amigo, was geht?«, fragte der Mann schläfrig in schlechtem Englisch und gähnte.

Ich nickte kurz und machte ein paar Schritte nach vorn, bis ich erkennen konnte, dass im hinteren Bett unten offenbar noch niemand schlief.

»Ist hier noch frei?«, fragte ich und deutete auf das Bett. Der Kerl richtete sich auf einen Ellbogen auf, sah hinüber und kratzte sich im Schritt. Dann gähnte er, bewegte die Augenbrauen auf und ab, als müsste er sein Gehirn auf diese Weise in Schwung bringen, und nickte endlich. »Tu dir keinen Zwang an.« Er stieß explosiv die Luft aus den Lungen, während er sich wieder aufs Kissen fallen ließ.

Nachdem ich meine Tasche abgestellt hatte und wieder aufsah, konnte ich nur noch ein Büschel Haare tief eingemummelt im Schlafsack erkennen.

Auf meiner Matratze war ein Laken gespannt, aber die Wolldecken waren unbezogen. Auf den meisten Betten lagen Schlafsäcke, auf einem konnte ich jedoch eine bezogene Decke erkennen. Es blieb also noch Hoffnung, dass ich von Wheeler Bettwäsche bekommen konnte. Ich schlang mir die Laptop-Tasche über die Schulter und machte mich vorsichtig auf den Weg nach draußen. Taschen, Schuhe, Unterwäsche und Getränkeflaschen, die den Boden bedeckten, machten das Gehen nicht gerade einfach.

Unten trat ich im Schankraum an die Bar. Kurz darauf lehnte sich Matty zu mir vor. Unwillkürlich betrachtete ich die milchig-weiße Haut am Ansatz ihrer kleinen Brüste und das Tattoo im Ausschnitt: *Pain is optional.* Meine direkte Musterung schien sie nicht zu irritieren, geduldig wartete sie, bis sich unsere Blicke trafen.

»Was gibt's?«

Ein weiteres Mal dachte ich, wie gut ihr ein Kaugummi stehen würde.

»Habt ihr Bettwäsche?«

Sie brauchte einen Moment, bis sie reagierte. Dann sagte sie: »Zwei Euro extra. Ich leg's dir ins Zimmer, okay? Später?«

Ich klackte das Geldstück auf die Theke und suchte mir meinen Weg nach draußen.

Auf der Straße blieb ich einen Moment lang stehen, vollkommen damit beschäftigt, frische Luft in die Lungen zu pumpen. Ich warf einen Blick auf die Uhr. Kurz vor zehn. Genug Zeit, um sich ein Café mit WLAN-Zugang zu suchen und Henni von meinem Ankommen zu berichten. *Und Tamina*, dachte ich plötzlich mit einem schlechten Gewissen.

Kurz darauf saß ich in einem halbrunden Ledersessel, von dem ich ahnte, dass er mir nach einiger Zeit am Hemd kleben würde, trank einen Latte macchiato und loggte mich ein. Die Aussicht, die Nacht mit sechs oder sieben schnarchenden Italienern zu verbringen, trug nicht gerade dazu bei, mir Lust auf mein Zimmer zu machen.

Möglicherweise hatte ich Glück und die Jungs waren bis morgens um vier unterwegs – und weckten mich erst, wenn sie nach Hause kamen.

Den Gedanken verdrängend, öffnete ich das Chat-Programm, für das mir Henni ihre Kontaktdaten gegeben hatte. Sie war online.

TB: *Hast du was von Ole bekommen?*

_enni_mit_h: *Ja. Er hat die Bilder der anderen durch seinen Bot laufen lassen. Und hat die alle runtergeladen. Wir haben jetzt einen fetten Ordner mit hübschen Urlaubsbildern. ^^*

Jedenfalls: Das Haus, in dem die Gruppe damals in den Wicklow Mountains gewohnt hat, ist das Croghan-Cottage. Das gehörte Seamus Mulholland, dem Toten. Ole hat ein Foto mit der Front des Hauses gefunden.

TB: *Okay.*

_enni_mit_h: *Das Ding gibt es auch noch. Also, da kann man immer noch übernachten. Sieht so aus, als würde das inzwischen von seiner Tochter geleitet werden.*

TB: *Hast du einen Namen?*

_enni_mit_h: *Siobhan Mulholland.*

TB: In Ordnung, danke.

Nachdem ich das Chat-Programm geschlossen hatte, kramte ich das Handy hervor und suchte Taminas Nummer heraus. Aber sie ging immer noch nicht ran.

Ich trank aus, klappte den Laptop zu und ging, um zu zahlen. Auf dem Weg nach draußen sah ich erneut aufs Handy. Kein Anruf in Abwesenheit.

Inzwischen hatte der Himmel seine frühere Drohung wahr gemacht und begonnen, weichen Regen fallen zu lassen. Nachdem ich mich versichert hatte, dass die Laptop-Tasche durch meine Jacke gut geschützt war, stand ich einen Augenblick lang mit in den Nacken gelegtem Kopf da. Ich ließ die sanften Tropfen, die fast in der Luft schwebten, auf mein Gesicht fallen. An diesen irischen Regen erinnerte ich mich noch gut. Langsam setzte ich mich schließlich in Bewegung.

Im Hostel war das Personal gerade dabei, die letzten Gäste aus der Bar zu schmeißen. Der elementare Vorteil einer frühen Sperrstunde war die Tatsache, dass man in solchen Herbergen nicht die ganze Nacht der Party zuhören musste. In Berlin hätte sich um diese Zeit die Stimmung vermutlich gerade erst dem Siedepunkt genähert.

Matty bemerkte mich, nickte mir kurz zu und schob dann, wie ein Nachgedanke, ein kleines Lächeln hinterher.

Ich ging die Treppe hoch und setzte mich in den kleinen Aufenthaltsraum. Darin gab es eine elektrische Feuerstelle, einen schmalen Tischsekretär, zwei Sofas, die sich nur noch mit Mühe auf den kurzen Beinen halten konnten, einen großen Sessel und jede Menge Sitzkissen. Ein paar davon lagen in einer tiefen Fensternische. Ich nahm an, dass der Platz normalerweise besonders beliebt war, weil man von dort auf den Fluss sehen konnte. Jetzt befand sich aber niemand hier, worüber ich dankbar war.

Ich versuchte erneut, Tamina anzurufen. Endlich ging sie ran.

»Hey, Johannes. Es tut mir leid, dass ich mich nicht gemeldet habe. Ich habe mich im Studio verquatscht und hatte mein Handy zu Hause liegen gelassen.«

»Kein Problem.« Ich holte kurz Luft, um zu einer Erklärung anzusetzen, aber sie kam mir zuvor.

»Sehen wir uns heute Abend noch? Soll ich rüberkommen?«

Ich lachte verlegen. »Das könnte schwierig sein.«

»Warum?«

»Ich bin in Dublin.«

»Was?«

»Da hat sich was ergeben. Ich musste kurzfristig nach Irland.«

»Ein Job?«

»Ja.« Ich hoffte, dass sie das minimale Zögern in meiner Stimme nicht bemerken würde. Ich hatte nicht vor, ihr am Telefon in allen Kleinigkeiten zu erklären, *wie genau* ich zu dem Job gekommen war. Tatsächlich hatte ich auch keine Ahnung, wie sie dazu stehen würde. Vermutlich würde sie nicht begeistert sein. Ich ermittelte wieder, machte Polizeiarbeit, auch wenn ich offiziell kein Bulle war. *All the shit and none of the benefits*, hatte Stehrs mal lachend gesagt, als ich ihn vor ein paar Jahren nach seinem Leben als Privatdetektiv befragt hatte.

»Oh, okay.« Plötzlich wurde ihre Stimme fröhlicher, als hätte sie beschlossen, sich keine weiteren Gedanken zu machen. »Fahren wir beide da trotzdem noch mal gemeinsam hin?«

»Klar. Ich kundschafte nur schon mal voraus.«

Sie lachte. »Sehr gut. Weißt du schon, wann du wieder zurück bist?«

»Zwei, drei Tage, denke ich. Ich melde mich zwischendurch mal und gebe eine Wasserstandsmeldung durch.«

»Ich verspreche auch, das Handy nicht dauernd irgendwo liegen zu lassen«, versprach sie mit einem Lächeln in der Stimme.

Wir verabschiedeten uns zärtlich voneinander.

Als ich aufgelegt hatte, starrte ich das Handy einen Moment lang an, klappte dann den Rechner auf und begann, Tamina einen Brief zu schreiben. Einen Liebesbrief, so wie Henni gesagt hatte. Tippte einen Absatz, löschte ihn wieder. Versuchte es anders, korrigierte darin herum, verwarf alles wieder.

Zwischendurch kniff ich die Augen zusammen, als könnte ich so sinnvolle Gedanken aus mir herauspressen. Legte den Kopf in den Nacken, als müssten auf diese Weise Weisheit und Romantik bloß noch in mich hineintropfen. Es half nicht, ich produzierte bloß Mist. Schließlich klappte ich den Laptop frustriert zu.

»Ärger?«, fragte Matty, die den Raum betreten hatte. In der Hand hielt sie eine dampfende Tasse.

Ich zuckte mit den Schultern.

»Du brauchst einen Tee«, entschied sie lächelnd. »In Irland lassen sich *alle* Probleme mit Tee lösen. Man muss nur manchmal ein wenig Geduld haben«, fügte sie lachend hinzu. »Warte.« Damit verschwand sie aus dem Zimmer und kam ein paar Minuten später mit einer zweiten Tasse wieder. Sie überreichte mir die karamellbraune Flüssigkeit, in der sich offenbar bereits Milch befand.

»Habt ihr Papier?«

»Sicher. Dort drüben in dem Ding.« Sie zeigte auf den Sekretär. »Da drin müssten auch Kulis und Bleistifte liegen.«

Tatsächlich fand ich in der Schublade einen Block und Stifte. Ich setzte mich wieder in den Sessel und fing an, Tamina zu schreiben.

Irgendwie hatte ich gehofft, dass die Tatsache, dass ich mit der Hand schrieb, alles einfacher machen würde. Tat es nicht. Ich schrieb trotzdem bloß Rotz zusammen. Zerknüllte ein Blatt, begann von Neuem. Zwischendurch trank ich Tee, aber der löste nichts. Schmeckte dafür ganz gut. Matty ging irgendwann. Kurz nach zwölf gab ich, ohne nennenswerte Ergebnisse, einfach auf. Kein Brief für Tamina!

Jedenfalls nicht an diesem Abend.

Im Zimmer schob ich erst mal alle Fenster hoch, um die feuchte Nachtluft herein- und den Jungsmief rauszulassen. Erst zwei der Betten waren belegt, aber die Luft war bereits zum Schneiden dick, und mindestens einer der beiden schnarchte fürchterlich.

Vielleicht bin ich einfach zu alt für diesen Scheiß, dachte ich, bevor ich schließlich einschlief.

10

Kurz nach acht befand ich mich bereits im Auto auf meinem Weg durch die komplizierte Dubliner Innenstadt Richtung Süden. Das Navi half mir, mich im Labyrinth der Einbahnstraßen zurechtzufinden, und brachte mich schließlich zur M11 auf den Weg nach Bray.

Ich hatte mir den Mietwagen direkt an der O'Connell Street in der Innenstadt holen können und mich für einen silbernen Opel Mokka entschieden. Zwar wusste ich nicht, ob ich in den Wicklow Mountains wirklich auf schwierige Wege treffen würde, aber mit einem Geländewagen war ich in jedem Fall auf der sicheren Seite.

Der Weg aus Dublin raus dauerte ewig, weil eine Unzahl von Baustellen nur ein Vorwärtskommen im Schneckentempo erlaubte. Ich drehte das Radio auf, das ich auf einen irischen Alternative-Sender eingestellt hatte, und nutzte die Gelegenheit, um mir das südliche Dublin anzuschauen. Booterstown, Blackrock, Sandyford – die Häuser wurden erst langsam größer und teurer, dann wieder einfacher.

Endlich ließ ich die Außenbezirke hinter mir, und kurz darauf konnte ich sogar tatsächlich am Speed Limit fahren. Links und rechts tauchten die ersten Wiesen und kleineren Wälder auf, und wenig später hatte ich schon nicht mehr das Gefühl, mich in der Nähe einer europäischen Hauptstadt zu befinden. Ich wusste, dass die Wicklow Mountains einen riesigen Nationalpark beinhalteten und einen großen Fleck unberührter irischer Natur mitten im Herzen der Insel darstellten. Da Irland an vielen anderen Stellen unglaublich dicht besiedelt war, fühlte sich die Einsamkeit hier oben fremd an. Mit Kassandra war ich zwei Tage durch die Mountains gewandert, und wir hatten uns damals schon geschworen, noch einmal zurückzukommen und längere Zeit hier zu verbringen. Vielleicht konnte ich das mit Tamina versuchen.

Knapp zwei Stunden, nachdem ich aus Dublin losgefahren war, rollte der Wagen knirschend über den Schotter des *Croghan-Cottage.* Es war ein beeindruckendes Anwesen mit hohen Trockensteinmauern, das Haus selbst ebenfalls eine Mischung aus dem grauen Granitstein und weiß verputzten Wänden. Durch das hohe Tor konnte ich die weitläufige Anlage dahinter sehen, offenbar stand das Cottage in einer Art kleinem Wildpark. Ich konnte jede Menge rollender Rasenflächen, wild wuchernder Büsche und Bäume, die zu kleinen Wäldchen zusammenstanden, sehen.

Drinnen begrüßten mich Holzfußböden in dunkler Maserung und jede Menge Pflanzen. Ich kam in einen großen Raum, der vermutlich so etwas wie eine Empfangshalle darstellte, aber eher an ein Wohnzimmer erinnerte. Rechts stand ein langer Tresen, ebenfalls aus Massivholz, der als Rezeption fungierte. An einer Seite sah ich eine Couch sowie mehrere Sessel in dunklem Rot mit zwei kleinen Beistelltischen aus Holz, während vor der Fensterfront mehrere niedrige gepolsterte Bänke standen, die dazu einluden, hinaus auf den Garten zu blicken.

Ich hatte mich nicht angekündigt, weil ich Siobhan Mulholland nichts vorspielen wollte. Ein absurder Gedanke, wenn ich bedachte, dass ich Tamina im Gegenzug nicht die Wahrheit gesagt hatte, aber irgendwie widerstrebte mir der Gedanke, Mrs Mulholland nicht gleich zu sagen, weswegen ich hier war. Das wollte ich nicht am Telefon tun.

»Hi. Willkommen im Cottage«, begrüßte mich die Frau an der Rezeption, die ich auf Anfang vierzig schätzte.

Siobhan Mulholland, nahm ich an. Sie trug die langen brünetten Haare, in denen sich erste graue Strähnen zeigten, zu einem Bauernzopf geflochten. Mit ihrem karierten Hemd und der Jeans hätte sie auch gut auf eine texanische Farm gepasst, nur die festen Wanderstiefel statt einem Paar Cowboyboots verorteten sie in der irischen Wildnis.

»Guten Tag. Mein Name ist Johannes Thiebeck. Ich komme aus Deutschland.«

Sie lächelte. »Nehmen Sie es mir nicht übel, aber das hört man. Wir haben oft deutsche Gäste hier, vermutlich mehr als aus jedem anderen Land.«

Ich musste an die Reisegruppe von Marlene Herzog denken und nickte ernst.

»Möchten Sie ein Zimmer? Sind Sie alleine?«

»Ja, ein Einzelzimmer. Erst mal für eine Nacht, eventuell für länger. Ginge das?«

»Sicher. Kein Problem, wir sind ja immer noch in der Nebensaison. Das wird noch eine Weile dauern, bis es hier wieder voller wird.« Sie zeigte mir eine Reihe ebenmäßiger Zähne in einem attraktiven Lächeln, und auf einmal sah sie nicht mehr ganz so abgekämpft und müde aus. Vermutlich hatte ihr der Tod ihres Vaters in der letzten Zeit arg zugesetzt.

Auch wenn es mir leidtat, ihre fröhlichere Stimmung zunichtezumachen, hielt ich mich an meinen eigenen Vorsatz, sie nicht lange im Dunkeln tappen zu lassen. »Können wir uns irgendwo unterhalten? Unter vier Augen?«

In dem weitläufigen Raum befand sich außer uns beiden

gerade niemand, aber ich wollte ungern ein Gespräch über den Mord beginnen, wenn jederzeit eine muntere Truppe Rucksacktouristen hier aufkreuzen konnte.

»Worum geht es?«

»Um eine Reisegruppe, die bei Ihnen übernachtet hat.«

Sie musterte mich, als könnte sie auf diese Weise herausbekommen, worum es ging, und nickte schließlich. Mit einem Griff unter den Tresen holte sie ein Schild hervor, das ihre Abwesenheit erklärte und um Geduld bat, und bedeutete mir, ihr zu folgen.

Wir durchquerten einen breiten Flur, der nach oben mehrere geschickt platzierte Lichtschächte aufwies, sodass die weißen Wände und das Holz am Boden erstrahlten, obwohl es sonst keine Fenster gab. An verschiedenen Stellen gingen nach rechts Türen ab, und ich überlegte, was sich dahinter wohl verbergen mochte. Das Cottage bestand im Wesentlichen aus zwei Stockwerken, und ich nahm an, dass sich das Gros der Schlafräume eher hinten und oben im ersten Stock befand. Mrs Mullholland würde in ihren Arbeitsräumen sicher keine Gäste herumlaufen haben wollen.

Kurz darauf fanden wir uns in einem geschmackvoll eingerichteten Büro wieder, das von einem riesigen Schreibtisch dominiert wurde. Auf ihm standen zwei große Computerbildschirme, die eine Hälfte der edlen Oberfläche komplett einnahmen. Eine Tastatur sowie zwei ordentliche Stapel mit Dokumenten und ein massiver Füllfederhalter waren die einzigen anderen Dinge auf dem Tisch. Die gesamte Wand dahinter war durch Fenster ersetzt worden, die den Blick auf den wild wuchernden Garten freigaben. Außen konnte ich hölzerne Fensterläden erkennen.

Außer dem Schreibtisch gab es in dem Büro noch eine Regalwand aus dem gleichen dunklen Holz, die vollgestellt war mit Aktenordnern und Schubern. Bücher konnte ich keine entdecken. Ebenfalls im Regal standen zwei Drucker oder Faxgeräte. Zu unserer Rechten, in der anderen Hälfte des Raums, blickten drei schwere Ledersessel in einem Halbkreis auf einen Kamin, der in die Wand gemauert worden war. Vor einem weiteren Fenster stand ein niedriger Tisch mit einer Reihe von Spirituosen in edlen Flaschen.

»Es ist das Büro meines Vaters«, sagte sie beinahe entschuldigend, als sie meinen Blick auf die vielen männlichen Attribute bemerkte.

»Ich weiß von seinem Tod.«

Ein Schatten überzog ihr Gesicht. »Wer sind Sie? Ein Journalist?«

»Nein. Ein ehemaliger Polizist. Eine Kollegin von mir ermittelt in Berlin in diesem Fall.«

In ihrem Gesicht wurde der misstrauische Ausdruck durch einen verwirrten ersetzt. »Warum Berlin?«

Ich hatte mir schon fast gedacht, dass man Siobhan Mulholland bisher nichts von Rasmus erzählt hatte. »Es hat in Berlin einen weiteren Toten gegeben. So wie es aussieht, ist er ebenfalls vom Mörder Ihres Vaters umgebracht worden.«

»Oh mein Gott!« Ihre Hände zuckten, als wollte sie sie vor dem Gesicht zusammenschlagen.

»Der Täter hat dieselbe Methode verwendet.«

»Sekundenkleber.«

Ich nickte. In ihren Augen bildeten sich Tränen. Keine schönen Erinnerungen, die ich wachrief, aber es musste sein. »Wollen Sie sich setzen?«

Siobhan Mulholland machte einen etwas wackeligen Eindruck. Nachdem sie genickt hatte, führte ich sie zu den Sesseln.

»Wie ist sein Name? Wer war es?«, wollte sie wissen, nachdem sie saß.

»Steffen Rasmus.« Auf die zweite Frage ging ich nicht ein, da wir später noch dazu kommen würden. Ich wollte sie nicht überfordern. »Haben Sie den Namen schon einmal gehört?«

Sie schüttelte den Kopf. »Nein, tut mir leid. Noch nie.«

»Das heißt, Sie wissen auch nicht, ob Ihr Vater noch näher mit ihm zu tun hatte?«

»Sind Sie sich sicher, dass es eine Verbindung zu meinem Vater gibt?«

»Neben seinem Leichnam wurde ebenfalls eine Karte mit der Zeile eines Reims gefunden.«

Sie starrte mich an. »*One For Sorrow*.«

»Nein. Die zweite Zeile, *Two For Joy*.«

»Aber warum? Was hat das zu bedeuten?« Ihre Stimme war nicht mehr als ein Flüstern. »Warum musste mein Vater sterben?«

»Das weiß ich nicht, ich bin noch auf der Suche nach einem möglichen Motiv.« Ich musterte sie einen Moment lang. »Brauchen Sie einen Drink?«

Siobhan schüttelte den Kopf.

»Wer hat Sie zum Tod Ihres Vaters befragt?«

»Das waren zwei junge Männer aus Dublin. Einer von ihnen war es auch, der mich angerufen hat.«

»Mit Interpol hatten Sie noch keinen Kontakt?«

Sie schaute mich mit großen Augen an. »Nein, wieso?«

»Dann werden die sicher noch mit Ihnen reden wollen. Durch die Verbindung zu dem Mord in Berlin ist Interpol jetzt zuständig, nicht mehr die Jungs aus Dublin.«

»Sie haben gesagt, Sie sind kein Polizist mehr. Warum ermitteln Sie dann? Wieso sind Sie wirklich hier?«

»Weil mich eine Freundin darum gebeten hat.«

Sie nickte, als sei das Antwort genug. »Heißt das, Sie bekommen Schwierigkeiten, wenn die irische Polizei von Ihnen erfährt?«

Ich verzog das Gesicht. »Möglich.«

»Vielleicht erinnere ich mich bis dahin ja nicht mehr so genau, wer mich hier besucht hat. Wir Iren waren noch nie besonders gut darin, mit den Bullen zu reden.«

»Danke schön.«

Sie winkte ab.

»Waren Sie hier, als Ihr Vater ermordet wurde?«

»In Dublin, bei einer Freundin. Ich bin vor einem Jahr aus London hierhergezogen, weil es meinem Vater gesundheitlich nicht sehr gut ging. Er wollte die Leitung des Cottages noch nicht abgeben, aber es war klar, dass er entweder jemanden anstellen oder ich kommen musste.« Sie zuckte mit den Schultern. »Es war einfacher zurückzukehren, als ich dachte.«

»Wie lange waren Sie aus Irland weg?«

»Fast zwanzig Jahre. Ich war natürlich oft hier, zu den Feiertagen oder an Geburtstagen meines Vaters. Wir haben uns regelmäßig gesehen, aber gelebt habe ich in London.«

»Gab es sonst noch jemanden hier, außer Ihrem Vater? Ihre Mutter?«

»Sie ist gestorben, als ich ein Teenager war.«

»Das tut mir leid.«

»Schon gut. Ich bin irgendwann damit klargekommen.«

»Aber Ihr Vater nicht?«

»Nicht wirklich. Ich glaube, er hat sie schrecklich vermisst. Er hat alles getan, um mir trotzdem eine heile, komplette Familie zu bieten, aber es hat tiefe Spuren in ihm hinterlassen.« Der Schleier eines Lächelns huschte über ihr Gesicht.

»In dem Reim geht es um Elstern. Wussten Sie, dass Elstern in lebenslanger Monogamie leben?« Sie sah auf und schaute mich mit durchdringendem Blick an. Erneut liefen ihr Tränen über die Wangen. »Wenn eine Elster stirbt, dann sucht sich die andere normalerweise einen neuen, jungen Partner.« Sie lachte, zog dabei unwillkürlich den Rotz in der Nase hoch. »Aber das wollte er nie. Er wollte einfach *sie* zurück.« Sie schniefte, putzte sich die Nase mit einem Taschentuch und hielt plötzlich überrascht inne. »Was ist mit den anderen Zeilen des Reims?«

»Das wissen wir noch nicht. Aber ich fürchte, es ist nicht auszuschließen, dass es noch weitere Tote gibt. Geben wird.«

»Wie furchtbar!«

»2010 waren Sie noch in London, richtig?«

»Ja, warum?«

»Weil sich in dem Sommer eine Reisegruppe aus jungen Deutschen hier bei Ihrem Vater aufgehalten hat.«

»Ich verstehe nicht.«

»Die Reise nach Irland wurde von dem Besitzer eines kleinen Reisebüros in Berlin organisiert, der selbst allerdings nicht mitgefahren ist. Das war Steffen Rasmus, das zweite Opfer.«

»Und Sie meinen, der Mord hat etwas damit zu tun? War es einer der Deutschen?«

»Das weiß ich nicht. Aber momentan ist der Aufenthalt dieser Gruppe die einzige Verbindung zwischen den beiden tragischen Ereignissen.«

Siobhans Blick schweifte nach draußen. Sie schien nachzudenken. »Ich habe die ganze Zeit schon überlegt, was es mit diesem Satz auf sich hat«, sagte sie abwesend. »Er hat eine tiefe Trauer in sich getragen, das stimmt. Er war *one for sorrow*, wenn man es wortwörtlich nimmt.« Sie schaute mich an. Ihr Blick war trotz der schimmernden Tränen erstaunlich klar. »Es gibt einen Roman von John Irving, *Das Hotel New Hampshire*. Sagt Ihnen das was?«

Ich verneinte.

»Dort gibt es einen Hund, der *Sorrow* heißt, Kummer. Der stirbt irgendwann, wird ausgestopft und treibt auf dem Wasser. Kummer schwimmt oben, heißt es dort. Mein Vater war ein großer Fan dieses Buches, es hat ihn schwer beeindruckt. Kummer schwimmt oben … Das traf auf ihn sicher auch zu.« Wieder fixierte sie mich eindringlich. »Glauben Sie, dass ihn jemand deswegen getötet hat? Aus Mitleid? Weil er zu viel Trauer in sich trug?«

»Das dürfen Sie nicht denken, nicht einmal eine Sekunde. Jemand hat Ihren Vater getötet und damit einen sinnlosen Mord begangen. Er hat ihm keinen Gefallen getan, ganz sicher nicht. Egal, wie viel Trauer Ihr Vater mit sich herumgetragen hat, da gab es bestimmt so viel anderes. Er hatte Sie!«

Gedankenverloren schaute Siobhan aus dem Fenster.

»Wie steht es um die finanzielle Situation der Pension?«, unterbrach ich ihr Entrücktsein.

Siobhan nahm sich einen Moment Zeit, bevor sie sich wieder zu mir umdrehte. »Es lief. Nicht besonders gut und nicht besonders schlecht. Mein Vater konnte einigermaßen davon leben, und er hatte genug auf die Seite gelegt, um mit Engpässen klarzukommen. Glauben Sie, damit hat es etwas auf sich?«

Müde schüttelte ich den Kopf. »Keine Ahnung. Vielleicht könnte ich später einen Blick in die Bücher werfen?«

Sie zögerte.

»Ich weiß, dass das viel verlangt ist, aber ich muss herausfinden, wer Ihren Vater getötet hat.«

»In Ordnung.«

Bei der nächsten Frage zögerte ich kurz. »Hat Ihr Vater irgendeine besondere Beziehung zu Kleber gehabt?«

Ausdruckslos sah sie mich an, bis sie plötzlich begriff. Ihre Pupillen weiteten sich.

»Ich weiß, dass das eine schreckliche Frage ist und die vollkommen falschen Bilder in Ihnen wachruft, aber glauben Sie mir, es könnte wichtig sein.«

»Er hat früher Modellflugzeuge aus Papier gebastelt. Dafür brauchte er Kleber. Davon standen immer so kleine Fläschchen bei uns rum.«

»Sekundenkleber?«

Sie nickte. »Aber ich glaube, das hat er seit Ewigkeiten nicht mehr gemacht.«

Ich räusperte mich. »Wie war das mit Drogen? Hat er welche genommen?«

»Nein! Was sollte er denn genommen haben?«, erwiderte sie empört.

»Manchmal wird Kleber auch als Rauschmittel verwendet. So etwas in der Art«, antwortete ich etwas hilflos. Ich hatte keine rechte Ahnung, wo ich mit meinen Vermutungen hinwollte, und griff nach Strohhalmen. Gerade in ärmeren Ländern war das Schnüffeln von Klebstoff ein billiges Mittel, um schnell high zu werden. Auf Kosten der Gesundheit. Den Opfern war die Nase zugeklebt worden, möglicherweise hatte es damit etwas auf sich.

»Nein. Whiskey und Pfeife waren seine einzigen Laster. Keine Drogen.« Sie klang erschöpft. Schließlich fügte sie hinzu: »Sie sollten mit Dermot reden. Unserem Nachbarn. Er ist in Dads Alter, und die beiden waren so etwas wie Freunde. Er kann Ihnen vielleicht etwas über die Zeit damals erzählen, als die Deutschen hier waren.« Danach verstummte sie, drehte sich zum Fenster um und schien bloß noch körperlich anwesend zu sein.

Nachdem ich einen Moment lang abgewartet hatte, ob sie noch etwas sagen würde, stand ich auf und schloss die Tür leise hinter mir.

Ich verließ das Anwesen durch das Haupttor und lief die Straße hinunter, um nach dem Nachbarn zu suchen. Auf der Fahrt zum Cottage war mir kein anderer Hof in unmittelbarer Nähe aufgefallen, und so ging ich davon aus, dass Dermot in der anderen Richtung leben musste.

Allerdings bereute ich nach ein paar Minuten, nicht das Auto genommen zu haben. Irische Verhältnisse von *dicht*, *nah* oder eben *Nachbarn* entsprachen nur selten den deutschen. *Gleich um die Ecke* konnte durchaus einen halbstündigen Fußmarsch bedeuten. Daran erinnerte ich mich, als ich auf der schmalen Straße entlangging. Links und rechts wechselten sich Trockensteinmauern und dichte Hecken ab, sodass es fast keine Möglichkeit gab, nicht auf dem Asphalt zu laufen. Das war an sich kein Problem, denn es gab nicht viel Verkehr. Doch *wenn* ein Auto kam, schloss ich jedes Mal kurz mit dem Leben ab. Die Fahrer rasten vollkommen unbeeindruckt von der engen Fahrbahn und der schlechten Sicht durch die vielen Kurven die Strecke entlang, als gäbe es kein Morgen.

Als mir der erste alte Nissan entgegenkam, verspürte ich tatsächlich für einen Augenblick den Wunsch, mich in eine Ginsterhecke zu werfen. Bei den nachfolgenden Autos wurde es etwas besser, obwohl sich mein Puls immer noch heftig beschleunigte.

Schließlich erreichte ich eine Lücke in einer der Mauern und konnte ein gekalktes Haus auf einer Anhöhe erkennen.

Ich ging durch das offene Stahltor und lief den geschotterten Weg hinauf. Mir kam einer dieser irischen Hütehundmischlinge entgegen und wedelte erfreut mit dem Schwanz. Er ließ sich eine ganze Weile euphorisch streicheln, bis er schließlich mit langen Sätzen voraus Richtung Haus jagte.

Dort wurde ich bereits von einem alten Mann erwartet. Seine abgewetzten Cordhosen steckten in einem Paar schmutziger Gummistiefel, und über dem Hemd trug er einen oft geflickten Pullunder. Selbst die Schirmmütze entsprach vollkommen dem Klischee, es fehlte bloß noch die Pfeife. Kurze, weiße Haare schauten unter der Kopfbedeckung hervor, und die Wangen des Mannes waren von silbernen Stoppeln bedeckt.

»Guten Tag«, begrüßte ich ihn im Näherkommen.

Er erwiderte den Gruß und hielt abwesend dem Hund seine Hand hin, die dieser voller Freude leckte.

Respektvoll blieb ich ein paar Meter vor dem Haus stehen und fragte: »Sind Sie Dermot? Siobhan Mulholland schickt mich.« Vor meiner Abfahrt am Morgen hatte ich Matty zur Aussprache des Namens befragt und ihn so lange wiederholt, bis sie nicht mehr gegrinst hatte. *Schiewon.*

Dermot nickte. »Der bin ich, in der Tat. Wie geht es ihr?«

Ich zuckte mit den Schultern, weil ich mich erinnerte, dass man in Irland bei Befindlichkeitsfragen nur selten die Wahrheit sagte. »Den Umständen entsprechend«, versuchte ich mich nonchalant.

»Was auch immer Sie wollen, kommen Sie rein. Hier draußen zieht es mir zu sehr.«

Kurz darauf saß ich an einem Holztisch, der garantiert älter als Dermot war. Seine Küche war zweckmäßig mit hässlichen Einbauschränken aus hellem Beige eingerichtet, aber der Tisch und die Stühle waren wunderschön, aus Naturholz und von bester Qualität. Vermutlich Handarbeit seines Vaters oder Großvaters. Der Weg zur Küche hatte uns durch einen dunklen, gefliesten Flur geführt, der merkwürdig roch. Ich brauchte eine Weile, bis ich es identifiziert hatte: Es war der Geruch nach alten Menschen. Genauso hatte es bei meinem Großvater gerochen, wenn ich ihn als Kind besucht hatte.

Ich hatte mich vorgestellt, und Dermot platzierte mich am Tisch, um mir einen Tee zu machen: Barry's mit einem Schuss Milch aus einem großen Plastikcontainer.

»Sind Sie zu Besuch im Cottage?«, fragte er schließlich, als er sich mit seiner Tasse zu mir setzte, und meinte eigentlich: *Okay, raus mit der Sprache, was zum Teufel wollen Sie?*

Ich umriss, was in Berlin passiert war und in welche Richtung ich ermittelte.

Seine Miene verdüsterte sich. »Diese deutsche Reisegruppe. Ich erinnere mich. Seamus war danach eine lange Zeit nicht mehr derselbe. Vielleicht überhaupt nicht mehr.«

»Was ist passiert?«

Dermot schürzte die Lippen und nahm einen Schluck Tee. »Keine Ahnung. Die Gruppe kam an, blieb ein paar Tage und fuhr dann wieder ab. Mehr als drei Tage waren die nicht hier, glaube ich. Zu der Zeit tobte ein schreckliches Unwetter über der Ostküste. Nicht länger als einen Tag oder so, aber wir hatten einen fürchterlichen Sturm. Ich erinnere mich, dass man oben auf dem Hügel nicht mehr aufrecht gehen konnte, aus Angst, umgeblasen zu werden. Passiert nicht allzu oft hier. Deswegen weiß ich das noch gut.«

»Inwiefern war Seamus danach anders?«

»Dunkler. Melancholischer. Ich meine, er hatte immer einen Hang zur Trübsal. Er war kein fröhlicher Mensch, jedenfalls nicht, seitdem seine Cathy gestorben ist. Aber das hier war anders.«

»Und Sie hatten das Gefühl, es hatte etwas mit der Gruppe zu tun?«

»Irgendwas ist passiert, während die hier waren. Nehme ich an. Danach war er komisch. Hat auch ein paar Wochen quasi nicht mit mir geredet. Ich glaube, er war froh, als endlich der Herbst kam und sich kaum noch Gäste ins Cottage verirrt haben.«

»Hatten Sie Kontakt zu der Gruppe?«

»Nicht wirklich. Ich habe die ein-, zweimal gesehen, als sie die Straße entlanggezogen sind, auf irgendeiner Wanderung oder so. Ein fröhlicher Haufen. Und ein paar hübsche Mädchen dabei.« Er trank von seinem Tee und nahm sich einen der Kekse, die er auf einen Teller gelegt hatte.

»Mit ihnen gesprochen haben Sie nicht?«

»Nein.«

»Die Reise ist von einem jungen Mann namens Steffen Rasmus organisiert worden. Sind Sie dem mal begegnet?«

Er schürzte die Lippen, um zu überlegen.

»Ich nehme an, er muss früher schon mal hier gewesen sein«, sagte ich und kramte mein Handy aus der Tasche. Zeigte ihm ein Bild von Rasmus.

»Der, ja, den kenne ich. Der war mindestens zweimal bei Seamus. Und es stimmt, ich erinnere mich, dass er auf der Suche nach Unterkünften war. Seamus und er haben sich gut verstanden. Seamus hat sehr wohlwollend von ihm gesprochen.«

»Ist Ihnen bei den Besuchen von Rasmus etwas aufgefallen? Oder davor, danach?«

»Nein, glaube nicht. Außer, dass Seamus recht gut gelaunt

schien. Ich nehme an, Rasmus hat ihm durch die Gruppe Einkünfte verschafft?«

Ich nickte. Etwas in Dermots Art verleitete mich zur nächsten Frage. »Seamus hatte finanzielle Schwierigkeiten?«

»Es ist nicht einfach, sich hier über Wasser zu halten. Aber immerhin war es ehrliche Arbeit.«

»Was meinen Sie?«

Dermot sah mich an, als hätte ich ihn bei etwas erwischt. Er druckste einen Moment lang herum, bevor er versuchte abzuwiegeln. Ich lehnte mich vor, um ihm direkt in die Augen sehen zu können, und sprach leise und eindringlich. »Seamus ist brutal ermordet worden. Und ich will seinen Killer finden. Schon für Siobhan. Sie tun ihm keinen Gefallen, wenn Sie mir etwas verschweigen.«

Er schien immer noch nicht überzeugt.

»Ich weiß, dass man über Tote nicht schlecht spricht, aber ich bitte Sie, es mir zu sagen. Was war es, mit dem Seamus zu tun hatte? Etwas Illegales?«

Schließlich gab Dermot nach. »Er war *Moonshiner*«, sagte er leise.

»Was ist das?«

»Ein Schnapsbrenner. Er hat illegal *poitín* gebrannt und verkauft, ein Schnaps aus Kartoffeln.«

»Wusste seine Tochter davon?«

»Nein, ich glaube nicht. Cathy, seine Frau, schon. Gott sei ihrer Seele gnädig.« Er bekreuzigte sich.

»Wann war das? Und wie lange?«

»Er hat das sicher über zwei Jahrzehnte gemacht. Aufgehört hat er vielleicht vor ein paar Jahren? Ich weiß es nicht genau.«

»Kennen Sie jemanden, der etwas damit zu tun hatte?«

»Nein, und wenn, würde ich es Ihnen nicht verraten.« Er trank den Rest seines Tees aus, als wollte er ein Zeichen setzen.

Ich entschied mich, wieder über weniger verfängliche Dinge zu reden. »Waren die Deutschen die ganze Zeit über im Cottage?«

»Ich meine, die haben auch einen Ausflug in die Lodge gemacht. Machen viele.«

»Die Lodge? Was ist das?«

»Die Mulhollands haben noch eine kleine Hütte, den Berg rauf. Einen Teil kann man mit dem Wagen fahren, aber den Rest muss man zu Fuß gehen. Zu unwegsam. Insgesamt von der Herberge knapp ein halber Tag. Dort oben hat man einen herrlichen Ausblick. Gibt aber kein fließend Wasser und keinen Strom. Ist etwas urig, aber die Touristen lieben es. Mitten im grünen Herzen der Mountains.«

Ich nickte, weil ich mir die Anziehungskraft des Ortes lebhaft vorstellen konnte. Solcher Dinge wegen kamen die Leute nach Irland. »Meinen Sie, die hat dort jemand gesehen? Kommen dort Menschen vorbei?«

»Wenige. Aber es gibt einen Schäfer, der oben seine Schafe auftreibt. Der ist bei Wind und Wetter draußen, möglicherweise ist der den Deutschen damals über den Weg gelaufen.«

Ich nickte und machte mir eine mentale Notiz. »Aber Seamus hat Ihnen nie erzählt, was genau in der Zeit passiert ist?«

Dermot schüttelte den Kopf. »So einer war er nicht. Seamus hat die Dinge meistens mit sich selbst ausgemacht.«

»Gab es zu der Zeit noch andere Gäste im Cottage?«

»Puh, da fragen Sie mich was. Keine Ahnung. Aber Siobhan müsste die Bücher eigentlich noch haben.«

Ich bedankte mich für den Tee, schüttelte ihm die Hand und ging – nachdem ich mich versichert hatte, dass ich jederzeit wiederkommen durfte, wenn mir noch etwas einfiel.

Auch auf dem Rückweg erfasste mich kein Pkw.

Zurück auf dem Gelände der Herberge fand ich Siobhan in der Küche.

»Kann ich heute Nacht bei Ihnen bleiben?«

»Sicher. Es sind genug Zimmer frei.«

»Und wäre es möglich, dass ich mir morgen die Lodge mal ansehe? Dermot meinte, die Deutschen seien ebenfalls dort hinaufgestiegen.«

»Vermutlich müssen Sie dann aber oben übernachten.« Mit einem Lächeln fügte sie hinzu: »Es sei denn, Sie wären eine Bergziege, dann schaffen Sie es vielleicht in einem Tag hoch und wieder runter.«

»Wenn man ein Stück mit dem Auto fährt, wie lang ist dann der Fußmarsch noch?«

Sie warf einen Blick auf die große Uhr, die seitlich an der Wand hing. »In knapp vier Stunden müssten Sie es schaffen.«

Es war kurz vor Mittag. »Vielleicht mache ich mich dann gleich heute auf den Weg.«

»Kein Problem. Ich würde Ihnen zusammenpacken, was Sie brauchen.«

»Sehr gut, danke. Dürfte ich Sie noch um etwas bitten? Die Gästebücher, gibt es die noch von 2010?«

Ich selbst hatte mich vor ein paar Stunden ebenfalls in einen solchen Wälzer eintragen müssen – Name und Anschrift. Falls Seamus Mulholland die Bücher nicht sofort entsorgt hatte, würde ich dort möglicherweise tatsächlich einen Hinweis auf weitere Gäste im Cottage finden. Ich war froh, dass ich diese Frage nicht Matty hatte stellen müssen, denn die nahm es mit der Buchführung ganz offensichtlich deutlich weniger genau.

»Sicher. Wir müssen die Bücher längst nicht so lange aufheben, aber Seamus konnte es oft nicht über sich bringen, solche Dinge auszumisten. Kommen Sie mit.«

Sie führte mich erneut in das Büro ihres Vaters und ging, um aus einer Kammer im Flur mehrere Kartons zu holen. Ich kam ihr entgegen und half ihr, sie auf dem Schreibtisch abzustellen.

»Das hier müsste es sein.« Sie drückte mir ein Buch in die Hand und ließ mich allein.

Nach kurzer Überprüfung stellte ich fest, dass die Einträge in der Tat von Mai 2009 bis August 2011 gingen. Es dauerte nicht lange, und ich hatte gefunden, was ich suchte:

Marlene Herzog
Karsten Haasberg
Tabea Mühlheim
Michael Seiler
Marius Kalinowski
Svenja Höffner
Pika Blum
Sunny Marquardt
Owen Carling

Alle im Juli 2010 mit demselben Kugelschreiber eingetragen. *Die Reisegruppe des Todes*, dachte ich. Neun junge Touristen, acht Deutsche, ein Ire.

Dann glitt mein Finger über die Spalten darüber und darunter. In dem Juli waren insgesamt relativ wenige Einträge verzeichnet. Möglicherweise war das Unwetter damals nur die Spitze eines insgesamt bescheidenen Sommers gewesen.

Es gab ein Ehepaar aus Cardiff, das sich mit den Deutschen überschnitten hatte, allerdings an deren zweitem Tag abgereist war. Eine Gruppe von drei Iren aus Belfast war am Tag der Abreise der Deutschen gekommen, und es gab nur einen einzigen Eintrag, der sich komplett mit Marlene und ihren Freunden überschnitt: Amato Farese, ein Italiener aus Florenz.

Der Mann hatte zehn Tage im Cottage verbracht und war erst einige Tage nach den Deutschen wieder abgereist. Ich notierte mir den Namen auf einem Zettel. Dann setzte ich mich auf den Drehstuhl hinter dem Schreibtisch, holte mein Handy heraus und rief Henni an.

»Hey«, begrüßte sie mich. »Hast du was für mich?«

»Ich schicke dir gleich eine SMS mit einem Namen. Ein Italiener, der zur selben Zeit wie Marlene und ihre Gruppe hier in der Herberge war. Setz doch mal Ole darauf an, ob der irgendwas über den rausfinden kann. Möglicherweise bestand zu irgendjemandem aus der Gruppe Kontakt.«

»Geht klar.«

Dann entstand eine etwas unangenehme Pause. Schließlich fragte ich: »Was macht dein Fall? Der Tote am Fensterkreuz?«

»Ach, der macht gar nichts. Irgendwie kommen wir nicht weiter.«

»Ich muss mich eine Weile abmelden. Ich kraxel rauf in die Hütte, in der die Gruppe übernachtet hat. Vermutlich muss ich da übernachten, es ist ein ziemlicher Aufstieg. Ich habe keine Ahnung, ob ich oben Empfang haben werde. Kann also sein, dass ich eine Weile weg vom Fenster bin. Nicht dass du dir Sorgen machst.«

»Glaubst du, dass du dort etwas findest?«

»Ich weiß es nicht. Vielleicht nicht. Aber bisher fehlt mir jeder Bezug zu dieser Reise. Ich kann nicht *spüren*, wie die hier die Zeit verbracht haben, verstehst du? Ich weiß, das klingt dämlich, aber es ist, als müsste ich ihren Fußspuren folgen, um zu begreifen, was damals passiert ist.«

»Geh mir in der Wildnis dort oben nicht verloren, Thiebeck.«

»Versprochen.«

Wenig später hievte ich den Rucksack, den mir Siobhan gegeben hatte, ins Auto und fuhr Richtung Westen die schmalen Straßen bergauf. Sie hatte mir eine kleine Karte gemalt, wie ich zu dem Parkplatz kommen würde, von dem aus ich zu Fuß weitergehen musste, und mir beschrieben, wie ich von da aus die Hütte erreichen würde. Im Rucksack befanden sich Bettzeug, eine Flasche Wasser, ein halbes Brot und eine Dose gebackene Bohnen sowie ein faustgroßes Stück Schinken. Das stellte mein Abendessen sowie mein Frühstück dar.

»Sie können so viel mitnehmen, wie Sie wollen«, hatte sie mir erklärt. »Aber das müssen Sie alles selbst hinauftragen. Die meisten entscheiden sich schnell dafür, dass es sich nicht lohnt, in der Lodge ausschweifende Feste zu feiern. Wasser brauchen Sie nicht viel, Sie können jederzeit aus den Bächen trinken. An der Hütte gibt es eine Pumpe, die Wasser aus einem eigenen Brunnen holt.«

Tamina hatte ich eine SMS geschrieben, um mich abzumelden, und mir dann noch ein zweites Paar Socken eingepackt.

Als ich am Parkplatz ausstieg, nutzte ich die Gelegenheit, um kurz innezuhalten und zu lauschen.

Hier oben gab es niemanden. Ich fühlte mich jetzt schon vollkommen allein, wie würde das erst sein, wenn ich den Aufstieg beendet hatte?

Der schmale Fußpfad war nicht schwierig zu finden und führte sofort steil bergan. Es ging zwischen vereinzelten Nadelbäumen und leichtem Bewuchs über steinigen Boden hinauf, und kurze Zeit später verließ ich den Schutz der letzten Bäume und lief über eine Art Grat zwischen zähen Gräsern und Farnen auf eine Hügelkuppe zu. So gestalteten sich auch die nächsten Stunden, bis ich auf einem Hügel ankam, auf dem ich mich überrascht gegen den heftigen Wind stemmen und orientieren musste. Anschließend setzte ich meinen Weg zum nächsten Hügel fort. Dieses Spiel wiederholte sich. Bewuchs gab es inzwischen kaum noch über Kniehöhe, und die Farben wechselten von leuchtendem Grün immer wieder in stumpfes Braun. Manchmal wurde der Pfad so steil und vor allem steinig, dass es ratsamer schien, mich auf allen vieren fortzubewegen. An verschiedenen Stellen zweifelte ich daran, dass ich mich noch auf dem richtigen Weg befand, weil es teilweise gar keinen Pfad gab, dem ich folgen konnte. Doch dann passierte ich erneut Wegmarken, die mir Siobhan beschrieben hatte, und wusste, dass ich mich noch nicht verlaufen hatte. Allerdings hätte ich längst ankommen müssen. Ihre letzte Beschreibung hatte gelautet: »Sie laufen, bis Sie denken, Sie können nicht mehr. Bis Sie denken, Sie würden Ihr Ziel niemals erreichen. Und dann noch eine weitere halbe Stunde, und Sie sind am Ziel.«

Leider hatte ich diesen Gedanken bereits vor geraumer Zeit gehabt. Vor mehr als einer halben Stunde. Ich fühlte mich wie bei diesen endlosen Sessions, in denen mich der Coach oder Schmolli Seil springen oder die Boxbirne bearbeiten ließen: Cardio-Work, bis man das Gefühl hatte, der Körper könnte jeden Moment einfach aussetzen, die Arbeit verweigern.

Mein Zeitgefühl sagte mir, dass ich mich möglicherweise noch ein gutes Stück von der Hütte entfernt befinden könnte.

Mit einem Seufzer wischte ich mir mit dem Ärmel über die Stirn. Zu meiner Linken lag ein Berg halb in tief hängenden Wolken versteckt, und ich verspürte plötzlich den unerklärlichen Wunsch, meine Richtung zu ändern und dort hinaufzusteigen. Der Weg dahin war ein endlos erscheinender Sattel aus Grün, der die vielen Kilometer die Flanke des Bergs hinauf wie einen Katzensprung erscheinen ließ. Wie benommen riss ich mich von dem Anblick los und sah zur anderen Seite. Dort konnte ich im Dunst des Horizonts das Meer erahnen. Nicht weit von mir entfernt sah ich, wie die grüne Hügelhaut aufgerissen worden war, um darunter eine schwarz-braune Wunde freizulegen. Torf, der gestochen wurde, um die irischen Kamine zu heizen. Ich sah mich ungläubig um. Irgendwie konnte ich mir nicht vorstellen, dass sich jemand die Mühe machte, den ganzen Weg hier heraufzukommen, um Torf zu stechen. Es musste weniger mühsam zu erreichende Orte geben, an denen man das braune Gold abbauen konnte.

Nachdem ich einen tiefen Schluck aus der Flasche genommen hatte, setzte ich mich wieder in Bewegung. Und schwor mir, dass es diesmal *wirklich* nur noch eine halbe Stunde sein konnte.

Nach fast anderthalb Stunden schleppte ich mich über eine kleine Anhöhe, inzwischen wieder auf einem Trampelpfad, der sich durch kniehohes Gras schlängelte, und erblickte die Hütte. Wie eine Fata Morgana stand sie plötzlich da, und ich konnte mir lebhaft vorstellen, mit welcher Erleichterung schon Generationen von Gästen hier oben auf die gleiche Art wie ich erschöpft angekommen waren. Eingebettet in

Ginsterbüsche, die sich auch weiter den Hang hinaufzogen, erwartete mich die Lodge mit einer Art amüsierter Nachsichtigkeit. *Endlich hast du deinen Weg hierher gefunden*, schien sie zu sagen.

Inzwischen hatte sich Zwielicht herabgesenkt, dessen abnehmende Helligkeit erahnen ließ, wie sich die Dunkelheit anschlich. Als müsste man bloß eine schnelle Kopfbewegung machen oder konzentriert aus den Augenwinkeln starren und man würde sie im Sprung erwischen. Die gelben Blüten der Ginsterbüsche schienen dadurch noch mehr zu leuchten.

Direkt vor dem langgestreckten Haus, das eine merkwürdige Höhe von anderthalb Stockwerken zu haben schien, gab es einen Vorplatz aus festgetretener Erde. Dort waren mehrere große Felsbrocken in einem Halbkreis aufgestellt worden, vermutlich, um als eine Art rustikale Sitzecke zu dienen. Neben dem Häuschen lief der kleine Bach entlang, von dem mir Siobhan erzählt hatte. Direkt daneben musste sich der Brunnen befinden, den ich von hier aus aber nicht sehen konnte. Irgendwo hinter dem Haus würde auch das gezimmerte Plumpsklo stehen.

Ich betrat die Hütte und fand mich in einem riesigen Raum wieder, der die gesamte Grundfläche einnahm und aus einem vorderen Teil mit einer Küche, einem Tisch und mehreren Stühlen sowie einem Wohnzimmer mit Sesseln, Sofas und einem weiteren Tisch bestand. Links führte eine breite Holztreppe zu einem abgehängten Boden direkt unter dem Dach. Dort befanden sich vermutlich die Schlafplätze. Solange draußen noch Licht herrschte, verschaffte ich mir einen Überblick über das Inventar der Hütte. Siobhan hatte mir vorsichtshalber eine Taschenlampe mitgegeben, falls ich wider Erwarten im Dunkeln ankommen würde, aber ich fand schnell die verschiedenen Kerzen, Streichhölzer und die zwei Petroleumlampen, die es in der Hütte gab.

Ich machte mich mit dem Gaskocher vertraut und ging hinter das Haus, um Wasser zu pumpen und in einem Eimer hineinzutragen. Auf dem Vorplatz hielt ich inne, weil ich nicht anders konnte, als auf diese endlose Weite zu starren, in der nichts als Grün- und Brauntöne zu sehen waren. Mich erfasste plötzlich diese Wehmut, die ich Jahre zuvor schon einmal verspürt hatte, als ich das erste Mal auf der Insel gewesen war. Eine Wehmut, die ich vermutlich mit einem Großteil aller Besucher teilte. Ein Gefühl, das einen überfiel, packte und schüttelte. Und das man, auch wenn es schmerzte, nie wieder loswerden mochte. Ich hatte damals, auf einem Hügel im County Mayo stehend, schlagartig begriffen, warum die Iren so waren, wie sie waren. Diese tiefe Melancholie, durchsetzt mit unbändigem Humor. Und dem Willen, sich niemals unterkriegen zu lassen. So ging es mir jetzt auch. Ich hatte das Gefühl, ich könnte meine Lungen mit einem Atemzug mit unbändiger Kraft füllen, und trotzdem wusste ich, dass alles irgendwie vergebens sein würde. Dass es einen Schmerz gab, den ich niemals besiegen konnte. In diesem Moment wusste ich, dass ich unbedingt mit Tamina herkommen wollte. Dass ich genau an dieser Stelle stehen wollte, mit ihr im Arm, einem kleinen Lächeln auf den Lippen, diesem Stechen in der Brust, und mich auf die Liebe zu ihr werfen wollte.

Kopfschüttelnd trug ich den Eimer ins Haus. Kein Wunder, dass die Iren überall als vollkommen verrückt galten. Diese Insel machte einen ganz wirr im Kopf.

Im Haus suchte ich nach Hinweisen, die die verschiedenen Gäste vielleicht hinterlassen haben mochten, und stieß auf ein Gästebuch. Alt, abgestoßen und fleckig. Ein Buch, in dem viele sehr zufriedene Gäste der Lodge Lobeshymnen auf die Hütte, auf die Mulhollands und Irland insgesamt hinterlassen hatten. Ich durchsuchte das Buch. Fand das Jahr 2010, mit Einträgen aus dem Juni und weiteren von Ende Juli. Und wurde fündig.

Marlene und Karsten. Hand in hand on the Emerald Isle.

Dann eine kleine Zeichnung mit einem Hügel, Bergen im Hintergrund, Wolken, einer strahlenden Sonne, kritzeligen Büschen und einem kleinen Strichmännchen. Darunter: *Sunny is here!*

Sunny Marquardt, erinnerte ich mich, war Teil der Gruppe gewesen.

Unter der Sonne erkannte ich eine sehr hübsche Zeichnung einer Elster. Ausgeführt mit blauem Kugelschreiber, eine halbe Handbreit groß. Mit der Bildunterschrift: *Pika, Pika.* Und einer gekritzelten Signatur, die ich nicht entziffern konnte.

Eine der Teilnehmerinnen hatte Pika geheißen. Pika Blum, wenn ich mich korrekt erinnerte.

Irritiert starrte ich auf die Einträge und nahm dann mein Handy heraus, um mehrere Fotos zu machen. Ich prüfte den Empfang, aber wie erwartet hatte ich keine Verbindung. Wer sollte auch in diesen Hügeln Funkmasten bauen?

Jetzt war ich also auf die Spur einer Elster gestoßen. Hieß das also, was auch immer der Gruppe zugestoßen war, war *hier* oben geschehen? Nicht unten am Cottage? Aber was hatte dann Seamus Mulholland getan, um seinen Tod zu provozieren? Der war vermutlich nicht mit in die Lodge gekommen.

Ich kam nicht weiter. Frustriert öffnete ich die Dose Bohnen, erhitzte sie auf dem Gaskocher und schnitt mir dazu dicke Scheiben Brot ab. Etwas Schinken und kaltes Wasser aus dem Brunnen rundeten mein Abendessen ab.

Mitten in der Nacht schreckte ich hoch. Ein Geräusch hatte mich geweckt, aber ich musste einen Augenblick warten, bis ich gegen das Geräusch meines hämmernden Herzens irgendetwas wahrnehmen konnte.

Erst ein Schaben, dann ein leises Klirren. Ich warf einen Blick aus dem kleinen Giebelfenster. Unter dem Dach gab es über ein Dutzend Matratzen und Wolldecken, und ich hatte mir am Abend einfach eine von ihnen bezogen und mich schlafen gelegt.

Vorsichtig kroch ich, weil ich wegen der niedrigen Decke nicht aufstehen konnte, in Richtung des angelehnten Butzenfensters. Draußen hatte es bereits zu dämmern begonnen. Ein schmieriger Streifen Grau hob sich am Horizont, wo ich das Meer vermutete, gegen das samtige Dunkelblau der Nacht ab. Bald würde es sich orange verfärben. Ich konnte nicht erkennen, wer oder was die Geräusche verursacht hatte.

Nur mit Unterhose und T-Shirt bekleidet glitt ich die schmale Treppe hinunter ins Erdgeschoss. Fröstelte. Packte die große Taschenlampe, die auf der Anrichte lag, um sie im Notfall als Schlagwaffe zu benutzen. Hob den Haken von der Tür und zog sie langsam auf. Leise knarrend schwang sie nach innen. Mit zusammengekniffenen Augen spähte ich ins Zwielicht.

Mir blieb fast das Herz stehen, als sich ein niedriger Schatten um die Hausecke schob. Dann stieg mir der intensive Geruch in die Nase, und ich begriff, dass es sich um ein Schaf handelte.

Das Schaf, erschrocken über mein Auftauchen, hüpfte ein paar Schritte zur Seite und meckerte halblaut seine Empörung heraus. Weitere Schemen bewegten sich, eine ganze Herde wich vor mir zurück. Grinsend stand ich im Gras, die Füße feucht durch den morgendlichen Tau, und betrachtete meine Besucher, die sich offenbar in der aufkommenden Dämmerung angeschlichen hatten wie Indianer. Als ich eines der Tiere, das mich in einigen Schritt Entfernung langsam passierte, zu streicheln versuchte, hüpfte es erneut ein Stück weit weg. Sie hatten keine Angst vor mir, aber anfassen lassen wollten sie sich auch nicht.

Gerade als ich wieder zurück in die Hütte ging, kam mir ein Gedanke. Also zog ich mich an, machte mir einen Kaffee und setzte mich dann mit dem Rücken gegen die Hauswand gelehnt nach draußen, um zu warten.

Erst kamen einzelne Schafe, beschnupperten mich neugierig und grasten in meiner Nähe, dann erschien die Sonne über den Hügeln, und knapp anderthalb Stunden später tauchte endlich der Schäfer auf.

Ich bemerkte seine Ankunft, weil die Schafe plötzlich zusammenzuckten und zu einem Haufen zusammenrannten. Wenige Sekunden später erschien ein fröhlicher, zotteliger Hund mit aus dem Maul hängender Zunge, der stocksteif erstarrte, als er mich erblickte. Er betrachtete mich, wie um zu entscheiden, was zum Henker ich wohl mitten unter seiner Herde machte. Vielleicht dachte er auch darüber nach, ob er mich einfach mit den Paarhufern zusammentreiben und in die Gruppe integrieren sollte.

Der Hund hatte mehrere Minuten einfach nur dagestanden, als ein Pfiff ertönte und das Tier wie der Blitz wieder ums Haus verschwand. Wenig später tauchte er wieder auf, hinter sich einen Mann, den ich auf Mitte dreißig schätzte. Ein braunroter Vollbart ließ sein rundes Gesicht noch mehr wie eine haarige Kugel aussehen. Auf dem Kopf trug er eine Schirmmütze wie Dermot, ansonsten war er in Grün- und Brauntöne aus Cord und Wolle gekleidet. In der Hand hielt er einen glatt polierten Stock aus dunklem Holz, und um seine Schultern waren mehrere kleine Taschen geschlungen.

Er blieb stehen, betrachtete mich, schob sich die Mütze in den Nacken und grüßte mich erst dann. Ich lächelte und grüßte zurück.

»Hab nicht wirklich jemanden hier oben erwartet«, sagte er wie zur Erklärung. »Macht's Ihnen was aus, wenn ich mich kurz setze?« Er deutete auf einen der Steine in meiner Nähe und kramte in seinen Taschen, um zu trinken.

Ich schüttelte den Kopf und antwortete: »Ich habe auf Sie gewartet.«

Nachdem er seine Blechflasche abgesetzt hatte, lachte er ein helles Lachen, das nicht so richtig zu ihm zu passen schien. Es klang kindlich, aber sympathisch. »Auf mich? Was habe ich getan?«

»Sie machen das hier schon länger, oder?«

»Schafe hüten?« Er lächelte milde. »Paar Jahre schon.« Es klang wie eine Untertreibung. Vermutlich war er bereits als Junge hier oben unterwegs gewesen.

»Kommen Sie öfter hier vorbei? An der Hütte?«

Er musterte mich, vermutlich, um zu entscheiden, wo ich mit meiner Frage hinwollte. Schließlich sagte er: »Ab und an. Die Tiere suchen sich ihren eigenen Weg. Es gibt hier oben keine Zäune, kaum Mauern, keine Tore. Ich betreue die Herden mehrerer Farmer aus der Umgebung. Laufe durch die Hügel und schaue nach dem Rechten. Ob eines der Tiere krank oder gestürzt ist. Alle paar Tage komme ich dann bei jeder Herde vorbei. Aber die hier«, er deutete auf die Tiere, die inzwischen wieder friedlich neben uns grasten, »die sind auch nicht immer hier.«

»Würden Sie sich an eine Reisegruppe erinnern, die vor ein paar Jahren im Sommer hier oben in der Hütte war? Falls Sie Ihnen begegnet sind?«

Er schürzte die Lippen. »Schwer. Normalerweise habe ich nicht viel Kontakt mit den Urlaubern. Manchmal treffen sie auf die Schafe und wollen sie füttern.« Er verzog das Gesicht zu einem breiten Grinsen. »Ist aber schwer, Schafe anzulocken, wenn alles, was Sie in der Hand haben, mehr Gras ist.« Er machte eine weite Armbewegung.

»Verstehe. Es geht um das Jahr 2010«, machte ich unbeirrt weiter. »Muss ein ziemlich ungemütlicher Sommer gewesen sein. Ein heftiger Sturm im Juli, da war die Gruppe im Cottage bei Seamus. In der Zeit müssen sie mindestens eine Nacht auch hier oben gewesen sein.«

»Unwetter? Ja, daran erinnere ich mich dunkel.«

Es schien, als ob die Iren ihr gesamtes Leben mit dem Wetter abglichen. Etwas, über das man sich Tag und Nacht unterhalten konnte, über Niederschläge, Nebel, Temperaturen und ungewöhnlich heiße, kalte, trockene und feuchte Tage. Als könnte man alles, was einem passierte, mit dem jeweiligen Wetter in Verbindung bringen. Deswegen verwunderte es mich kein Stück, dass ein Kerl wie der Schäfer, der fast seine gesamte Zeit draußen lebte, sich daran erinnern konnte.

»Hab damals ziemlich viel Zeit damit verbracht, die Herden wieder zusammenzutreiben. Ein paar Tiere sind verunglückt. Unwetter mögen sie nicht so gerne.«

Ich folgte seinem Blick, der auf dem am Boden liegenden und zufrieden hechelnden Hund weilte.

»Wo war die Gruppe her? Auch aus Deutschland?«, fragte er.

»Ist mein Akzent so eindeutig?«

Statt zu antworten, lächelte er höflich.

»Ja, es waren ebenfalls Deutsche.«

Er überlegte einen Augenblick lang. Schüttelte dann den Kopf. »Nein, tut mir leid, an eine deutsche Gruppe erinnere ich mich nicht. Nur an ein italienisches Paar, das ich oben im Hochmoor getroffen habe. Da setzte gerade ein heftiger Guss ein, und die beiden sind quietschend und lachend mit ihren Jacken über den Köpfen den Hügel herunter. Bin damals davon ausgegangen, dass sie zum Cottage wollten. Das muss am Vorabend des großen Sturms gewesen sein.«

Ich schaute ihn verwirrt an. Zu jener Zeit hatte es kein italienisches Paar hier oben gegeben. Konnten die aus einer anderen Herberge sein?

»Wissen Sie noch, wie die beiden aussahen?«

»Das Mädchen habe ich nicht richtig gesehen, aber er hatte eine ungewöhnliche Frisur. Einen Backenbart.« Er deutete mit den Händen auf sein Gesicht. »Und so eine Tolle vorne an der Stirn. Sah ein bisschen wie ein dunkelhäutiger Elvis aus.« Er lachte. »Damit kommt man hier in Irland ganz gut an. Viele Iren lieben Elvis.«

»Okay, danke.«

Er nahm einen weiteren Schluck aus der Flasche und ging dann, um sie am Brunnen aufzufüllen. Anschließend verabschiedete er sich und ging gemächlich durch Gras und Ginster davon, bergauf. Hund und Schafe blieben zurück. Eine ganze Weile starrte mich das hechelnde Tier mit seinen dunklen Augen an, als wollte es mir etwas mitteilen. Als wollte es sagen: *Ich* war damals hier, *ich* weiß, was in der Hütte passiert ist.

Plötzlich, als hätte er einen Pfiff vernommen, sprang er auf und fetzte durch die Büsche davon, seinem Herrchen nach.

Die Schafe sahen nur kurz auf, hielten mit dem Kauen inne und widmeten sich dann wieder dem zähen Gras.

Ein paar Stunden später kam ich müde und etwas verdreckt zurück zum Cottage und bezog in einem Zimmer Quartier. Der Raum besaß die Größe eines kleinen Hotelzimmers, war aber deutlich gemütlicher eingerichtet, als ich es von solchen gewohnt war.

Ich kam mir eher vor, als hätte ich bei Freunden für die Nacht das Gästezimmer bezogen. Selbst das Doppelbett machte einen ordentlichen Eindruck; ich testete im Sitzen die Festigkeit der Matratze und hatte nicht das Gefühl, dass mein Rücken eine Nacht in dem Bett bereuen würde. Ich trat an das kleine Fenster und schaute auf das Grün, das sich hinter dem Haus ausbreitete.

Eigentlich wäre ich todmüde am liebsten gleich ins Bett gefallen, aber das musste warten. Ich fuhr den Rechner hoch, loggte mich in das WLAN des Cottages ein und schaute nach Henni. Sie war nicht online. Vermutlich war sie längst zur Arbeit. Also schickte ich ihr eine Mail mit dem Bild aus dem Gästebuch und wollte wissen, ob sie etwas herausgefunden hatte.

Als sie mich später auf dem Handy anrief, kam ich gerade aus der Dusche.

»Wieder runter vom Berg? Ich habe Ole auf diesen Italiener angesetzt. Der taucht nur in einem einzigen Facebook-Profil der Gruppe auf: in dem von Sunny Marquardt. Die hat bei ihren Bildern eins mit sich, diesem Farese sowie noch zwei Mitgliedern der Gruppe. Aufgenommen vermutlich bei dir auf dem Gelände. Ist eine Feuerstelle mit so fetten Bänken aus halben Stämmen.«

»Schick's mir, ich schau mir das mal an. Noch was?«

»Ole ist etwas Merkwürdiges aufgefallen. Bei keinem der Bilder, die die Mitglieder der Gruppe hochgeladen haben, gibt es Kommentare von den jeweils anderen.«

»Was meinst du? Verstehe ich nicht.«

»Du bist nicht auf Facebook, oder?«

»Nein.« Ich versuchte, nicht wie der mürrische alte Mann zu klingen, wie der ich mich fühlte.

Sie lachte hell auf. Offenbar war es mir nicht besonders gut gelungen. »Wenn ich ein Bild von mir poste, bekomme ich jede Menge Kommentare. Wenn ich ein Bild von einem Gruppen-Event poste, sind es noch viel mehr. Und die meisten sind dann von den anderen, die bei dem Event dabei waren. Ich kann ihre Profile vertaggen, sie werden darüber benachrichtigt, aber viel wichtiger: Sie waren dabei. Und haben jede Menge zu sagen.«

»Und das ist hier anders?«

»Total! Marlene hat ein Bild von sich und Karsten und diesem Micha oben auf einer Berg- oder Hügelspitze mit einer Bildunterschrift, und *nicht einer* der anderen sagt was dazu? Obwohl die genau wissen, wo das war? Sich vermutlich noch daran erinnern können, wo sie selbst zum Zeitpunkt des Fotos waren? Und das ist bei allen Fotos so. Keiner von denen hat irgendwie auf die Bilder der anderen reagiert.«

»Also gibt es jede Menge Bilder ohne Kommentare?«

»Nee, da hat's schon Einträge. Aber eben von anderen Freunden. Den Daheimgebliebenen. Zeug wie: *Oh, Irland ist sooooo schön. Ihr seht toll aus! Viel Spaß da drüben* und so. Aber eben nicht aus der Gruppe. Das ist total merkwürdig.«

Während Henni wie ein Wasserfall auf mich einredete, versuchte ich, das Gehörte zu verarbeiten. Zu verstehen, wie das alles zusammenpasste. Es gelang mir nicht.

Was war hier passiert, fragte ich mich erneut. Dann fiel mir etwas ein. »Du hast gesagt, die verlinken ihre Profile, richtig?«

»Richtig.«

»Was ist mit diesem Amato Farese? Hat der ein Profil, das Sunny verlinkt hat?«

»Leider nicht. Es gibt auf Facebook auch niemanden dieses Namens. Allerdings heißt das nicht viel. Viele Menschen verwenden nicht ihren richtigen Namen, wenn sie dort unterwegs sind. Soll ich mal nach dem in unseren Systemen suchen?«

Ich zögerte. »Lass mal lieber. Wenn Jana und Densch irgendwann auf den Kerl stoßen, gehen auf jeden Fall eine Menge Lichter an, falls du vorher auch nach dem geschaut hast. Besser, ich gebe Jana den Namen direkt.«

Einen Augenblick lang sagte Henni nichts. »Du hast mit Jana geredet?«, fragte sie beunruhigt.

»Keine Sorge, ich habe dich nicht verpfiffen. Ich habe behauptet, dass mich Ole in der Sache hinzugezogen hat. Weil er über Kutters Artikel gestolpert ist.«

»Ah, gut.«

»Jedenfalls werde ich ihr ohnehin sagen müssen, was wir inzwischen herausgefunden haben. Dann soll sie den Namen Farese durchs System jagen. Ich denke, wenn die Info von mir kommt, sagt sie mir auch, was dabei rauskommt.«

»In Ordnung. Ich habe noch was.«

»Schieß los.«

»Das Bild, das du mir geschickt hast, von dieser Zeichnung.«

»Ja?«

»Der lateinische Name der Elster ist *pica pica*. Wusstest du nicht, oder?«

Für einen Moment war ich sprachlos. Versuchte, die Einzelteile, die wild in meinem Kopf durcheinanderpurzelten, in einen sinnvollen Zusammenhang zu bringen. Hatten die Morde dann etwas mit Pika Blum zu tun? War sie die Täterin? Das alles konnte wohl kaum ein Zufall sein.

»Bist du noch da?«

»Ja. Nein. Wusste ich nicht.« Meine Stimme klang gepresst und heiser.

»Wann geht dein Flug zurück?«

»Morgen Mittag.«

»In Ordnung. Wir hören uns später?«

»Ja.« Ich legte auf. Saß einen Moment wie benommen, nur in ein Handtuch gewickelt, auf dem Bett. Schließlich raffte ich mich auf, um mich anzuziehen. Ich brauchte dringend etwas zu essen.

11

Nachdem ich ein riesiges irisches Frühstück mit Speck, Würstchen, *black pudding*, mehreren Eiern und einem Haufen gebuttertem Toast gegessen hatte, fühlte ich mich besser. Auch wenn ich immer noch hundemüde war. Ich ging nach draußen, um einen Spaziergang um das Cottage herum zu machen.

In der Nähe des Hauses gab es einen kleinen Spielplatz mit einer doppelten Schaukel und drei nebeneinanderstehenden Reckstangen sowie einer Rutsche. Eine weitere improvisierte Schaukel aus zerfranstem Seil hing in einem Baum, und ein paar Meter weiter war eine Slackline in verblichenem Orange zwischen zwei Stämmen gespannt. Außerdem gab es eine riesige Feuerstelle mit aus Holzstücken grob zusammengezimmerten Bänken. Hier musste das Bild mit Farese entstanden sein. Ich nahm an, dass es alle Reisegruppen liebten, nachts draußen am Feuer zu sitzen.

An das Foto erinnert, prüfte ich mein Handy. Henni hatte mir das Bild von Farese geschickt. Ein junger, hübscher Kerl mit einer auffälligen schwarzen Tolle an der Stirn. Einer *Elvis-Tolle*, wenn man sie so nennen mochte. Also war Farese mit irgendeinem Mädchen oben in den Hügeln gewesen. Einer der Deutschen?

Ich setzte mich hin, um Jana anzurufen und ihr zu erzählen, was ich herausgefunden hatte. Sie bekam ebenfalls das Bild von der Elsterzeichnung und die Informationen zu den Facebook-Profilen.

»Ist dein Freund ein Hacker?«, fragte sie scharf.

»Was?« Ich dachte fieberhaft nach. Natürlich konnte ich ihr unmöglich erzählen, dass Lankat alle Infos über Henni und Marlenes Facebook-Profil bekommen hatte. Gleichzeitig wollte ich Lankat nicht unbedingt mit dem Ruf belasten, als Hacker in geschlossene Systeme einzudringen. Also belastete ich mich lieber selbst mit einer Notlüge.

»Ich habe Marlenes Passwort geknackt. Das war nicht so schwer. Im Grunde genommen hat mir Fabinger damals alles beigebracht, was man dafür wissen muss. *Social Hacking* und so.«

Jana schwieg. Ich wusste, dass ich mit dem Schwindel bloß eine weitere Kerbe in den kontinuierlich dünner werdenden Stock von *Thiebeck bricht jede Regel* schnitzte. Aber das belastete mich nicht. Eher störte mich, dass ich das Gefühl hatte, mich mit fremden Federn zu schmücken.

»Was habt ihr?«, versuchte ich, das Gespräch in etwas andere Bahnen zu lenken.

»Nichts«, seufzte sie. »Immerhin auch keine weitere Leiche.«

Wir verabschiedeten uns, und ich saß noch ein paar Minuten mit geschlossenen Augen in der Sonne, bevor Siobhan zu mir trat und sich neben mich setzte. In der Hand hielt sie eine dampfende Teetasse.

»Haben Sie da oben etwas gefunden?«

Ich verzog das Gesicht und schaute in das wilde Grün, das überall die Grenze des Hofes bildete. »Das weiß ich noch nicht. Möglicherweise.«

»Haben Sie das Gefühl, mein Vater könnte verdient haben, was ihm passiert ist?«

»Sie meinen, als eine Art gerechte Strafe?«

»Ich weiß nicht. Ja, vielleicht.«

»Dazu kann ich Ihnen nichts sagen. Weder in die eine noch in die andere Richtung. Aber meine Erfahrung ist, dass wenn Verbrecher derart kranke Taten begehen, es selten damit zu tun hat, was die Opfer getan haben.«

Ich musste an Malte Maßner denken, einen Kumpel aus dem Gym, den der Mörder Pieter Gorlaff an einen Stuhl gefesselt und mit dem Messer aufgeschlitzt hatte. Oder David Bremer, den er in schwarzem Lack ersäuft hatte. Und meine Mutter hatte ihren Tod auf keinen Fall verdient. Ich war mir ziemlich sicher, dass wir es bei unserem Sekundenkleber-Killer mit einem ähnlich kranken Psychopathen zu tun hatten.

Sie schaute zu den Bäumen auf, in denen vereinzelt Vögel saßen. Eine Elster konnte ich nicht erkennen.

»Wussten Sie, dass manche Menschen in Großbritannien die erste Elster grüßen, die sie morgens sehen?«

»Wie bitte?«

Sie lächelte. »Ja. Es ist ein Aberglaube. Um das Unglück, das eine einzelne Elster bringt, abzuwenden. Ein üblicher Gruß ist *Good morning, Captain*. Das hat mein Großonkel aus Dorset immer gesagt. Dazu salutieren manche sogar. Ein anderer Gruß ist: *Good morning, Mr Magpie, how's the wife and kids*? Es gibt Menschen, die murmeln das aus Reflex, vor allem auf dem Land.«

»Das ist doch verrückt.«

Siobhan zuckte mit den Schultern. »Krähenvögel haben auf den Britischen Inseln immer schon sehr viel Macht gehabt. Sie sind den Menschen unheimlich, weil sie dunkel und sehr intelligent sind. Sie können uns extrem grausam vorkommen, und sie fressen Aas. Eine einzelne Elster, die an die Scheibe klopft, soll früher einen Tod angekündigt haben. Viele Menschen bekreuzigen sich noch heute, wenn sie Dohlen oder Krähen hören. Da erscheint es nicht mehr so absurd, wenn man höflich zu ihnen ist.«

Ich legte den Kopf schief. »Vielleicht, ja.« Mir kam es immer noch sehr merkwürdig vor.

»Die Polizei hat mich angerufen. Sie wollen noch einmal mit mir sprechen.«

»Ich nehme an, dass sie Ihnen von dem Fall in Berlin erzählen und Sie noch ein weiteres Mal befragen wollen«, warnte ich sie.

»Ich komme schon klar«, antwortete sie mit flacher Stimme.

»Wann kommen die?«

»Gleich morgen früh.«

Da hatte ich nicht mehr vor, noch hier zu sein. Ich hatte wenig Lust, den Ermittlern aus Dublin oder gar Interpol zu erklären, was ich hier tat.

»Danke, dass Sie helfen, den Fall aufzuklären«, sagte Siobhan mit einem Lächeln und berührte mich sanft am Arm. Dann stand sie auf und ging langsam zurück Richtung Haus. Ich sah ihr hinterher und starrte dann wieder ins grüne Nichts.

Am nächsten Tag war ich mittags zurück in Berlin. Im Morgengrauen hatte ich den Wagen nach Dublin gefahren, ihn am Flughafen bei der Mietwagenfirma abgegeben und war zurückgeflogen.

In meiner Wohnung rief ich als Erstes Kai Stehrs zurück, der versucht hatte, mich zu erreichen.

»Ich hab was über die Ratte Dinzmann rausgefunden«, verkündete er.

»Schieß los.«

»Der Kerl scheint etwas zu planen.« Stehrs lachte. »Eine große Sache, nach dem, was ich gehört habe.«

Unwillkürlich setzte ich mich aufrechter hin, als könnte ich auf diese Weise besser zuhören.

»Der Kerl hat sich einen M985 besorgt!«

»Einen was?«

Stehrs lachte erneut. »Musste ich auch googeln. Der M985 ist ein sogenannter HEMTT. Das ist ein *Heavy Expanded Mobility Tactical Truck.*«

»Und was soll das sein? Klingt nach einem Armeefahrzeug oder so.«

»Bingo. Das sind Schwertransporter, wie sie zum Beispiel die Amis im Golfkrieg eingesetzt haben. Die Dinger sind gigantisch groß, über zehn Meter lang, und wiegen um die zwanzig Tonnen.«

»Was zum Teufel will der Attila mit so einem Monster?«

»*Das*, mein Lieber, kann ich dir leider auch nicht sagen. Ich habe bloß rausgefunden, dass er sich nach so einem Teil erkundigt und es offenbar auch bekommen hat. Jemand aus Süddeutschland hat ihm eins besorgt.«

Im Geiste ging ich alle Möglichkeiten durch, warum sich Attila Dinzmann wohl ein Armeefahrzeug von den Amis besorgt hatte, aber mir fiel nichts Rechtes ein. Geistesabwesend hatte ich währenddessen den Rechner aufgeklappt und suchte nach Bildern des M985.

»Sagt dir der Name Ecki Kämmerer etwas?«, fragte Stehrs in meine Gedanken hinein.

»Klar, Panzer-Kämmerer. Der war an diesem Riesending im KDW um die Jahrtausendwende beteiligt.«

»Der ist Einbruchspezialist. Ein Safeknacker.«

Jetzt griffen die Räder in meinem Hirn ineinander. »Und der hat auch mit Attila zu tun?«

»Angeblich hat der bei Dinzmann angeheuert.«

Ich starrte auf die Bilder, die Google mir zum M985 zeigte. »Das Ding hat einen massiven Kran hinten drauf!«

Stehrs klang erfreut, dass ich endlich zu den gleichen Schlussfolgerungen wie er gelangt war. »Es kann über zweieinhalb Tonnen heben. Das ist eine ganze Menge. Ich habe die Lieferadresse, wo der M985 hin soll. Ist irgendwo in Lichtenberg. Schick ich dir gleich mal rüber.«

Leicht benommen verabschiedete ich mich von Stehrs.

Was sein *großes Ding* anging, hatte Attila Ulli nicht belogen. Er hatte die Kohle offenbar wirklich gebraucht, um den M985 zu mieten und einen Spezialisten wie Kämmerer anzuheuern. In dem Teil zumindest hatte ich mich in Attila geirrt. Dass er Ulli das Geld nach seinem Coup tatsächlich zurückzahlen würde, daran hatte ich nach wie vor meine Zweifel. Aber zumindest wurde das Ganze damit deutlich konkreter.

Mein Handy vibrierte. Eine SMS von Jana.

Bist du wieder da?

Ja.

Wir müssen uns sehen. Geht? Hol mich ab.

Ok.

Knapp eine halbe Stunde später stieg Jana zu mir in den Wagen. Ich hatte extra am Hintereingang des LKA auf sie gewartet, weil ich davon ausging, dass weder sie noch ich ein Interesse daran hatten, von einem der anderen Beamten gesehen zu werden. Irgendwem, der Densch davon erzählen könnte.

»Densch weiß nichts davon, dass ich an Bord bin?«, fragte ich beim Anfahren.

Sie sah mich einen Moment lang von der Seite her an, bevor sie antwortete. »Du bist nicht *an Bord*. Wie kommst du denn auf das schmale Brett?«

»Habt ihr was über Farese herausgefunden?«

Sie antwortete nicht sofort, weil sie vermutlich darüber nachdachte, ob es lohnte, den Streit mit mir fortzuführen. Ich fuhr in Richtung Westen durch den dichten Verkehr.

»Ja, haben wir. Er ist seit 2010 als vermisst gemeldet.«

»Aha!«, rief ich und schlug triumphierend auf das Lenkrad. »Und wer hat die Spur ausgegraben? Na, sag schon. Wer ist der Größte?« Ich ließ die Scheibe herunter und brüllte laut hinaus und verschreckte so mehrere Touristen, die am Europaplatz auf eine grüne Ampel warteten.

»Sehr witzig. Wo willst du überhaupt hin?«

»Keine Ahnung. Sag was.« Ich fuhr weiter Richtung Ernst-Reuter-Platz.

Jana nickte, als würde sie die Antwort zufriedenstellen. »Fahr weiter geradeaus. Ich lotse dich. Und freu dich nicht zu früh. Der Kerl ist nicht während des Irlandaufenthalts der Gruppe verschwunden.«

»Nein?« Ich warf ihr einen Blick zu. Das hatte ich in der Tat nicht erwartet.

»Tatsächlich wird er erst seit Anfang Oktober 2010 vermisst.«

»Das ergibt keinen Sinn. Du glaubst doch nicht im Ernst daran, dass das ein Zufall ist, oder? Also dass sein Verschwinden nichts mit der Mordserie zu tun hat.«

»Ich glaube gar nichts, das weißt du doch.« Sie klang müde. Genau diesen Satz hatte ich selbst vermutlich eine Million Mal verwendet, als ich noch im Dienst gewesen war.

»Fuck!« Wieder schlug ich auf das Lenkrad, diesmal so

hart, dass meine Hand schmerzte. »Ich war mir sicher, dass wir damit einen Schritt nach vorne gemacht hätten.« Mir fiel etwas ein, und ich sah Jana von der Seite an. »Warum fahren wir hier durch die Gegend? Dass ich mich total verrannt habe und in einer Sackgasse stecke, hättest du mir auch am Telefon sagen können. Was machen wir hier?«

»Bieg da vorne rechts ab.«

Die nächsten paar Minuten sagten wir nichts, bis Jana mich in einer Seitenstraße der Otto-Suhr-Allee parken ließ und wir auf einen Hauseingang zugingen. Ich stellte keine weiteren Fragen. Sie würde mir schon früh genug erzählen, worum es ging.

Als wir in den zweiten Stock kamen und ich das polizeiliche Absperrband sowie das Siegel sah, wusste ich, was wir uns anschauen würden.

»Nummer drei?«

Jana schloss die Tür auf, schlüpfte unter dem Band hindurch und hielt es für mich hoch, damit ich mich nicht ganz so tief bücken musste. Wie man es für Boxer tat, die den Ring betraten.

»Wann?«, fragte ich, als wir in dem schmalen Flur standen. Sonnenlicht flutete aus einem Zimmer in den Gang und ließ die Dielen hell erstrahlen. Wir passierten eine geräumige, mit weiß-blauen Fliesen ausgelegte Küche. Die Einrichtung, die kleinen Postkarten an den Wänden und verschiedene kleine Nippesgegenstände ließen mich vermuten, dass es sich um weibliche Bewohner handelte. Jana führte mich ins Wohnzimmer. Das Licht blendete so stark, dass ich die Augen zusammenkneifen musste und kurz die Hand hob, um sie abzuschirmen. Holzsessel mit hellen Bezügen wie aus dem IKEA-Katalog, ein Beistelltischchen mit Zeitschriften, mehrere große Pflanzen in gesundem Grün und nur vereinzelt schmale Regale mit wenigen Büchern. Ein Gymnastikball und ein Stepper, die in einer Ecke standen.

»Heute Nacht«, antwortete Jana endlich auf meine Frage. »Der ED ist quasi gerade raus.«

»Wer?«

»Svenja Höffner. Eine Chemiestudentin, achtes Semester.«

Ich versuchte, mich an das Gesicht auf den Gruppenfotos zu erinnern, aber es tauchte kein Bild vor meinem inneren Auge auf.

»Sekundenkleber?«

Jana nickte. »Alles exakt wie beim Mord an Steffen Rasmus. Hände hinter dem Rücken, Augen, Nase und Mund verschlossen. Vermutlich ebenfalls Tod durch Ersticken. Sie ist mit einem Schlag betäubt worden, genau wie Steffen Rasmus.«

»Und es gibt immer noch keinen Hinweis, was für ein Gegenstand das sein könnte?«

»Nein, aber die Jungs im Labor sind ganz zufrieden, dass sie jetzt einen zweiten Schädel haben, mit dem sie Vergleiche anstellen können. Sie gehen davon aus, dass es dann leichter wird, festzustellen, um was für ein Objekt es sich handelt.«

»Zynisch. Hinweise auf Missbrauch?«

»Auf den ersten Blick nicht, sagt Arne. Aber das wird dann die Obduktion ergeben.«

»Wieder eine Karte?«

»Ja. Mit der dritten Zeile.«

Ich versuchte, mich zu erinnern, aber Jana kam mir zuvor: »*Three For A Girl*.«

»Richtig. Ziemlich unkreativ, einfach nur eine Frau umzubringen.«

Jana verzog keine Miene. »Wir wissen immer noch nicht, was die anderen beiden Zeilen mit Mulholland und Steffen Rasmus zu tun haben.«

Kurz dachte ich an die Traurigkeit, von der mir Siobhan erzählt hatte. Die sie in ihrem Vater wahrgenommen hatte.

Ich lehnte mich an das Fenster und versuchte mir vorzustellen, wie der Mord auf den Dielen wohl stattgefunden haben könnte. »Habt ihr eine genaue Tatzeit?«

»So gegen halb eins. Nachts. Sie ist von einer Freundin nach Hause gekommen. Der Täter hat sich offenbar nicht mit Gewalt Zugang verschafft. Keine Spuren am Schloss oder an den Fenstern.«

»Wie bei den anderen beiden. Also kannte er sie.«

»Davon gehen wir momentan aus, ja.«

Gestern Nacht hatte das Wohnzimmer also eher dunkel dagelegen. Vielleicht war Licht aus dem Flur auf das Holz des Bodens gefallen. Hatte der Täter sie dort überwältigt und hierher gebracht? Oder hatte er sie hier erst angegriffen? Frau Körner hatte von einer *Andacht* gesprochen. Von dem Wunsch des Täters, sein Opfer sterben zu sehen. Welche Lichtverhältnisse wünschte man sich, wenn man ein derartiges Bedürfnis verspürte? Gedämpften Schein, vielleicht durch Kerzen? Hatte der Mond ausgereicht? Momentan war zunehmender Mond, noch circa eine Woche bis Vollmond.

Ich musste daran denken, was Dermot mir in Irland erzählt hatte. Er hatte Seamus einen *Moonshiner* genannt, also jemanden, der sein illegales Werk nur nachts, quasi bei Mondschein, erledigte. Konnte das etwas damit zu tun haben?

»Was für ein Wetter war gestern Nacht?«, fragte ich Jana unvermittelt.

Sie zögerte. »Mhm, ich glaub, kühl. Bedeckt, aber trocken.«

»Kein Mondschein?«

»Glaub nicht. Wieso?«

Ihr Handy klingelte, und sie ging ran. *Arne*, formte sie lautlos mit dem Mund, während sie zuhörte. Ihr Gesichtsausdruck veränderte sich; offenbar keine guten Nachrichten, die ihr Hegert da zukommen ließ. Sie legte auf und sah mich an. »Svenja war in der neunten Woche schwanger.«

Ziemlich unkreativ, hallten mir meine eigenen Worte durch den Kopf. Im Gegenteil, extrem kreativ.

»Woher hat der Täter das gewusst? Was ist mit ihrem Freund?«

»Den haben wir überprüft, auf den ersten Blick scheint der sauber zu sein. Die beiden wollten heiraten. Sind vor kurzer Zeit erst gemeinsam in diese Wohnung gezogen.«

Also keine weibliche Mitbewohnerin, sondern ein Kerl. Der sich offenbar mit einer Schwangeren nicht über die Inneneinrichtung streiten wollte. Nestbautrieb und so. »Sieht man da schon was? In der neunten Woche?«

»Kommt darauf an. Manchmal schon. Bei Svenja ist dem ED jedenfalls erst einmal nichts ins Auge gesprungen.«

Ich überlegte kurz. »Warum bin ich hier?«

»Wieso ich dich mit hergenommen habe?«

Ich nickte. »Weiß Densch davon?«

»Ja, mit *Mirko* habe ich darüber gesprochen.« Sie betonte seinen Vornamen.

Jana fand, dass ich Namen, besonders Nachnamen, zu oft benutzte, um ihrer Meinung nach *despektierlich* zu sein. Ich hatte nachschauen müssen, was genau das Wort bedeutete.

»Du bist hier, weil du ohnehin schon ein Stück weit in die Sache reingeraten bist. Dich selbst darin verstrickt hast. Freiwillig lässt du mir vermutlich eh keine Ruhe. Und du weißt, dass bei all dem Kopfschmerz, den du mir regelmäßig verursachst, sehr wohl zu schätzen weiß, was deine Spürnase manchmal zutage fördert.«

»Das heißt, ihr verbietet mir nicht weiterzuermitteln?«

Sie seufzte. »Nein, das tun wir nicht.«

»Und *Mirko* auch nicht? Der hat kein Problem damit, dass ich meine Wurstfinger in seinen Kuchen stecke?«

»Gott, wo du immer deine Analogien herholst. Nein, er hat kein Problem mit deinen Wurstfingern. Kein großes jedenfalls.«

»In Ordnung. Ich versuche auch, euch nicht zu weit voraus zu sein.«

»Großkotz. Aber wenn du uns hilfst, den ganzen Mist aufzuklären, darfst du mal wieder eine Weile trommeln und protzen, ohne dass ich dir allzu sehr an den Karren fahre.«

»In Ordnung. Nach was suchen wir?« Unschlüssig stand ich in der Wohnung, sah mich um. Ich trat an ein Bücherregal, ließ die Fingerkuppen über die Rücken gleiten. Zog ab und an eins heraus, schaute hinein. Ich nahm Bilder hoch, sah sie an, stellte sie wieder zurück. Guckte in kleine Kästchen mit Nippes und Schmuck, betrachtete Souvenirs und Geschenke von Freunden. Es war schwierig, nach Hinweisen zu suchen, wenn man keine Ahnung hatte, in welche Richtung das Ganze gehen könnte. Waren die Morde aus Rache geschehen? Suchte ich nach etwas, was erklären würde, warum jemand eine werdende Mutter derart brutal umbrachte? Oder hatte sie etwas gewusst, und jemand wollte sie zum Schweigen bringen? Was hatten sie, Rasmus und der Ire gemeinsam?

Ich blätterte in Reisezeitschriften, in die jemand fröhliche Post-Its geklebt hatte. Möglicherweise waren die beiden von der Schwangerschaft überrascht worden, und die Reisepläne hatten sich danach erledigt. Ich fand Briefe von Svenjas Mutter, die ich Jana aushändigte. Fast zwei Stunden durchwühlten wir das Privatleben der Toten, ohne etwas vorweisen zu können.

»Ich hau ab«, brummte ich und ging, während Jana noch in der Wohnung zurückblieb. Sobald ich wusste, dass ich außer Hörweite war, rief ich Henni an.

»Hey, Thiebeck. Was macht mein Fall?«

»Ihr habt einen weiteren Toten«, sagte ich leicht atemlos, weil ich im Gehen telefonierte.

»Shit!«

»Wann hast du Feierabend?«

Ich hatte mich mit Henni um sieben im selben Laden verabredet, in dem ich mit ihr und Lankat gefrühstückt hatte. Vorher hatte ich noch ein wenig Zeit, und es gab zwei kleine Stopps, die ich einlegen wollte. Kurz hatte ich überlegt, ob ich mein längst fälliges Gespräch mit Marlene Herzog dazwischenschieben sollte, aber ich wollte mich vorher mit Henni besprechen. Außerdem hatte ich noch keine Ahnung, wie genau ich die *toughe* Lady anpacken sollte, um etwas aus ihr herauszubekommen.

Als Erstes fuhr ich bei der Adresse vorbei, die Stehrs mir gegeben hatte. Dabei handelte es sich um einen Schrottplatz. Zunächst fuhr ich an dem verrosteten Zaun aus Wellblech vorbei, drehte dann um und parkte an der Straße. Außer dem Schrottplatz gab es noch einen Parkplatz gegenüber, vermutlich für die Pendler, die von dort aus zur S-Bahn liefen, und einen Discounter und eine Billardhalle, die den Schrottplatz einrahmten. Das Tor stand offen, also ging ich zwischen den gigantischen Bergen aus Altmetall und Autokadavern auf einen kleinen Container zu. Vor der Tür, zu der ein umgedrehter Getränkekasten als Tritt fungierte, lag ein Schäferhund im Schlamm. Seine Zotteln hätten jedem Rastafari zur Ehre gereicht, aber abgesehen vom Zustand seines Fells machte er einen gesunden, fitten Eindruck. Als er mich erblickte, stand er auf, wedelte mit dem Schwanz und zog eine dünne Kette klirrend hinter sich her.

Ich lief an ihm vorbei auf den Container zu und zog die schiefe Tür auf. Drinnen saß ein wohlgenährter, dunkelhäutiger Mann in einem grauen Hemd am Schreibtisch und füllte verschiedene Listen mit einem Kugelschreiber aus. Auf dem Kopf trug er eine Schiebermütze, unter der man die silberdurchzogenen Haare erkennen konnte. Vor ihm auf dem Schreibtisch stand ein goldener Aufsteller, der stolz verkündete, dass ich *Hamid* gegenüberstand.

An den Wänden hingen Kalender und Bilder, die ganz offensichtlich den Libanon zeigten, und auf einem Hocker stand eine kleine Palme, deren grüne Blätter, ganz im Gegensatz zum Rest des Raums, komplett staubfrei glänzten. Die Fensterscheiben waren so trübe, dass kaum Tageslicht nach innen drang, und außer dem Schreibtisch gab es nur zwei alte Stühle mit durchgewetzten Sitzpolstern, deren Farbe früher einmal Rot gewesen sein mochte.

»Was fährst du für ein Auto?«, fragte mich der Kerl, als die Tür hinter mir zuschlug. »Soll ich raten?« Er grinste mich an.

Mit einem stummen Nicken zog ich mir einen der Stühle heran und setzte mich.

Er bewegte den Kopf, um die Nackenmuskulatur zu lockern, verschränkte die Finger ineinander und ließ sie knacken. »Okay. Mein erster Verdacht war: großer Geländewagen. So ein richtig dicker SUV, aber ohne den ganzen *Soccer-Mom-Bling-Bling.*«

Ich sagte nichts.

»Aber dann dachte ich, dass das zu auffällig ist. Du bist eher einer für subtiles Understatement. Kein BMW, der ist zu laut. Kein Audi, nichts für ungut, aber dafür bist du zu alt. Oder noch zu jung.« Er zuckte mit den Schultern, als sei es nicht seine Schuld, dass Audi sich am Markt nicht klar genug positionierte. »Ein alter Opel würde dazu passen, dass du herkommst. Aber das wäre irgendwie zu viel. Etwas albern. So'n Amischlitten sehe ich bei dir auch eher nicht.« Er blies die Wangen auf und entließ die Luft mit einem Pusten. Dann hob er die Arme und breitete sie aus. Die *italienische Geste* meines Bruders. »Keine Ahnung.«

Ich nahm meinen Gewinn mit einem kleinen Lächeln hin.

Bevor ich antworten konnte, fuhr er fort: »Was kann ich für dich tun? Willst du dich alleine umschauen?«

»Gerne.«

Er nickte, als fühlte er sich bestätigt. Lachte. »Ihr Schrauber seid doch alle gleich. Wollt in dem Zeug rumwühlen und graben, bis ihr findet, was ihr sucht. Aber passt schon. Meistens kann ich euch eh nicht viel helfen. Ich habe Kunden, die sind fast jeden Tag da, und die kennen sich in meinen Haufen besser aus als ich. Verändert sich ohnehin laufend alles. Neues Material, wir schieben Zeug von links nach rechts, so halt. Muss man immer wieder neu auf die Suche gehen. Viel Glück. Wenn du was findest, kommst du her, wir machen einen Preis aus.«

Ich verließ den Container und ging langsam durch die tiefen Canyons aus Altmetall. Weiter hinten konnte ich eine Presse erkennen, die im Moment allerdings stillstand. Ich nahm an, den ohrenbetäubenden Lärm, wenn das Ding am Laufen war, hätte ich schon von der Straße aus gehört. Der Boden bestand aus grobem Kies, der beim Gehen sanft knirschte. Immer wieder lagen zwischen den Steinen alte Metallteile, manche komplett verrostet, andere noch relativ neu oder stumpf glänzend, weil aus Chrom.

Ich merkte, dass sich meine Kiefermuskeln verkrampft hatten. Die ganze Scheiße nervte mich. Ulli nervte mich. Ich hatte keinen Bock, für ihn den Karren aus dem Dreck zu ziehen, aber am meisten ärgerte mich, dass ich es einfach nicht lassen konnte. Ich schaffte es nicht, ihm geistig den Stinkefinger zu zeigen und ihn die Suppe alleine auslöffeln zu lassen. Wütend trat ich nach einem Stück Blech, verfehlte es. Ich blieb stehen und holte mein Handy heraus, wählte Ullis Nummer. Das Freizeichen kam, aber er ging nicht ran. Seine Mailbox schon.

»Ruf mich zurück, du Armleuchter«, knurrte ich. Er würde schon wissen, wer ihn da angerufen hatte.

Danach versuchte ich es bei Schmolli. Der nahm ab.

»Hey, Mann, alles gut bei dir? Wir haben dich im Gym vermisst.«

»Hab grad wenig Zeit. Sag dem Coach, ich mache es wieder gut. Pass auf, ist Ulli wieder aus der Umkleide gezogen?«

»Ja, sofort, nachdem du das letzte Mal da warst. Wieso? Hat das irgendwas mit seinem Ärger zu tun? Mit den Geldverleihern?«

»Kann schon sein.« Nicht mal jetzt schaffte ich es, Schmolli reinen Wein einzuschenken, weil es sich anfühlte, als würde ich Ulli damit verpfeifen. Ich war so ein verkacktes Weichei!

»Kannst du mal schauen, ob du den erreichst? Ich hab's schon probiert, aber viel um die Ohren.«

»Machst du dir Sorgen?«

»Ein bisschen.«

»Kein Problem, ich schau nach ihm.«

»Danke.« Schmollis Schultern waren fast so breit wie meine, rechtfertigte ich mich nach dem Gespräch in Gedanken, der konnte ruhig auch einen Teil der Last tragen, wenn ich hier schon wie ein Blödmann auf dem Schrottplatz herumkroch. Ich sah mich um.

An verschiedenen Stellen standen Autos herum, von denen ich nicht genau wusste, ob sie bereits abgewrackt oder möglicherweise einfach abgestellt worden waren. Ich war mir nicht mal sicher, ob Hamid das wusste. Links stand ein Fahrzeug unter einer alten Militärplane, die Ecken vorsorglich mit Seil abgebunden, und schräg gegenüber parkte ein alter Hanomag, dem ein Scheinwerfer fehlte, sodass es aussah, als würde er mir zublinzeln.

Immer wieder passierte ich Kreuzungen und fragte mich, ob man sich hier drinnen wohl ähnlich schlimm verlaufen konnte wie in einem Maisfeldlabyrinth. Dann bemerkte ich einen Unterstand mit offenen Seiten, unter dem ein riesiges Fahrzeug mit mehreren zusammengenähten Planen abgedeckt war. So riesig, dass es möglicherweise annähernd zwanzig Tonnen wog. Interessiert wollte ich gerade einen Schritt nähertreten, als ich eine Bewegung zu meiner Rechten bemerkte. Ein großer Typ, fast auf Augenhöhe mit mir, aber furchtbar fett, in glänzender Trainingshose, T-Shirt und Steppweste, machte einen Schritt auf mich zu. Dem Aussehen nach handelte es sich möglicherweise ebenfalls um einen Libanesen.

»Kann ich helfen?«

»Ich schau mich bloß um.« Während ich weiter auf den Unterstand zuging, bemerkte ich, wie er zögerte. Noch befand er sich drei, vier Schritt entfernt, und bei seinem Körperumfang traute ich ihm nicht zu, sich besonders schnell auf mich zu stürzen.

»Das ist privat«, sagte er lahm.

Ich ignorierte ihn und hatte den Unterstand erreicht. Was ich auf den ersten Blick nicht gesehen hatte, war, dass der Unterstand direkt an einen langgezogenen Container angebaut war. Er bestand aus dicken Balken, die man in den Boden getrieben hatte und die nun das Dach aus Wellblech zusammen mit dem Rand des Containers stützten. Von dem eckigen Gebäude selbst war kaum etwas zu sehen, weil das Monstrum unter der Plane alles verdeckte.

Ich hob das Plastik an einer Stelle etwas an und sah hinein. Nach dem, was ich im Netz gesehen hatte, konnte es sich bei dem Fahrzeug darunter durchaus um einen M985 handeln. Wie hatte Stehrs das genannt? Ein HEMTT? Nach *heavy* sah das Teil auf jeden Fall aus, auch wenn ich erstaunt war, wie flach es in Wirklichkeit war. Die Masse bestand vor allem aus Breite und Länge. Trotzdem insgesamt ziemlich beeindruckend, und noch immer hatte ich keine Ahnung, was genau Attila Dinzmann mit dem Ding vorhatte.

Neben dem Truck konnte ich eine Tür ähnlich der zu Hamids Büro sehen, die in den Container führte, daneben gab es Fenster, hinter denen durch Dreck und Dunkelheit nichts zu erkennen war.

Hinter mir knirschte der Kies, als sich der Fette langsam näherte. Meine Nackenhaare stellten sich auf, und in Erwartung eines Angriffs verspannte ich mich, aber ein paar Meter weit weg sagte er bloß: »Das ist Diebstahl!« Verbesserte sich: »Hausfriedensbruch. Das dürfen Sie gar nicht.«

Ich drehte mich langsam um. »Hamid hat gesagt, ich soll mich umsehen. Das mache ich gerade.«

»Aber nicht hier.« Der Dicke machte eine Bewegung mit dem Daumen über die Schulter. »Da, auf dem Platz, können Sie sich umschauen. Hier nicht.«

Ihn erneut ignorierend, wandte ich mich ab, ging zur Tür und zog sie auf. Im Raum, der im Halbdunkeln lag, stank es nach Schweiß und alten Socken. In einem Halbkreis standen fünf Feldbetten mit zerwühlten Armeeschlafsäcken. Auf dem Boden lagen Stiefel, T-Shirts und Socken, leere Bierflaschen und Verpackungen von Fertiggerichten. Dem Stand der Verwüstung nach zu urteilen, hausten die Kerle hier schon eine ganze Weile. Ich hörte den Dicken hinter mir näher kommen.

»Ich habe gesagt, Sie sollen das lassen.«

Als ich mich zu ihm umdrehte, stand er bereits unter dem Unterstand, keine drei Meter mehr entfernt. In der Hand hielt er eine riesige Ratsche, die knapp über dem Boden baumelte. Ich warf einen Blick auf seine improvisierte Waffe und war nicht beeindruckt. Wir standen so dicht beieinander, dass er das Ding nicht rechtzeitig hochbekommen würde.

Einen Moment lang musterte ich ihn, bevor ich einen Schritt nach vorn machte. Offensichtlich wollte er nur ungern zurückweichen, deswegen bewegte er die Füße nicht, lehnte sich aber etwas nach hinten. Ich musste ein Lächeln unterdrücken. Jetzt konnte ich ihn vermutlich mit einem kleinen Schubser langmachen, so sehr hatte er sich selbst aus dem Gleichgewicht gebracht. Wachsam ging ich an ihm vorbei, während ich ihn aus den Augenwinkeln heraus beobachtete.

Ich war längst auf dem Weg zurück zum Eingang, als er endlich unter dem Unterstand hervortrat und mir hinterhersah. Vermutlich hatte ich gerade einen echten Freund gewonnen. Abrupt blieb ich stehen und drehte mich um. Ich konnte erkennen, wie er leicht zusammenzuckte, aber es ging mir gar nicht um ihn. Ich betrachtete den hohen Zaun hinter ihm.

Ebenso wie die Front bestand er aus Wellblechplatten, die oben angeschraubte Winkel besaßen, an denen Stacheldraht befestigt war. Ich würde auf der Karte nachsehen müssen, was sich hinter dem Schrottplatz befand.

Kurz steckte ich den Kopf in den Bürocontainer.

»Nicht gefunden, was du gesucht hast?«

Ich schüttelte den Kopf. Kein Attila Dinzmann.

Hamid verzog milde das Gesicht. »Kommst du noch mal wieder. Irgendwann haben wir immer da, was die Leute brauchen. Ja?«

Ich nickte.

Er strahlte. »Gut. Bis dann. Schönen Tag noch.«

Wir hoben beide die Hand, um uns zu verabschieden, und kurze Zeit später saß ich wieder im Auto.

Als ich diesmal Frau Körners Laden betrat, war sie gerade im Gespräch mit einer Kundin. Das erste Mal, dass ich jemandem in ihrem Laden begegnete, der nicht auf der Suche nach Antworten in einem Mordfall, sondern nach Antiquitäten war. Ich drückte mich zwischen den Möbelstücken und Vitrinen herum, betrachtete ein handbemaltes Schachspiel, bei dem die Figuren aus Kanonen, Wagen und Ähnlichem bestanden, ein Spielbrett aus Holz, in dem komplizierte Muster eingeschnitzt waren und in denen kleine Stahlkugeln lagen sowie einen flachen Stein, in den Linien geritzt waren und auf dem jede Menge kleinere Runensteine lagen. Vielleicht so etwas wie Mühle für Wikinger.

Ich war gerade vor einer merkwürdigen Holzbox mit kleinen Figürchen und Stäben stehen geblieben, als mich Frau Körner mit »Herr Thiebeck«, begrüßte, während das Glöckchen die Kundin verabschiedete. »Das ist Senet, ein Spiel aus Ägypten. Im Altertum hatte das Spiel noch eine ganz eigene Bedeutung. Man sagt, im alten Ägypten und Rom wurden ganze Anwesen verspielt, und manche Herrscher haben unter ihrer Ägide sogar das Spielen um Geld verboten, weil es solche Auswüchse angenommen hatte.«

Ich verspürte ein leichtes Schaudern. Ich hatte nicht bloß um Geld, sondern bereits um Leben gespielt.

»Was kann ich für Sie tun?«, fragte sie und wandte sich von dem Spiel ab.

»Ich nehme an, Jana und Densch werden auch noch mit Ihnen sprechen. Wir haben eine dritte Tote.«

Sie verzog das Gesicht. »Das tut mir leid. Aber ich kann nicht sagen, dass ich überrascht bin.«

»Ich weiß. Mir ist etwas nicht aus dem Kopf gegangen, das Sie bei unserem ersten Treffen erwähnt haben. Sie haben gesagt, der Täter führt möglicherweise so etwas wie eine Andacht durch. Nun ist es so, dass alle drei Opfer nachts gestorben sind. Das erste Opfer, der Ire Seamus Mulholland, war außerdem noch ein *Moonshiner*, ein illegaler Schnapsbrenner, der seine Tätigkeit überwiegend nachts durchgeführt hat. Glauben Sie, damit könnte es etwas zu tun haben? Tötet der Mörder möglicherweise nach einem Mondkalender?«

»Das haben Sie doch bestimmt bereits überprüft, oder?«

»Ja. Aber das ergibt für mich kein Muster. Wir haben einen Mord zwei Tage vor Neumond, einen im abnehmenden Halbmond und schließlich noch einen im abnehmenden

Vollmond.« Ich hatte die Daten der Morde bereits im Smartphone abgeglichen, bevor ich zu ihr gekommen war.

Frau Körner verzog das Gesicht. »So leid es mir tut, aber vielleicht reicht unsere Datenmenge auch noch nicht, um daraus Schlüsse zu ziehen.« Sie musste nicht aussprechen, dass es bei Pieter Gorlaff genauso gewesen war, bei dem es einige Tode gebraucht hatte, bevor ich den Zahlencode seiner Schachzüge entziffert hatte. Oder bei seinem Vater Georg Lammert, der eine Reihe von Menschen nach der Fibonacci-Folge umgebracht hatte. Jana und ich hatten damals viel zu lange gebraucht, um die Logik dahinter zu verstehen.

Mein Blick fiel auf eine Holzschnitzerei mit den drei Affen, die es vermutlich in jedem alten Trödelladen gab: nichts sehen, nichts hören, nichts sagen. Sie saßen oben auf einem Regal und hielten sich die Augen, die Ohren und den Mund zu.

»Hat es vielleicht damit etwas zu tun?«, fragte ich und deutete in Richtung der Skulptur.

Ihr Blick folgte meinem, aber sie schien nicht zu verstehen.

»Hat ihnen der Killer den Mund, die Augen und die Nase zugeklebt, weil …« In dem Moment ging mir auf, dass es keinen Kleber in den Ohren gegeben hatte. Ich beendete den Satz nicht.

»Möglich wäre es. Eventuell geht es um das Nicht-Sagen und das Nicht-Sehen, und das Nicht-Hören wurde explizit ausgelassen? Wer weiß.« Sie zuckte mit den Schultern. »Aber ich fürchte, damit alleine kommen wir nicht richtig weiter. Wenn das alles ist, was Sie haben.«

Ich fluchte leise.

»Es tut mir leid, Herr Thiebeck, aber das Einzige, was ich

Ihnen mit ziemlicher Gewissheit sagen kann, ist, dass der Täter plant, als Nächstes eine vierte Karte zu hinterlassen. *Four For A Boy.*«

Ich verabschiedete mich von ihr und nahm meine düsteren Gedanken mit.

Ich hatte bereits gegessen, als Henni zu mir in die Kneipe kam. Mit einem Stoßseufzer ließ sie sich neben mir in den Sessel fallen und nahm dankbar einen Schluck von meinem Radler an.

»Ich fürchte, ich brauche ein richtiges Bier. Oder ein paar.«

»Du fährst ja auch kein Auto. Harter Tag?«

»Nach dem, was mir Jana erzählt hat, hätte ich nicht gedacht, dass du dich sklavisch an solche Regeln hältst.«

»Es gibt dumme Regeln und sinnvolle. Nicht betrunken Auto zu fahren ist eine sinnvolle.«

»Okay. Ja, heftiger Tag. Der Bruder unseres Toten ist aufgetaucht. Er sagt, wenn wir tatsächlich zu dem Ergebnis kommen, das Opfer hätte Selbstmord begangen, würde er uns verklagen.«

Ich schnaufte.

»Behauptet, sein Bruder sei strenggläubiger Katholik gewesen. Niemals würde der freiwillig den Freitod wählen und deswegen in die Hölle kommen. Er will, dass wir alles noch mal aufrollen.«

»Sieht es denn nach Selbstmord aus?«

»Na ja, es ist dünn, aber das, was wir haben, ja, das schaut schon danach aus.«

Die Kellnerin kam, und Henni bestellte. Dann wandte sie sich mir zu, plötzlich ernst. »Svenja Höffner.«

»Woher weißt du das?«

»Hab ich aus dem geschlossen, was ich zwischen Mirko und Jana gehört habe.«

»Sie war schwanger.«

Henni sagte nichts.

»Ich habe mich vorher schon gefragt, ob dem Täter eine Frau für *Three For A Girl* ausreicht, aber die Schwangerschaft macht es ein wenig eindeutiger.«

»In welchem Monat war sie denn? Konnte man das schon feststellen?«

»Neunte Woche. In dem Vers geht es doch um ein Kind, das man bekommt, oder?«

Henni klappte ihren Rechner auf und bemühte Google. »Unterschiedlich. Da gibt es verschiedene Aussagen zu. Hier zum Beispiel: Hochzeit. Eine Feier. Manchmal die Geburt eines weiblichen Kindes oder andere wichtige Ereignisse rund um eine Tochter. Eine Geburt qualifiziert sich bestimmt als wichtiges Ereignis einer Tochter.«

»Sie und ihr Freund wollten heiraten. Hochzeit würde also auch passen. Und Svenja Höffner scheint die Einzige aus der Gruppe zu sein, die auch nur annähernd für ein Kind in nächster Zeit infrage kam.«

»Du meinst, der Täter hat sich quasi mit ihr *begnügt*?«

»Möglich. Eventuell hätte er ein Kind getötet, falls jemand aus der Gruppe bereits ein Mädchen gehabt hätte. Aber solche Täter unterliegen ihren eigenen Gesetzmäßigkeiten. Sie erschaffen sich ihre Welt, und nur sie selbst stellen letztendlich die Autorität darüber her, was erlaubt ist und was nicht. Manchmal nehmen sie Abkürzungen.« Ich kam mir vor, als würde ich einen Vortrag halten, was vermutlich daran lag, dass vieles von meinem psychologischen Wissen direkt von Experten wie Professor Körner kam.

Etwas in meiner Stimme hatte Henni offenbar alarmiert. Sie fragte: »Was?«

Ich war kurz davor, den Kopf zu schütteln, abzuwiegeln, sagte dann aber: »Pieter Gorlaff hat das auch getan. Eigentlich waren seine Regeln, dass wir gegeneinander Schach spielen. Schlägt er eine Figur von mir, muss jemand sterben.«

»Aber?«

»Densch hat irgendwann mit Jana den Plan entwickelt, ihm meine Königin, also Jana, als Köder anzubieten. Um ihn zu schnappen.«

»Ja, das haben die beiden erzählt. Er hat sich stattdessen diese Psychologin, Doktor Körner, als Ziel ausgesucht.«

»Ja, aber der wichtige Part ist, dass er seinen Zug nachträglich verändert hat. Im Spiel selbst, also in der digitalen Online-Version, die ich gegen ihn gespielt habe, hat er die Königin geschlagen. Und Densch und Jana haben die Falle vorbereitet. Aber in seinem Versteck, wo ich später das Schachbrett gefunden habe, hatte er einen ganz anderen Zug ausgeführt. Er hat sich nicht an die Regeln gehalten. Seine eigenen Regeln. Das konnte er vor sich selbst rechtfertigen, weil er fand, *wir* hätten die Regeln zuerst verletzt. Weil wir uns nicht an das Prinzip des Schachs gehalten hätten. Wir haben quasi Suizid am Brett begangen. Das war für ihn Anlass genug, seine eigenen Gesetze zu ignorieren.«

»Und du meinst, das könnte hier auch der Fall sein?«

»Möglich. Stell dir vor, du bist der Täter. Du hast dich entschieden, einen Haufen Menschen nach diesem irischen Reim umzubringen. Jetzt musst du nach Dingen suchen, die passen. Wer steht für *sorrow*, für die Trauer? Wer für *joy*, die Freude? Oder das Mädchen? Manche Sachen sind vielleicht sehr eindeutig, andere nicht. Da musst du auch nach

Strohhalmen greifen. Jedenfalls dann, wenn sonst alles nicht zu passen droht.«

Henni überlegte einen Augenblick lang. »Okay, ignorieren wir mal für den Moment Svenja. Wir sind uns beide einig, dass es vermutlich weitere Morde geben wird, richtig?«

Ich korrigierte die Aussage nicht in *Mordversuche*, weil ich mich nicht selbstbewusst genug fühlte. Ich hatte keine Ahnung, ob wir die nächsten Taten wirklich verhindern konnten. Dafür stocherten wir viel zu sehr im Dunkeln.

»Wie viele werden es dann sein? Arbeitet der Täter nach dem Vier-Zeilen-Vers? Sieben? Zehn?«

»Nicht nach dem kurzen, dem mit vier. In dem war nicht die Rede von *joy*, sondern von *mirth*. Gibt es mit den drei Zeilen, die wir haben, mehr als eine Version?«

»Ja, sowohl mit sieben als auch mit zehn.«

»Unterscheiden die sich irgendwie?«

»Es gibt eine Version mit zehn, die nur um die drei zusätzlichen Zeilen erweitert ist.«

»Die siebte ist die mit dem Geheimnis, oder?«

»*Seven For A Secret Never To Be Told*«, rezitierte Henni.

»Ich bin mir sicher, dass es das ist. Irgendein Geheimnis, für das jetzt bezahlt werden muss. Oder von dem niemand hätte wissen dürfen. Vielleicht hat irgendwer geplaudert. Wer ist dann der Nächste? Oder die Nächste?«, fragte ich.

»Der. *Four For A Boy*.«

»Was ist mit dem Vater von Svenjas ungeborenem Kind? Könnte der Nummer vier sein?«

»Das ergibt doch keinen Sinn. Wieso würde Svenja Höffner als Drei sterben, wenn er die Vier wäre? Außerdem gibt es keinerlei Verbindung von ihm zu dieser Gruppe beziehungsweise zu den Geschehnissen in 2010.«

»In Ordnung. Lass uns die Gruppe durchgehen.« Ich rutschte an Henni heran, die ihren Laptop auf dem Schoß hatte. Sie öffnete eines der Gruppenbilder: *Cliffs of Moher, Juli 2010.*

»Karsten und Marlene. Dann Pika, Marius und Svenja. Owen, der Reiseführer, Tabea, Sunny und Micha.«

»Was weißt du über Pika Blum?« Ich musste wieder an die gemalte Elster im Gästebuch des Cottages denken. *Pica pica.* Die zierliche Frau war die Kleinste der Gruppe. Ich schätzte sie auf unter eins sechzig. Vielleicht gerade so. Marlene und Svenja waren für Frauen nicht gerade klein, Tabea und Sunny eher Durchschnitt. Karsten und Owen waren ebenfalls von durchschnittlicher Größe, während Marius eher klein ausfiel und Micha fast so groß war wie ich. Insgesamt überragte er, auch in seiner Schulterbreite, den Rest ganz ordentlich.

»Pika gehört zu Marlenes engsten Freundinnen. Die beiden kennen sich bereits aus dem Kindergarten und sind zusammen zur Schule gegangen. Die hing dauernd bei uns zu Hause rum. Sie und Marlene fand ich als kleine Schwester im Doppelpack sowohl ziemlich faszinierend als auch unerträglich nervend. Die ist Modedesignerin und arbeitet für irgendein hippes Label hier in Berlin.«

»Haben die beiden Kontakt gehalten?«

»Immer. Die haben sich all die Jahre nicht aus den Augen verloren.«

»Weißt du sonst noch was über sie?«

Henni zögerte. »Eigentlich nicht.«

»Gut. Wer ist der Nächste?«

»Marius. Ein Pole. Lebt aber schon seit Ewigkeiten in Deutschland. Seit er klein ist, glaube ich. Sehr ernsthafter Typ. Ich habe den nur ein-, zweimal auf irgendwelchen Geburtstagen von Marlene getroffen. Sieht man auf dem Bild nicht richtig, aber der ist ziemlich durchtrainiert. Macht Kraftsport, soweit ich weiß.«

»Beruf?«

»Maschinenbauer, glaube ich. Wusstest du übrigens, dass die Band *Counting Crows* ebenfalls nach diesem Reim benannt ist?«

»Sind das die mit diesem *Mr Jones*? Das ist schon ganz schön lange her. Vor deiner Zeit, oder?«

»Also, in den Clubs habe ich den Song jedenfalls nicht mehr gehört.«

»Aber wieso *Crows*? Ich denke, es geht um Elstern?«

»Wahrscheinlich, weil sich *Counting Magpies* als Bandname richtig dämlich anhört? Immerhin sind Elstern Krähenvögel.«

Ich schnaubte. Konzentrierte mich wieder auf unsere Truppe. Svenja Höffner übersprang ich. Zum einen, weil ich bereits ein paar Details von ihr kannte, zum anderen, weil es mir gerade mehr darum ging, den Rest kennenzulernen. *Die potenziellen Opfer*, flüsterte eine Stimme mir zu.

»Owen Carling«, sagte ich. »Merkwürdiger Typ. Mit dem habe ich ja schon gesprochen. Ziemlich unfreundlich. Der wirkte extrem unentspannt.«

»Ist das verwunderlich? Wenn er erst kurz vorher erfahren hat, was Steffen passiert ist? Außerdem bist du durchaus ein Typ, vor dem man Angst haben kann.«

»Na ja, die Verspannung lässt sich vielleicht noch erklären, aber dass der mich so eiskalt abblitzen lässt, fand ich schon merkwürdig. Was macht der in Berlin?«

»So wie es aussieht, das Gleiche wie in Dublin: Er arbeitet als Fremdenführer.«

»Stimmt, ich erinnere mich. Was ist mit Tabea?«

»Manche Menschen halten Tabea für naiv oder langsam, aber ich hab schon früh entschieden, dass sie einfach andere Filter verwendet als die meisten Leute.«

»Was meinst du?«

»Tabea ist … anders. In manchen Dingen besitzt sie eine unglaublich schnelle Auffassungsgabe, und besonders zwischenmenschliche Beziehungen durchblickt sie extrem schnell. Ich glaube, in einem Raum voller Menschen kann die innerhalb von Sekunden abschätzen, zu wem sie aufsehen muss, wen sie ignorieren kann und wer am ehesten mit ihr schlafen wird. Die kann total berechnend sein.«

Ich betrachtete die Brünette mit den aufregenden Korkenzieherlocken und konnte sie mir bei Hennis Beschreibung lebhaft vorstellen. Auf jeden Fall eine Frau, die die Aufmerksamkeit auf sich zog.

»Ich schätze Tabea jedenfalls als einen der gefährlichsten Menschen ein, die ich kenne«, befand Henni.

»Sunny?« Die hübsche, aber etwas belanglos aussehende Blonde sah gerade zur Seite, auf Tabea, und lächelte dabei abwesend.

»Zu ihr kann ich kaum etwas sagen. Irgendwie bin ich überrascht, dass sie auf dieser Reise mit dabei war. Soweit ich weiß, gehörte die gar nicht richtig dazu. Aber wirklich dicke war ich mit Marlenes Freunden damals nicht, vielleicht hatte sich was geändert.«

»Weißt du, was sie macht?«

»Ich glaube, sie ist Lehrerin. An einer Grundschule, meine ich.«

»Große Brüste. Das gefällt den männlichen Schülern sicher.«

Henni sah mich einen Augenblick lang verdutzt von der Seite her an.

»Komm schon«, erklärte ich. »So ist das nun mal. Marius ist klein, Micha ist groß, Sunny hat dicke Titten.«

Henni verzog das Gesicht. »Chauvi.«

»Micha. Der Riese. Was ist mit dem?«

»Student der Sportwissenschaften. Der hat schon ein oder zwei andere Studiengänge abgebrochen. Ich glaube, es vergeht kein Tag in der Woche, an dem der nicht irgendeinen Sport macht. Wasserball, Lacrosse, Laufen, Rugby. Micha macht irgendwie alles. Und er fährt wirklich überall mit dem Rad hin. Auch auf eine Party irgendwo nach Brandenburg übers Wochenende, mehr als hundert Kilometer: mit dem Bike. Freitags hin, sonntags wieder zurück. Außerdem wird der Mann irgendwie nie betrunken.«

Ich betrachtete Micha Seiler auf dem Bild. *Ein Kerl wie ein Schrank*, würde Schmolli dazu sagen. Ich konnte nicht genau sagen, wer von uns beiden größer oder massiger war, aber es war auf jeden Fall ein knappes Ding. Kam auch nicht oft vor, dass mir jemand körperlich ebenbürtig war.

»In Ordnung. Wir haben also noch acht lebende Mitglieder der Gruppe. Was kommt als Nächstes? *Four For A Boy. Five For Silver. Six For Gold. Seven For a Secret That's Never Been Told.*«

»Wir gehen beide davon aus, dass es um dieses Geheimnis geht, oder? Um die siebte Zeile.«

»Schätze schon«, antwortete ich. »Irgendwas, das damals passiert ist.«

»Und Steffen ist ein Opfer geworden, weil er die Reise überhaupt erst möglich gemacht hat.«

»Ist zumindest eine Möglichkeit. Eventuell liegen die Fakten auch ganz anders, aber das wäre auf jeden Fall mal eine Arbeitshypothese.«

»Was sind unsere nächsten Schritte?«

»Ich werde mir die anderen vorknöpfen. Um ein Gefühl für sie zu bekommen.«

Henni verzog das Gesicht. »Das musst du leider alleine machen. Ich kann nicht mitkommen.«

»Ich weiß. Kein Problem.« Darüber hatte ich mir am Abend zuvor bereits Gedanken gemacht. Jana und Densch würden sich alle Mitglieder der Gruppe auf jeden Fall noch einmal vornehmen und zu sich kommen lassen. Es war durchaus wahrscheinlich, dass ihnen Henni dabei über den Weg lief. Und sobald einer von ihnen sie in Zusammenhang mit *Befragungen* durch mich erwähnen würde, wäre sie geliefert. Versetzung. Sitte, Drogen, Raub. Wenn überhaupt.

»Es wäre so viel einfacher, wenn wir es ihnen sagen könnten«, seufzte Henni. »Kommst du Jana und Mirko dabei nicht in die Quere? Wenn die auch alle noch mal durchgehen?«

»Glaub nicht. Äpfel und Birnen. Zu den beiden kommen die aufs LKA, es gibt vielleicht Schnittchen, zumindest aber Kaffee und Wasser. Bei mir läuft das etwas anders. Ich will sie überraschen, richtig anpacken. Aus dem Gleichgewicht bringen. Falls es da was gibt, das damals passiert ist … Warum macht dann keiner das Maul auf? Warum bleiben alle stumm wie ein Fisch? Dafür muss es ja einen Grund geben. Also muss ich sie verunsichern. Und das kann ich ganz gut.«

Sie erwiderte mein Lächeln. »Mit wem fängst du an?«

»Schätze, Marlene wäre längst fällig.«

Henni überlegte, schien etwas nachzurechnen. Schüttelte dann den Kopf. »Die schläft. Müsste gerade von einer dieser Endlosschichten zurückgekommen sein.«

»Kein Problem. Gibt ja genügend andere auf der Liste.«
»Kann *ich* noch irgendetwas tun?«
»Halt mir Ole und seine Internetrecherche warm.«
»Kein Problem. Mich kannst du auch jederzeit anrufen.«
»Was ist mit dem Fensterkreuz?«
»Nichts Neues außer Kopfschmerzen.«

12

Nachdem Henni gegangen war, blieb ich noch eine Weile sitzen. Trank mein letztes Radler und pickte die Reste von Hennis Salatteller. Dann nahm ich mir die Liste mit Namen und Adressen vor, die sie zurückgelassen hatte. Versuchte zu entscheiden, wen ich wann aufsuchen würde. Und wo. Bei manchen Menschen machte es einen Riesenunterschied, ob man sie zu Hause, auf der Arbeit oder im öffentlichen Raum aufsuchte. Einige fühlten sich bedroht, wenn man bei ihnen vor der Tür stand. Andere wollten solche Gespräche auf keinen Fall auf der Arbeitsstelle führen.

Mein Blick wanderte von Name zu Name. Ich rief mir ins Gedächtnis, was mir Henni über sie erzählt hatte. Außerdem hatte sie mir Informationen und Fotos, die Lankat von der Gruppe aus dem Netz gezogen hatte, zukommen lassen.

Wen würde ich mir also als Erstes vornehmen? Pika? Wegen der Elster und ihres Namens? Oder weil sie Marlenes engste Freundin war? Ich musste mir auch im Klaren darüber werden, was genau ich von ihnen jeweils wollte. Was ich aus ihnen herauskitzeln wollte. Noch hatte ich keine Ahnung. Außer dem Offensichtlichen: *Was ist damals in Irland passiert? Warum haltet ihr alle dermaßen besessen die Klappe? Wer hat Rasmus, Mulholland und die Höffner umgebracht?*

Ich schaute auf die Uhr. Kurz vor halb acht. Eigentlich hätte ich mich längst bei Tamina melden sollen, aber die Tatsache, dass sie ebenfalls noch nicht angerufen hatte, beruhigte mich. Und ließ mich leicht trotzig reagieren. Als müsste ich sie aussitzen. Dabei wollte ich das gar nicht.

Ich entschied mich schließlich für Micha. Er würde meine erste Anlaufstation sein. Er wohnte in der Nähe. Kreuzkölln, Nähe Maybachufer. Der Teil von Neukölln, der so dicht an Kreuzberg lag, dass dort eine kulturelle Osmose stattfand. Ich bezahlte, packte mein Zeug zusammen und trat in die kühle Abendluft hinaus. Vor dem Laden saßen noch jede Menge Leute, viele von ihnen in rote Fleecedecken gehüllt, wie sie inzwischen zur Standardausstattung von Cafés und Kneipen gehörten.

Ich lief die paar Minuten Richtung Süden, bis ich in Michas Kiez ankam. Es handelte sich um eine Seitenstraße, in der es nicht viele Geschäfte und Bars gab. Vor allem Wohnhäuser, einen türkischen Obst- und Gemüsehändler, einen Zeitungskiosk. Kopfsteinpflaster. Vereinzelte Bäume, deren erdige Umfassungen vor allem als Hundeklo dienten. In einer hatte jemand Blumen angepflanzt, die traurig ein handgemaltes Schild hochhielten: *Lasst uns leben!*

Ich fand das Haus, in dem Micha Seiler wohnte, und stemmte mich gegen die Tür. Verschlossen. Teilweise ließen sich Haustüren zwischen Hermannplatz und Schlesischem Tor auch einfach aufdrücken. Wegen schlechter oder kaputter Schließmechanismen. Ich drückte auf ein paar Klingelknöpfe und wartete. Wenn über den Lautsprecher gefragt wurde, nuschelte ich irgendwas. Mir wurde geöffnet, ich lief in den dritten Stock und blieb vor Seilers Tür stehen. Durch den Spion, um das Plättchen herum, das das Loch bedeckte, konnte ich eine Aura aus Licht erkennen. Ich legte mein Ohr gegen die Tür, hörte leise Musik. Das Knarzen von Dielen.

Ich klopfte. Bekam keine Antwort, drückte auf den Klingelknopf. Ein schrilles Geräusch ertönte. Immer noch keine Antwort. Klopfte noch einmal, klingelte ein weiteres Mal. Niemand kam, um mir aufzumachen. Also wartete ich noch eine Weile auf dem Treppenabsatz, so lange, bis das Licht im Flur erlosch, und stieg dann im Dunkeln wieder nach unten.

Wartete gegenüber in einem Hauseingang. Die Gaslichtlampen wurden durch die feuchter werdende Abendluft ausgewaschen, und ich kam mir vor wie ein Privatdetektiv in einem Film Noir. Mir fehlten die Zigaretten. Und die hochgewachsene, schlanke Blonde. Henni war definitiv nicht groß genug für einen Film Noir.

Ich wartete fast zwei Stunden, bis ich schließlich die Geduld verlor und wieder abzog. Ich entschied, Micha an einem anderen Tag zu stellen.

Auf dem Weg zum Wagen rief ich Tamina an. Sie ging sofort ran. »Hey. Bist du noch wach? Ich dachte, du schläfst längst.«

»Bin noch unterwegs.« Irgendwie wusste ich plötzlich nicht so richtig, was ich sagen sollte. Ich wollte ihr von Irland erzählen, von dem Abend auf der Hütte und meinem unbändigen Wunsch, mit ihr dort oben gemeinsam zu stehen. Aber irgendwie brachte ich nichts davon heraus.

»Ich habe dir einen Brief geschrieben«, sagte ich stattdessen. *Einen Liebesbrief.*

Sie lachte. »Ach ja? Ich habe aber nichts bekommen.«

»Ich habe ihn auch nicht abgeschickt.« Bis auf ein paar Worte hatte ich auch noch nichts zusammengebracht.

Tamina zögerte. »Ist alles in Ordnung mit dir? Sollte ich mir wegen des Briefs Sorgen machen? Machst du Schluss mit mir?« Sie lachte, aber es klang nervös.

»Nein, das würde ich über Post-Its oder eine SMS machen. Vielleicht noch eine Nachricht auf dem AB. Du kennst mich doch.«

Nun lachte sie frei und unbeschwert, und diesmal tat es mir weh. Weil sie damit so unglaublich begehrenswert klang und ich mich gleichzeitig eine Million Lichtjahre weit weg fühlte.

Sie spürte meine Zurückhaltung und fragte sanft: »Willst du heute Abend vorbeikommen?«

Alles in mir wollte zustimmen, begeistert *Ja!* rufen. Aber ich wusste, dass das keine gute Idee war. Ich hatte Bedenken, was passieren würde, wenn sich unsere verschiedenen Aggregatzustände in diesem Moment vermischen würden. »Besser nicht. Vielleicht morgen?«

»Klar. Melde dich einfach.«

Wir verabschiedeten uns, und das ging leichter. Weil ich nicht mehr den zentnerschweren Druck auf mir spürte. Weil ich nicht mehr Angst haben musste, irgendwas zu zerschlagen. Unser Verabschiedungsritual war vertraut und eingeübt. Da wussten wir, was wir taten.

Es gab genug Dinge, mit denen ich mich ablenken konnte. Zum Beispiel Attila Dinzmann und sein großartiger Plan, reich zu werden.

Ich startete den Motor und fuhr zurück nach Lichtenberg. Fuhr am Schrottplatz vorbei, aber dort war alles dunkel und das Tor geschlossen. Das hatte ich erwartet. Also bog ich ab, fuhr um eine weitere Ecke. Auf der anderen Seite fand ich eine Kfz-Werkstatt, einen abgeranzten Import-Export-Laden und eine Bruchbude, die früher mal ein Imbiss gewesen sein mochte. Ich prüfte die Eingänge, und während die Kette, die das Gittertor der Werkstatt verschloss, noch einigermaßen in Schuss war, konnte ich das Tor zum Imbiss einfach eindrücken, weil die Scharniere komplett weggerostet waren. Ich überquerte den Asphalt, den Gräser und Unkraut an manchen Stellen bereits gesprengt hatten und der von Schlaglöchern übersät war, in denen das alte Kopfsteinpflaster darunter auftauchte. Die rückwärtige Seite wurde durch den Wellblechzaun gebildet, den ich vom Schrottplatz aus gesehen hatte. Ich folgte ihm ein Stück, bis ich eine Stelle fand, an der es keinen Stacheldraht mehr gab, und mit einem kurzen Anlauf sprang ich krachend dagegen, hielt mich oben fest. Das Blech drückte mir schmerzhaft in die Handflächen. Mit einem Keuchen zog ich mich hoch. Mein Sprung war deutlich lauter gewesen, als ich es geplant hatte. Ich hoffte, dass sich auf dem Gelände kein Nachtwächter aufhielt, der jetzt mit seiner Taschenlampe ins Dunkel blinzelte, um mich aufzuspüren.

Ich schob mich über den Rand und ließ mich dann vorsichtig auf das Metall herunter, das gegen die Wand aufgeschichtet war. Es rutschte weg. Klappernd und knallend verschob sich das ganze Gerümpel und machte dabei deutlich mehr Lärm als mein ungeschickter Sprung. Egal, entschied ich und versuchte, festen Boden unter die Füße zu bekommen, ohne wegzurutschen und mir Knöchel und Knie zu verletzen. Als ich endlich sicher stand und versuchte, meinen Atem etwas zu beruhigen, ärgerte ich mich über mich selbst. Derart dämlich hatte ich mich selten angestellt.

Geduckt lief ich tiefer in das Gelände hinein und versuchte zu bestimmen, wo sich der Container mit dem Unterstand befand. Kurz darauf hatte ich ihn gefunden; ich war knapp fünfzig Meter weiter südlich über den Zaun gekommen.

Im Container brannte Licht.

Vermutlich von den tragbaren Gaslampen, die ich gesehen

hatte. Mich immer wieder umsehend, näherte ich mich auf demselben Weg, den ich tagsüber genommen hatte. Lieber wäre ich von hinten gekommen, aber dort wurden Container und Truck durch Schrottberge abgeschirmt, und ich hatte keine Lust, erneut über diese instabilen Metalldünen zu klettern.

Geduckt lief ich zur Ecke des Containers. Der M985 befand sich immer noch unter der Plane. Vorsichtig spähte ich durch die schmierigen Fenster. Im Inneren konnte ich mehrere Gestalten sehen, die auf den Betten saßen oder standen. Schnell zog ich den Kopf zurück, richtete mich auf und riss die Tür zum Container auf.

Als ich im Türrahmen auftauchte, fuhren alle Köpfe herum. Attila Dinzmann erkannte ich vom Foto. Er saß am Fuß eines Betts, hielt eine Bierflasche in der Hand und trug olivgrüne Cargopants und eine Steppjacke, die seinen schmalen Körper doppelt so breit aussehen ließ. Das dünne, fettige Haar hatte er mit einem Gummiband zu einem Pferdeschwanz zusammengebunden, während seine Füße in riesigen, ungeschnürten Bundeswehrstiefeln steckten.

Zu seiner Rechten saß ein älterer Herr mit gelockten, grauen Haaren. Er war in einen zerschlissenen Anzug und ein Paar alter Sneakers gekleidet. In der einen Hand hielt er einen unangezündeten Zigarillo, in der anderen hatte er seine Armbanduhr, mit der er spielte wie mit einem Rosenkranz. Es handelte sich unzweifelhaft um Ecki Kämmerer, den ich von alten Fahndungsfotos erkannte.

Direkt neben ihm stand ein dürrer Kerl, in der Hand eine Dose Erdnüsse. Offenbar hatte er die gerade Kämmerer angeboten. Er war in eine schmutzige Trainingshose, die ihm fast in den Kniekehlen saß, und ein zu großes Basketball-Jersey gekleidet. Die halblangen Haare hingen ihm quer über das Gesicht wie bei einem Teenager, aber ich schätzte ihn auf Ende zwanzig.

Ein muskulöser Kerl mit blondem Bürstenhaarschnitt in Jeans und Sweatshirt komplettierte das Quartett. Er hatte auf dem hintersten Bett gelegen und war bei meinem Eintreten wie ein Klappmesser aufgefahren.

»Wer bist du denn, du Arsch?«, sagte Dinzmann und führte seine Flasche weiter zum Mund. Er hatte sich schnell wieder gefangen.

»Meine Fresse, ich bin fast gestorben!«, rief der Blonde und schwang die Füße vom Bett. Er fuhr sich mit der Hand durch die Haare und rülpste. »Gib mal ein Bier«, sagte er zu dem Dürren.

»Wer ist der Clown?«, fragte der und bückte sich mechanisch nach dem nur noch halb gefüllten Kasten Bier zu seinen Füßen.

Offenbar hatten die Jungs am Abend schon gut zugelangt.

Ich trat ein und ging auf Attila zu. Ließ mich zu ihm aufs Bett fallen, sodass er mir Platz machen musste. Dann streckte ich die Hand nach dem Dürren aus. Der sah kurz unsicher zu Dinzmann und reichte mir dann ebenfalls eine Flasche. Ich hielt sie an den Alurahmen des Betts, schlug mit der offenen Hand nach unten und setzte die schäumende Flasche zum Trinken an.

Dinzmann hatte mich die ganze Zeit über wachsam und leicht feindselig beobachtet, sagte aber nichts.

Ich stieß einen Laut des Wohlbehagens aus und hielt ihm das untere Ende der Flasche hin. Er stieß nicht an.

»Ulli Wenzel schickt mich. Klingelt da was?«

Dinzmann starrte mich weiter an.

»Kemal und Mustafa waren bei ihm. Haben ihn an seine Frist erinnert. Weißt du noch, wann Frist ist, Attila?«

»Wenzel bekommt sein Geld«, sagte er tonlos. »Was geht dich das an, Mann?«

Ich trank. »Ulli ist mein Freund. Und ich weiß, wie die Zwillinge drauf sind. Was passiert, wenn sich so eine arme Sau von einem Wichser Kohle leiht, der dann verschwindet. Was die machen, wenn sie kommen und sich ihr *Pfund* holen wollen. Hast du das mal gesehen? Wie die Leute hinterher aussehen?«

»Du Vogel machst mir keine Angst. Wen willst du denn hier beeindrucken?« Er entspannte sich etwas. Rutschte noch weiter weg, sodass er lässig ein Knie auf das Bett ziehen konnte.

»Was ist das für ein Truck da draußen? Wofür brauchst du den? Ist da die Kohle von Ulli reingeflossen?«

»Fick dich!«

Er setzte an, um zu trinken, und ich stieß mit dem Handballen kurz, aber kontrolliert gegen den Flaschenboden.

Er spuckte, bekleckerte sich, fluchte, sprang auf. »Ey, du Fotze! Meine Zähne.« Er rieb sich mit dem Handrücken über den Mund.

Der Blonde war ebenfalls aufgestanden. Kämmerer und ich waren die Letzten, die noch saßen. Ich nahm einen Schluck aus der Flasche.

Der Blonde trat neben mich und packte mich an der Jacke. »Alter, bist du lebensmüde?«

Ich ergriff sein Handgelenk und verdrehte es, bis er einknickte und vor mir auf die Knie ging. Dann stieß ich ihn leicht nach hinten, sodass er sich mit der unverletzten Hand abstützen musste. Ich holte meine Marke heraus.

Für einen Augenblick sagte keiner von ihnen etwas.

Schließlich drückte Dinzmann kleinlaut heraus: »Wir haben nichts gemacht.«

»Noch nicht. Aber ihr habt etwas vor. Einen Bruch, für den ihr den Kollegen Kämmerer hier braucht und den monumentalen Truck da draußen. Was wird das?«

Dinzmann schwieg. Der Blonde rieb sich den Arm und war auf dem Boden zurückgerutscht, bis er mit dem Rücken an das nächste Feldbett stieß.

Dinzmanns Gesichtsausdruck veränderte sich, er schüttelte den Kopf. »Du kannst uns nichts, du Penner. Wenn du uns hochgehen lässt, ist Wenzel im Arsch. Die Türken machen den fertig, reißen den einfach auseinander. Wie nasses Papier.« Er grinste triumphierend. »Du musst uns machen lassen. Hast gar keine andere Wahl. Und deswegen bist du auch alleine gekommen.« Seine Augen leuchteten.

»Stimmt das?«, wollte der Dürre wissen. »Aber was will der hier?«

»Kohle, was sonst«, schmollte der Blonde.

»Ist es das? Du willst deinen Anteil, korruptes Bullenschwein?«

»Ich will, dass Ulli seine Kohle wiederbekommt.«

»Das will ich auch. Da ziehen wir doch glatt an einem Strang.« Attila lachte und trank Bier – vorsichtig, und mit dem Blick auf mich, um einen weiteren Angriff auf seine Schneidezähne zu verhindern.

Ich erhob mich. Der Dürre zuckte nervös. Auf Attila mit dem Finger zeigend, sagte ich: »Ich will dich nicht noch einmal suchen müssen, Dinzmann. Sorg dafür, dass Ulli keinen Stress mit den Türken bekommt.«

Dann ging ich und ließ die Tür hinter mir zuklappen.

Am nächsten Morgen betrat ich schon um halb acht das Krankenhaus. Henni hatte mir durchgegeben, wo Marlene arbeitete und für welche Schichten sie eingetragen war. In der Lobby des grauen Waschbetonbaus orientierte ich mich kurz, bis ich wusste, wo sich ihre Station befand. Ich hatte keine Lust, eine Schwester zu fragen und dann möglicherweise aufgehalten zu werden. Marlenes Schicht hatte erst vor Kurzem begonnen, und ich war mir ziemlich sicher, dass sie ungern Besucher empfangen würde.

Wenig später stand ich in der Kinderabteilung. Dort wurde es etwas kniffliger. Ich ging den Flur entlang, in dem Kindergeheule und Geplapper zu hören waren. Immer wieder kreuzten Schwestern, Pfleger und Ärzte den Gang in geschäftiger, aber kontrollierter Eile, die allen Krankenhäusern eigen war. Links befand sich das Schwesternzimmer, in dem eine junge Frau an einem Tisch saß und Kaffee trank.

Ich steckte den Kopf hinein und fragte ungeduldig: »Doktor Herzog?« Sie konnte meinen Körper nicht sehen, und ich versuchte, den Tonfall zu imitieren, den ein Chefarzt in Eile verwenden mochte.

Sie zögerte nur einen Augenblick, überlegte und antwortete dann rasch: »Auf der Onkologischen.«

Ich runzelte missbilligend die Stirn.

»Gang runter, hinter der Tür rechts, linke Seite.«

Ich bedankte mich mit einem Nicken und ging weiter.

Kurz darauf befand ich mich in der Onkologie und konnte Marlene tatsächlich am Ende des Gangs erkennen. Dort stand sie mit zwei weiteren Frauen in weißer Kleidung und besprach etwas über einem Clipboard. Ich beschleunigte meine Schritte, um zu verhindern, dass sie einfach hinter einer der Türen verschwinden konnte.

»Marlene!«, sprach ich sie an, als ich noch ein paar Meter entfernt war.

Ihr Blick ruckte hoch und fixierte mich mit einer Mischung aus Überraschung und Verwirrung. Ich nahm an, sie wurde an diesem Ort meistens mit *Dr. Herzog* angesprochen.

Sie brauchte einen Herzschlag, bis sie mich erkannt und platziert hatte, und sofort verdüsterte sich ihre Miene.

»Kann ich Sie kurz sprechen?« Ich wurde kein Stück langsamer.

Um zu verhindern, dass ich mitten in der kleinen Gruppe zum Stehen kam, übergab Marlene einer der Frauen das Clipboard und sagte knapp: »Einen Augenblick, bitte.« Dann trat sie mir entgegen, als könnte sie damit Schlimmeres verhindern. »Was wollen Sie?«, zischte sie.

Über ihre Schulter hinweg konnte ich sehen, dass die anderen beiden uns neugierige Blicke zuwarfen, sich dann aber wieder dem Board zuwandten und nebeneinander den Gang hinuntergingen.

Ich schaute Marlene Herzog an. »Ich muss mit Ihnen über Irland reden.«

»Sind Sie noch bei Trost? Ich arbeite!«

»Ich auch. Besser, Sie finden jetzt ein paar Minuten für mich, dann muss ich Ihnen nicht den ganzen Tag hier auf die Nerven gehen.« Meine Stimme war dabei ganz neutral geblieben, aber die Drohung erzielte trotzdem ihre Wirkung. Unsicher sah sie in beide Richtungen den Gang hinunter. Im Hintergrund kreuzte jemand von links nach rechts, und eine Schwester schob einen Trolley auf uns zu, bog dann aber in eines der Zimmer ab.

Welcher Typ war Marlene? Ich hatte darauf spekuliert, dass sie mich so schnell wie möglich wieder aus ihrem Krankenhaus heraushaben wollte. Verhindern wollte, dass ich eine Szene machte, die ihren Ruf als Ärztin ankratzen konnte. Und dass sie deswegen nicht mauern, sondern klein beigeben würde. Reden würde.

Ich hatte richtig gelegen.

»Kommen Sie mit«, sagte sie flach, packte mich hart am Ellbogen und zog mich hinter sich her.

Wir gingen ein Stück den Flur hinunter, bogen einmal ab, sie drückte zweimal auf Schalter, die uns elektronische Doppelflügeltüren öffneten, und schließlich standen wir vor einer Tür, die Marlene mit einem letzten Blick nach links und rechts öffnete.

Bei dem Zimmer handelte es sich um eine Art Aufenthaltsraum. In ihm standen zwei Doppelstockbetten, ein niedriger Tisch, und es gab ein Waschbecken mit einem Spiegel. Es roch, als hätte vor Kurzem jemand hier drinnen geschlafen.

Sobald ich die Tür hinter mir geschlossen hatte, fuhr Marlene mich an. »Was fällt Ihnen ein, hierherzukommen?«

Ich setzte mich auf eines der Betten und sah zu ihr auf. Sie hatte einen Oberarm mit der anderen Hand gepackt, als müsste sie sich selbst zusammenhalten, und starrte mich wütend an. Ihre Lippen bewegten sich, weil sie an der Haut innen im Mund knabberte. Nervöse Übersprunghandlung. Und dann verstand sie, dass ich am längeren Hebel saß. *Sie* musste wieder zurück an die Arbeit. Und sie würde bestimmt nicht in einem Ruheraum mit einem Wildfremden gefunden werden wollen.

Also setzte sie sich auf das Bett mir gegenüber und begann, nervös die Hände zu kneten. »Warum sind Sie hier?«, fragte sie inzwischen fast flehentlich. »Herr …?«

»Thiebeck. Hören Sie, ich habe mich ein wenig umgehört. Über Ihre Reise nach Irland, über Ihre Gruppe, und irgendwie erscheint mir das alles keinen richtigen Sinn zu ergeben.«

Sie starrte mich mit großen Augen an.

»Ich war in Irland und habe mit der Tochter von Seamus Mulholland, Siobhan, gesprochen. Wussten Sie, dass Seamus gestorben ist?«

Sie nickte, langsam, fast so, als hätte ich sie hypnotisiert.

»Dann wissen Sie auch, dass wir bisher erst zwei Zeilen des Reims gefunden haben. Und dass da noch jede Menge fehlen. Bisher habe ich keinen Grund zu der Annahme, dass von weiteren, sagen wir *Vorkommnissen*, irgendwer betroffen sein könnte außer den Mitgliedern Ihrer Gruppe.« Den Tod von Svenja Höffner und die dritte Zeile erwähnte ich nicht, weil ich Jana und Densch nicht vorgreifen wollte.

Marlene sagte nichts, wandte aber den Blick immer noch nicht ab. Sie schien sich in einem Stadium der Lähmung zu befinden. Möglicherweise konnte ich das zu meinem Vorteil nutzen.

»Ich war sogar oben in dem Cottage. Hab das Gästebuch gefunden. *Karsten und Marlene: Hand in hand on the Emerald Isle.* Nett. Wer ist Amato Farese?«

Jetzt bekam ich eine Reaktion. Ihr Blick wurde noch etwas starrer, der Unterkiefer zuckte, und ihr Mund öffnete sich leicht. Sie wollte etwas sagen, aber es kam nichts heraus. Ich lehnte mich nach vorn, kam ihr ganz nah. Sie wich nicht zurück, war unfähig dazu.

»*Wo* ist Amato Farese? Was ist damals dort oben passiert?«

»Ich …« In ihrem Blick konnte ich jetzt Panik erkennen. Sie schluckte, setzte zum Sprechen an, versuchte es wieder. Schüttelte den Kopf.

»Sie verschweigen mir etwas. Was? Hat es etwas mit Ihnen und Herrn Haasberg zu tun?«

Marlene drückte geistesabwesend den Daumennagel der einen Hand in die Handfläche der anderen. Ich konnte die weißen Ränder und Abdrücke erkennen, die er hinterließ.

»Was ist dort oben in der Hütte passiert?«

»Ich … wir wollten das beide nicht«, presste sie hervor.

»Sie und Farese?«

»Nein, Owen. Ich habe es hinterher sofort bereut. Es war nichts. Keine große Sache.« Sie hob den Kopf und sah mich an, als sei es an mir, ihr zu vergeben.

»Weiß Karsten davon? *Wusste* er davon?«

»Nicht sofort. Ich habe es ihm erst vor ein paar Monaten gestanden.«

»Wie hat er reagiert?«

»Er ist vollkommen ausgerastet. Hat mich geohrfeigt.«

Es kam mir so vor, als würde ich ein Lächeln auf ihren Lippen sehen. Auf jeden Fall war sie auf einmal wieder vollkommen gefasst. Sie schien keinerlei Ärger darüber zu verspüren, was Haasberg getan hatte.

»Aber da waren Sie bereits nicht mehr zusammen, oder?«

»Nein, wir haben uns vor knapp einem Jahr getrennt.«

»Darf ich fragen, warum?«

Sie atmete hilflos ein und aus. »Es gab nichts, auf das man den Finger hätte legen können. Ich meine, wir haben uns immer noch geliebt. Aber irgendwie ist es immer schwieriger geworden. Ich hatte nicht viel Zeit, zu viele Schichten, Karsten hat sich vor allem um sein neues Geschäft gekümmert. Irgendwann haben wir halt die Reißleine gezogen.«

Jetzt konnte ich ihre Augen schimmern sehen.

»Er ist also wütend geworden. Weil Sie ihn damals betrogen haben.«

Sie nickte. »Er hat mich beschimpft und Owen gedroht. Er wusste, dass der in der Stadt ist. Vielleicht hat er gedacht, wir hätten wieder etwas angefangen. Aber da war nichts.«

»Aber selbst wenn, Sie waren ihm keine Rechenschaft mehr schuldig.«

»Eigentlich nicht, nein. Aber es ist komisch. Seit Karsten und ich uns getrennt haben, hat es keinen anderen Mann gegeben, der mich interessiert hat. Ich glaube nicht, dass wir wirklich übereinander weg sind.« Sie lächelte merkwürdig hart. »Entschuldigen Sie mich, ich habe noch zu tun.«

Mit einem Ruck stand sie auf, schüttelte noch einmal den Kopf und riss dann die Tür auf, als bräuchte sie dringend Sauerstoff. Offenbar war ihr schwacher Moment genauso schnell vergangen, wie er gekommen war.

Zögernd folgte ich ihr nach draußen. Über die Ereignisse um Farese herum hatte ich nichts erfahren. Ich konnte mir kaum vorstellen, dass Owens und Marlenes Intermezzo der Grund für mehrere Morde war. Es schien eher, als hätte mein ganzes Puppentheater nichts genutzt. Marlene Herzog hatte sich besser unter Kontrolle, als ich gehofft hatte. Wortlos ging ich an ihr vorbei und suchte mir meinen Weg zurück zu den Aufzügen.

Draußen fischte ich das Handy aus der Tasche und suchte Frau Körners Nummer heraus.

»Herr Thiebeck, das wird ja fast schon zur lieben Gewohnheit«, begrüßte sie mich fröhlich.

»Es tut mir leid, aber ich befinde mich nach wie vor komplett in einer Sackgasse.« Ich berichtete ihr kurz von dem Gespräch mit Marlene.

»Ja, ich erinnere mich, dass Frau Kleidermann und Herr Densch etwas Ähnliches erwähnt haben. Aber Sie wissen ja selbst, dass es nicht vollkommen ungewöhnlich ist, wenn sich Betroffene in einem solchen Fall in Schweigen hüllen, aus welchen Motiven auch immer.«

»Was für Gründe könnte sie haben, nicht mit uns zu reden?«

»Ach, das wissen Sie doch eigentlich selbst: Manchmal ist es Scham oder ein falsches Verständnis von Loyalität oder schlicht und ergreifend Angst. Die gleichen Gründe, warum Menschen seit Ewigkeiten nicht mit der Polizei reden.«

»Aber es geht möglicherweise um ihr Leben!«

»Da stecken Sie doch nicht drin. Vielleicht weiß sie mehr, als Sie ihr zutrauen. Oder sie glaubt das zumindest. Möglicherweise geht sie davon aus, dass sie nicht in Gefahr ist. Wie gesagt, es gibt tausend Gründe.« Sie machte eine kleine Pause und fuhr fort: »Entweder Sie graben etwas aus, mit dem Sie sie zum Reden bringen können, oder aber Sie üben sich in Geduld.«

»Was, und warte auf weitere Leichen?«

»Im schlimmsten Fall, ja.«

Frustriert verabschiedete ich mich von ihr und ging zurück zu meinem Wagen.

Nachdem ich mir in einem Café ein ausgiebiges Frühstück gegönnt und darüber nachgegrübelt hatte, wie ich Marlene besser hätte packen sollen, bereitete ich mich auf mein nächstes *Opfer* vor: Marius Kalinowski. Henni hatte mir gesagt, dass der im Schichtbetrieb arbeitete und deswegen durchaus eine Möglichkeit bestand, ihn tagsüber zu Hause anzutreffen. Bei ihm rechnete ich mir keine großen Chancen aus, ihn auf der Arbeit unter Druck zu setzen. Im schlimmsten Fall machten laute Maschinen jede Art der Kommunikation unmöglich, und ich wurde vielleicht schon am Eingang gezwungen, einen lustigen Helm aufzusetzen, der jede Autorität untergrub. Ihn privat aufzusuchen, wenn ich Glück hatte, während er sich gerade nach einer harten Nacht aus dem Bett quälte, erschien mir erfolgversprechender.

Kalinowski wohnte in Friedrichshain, direkt hinter der Spree. Ich brauchte eine ganze Weile, bis ich mich durch die Stadt und ihren Verkehr gequält und die Oberbaumbrücke überquert hatte. Dann parkte ich in einer Querstraße und lief durch die Frühlingssonne zu Kalinowskis Wohnung. Das gute Wetter sorgte bereits dafür, dass die Bürgersteige überquollen mit essenden, trinkenden, lachenden und rauchenden Menschen. Jedes Café, jedes Restaurant und jede Bar, sogar jeder Kiosk schien eine wimmelnde Traube auf den Gehsteig und manchmal sogar bis auf die Straße gespuckt zu haben. Immer wieder lief ich im großen Bogen auf der anderen Seite von parkenden Autos vorbei, weil es mir zu anstrengend erschien, mich durch die Massen zu kämpfen.

Ich klingelte bei Kalinowski. Es standen zwei Namen auf dem Schild, und ich erinnerte mich, dass in Hennis Unterlagen gestanden hatte, dass er mit einem Mitbewohner zusammenwohnte.

Ich bekam keine Antwort durch die Gegensprechanlage, sondern wurde gleich hereingebuzzert. Also arbeitete ich mich durch das Treppenhaus nach oben, vermied mit der Schulter jeglichen Wandkontakt, um den Putz nicht in großen Placken herunterzureißen, und studierte, was die Bewohner des Hauses jeweils vor ihren Türen deponiert hatten. Ein Paar Turnschuhe; dem Geruch nach war offenbar intensiver

Kontakt mit Hundekot der Grund für das Exil vor der Tür. Ein verkümmerter Farn, der auf einem Fußabtreter stand und aussah, als käme er nicht an die Klingel. Mülltüten und ein Karton mit Altglas, die auf den nächsten Gang in den Hof warteten, und zwei Jonglierkeulen, die neben der Tür an der Wand lehnten.

Kalinowskis Mitbewohner erwartete mich bereits. Ein schlaksiger Typ mit einem zu kurzen T-Shirt einer obskuren Band, das einen Streifen Haut über dem Gürtel freiließ und den weichen Flaum zeigte, der geradewegs in Richtung Schritt verschwand. Seine Hose war eine tief auf den Hüften sitzende Cordhose in dunklem Lila mit weitem Schlag.

Die halblangen Haare sahen ein wenig aus wie ein explodierter Mopp, aber sein fein gezeichnetes Gesicht machte dafür umso mehr Eindruck. Wenn er sich ein wenig Mühe gab, konnte der Kerl mit Sicherheit als Model durchgehen.

»Hey«, sagte er gedehnt, und ich war mir sofort sicher, dass er schwul war.

Es war nicht so sehr die Betonung, sondern die Art, wie er mich musterte.

»Ich bin auf der Suche nach Marius Kalinowski. Ist er da?«

Der Mitbewohner schüttelte stumm den Kopf und sah mich aus dunklen Augen an.

»Wann kommt er wieder?«

»Ich bin Julien.« Er streckte mir die Hand entgegen.

Sein Gesicht lehnte jetzt fast an der Tür, er kam mir vor wie ein Schauspieler der französischen *Nouvelle Vague*. Es war ein fester Händedruck.

»Johannes Thiebeck. Wann kommt er wieder?«

»Vielleicht ist er beim Training. Das macht er oft, wenn er Nachtschicht hatte.«

Das konnte ich gut nachvollziehen. »Gewichte?« Henni hatte mir die Adresse der Muckibude gegeben.

Der Mitbewohner nickte. »Möchtest du reinkommen und auf ihn warten?«

»Nein danke. Vielleicht komme ich später wieder.« Ich drehte mich um, hob die Hand zum Abschied und lief die Treppe hinunter.

Das Studio, in dem Kalinowski trainierte, befand sich in einem Keller im Hinterhof. Ich musste zwei Gewerbehöfe durchqueren, bevor ich endlich das Schild und die schmale Treppe fand. Nachdem ich hinabgestiegen war, musste ich mich ducken, um durch die tiefe Tür hindurchzutreten.

Innen war alles mit einem Flickwerk aus verschiedenen billigen Teppichen ausgelegt, manche von ihnen mehrere Quadratmeter groß, andere kaum größer als ein T-Shirt. Die Wände des tief nach hinten reichenden Raums waren an beiden Seiten fast komplett mit Racks für Gewichte, Gewichtscheiben und Hantelstangen bedeckt. In der Mitte des Raums standen verschiedene Maschinen, aber nicht die eleganten, polierten Versionen, die man aus modernen Fitnessstudios kannte. Es handelte sich um rohe Varianten, manche Sitzpolster waren aufgerissen und geflickt, andere bestanden aus blankem Schaumstoff, den jemand mit Gaffatape wieder befestigt hatte. Die Eisenblöcke, die als Gewichte dienten, waren teilweise aufgeraut und angerostet, die Lackierung abgesplittert. Aber es schien sich um Äußerlichkeiten zu handeln, ich hatte nicht das Gefühl, dass die Funktionalität der Geräte darunter auch nur ein Stück gelitten hätte.

Das wäre auch töricht gewesen. Das hier war kein *Studio*, es war ein Eisenkeller.

Auf den ersten Blick konnte ich etwa ein Dutzend Kerle entdecken, alle deutlich breiter als ich. Und kleiner. Der Typ *kurz und breit*. Stiernacken, riesige, aufgequollene Bizepse und alle in weiten Schnellfickerhosen. Die Shirts von Gorilla-Wear und ähnlichen Herstellern, knapp die Hälfte mit Biker-Kopftüchern. Wie eine Art Uniformierung. Pickel durch Anabolikamissbrauch konnte ich ebenfalls jede Menge entdecken.

Hinter der Rezeption saß niemand, aber als mich die Jungs bemerkten, kam einer von ihnen lässig herübergependelt. Er gehörte zu den Größeren, knapp über eins achtzig mit kurz geschorenem silbergrauem Haar und einem Zuhälterschnauzer. Seine solariumgegerbte Haut verdeckte ähnlich dicke Medizinbälle an den Armen wie beim Rest. Vermutlich gehörte ihm der Laden. Von hinten hörte ich das explosive Ächzen und Stöhnen von zwei Jungs, die mit Langhantelstange Bench Presses machten, während die anderen assistierten und ab und an die Metallstangen wieder auf die Stützen knallen ließen, wenn die Sets beendet waren.

Der Mann stützte beide Arme auf den Tresen, was seine beeindruckenden Muskeln noch gewaltiger aussehen ließ. Ich wusste, dass ich gegen ihn wie ein Spargel wirkte. Der gewaltige Johnny Thiebeck sah aus wie ein Teenagerhering neben dem Kerl. Und älter als ich war er auch noch.

Ich starrte den Typen an und wartete. Er auch. Schließlich lehnte ich mich mit dem Rücken gegen den Tresen und betrachtete die Trainierenden.

Er knickte zuerst ein. »Worum geht's?«

Ich drehte mich wieder zu ihm um. Der Typ sprach mit osteuropäischem Akzent und musterte mich mit einer Mischung aus gleichen Teilen Neugier und Herablassung.

»Marius Kalinowski. Ist der hier?«

»Bist du Bulle?«

»Nicht mehr.«

Er nickte, als sei die Vergangenheitsform immerhin etwas wert. »Was willst du von Marius?«

»Verhindern, dass er ein Problem bekommt. Ich habe die Adresse hier von seinem Mitbewohner«, log ich. »Der wollte, dass ich Marius finde.« Ich kniff die Augen zusammen, als sei mir gerade ein Gedanke gekommen. »Hagerer Typ, furchtbare Haare?«

Er hielt meinem Blick einen Augenblick lang stand. Dann nickte er. Vermutlich hatte er den Mitbewohner noch nie gesehen, ich konnte mir kaum vorstellen, dass ein eisenstemmender Pole seinen an Hanteln uninteressierten Mitbewohner in diese Bude mitgebracht hätte. Damit hatte ich aber auf einen Schlag etabliert, dass ich Dinge aus Kalinowskis Leben wusste, die dem Muckimann verborgen waren.

»Ist heute noch nicht gekommen. Sonst ist der immer dienstags hier. So gegen zwölf. Heute nicht.« Er zuckte mit den Schultern.

»Okay, danke.« Ich ging und stieg wieder die feuchte, aus Ziegeln gemauerte Treppe hinauf ins Sonnenlicht. Stand kurz unschlüssig auf dem Innenhof und überlegte.

Marius und ich konnten es uns nicht leisten, mit dem Gespräch über den Tod von Svenja Höffner zu trödeln.

Zehn Minuten später stand ich wieder vor der Tür der WG.

»Ist immer noch nicht da«, sagte der Mitbewohner. Er hatte erneut die Wange gegen den Rahmen gelegt.

»Lass mich rein«, sagte ich und drückte die Hand direkt neben seinem Gesicht gegen das lackierte Holz.

Er machte einen Schritt zurück und ließ mich zögernd an

sich vorbeigehen. Dabei kam ich ihm so nahe, dass wir uns fast berührten.

»Ich habe doch vorhin schon gefragt, ob du reinkommen willst«, sagte er ein wenig maulig.

»Welches ist sein Zimmer?«, wollte ich wissen.

Wir durchquerten eine Wohnküche, die sich aus dem Flur öffnete. Auf dem Tisch standen eine fast leere Weinflasche, mehrere benutzte Gläser und eine offen stehende Zigarrenschachtel mit Gras und Kifferutensilien.

Weiter vorn gingen zwei Türen vom Flur ab, bevor er einen Knick machte. An einer Tür hing ein altes, eingerissenes Filmplakat von Bruce Lee: *La Fureur du Dragon*. Auf die andere war ein Poster von Brad Pitt mit nacktem Oberkörper und einem zu kleinen Hut aus *Snatch* geklebt worden.

»Bruce Lee oder Brad Pitt?« Ich drehte mich um und wartete. Der Mitbewohner deutete auf die erste Tür, vor dem Knick, mit Bruce Lee.

Ich drückte die Klinke herunter, betrat den Raum. Und blieb abrupt stehen. In dem durch zugezogene Vorhänge abgedunkelten Raum, der komplett mit beigem Teppich ausgelegt war und von einem großen Bett sowie einem riesigen Schrank aus Massivholz über die gesamte linke Wand dominiert wurde, lag jemand hinter dem Bett auf dem Boden. Ich konnte die nackten Füße sehen, die halb gedreht waren, als würde er auf der Seite liegen. Ohne mich umzudrehen, bedeutete ich dem Mitbewohner, mir nicht ins Zimmer zu folgen, und machte ein paar Schritte nach vorn. Bis ich auch den Rest von Kalinowskis nackter Gestalt sehen konnte.

Er lag, die Hände hinter dem Rücken, auf der Seite. Stark verkrümmt, als hätte er große Schmerzen verspürt. Oder keine Luft mehr bekommen. Auf dem Teppich lag eine Karte.

Schnell trat ich einen Schritt näher und kniete mich hin, um die wächserne Haut am Hals zu berühren. Kein Puls. Kalinowski war längst tot. Und nicht erst vor Kurzem verstorben. Hinter mir ertönte ein Aufschrei. Ich ignorierte den Mitbewohner, der fluchtartig den Raum verließ.

Ich holte mein Handy aus der Tasche und suchte Janas Nummer heraus. Sie ging sofort ran.

»*Four For A Boy*«, sagte ich und nannte ihr die Adresse.

Kalinowskis Mitbewohner saß völlig benommen am Küchentisch und spielte mit zitternden Fingern an einem kleinen orangen Feuerzeug herum. Immer wieder fiel es ihm aus den Fingern. Ich zog einen Stuhl zurück und setzte mich ihm gegenüber.

Mein Blick streifte durch die Küche. Über dem Herd standen mehrere große Container mit Eiweißpulver. Nach dem, was ich von seinem Körperbau gesehen hatte, gehörte Kalinowski zu den Kerlen, die nicht besonders leicht Masse aufbauten. Er war muskulös gewesen, aber kein Vergleich zu den Brocken aus dem Pumperkeller. Vermutlich hatte er echte Komplexe deswegen gehabt und einen Großteil seiner Mahlzeiten mit Aufbaupräparaten ersetzt.

Der Mitbewohner zog geräuschvoll die Nase hoch. Auf der Tischplatte konnte ich Tränen sehen.

»Wie heißt du? Julien, und wie weiter?«, fragte ich und versuchte, dabei möglichst sanft zu klingen.

»Möller.« Die Stimme klang, als würde sie auf Stelzen balancieren.

»Wo warst du gestern Nacht?«

Er reagierte nicht.

Etwas lauter sagte ich: »Hey!«

Er schaute auf, sah mich mit rot geränderten, weit aufgerissenen Augen an. In seinen Augen schimmerten Tränen, in der Nase glitzerte Rotz.

»Hier.« Er fuhr sich mit einer Hand durch die wild gewordenen Haare, schniefte erneut. »Zuerst. Dann sind wir weitergezogen.«

»Wer ist *wir*?«

»Freunde. Kai und Sven. Und ich.«

»Marius war nicht dabei?«

Er schüttelte den Kopf. »Der hat gearbeitet. Nachtschicht.«

Ich nickte. »Und dann?«

»Bin heute Morgen irgendwann nach Hause gekommen. So gegen sechs oder so.«

»Aber du hast behauptet, er sei nicht dagewesen.«

»War er auch nicht.« Er schüttelte vehement den Kopf.

»Woher weißt du das? Hast du in sein Zimmer gesehen?« Ich war mir ziemlich sicher, dass Kalinowski vor Juliens Rückkehr umgebracht worden war. Sicherstellen konnte das natürlich nur die Obduktion.

»Nein, aber die Tür war abgeschlossen. Er war nicht zu Hause.«

Darauf erwiderte ich nichts. Ich war mir sicher, dass der ED Kalinowskis fehlenden Schlüssel feststellen würde. Ich konnte mir kaum vorstellen, dass der Täter in aller Ruhe seinen Mord begangen hatte, während Möller nebenan seinen Rausch ausschlief oder sogar jemanden bei sich gehabt hatte.

Es klingelte an der Tür.

Jana begrüßte mich mit einem traurigen Lächeln und einem sanften Griff an die Schulter, Densch mit einem mürrischen Gesichtsausdruck.

»Hey, Jana«, sagte ich, während ich Densch ein fröhliches »Good morning, Captain« entgegenschob. Unglück abwenden.

»Lassen Sie den Mist, Thiebeck. Wo ist die Leiche?«

Hinter den beiden kamen Mitarbeiter des ED herein, alle in weiße Tyvek-Anzüge gekleidet. Ich nickte Arne Hegert zu und deutete auf die angelehnte Bruce-Lee-Tür, als würde ich ihm und nicht Densch den Weg weisen.

»Ich hoffe, Sie haben den Tatort nicht kontaminiert«, drohte Densch mir, während wir zusahen, wie sich die Spurensicherung an uns vorbeischob, um in Kalinowskis Zimmer zu gehen.

»Das ist Julien Möller, der Mitbewohner«, stellte ich den immer noch benommen am Tisch Sitzenden vor.

Jana trat zu ihm und setzte sich auf den Stuhl daneben.

Densch musterte mich und schien sich nicht sicher zu sein, wie wir weiter miteinander umgehen sollten. Schließlich entschied er sich für die zivile Variante. »Gab es eine Karte?«

Ich nickte. »Die Nummer vier. Liegt noch drin.«

»Sonst alles wie bei den anderen drei Tatorten?«

Wieder bestätigte ich. »War nur ganz kurz drinnen, um seinen Tod festzustellen. Hab ihn nur am Hals berührt, für den Puls.« Ich hob meine rechte Hand, zeigte ihm die Außenseite meiner Finger. »Nicht mit den Fingerkuppen. Abdrücke findet ihr von mir keine.«

Er nickte, um seine Anerkennung zum Ausdruck zu bringen. *Immerhin*, schien er sagen zu wollen.

»Ich will mir bei euch die Dateien zu Farese ansehen.«

Überrascht sah er mich an. »Warum?«

»Weil ich glaube, dass er der Schlüssel zu dem Fall ist. Das alles bezieht sich auf das, was da oben im Cottage passiert ist. Und Farese war dabei. War Teil davon. *Und* er ist danach verschwunden.«

»Aber lange nach der Irlandreise.«

»Kommen Sie, Densch, Sie können mir doch nicht erzählen, dass Sie an solche Zufälle glauben?« Den »Nicht mal Sie können so dumm sein«-Teil ließ ich ungesagt, aber ich war mir sicher, dass er ihn heraushören konnte. »Lassen Sie mich einfach mal durch das Zeug sehen. Vielleicht finde ich was, das Ihnen hilft.« Ich setzte mein unschuldigstes Gesicht auf, als hätte ich wirklich bloß vor, ihm bei seiner schwierigen Arbeit zu helfen.

Er schnaubte. »Meinetwegen.«

Jana trat zu uns. »Ich werde mir mal einen Anzug anziehen und das Zimmer ansehen. Kommst du mit?«

Densch nickte. Zu mir sagte er: »Und Sie gehen jetzt besser.«

»Wir sehen uns bei Ihnen im Büro«, erwiderte ich, bevor ich mich aus der Wohnung schob.

13

»Hier sind die Dateien.« Jana beugte sich neben mir vor, um den Computer zu bedienen.

Ich war kurz zu Hause gewesen, hatte dann aber trotzdem noch fast zwei Stunden totschlagen müssen, bis die Kommissare endlich im LKA aufgetaucht waren. Wahrscheinlich hatte es Densch Spaß gemacht, besonders lange am Tatort rumzuhängen, weil er wusste, dass ich warten musste.

Jana hatte mir einen Rechner in einem Büro mit sechs Schreibtischen zugewiesen, das vermutlich so etwas wie einen flexiblen Arbeitspool verschiedener Abteilungen darstellte.

»Wenn du noch was brauchst, wir sind im Besprechungsraum.« Damit ließ sie mich dort zurück. Außer mir arbeiteten noch zwei Personen in dem Zimmer, während die anderen Tische unbesetzt waren. Zu meiner Rechten saß eine hübsche Brünette mit Kraushaaren, die mir scheu zugelächelt hatte, als Jana mich hereingeführt hatte. An dem anderen Computer arbeitete ein Typ mit kantigem Gesicht und breiten Schultern, der mir bloß mit versteinerter Miene zugenickt hatte. Henni hatte ich bei meinem Weg durch das LKA nicht gesehen.

Ich atmete tief durch und versuchte, nicht daran zu denken, was das letzte Mal passiert war, als ich hier ein- und ausgegangen war. Meine Suche nach dem Killer Gorlaff hatte zum Tod meiner Mutter geführt. Ich sollte meinen Vater mal wieder anrufen.

Mit einem leichten Kopfschütteln konzentrierte ich mich auf den Monitor vor mir. Jana hatte mir alle Unterlagen zu Amato Farese in einen separaten Ordner gelegt, der von diesem Computer aus frei zugänglich war. Auf alle anderen Informationen im Intranet hatte ich keinen Zugriff.

Ungläubig starrte ich auf die Informationen auf dem Bildschirm und stieß einen lauten Fluch aus. Die Unterlagen waren von der italienischen Polizei und nicht übersetzt. Ich ließ mich frustriert zurück in den Stuhl sinken. Das hatte Densch bestimmt mit Absicht gemacht.

Die Brünette lächelte still, während der Eiserne immer noch unbewegt blieb. Ich murmelte eine Entschuldigung und stand auf, um Jana zu suchen.

Ich fand sie mit Densch und Daniel Kunzi zusammen im großen Besprechungszimmer. Hier hatte sich ein Großteil unserer gemeinsamen Beratungen im Fall Gorlaff abgespielt, und auch jetzt war es offenbar zur Zentrale auserkoren worden. An der Magnetwand war das übliche Netz aus Bildern, Papieren und mit Markern geschriebener Notizen zu sehen, verbunden durch jede Menge Pfeile.

Kunzi sah mich als Erster und nickte mir mit einem Lächeln zu. Er trug eine dunkle Hornbrille und besaß einen akkurat gescheitelten Haarschnitt, der ihn wie eine Mischung aus hippem Nerd und spießigem Streber aussehen ließ.

Jetzt sahen Jana und Densch zu mir rüber und unterbrachen ihr Gespräch.

Sie kam auf mich zu. »Alles in Ordnung?«

»Das Zeug ist komplett auf Italienisch! Ich verstehe kein Wort.«

Jana drehte sich zu Densch um. Der zuckte mit den Schultern, aber es kam mir vor, als sei er sehr zufrieden mit sich.

Vermutlich kam er sich unendlich clever vor, dass er meine Forderung erfüllt hatte, ohne dass ich damit etwas anfangen konnte.

»Wir hatten neulich eine Übersetzerin hier«, sagte er. »Die ist nicht mehr da. Kann man sicher noch einmal anfordern, aber ich fürchte, das kann dauern.«

Ich wollte gerade zu einer wütenden Entgegnung ansetzen, als Kunzi sagte: »Henni kann Italienisch.«

Jana sah ihn an, schaute dann auf Densch. Der reagierte gar nicht. Das hatte er offenbar in seinem smarten Schachzug nicht vorgesehen.

»Okay«, sagte ich einfach nur.

Jana wollte etwas sagen, wusste aber anscheinend nicht genau, was, und blickte nur erneut hilflos zu Densch.

»Soll ich sie holen gehen?«, fragte Kunzi arglos. Offenbar war er in den Plot, Henni von diesem Fall fernzuhalten, nicht eingeweiht.

Nach ein paar Sekunden nickte Densch schließlich. Ergeben, geschlagen.

Fünf Minuten später wurde Henni von Kunzi zu mir in den Raum gebracht. Nach einer kurzen Vorstellung, bei der wir uns brav die Hände schüttelten, ließ er uns allein. Henni hatte ihren Laptop mitgebracht und klappte ihn neben mir auf.

Es war eine komische Situation, da die anderen beiden immer noch beschäftigt an ihren Computern arbeiteten. Die Brünette hatte uns einen neugierigen Blick zugeworfen, vermutlich, weil sie wissen wollte, was die Assistentin des Chefs mit diesem Unbekannten zu tun hatte. Deswegen konnten wir uns nicht erlauben, normal miteinander umzugehen.

Ich kam mir vor wie in der Schule, wenn heimlich Zettel herumgereicht wurden, als Henni den Texteditor öffnete und schrieb: *Ich bin drin! Mann, ich flipp aus. Die lassen mich an den Fall. Du bist ein Genie.*

Ich verzog das Gesicht, übernahm die Tastatur und schrieb: *Na ja, das war eher Zufall. Densch wollte mich verarschen.*

Sie: *Egal! Scheißegal. Ich bin an Bord, Thiebeck!!!!!*

»Ja«, sagte ich und deutete auf meinen Monitor. »Okay, pass auf, das hier sind die Protokolle der Italiener.«

Henni lehnte sich vor, stützte sich auf die Armlehne meines Stuhls und unsere Schultern berührten sich.

»Gib mir eine Minute.«

Sie brauchte fast zehn, bis sie schließlich nickte und die Informationen für mich zusammenfasste.

»Amato Farese war auf einer Art Europareise. Geplant war, dass er drei Monate unterwegs ist. Aufgebrochen ist er im Juni, nach Italien zurückkommen wollte er im September.«

»Ist er aber nie. Also zurückgekommen.«

Henni ignorierte mich. »Rucksacktourist, vor allem per Bahn. Er ist zu Beginn seiner Reise nach Sardinien rüber. Von dort aus nach Südfrankreich, über die Pyrenäen nach Katalonien. Anfang Juli ist er wieder zurück durch Frankreich, in den Norden, und dann nach England übergesetzt. Hat ein paar Tage in London verbracht und ist nach Wales, um dort mit der Fähre nach Irland rüberzufahren. Holyhead nach Dun Laoghaire.«

Ich erinnerte mich, dass Dun Laoghaire der große Fährhafen im Süden von Dublin war. Dort waren Kassandra und ich damals auch angekommen, weil sie darauf bestanden hatte, mit dem Zug zu fahren, statt zu fliegen.

Die Fährfahrten von Hamburg nach Dover und rüber nach Irland hatte ich als nicht so unangenehm empfunden, trotz der engen Kabinen, aber die vielen Stunden im Zug hatten meinen Rücken ordentlich in Mitleidenschaft gezogen. Aber Farese war jung gewesen – vermutlich hatte er die *Abenteuer des Schienenstranges* genossen.

»Er hat sich immer wieder bei seiner Familie gemeldet. Selten durch Anrufe, meistens durch Postkarten.«

»Aber begegnet sind sie ihm nicht mehr?«

»Nein. Und Interpol hat auch keine weiteren Zeugen gefunden, die ihn gesehen haben. Es gibt also nur diese Postkarten als letzte Spur.«

»Hier ist ein Ordner, in dem die Karten als Bilder drin sind.« Ich suchte ihn heraus.

Jede der Postkarten war mit der Vorder- und Rückseite abgebildet. Insgesamt handelte es sich um elf Stück. Die meisten von ihnen zeigten typische Touristenmotive: Montmartre bei Nacht, Big Ben in London und eine Herde Schafe in den Highlands von Schottland.

»Wann war er in Schottland?«

Henni schaute nach. »Anfang August.«

»Nachdem die Deutschen längst weg waren. Lass mal sehen.« Ich betrachtete die Rückseite. Die geschwungene, lässige Schrift, mit blauem Kugelschreiber auf die Karte gebracht, die Anschrift der italienischen Familie. Und eine kleine Zeichnung. Von einem Hügel, knuffigen Schafen und einer dunklen Regenwolke, Meer im Hintergrund. Es sah hübsch aus, und es fasste die *islands and highlands*, für die Schottland so berühmt war, perfekt zusammen.

Ich scrollte weiter. Kopenhagen zeigte eine Kulizeichnung von einer Frau auf einem Felsen. »Weißt du, was das sein soll?«

»Das ist die Meerjungfrau. Eine Statue in Kopenhagen. Wegen Hans Christian Andersen und seines Märchens.«

Auch die Karten aus Sardinien, Paris und London hatten eine kleine Zeichnung neben dem Namen. Man konnte ungefähr erkennen, was sie darstellen sollten.

Ich holte mein Handy aus der Tasche, suchte die Bilder heraus, die ich in Irland gemacht hatte, und reichte ihr das Gerät.

»Das ist das Bild aus dem Gästebuch.«

»Eine Elster! Hat Farese das gezeichnet?«

»Das wissen wir nicht. Aber davon würde ich jetzt mal ausgehen.«

Ich lehnte mich zurück, fuhr mir frustriert mit den Fingern durch die Haare. »Irgendwie hatte ich gehofft, in den italienischen Unterlagen einen Hinweis darauf zu finden, inwieweit Farese mit der Gruppe zu tun hatte.« Ich rollte mit dem Stuhl zurück Richtung Fenster. »Vielleicht sollte ich mal wieder zurück auf die Straße. Weiter versuchen, mit den anderen zu reden. Auch wenn es sich ein wenig so anfühlt, als würde man sich mit der Klagemauer in Jerusalem unterhalten. Ich meine, mit jedem verdammten Toten müssten die doch mehr das Bedürfnis bekommen, endlich das Maul aufzumachen.«

»Ich bringe dich noch zum Fahrstuhl.«

Sobald wir allein im Flur standen, sprang Henni mich an. Sie klammerte sich an mich wie ein kleines Kind und drückte ihre kühle Nase gegen meinen Hals. Ich musste den Reflex unterdrücken, ihren Hintern zu packen, um sie am Herunterrutschen zu hindern. So hing sie etwas unglücklich an mir dran.

»Ich bin dabei!«, flüsterte sie halblaut, weil sie nur mit Mühe ihre Freude unterdrücken konnte. »Danke.«

Hilflos klopfte ich ihr auf den Rücken. Offenbar entschied sie dann ebenfalls, dass sie kein weiteres Risiko eingehen sollte, und rutschte langsam herunter. Sie grinste.

»Meinst du nicht, sie werden versuchen, dich da jetzt wieder rauszukicken?«

»Glaub ich nicht. Das wäre ja schon arg auffällig. Bisher konnten sie das einfach zwischen mir und Kunzi aufteilen.«

Der Fahrstuhl öffnete sich mit einem *Ping*.

»Bis später, Thiebeck. Ich grübel noch ein wenig über den Farese-Unterlagen. Danke noch mal.«

»Ich melde mich.«

Das Letzte, was ich sah, war Hennis Lächeln, bevor sich die Aufzugtüren schlossen.

Wenig später befand ich mich in Berlin Mitte, nahe des Hackeschen Markts. Hier hatte das Label, für das Pika Blum arbeitete, sowohl Studio als auch Laden. Ich musste mein Auto in der Nähe der Jüdischen Synagoge am Monbijou-Park abstellen, weil ich näher dran keinen Parkplatz fand. Nicht unweit von dem Café entfernt, in dem Lankat und ich uns mit Kutter getroffen hatten. Erneut musste ich an das Leck denken und daran, dass Jana und Mirko gut daran taten, bei Ende der Ermittlungen alles daranzusetzen, genau das zu stopfen.

Ich lief durch die engen Gassen, die das Viertel charakterisierten, bis ich mich den Höfen näherte, in denen sich Pika Blums Label befand. Hier gab es oft drei, vier oder fünf Hinterhöfe direkt hintereinander, die sich wie Perlen auf der Schnur aneinanderreihten und von einer Seite des Blocks bis zur nächsten liefen. Touristen liebten es, durch diese urbanen Canyons zu wandern, und dementsprechend hatten sich besonders rund um die Hackeschen Höfe jede Menge Boutiquen, Cafés und Läden mit Kunsthandwerk angesiedelt. Keine Überraschung also, ein weiteres Mode-Label hier zu finden. Offenbar ging es ihnen gut genug, um die horrenden Mieten zu bezahlen.

In dem Innenhof gab es einen kleinen Spielplatz, ein alternatives Café mit einem reichhaltigen Angebot an Vollkornkuchen, eine Saftbar, einen Strickladen, ein Geschäft für Töpferwaren und den Mode-Shop. Das Studio, in dem entworfen und genäht wurde, befand sich augenscheinlich direkt darüber. Ich konnte die großen, offen stehenden Fenster sehen und musste daran denken, wie klein Pika Blum war. Aus diesem Winkel war sie vermutlich so gut wie unmöglich zu entdecken.

Nachdem ich mich ein wenig umgesehen hatte, stellte ich fest, dass das Studio offenbar keinen eigenen Eingang besaß. Jedenfalls konnte ich am Hauseingang weder Schild noch Klingel dafür entdecken. Deswegen betrat ich den zurückhaltend eingerichteten und von viel freier Fläche dominierten Laden. Jede Menge Strahler unterstützten das Sonnenlicht, das über den hellen Boden flutete.

Eine junge Blonde begrüßte mich an einem Tresen aus schwarzem Glas, der einen wirkungsvollen Kontrast zum Rest des erleuchteten Raums bildete.

»Ich würde gerne mit Frau Blum sprechen.«

»Gerne. Ich frage kurz, ob sie im Haus ist.« Sie ließ sich von mir noch meinen Namen geben und bedeutete mir, in einer Sitzgruppe aus modernen, aber weichen Sesseln direkt gegenüber Platz zu nehmen.

Kurz darauf kam sie zurück, um zu verkünden, dass Frau Blum auf dem Weg sei, und um mir ein Glas Mineralwasser zu bringen.

Ich musste keine fünf Minuten durch verschiedene Modezeitschriften blättern, bis eine kleine, streng gekleidete Frau zu mir trat. Ich erkannte Pika Blum von den Bildern, die ich auf Facebook gesehen hatte. Sie trug die glatten, dunklen Haare in einen festen Zopf gezogen, und mir fiel auf, dass ihre Haut um die Augen und die Schläfen merkwürdig dünn aussah. Als hätte sie in letzter Zeit zu wenig geschlafen. Ich fragte mich, ob das vielleicht mit den Morden zu tun hatte. Es wäre erfrischend, endlich mal ein Mitglied der Gruppe zu treffen, dem die ganze Geschichte so an die Nieren ging, wie man das erwarten würde.

Ich erhob mich und schüttelte ihr die Hand. Während ich vor ihr stand, kam ich mir grotesk groß vor. Kurz zuckte der Gedanke durch mein Hirn, wie es wohl sein mochte, bei so einem Größenunterschied Sex zu haben.

»Was kann ich für Sie tun?«

Ich sah auf den schwarzen Tresen. »Wollen wir vielleicht kurz vor die Tür gehen? Es geht um Marlene Herzog und Ihre Reise nach Irland.«

Sie verzog keine Miene, aber ich bemerkte, wie sich ihre Pupillen kurz weiteten. »Wer, sagten Sie gleich, dass Sie sind?«

»Meine Name ist Thiebeck. Ich arbeite mit dem LKA zusammen. Mit den Hauptkommissaren Jana Kleidermann und Mirko Densch.«

Sie nickte. Mit den beiden hatte sie natürlich schon zu tun gehabt. »Kommen Sie.«

Ich folgte ihr nach draußen in die Sonne. »Darf ich Sie zu einem Kaffee einladen?«, fragte ich und deutete auf das alternative Café.

Blum lächelte. »Die Kuchen sind nicht besonders gut, aber der Kaffee ist hervorragend. Gerne.«

Kurz darauf saßen wir gemeinsam auf einer Bank direkt am Spielplatz, tranken Latte macchiato aus Pappbechern und schauten zwei Kindern von vielleicht drei oder vier Jahren beim Spielen zu, als seien es unsere eigenen. Wir befanden uns nicht in Hörweite, und außerdem machten die beiden genug Lärm, dass ich mir keine Sorgen machte, dass sie etwas aufschnappen würden.

»Worum genau geht's?«

»Marius Kalinowski ist tot.« Ich hatte lange überlegt, ob ich sie auf diese Information erst vorbereiten musste, mich aber schließlich entschieden, den direkten Weg zu nehmen. Die Bombe gleich zu Beginn hochgehen zu lassen.

Pika Blum wurde unter dem dezenten Make-up noch etwas bleicher. Ich konnte eine Ader direkt an ihrer Schläfe sehen, die ich gerne berührt hätte.

»So wie bei den anderen auch?«

Ich nickte. »Der Täter hat wieder eine Karte hinterlassen. Mit der vierten Zeile des Reims.« Sie aufzusagen ersparte ich ihr. Vermutlich war sie den Reim bereits tausendmal durchgegangen, auf der Suche nach einem Sinn, einer Antwort für das, was gerade passierte.

»Ich nehme nicht an, dass Sie wissen, was es mit dem Reim auf sich hat?«

Sie schüttelte den Kopf. »Das habe ich der Polizei schon gesagt.«

Ich nahm noch einen Schluck Kaffee und musterte sie aufmerksam von der Seite. Bei ihr hatte ich zum ersten Mal das Gefühl, etwas herausfinden zu können. Pika Blum machte einen stabilen Eindruck. Nicht die Art Frau, die besonders schnell zusammenbrach. Aber anders als bei Marlene, Karsten und Owen hatte ich bei ihr nicht das Gefühl, dass sie alle Emotionen, die den Fall betrafen, einfach in den Keller gepackt und abgeschlossen hatte.

»Was ist damals in Irland passiert, Frau Blum?«

Sie verzog das Gesicht zu einem Fastlächeln, presste die Lippen aufeinander und sagte: »Ich weiß es nicht. Aber danach war es irgendwie komisch.«

»Komisch wie? Untereinander, in der Gruppe?«

Sie nickte. »Der Urlaub war wunderschön. Wir haben so unglaublich viel miteinander erlebt. Aber danach war es irgendwie … Ich weiß auch nicht. Wir haben kaum noch miteinander geredet. Als sei da eine Mauer des Schweigens, die plötzlich zwischen uns gestanden hätte.«

Kurz musste ich an die drei Affen und meine Theorie denken, dass das Nicht-Reden vielleicht seinen Ausdruck in den zugeklebten Mündern eine Entsprechung gefunden hatte. Wollte uns das der Täter sagen? Dass niemand geredet hatte? Oder reden durfte?

»Aber Sie wissen nicht, warum? Was genau passiert ist?«

»Nein. Keiner von den anderen wollte jemals drüber reden. Oder auch nur eingestehen, dass dem so war.«

»Haben Sie eine Ahnung, wann das passiert sein könnte? Wann sich alles verändert hat?«

»Ich weiß nicht genau. Irgendwie war das schleichend. Gegen Ende auf jeden Fall.«

»Lag Ihr Aufenthalt in den Wicklow Mountains am Schluss der Reise?«

»Ja, ganz am Ende. Bevor wir noch eine Nacht in Dublin verbracht haben und dann wieder in den Flieger gestiegen sind.«

»Aber ob es dort in der Herberge passiert ist, können Sie nicht genau sagen?«

Blum schüttelte den Kopf. »Ich bin später in Gedanken immer wieder alles durchgegangen, aber ich bin über nichts gestolpert, bei dem ich hätte sagen können: Das war es, da hat es geknackt.«

»Ihre beste Freundin ist Marlene Herzog, richtig?«

Sie sah mich an und lächelte traurig. »Das war sie, ja. Wir haben zwar immer noch Kontakt, aber längst nicht so viel wie vor der Reise.«

»Können Sie sich vorstellen, was es mit dem Kleber auf sich hat?«

Es schüttelte sie sichtlich. »Oh Gott, sie haben uns diese Bilder gezeigt. Wer macht so etwas?«

Ganz richtig, wer?

»Gab es irgendeinen Vorfall in Irland, der etwas mit Kleber zu tun hatte?«

Sie runzelte die Stirn. »Nein, nicht dass ich wüsste, tut mir leid.«

»Haben Sie mit jemandem aus der Gruppe gesprochen, seit Rasmus gestorben ist?«

»Nein. Ich habe erst durch die Kommissare von seinem Tod erfahren. Obwohl ich mehrfach versucht habe, Marlene anzurufen, habe ich sie nicht erreicht.«

»Mit einem der anderen haben Sie nicht gesprochen?«

»So nahe stehen wir uns nicht mehr.«

»Haben Sie Angst?«

»Natürlich«, hauchte sie und sah mich mit großen Augen an. »Ich habe überlegt wegzufahren, aber ich wurde gebeten, mich zur Verfügung zu halten.«

»Hinterlassen Sie eine Telefonnummer, fahren Sie trotzdem, wenn Sie sich dann sicherer fühlen.«

Pika Blum nickte.

»Was können Sie mir über Amato Farese sagen?«

»Wow, den Namen habe ich lange nicht mehr gehört.« Sie lachte. »Wo haben Sie den denn ausgegraben?«

Mich überraschte, wie arglos sie über Farese sprach. »Er war damals bei Ihnen in der Herberge, richtig?«

»Ja auf einer Tour durch Europa. Ein typisches Rucksackding. Er war zur selben Zeit wie wir im *Croghan-Cottage*.«

»Wie viel hatten Sie mit ihm zu tun?«

»Na ja, er war allein, wir eine Gruppe. Er hat sich uns ein wenig angeschlossen. Eine Nacht lang haben wir ihn sogar mit in diese Hütte genommen.«

»Aber sind Sie ihm persönlich nähergekommen?«

Ihre Augen verengten sich. »Was meinen Sie? Ob ich was mit ihm hatte?«

»So ungefähr, ja.«

Mit einem energischen Kopfschütteln sagte sie: »Nein, das war Sunny. Die hat mit dem geflirtet, und ständig haben sie beieinandergegluckt. Ich hatte mit ihm kaum Kontakt.« Wieder lächelte sie. »Ich glaube, dafür war ich nicht blond und meine Brüste nicht groß genug. Er war ein hübscher Kerl.«

Ich musste den Reflex unterdrücken, bei ihrer Antwort auf ihren Oberkörper zu schauen. Aber nach dem, was ich noch von dem Gruppenbild wusste, verstand ich, was sie meinte.

Ich holte mein Handy aus der Tasche. »Trotzdem hat er das hier für Sie gemalt.« Ich zeigte ihr die Elster. »Das zeugt doch schon von einer gewissen Zuneigung, oder nicht?«

Mit krauser Stirn starrte sie auf das Display. »Das hat nicht Amato gezeichnet. Das war Micha. Der hat immer so putzige kleine Kritzeleien gemacht.« Sie sah mich an. »Micha hat sich immer für so eine Art großen Bruder von mir gehalten. Das muss der Größenunterschied sein.«

Micha! Ich war seit Irland auf der komplett falschen Spur gewesen. Unruhig stellte ich mein Glas auf die Bank.

»Wenn es Ihnen lieber ist, rufen Sie mich an«, sagte ich und gab ihr meine Handynummer. »Jederzeit. Wenn Sie sich bedroht fühlen, Ihnen irgendetwas merkwürdig vorkommt oder Ihnen noch etwas einfällt. Ja?«

Sie nickte und nahm stumm den Zettel entgegen. Ihr war nicht klar, was sie mir gerade eröffnet hatte.

Nachdem ich mich von Pika Blum verabschiedet hatte, nahm ich erneut das Telefon in die Hand. Ich wählte Hennis Nummer.

»Hast du was?«

»Sag Jana, sie soll einen Graphologen besorgen. Der muss sich dringend die Postkarten von Farese anschauen. Ob es einen Unterschied zwischen denen *vor* Wicklow und danach gibt.« Ich konnte spüren, dass Henni noch weitere Fragen stellen wollte, sich aber zurückhielt, weil sie merkte, wie sehr ich in Eile war. Wir verabschiedeten uns, und ich machte mich auf den Weg zum LKA.

Kurz darauf standen wir zu viert im großen Meetingraum. Henni hatte ihren Computer dabei und an den riesigen Monitor angeschlossen. Sie zeigte den anderen beiden die Unterschiede in den Zeichnungen, ich reichte mein Handy mit der Elster herum.

»Ich hatte von Anfang an das Gefühl, dass Farese der Schlüssel zu dem ist, was dort in den Wicklow Mountains passiert ist. Und wenn Micha Seiler danach tatsächlich die Postkarten gefälscht hat, könnte es sein, dass das letzte Lebenszeichen von Farese aus genau diesen Julitagen stammt, in denen die Deutschen im Cottage waren. Sie sind möglicherweise die Letzten, die ihn lebend gesehen haben.«

»Gehst du davon aus, dass sie ihn umgebracht haben?«, fragte Jana.

»Keine Ahnung. Aber wenn Seiler vorgetäuscht hat, dass Farese weiterhin am Leben ist, dann muss er dafür ein wichtiges Motiv gehabt haben. Ein gewaltsamer Tod von Farese wäre dafür jedenfalls Erklärung genug.«

»Und Seiler ist dann nach der Episode in Irland überall hingefahren, um Postkarten zu verschicken?«, wollte Densch mit verkniffenem Gesicht wissen. »Edinburgh, Kopenhagen, Malmö? Das kommt mir etwas weit hergeholt vor.«

Ich zuckte mit den Schultern. »Das lässt sich doch bestimmt einfach genug nachweisen.«

»Ich schaue mal, ob Richter schon etwas für uns hat«, sagte Jana und verließ den Raum.

Anselm Richter war schon zu meiner Zeit immer wieder als Graphologe eingesetzt worden. Densch entschuldigte sich ebenfalls kurz.

»Willst du einen Kaffee?«

Ich folgte Henni zu dem Tisch an der rückseitigen Wand des Raums, wo damals bei unseren Ermittlungen gegen Gorlaff schon eine Art Büfett zur Versorgung der Soko aufgebaut gewesen war. Dort gab es Mineralwasser, Apfelsaft, Tee und Kaffee sowie diverse Schokoriegel.

»Wenn in Irland wirklich etwas mit Farese passiert ist und Micha Seiler die Postkarten gefälscht hat, warum redet der Rest der Gruppe dann nicht?«, fragte Henni und pustete in ihre Tasse.

»Vielleicht haben sie Angst? Möglicherweise bedroht sie irgendwer.«

»Oder sie wissen gar nichts davon.«

Ich schüttelte vehement den Kopf. »Daran glaube ich nicht. Die haben sich alle so merkwürdig verhalten. Marlene und Karsten, die scheinbar kein Interesse an einer Aufklärung haben, Owen Carling, der komplett gemauert hat, und na ja, Seiler hat nicht mal die Tür aufgemacht.«

»Das kann ja nun auch Zufall sein.«

»Jedenfalls benehmen die sich alle nicht so, als hätten sie nichts zu verbergen.«

Und dann stellte Henni die alles entscheidende Frage, auf die es wirklich ankam: »Wer ist der oder die Nächste?«

Drüben an der Wand waren die bisherigen vier Opfer, Kalinowski bereits inklusive, mit ihren Zeilen eingetragen. Darunter standen schon die nächsten drei Zeilen.

Five For Silver
Six For Gold
Seven For A Secret
Never To Be Told

Daneben wartete die weiße Wand auf weitere Namen, und darunter hatte jemand mit Magneten einen Zettel mit den zusätzlichen Zeilen des Zehner-Reims gepinnt.

Eight For Heaven
Nine For Hell
Ten For The Devil's Own Sel'

»Was heißt das? *Own Sel'?*«

»*Own Self* vielleicht? Würde Sinn ergeben. Des Teufels eigene Brut oder so.«

»Wofür steht Silber?«

Henni runzelte die Stirn, bevor sie antwortete. »Ich glaube, es hieß, das Silber stehe für etwas, das kostet. Angeblich normalerweise aber eher positiv.«

»Nicht in diesem Fall«, sagte ich.

»Gold ist dann Geld, Reichtum, manchmal Gier. Manchmal eher negativ.« Sie trat dichter neben mich.

»Wie viele sind noch übrig?«

»Marlene, Karsten, Owen, Micha, Pika, Tabea und Sunny. Sieben Namen, drei Zeilen. Oder sechs.«

»Warum ist Kalinowski die Vier gewesen?«

»Der war schwul.«

Henni sah mich an. »Wie kommst du denn darauf?«

»Ist so ein Gefühl. Und die Tatsache, dass sich sein Mitbewohner die Augen ausgeheult hat, nachdem wir ihn gefunden haben. Ich meine, der war nicht geschockt oder entsetzt, wie es ein Freund oder Bekannter wäre. Der ist auseinandergefallen, wie das sonst bei Liebenden passiert.«

Henni schien nicht überzeugt.

Ich erklärte weiter: »Kalinowski ist ein polnischstämmiger Pumper, der seine Zeit mit ultrakrassen Bodybuildern verbringt. Kann mir niemand erzählen, dass der aus Toleranz mit einem Schwulen zusammenwohnt.« Ich schränkte ein: »Also, kann natürlich schon passieren, aber zusammen mit der Reaktion von diesem Möller und der Tatsache, dass es auf die vierte Zeile passen muss, bin ich mir ziemlich sicher.«

»Sagt das irgendwas über unseren Killer aus?«

»Nur, dass er davon gewusst haben muss.«

Knapp zehn Minuten später kamen Jana und Densch zurück. In der Hand hielt Jana eine braune Pappmappe. »Wir haben ein Ergebnis«, verkündete sie mit grimmigem Gesichtsausdruck.

»Und?«

»Richter ist sich sicher, dass die Postkarten *vor* dem Aufenthalt in den Wicklow Mountains und die danach *nicht* von derselben Person geschrieben worden sind. Allerdings hat sich da jemand ordentlich Mühe gegeben, es so aussehen zu lassen.«

»Für die Familie daheim hat es gereicht.«

Jana nickte. »Wobei er sich noch nicht hundertprozentig sicher ist. Dafür braucht es noch weitere Tests, ob zum Beispiel der Eintrag aus dem Gästebuch, den du oben in den Hügeln gefunden hast, auch von dem Fälscher stammt.«

»Was vermutlich Micha Seiler wäre«, warf ich ein.

»Vermutlich. Sicher wissen wir das noch nicht. Bisher gibt es dazu nur die Aussage von Pika Blum.«

Densch nutzte die Gelegenheit, mich hart an der Schulter zu packen. »Wenn Sie noch mal mit einem meiner Zeugen sprechen, ohne das mit mir oder Jana abgeklärt zu haben, kriegen Sie jede Menge Ärger, ist das klar? Nur weil Sie eine wertvolle Spur entdeckt haben, heißt das nicht, dass Sie sich hier wieder wie King Kong aufspielen können.«

Damit brachte er mich schön in Fahrt. »*Wieder* bezieht sich auf den Fall Gorlaff, den Sie fast an die Wand gefahren hätten? Geht es darum? Wissen Sie was, Sie können mir so viel Ärger machen, wie Sie wollen, Densch, aber wenn ich dafür sorgen kann, dass wir in dem Scheißfall vielleicht nicht bis zur letzten Zeile warten müssen, bis sich irgendwas klärt, nehme ich das gerne in Kauf.«

Ich konnte sehen, wie eine Ader auf seiner Stirn pulsierte, und stellte mir vor, dass bestimmt gleich ein Augenlid zucken würde. Wir standen so dicht beieinander, dass ich seinen Atem riechen konnte. So nah, dass ich mit einem Kopfstoß sein gesamtes Gesicht erwischt hätte. Ich musste mich zusammenreißen.

»Sie sind wirklich der ignoranteste Mensch, der mir je untergekommen ist«, zischte Densch.

Jana drängte sich zwischen uns. »Henni, mach die Fenster auf, der Gestank von Testosteron hier drin ist ja kaum auszuhalten.« Böse blitzte sie uns nacheinander an. »Fall lösen, Johannes, okay? Keine Revierstreitigkeiten.« Sie drehte sich um. »Kooperationsbereitschaft, wenn's der Sache dient, Herr Kollege. Hört auf, euch wie im Kindergarten zu benehmen«, fügte sie an uns beide gewandt hinzu.

Ich wechselte einen letzten Blick mit Densch. »Reicht euch das, um Micha Seiler einzusammeln?«

Jana antwortete. »Ich denke schon. Auch wenn das alles noch nicht wasserdicht ist, wäre es ziemlich merkwürdig, wenn das mit dem Fall nichts zu tun hat. Wir fordern das MEK an und schauen mal, ob wir ihn aufgabeln können.«

»Ich würde so lange gerne mit Sunny Marquardt reden.«

Jana schaute Densch an. Der schürzte die Lippen. Er war ganz offensichtlich kein Fan dieser Idee.

»Ich könnte Frau Herzog mitnehmen. Damit mir jemand Offizielles auf die Finger schaut.«

Henni sah genauso überrascht aus wie die anderen.

Nachdem sie erneut kurze Blicke gewechselt hatten, seufzte Jana. »In Ordnung.«

Keine Viertelstunde später saßen wir in meinem Wagen und fuhren Richtung Westen. Henni wusste von Marlene, dass Sunny zurzeit nicht in ihrer WG in Mitte wohnte, sondern wieder bei ihrem Vater eingezogen war. Als sie mir die Adresse nannte, schnaubte ich.

»Westend. Da hätte ich fast diesen Job angenommen. Die müssen richtig Kohle haben. Kein Wunder, dass Sunny da unterkommen möchte, wenn es ein bisschen rauer wird. Kann man schön ausschlafen, während die Haushälterin das Frühstück vorbereitet.«

Henni lachte.

»Was?«

»Du bist so ein übertriebener Proletarier. Bestimmt behauptest du, dein Vater hätte noch in einer Kohlemine geschuftet, dabei war er in Wirklichkeit Operndirigent. Oder Werbefuzzi.«

»Sicher nicht.«

»Was war denn dein Vater?«

Ich antwortete nicht, sondern konzentrierte mich auf das Fahren. Wenn Henni sich über mich lustig machte, traf mich das auf eine besondere Art. Als müsste ich da eigentlich drüberstehen und mit ihr mitlachen. Als würde sie mir deutlich machen, dass ich in der Beziehung nicht besonders entspannt war.

Sie ließ das Thema fallen. »Was erhoffen wir uns von dem Besuch?«

»Pika hat gesagt, dass *sie* nichts mit Amato Farese hatte, er aber hinter Sunny her gewesen sein soll. Die beiden hätten ständig die Köpfe zusammengesteckt. Haben vielleicht sogar etwas miteinander gehabt. Jedenfalls: Wenn irgendwer etwas über Farese weiß, dann wohl Sunny.«

Die Marquardts lebten nicht in einer der vielen Westend-Villen, sondern in einer Berliner Altbauwohnung. Wir parkten etwas die Straße hinunter, liefen zum Haus und klingelten. Es gab im ganzen Gebäude, das die Größe eines normalen Berliner Mietshauses besaß, bloß vier Klingeln. Offenbar bewohnten die Mieter hier alle mindestens die ganze Etage.

Ein Flur mit einem riesigen Spiegel an der Wand und einem edlen Teppich mit goldenen Teppichstangen führte uns zu einem altertümlichen Aufzug aus Schmiedeeisen und Scherengittern.

»Abgefahren. Meine Cousine hat mal in einem Haus mit so einem Ding gelebt, aber der ging nie«, sagte Henni, als sie das Gitter zuzog.

Dieser jedoch funktionierte und brachte uns mit einem Minimum an Protest in den vierten Stock. Wie ich vermutet hatte, bewohnten die Marquardts die ganze Etage. Es gab nur eine Wohnungstür, in der uns bereits Sunnys Vater erwartete.

Er begrüßte uns höflich und mit Handschlag und führte uns in die riesige Wohnung. »Wir sind natürlich froh, wenn wir Ihnen bei Ihren Ermittlungen helfen können. Diese schreckliche Geschichte muss so schnell wie möglich aufgeklärt werden, keine Frage.« Er sprach merkwürdig gedämpft. »Aber bitte nehmen Sie etwas Rücksicht auf meine Tochter. Sie leidet seit einiger Zeit an Depressionen und Schlaflosigkeit. Diese ganze Sache nimmt sie doch sehr mit.«

Wir nickten verständnisvoll, obwohl ich nicht vorhatte, Sunny Marquardt besonders sanft anzufassen. Jedenfalls nicht, wenn es verhindern würde, dass ich herausfand, was im Juli 2010 mit Amato Farese geschehen war.

Sunny erwartete uns in einem Wohnzimmer, das vermutlich aus mehreren Räumen zusammengelegt worden war. Wir standen in fast zweihundert Quadratmetern freier Fläche und Fliesenboden, und einem spektakulären Blick über die Stadt und Teile des Grunewalds. Im Hintergrund konnte ich den Teufelsberg mit seinem alten Abhörturm sehen, der wie ein hingekritzelter Penis aussah.

Sunny saß auf einem Fußhocker und schaute auf, als wir eintraten. Das Foto, das ich von ihr gesehen hatte, hatte nicht übertrieben. Ihre Figur war spektakulär, und sie trug eine Bluse, die ihre volle Oberweite gut zur Geltung brachte und ein enormes Dekolleté zur Schau stellte. Ihr Gesicht dagegen war eher unauffällig, besonders weil sie einen müden Eindruck machte. Die Augen sahen aus, als hätte sie vor Kurzem geweint. Die langen blonden Haare, die einen stumpfen Eindruck machten, hatte sie sich hinter die leicht abstehenden Ohren geschoben.

Ich setzte mich auf das lange Ende der Couch neben sie, während Henni sich einen Hocker heranzog.

»Es tut uns leid«, begann Henni, »aber es hat einen weiteren Toten gegeben.«

Sunny fing sofort an zu weinen. Sie stellte keine Fragen, sondern schien sich nur weiter zusammenzukrümmen und zu verkrampfen.

»Es handelt sich um Marius Kalinowski. Im Moment sieht es so aus, als wäre er gestern Nacht oder heute früh umgebracht worden. Wir gehen davon aus, dass es sich um denselben Täter handelt.«

Sunnys Vater trat heran und reichte seiner Tochter ein Taschentuch. Wortlos schnäuzte sie sich und reichte das benutzte Papier an ihn zurück. Er gab ihr das Päckchen und machte einen Schritt nach hinten.

»Frau Marquardt, wir haben ein paar Fragen zu Ihrem Irlandaufenthalt«, sagte ich.

Sie nickte, sah aber immer noch nicht auf.

»Kennen Sie Amato Farese?«

Sie nickte erneut.

»Können Sie uns beschreiben, in welchem Verhältnis Sie zu ihm standen?«

Jetzt sah sie zur Seite. »Wir haben Zeit miteinander verbracht«, antwortete sie heiser.

»In den Wicklow Mountains? In der Herberge von Seamus Mulholland?«

»Ja. Aber nur, während wir dort waren.«

»Danach hatten Sie keinen Kontakt mehr mit ihm?«

Sie schüttelte den Kopf, sodass ihr die Haare wieder ins Gesicht fielen.

»Haben Sie mit ihm geschlafen?«

»Ich glaube nicht, dass meine Tochter diese Frage beantworten muss«, sagte ihr Vater scharf von hinten.

Langsam drehte ich mich zu ihm um. »Sie muss nicht antworten, nein. Aber wir haben eine Liste mit verbleibenden Reimzeilen und eine weitere mit den Mitgliedern der Reisegruppe. Beide Listen werden beständig kleiner.«

Sunny schluchzte, ihr Vater starrte mich böse an. Bevor er etwas sagen konnte, hob ich abwehrend die Hände und fuhr fort: »Es geht mir nicht darum, schmutzige Wäsche zu waschen. Allerdings ist es so, dass Farese kurze Zeit nach der Begegnung mit Ihnen und Ihren Freunden in Irland verschwunden ist. Tatsächlich gibt es keine Zeugen, die ihn danach noch lebend gesehen haben. Insofern ist es nicht ganz unerheblich, welche Form von Kontakt Sie mit ihm gepflegt haben. Mich interessiert weniger, ob Sie wirklich Geschlechtsverkehr mit ihm hatten, sondern eher, was Sie mir zu ihm erzählen können. Wir versuchen, sein Verschwinden aufzuklären.«

Sunny schaute mich mit verheulten Augen an. »Ich wusste nicht, dass ihn niemand mehr gesehen hat. Wir haben rumgeknutscht. Uns unterhalten. Er war sehr nett zu mir.«

»Wussten Sie, dass Herr Farese nach seinem Irlandbesuch noch mehrere Postkarten aus ganz Europa geschrieben hat?«

Sie nickte. »Er hat mir erzählt, dass er von überall an seine Familie schreibt. Und er hat immer so Bilder auf die Karten gemalt, bevor er sie nach Hause geschickt hat.« Sie lächelte.

»Das war schön, wie eine Art Bilderbuch. Ich kann mir vorstellen, dass sie sich daheim sehr gefreut haben.«

»Sonst wissen Sie nichts über diese Postkarten? Hatte Micha Seiler etwas mit ihnen zu tun?«

Sie sah verwirrt aus. »Was? Nein.«

»Wussten Sie, dass Kalinowski schwul war?«, fragte ich.

Erneutes Nicken.

Überrascht bohrte ich nach: »Hatte er sein Coming-out?«

»Nein«, schnäuzte sie in das nächste Taschentuch. Lächelte jetzt fast ein wenig. »Er hat's versucht geheim zu halten, aber wir haben es alle gewusst. Nur erwähnt hat's niemand. Wir haben ihn in dem Glauben gelassen, dass es keiner ahnt.«

Mit einem weiteren Kopfschütteln beugte sie sich vor, um sich die Schläfen zu massieren.

»Wieder die Migräne?«, fragte der Alte.

Sunny machte: »Mhm.«

»Meine Tochter braucht jetzt Ruhe. Ich bitte Sie, das zu respektieren.« Er schob sich zwischen uns und half ihr aufzustehen.

Ohne sich zu verabschieden, verließ Sunny den Raum. Ihr Vater kam kurz darauf zu uns zurück.

»Es tut mir leid, aber es geht ihr wirklich nicht gut. Ich nehme an, Sie verstehen das.« Er machte eine Handbewegung Richtung Tür, um uns hinauszubitten.

Ich rührte mich nicht. »Sie verstehen nicht, dass da draußen jemand rumläuft, der Sunnys Freunde umbringt. Warum sind Sie sich derart sicher, dass Ihrer Tochter nicht das gleiche Schicksal wie Rasmus, Mulholland, Höffner und Kalinowski bevorsteht? Wir reden hier von vier Menschen, die alle brutal umgebracht worden sind. Wollen Sie das Risiko wirklich eingehen?«

Er musterte mich eingehend, als müsste er erst eine grundlegende Entscheidung über mich treffen, bevor er mir antwortete. Dann warf er einen Blick über die Schulter, aber seine Tochter war längst verschwunden.

Er räusperte sich. »Kommen Sie, ich bringe Sie raus. Und erzähle Ihnen etwas über diese Irlandfahrt.«

Gemeinsam traten wir in den Flur, aber er öffnete die Haustür noch nicht. »Sunnys Mutter ist früh gestorben, damals war sie gerade erst zwölf.«

»Das tut mir leid«, sagte Henni.

Ich sagte nichts.

»Ich habe immer versucht, für meine Tochter da zu sein und es ihr an nichts fehlen zu lassen. Aber das geht wohl nicht. Ihre Mutter konnte ich nicht ersetzen. Jedenfalls«, fuhr er nach einer abwesenden Geste fort, »war die Zeit um 2010 für Sunny besonders schwierig. Sie hatte damals mit der Clique um Marlene und Karsten zu tun. Sie waren das, was man wohl im herkömmlichen Sinne *Bekannte* nennen würde. Keine echten Freunde. Und dann fingen einige Mitglieder der Gruppe an, die Irlandreise zu planen.«

»Das war ein großes Ding damals, ja. Hatte auch einen ziemlich langen Vorlauf. Daran erinnere ich mich.«

Marquardt schien nicht verwirrt darüber, dass Henni von der Fahrt wusste. Vielleicht hatte er bei ihrem Nachnamen auch einfach eins und eins zusammengezählt. »Jedenfalls war Sunny klar, dass sie nicht gefragt werden würde. Dafür war sie mit den meisten nicht eng genug befreundet. Aber sie wollte so gerne mit auf diese Fahrt. Wochenlang hat sie von nichts anderem mehr geredet.« Er lächelte. »Es war wie damals, als sie unbedingt einen Hund haben wollte. Fast ein Jahr lang hat sie mir auf jeden Einkaufszettel ganz oben *HUND* in krakeliger Kinderschrift geschrieben. Auf ihren Wunschzetteln für Weihnachten und zum Geburtstag stand zwanzig- oder dreißigmal nur *HUND*. Genauso besessen war sie von dieser Reise. Und es hat sie unglaublich traurig gemacht, dorthin nicht mitkommen zu können.« Der Blick unter buschigen grauen Augenbrauen suchte nach Verständnis. »Ich habe mich damals entschieden, zu ihren Gunsten zu intervenieren. Vielleicht nichts, auf das ich wirklich stolz sein kann, aber das hat für mich keine Rolle gespielt. Mir war nur wichtig, meine Tochter glücklich zu machen.«

»Was haben Sie getan?«

»Ich habe Kontakt mit Karsten Haasberg aufgenommen. Ich wusste, dass er und Marlene Herzog die Organisation der Reise übernommen hatten.«

»Und dann?«

»Ich habe angeboten, einen Teil der Reisekosten zu übernehmen. Da die Gruppe damals einen Paketdeal mit dem Reisebüro von diesem Steffen Rasmus ausgehandelt hatte, war es kein Problem, dort einfach etwas auszuhelfen. Meine Tochter wusste das nicht. Ich habe ihr nie etwas davon erzählt und die anderen auch nicht. Und das soll bitte auch so bleiben.«

»Sie haben dafür bezahlt, dass Ihre Tochter auf diese Fahrt mitkommen kann?«

Herr Marquardts Gesicht zuckte, als hätte er einen Stich verspürt, dann lächelte er. »Wo liegt der Unterschied darin, einer Tochter diesen Wunsch zu erfüllen oder ihr ein riesiges Trampolin in den Garten zu stellen? Oder ihr den Führerschein zu bezahlen und das erste Auto zu kaufen?«

»Das ist krank«, spuckte ich aus.

»Es tut mir leid, wenn Sie dafür kein Verständnis haben, aber manchmal muss man sich einfach den Realitäten stellen.

Ich bin überrascht, dass Sie sich eine derart naive Einstellung zum Leben haben erhalten können. In Ihrem Beruf.«

Henni versuchte zu intervenieren. »Hat der Rest der Gruppe davon gewusst?«

»Das weiß ich nicht. Herr Haasberg hatte davon natürlich Kenntnis, aber für den Rest kann ich nicht sprechen.«

»Wie war das, als Sunny wieder zurückgekommen ist? Hatte sie sich da verändert? Kam sie Ihnen irgendwie merkwürdig vor, nach der Reise?«

Er überlegte einen Moment lang, schüttelte den Kopf. »Nein. Ich glaube, sie war ein wenig traurig darüber, dass sich durch diesen Trip keine tiefergehenden Freundschaften ergeben haben. Die Gruppe schien danach irgendwie zerstritten, nach dem, was ich mitbekommen habe. Aber ansonsten habe ich keine Änderungen feststellen können.«

»Was haben Sie gedacht, als Sie von den Morden gehört haben?«, warf ich ein. Ich hatte mich wieder einigermaßen im Griff und ignorierte meine Verachtung für den Mann.

»Ich habe mir Sorgen gemacht. Vor allem darüber, dass Sunny sich ängstigt. Sie haben ja gesehen, in welchem Zustand sie sich befindet. Das geht mir natürlich an die Nieren.«

»Haben Sie Angst um sie?«

Er musterte mich streng. Schließlich antwortete er: »Ganz abschütteln kann ich das natürlich nicht. Aber was auch immer der Grund für diese abscheuliche Mordserie ist, ich bin der festen Überzeugung, dass meine Tochter damit nichts zu tun hat. Außerdem bin ich durchaus in der Lage, auf mein eigen Fleisch und Blut aufzupassen.«

Ich nickte. Das passte zu dem Kerl. Vermutlich hatte er einen Waffenschein und war Ehrenmitglied der amerikanischen Waffenlobby.

»Hatte Ihre Tochter in letzter Zeit ungewöhnliche Kontakte?«, wollte Henni wissen. »Neue Freunde, unübliche Verabredungen, merkwürdige Anrufe, irgendetwas, was Sie hat stutzig werden lassen?«

Er überlegte lange, schüttelte dann den Kopf. »Nein, tut mir leid.«

»Wissen Sie, ob sie noch Kontakt zu Farese gehabt hat?«

»Das hat sie Ihnen doch bereits gesagt. Ich würde Sie jetzt bitten, zu gehen. Wir können Ihnen zu diesem Zeitpunkt leider nicht weiterhelfen.«

Ohne ein Wort drehte ich mich um und verließ die Wohnung. Ging alleine die Treppe hinunter und saß bereits im Auto, als Henni einstieg.

»Bah, dieser widerliche Großkotz. Und ich weiß gar nicht, was ich schlimmer finde: dass der Kerl sich einfach Menschen kauft, dass er sich nichts dabei denkt, dass Sunny offenbar gar keine Ahnung hat, wie er ihre Umgebung manipuliert, oder dass Marlene und Karsten darauf eingegangen sind.«

»Ob Marlene davon gewusst hat, wissen wir nicht. Explizit hat er nur von Karsten gesprochen. Ich habe nachgefragt, aber er meinte, er wüsste nicht genau, ob die beiden das miteinander besprochen haben.«

»Na ja, wenn der Rest nicht so eng mit Sunny war, muss ihnen Karsten ja erzählt haben, was da läuft. Und dass sie auf einmal weniger zahlen mussten, haben sie vermutlich auch irgendwann festgestellt. Das ist doch Scheiße.«

»Reg dich ab«, sagte Henni scharf, aber meine Vermutung war, dass sie nicht wirklich mir böse war, sondern ihrer Schwester.

Mir kam plötzlich ein Gedanke, und ich sah Henni von der Seite an.

»Was?«

»Er sagt, er hätte seiner Tochter nie etwas gesagt. Aber was ist, wenn es der Rest getan hat?«

»Wie meinst du das?«

Ich drehte mich im Sitz, um mich ihr zuzuwenden. »Also, du hast dich bereit erklärt, mit so einer Schnalle, die du eigentlich kein Stück ausstehen kannst, in den Urlaub zu fahren. Weil ihr Daddy dir dafür gutes Geld in die Reisekasse gibt.«

Sie nickte.

»Und vermutlich findest du dich selbst dafür nicht besonders gut. Ich meine, das ist schon irgendwie eine Nummer, unter der das eigene Selbstwertgefühl leiden könnte. Und dann geht dir die Torte irgendwann mal so richtig auf die Eierstöcke. Ihr streitet, habt Ärger, wie es halt passiert, wenn man so lange aufeinanderhockt. Was machst du dann?«

Henni überlegte. »Ich sag's ihr.«

»Genau! Du schleuderst es ihr ins Gesicht. Sie darf nur mitspielen, weil jemand bezahlt hat. Sie hat keine Freunde, sie muss sie sich kaufen. Damit ist sie ganz unterste Schublade, mit so was kannst du jemanden richtig verletzen. Das trifft doch! Mitten rein.« Ich hob einen Finger. »Aber das ist angeblich nicht passiert. Nicht während des Urlaubs und nicht später. Die hätte sich ja irgendwann mal mit einem von denen streiten können. Auch da hätte man das prima als Munition verwenden können. Ein halbes Jahr später, die Stimmung kocht hoch, zack, haut man mal so einen Satz raus.«

Henni sagte nichts.

Frustriert starrte ich aus der Windschutzscheibe. »Hat aber keiner von denen gemacht.«

»Warum nicht?«

»Genau das ist die Frage.«

Einen Moment lang sagte keiner von uns beiden etwas. Dann folgte sie dem Gedanken, dem ich ebenfalls gerade nachspürte, und sagte: »Weil es etwas anderes gibt. Etwas Größeres.«

»Richtig. *Seven For A Secret Never To Be Told.* Weil sie alle ein Geheimnis teilen, von dem niemand wissen darf.«

»Ein Geheimnis, das mit Farese zu tun hat.«

»Die haben den umgebracht. Oder wollen zumindest seinen Tod vertuschen. Möglicherweise war es ein Unfall, aber sie wollten nicht, dass irgendwer davon erfährt. Das ist das Einzige, was wirklich Sinn ergibt. Der Typ verbringt ein oder zwei Tage mit der Gruppe in Irland während eines Unwetters, ist danach spurlos verschwunden, und jemand, vermutlich Micha Seiler, fälscht Postkarten an seine Familie.« Ich wandte mich wieder Henni zu. »Und keiner von ihnen spricht darüber. Weil sie alle schuldig sind. Dann spielt so etwas wie die schmutzige Wäsche von Sunny, dass die Kleine sich ihren Weg in die Truppe gekauft hat, keine große Rolle mehr. Wen sollte das noch stören, wenn es um ganz andere Dinge geht? Beziehungsweise wer würde es wagen, das anzusprechen, wenn ein viel größeres Ding unter der Oberfläche lauert? Wie nennt man das, den Elefanten im Zimmer?«

»Und du glaubst, die haben alle davon gewusst?«

»Du willst wissen, ob Marlene davon gewusst hat?« Ich verzog das Gesicht. »Ganz ehrlich, so merkwürdig, wie sie sich beim Bekanntwerden von Rasmus' Tod verhalten hat, fällt es mir schwer zu glauben, dass sie da nicht irgendeine Agenda gehabt haben soll.«

Henni starrte aus dem Seitenfenster und sagte nichts. Ich sah zu, wie sie ihre Finger knetete, bis diese weiß wurden.

»Hast du noch mal versucht, mit ihr zu sprechen?«

Sie nickte, sah mich dabei aber nicht an. »Wir haben telefoniert, mehrmals. Ich bin noch mal bei ihr vorbeigegangen, aber sie hat kaum zugehört. Ich wollte, dass sie wegfährt. Zu unseren Eltern oder aufs Land. Irgendwohin, damit sie aus der Schusslinie ist.«

»Aber sie wollte nicht?«

»Nein. Sie sagt, dazu gibt es keinen Grund. Außerdem will sie in Karstens Nähe bleiben. Das Ganze nähme ihn ziemlich mit, sagt sie.«

Ich schnaubte. »Meint sie das ernst, mit ihrer Fürsorglichkeit?«

»Ich fürchte schon.«

»Was willst du jetzt machen? Ich meine, wenn sie nicht auf dich hören will?«

»Ich habe Fischer und Kästorf gebeten, ein Auge auf sie zu haben. Die schauen ab und zu mal bei ihr vorbei. Ohne dass sie es merkt«, fügte sie hinzu.

»Robert Kästorf?«

Henni nickte. Mit Kästorf hatte ich früher ab und an Kontakt gehabt. Er gehörte zum MEK für Aufklärung/Operative Dienste und war auf jeden Fall einer, bei dem ich ein gutes Gefühl hatte.

»Wie hast du die dazu gekriegt? Ein bisschen mit den Wimpern geklimpert?« Kästorf zumindest war Dauersingle und immer auf der Suche nach neuen Eroberungen.

»Du Scheißchauvi«, zischte sie, aber ohne echten Ärger. »Nein, ich habe ihm angeboten, dass er endlich seine Revanche im Billard bekommt. Da habe ich ihn nämlich schon zweimal ganz böse abgezogen.«

Ich wurde wieder ernst.

»Wusstest du, dass Marlene Karsten betrogen hat? Sie hat mit Owen Carling, dem Reiseführer, geschlafen.«

»Hat sie nicht«, entfuhr es Henni. »Wusste Karsten davon?«

»Ja. Angeblich ist der komplett ausgeklinkt, obwohl sie längst nicht mehr zusammen waren.«

»Mhm, die zwei haben sich zwar getrennt, aber so richtig voneinander lassen können sie auch nicht. Würde mich nicht wundern, wenn die seit ihrer Trennung regelmäßig miteinander in die Kiste gehen. Das würde zumindest Karstens heftige Reaktion erklären.«

Ihr Handy vibrierte. Sie ging ran, hörte kurz zu, nickte und bejahte und legte dann auf. »Das war Jana. Sie haben Micha Seilers Wohnung aufgebrochen. Er ist unser Täter.«

14

Wir erreichten Seilers Wohnung und ließen das Auto einfach in der zweiten Reihe stehen – genau wie Janas Dienstwagen und die drei dunklen Fahrzeuge, von denen ich annahm, dass sie den Jungs vom MEK und dem ED gehörten.

An der Wohnungstür begrüßte uns Jana. »Arne ist mit seinen Leuten schon drin.«

»Wo ist das MEK? Und Densch?«

»Mirko ist drin. Lehmann vom MEK ist mit drei seiner Jungs in der Umgebung. Sie wollten die Kreuzungen und Hauseingänge im Auge behalten, solange wir hier sind. Falls Seiler wiederkommt.«

»Wie sieht's drinnen aus?«

»Auf den ersten Blick nichts Auffälliges. Keine Leichen jedenfalls.« Sie lächelte. »Jemand von der Hausverwaltung hat uns aufgemacht.«

Ich konnte drinnen das *Klick-klick* von Fotoapparaten hören, und immer wieder flackerte es hell auf, wenn mit Blitz Bilder gemacht wurden.

»Wieso seid ihr euch sicher, dass er es ist?«, wollte Henni wissen.

»Wir haben die Waffe gefunden, mit der die Opfer niedergeschlagen und betäubt worden sind. Ein Gummihammer. So einer, mit dem man beim Zelten Heringe in den Boden schlägt. Und jede Menge Sekundenkleber. Industriekleber in eher handelsunüblichen Mengen. Und einen

Tyvek-Anzug, den hat er vermutlich an den Tatorten getragen.«

»Fahndung ist raus?«

Sie nickte. »Wir haben auch schon ein Gesuch nach Dublin veranlasst, dass die mit Hunden oben das Gelände in Wicklow absuchen. Falls Farese dort versteckt worden ist, werden sie ihn finden.«

»Was ist mit dem Rest der Truppe?«

»Kunzi ist dran. Wir holen sie alle zur Vernehmung zu uns, da können wir sie im Auge behalten. Dann bekommen sie rund um die Uhr Polizeischutz, bis wir Seiler haben.«

»Kann ich einen Blick in die Wohnung werfen?«

Jana zögerte. Ich wusste, dass sie eigentlich ablehnen musste. Sie wusste jedoch auch, dass ich aus dem Fall definitiv nicht mehr wegzudenken war. Ich war jetzt wieder irgendwie Teil dieses merkwürdigen Teams, bestehend aus ihr, Densch, Henni und Kunzi. Fünftes Rad am Wagen und so, sicher, aber das kümmerte mich nicht. Ich wollte nur diesen Fall abschließen, und es waren immer noch jede Menge Fragen offen. Warum hatte er getötet? Und warum erst jetzt, nach mehreren Jahren? Und weswegen verhielt sich der Rest der Gruppe so merkwürdig?

Jana ging und kam kurz darauf mit einem der Anzüge aus Vliesstoff zurück. »Anziehen«, sagte sie knapp.

Ohne Widerspruch schlüpfte ich in die papierartige Hülle. Von früher wusste ich, dass mir die Dinger nicht besonders gut passten, selbst in der großen Größe, und auf eine Art und Weise spannten, die mich immer reizte, den Hulk zu spielen: Als müsste ich bloß den Atem anhalten, die Muskeln anspannen, und schon würden Nähte platzen.

In der Wohnung begegneten mir Hegert und zwei andere

Mitglieder des ED, die mir stumm zunickten. Densch dagegen blitzte mich bloß an. Ich ignorierte ihn.

Seilers Wohnung bestand aus einem großzügigen Flur, der mit hellem Laminat ausgelegt war und in dem bloß mehrere Paar Schuhe und ein großer Spiegel standen. An der Wand waren Haken angebracht, an denen jede Menge Jacken hingen, vor allem Sportklamotten. Zur Linken ging eine Küche ab, die außer einer Einbauküche und jeder Menge Platz nichts bot. Kein Tisch, keine Stühle. Offenbar verbrachte Seiler nicht viel Zeit darin.

Das Bad bot ebenfalls keine Überraschungen, während ich an der Tür zum Schlafzimmer kurz innehielt. In dem Raum gab es ein großes, ungewöhnlich hohes Bett und eine Wand, die komplett durch einen Einbauschrank eingenommen wurde. Die gesamte Stirnseite des Raums, um das Bett herum, war durch Bleistift- und Kohlezeichnungen bedeckt, die an die Wand gepinnt worden waren.

Die meisten Motive hätten sich die wenigsten vor dem Schlafengehen angesehen. Es gab jede Menge aufgerissener Mäuler, scharfe Zähne, wilde Augen. Schatten und zerfetzte Kleider, und Augen schienen in allen Formen immer wiederzukehren: eine Augenpartie, aus deren unterem Lid ein klauenbewehrter Arm herausreichte und jemand offenbar gerade aus dem Schädel kletterte.

Ein Auge, durch dessen Lid ein Loch gestochen und ein Draht daran befestigt war, der das Auge aufzog. Hände und Bäuche mit Augen, die den Betrachter wachsam zu beobachten schienen. Gesichter, in denen die Augen und Münder ganz fehlten und durch Schattenflächen oder schwarze Löcher dargestellt waren. Eine schlanke, gesichtslose Gestalt, die mit einer Laterne in der Hand am Waldrand zu warten schien. Eine Fratze, die an einem Babykopf leckte, der bereits zu großen Teilen ausgelöscht war. Eine Art Kaninchendame, die einen schreienden jungen Mann zu begatten versuchte. Ich machte einige Fotos mit dem Handy.

»Wenn der Kerl hier geschlafen hat, muss man sich nicht wundern, dass der durchgeknallt ist«, sagte Hegert, der neben mir im Türrahmen aufgetaucht war.

»Sind die Bilder von ihm?«

»Davon gehen wir im Moment aus. Drüben steht eine Staffelei, und es finden sich jede Menge Zeichenutensilien in der ganzen Wohnung.«

»Creepy Shit!«

Hegert ließ mich dort stehen und ging wieder an die Arbeit.

Ein paar Stunden später saßen Jana, Densch, Henni, Kunzi und ich im Besprechungszimmer im LKA.

Jana fasste die Funde aus der Wohnung zusammen. »Wir haben Rezepte für Medikamente bei Seiler gefunden. Es sieht so aus, als hätte er eine schwere paranoide Psychose. Der Stoff, auf den Hegert gestoßen ist, ist jedenfalls richtig heftiges Zeug. Wir sind dran, uns die ärztlichen Unterlagen zu besorgen. Er muss sich auf jeden Fall irgendwann in Behandlung befunden haben, sonst wäre er gar nicht an den Kram gekommen.«

»Was sind das für Medikamente?«, wollte Henni wissen.

»Vor allem Neuroleptika.«

»Hat er die Dinger genommen? Die sollen doch eigentlich verhindern, dass jemand derart ausklinkt, oder?«, wollte ich wissen.

Densch antwortete: »Falls Seiler tatsächlich eine solche Psychose hat, ist diese grundsätzlich erst mal nicht für die

Taten verantwortlich. Da gehört schon ein bisschen mehr dazu. Aber es sieht zusätzlich wohl so aus, als hätte Seiler seine Medikamente eigenständig abgesetzt. Die Verfallsdaten scheinen darauf hinzudeuten, dass er die Charge längst hätte aufbrauchen müssen.«

»Was ist mit den anderen aus der Gruppe?«

»Sind auf dem Weg hierher.«

Jana verzog das Gesicht und machte einen Schritt nach vorn. »Marlene Herzog, Karsten Haasberg, Sunny Marquardt, Pika Blum und Owen Carling kommen jetzt her. Beamte begleiten sie.«

Die anderen reagierten nicht, aber ich sagte: »Da fehlt doch eine. Diese Tabea.«

Jana nickte. »Wir haben Tabea Mühlheim nicht erreichen können. Ihr Handy ist ebenfalls nicht zu orten.«

Ich konnte sehen, wie Densch bleich wurde. Dass sich Seiler möglicherweise in Seelenruhe das nächste Opfer schnappte, während wir bei ihm zu Hause die Bude ausräumten, damit hatte selbst ich nicht gerechnet.

»Dann wäre sie Nummer fünf. *Five For Silver.*«

»Was soll das heißen? Warum ist Tabea Mühlheim Silber?«, wollte Kunzi wissen.

»Moment mal, noch ist Frau Mühlheim nicht tot!«, unterbrach Densch. »Soweit wir wissen, könnte sie sonst wo sein. Dass sie ihr Handy nicht anhat, heißt doch gar nichts.«

»Strohhalme«, grollte ich.

»Was?« Sein Kopf zuckte herum, und ich konnte die Ader in seiner Schläfe zucken sehen, die ich so gut im Fall Gorlaff kennengelernt hatte. Densch war hin- und hergerissen zwischen Angriffs- und Fluchtreflex.

»Nichts«, sagte ich, nachdem ich mir einen Blick von Jana

eingefangen hatte. »Können Frau Herzog und ich ebenfalls nach der Mühlheim suchen?«

Er zögerte. Schließlich sagte er: »In Ordnung. Aber ich will regelmäßige Meldungen. Keine Thiebeck-Alleingänge, okay? Frau Herzog hält Ihre Leine schön straff.«

»Wuff«, sagte ich und grinste.

»Wo fahren wir hin?«, fragte Henni, als wir im Auto saßen.

»Zur Mühlheim. Ich will schauen, ob sich in der Wohnung irgendwelche Hinweise auf Seiler finden.«

Wir brauchten nicht lange, bis wir die Anlage erreichten, in der sich Tabea Mühlheims Wohnung befand. Sie lag nördlich des Tiergartens im Hansa-Viertel, wo links und rechts Wohnblöcke aufstiegen. Noch keine echten Hochhäuser, aber schon dicht dran. Wir parkten auf einem Parkplatz nur für Mieter und näherten uns dem Hintereingang, der offen stand.

Im Haus gab es einen Aufzug, mit dem wir bis in den fünften Stock hinauffuhren. Als wir unsere Köpfe durch die Glastür steckten, um uns zu orientieren, sahen wir bereits den uniformierten Beamten vor einer der Türen.

Henni stellte uns vor, und der Mann öffnete uns die Tür. Den Schlüssel hatten sie vom Hauswart bekommen, nachdem niemand geöffnet hatte.

Drinnen fanden wir eine Anderthalb-Zimmer-Mädchenwohnung vor. Eine Wand des Schlafzimmers in blassem Lila gestrichen, mit jeder Menge Dekogegenständen und vielen Fotos von Tabea Mühlheim. Ich zog eines von ihnen von der Wand und betrachtete es.

»Sie sieht toll aus.«

Henni schnaubte. »Du hättest keine Chance gegen sie. So Kerle wie dich verschluckt sie ganz. Du würdest ihr ganz zahm aus der Hand fressen.«

»Wir sollten sie finden, dann kann sie Tamina erklären, wie man das macht.« Als ich Hennis Blick sah, fragte ich: »Was?«

»Irgendwie habe ich nicht das Gefühl, dass deine Tamina da besondere Nachhilfe bräuchte.«

Jetzt war ich es, der schnaubte. Langsam drehte ich mich um mich selbst und überlegte, was wohl passiert sein mochte. »Auch wenn die alle das Maul noch nicht aufmachen, etwas misstrauisch müssten sie inzwischen doch eigentlich sein, oder? Also dass die sich gegenseitig noch komplett vertrauen, ist unwahrscheinlich, denkst du nicht?«

»Was genau meinst du?«

»Wenn du Seiler bist, gehst du dann davon aus, dass du bei der Mühlheim klingeln und sagen kannst: Hey, kann ich kurz reinkommen und wir plaudern? Das glaube ich nämlich nicht.«

»Was also dann?«

Nachdenklich ging ich in den Flur zurück, betrachtete den beigen Teppich. Ich prüfte die Distanz zur Tür, machte ein paar Schritte, um alles im Kopf durchzugehen. Kniete mich hin, um vorsichtig den Teppich abzusuchen.

»Suchst du nach etwas Bestimmtem?«, wollte Henni wissen.

»Das hier«, sagte ich und deutete auf eine Stelle vor mir. »Tritt nicht drauf. Und ruf Jana an, sie soll Hegert und sein Team herschicken. Die müssen die ganze Wohnung erkennungsdienstlich untersuchen.«

»Was ist das?«

»Siehst du das hier? Ich bin mir ziemlich sicher, dass das Blut ist. Wenn die Mühlheim unvorsichtigerweise die Tür geöffnet und Seiler in den Vorwärtsgang geschaltet hat, müsste er sie hier ungefähr erwischt haben.«

»Mit was erwischt?«

Ich zuckte mit den Schultern. »Vorerst würde ich von einem Faustschlag ausgehen.« Ich ging zur Tür, öffnete sie.

Der Beamte davor schaute mich neugierig an.

»Micha klingelt. Steht draußen vor der Tür, unauffällig. Also hat er nichts in der Hand oder so. Keinen Gummihammer. Zu auffällig.« Ich bedeutete Henni, näher zu kommen. »Sie öffnet die Tür, ist überrascht. Vielleicht erschrocken. Die ganzen Szenarien gehen ihr durch den Kopf. Natürlich denkt sie nicht wirklich, dass es Seiler ist. Der Micha, den sie so gut kennt. Aber sie ist wachsam. Also redet er mit ihr, gestikuliert vielleicht. Gerade als sie den Kopf schüttelt, ihm sagt, dass das keine gute Idee sei, er besser gehen soll, haut er den Gang rein.«

Ich kniete mich nieder, besah mir die hell lackierte Tür. Fand die Reste von dunklem Gummiabrieb knapp zwanzig Zentimeter über dem Boden. »Möglicherweise tritt er einfach gegen die Tür. Tabea Mühlheim prallt zurück, benommen. Eventuell verletzt.«

Aber an der Tür fanden sich keine Blutspuren. »Vielleicht auch nicht. Kann auch sein, dass er sie bloß an der Hand erwischt hat. Mit Schmerzen, erfüllt von Panik, taumelt sie zurück.« Ich schob Henni an den Schultern ein Stück vor mir her. Unter dem Pullover konnte ich die Wärme ihres Körpers spüren. »Und dann schlägt er zu.« Ich deutete einen Schlag an. »Bei seinem Körperumfang, wenn er sie da an den Lippen oder am Kinn erwischt, dann fällt sie nach hinten. Ist vielleicht nicht bewusstlos, aber benommen. Das hat sie nicht kommen sehen. Der Schmerz zuckt ihr mitten durchs Gesicht, macht das Denken schwierig. *Micha? Unser Micha? Ich?* Ganz viele kurze Gedanken, lose geschüttelt durch den harten Schlag. Der würde die kleinen Blutspritzer erklären. Vielleicht hat er sie auch mehr am Jochbein erwischt. Das gibt eine ordentliche Prellung und ein blaues Auge. Sie liegt am Boden, er tritt die Tür hinter sich zu, und dann hat er sie.« Ich sehe mich um. »Hol Hegert her. Ich bin sicher, der wird fündig«, sagte ich grimmig.

»Wo hat er sie hingebracht?«

»Das ist die Preisfrage. Hoffentlich kann uns dein Freund Ole Lankat dabei weiterhelfen.«

Wenig später stiegen wir durch das zugemüllte Treppenhaus nach oben zu Lankats Wohnung. Die Tür stand offen, und wir ließen uns selbst hinein. Lankat saß vor dem Rechner und aß aus einem Pappcontainer chinesisches Essen. Der Geruch von Glutamat vermischte sich mit dem Duft von frischem Kaffee, der aus der Küche herüberzog.

»Braucht ihr was?«, wollte Lankat wissen, der die Füße vom einzigen freien Stuhl hob.

»Kaffee wäre cool«, sagte ich, während Henni nach unten griff und sich eine Flasche Mate-Brause schnappte.

Lankat ging, um mir meinen Wunsch zu erfüllen.

Als er zurückkam und mir die Tasse reichte, ließ er sich von Henni erklären, was wir von ihm wollten.

»Wir wissen zu wenig über die Gruppe, weil die alle nicht reden. Nicht mit uns und nicht mit Jana und Densch. Wir hätten gerne, dass du versuchst, uns so viele Informationen wie möglich aus ihren sozialen Profilen zu ziehen, wenn sie so was haben. Von Facebook ausgehend zu Flickr, Twitter und so weiter. Wer mit wem was wann. Geht das?«

»Klar. Muss der BOLE nur mal durchgehen und nach entsprechenden Links suchen. Das wird eine ganze Weile dauern, aber am Ende haben wir dann vermutlich eine ordentliche Liste von allen Seiten, die erwähnt, geliked, vertaggt oder verlinkt worden sind.«

»Wie lange dauert das ungefähr?«

Lankat blähte die Wangen auf. »Puh, schwer zu sagen. Bis der BOLE fertig ist, kann das schon morgen früh werden. Erste Ergebnisse, die man sich mal anschauen kann, gibt's bestimmt früher. Bisschen Geduld braucht ihr aber schon.«

Henni nickte, ich verzog das Gesicht.

»Tabea Mühlheim hat aber keine Zeit mehr!« Unruhig tigerte ich durch das Zimmer, während Lankat bereits begonnen hatte, seinen Bot mit Anweisungen und Informationen zu füttern. »Denk nach, Thiebeck, denk nach«, rief ich und boxte mir mit den Knöcheln gegen die Stirn. Ich wandte mich an Lankat. »Wir brauchen nicht nur alles zu Tabea Mühlheim, sondern vor allem auch zu Micha Seiler, das ist klar, oder?«

Er nickte bloß und schaute nicht von seinem Screen auf.

In den Raum hinein fragte ich: »Müssen wir nach einer Spur bei Tabea oder bei Micha suchen? Hat er sie in ein Versteck von sich gebracht oder irgendwo zu ihr? Eltern, Verwandte, Freunde. Ein Schrebergarten, ein Häuschen auf dem Lande, ein alter Dachboden, eine leer stehende Wohnung, irgend so etwas. Wo hat er sie hinverschleppt?« Plötzlich hielt ich inne. »Scheiße, wir sind so blöd!«

»Was?«

Ich packte Henni am Arm und riss sie förmlich vom Stuhl hoch. »Ruf uns an, wenn der Bot was hat«, rief ich Lankat noch zu, bevor ich mit Henni im Schlepptau aus der Wohnung stürmte.

Sie fragte erst nach, als wir längst im Auto saßen und ich

mit Reifenquietschen auf die Fahrbahn gezogen war. »Okay. Wo fahren wir hin?«

»Zurück zur Wohnung. Ruf in der Zentrale an und versuch herauszufinden, wo die Mühlheim ihren Keller hat. Die sollen den Beamten von oben aus der Wohnung da runterschicken.«

»Keller?«

Ich nickte. »Ich habe die ganze Zeit nur nach dem Ziel gesucht. Wo er mit ihr hin sein kann, um sie umzubringen. Aber die Tatorte sind alle gar nicht relevant.«

»Was heißt das?«

»Es geht ihm nicht darum, *wo* die Opfer sterben. Der Tatort hat offenbar keine besonders große Signifikanz. Er tötet sie dort, wo er sie erwischt.«

»Woher weißt du das? Steffen ist in dem Reisebüro gestorben, in dem die Reise geplant wurde, und Mulholland ist auf dem Hof getötet worden. Wieso sollte das keine Bewandtnis haben?«

Ich nickte. »Bei den beiden stimmt das. Aber Kalinowski ist einfach nur in seinem Zimmer ermordet worden. Das hatte nichts mit der Reise zu tun. Und Svenja Höffner ist sogar in einer Wohnung gestorben, die sie erst vor Kurzem bezogen hat. Die kann nichts mit der Vergangenheit zu tun gehabt haben.«

»Also ist es Seiler vermutlich nicht wichtig, wo die Opfer sterben. Hegert meinte doch, dass die Psychologin von einer Art *Andacht* ausgeht, in der Seiler seine Opfer im Tod beobachtet. Möglicherweise ist sein emotionaler Zustand dabei wichtiger als der Ort.«

»Das heißt, dass Seiler in der Wohnung war. Offenbar hat er sich nicht sicher genug gefühlt, um sie dort umzubringen. Ansonsten hätte er das vermutlich getan. Höffner und Kalinowski sind auch in ihren Wohnungen gestorben. Aber er wusste vielleicht, dass seine Bude gestürmt worden ist. Vermutlich hat er begriffen, dass er unter Zeitdruck steht, wenn er noch bis zum Ende des Reims kommen will. Was macht er also, wenn er sich nicht traut, sie in ihrem eigenen Flur zu töten?«

»Er nimmt sie mit. So weit waren wir schon mal«, antwortete Henni.

»Korrekt. Weil wir sie nicht dort gefunden haben. Aber was ist das Problem, wenn du mit einer bewusstlosen Frau unterwegs bist?«

Sie zögerte, und mit einem Seitenblick konnte ich erkennen, dass sie sich Mühe gab, die unangebrachten Bemerkungen, die ihr offenbar durchs Hirn geschossen waren, für sich zu behalten. »Dass man damit ziemlich schnell auffällt.«

»Richtig. Bis zum Auto ist schon risikoreich. Aber soweit ich mich erinnere, hat Micha Seiler kein Auto, noch nicht einmal einen Führerschein. Der fährt überall mit dem Fahrrad hin, war die Info. In seiner Satteltasche wird er sie kaum mitgenommen haben. Wenn du also verhindern willst, dass du gesehen wirst, und dir der Ort egal ist, was liegt dann nahe?«, fragte ich grimmig.

»Der Keller.«

Wir fanden Tabea Mühlheim auf dem Rücken liegend in ihrem kleinen Kellerverschlag. Zwischen einer schmalen Spülmaschine, die offenbar nicht in die Einbauküche gepasst hatte, zwei Umzugskartons voller Klamotten und einem Stapel leerer Blumenkästen aus Plastik lag sie auf dem staubigen Beton.

Eine einzelne Glühlampe beleuchtete die makabere Szene, in der sich die junge Frau verbogen und eingequetscht zwischen dem ganzen Zeug befand. Augen und Lippen geschlossen, die Kiefer aufgerissen auf der Suche nach Sauerstoff. Neben ihr die Karte.

Five For Silver.

Auf dem Parkplatz hatte uns der Hauswart erwartet, der vermutlich bereits dem ersten Team die Wohnungstür geöffnet hatte. Er hatte uns die Treppe hinuntergeführt und auf den Keller gezeigt, an dem ich das offene Vorhängeschloss schon hatte hängen sehen. Ich stellte sicher, dass Tabea tot war, und warf noch kurz einen Blick in alle Kellergänge, konnte aber keine Spur von Seiler entdecken. Dann gingen wir wieder nach oben, um auf Jana, Densch und den ED zu warten.

»Scheiße. Das Team hat in der Wohnung keinen Kellerschlüssel gefunden und ist deswegen nicht auf die Idee gekommen, das zu überprüfen«, sagte Jana niedergeschlagen. »Das habe ich verbockt. Ich hätte an diese Möglichkeit denken müssen.«

»Ich glaube, für Tabea Mühlheim hätte es keinen Unterschied gemacht. Meine Vermutung ist, dass Seiler direkt hier aufgetaucht ist, nachdem ihr seine Bude auseinandergenommen habt.«

Sie schüttelte den Kopf, um den Einwand nicht gelten zu lassen. »Es war meine Schuld. Ich habe nicht mitgedacht und die Beamten nicht ordentlich informiert. Seiler hat Zeit für seine Aktion gebraucht. Und die habe ich ihm verschafft. Arne meint, dass das ganze Ritual mit den verschiedenen Schichten Kleber und den Vorbereitungen locker eine halbe bis ganze Stunde dauern kann. Vermutlich waren die Beamten da längst oben in der Wohnung.«

Im Moment konnte ich ihr nicht helfen. Sie würde sich erst noch weiter selbst zerfleischen müssen, bevor sie hoffentlich die Kurve kriegte. Diese Selbstzweifel kannte ich aus eigener Erfahrung gut genug. Immer wieder gab es im Ermittlungsalltag Situationen, in denen man Fehlentscheidungen treffen konnte. Die Menschenleben kosten konnten. Auch wenn ich nach wie vor davon überzeugt war, dass uns Micha momentan noch einen Schritt voraus war und Jana Tabea Mühlheims Tod nicht hätte verhindern können. Aber davon musste sie sich selbst überzeugen.

»Fängt Densch mit den Vernehmungen alleine an?«, wollte ich wissen.

Sie schüttelte den Kopf. »Er wartet auf mich.«

»Kann ich mitkommen?«

Sie nickte, ohne nachzudenken. Ich konnte ihr nicht verdenken, dass sie momentan nicht bei der Sache war.

»Soll ich Henni mitnehmen?«

Ein weiteres Nicken.

Die überlebenden Mitglieder der Gruppe waren in verschiedenen Räumen voneinander getrennt untergebracht worden. Man hatte ihnen Essen und Trinken, Zeitschriften und bequeme Stühle und Sessel zur Verfügung gestellt. Sie sollten nur nicht miteinander reden. Auch wenn sich die Ermittlungen jetzt eindeutig auf Micha als Täter konzentrierten, gab es zu viele unbeantwortete Fragen.

Einzeln wurden sie in den Vernehmungsraum geführt und von Jana und Densch befragt. Henni, Kunzi und ich konnten auf der anderen Seite der Spiegelscheibe über Mikrofone an dem Gespräch teilhaben.

»Ist Sunnys alter Herr auch dabei?«, wollte ich wissen.

»Natürlich«, antwortete Henni.

Als Erste war Pika Blum dran.

Densch übernahm die Führung. Er erklärte kurz die Situation, schilderte die Umstände der Tode von Marius Kalinowski und Tabea Mühlheim und bat inständig um Mithilfe und vollständige Kooperation. Normalerweise hätte vermutlich Jana diesen Part übernommen, aber mit Besorgnis betrachtete ich sie. Sie schien benommen, als hätte sie einen schweren Treffer eingesteckt. Als sei sie angezählt worden. *Stehend k. o.* wäre wohl der Boxerausdruck gewesen, und als ihr Trainer hätte ich längst darüber nachgedacht, das Handtuch in den Ring zu werfen.

Entweder war sich Densch nicht im Klaren darüber, wie angeknackst sie wirklich war, oder aber er hatte es versucht, und sie hatte darauf bestanden, *ihren Job zu machen*. Jana konnte in solchen Dingen fast so stur sein wie ich.

Pika machte keinen deutlich besseren Eindruck als Jana, ihre Augen waren rot und das Make-up leicht verschmiert. Vermutlich hatte sie die Zeit in ihrem Unterbringungszimmer genutzt, um einen kleinen Zusammenbruch zu erleiden.

Gerade antwortete sie auf eine Frage von Densch, die ich verpasst hatte.

»Nein, im Gegenteil. Ich habe das Gefühl, Micha nahm nicht einmal Medikamente gegen so triviales Zeug wie Kopfschmerzen und so. Sein Körper war ihm immer eine Art Heiligtum. Er hat sich nicht mal Ohrlöcher stechen lassen, um die Meridiane in seinem Körper nicht zu beschädigen.«

»Was?« Densch verstand nicht, wovon sie redete.

Pika fasste sich ans Ohrläppchen. »Die Energie, die durch den Körper fließt. Qi oder so. Das sind die Punkte, die für Akupressur und Akupunktur wichtig sind.«

»Aha. Hat sich Micha Seiler mit diesen Dingen beschäftigt?«

Pika nickte. »Total.«

»Sie sagen, sein Körper sei so etwas wie sein Heiligtum gewesen. Trotzdem berichten Sie und andere der Gruppe davon, dass Herr Seiler auch durchaus exzessivem Trinken nicht abgeneigt war.«

»Also, er war kein Alkoholiker«, sagte Pika schnell. Sie sah fast erschrocken aus.

Densch winkte ab. »Das meine ich nicht. Aber unseren Informationen zufolge hat er durchaus bei Gelegenheit größere Mengen getrunken, richtig?«

»Das stimmt. Aber ihm hat man das nie so richtig angemerkt.«

»Vielleicht ist das der Grund, dass er die Medikamente abgesetzt hat«, sagte Henni neben mir. »Weil er seinen Körper nicht mit der Chemie belasten wollte. Wenn er sich damit beschäftigt hat, weiß er vermutlich, wie krass Neuroleptika sind.«

»Und opfert stattdessen seine Psyche?«, fragte ich zweifelnd.

Henni zuckte mit den Schultern.

Hinter der Scheibe erklärte Pika: »Natürlich haben wir alle darüber nachgedacht. So eine heimliche Spekulation, wie es weitergehen könnte. Wie viele Zeilen es gibt und wen sie betreffen könnten.«

»Aber warum Tabea Mühlheim *Silber* war, wissen Sie nicht?«

Pika schnaubte traurig. »Vielleicht weil sie so viel erzählt hat? Tabea hat immer geredet. Und wenn jemand anders etwas erzählt hat, dann hat sie parallel dazu ein Gespräch angefangen. Sie wusste, dass Kommunikation die moderne Bühne ist, und sie wollte gerne im Mittelpunkt stehen.« Plötzlich sah sie auf, wurde rot und verzog das Gesicht. Offenbar war ihr aufgefallen, dass sie gerade schlecht über eine Tote sprach.

»Bitte, Frau Blum, nur so können Sie uns und vor allem sich selbst helfen. Übertriebene Schicklichkeit hilft Frau Mühlheim auch nicht weiter«, sagte Densch.

»Reden ist Silber, meinen Sie?«, warf Jana ein.

Pika zögerte, nickte.

»Glaubst du das? Das passt doch gar nicht zu dem ganzen mystisch verquirlten Quatsch. So ein deutsches Sprichwort«, fragte ich zweifelnd.

Henni sah mich von der Seite her an. »Gibt's doch im Englischen auch. *Talk is silver, silence is golden*, oder so.«

Ich brummte.

Densch fuhr drinnen fort: »Wir wissen immer noch nicht, warum er es getan hat. Oder was der Auslöser dafür war. Klar ist bloß: Er darf an keinen der anderen mehr herankommen.« Er sah auf seine Notizen, schaute wieder hoch. »Amato Farese.« Es klang fast gebetsmühlenartig.

»Das habe ich Ihnen bereits gesagt.« Auch Pika klang inzwischen leicht verzweifelt. »Er ist irgendwann einfach weg gewesen. Ich weiß nicht, wieso er abgehauen ist. Mich persönlich hat es doch auch nicht betroffen.« Sie sah die beiden flehentlich an. »Ich habe nicht mit ihm geschlafen, und ich war nicht eifersüchtig auf ihn. Er war einfach nur ein Typ, der Zeit mit uns verbracht hat. Das war alles.«

»Von den Postkarten wussten Sie nichts.«

»Nein. Was für Postkarten?« Sie runzelte die Stirn, aber Densch antwortete mit einer Gegenfrage: »Und was in jener Nacht passiert ist, davon wissen Sie auch nichts?«

»Nein, Herrgott. Ich kann mich an diese Nacht nicht einmal mehr erinnern. Bitte glauben Sie mir doch! Da war nichts, an das ich mich hätte erinnern können. Müssen.«

Jana und Densch sprachen noch eine ganze Weile mit Pika, und ich holte mir zwischendurch einen Stuhl, um mich zu setzen. Ich hatte nicht das Gefühl, dass sie dort weiterkommen würden. Pika Blum verheimlichte uns nichts, davon war ich überzeugt. Endlich ließen sie sie gehen und tauschten sie gegen Karsten Haasberg aus.

»Herr Haasberg, wir haben Sie nicht festgesetzt. Und Sie brauchen auch keinen Anwalt. Es handelt sich hier lediglich um eine Befragung. Und zu Ihrem eigenen Schutz haben wir Sie für den Augenblick bei uns untergebracht. Solange sich Micha Seiler noch auf der Flucht befindet, müssen wir sicherstellen, dass es zu keinen weiteren Vorkommnissen kommt.«

Bei dem letzten Satz zuckte Jana zusammen. Tabea Mühlheim war ein *Vorkommnis* gewesen.

»Schön.« Haasberg streckte das Kreuz durch und legte den Kopf nach links und rechts, bis es knackte.

»Was können Sie uns zu den Geschehnissen in Irland erzählen? Wir wissen, dass Amato Farese seit Ihrer Begegnung in den Wicklow Mountains nicht mehr gesehen wurde. Und dass Micha Seiler die Postkarten an Fareses Familie gefälscht hat. Warum?«

»Ich habe keine Ahnung«, entgegnete Haasberg.

»Wussten Sie von den Karten?«

»Nein, tut mir leid. Worum geht es da?«

Es klopfte, und eine Beamtin trat ein. Sie überreichte Densch eine Mappe und beugte sich vor, um ihm etwas ins Ohr zu flüstern. Nachdem sie gegangen war, warf Densch einen kurzen Blick in die Unterlagen und reichte sie an Jana weiter.

»Das ist der Bericht der irischen Kollegen. Sie haben die Gegend um den Hof der Mulhollands mit Spürhunden abgesucht und dabei eine Leiche gefunden. Sie muss dort ungefähr vor vier oder fünf Jahren vergraben worden sein. Das könnte der Juli 2010 gewesen sein.« Er beugte sich nach vorn und verschränkte die Finger auf dem Tisch ineinander.

Die Geste kannte ich von ihm, das war seine Lauerstellung. Wenn er Morgenluft witterte, kurz vor dem Durchbruch stand. Mit gesenkter Stimme fuhr er fort: »Es sieht so aus, als sei der Leiche der Schädel eingeschlagen worden. Wird die Obduktion ergeben, dass es sich bei dem Toten um Amato Farese handelt?«

Haasberg sagte einen Moment lang nichts und nickte dann langsam. Mit einem tiefen Atemzug sah er erst Jana, dann Densch an und antwortete: »Es ist zu einem Streit mit Micha gekommen, und in einem Wutausbruch hat er ihn geschubst. Farese hat sich den Schädel an einem Stein eingeschlagen. Es war ein Unfall und schon so lange her. Es gab keine weiteren Hinweise auf Michas instabile Gemütslage.« Er zuckte mit den Schultern. »Ich nehme an, zu der Zeit hat er noch regelmäßig seine Medikamente genommen. Wir waren alle ziemlich überrascht von diesem Ausbruch.«

»Warum ist es zu dem Streit gekommen?«

»Farese hatte was mit Sunny. Die beiden haben häufig beisammengehockt, während des Unwetters viel Zeit im Bett verbracht. Dann gab es Ärger zwischen den beiden, Sunny wollte wohl nicht mehr. Farese hat sie vergewaltigt.« Bei den letzten Worten sah er erneut auf und begegnete den Blicken der beiden Kommissare mit selbstbewusstem Ausdruck.

»Seiler hat sich also mit Farese gestritten, weil er um Sunny Marquardt besorgt war, ist das korrekt?«

»Micha hat sich immer als großer Bruder für die ganzen Frauen aufgespielt. Es gab da so eine Art Ritterlichkeit in ihm. Die Aktion von Farese hat ihn komplett fertiggemacht. Das hat ein paar Stunden ordentlich an ihm gefressen, bevor es dann explodiert ist. Dass wir alle wegen des Wetters drinnen festsaßen, hat es bestimmt nicht besser gemacht.«

»Warum hat niemand von Ihnen jemals darüber gesprochen? Sie haben die Tat all die Jahre durch Ihr Schweigen gedeckt und sich damit strafbar gemacht«, sagte Jana.

»Paragraf 258 nach Strafgesetzbuch, bis zu fünf Jahre«, warf Densch ein. Bevor er den Paragraphen zitieren konnte, unterbrach Jana ihn mit einer schnellen Handbewegung.

Haasberg zögerte. »Wir waren alle empört. Als Sunny uns unter Tränen davon erzählt hat, nachdem wir bereits geraume Zeit auf engem Raum beisammenhockten, sind die Gemüter hochgekocht. Es wurde diskutiert und gestritten, wie damit umgegangen werden sollte. Einige waren dafür, Farese für die Tat zu bestrafen.«

»So wie Seiler das dann getan hat?«

»Nein. Das hatte nicht mal Micha vor. Es ging eher darum, unserer Wut und Empörung Ausdruck zu verleihen. Wir waren in einer Situation, in der wir nicht einfach zur Polizei gehen konnten.«

»War an dieser Auseinandersetzung die ganze Gruppe beteiligt?«

Haasberg schüttelte den Kopf. »Pika ging es an dem Tag nicht gut. Sie lag mit Fieber im Bett. Ich glaube nicht, dass sie von der ganzen Geschichte irgendetwas mitbekommen hat. Und von uns anderen hat danach niemand darauf gebrannt, alles haarklein wiederzugeben. Sunny hat sich in ihrem Zimmer eingeschlossen. Sie war nach dem Vorfall ebenfalls nicht in bester Verfassung.«

»Das heißt, Marlene Herzog und Owen Carling sind in der Lage, diese Geschichte zu bestätigen?«

Er seufzte. »Wenn sie das wollen, ja. Vergessen Sie nicht, wir haben uns damals eine Art Eid geschworen, dass wir von der Sache nichts nach außen tragen. Wir wollten niemandem etwas darüber sagen.«

»Und einen Mord decken.«

»Es war kein Mord. Micha wollte den Italiener nicht umbringen. Er wollte ihn erschrecken und ihm einen Denkzettel verpassen. Er hat ihn mit nach draußen vor die Tür genommen. Dort herrschten Windgeschwindigkeiten von über hundert Stundenkilometern, und der Regen fiel fast waagerecht. Man konnte kaum etwas sehen und war innerhalb von Sekunden bis auf die Knochen nass. Möglicherweise hat der Italiener Micha auch zuerst angegriffen. Das müssen Sie Micha selbst fragen.«

»Und dann hat er die Postkarten geschrieben, damit niemand Farese vermisst.«

»Ich habe Ihnen schon gesagt, von den Karten weiß ich nichts.«

Ich schüttelte den Kopf und murmelte: »Wie praktisch, dass derjenige, der als Einziger weiß, was dort draußen im Regen passiert ist, der Mörder ist, den wir gerade alle jagen. Das ist doch niemals die ganze Geschichte. Der Kerl lügt uns die Hucke voll.«

Kurz darauf befand sich Marlene im Befragungszimmer. Henni rang mit sich, ob sie dabeibleiben sollte, beschloss dann aber, das Gespräch draußen vor der Tür auszusitzen. »Ich weiß ohnehin nicht, wie ich mit ihr über die ganze Sache reden soll. Sie hat mir so viel verschwiegen, und ich dagegen habe meine Nase in die Sache reingesteckt. Ich weiß gar nicht, wie das weitergehen soll. Sie ist doch meine Schwester!« Mit eindringlichem Blick sah sie mich an, aber ich wusste nicht genau, was ich sagen sollte.

»Ich erzähle dir, was sie gesagt hat«, erwiderte ich stattdessen bloß.

Kurz berührte sie mich am Arm, bevor sie ging.

Marlene bestätigte in knappen Worten, was Haasberg uns erzählt hatte: Sunny war von Farese vergewaltigt worden, es hatte einen Riesenstunk in der Gruppe gegeben, so eine Art Tribunal, und dann sei Micha mit dem Italiener vor die Tür gegangen. Und alleine wiedergekommen. Als Densch sie nach den Postkarten von Farese befragte, zog sie bloß verständnislos die Augenbrauen zusammen. »Von denen weiß ich nichts.«

Densch und Jana gingen noch einen Moment frühere Aussagen von ihr durch und ließen sie dann durch Sunny austauschen.

»Herr Haasberg und Frau Herzog haben uns erzählt, dass es in der Nacht vom 14. Juli eine Auseinandersetzung zwischen Ihnen und Amato Farese gegeben hat.«

Sunny nickte. »Das stimmt.«

»Und dass als Resultat dieser Konfrontation Micha Seiler mit Amato Farese vor die Tür gegangen ist.«

»Davon weiß ich nichts. Also, ich habe es nur gehört, später.« Sie sprach auf eine flache, tonlose Art und saß zusammengekrümmt auf dem Stuhl. »Die anderen haben mir erzählt, dass Micha ihn sich ordentlich zur Brust genommen und ihm einen gehörigen Schrecken eingejagt hat. Er ist früh am nächsten Morgen einfach abgehauen. Ich habe ihn nicht noch einmal gesehen.«

Densch und Jana wechselten einen kurzen Blick.

»Frau Marquardt, ist Ihnen bewusst, dass Amato Farese tot ist?«

Sie riss die Augen auf. »Was? Wann?« Schlagartig richtete sie sich im Sitz auf.

Ich beobachtete sie aufmerksam, um zu erkennen, ob sie uns etwas vorspielte. Aber eigentlich gab es keinen Grund dafür, und wenn stimmte, was Haasberg gesagt hatte, war sie möglicherweise tatsächlich nicht anwesend gewesen.

»Im Moment gehen wir davon aus, dass er in der Nacht vom 14. Juli durch Michael Seiler getötet wurde. Noch wissen wir nicht, ob es sich um einen Totschlag, Mord oder Notwehr gehandelt hat.«

Sunny wurde noch bleicher, als sie es ohnehin schon war, und bewegte langsam die Hand Richtung Gesicht, vollendete die Geste jedoch nicht. Sie krächzte. Versuchte es erneut. »Tot?«

»Davon wissen Sie nichts?«

Sie schüttelte den Kopf und weinte, während Densch sie wie hypnotisiert anstarrte.

Flüsternd fügte sie hinzu: »Ich habe ihn umgebracht.«

»Wie bitte?« Densch beugte sich vor.

»Ich habe ihn umgebracht.« Mit flehentlichem Gesichtsausdruck sah sie die beiden Kommissare an.

»Was meinen Sie?«, fragte Jana.

»Amato hat mich nicht vergewaltigt. Ich habe gelogen.«

Beide Kommissare rutschten unruhig auf ihren Stühlen hin und her.

»Sie meinen, Sie haben in der Herberge nicht die Wahrheit gesagt?«

Sie nickte, schüttelte dann den Kopf. Schluchzte erneut, zog die Nase hoch. Jana reichte ihr ein Taschentuch. Ich konnte sehen, dass Densch sie vor Ungeduld anspringen wollte, aber er riss sich zusammen.

»Wir hatten uns gestritten. Er war nicht besonders nett zu mir. Hat mich beschimpft. Und weil ich mich rächen wollte, habe ich Owen und Micha erzählt, dass er mich gegen meinen Willen zum Sex gezwungen hat.« Nach einem Moment fügte sie hinzu: »Irgendwie war es auch, um mich nicht mehr so nuttig zu fühlen. Ich meine, erst war es toll. Es waren schöne Stunden, die wir miteinander verbracht haben. Aber ich habe gemerkt, wie die anderen mich angesehen haben. Ich hatte das Gefühl, sie sehen mich als Schlampe.«

Ich sah Henni an, die inzwischen wieder neben mir stand. »Vermutlich haben die anderen sie gedisst, weil ihr Herr Papa sie da reingekauft hat, und gar nicht, weil sie mit dem Italiener geschlafen hat.«

»Und wenn er Sie gegen Ihren Willen genommen hätte, dann wäre das weniger schlimm gewesen?«, fuhr Densch fort.

Sie blies erneut ins Taschentuch. »So in etwa, ja. Ich weiß, wie dämlich das klingt. Es ist damals einfach so aus mir herausgerutscht.« Mit großen Augen sah sie Jana und Densch an. »Aber ich hatte keine Ahnung, was dann passiert ist. Ich dachte, die anderen hätten Amato vor die Tür gesetzt. Als sie meinten, dass er bereits früh weg ist, hatte ich schon ein schlechtes Gewissen, weil ich dachte, dass sie ihn nachts noch bei dem Wetter losgeschickt hätten. Auf die Idee, dass ihm was passiert ist, wäre ich nie gekommen.« Sie wurde von einem neuerlichen Heulanfall unterbrochen, doch plötzlich setzte sie sich mit einem Ruck auf. Absolutes Entsetzen verzerrte ihre Züge noch weiter. »Oh mein Gott!«

»Was ist?«

»Ich habe Micha davon erzählt.«

»Worüber haben Sie mit ihm gesprochen?«

»Darüber, dass ich damals gelogen habe.«

»Fuck!«, stieß ich hinter der Scheibe aus.

»Das hat er gewusst?«, fragte Densch. »Wann war das?«

»Vor ein paar Monaten. Micha war einer der wenigen, mit denen ich noch Kontakt hatte. Irgendwie ist das alles nach der Reise mehr oder weniger komplett abgerissen. Ich glaube, ich war nicht sonderlich beliebt. Wir waren abends im Viktoriapark spazieren, das haben wir ab und zu gemacht, und dabei habe ich ihm gebeichtet, was damals passiert ist. Aber er hat mir nichts vom Tod von Amato gesagt, kein Wort!«

»Das hat ihn dann wohl gegen die Wand gefahren«, sagte ich. »Diese Hexe! Sich solchen Scheiß ausdenken und dann mit dem Geständnis die Kettenreaktion lostreten.«

»Dass Seiler zum Serienkiller wird, willst du ihr jetzt aber nicht auch noch anlasten, oder? Ich finde auch, dass sie sich falsch verhalten hat, aber das ganze Ding ruht irgendwie noch auf ein paar mehr Schultern. Was ist mit den anderen, die Seiler nicht daran gehindert haben, sich Farese vorzunehmen? Oder denen, die die ganze Zeit den Mund gehalten haben? Wenn nach dem Mord an Steffen Rasmus einer von denen mit uns geredet hätte, wäre möglicherweise auch vieles verhindert worden«, warf Henni ein.

Ich nickte. »Genau da ergibt die Geschichte irgendwie auch noch nicht richtig Sinn. Ich kann mir nicht vorstellen, dass die alle nichts gesagt haben, nur um ihrem Kumpel

Micha keine Schwierigkeiten zu machen. Während nach und nach Mitglieder der Gruppe sterben.«

»Du meinst, da steckt mehr dahinter?«

Bevor ich weitersprechen konnte, vibrierte mein Handy. Ich ging ran.

Es war Ulli. Er sprach seltsam vernuschelt, als wäre er schlimm erkältet. »Hey, Johnny, ich bin's, Ulli. Die haben mich erwischt.«

15

»Die Türken?«

Henni warf mir einen alarmierten Blick zu, weil ich etwas lauter gesprochen hatte.

»Ja, aber nicht die Zwillinge. Typen, die sie geschickt haben.«

»Wo bist du jetzt?«

»Nähe Gesundbrunnen. Die Kerle haben mich auf dem Weg zur S-Bahn erwischt.«

»Ich komme dich holen.«

Nachdem ich aufgelegt hatte, fragte Henni: »Du musst weg?«

»Ja. Ein Kumpel hat Ärger. Halt die Ohren für mich offen und erzähl mir hinterher alles.«

Wenn Kunzi die vertraute Art, mit der wir miteinander umgingen, merkwürdig vorkam, ließ er sich nichts anmerken. Henni umarmte mich sogar zum Abschied. »Pass auf dich auf.«

Ich hielt in der zweiten Spur, ließ den Motor laufen und sprang aus dem Auto. Ulli lehnte an einer Hauswand, tief heruntergerutscht, und hielt das Gesicht in den Händen vergraben.

»Hey«, sagte ich und hockte mich neben ihn. »Alles klar?«

Als er die Hände langsam sinken ließ, konnte ich das Blut sehen. Er lächelte, wobei seine Zähne aussahen, als schwämmen sie in Rot. »Sieht schlimmer aus, als es ist. Glaub, die Lippe ist aufgeplatzt.«

Aber außer der Wunde am Mund hatte er auch noch einen Riss am Auge und jede Menge Prellungen und blaue Flecken. Ich konnte mir vorstellen, wie der Rest seines Körpers aussah.

»Wie viele waren es?«, wollte ich wissen, während ich ihm aufhalf und ihn zum Auto brachte.

»Vier. Erst habe ich nur zwei gesehen, da dachte ich noch, mit denen komme ich klar.« Er lachte leise, aber es ging in ein Spucken über, bei dem er Blut über die Straße sprühte.

»Ich werde dir das ganze Auto einsauen.«

»Lach einfach nicht«, sagte ich und öffnete umständlich die Tür, während er an meiner Schulter hing.

Als ich ihn angeschnallt hatte, fragte ich: »Was noch? Rippen?«

Er zuckte mit den Schultern und verzog sofort schmerzvoll das Gesicht. »Das sollte ich lassen. Ja, Rippen. Aber nicht gebrochen, glaube ich.«

Ulli bewegte sich nicht wie jemand, dem einfach nur ein paar Fäuste über die Rippen geschrammt waren. Entweder die Kerle hatten richtig zugetreten, dann war es nicht unwahrscheinlich, dass seine Rippen angebrochen waren, oder aber da war noch was anderes. Ich zögerte kurz, schloss dann die Autotür zu und stieg auf der anderen Seite ein.

»Was noch?«, fragte ich, als ich die Karre startete.

»Die Nieren. Ich fürchte, ich pisse die nächste Woche Blut.« Er hustete erneut.

»Scheiße.« Einen Augenblick lang sagte ich nichts, sondern steuerte bloß den Wagen durch den Verkehr nach Süden. »Ich fahr dich ins Krankenhaus. Mit Nierenschlägen ist nicht zu spaßen, Mann.« Ich warf einen Seitenblick auf den Haufen Elend auf meinem Beifahrersitz.

»Quatsch, das war bloß eine Keilerei. Ich komm schon wieder auf die Beine. Wärmflasche, Couch, und gut ist. Die Wichser werden ja nicht gleich wieder vorbeikommen, nachdem sie mich so durch die Mangel genommen haben.« Er lachte wieder, verteilte erneut einen Sprühregen aus Blut.

»Keine Chance, Alter. Du lässt dich untersuchen. Wenn du einen Riss in der Niere hast, kann es sein, dass du innerlich verblutest, ohne es zu merken. Fuck!« Am liebsten wäre ich direkt nach Kreuzberg gefahren, um nach den Zwillingen zu suchen. »Wann war der Termin?«

»Morgen«, ächzte Ulli.

»Und da haben sie dich heute schon durch die Mangel gedreht? Was für kranke Arschlöcher.«

»Damit ich's nicht vergesse, haben sie gesagt.« Sein Kopf sackte gegen die Scheibe.

Besorgt beobachtete ich ihn, konnte aber in dem Moment nichts für ihn tun.

Außer schneller fahren.

Knapp drei Stunden später fuhr ich an der U-Bahn entlang, die an dieser Stelle oberirdisch über der Straße schwebte, Richtung Kreuzberg 36. Die Zeit, die ich mit Ulli in der Notaufnahme verbracht hatte, bis sie ihn endlich in ein Bett verfrachtet und weggeschoben hatten, hatte meine Wut nicht kleiner werden lassen. Ich konnte die Verspannung, den Wunsch, jemandem Schmerzen zuzufügen, im ganzen Körper spüren. Betrachtete, wie die Knöchel meiner Fäuste weiß wurden, weil ich das Lenkrad derart fest gepackt hielt.

Ich parkte am Mariannenplatz und machte mich dann daran, die üblichen Plätze abzulaufen, an denen sich die Zwillinge rumtreiben konnten. Der Kaffeeladen, die Shisha-Bar und das Geschäft, in dem es nichts als Nüsse, Körner und Samen gab: in riesigen Jutesäcken, geröstet, gesalzen, geräuchert. Überall standen Holzschüsseln auf den Tischen, um die Schalen aufzunehmen, und rings um mich herum knabberte und knackte es. Aber die Zwillinge waren nicht zu sehen.

Also lief ich weiter, die Mariannenstraße hinunter, wo es neben der Hochbahn, an der Ecke zur Skalitzer, einen kleinen Park gab. Dort hockten sie zusammen mit zwei anderen Typen auf einer Bank.

Sobald sie mich zielstrebig auf sich zukommen sahen, hüpften ihre Begleiter von der Bank und rollten ein wenig mit den Schultern. Ich bremste nicht ab, sondern marschierte direkt auf sie zu.

Kemal verzog das Gesicht, sagte leise etwas zu seinen Jungs, aber die hörten nicht. Gingen auf Abfangkurs, um mich aufzuhalten.

Kurz bevor wir zusammenstießen, streckte einer den Arm aus. Offene Handfläche, ganz lässig. Ich packte das Handgelenk, verdrehte den Arm, trat ihm in die Kniekehle, als er sich zusammenkrümmte, um dem Schmerz auszuweichen, und ließ ihn neben mir zu Boden sinken. Alles, ohne die Geschwindigkeit zu verringern.

Der zweite Mann zögerte, und schon stand ich ganz dicht vor Mustafa. Seine Schuhe berührten fast meine Hose. Wir starrten uns an, ich von oben herab, er von unten hoch. Ich wartete, einen Herzschlag lang, zwei, ein halbes Dutzend. Hätte er gegrinst, hätte er einen Spruch gemacht, hätte ich ihm die Nase gebrochen. Ihn von der beschissenen Bank gerissen und durch den Dreck geschleift. Mit seinem Schädel den Mülleimer etwas eingedellt, die gegelten Haare durcheinandergebracht.

Aber keiner von beiden sagte etwas. Sie sahen mich bloß an, Mustafa mit etwas Ähnlichem wie Kummer in den Augen. Schließlich lehnte er sich langsam zurück, so bedächtig, dass mir klar sein musste, dass es kein Aggressionsverhalten sein sollte, und sagte: »Es tut uns leid, Mann.«

Ich konzentrierte mich auf meine Atmung. Starrte ihn weiter bloß an, aber ich nahm parallel Kemal neben ihm wahr und wusste genau, wo die beiden Typen hinter mir standen. Ich wollte, dass sie etwas unternahmen. Wollte explodieren. Sie bestrafen.

Aber den Gefallen taten sie mir nicht. Also fragte ich tonlos: »Was tut euch leid?«

Kemal antwortete: »Sie sollten ihn bloß erinnern. An morgen. Ihn etwas rumschubsen. Wir wissen, dass er kein Hardliner ist. Das war blöd, was da passiert ist, Mann. Vollkommen unnötig. Nicht so geplant.«

»Er ist im Krankenhaus. Verdacht auf Nierenriss. Wisst ihr, wie weh so was tut? Noch Wochen hinterher?«

Kemal spreizte die Finger. Ich wollte einen von ihnen packen und brechen. »Es tut uns leid, Thiebeck. Du kennst uns. Das ist nicht unser Stil. Er hatte bis morgen Zeit. So sollte das nicht laufen.«

»War einer von den beiden dabei?« Ich musste mich nicht bewegen, um auf die Kerle hinter mir zu deuten. Die Zwillinge wussten auch so, was ich meinte.

»Nein, Mann. Sie sind nicht hier.«

Ich überlegte kurz. Ein Teil von mir wollte sie fertigmachen, trotz aller Deeskalationsstrategien, die sie gerade auspackten. Alles rauslassen und diesen kleinen Spielplatz mitten zwischen Hochbahn und Altbauwohnungen in ein Schlachtfeld verwandeln. Aber das wäre dämlich gewesen. Weil ich Henni dann nicht mehr helfen konnte. Dann würden sie Thiebeck erst mal festsetzen.

Ich richtete mich auf und nickte. Fixierte erst Mustafa, dann Kemal mit festem Blick. »Ihr verlängert die Deadline. Ich habe Attila gefunden. Er besorgt das Geld. Und wenn die Sache durch ist, will ich wissen, wer Ulli so zugerichtet hat.«

»Sorry, *no can do*«, sagte Kemal mit einem Lächeln. »Tut mir leid, Thiebeck, aber da geht es ums Prinzip. Und einen Aufschub gibt es auch nicht. Attila interessiert uns nicht, uns interessiert nur die Kohle. Und die Deadline. Sag Wenzel, dass wir uns entschuldigen. Aber morgen wollen wir die Asche sehen. So läuft das nun mal.«

Ich machte einen Schritt zurück, ohne sie aus den Augen zu lassen. Konnte spüren, wie die beiden hinter mir ein Stück auswichen. »Ihr bekommt euer Geld nächste Woche. Sieben Tage Puffer, für euren Fuck-up.«

Mustafa schob sich von der Bank, hob dabei entwaffnend die Hände. »Nimm's uns nicht übel, Alter, aber du bist der Letzte, der hier die Spielregeln ändert.«

Ich hob die Hand zum Gruß. »Probiert nicht aus, ob ich wirklich der Silberrücken bin, für den ich mich halte. Eine Woche!« Mit diesen Worten drehte ich mich um und ging die wenigen Stufen hinunter, die aus dem Park zurück Richtung Skalitzer Straße führten. Hinter mir wurde noch etwas auf Türkisch gezischt.

Mein nächster Stopp war der Schrottplatz. Diesmal fuhr ich auf den Hof, stellte das Auto ab und ging direkt nach hinten zu dem Unterstand. Der M985 war weg, der Container leer.

Ich hatte die Mistkäfer offenbar so weit aufgescheucht, dass sie lieber das Risiko eingegangen waren, mit ihrem Monster von Truck irgendwohin durch die Stadt zu fahren.

Also ging ich zurück zum Bürocontainer am Eingang. Dort saßen Hamid und sein stumpfer, fetter Freund und tranken Tee.

»Ein Ford! Ich hätte es wissen müssen! Gute Wahl, mein Freund, gute Wahl. Das passt zu dir, ehrlich.« Er deutete auf den silbernen Teepott in der Ecke, um mir zu bedeuten, mich zu bedienen.

Sein Kollege betrachtete mich feindselig aus dunkel umrandeten Augen.

»Die Typen, die hinten im Container gehaust haben. Mit dem M985, wo sind die hin?«

Hamids Gesichtsausdruck veränderte sich. Er sah enttäuscht aus. Als hätte ich ihm gerade gestanden, dass ich eigentlich weder den Geruch von Benzin mochte noch den Anblick von Öl auf Asphalt ausstehen konnte und mir generell auch lieber nie die Hände schmutzig machte. Aber seine verletzte Schrottschrauber-Ehre war mir gerade zu egal, als dass ich ihm meine Leidenschaft für alte Autos überzeugend hätte darlegen wollen.

»Keine Ahnung. Die haben bezahlt, um das Ding hier unterzustellen, jetzt sind sie weg.« Er zuckte mit den Schultern. *Der Lauf der Dinge.*

»Wenn sie noch mal hier auftauchen, ruf mich an. Es gibt auch eine Belohnung. Fette Belohnung!« Ich ging zu ihm und legte ihm eine Karte auf den Schreibtisch. Ich glaubte nicht, dass Hamid der Aufforderung nachkommen würde, aber einen Versuch war es wert. Ich war wenig begeistert von der Aussicht, ein weiteres Mal nach Attila in der Stadt suchen zu müssen. Beziehungsweise Stehrs nach ihm suchen zu lassen.

Als ich gerade mit spritzendem Schotter vom Platz fuhr, vibrierte mein Handy. Ich hielt hinter der Ausfahrt. Es war Henni.

»Kannst du kommen? Wir haben demnächst eine Lagebesprechung, und ich hätte dich gerne dabei.« Ihre Stimme klang gedämpft. Ich nahm an, dass sie ohne das Wissen der anderen angerufen hatte.

»Bin unterwegs«, sagte ich, legte auf und gab Gas.

»Die Karten an Fareses Familie sind eindeutig von Michael Seiler geschrieben worden, sagt Richter.« Densch stand an der Tafel und hatte bereits die Fotokopien der Karten mit einem Magneten neben Seilers Namen bewegt. »Allerdings«, fuhr er fort, »hat Seiler die Karten nicht abgeschickt.«

»Wie meinst du das?«, fragte Jana.

Sie sah immer noch bleich und abgekämpft aus und hatte mich nur mit einer leichten Berührung am Arm begrüßt, als ich im LKA aufgetaucht war. Ich hätte sie gerne in den Arm genommen, aber vermutlich hatte sie zu viel Angst davor, dabei auseinanderzufallen.

»Die Poststempel sind echt. Die Karten sind also tatsächlich in London, Edinburgh, Kopenhagen, Malmö, Kaliningrad, Warschau und Wien aufgegeben worden.«

»Ist das seine Reiseroute gewesen? In der Chronologie?«

Densch nickte. »Und das entsprach auch in etwa seinem ursprünglichen Plan, sagt die Familie. Irgendwer muss also tatsächlich über mehrere Wochen Fareses Route abgereist sein, um die Karten einzuwerfen. Oder aber Farese war zu der Zeit in der Tat noch am Leben.«

»Ziehen wir das tatsächlich in Erwägung? Carling, Marlene

Herzog und Haasberg sagen alle aus, dass Micha Seiler Farese getötet hat«, warf Kunzi ein.

»Aber keiner von ihnen hat die Tat beobachtet, behaupten sie. Und Seiler können wir dazu noch nicht befragen«, gab Densch zurück. »Jedenfalls kann er die Postkarten nicht eingeworfen haben. Er hat in der fraglichen Zeit eine Reihe von Vorlesungen als studentischer Mentor geleitet. Das haben wir bereits überprüfen können.«

»Das heißt, Seiler hat die Karten geschrieben, aber jemand anders ist quer durch Europa gereist, um sie einzuwerfen? Warum sollte das einer der anderen tun?«, fragte Henni.

Ich warf einen Seitenblick auf sie. Es konnte nicht mehr lange dauern, bis Jana und Densch sie wieder von den Ermittlungen ausschließen würden. Bisher hatte es so ausgesehen, als hätten wir mit Seiler einen eindeutigen Täter. Marlene hatte augenscheinlich nichts mit dem Fall zu tun gehabt – außer, dass sie zur falschen Zeit am falschen Ort gewesen war und hinterher nicht die Courage besessen hatte, den Mund aufzumachen. Aber je undurchsichtiger und merkwürdiger die Umstände wurden, umso eher gab es die Chance, dass auch die anderen wieder zu Verdächtigen wurden, jedenfalls für die Umstände von Fareses Tod.

»Wo sind die fünf jetzt?«, wollte ich wissen.

»Noch hier im Haus. Aber Haasberg haut ganz schön auf den Putz, sagt, er hat einen wichtigen Kundentermin, den er vorbereiten muss. Der will hier nicht länger festgehalten werden als notwendig«, antwortete Kunzi.

»Vielleicht ist er sicher, dass er in keiner der Zeilen auftaucht?«, sagte ich. »Dann muss er sich keine Sorgen machen, dass sich Seiler in der Stadt herumtreibt.«

Densch schüttelte den Kopf. »Es gibt nichts, was darauf

hinweist, dass Seiler *nicht* der Täter ist. Der Gedanke hilft uns nicht weiter.«

»Wir haben immer noch kein Motiv«, wandte Henni ein.

»Seiler ist ein Psychopath!«, brummte Densch. »Außerdem hat er seine Medikamente abgesetzt. Vielleicht ist er einfach durchgedreht.«

Sie ignorierte ihn und fuhr fort: »Und wenn es noch irgendwas anderes gibt, was das alles ausgelöst hat?«

»Seiler hatte Schuldgefühle, weil ihm Sunny Marquardt gestanden hat, dass alles erstunken und erlogen war. Da ist bei ihm was durchgebrannt«, erklärte Densch.

Jana nickte, schlug sich aber auf Hennis Seite. »Weil Farese einen Unfall hatte? Das erscheint mir als einziges Motiv etwas dünn, das musst selbst du zugeben, oder?«

Sosehr ich es auch genoss, dass sie Densch in die Enge trieben, hatte ich doch das Gefühl, dass wir wertvolle Zeit verloren. »Wie geht es jetzt weiter?«, wollte ich deswegen von ihnen wissen.

»Seiler kann sich nicht ewig verstecken. Wir behalten die Mitglieder der Gruppe solange hier und stellen sicher, dass ihnen nichts passiert«, erklärte Densch.

Ich entgegnete nichts, weil ich immer noch über dem Postkartenpuzzle grübelte. Inzwischen war ich mir sicher, dass wir irgendetwas übersahen. »In Ordnung. Ich habe noch was zu erledigen und komme später wieder vorbei.«

Draußen auf dem Gang holte mich Henni ein und lief mit mir zum Fahrstuhl. »Wo willst du hin? Du siehst das Ganze noch nicht als erledigt an, oder?«

Ich lachte. »Wie kommst du darauf?«

»Jana hat mal gesagt, du hättest einen *Terrierblick*. Darunter konnte ich mir so gar nichts vorstellen. Aber das war, bevor ich dich kannte. Jetzt weiß ich, was ein Terrierblick ist«, sagte sie und deutete auf mein Gesicht.

»Das passt alles irgendwie hinten und vorne nicht zusammen«, murmelte ich und drückte auf den Knopf, um den Fahrstuhl zu rufen.

»Hast du eine Idee, wo du hinwillst? Eine Spur?«

Ich nickte.

»Soll ich mitkommen?«

»Besser nicht. Das könnte nicht ganz legal sein«, antwortete ich mit leiser Stimme.

»Legal, illegal, scheißegal«, sagte sie ohne Humor.

Ich betrat den Fahrstuhl und hob die Hand zum Abschied.

Mit einem *Ding* schlossen sich die Türen, und ich fuhr abwärts.

Wenig später stand ich vor Karsten Haasbergs Wohnung in Charlottenburg. Ich war mit einer älteren Dame ins Haus geglitten und hatte mich artig dafür bedankt, dass sie mir kurz die Tür aufgehalten hatte.

Es war ein ruhiges Haus. Dicke Sisalteppiche auf dem Boden, weiße und beige Wände ohne große Schäden und Verschmutzungen. Ich hatte weder Kinderfahrräder noch andere Spielsachen gesehen, und im Innenhof gab es keinen Sandkasten. Vermutlich lebten hier vor allem Singles, ältere Menschen und Paare. Wer Kinder bekam, zog in eine Gegend, in der man nicht jede Stecknadel fallen hörte.

Die Adresse von Haasbergs Wohnung hatte ich aus Hennis Unterlagen. Denen zufolge lebte er allein. Deswegen machte ich mir nicht die Mühe, vorher zu klingeln, um sicherzugehen, dass niemand zu Hause war. Die Stille war ansteckend, und ich wollte keinen unnötigen Lärm produzieren.

Einen Moment lang verharrte ich im Treppenhaus, lauschte und holte schließlich mein Ledermäppchen heraus. Darin befanden sich Werkzeuge, mit deren Hilfe ich Haasbergs Tür beikommen wollte. Mit Spanner und Haken hatte ich das Schloss in wenigen Minuten entriegelt. Vorsichtig ließ ich mich ein und schloss die Tür behutsam.

Die Wohnung bestand vor allem aus einem riesigen Wohnzimmer und einem anliegenden Wintergarten. Dort gab es einen großen Esstisch aus hellem Holz mit sieben oder acht Stühlen. Eine Tafel. Das Wohnzimmer wurde von einer mehrteiligen Ledergarnitur dominiert, der gegenüber ein LCD-Fernseher so groß wie eine mitteleuropäische Haustür an der Wand angebracht war. Davor mehrere Konsolen, Xbox und Playstation, mit Controllern und jeder Menge Spielen. Ein Sitzsack für das unmittelbare Zockerlebnis direkt vor der Glotze wirkte in seinem fröhlichen Rot merkwürdig unpassend in dem Ambiente. Zwischen Fernseher, Konsolenstation und dem Schreibtisch in der Ecke war ein Kamin in die Wand eingelassen. Davor lag eine dicke Matte, wie sie für Yoga-Übungen verwendet wurde. Oder für Sexspiele vor dem offenen Feuer. Zu meiner Rechten öffnete sich ein Durchgang in eine winzige Küche, während sich gegenüber eine weitere Tür befand. Ich warf einen Blick hinein; das Schlafzimmer. Hinter dem Wohnzimmer, das zusätzlich zum großen Wintergarten gegenüber noch einen Balkon besaß, ging ein schmaler Flur ab. Vermutlich Richtung Bad und vielleicht zu einem weiteren Zimmer. Wenn andere Wohnungen im Haus ähnlich geschnitten waren, verstand ich auch sofort, warum hier niemand Kinder hatte. Die Aufteilung der Zimmer machte Haasbergs Wohnung perfekt für einen Single oder ein junges Paar, aber absolut ungeeignet für Familien.

In einer Ecke im Wohnzimmer stand ein Schreibtisch mit einem Computer. Der Monitor war dunkel, aber der Rechner schien sich lediglich im Stand-by-Modus zu befinden. Wenn ich Glück hatte, brauchte ich nicht einmal ein Passwort, um an Haasbergs gesammelte Daten zu kommen.

»Die Bequemlichkeit der Menschen ist der beste Freund des *social hacker*«, hatte Fabinger in seinen Vorträgen immer gesagt.

Bevor ich mich an den Rechner setzte, überprüfte ich noch kurz die anderen Räume. Das Zimmer, das vom Flur abging, war tatsächlich ein Schlafzimmer. Ein riesiges Doppelbett aus Messing dominierte den Raum, dessen Boden aus einem dunklen, interessant gemaserten Holz bestand. Ich wusste nicht genau, um welches es sich handelte. Kirsche vielleicht. Mein Vater hätte den Kopf geschüttelt, dass ich für so etwas keinen besseren Blick hatte.

An dem Metallrahmen des Betts waren links und rechts zwei plüschummantelte Handschellen befestigt, und ich ahnte bereits, was ich in dem kleinen Nachtschränkchen finden würde: Gleitgel, Dildo oder gleich mehrere andere Sexspielzeuge. Außer dem Bett befanden sich nur das Schränkchen und eine Kommode direkt unter dem Fenster im Raum.

Hinter dem Wohnzimmer lag das Bad, riesengroß, luxuriös und geräumig, und am Ende des Gangs gab es in der Tat noch ein Zimmer. Dort fand ich auch die Schränke, die ich bisher vermisst hatte: Eine ganze Wand war mit einem teuren Kleiderschrank versehen und enthielt jede Menge Anzüge und Designerklamotten.

Ich vermutete, dass sich wahrscheinlich alles, was mich interessierte, in und um den Computer von Haasberg befand. Haasberg schien mir ein *digital native* zu sein, der sich nicht mehr ausschließlich auf der analogen Ebene definierte. Aber vielleicht war das auch einfach der alte Mann, der da aus mir sprach.

Ganz offensichtlich verbrachte er jedenfalls nicht viel Zeit in seiner Wohnung und benutzte sie vor allem zu Repräsentationszwecken. Und um Mädels zu beeindrucken, die er danach an den Bettrahmen fesseln und ficken konnte. Ich ließ mich auf den Drehstuhl fallen und betrachtete das Zeug auf dem nierenförmig geschnittenen Schreibtisch. Dann bewegte ich die Maus und hielt kurz den Atem an. Der Monitor erwachte zum Leben und präsentierte mir sofort seinen Desktop – keine Passwortabfrage.

Mit einem zufriedenen Grinsen machte ich mich daran, den Computer zu durchsuchen. Als Erstes prüfte ich Outlook und Haasbergs Mails. Einiges hatte er in speziellen Ordnern wegsortiert, aber der allgemeine Posteingang umfasste immer noch weit über fünfzehntausend Mails. Es würde eine Weile dauern, bis ich da auf irgendwelche Spuren stieß. Vor allem, weil ich keine Ahnung hatte, wonach ich suchte.

Ich überflog die Namen der Ordner. *Level Up Consult*, *New Biz* und *Networking* waren ganz offenbar seine geschäftlichen Ordner. *Marlene*, *Susen*, *Helene* und *Daniela* waren dagegen wohl eher für die Frauen in seinem Leben, mit denen er intensiveren Mailverkehr hatte. Immerhin besaßen sie jeweils eigene Ordner.

Ich schaute kurz in Marlenes Ordner. Die beiden pflegten ein freundschaftliches Verhältnis, schrieben sich oft. Manchmal mehrmals am Tag, dann wieder ein paar Tage gar nicht. Sahen sich offenbar auch ab und an, und ich schätzte, dass ihre Handys den Rest der Kommunikation vervollständigen würden.

Ich konnte aus den Mails, die ich querlas, nicht erkennen, ob die beiden noch miteinander schliefen. Mit Susen, Helene und Daniela schien Haasberg aber zumindest noch recht aktiv zu sein. Teilweise fand ich sehr deutlich ausgemalte Szenarien in den Mails.

Die gesamten geschäftlichen Ordner waren ziemlich langweilig. Vieles davon auf Englisch, mit jeder Menge Plattitüden und Buzzword-Bullshit. Selbst mir als Laien war ziemlich klar, dass Haasberg ganz schön fischte, immer noch auf der Suche nach dem fetten Deal war, wie Henni es genannt hatte.

Mir kam eine Idee, und ich suchte einen Ordner mit einem Firmennamen. Fand *Rushford & Co.* Aus den Mails ergab sich deutlich Gehaltvolleres: Haasberg hatte offenbar vor knapp einem Jahr angefangen, Kontakte zu der britischen Firma zu knüpfen, und so wie es aussah, stand ein wichtiges Meeting in Berlin unmittelbar bevor.

Ich brauchte nur einen Augenblick, um das Datum im Outlook-Kalender zu finden. In zwei Tagen, im Hotel Adlon. Karsten Haasbergs großer Job als Unternehmensberater. Wahrscheinlich wurde alles andere unwichtig, wenn so ein fetter Deal bevorstand. Das, worauf Karsten seit Jahren hinarbeitete, sein Durchbruch, hatte Henni gesagt.

Ich ignorierte den Rushford-Ordner für den Moment und klickte mich durch die Kontakte. Der Typ sammelte Mailadressen und virtuelle Visitenkarten wie andere Leute Strafzettel. In seiner Art von Business war die Anzahl der potenziellen Geschäftspartner vermutlich wichtiger als die Penisgröße. Die Kontakte besaßen exotisch klingende Namen und kamen von überall her: Rom, Dubai, Barcelona, London, Warschau. Nur selten fand sich mal ein *Schmidt*, ein *Haussmann* oder

Schweiker darunter, und genauso selten kamen die Kontakte aus München, Berlin oder Hamburg.

Wer hoch hinaus wollte, der spannte sein Netz weltweit.

Ich wollte die Kontakte gerade wieder schließen, als mir eine Idee kam. Zur Seite gelehnt, pulte ich mein Handy aus der Hosentasche und rief die Notizen auf, die ich mir gemacht hatte.

London, Edinburgh, Kopenhagen, Malmö, Kaliningrad, Warschau und Wien.

Ich prüfte die Kontakte. Fand ein halbes Dutzend Namen aus London, zwei aus Edinburgh, einen in Kopenhagen, einen in Malmö, zwei in Kaliningrad, vier in Warschau und ein halbes Dutzend in Wien. Karsten Haasberg hatte in jeder der Städte, aus der eine der von Seiler gefälschten Postkarten geschickt worden war, Freunde und Bekannte.

Eilig glich ich Mails mit Namen ab, die im Herbst 2010 versandt worden waren. Und fand keine, die zu den Postkarten gepasst hätten. Oder auch nur zu den Städten, nach denen ich suchte. Frustriert ließ ich mich im Sessel nach hinten sinken. Ich war mir ganz sicher gewesen, Haasberg auf die Schliche gekommen zu sein. Das hätte erklärt, wie Seiler seine Karten in ganz Europa verteilen konnte, ohne selbst Deutschland zu verlassen.

Nach einem Moment, in dem ich dagesessen und gebrütet hatte, kam mir ein neuer Gedanke. Statt des Posteingangs öffnete ich den Postausgang, mit den Ordnern der versendeten Mails, und suchte erneut nach den Namen, die ich in den Kontakten gefunden hatte.

Und wurde fündig.

Im August hatte Haasberg eine Mail an einen Freund in Malmö geschrieben: *Thanks mate, I appreciate it. Should be a laugh.*

Ende August eine Nachricht an einen Vadim Bobrov: *Thank you very much. I owe you for this, man.*

Ich checkte den Rest. Fand eine Mail an einen Kontakt in Warschau und eine nach Wien, August und September. Alles kurze Danksagungen, manchmal noch mit einer Nachfrage, wie es dem Geschäft, den Kindern, dem Wetter oder der Freundin ging.

Weiter zurück in der Zeit fand ich Mails im Juli an Menschen in London, Edinburgh und Kopenhagen. Haasberg hatte offenbar sein umfangreiches Netzwerk aktiviert und diesen Leuten die Postkarten, die Seiler gefälscht hatte, per Post geschickt. Vermutlich hatte er ihnen einen Bären aufgebunden, dass sein Freund Farese Hilfe bei einem unschuldigen Schwindel brauchte oder dass sie bei einem gutmütigen Scherz mithalfen.

Ich nahm an, dass er sie im Voraus per Mail kontaktiert hatte und dann sowohl seine ursprüngliche Frage wie deren Antwort aus den Ordnern gelöscht hatte, um keine Spuren zu hinterlassen.

Seine Danksagungen, die vermutlich ein bis zwei Wochen später erfolgt waren, je nachdem, wie schnell die europäischen Postdienste arbeiteten, waren ihm offenbar harmlos genug vorgekommen, um sich nicht erneut die Mühe zu machen, diese auch noch alle zu eliminieren.

Mit einem Mal musste ich an Henni denken. Hatte Marlene von Haasbergs Aktion gewusst? War sie Mitwisserin, ja sogar Mittäterin? Ich hoffte, das würde Henni erspart bleiben.

Aber noch war ich hier nicht fertig. In einem neuen Browserfenster legte ich ein Mailkonto bei einem der zahlreichen Instant-Mail-Dienste an, die vor allem für Onlineregistrierungen gedacht waren: Nach fünf bis zehn Minuten löschte sich der Account von selbst und man wurde nie wieder belästigt. Und konnte nicht verfolgt werden.

Ich schickte Kopien aller relevanten Mails, die Haasberg versandt hatte, an den Instantaccount und leitete sie von dort an meine eigene E-Mail-Adresse weiter. In einer weiteren Mail sammelte ich alle Kontaktdaten der Kerle, die die Postkarten verschickt hatten, und schickte sie ebenfalls an mich.

Dann löschte ich alle an mich versandten Nachrichten aus dem »Gesendete Objekte«-Ordner. Haasberg hatte zwar theoretisch immer noch die Möglichkeit, herauszufinden, dass etwas und vor allem was von seinem Account aus verschickt worden war, aber dafür musste er schon sehr genau wissen, wonach er suchte. So viel Paranoia traute ich ihm nicht zu – immerhin hatte er noch nicht einmal seinen Rechner heruntergefahren oder gesperrt. Und selbst wenn er der Spur folgte, würde er bloß auf ein gelöschtes Instantkonto stoßen. Von dort aus gab es keinen Weg, bei mir anzukommen.

Die Mail leitete ich von meinem Konto aus direkt auf Hennis und Janas Accounts weiter. Densch nicht cc zu setzen war kindisch, das war mir klar, aber ich schaffte es einfach nicht, über meinen Schatten zu springen. Im nächsten Leben würden er und ich vermutlich ganz hervorragend miteinander klarkommen, aber auch erst dann.

Obwohl ich bereits mehr hatte, als ich zu finden gehofft hatte, klickte ich mich weiter durch Haasbergs Ordner. Untersuchte seine Browser-Lesezeichen und zog die eine oder andere Augenbraue in die Höhe über seine Wahl an Internetpornographie.

Auf seiner Festplatte befand sich das übliche Gerümpel: viele Spiele, vor allem First-Person-Shooter, aber auch ein paar Strategie- und Rollenspiele, jede Menge Ordner mit persönlichen Bildern, die verrieten, wie Susen, Helene und Daniela aussahen. Beim Dinner im Kerzenlicht, beim Sport oder auf Ausflügen und morgens nach dem Aufstehen – oder sogar nackt bis halbnackt. Einen guten Geschmack hatte er jedenfalls. Ich wusste nicht, ob eine von ihnen Marlene wirklich das Wasser reichen konnte, aber sie sahen alle auf ihre Art recht hübsch aus.

Es gab auch einen Ordner mit Bildern namens *Marlene*, aber ich widerstand der Versuchung, ihn zu öffnen, und holte stattdessen den Memorystick, den mir Lankat mitgegeben hatte, aus der Tasche. Kopierte den gesamten Ordner auf den Stick und zog ihn wieder heraus. Möglicherweise konnte ich Henni später bitten, die Bilder zu sichten. Sosehr mich die Aussicht auch reizte, die wunderschöne Marlene auf einigen Fotos nackt zu erwischen, so sehr wusste ich auch, dass Henni mir das übel nehmen würde. Also hielt ich mich zurück.

Weitere spannende Ordner fand ich nicht. Nichts, was auf Amato Farese hinwies. Einen Ordner mit Irlandbildern aus dem Jahr 2010 gab es ebenfalls nicht, vermutlich hatte Haasberg den gelöscht. So befangen, wie die ganze Gruppe mit den Bildern umgegangen war, wunderte mich das kein Stück.

Ich hatte mich bereits lange genug in Haasbergs Wohnung aufgehalten, und auch wenn ich davon ausging, dass sich die Gruppe immer noch sicher verwahrt im LKA befand, gab es natürlich trotzdem die Möglichkeit, dass mich jemand hier aufstöberte.

Aber statt mich vom Acker zu machen, kehrte ich wieder zu Outlook zurück. Die Idee, dass sich dort Spuren der Geschehnisse aus dem Jahr 2010 finden lassen würden, ließ mich noch nicht los.

Ich scannte den Maileingang aus den Monaten unmittelbar nach der Irlandreise. Suchte nach irgendwas, an dem ich festhängen konnte, das meine Aufmerksamkeit erregte. Ich fand nichts. Kurz schaute ich mich auf dem Schreibtisch um, ob ich irgendwo eine mobile Festplatte entdecken konnte. Ich wäre sogar bereit gewesen, diese zu stehlen, um darauf alle relevant erscheinenden Ordner von Haasbergs Computer zu kopieren. Aber ich fand keine. Vermutlich hatte er mit diversen Cloud-Diensten längst physische Harddrives abgelöst. Also schaute ich noch einmal in seine persönliche Ordnerstruktur. In seine *Dokumente*.

Nachdem ich mich eine Weile durch Zeug geklickt hatte, stieß ich auf einen Ordner, der mit *SolidConsult* betitelt war. Als ich ihn öffnete, fand ich mehrere Textdokumente sowie PDFs und Bilder. Die Textdateien waren Zusammenstellungen von Mails aus Haasbergs Outlook-Programm, alle auf Englisch. Er hatte sie offenbar gelöscht, nachdem er sie an diese Stelle kopiert hatte.

Mbhkfl-ing@postdead.com
Gesendet: Fr 24.05.2013 11:56
Ich weiß alles über Solid. Ich kann dich einfach abstürzen lassen. Melde mich bald wieder.

Mbhkfl-ing@postdead.com
Gesendet: Mo 27.05.2013 17:23
Wenn du mich ignorierst, wird es bloß teurer. Leg dich nicht mit mir an, Arschgeige, ich mein's ernst.

Die Antwort von Haasberg:

kjhaasberg@transcende.com
Gesendet: Mo 27.05.2013 19:15
Was willst du?

Mbhkfl-ing@postdead.com
Gesendet: Mo 27.05.2013 19:21
Fünfzig K. Euros. Ich schick dir die Details.

kjhaasberg@transcende.com
Gesendet: Mo 27.05.2013 19:25
So viel Geld habe ich nicht.

Mbhkfl-ing@postdead.com
Gesendet: Mo 27.05.2013 19:28
Dann geh und treib es irgendwo auf, du Lutscher.

Danach gab es zeitlich eine große Lücke, in der offenbar keine Kommunikation stattgefunden hatte.

Mbhkfl-ing@postdead.com
Gesendet: Do 13.06.2013 07:08
Hey, du Loser, wie sieht's aus, hast du mein Geld?

kjhaasberg@transcende.com
Gesendet: Do 13.06.2013 13:15
Wir müssen uns treffen.

Mbhkfl-ing@postdead.com
Gesendet: Do 13.06.2013 21:27
Morgen Abend, Europaplatz, am Wasserklops.

Damit endete die Konversation. Vermutlich hatte sich Haasberg mit seinem Erpresser getroffen, um weitere Details zu besprechen. Kurz überlegte ich, ob ich hierbleiben und weiter recherchieren sollte, entschied mich dann aber dagegen. Ich kopierte den gesamten Ordner auf den Stick und machte mich dann daran, meine Spuren zu verwischen: Ich ging mit einem Taschentuch über Tastatur und Maus und säuberte die Türklinken, die ich angefasst hatte. Dann verließ ich die Wohnung und zog die Tür hinter mir zu.

Im Treppenhaus begegnete mir eine junge Frau, und bis sie schließlich aufsah und mich grüßte, dachte ich darüber nach, ob mir jetzt wohl Helene, Susen oder Daniela begegnete.

Aber bei der Frau handelte es sich um eine ernste Dunkelhaarige, die ich auf keinem Foto gesehen hatte und die vermutlich auch nicht in Haasbergs Wohnung wollte.

Im Auto telefonierte ich mit Henni.

»Hast du die Mail bekommen?«

»Hab ich. Sind das alles Freunde von Karsten?«

»Freunde, Bekannte, Kollegen. Jetzt wissen wir, wie die Postkarten in die Städte gelangt sind, ohne dass Seiler sie dort persönlich eingesteckt hat.«

»Wenn das wirklich so ist. Handfest ist das ja noch nicht.«

»Du klingst wie Densch. Oder wie Sänger, die Staatsanwältin. Ich bin mir da hundert Prozent sicher.«

»Wo bist du?« Sie klang plötzlich ernst.

»Wieso? Was ist passiert?«

»Die sind alle wieder weg. Wir mussten sie gehen lassen.«

»Warum das denn?« Ich wurde laut und war froh, dass ich nicht mehr auf offener Straße stand.

»Karsten hat alle Hebel in Bewegung gesetzt. Der hat sich

einen Anwalt besorgt, der hier aufgekreuzt ist und einen auf dicke Hose gemacht hat. Hat sich eine Weile mit Mirko und Jana gestritten und ist dann mit Karsten und Marlene abgezogen. Die anderen wollten daraufhin natürlich auch nicht bleiben.«

»Scheiße! Was ist mit Sunny?«

»Die ist auch weg. Glaub, die war ziemlich unentschlossen und wusste nicht genau, ob sie gehen oder bleiben wollte. Aber ihr Vater hat das dann für sie entschieden und ist mit ihr fort.«

»Ist dir klar, dass Sunny unser nächstes Opfer sein wird? Sie ist die Nummer sechs, da bin ich mir ganz sicher.« Die Wahrheit war, dass ich mir ganz sicher gewesen *war*. Jetzt, da ich über den Erpressungsversuch von Haasberg Bescheid wusste, war ich mir plötzlich nicht mehr so sicher. Das hätte ebenfalls hervorragend zu *Six For Gold* gepasst.

Allerdings konnte es auch alles anders sein. War die Erpressungsgeschichte vielleicht irgendwie der Grund für die ganzen Morde? War der Hinweis auf *SolidConsult* nur die Verschleierung dafür, dass jemand wusste, dass Haasberg damals mit Fareses Tod zu tun gehabt hatte?

Aber wieso deutete dann alles auf Micha Seiler als Täter? Fairerweise musste ich zugeben, dass *Seven For A Secret Never To Be Told* natürlich genauso gut auf die Erpressung passte wie die sechste Zeile des Reims.

»Du meinst, weil ihr Vater für sie bezahlt hat?«, unterbrach Henni meine Gedanken.

»Weil ihr Vater immer und überall für sie bezahlt. Sunny ist der lebende Beweis, dass Geld die Welt regiert.«

»Die haben alle Polizeischutz dabei. Da hat Mirko nicht mit sich reden lassen. Weiß auch gar nicht, ob selbst Karsten da groß diskutiert hätte. So richtig großkotzig ist der inzwischen auch nicht mehr. So viele sind ja auch nicht mehr übrig.« Ihr schien aufzufallen, dass diese etwas flapsige Umschreibung ihre eigene Schwester beinhaltete. »Was ist mit Marlene?«, fragte sie mich mit brüchiger Stimme.

»Ich habe keine Ahnung«, gab ich zu.

Aus Marlenes Rolle wurde ich bisher tatsächlich kein Stück schlau. Wie viel wusste sie von Haasbergs Beteiligung? Hatte sie von den Postkarten gewusst?

»Mach, dass ihr nichts passiert, in Ordnung?«

Ich schluckte. Das war wieder so eins von diesen Versprechen … Irgendwann hatte ich geschworen, den Serienmörder Georg Lammert vor Gericht zu bringen. Das Versprechen hatte ich nicht halten können. Stattdessen war ich dafür verantwortlich gewesen, dass Lammert vom Balkon seiner Villa zu Tode gestürzt war. Und als sein uneheliches Kind später den Sohn von Coach Bremer getötet hatte, musste ich meinem Trainer versprechen, den Killer zu finden. Ein Versprechen, das ich nur unter Zwang abgegeben hatte. Weil ich wusste, dass der Coach keine andere Antwort hatte hören wollen. In dem Fall hatte ich es geschafft. Pieter Gorlaff befand sich inzwischen im Maßregelvollzug und würde dort hoffentlich auch den Rest seines Lebens nicht herauskommen.

»Thiebeck?«, bohrte ihre leise Stimme nach.

»Ich verspreche dir, dass er sie nicht kriegt, okay? Marlene wird nichts geschehen.«

»Danke.«

»Ich muss los, Henni. Zu Sunny. Polizeischutz hin oder her, das reicht mir nicht. Wenn ich recht habe und sie die Nächste ist, dann müssen wir bei ihr bleiben.«

Sie zögerte. »Ich weiß nicht, ob Mirko und Jana …«

»Schon gut«, unterbrach ich sie. »Mir egal. Ich kümmer mich darum. Bis später.«

Ich hörte noch, wie sie anfing »Legal, illegal, scheißegal« zu sagen, als ich die Verbindung bereits unterbrach. Während ich den Motor startete, musste ich lächeln. Ich hätte vermutlich auch sehr gern mit der kleinen Henni zusammengearbeitet.

Ich stellte den Wagen mit eingeschaltetem Warnblinker in die zweite Reihe und trat vor das Haus, in dem die Marquardts wohnten.

Gerade als ich klingeln wollte, öffnete mir von innen ein Beamter die Tür. Ich schätzte ihn auf knapp über dreißig, er machte einen smarten und durchtrainierten Eindruck. Gute Wahl für Personenschutz, fand ich. Er schien mich noch aus meiner Zeit früher beim LKA zu kennen, da er mich mit Namen begrüßte.

»Familie Marquardt ist oben. Vor der Tür haben wir noch einen Kollegen.«

Ich bedankte mich mit einem Lächeln und stieg die breite Treppe hinauf. Den altertümlichen Aufzug ignorierte ich, weil ich auf keinen Fall feststecken wollte, falls etwas passierte.

Auf einem der Treppenabsätze zwischen den Etagen hielt ich inne und entriegelte eines der schmalen Fenster aus Ornamentglas, die auf den Hof zeigten. Sie waren so winzig, dass darüber niemand einsteigen konnte, aber ein kritischer Blick nach unten zeigte mir, dass man sich durchaus aus einem der anliegenden Hinterhöfe dem Haus nähern konnte. Vermutlich gab es in dem Flur, in dem der Beamte sich aufhielt, eine Tür, die nach draußen führte. Aber ich zwang mich, mir keine Sorgen zu machen. Von dort hinten würde sich niemand ungesehen nähern können. Wer die Tür aus dem Hof aufzog, musste mindestens fünfzehn Meter überbrücken, um an den Beamten zu kommen. Keine Chance, ihn zu überraschen.

Trotzdem konnte ich mir nicht verkneifen, das Gesicht unwillig zu verziehen. Sich in einem solchen Mietshaus darauf zu verlassen, dass zwei Beamte ausreichen würden, um Opfer vor einem entschlossen handelnden Täter zu schützen, war Irrsinn. Ich wusste, dass ich es schaffen würde, zu Sunny Marquardt vorzudringen, wenn ich es wollte, und es gab keinen Anlass zu vermuten, dass Seiler besonders unfähig war. Ich beeilte mich, die Stufen hochzulaufen.

Und prallte fast physisch zurück, als ich auf dem vorletzten Absatz ankam. Der zweite Beamte lag gegen die Wand gelehnt auf dem Boden. Den Kopf merkwürdig schief angewinkelt. Die Tür zur Wohnung stand einen Spalt offen.

Mit einem Sprung nach vorn warf ich mich neben den Mann, griff fahrig nach seinem Hals. Spürte einen Puls. Erleichtert kam ich hoch und bewegte mich geduckt auf die Tür zu. Stieß sie mit der flachen Hand auf und spähte hinein. Drinnen konnte ich nichts erkennen. Keinen Laut hören. Vorsichtig drehte ich mich hinein, versuchte gleichzeitig, ein möglichst kleines Ziel abzugeben und jederzeit auf einen Angriff reagieren zu können.

Direkt vor mir lag ein umgeworfener Sitzhocker. Als ich näherkam, sah ich dahinter die Beine des alten Marquardt. Altherrenpantoffeln, einer vom Fuß gefallen, schwarze Strümpfe und eine graue, weiche Hose aus einem matt schimmernden Stoff. Erinnerte mich an Golfplatz.

Mein Blick glitt durch den Raum. Immer noch konnte ich weder Sunny noch Seiler sehen. War ich wieder zu spät gekommen, und er hatte auch sie verschleppt? So wie Tabea

Mühlheim? Möglichst lautlos bewegte ich mich weiter vor, hielt dabei Abstand von der überdimensionierten Couchgarnitur, um nicht angesprungen zu werden. Als ich das Monstrum umrundet hatte, fiel mein Blick auf Sunny Marquardt. Sie lag auf dem Boden, die Arme auf dem Rücken. Die Haare waren ihr ins Gesicht gefallen. Durch die Haltung wurden ihre großen Brüste noch weiter nach vorn gedrückt und schienen jeden Augenblick aus der straff gespannten Bluse zu ploppen. Für einen Augenblick stand ich einfach nur da und sah auf sie herunter.

Seiler war hier gewesen.

Gerade wollte ich mich in Bewegung setzen, um nachzuschauen, ob sie noch lebte, als ich aus dem Augenwinkel eine Bewegung wahrnahm. Bevor ich reagieren konnte, traf mich etwas mit der Wucht eines Kleinwagens, und ich wurde zur Seite gerissen.

Rugby, schoss es mir durchs Hirn, bevor ich schmerzhaft mit Hüfte und Rücken auf dem Boden aufschlug. Seiler spielte Rugby.

Ein muskulöser Arm schlang sich mir um die Taille, und eine Schulter trieb sich mir unerbittlich in die Seite. Ich versuchte, gegen das Gewicht auf mir und den Schock in meinem Körper anzukämpfen. Seiler griff mit der anderen Hand nach meinem Gesicht, packte meine Wange, drückte mich weg. Mein Hals wurde überdehnt. Ich drehte mich weg und entkam dem Griff, der wie eine Schraubzwinge schmerzte.

Gleichzeitig versuchte ich, mich so zu winden, dass ich den linken Arm, der unter meinem Körper gefangen lag, befreien konnte. Aber Seiler hatte meine Beine inzwischen mit seinen umschlungen und hielt mich fest, als sei ich ein wertvolles Weihnachtsgeschenk. Mit einem Ruck wollte ich zumindest den Ellenbogen freibekommen, um damit seinen Schädel zu bearbeiten, aber seine Rechte verhinderte das. Sie drückte unerbittlich gegen meine Rippen, und sofort fror alles in mir ein. *Nicht die Rippen!*, wollte ich schreien. Wartete darauf, ein Knacken oder Bersten zu hören. Darauf, dass mir eine gebrochene Rippe mit dem spitzen Ende durch die Lunge stieß und mein Atem blubbernd und feucht wurde. Ich war wie das Kaninchen auf der Fahrbahn, das nur noch in die Scheinwerfer starren konnte.

Seiler rutschte ein Stück höher an meinem Körper, umfasste mich noch fester. Bewegte den Arm zur Seite, sodass sich sein Unterarm meinem Hals näherte. Von meiner Schulter rutschte, seitlich an meiner Kehle zu liegen kam. Sofort spürte ich den Druck, der mir nicht komplett die Luft abschnürte, aber verhinderte, dass ich frei atmen konnte. Wieder bewegte er sich ein Stück, wieder konnte ich es nicht verhindern. Mich nicht befreien. Unerbittlich hielt er mich fest, wie eine Python im Würgegriff, und setzte seine gewaltige Kraft ein, um mich zu zerquetschen.

Ich musste feststellen, dass Micha Seiler stärker war als ich. Nicht viel stärker, aber vor allem geschickter. Und in der besseren Position. Er hatte genau gewusst, wie er mich attackieren musste, um mich wehrlos zu machen. Meine ganzen Jahre der Selbstverteidigung, beim MEK, komplett wirkungslos.

Ich spürte, wie mein Atem flacher wurde. Sein gesamtes Gewicht drückte wie eine tonnenschwere Last auf meinen Hals. Hätte er mich frontal erwischt, wäre ich längst tot. Der Kehlkopf zerquetscht, das Hirn ohne Sauerstoff. Diesem Punkt näherten wir uns nun langsam. Erneut probierte ich, ihn abzuschütteln, mich zu bewegen, meine Arme freizubekommen. Wenigstens eine Hand. Er packte bloß noch fester zu. Schob seinen Kopf höher, um damit auch noch gegen seinen Unterarm zu drücken. Den Arm, der mir langsam die Lichter wegdimmte. Mein Kopf, den ich bei meinem Widerstand erhoben hatte, fiel kraftlos nach hinten. Ich schlug auf dem harten Stein auf, und Schmerz zuckte mir durchs Hirn. Bunte Punkte tanzten vor den hohen hellen Fenstern, schienen mich nach draußen einzuladen.

Ich keuchte. Spürte meine Zunge merkwürdig dick im Mund und hatte Halsschmerzen, als würde ich mit furchtbarer Angina im Bett liegen. *Etwas lutschen könnte helfen*, dachte ich. Dann fiel mir der unerbittliche Arm wieder ein. Schatten wirbelten unter der Decke. Es musste Abend werden. Oder vielleicht war irgendwo ein Feuer ausgebrochen.

Seiler rutschte wieder ein Stück höher, richtete den Oberkörper noch ein bisschen auf. Bekam dadurch mehr Druck und Gewicht auf den Arm. Ich wollte husten, um das unangenehme Gefühl im Hals loszuwerden, schaffte es aber nicht. Meine Kehle fühlte sich an wie Sandpapier. Und dann grunzte Seiler, ich konnte seinen Atem riechen und machte die Augen zu.

16

Als ich wieder zu mir kam, fühlte sich mein Hals an, als sei er auf die doppelte Größe geschwollen. Vorsichtig blinzelte ich, weil das Licht wie Splitter in meinen Kopf stach.

Ich lag auf einer Bahre der Rettungssanitäter, mit einer Decke bedeckt. Das Ding war noch zusammengeklappt, sodass ich mich direkt über dem Boden befand, während Densch riesengroß neben mir stand und auf mich herabsah.

»Sie haben Glück gehabt, Thiebeck. Er hätte Sie genauso gut töten können.«

Ich konnte nicht erkennen, ob er über meine Niederlage Genugtuung verspürte oder nicht. Seiner Stimme war jedenfalls nichts anzumerken.

»Was ist mit Sunny?«, krächzte ich.

Meine Mutter hatte mir früher immer Holundersaft heiß gemacht, wenn ich erkältet gewesen war. Dunkelrot hatte er ausgesehen, wie Blut. Nur deswegen hatte ich ihn getrunken, obwohl er furchtbar geschmeckt hatte. Beim Gedanken an meine Mutter stiegen Tränen in mir auf. In diesem Moment hätte ich gern heißen Holunder getrunken, dachte ich, während die weißen Beine der Sanitäter oder des ED an mir vorbeiliefen.

Henni kniete sich neben mich. Ihre Augen waren gerötet, als hätte sie geweint. Vielleicht wollte sie auch Holunder trinken.

»Hey«, würgte ich hervor. Ich probierte mich an einem Lächeln und unterließ es, als ich feststellte, dass mein gesamtes Gesicht dabei unerträglich schmerzte.

»Sunny ist tot«, teilte sie mir mit mitleidigem Gesichtsausdruck mit.

Ich schloss kurz die Augen. Nickte. Das hatte ich vermutet.

»Micha ist weg. Er ist über ein Fenster runter in den Hof geklettert. Momentan gehen wir auch davon aus, dass er auf diese Weise ins Haus gekommen ist. Im zweiten Stock stand ein Küchenfenster offen. Da er ein geschickter Kletterer ist, sollte er keine Probleme gehabt haben, dort einzusteigen und von der Wohnung aus ins Treppenhaus zu gelangen. Oben hat er dann den Beamten überrascht und niedergeschlagen. Vermutlich hat er geklopft oder geklingelt und Herrn Marquardt angegriffen, sobald der die Tür geöffnet hat.«

Ich wollte fragen, was mit dem Alten war, bekam aber nichts heraus.

Henni verstand mich offenbar trotzdem. »Er ist tot«, sagte sie betrübt. »Vermutlich ein Unfall. Micha hat dich und den Polizisten vor der Tür am Leben gelassen, obwohl Arne sich sicher ist, dass er euch mit einem Minimum an Aufwand genauso gut hätte töten können.«

Ich nickte unter Schmerzen. Zumindest theoretisch wusste ich, wie leicht es war, einem Bewusstlosen das Genick zu brechen. Oder die Sauerstoffzufuhr zum Gehirn mit ein bisschen Druck auf die Halsschlagader zu unterbrechen. Alles keine große Sachen, wenn man wenig Hemmungen hatte. Aber warum hatte Micha uns am Leben gelassen?

»Jedenfalls sieht es so aus, als hätte er den alten Mann nur niederschlagen wollen, um ihn aus dem Weg zu haben. Ich nehme an, es musste alles ziemlich schnell gehen, damit ihm

Sunny nicht entkommen konnte. Herr Marquardt ist unglücklich mit dem Schädel aufgeschlagen und dabei verstorben.«

Der Marmorboden hatte auch mir eine ordentliche Beule verpasst.

»Der Mann unten bekam per Funk keine Antwort von seinem Kollegen und wollte nach dem Rechten sehen, als er euch gefunden hat. Sunny war zu dem Zeitpunkt bereits tot und du bewusstlos. Micha hat sie nach demselben Muster wie die anderen umgebracht. Sie ist erstickt.«

Ich machte einen neuen Ansatz, etwas zu sagen, keuchte und richtete mich halb auf, als würde das irgendetwas besser machen.

Henni berührte mich mit einer kühlen Hand an der Wange. »So wird das nichts. Ich verstehe kein Wort. Vielleicht besorge ich dir einfach Stift und Zettel und du schreibst auf, was du sagen willst. Jedenfalls war das Erste, was Jana und Mirko veranlasst haben, dass die ganze Gruppe wieder eingesammelt wird. Völlig egal, was der Anwalt sagt, aber solange wir den Kerl nicht unter Kontrolle bekommen, können die nicht ungeschützt draußen rumlaufen!«

Die *ganze* Gruppe umfasste allerdings nur noch einen kümmerlichen Rest. Seiler hatte bei ihrer Dezimierung bereits ganze Arbeit geleistet.

Ich nickte. Das hatte ich von Anfang an gesagt, aber ich wusste, dass ich mich nicht aufs hohe Ross setzen durfte. Ich hatte Sunnys Gesicht auf dem Boden nicht sehen können. Was, wenn Seiler ihr bis zu meinem Auftauchen nur die Hände zusammengeklebt hatte? Was, wenn er mich erst überwältigt und dann in Ruhe bei ihr weitergemacht hatte? Hätte ich mich nicht von ihm fertigmachen lassen, wäre Sunny eventuell noch am Leben. Ich schloss die Augen, weil mich Schwindel zu überwältigen drohte. Genau wie Jana und Densch hatte ich jetzt meinen dicken Schnitzer kassiert, der zwei Menschen das Leben gekostet hatte.

»Ich fahre dich gleich nach Hause.« Henni zögerte. »Darf ich deinen Wagen überhaupt fahren? Oder bist du da so ein Macho, dass außer dir niemand hinter das Lenkrad darf?«

Ich verzog schmerzhaft das Gesicht. »Nicht witzig«, keuchte ich.

»Sorry. Ich nehme an, das war dann ein Ja?«

Ich nickte und bewegte ganz langsam den Arm, um meinen Schlüssel aus der Hosentasche zu holen. Offenbar war bei dem Kampf auch meine Schulter ordentlich in Mitleidenschaft gezogen worden, aber immerhin hatte er sie mir nicht ausgekugelt.

Jana trat zu uns. »Hallo, Johannes.«

Ich nickte bloß.

»Es tut mir leid, was passiert ist. Du weißt, was ich jetzt alles sagen muss, oder?«

Noch ein vorsichtiges Nicken, aber Jana redete trotzdem weiter.

»Frau Professor Körner würde dir genau das Gleiche sagen: Selbstvorwürfe bringen dich jetzt kein Stück weiter. Es war nicht deine Schuld. Wir haben unzureichenden Personenschutz gehabt, der Mann an der Tür hat sich überwältigen lassen, keiner von ihnen hätte nach Hause gehen dürfen. Es gibt tausend Dinge, die dafür verantwortlich sind, was passiert ist.«

Ich verzog das Gesicht, weil sich unsere Rollen derart gedreht hatten. Und keiner konnte aus seiner Haut, versuchte den anderen, bei einem solchen *Clusterfuck* wieder aufzurichten. Egal wie unmöglich das war.

Und der ehemalige Kommissar Thiebeck hat sich von einem Sportstudenten erledigen lassen.

»Henni bringt dich nach Hause, du bist vorerst raus aus der Sache. Komm erst mal wieder auf die Beine. Wir werden die anderen vier schwer bewacht in einem Safehouse unterbringen und die Anstrengungen zur Jagd nach Micha Seiler noch verstärken. Lange kann es nicht mehr dauern, bis wir ihn haben.«

Gewäsch, dachte ich. Der Kerl hatte noch vier Zeilen seines Reims vollzumachen. Oder würde er bei sieben aufhören? Was war die letzte Zeile: *Seven For A Secret Never To Be Told* oder doch *Ten For The Devil's Own Sel'*? Ich war nicht bereit, auch nur einen müden Cent auf die eine oder die andere Variante zu setzen. Wir hatten einfach nichts, was uns in der Hinsicht weiterhalf.

»Zu deiner Sicherheit bekommst du ebenfalls einen Beamten vor die Tür«, sagte sie und hob sofort abwehrend die Hände. »Ich weiß, dass du das natürlich nicht brauchst. Und dass auch nicht davon auszugehen ist, dass Seiler plötzlich von seinem Vorgehen abweicht. Immerhin … Na ja, du weißt, was ich meine. Aber die Staatsanwältin will absolut kein weiteres Risiko eingehen. Das ist ein ziemliches Fiasko, was unsere Ermittlungsarbeit angeht.«

Gabriele Sänger hätte sich das mit der PR-Katastrophe mal überlegen sollen, bevor sie nur jeweils zwei Beamte zum Schutz der Überlebenden bewilligt hatte. Mit doppelter Mannstärke wäre Seiler sicher niemals so weit gekommen. Möglicherweise wäre der ganze Spuk dann längst vorbei gewesen.

Knapp eine Viertelstunde später machte ich mich, gefolgt von Henni und auf wackeligen Beinen an den Abstieg das Treppenhaus hinunter. Sie hatte mir mehrfach den Arm angeboten, aber nachdem ich sie jedes Mal noch böser angeschaut hatte, war sie schließlich still geblieben.

Erschöpft ließ ich mich endlich in den Beifahrersitz fallen und gurtete mich an.

»Wo geht's hin? Zu dir nach Hause?«

Kurz überlegte ich, ob ich Tamina anrufen und fragen sollte, ob ich bei ihr unterkommen konnte, entschied mich dann aber dagegen. Besser, ich überließ ihr die Entscheidung, ob sie mich in dem Zustand sehen wollte oder nicht. Ich war kein besonders angenehmer Patient, weil ich Untätigkeit schlecht ertrug. Die Wochen nach dem Fall Gorlaff, als ich endlich aus dem Krankenhaus entlassen worden war, hatten wir allerdings erstaunlich gut gemeinsam überstanden. Tamina hatte die Angewohnheit, mich nicht übermäßig zu bemuttern und mir gleichzeitig nicht jede Wehleidigkeit durchgehen zu lassen, sondern mich durchaus auch zwischendrin zurechtzustutzen, wenn ich es übertrieb. Trotzdem rief ich sie nicht an.

»Könntest du was für mich recherchieren?«, quetschte ich hervor. Meine Stimme fühlte sich immer noch merkwürdig fremd und heiser in meiner Kehle an, und das Sprechen bereitete mir Schmerzen. Aber da ich nicht vorhatte, einen Crashkurs in Gebärdensprache zu machen oder auf Hennis Vorschlag mit Papier und Stift zurückzukommen, konnte ich mich auch gleich daran gewöhnen, dass das Reden vermutlich noch ein paar Tage lang unangenehm sein würde.

»Klar.«

»Kannst du mal ein bisschen in Karstens Vergangenheit graben und nach einer Firma namens *SolidConsult* suchen? Ich habe das Gefühl, dass da irgendwas war. Ob das was mit dem Fall zu tun hat, kann ich aber nicht sagen.«

»Okay, checke ich.«

»Danke.«

Den Rest des Weges schwiegen wir, nur ab und zu warf ich ihr einen Seitenblick zu. Henni machte am Steuer eine gute Figur.

»Soll ich noch mit nach oben kommen?«, wollte sie wissen, als sie geparkt und den Motor abgestellt hatte.

Ich war gerade dabei, mich etwas umständlich aus dem Sitz zu pellen, als ich merkte, dass sie keine Anstalten machte, sich abzuschnallen und auszusteigen. Als würde sie gleich weiterfahren. Ich sah sie einen Augenblick lang an, bis sie begriff.

Verlegen lachte sie und löste den Gurt. »Tut mir leid.«

Ich hob die Hand und hielt sie zurück. »Wir machen einen Deal. Du nimmst die Karre mit, und wenn ich mich wieder fit genug fühle, mitzumischen, rufe ich an und du kommst mich holen. Wie ist das?«

Ihr Grinsen machte ihre Antwort unnötig.

»Geh die Jungs beeindrucken. Die werden sich überschlagen, um dir zu Füßen zu liegen.« Draußen klopfte ich aufs Dach. »Wir hören uns.«

Einen Moment lang blieb ich noch an der Ecke stehen und sah zu, wie Henni geschmeidig mit dem Granada um die Ecke zog. Ich kam mir vor wie ein Dad, der seine Tochter das erste Mal abends alleine auf große Tour gehen ließ. Nur hatte ich keine Ahnung, wer in diesem Fall meine Tochter war: Henni oder das Auto.

»Hey, wie geht's dir?«, wollte Tamina wissen, als ich sie eine Weile später aus meiner Küche anrief.

Ich saß in der Frühabendsonne am Tisch und versuchte

mühsam, einen von ihren Tees zu trinken, die sich positiv auf mein seelisches Wohlbefinden und in diesem Fall auch auf meinen geschundenen Hals auswirken sollten. Bisher merkte ich noch nicht viel von der Wirkung.

»Die haben mich nach Hause geschickt. Ich habe wieder Mist gebaut.«

»Armes Baby, was ist passiert? Deine Stimme klingt schrecklich. Bist du heiser?«

»So ungefähr. Erzähl ich dir später. Wollen wir uns heute Abend sehen?« Ich wusste, dass es albern war, von *wollen* statt *können* zu reden. Der alte Thiebeck, der es nicht schaffte, seine Bedürfnisse zu formulieren, wie Tamina es vermutlich genannt hätte. Etwas lahm schob ich hinterher: »Ich würde dich gerne sehen.«

Sie lachte, als hätte sie meinen inneren Diskurs mitverfolgen können. Ihr dunkles, großes Lachen, bei dem sich mir jedes Mal der Bauch zusammenzog, wenn ich es hörte. In dem Moment konnte ich körperlich so sehr spüren, wie ich sie vermisste, dass ich am liebsten durch den Hörer gekrochen wäre. Ich atmete schwer aus.

»Klar. Mein letzter Kurs ist um halb acht zu Ende. Ich spring unter die Dusche und flitz zu dir. Wie ist das?«

»Lass die Dusche aus, ich seif dich ab«, schlug ich vor.

»Deine neue Stimmlage passt hervorragend zu solchen Sätzen. Vielleicht sollten wir den Abend damit verbringen, über das Telefon *dirty* miteinander zu reden.«

Jetzt musste ich lachen. Krächzen, und es tat weh.

»Oh je, das sollte ich lieber bleiben lassen, oder? Brauchst du irgendwas? Soll ich was mitbringen?«

»Komm einfach her«, sagte ich.

Kurz bevor Tamina an der Tür klingelte, stand ich mit meiner Tasse am Fenster und sah auf die bereits dunkel gewordene Straße hinunter. Irgendwo standen zwei Typen an einem Baum im Schatten und unterhielten sich. Ich konnte nur ihre Schemen und die Glut der Zigaretten sehen. Links die Straße runter lief ein Mann mit seinem Hund. Ich musste an Seiler denken. Was, wenn Seiler wusste, wo ich wohnte? Was, wenn er mich gerade beobachtete und Tamina zu mir kommen sah?

Meine Gedanken wanderten zu Pieter Gorlaff, der in Taminas Wohnung eingebrochen war. Um mir eine Lektion zu erteilen.

Mit einem Ruck schloss ich die Vorhänge. Selbst wenn Seiler mein Haus beobachtete, würde er nicht unbedingt wissen, dass Tamina zu mir gehörte, versuchte ich mich zu beruhigen. Solange er sie nicht in meiner Wohnung durch das Fenster sah. Außerdem gab es keinen Grund, warum er mich ins Visier nehmen sollte. Jana hatte recht: Er hatte bereits die Möglichkeit gehabt, mich zu töten. Warum mich erst am Leben lassen, um sich dann die Mühe zu machen, mich erneut zu jagen?

Aber ich wusste, dass ich mir etwas vormachte. Täter wie Seiler oder Gorlaff funktionierten nicht *logisch*. Sie waren nicht normal und konnten nicht nach solchen Maßstäben beurteilt werden. Normale Menschen verklebten anderen nicht Mund und Nase und ließen sie ersticken. Sie schlitzten ihnen nicht die Bäuche auf oder ersäuften sie in schwarzem Lack. Sie stellten nicht in ihren kranken Hirnen Regeln auf, mit denen sie um Menschenleben Schach spielten oder nach den Zeilen eines Kinderreims töteten. Ich konnte mir tausendmal sagen, dass es keinen Sinn ergab, dass Seiler hier auftauchen würde, aber das war kein Garant dafür, dass es wirklich so war.

Als Tamina endlich in der Tür stand, versuchte ich, meine düstere Stimmung beiseitezuschieben. Mich an ihr zu freuen. Sie trat zu mir und schmiegte sich an meine Brust. Legte vorsichtig ihre Hand genau auf die Stelle an meinem Hals, an der Seiler zugedrückt hatte. Obwohl man dort nichts sah. Ich spürte ihre kühle Haut auf meiner und schloss die Augen.

»Du siehst furchtbar aus. Was ist passiert?«

»Ich habe mich verschätzt. Bin nachlässig gewesen und hochmütig, und zwei Menschen sind tot.« Der dicke Kloß in meinem Hals bewegte sich schmerzhaft auf und ab.

Tamina umarmte mich, hielt mich fest. »Es tut mir leid«, flüsterte sie. »Sind sie umgebracht worden?«

Ich nickte gegen ihre Schulter.

»Wirst du den Täter finden?«

Ich wusste genau, warum sie diese Frage stellte. Und ich nickte. Ja, ich würde Seiler finden. Ich würde ihn festnageln und verhindern, dass er weitermachen konnte. Meine Kiefermuskeln verspannten sich, und ich fühlte neue Entschlossenheit in mir.

Ihre Hand wanderte nach oben, und sie strich mir durch die Haare. Fuhr meine Wange entlang und ging mit den Nägeln durch die Bartstoppeln. Ich packte sie fester.

Einen Augenblick lang standen wir einfach nur da und schließlich sagte sie: »Bist du fit genug, um mich hochzuheben?«

»Klar«, sagte ich und packte sie an der Hüfte.

Sie schlang die Beine um mich und drückte die Nase gegen meinen Hals. »Du weißt, dass das der einzige Grund ist, warum ich mit dir zusammen bin, oder?«, sagte sie.

Ich konnte ihr Lächeln fühlen.

»Pfff«, sagte ich, ließ sie aber nicht runter.

Eine ganze Weile standen wir einfach nur so da, und ich hoffte, dass meine Arme nicht müde werden würden. Schließlich sagte sie: »Trag mich in die Dusche und mach mich sauber.«

»Nur, wenn ich dich danach wieder schmutzig machen darf.« Unbeholfen manövrierte ich uns beide im Doppelpack in mein kleines Bad.

»Ich habe immer noch keinen Brief von dir erhalten«, sagte sie später. Sie lag neben mir im Bett und strich mir sanft mit der Hand über den Brustkorb.

»Das liegt daran, dass ich ihn immer noch nicht geschrieben habe«, antwortete ich. Unvermittelt sah ich sie an. »Darf ich dir einen Schlüssel geben?«

»Was für einen Schlüssel?«

»Für die Wohnung.«

Sie überlegte einen Moment. »Darf ich dann immer noch klingeln?«

Ich verstand nicht sofort.

»Ich mag es, wenn du mir die Tür aufmachst. Wenn du mich empfängst. Meistens stehst du im Türspalt, eine Hand oben am Türrahmen. Das fühlt sich an, als würdest du wirklich auf mich warten. Als würdest du mich willkommen heißen.«

Ich lächelte. »Du darfst jederzeit klingeln. Wenn du willst, kannst du sogar mitten in der Nacht aufstehen, runter in die Hofeinfahrt gehen und noch einmal auf die Klingel drücken. Und ich mache dir auf.«

»Dann nehme ich ihn«, verkündete sie fröhlich.

Sie kuschelte sich mit dem Kopf auf meine Brust, und ich strich ihr durchs Haar.

In Gedanken stahl ich mich allerdings aus der Wohnung. Hinein in die Nacht, auf der Suche nach Micha Seiler. Grübelte darüber nach, was er als Nächstes tun würde.

17

Henni rief mich beim Frühstück an. Wir waren bereits früh auf den Beinen, weil Tamina einen Kurs geben musste.

»Marlene ist verschwunden.« Sie klang abgehackt, als hätte sie ihre Stimme nur mühsam unter Kontrolle.

»Kannst du mich abholen?«, fragte ich. Dann, nach einem Moment fügte ich hinzu: »Kannst du fahren? Sonst nehme ich mir ein Taxi und …«

»Bin längst unterwegs.« Sie unterbrach das Gespräch.

Als ich das Handy weggelegt hatte, sah mich Tamina aufmerksam an. »Ärger?«

Ich zögerte. Da war sie wieder, diese Entscheidung. Wie viel von meinem Job brachte ich mit nach Hause? Ich war immer schon eher der Typ gewesen, der den ganzen Frust, all den Ärger, den der Ermittleralltag so verursachte, lieber außen vor ließ. Wie Sportzeug, das so übel roch, dass man es lieber im Kofferraum des Autos aufbewahrte, als es mit nach oben in die Wohnung zu nehmen. Jana war da anders. Sie besprach viel mit ihrem Oliver.

Und ich wusste, dass Tamina nicht aus Höflichkeit fragte. Sie bohrte auch nicht nach, weil sie fand, dass sie ein Recht darauf hatte, diese Dinge zu erfahren. Sie sprach sie an, weil sie ehrlich glaubte, dass es mir besser gehen würde, wenn ich darüber reden konnte. Ich hatte den Verdacht, dass sie recht haben könnte. Allerdings fiel es mir schwer.

Ich musste daran denken, dass sie gestern Abend nicht

darauf gedrungen hatte, zu erfahren, was mir passiert war. Warum ich schon wieder körperlich angeschlagen und emotional derart mitgenommen war. Stattdessen war sie einfach für mich da gewesen. Aber natürlich wusste ich, dass sie sich Sorgen machte.

Schließlich erklärte ich ihr in groben Zügen, was gerade geschah. Warum wir Seiler suchten und was zwischen ihm und mir geschehen war.

»Und jetzt?«

»Jetzt ist Hennis Schwester verschwunden. Eines von vier Mitgliedern der Gruppe, die Seiler noch jagt. Henni kommt her.«

Tamina verzichtete darauf, von mir zu verlangen, auf mich aufzupassen. Oder mir zu versichern, dass ich *das schon schaffen werde*. Stattdessen stand sie auf, kam um den Tisch herum, wartete kurz, bis ich etwas abgerückt war und setzte sich dann auf meinen Schoß. Küsste mich. Nahm mein Gesicht in beide Hände und betrachtete mich. Küsste mich noch einmal, streichelte mir sanft über die Wange und ging, um ihre Sachen zu holen. Ich brachte sie zur Tür, wir hielten uns noch einmal in den Armen, schließlich ließ ich sie gehen. Versprach ihr in Gedanken, mich bei ihr zu melden. Aber ich konnte den Reflex nicht unterdrücken, ans Fenster zu treten, nachdem sie gegangen war, und auf die Straße zu sehen. Zu schauen, ob ich irgendwen entdeckte, der sich in Hauseingängen herumdrückte. Eine große Gestalt. Aber ich konnte niemanden sehen.

Wenig später saß ich auf dem Beifahrersitz in meinem Wagen. Henni sah bleich aus, und ihre Hände zitterten leicht.

»Was ist passiert?«, fragte ich statt einer Begrüßung.

»Marlene ist offenbar bereits gestern verschwunden. Die Beamten, die Jana und Mirko losgeschickt haben, um sie wieder einzusammeln, haben sie nicht gefunden. Den Polizeischutz hat sie irgendwie abgeschüttelt, die haben gar nicht gemerkt, dass sie weg ist. Und an ihr Telefon geht sie ebenfalls nicht.«

»Wo ist das Handy?«

»In ihrer Wohnung. Haben wir schon orten lassen. Aber wir haben mit der Mitbewohnerin gesprochen, dort ist sie nicht. Hat nur das Telefon dagelassen.«

»Glaubst du, sie ist auf eigene Faust verschwunden?« Die Alternative wagte ich nicht auszusprechen. *Oder denkst du, Seiler hat sie erwischt?*

Sie schaute mich an, die Augen gerötet, als hätte sie geweint. »Möglich.«

»Wo würde sie sich verstecken?«

Sie fing an, wild den Kopf hin und her zu schütteln. Sie hatte keine Ahnung. Übersprunghandlung.

»Gab es so etwas schon mal? Dass sich eine von euch zurückziehen musste, untertauchen? Um den Kopf klar zu kriegen? Vielleicht, weil es Ärger mit einem Mann gab? Ein Versteck, wo sie jetzt hin sein könnte?«

Ich bekam keine Antwort. Henni war wie eingefroren. Ich musste den Impuls unterdrücken, lauter zu werden, sie zu packen. Zwang mich, ruhig zu bleiben. Ich streckte den Arm aus, berührte sie sanft am Rücken. Immerhin reagierte sie darauf.

»Ist sie tot?« Sie schaute mich von der Seite her an, in ihren Augen glitzerte es. »Ist Marlene bereits tot? Du hast versprochen, dass du auf sie aufpasst.«

Ich zögerte kurz, bevor ich antwortete. Nicht, weil ich nachdenken musste, sondern aus taktischen Gründen. Ich wollte, dass sie mir glaubte. Dass sie nicht auseinanderbrach. In meinem Kopf gab es ohnehin nur eine Möglichkeit: Marlene Herzog war noch am Leben. Und dieser Status würde erst verändert werden, wenn ich ihrer Leiche gegenüberstand. Das war früher schon immer unsere Arbeitsprämisse gewesen: Menschen sind so lange am Leben, bis wir das Gegenteil bewiesen bekamen.

»Nein, sie ist nicht tot. Deine Schwester ist ein zähes Luder. Und gerissen.«

Henni musste gegen ihren Willen lächeln, zog dann die Nase hoch. »Ja, das ist sie.«

»Er hat sie nicht erwischt. Ich glaube auch nicht, dass sie die Nächste gewesen wäre. Aber dass sie inzwischen mal richtig Schiss bekommen hat, das glaube ich. Ich meine, die hat die ganze Zeit diese Obercoolness an den Tag gelegt, während links und rechts Leute gestorben sind. Jetzt hat es sie gepackt. Arschwasser, wie Schmolli sagen würde, und sie ist abgehauen. Kurzschluss. Aber ich halte sie für clever genug, dass sie einen guten Unterschlupf gefunden hat. Die rennt nicht mit geweiteten Pupillen orientierungslos irgendwo rum, keine Sorge.«

Henni schien bei meinem Gelaber längst weggedriftet. Ich hatte keine Ahnung, ob ich sie überzeugt hatte. Also versuchte ich es anders. »Haasberg?«

Die Frage lenkte ihre Aufmerksamkeit weg von Marlene, zwang sie, nachzudenken, zu funktionieren. Es klappte.

»Mit dem hat Mirko telefoniert. Der ist komplett ausgerastet, als er das von Sunny erfahren hat. Hat voll den Affen gemacht, dass die Polizei ihren Job nicht machen würde, dass auf uns kein Verlass sei und noch jede Menge ziemlich unhöfliches Zeug. Mirko ist dabei erstaunlich ruhig geblieben.«

Ich sah aus dem Fenster. *Natürlich, er hatte ja auch jede Menge Übung darin, genau diese Art von Vorwürfen zu schlucken.*

»Meinst du, *er* weiß, wo Marlene ist?«

»Er behauptet, er hätte keine Ahnung, sei außer sich vor Sorge. Außerdem hat er das Angebot, sich wieder komplett in unsere Obhut zu begeben, abgelehnt.«

»Der Rushford-Deal«, sagte ich halb zu mir selbst.

»Was?«

»Karsten hat morgen ein wichtiges Treffen mit einem Unternehmen aus Großbritannien. Rushford irgendwas. Das ist dieser Riesendeal, auf den er hingearbeitet hat, oder?«

»Wahrscheinlich. Marlene hat nie Namen genannt.«

»Kein Wunder, dass er sich da nicht von Densch einsperren lassen will.«

»Auch wenn ihn das sein Leben kosten kann? Das ist doch Wahnsinn.«

Ich schüttelte den Kopf. »Wieso? Sunny hatte auch Polizeischutz. Ich nehme an, im Moment ist das Vertrauen der Gruppe in die Fähigkeiten des LKA nicht besonders groß. Da ist es gar nicht so abwegig, einfach abzutauchen und Micha auf diese Weise keine Zielscheibe zu bieten.«

Henni nagte an der Unterlippe, antwortete aber nicht.

»Was ist mit den anderen?«, wollte ich wissen.

»Pika ist bei uns. Owen hat sich ebenfalls geweigert reinzukommen. Ich nehme an, er hat mit Karsten gesprochen.«

»Was machen Jana und Densch jetzt?«

»Haasberg ist zur Fahndung ausgeschrieben. Marlenes Personenbeschreibung haben ebenfalls alle Einheiten«, sagte sie und musterte mich von der Seite. »Was denkst du?«

Ich schüttelte erneut den Kopf, antwortete nicht. Dachte

nach. Immer noch konnte ich das Gefühl nicht abschütteln, dass es nicht ratsam war, unsere Anstrengungen alleine auf Micha Seiler zu konzentrieren. »Was ist mit der Jagd nach Seiler? Seid ihr da irgendwie weiter? Gibt's einen Hinweis darauf, wo er sich aufhalten könnte?«

»Bisher haben wir nichts.«

Mir kam eine Idee. »Können wir zu Ole fahren?«

Sie sah mich überrascht an. »Warum?«

»Weil da immer noch ein Suchauftrag von uns rumdümpelt. Er hat doch die sozialen Netzwerke durchkämmt, auf der Suche nach Spuren von Tabea und Seiler. Möglicherweise hat er einen Hinweis, wo wir nach ihm suchen müssen. Ich meine, der Kerl ist nicht gerade unauffällig. Wo versteckt sich so jemand?«

»Was ist mit Marlene?« Ihre Stimme klang brüchig, als würde die ganze Henni Herzog gleich vor meinen Augen in meinem Ford auseinanderfallen.

»Henni, wir haben keine Ahnung, wo sie sich versteckt hält. Wenn du nicht weißt, wo wir anfangen sollen zu suchen, dann ist unsere beste Chance, dass wir stattdessen Micha finden. Wenn wir den haben, passiert auch Marlene nichts.«

Sie nickte stumm, zu erschöpft, um mit mir zu diskutieren.

»Ich fahre«, bestimmte ich und stieg aus.

Ole Lankat bot uns von seinem reichlichen Frühstück Rührei, Schinken und Schwarzbrot an, aber wir lehnten ab. Ich hatte keinen Hunger, und Henni war zu nervös, um zu essen. Sie hockte neben mir und wippte unablässig mit den Füßen, die in ausgetretenen Chucks steckten.

»Hat der Bot was gefunden?«, fragte ich.

Kauend zuckte er mit den Schultern, leckte sich einen Finger ab und griff nach der Maus. »Ich muss gestehen, ich hab's nicht gecheckt. In letzter Zeit war ich etwas busy mit dem Assessment, das ich fertig machen muss.« Er klickte auf seinen verschiedenen Monitoren herum und suchte offenbar die Ergebnisse des BOLE. »Hier ist es.«

Ich konnte noch nichts erkennen, aber er scrollte die Datenreihe runter.

»Micha Seiler war sozial nicht sehr aktiv. Digital, meine ich«, korrigierte er sich. »Kein großer Netzwerker. Auf dem Facebook-Profil gab's nicht viel, und so etwas wie einen Twitter- oder Tumblr-Account scheint er nicht gehabt zu haben.« Triumphierend drehte er sich zu uns um. »Aber die anderen. Und deswegen gibt es da auch jede Menge Spuren.«

»Vor oder nach 2010?«

Lankat antwortete nicht sofort, sondern konsultierte seine Datei. »Vorwiegend vor 2010.«

Ich nickte. Das deckte sich mit unseren bisherigen Erfahrungen.

»Gemeinsamer Ausflug im Spreewald, Lauf um den See, Grillen im Garten von Pikas Eltern.« Ab und an öffnete er Links, die vor allem zu Fotos führten und die jeweiligen Aktivitäten dokumentierten.

Ich sah die verschiedenen Mitglieder der Gruppe, oft mit weiteren Freunden, die wir nicht kannten, beim Feiern, Trinken, Tanzen.

»Der neue Feuerkorb am Ostseestrand«, verkündete Lankat. Und dann: »Ausflug in den Heidepark-Soltau. Übernachtung in der Herberge.«

»Gibt es keine Möglichkeit, das irgendwie abzukürzen?«, unterbrach ich ihn. »Ich meine, da ist so viel nutzloses Zeug dabei …« Ich wusste, dass Henni neben mir auf glühenden Kohlen saß.

Lankat lächelte. »Der Bot macht nichts anderes, als die Links zu sammeln. Bewerten muss man sie dann schon selbst. Natürlich könnte man auch einen semi-intelligenten Such-Algorithmus schreiben. Wie eine KI, quasi.«

»Wie eine was?«

»Künstliche Intelligenz. Wie sie zum Beispiel Schachcomputer aufweisen. Aber das wäre dann schon sehr aufwendig und übersteigt meine Möglichkeiten. Und euer Budget.«

»Schon gut«, lenkte ich ein. »Machen wir einfach weiter.«

Konzertbesuch in der O2-World, ein Spiel bei Eisern Union in der Alten Försterei, ein Wochenendausflug in den Harz, eine Fahrradtour nach Potsdam – so ging das ewig.

Lankat verlas die Bildunterschriften oder Verlinkungen, und wir schauten uns die Bilder an.

»Himbeerernte bei Tabeas Oma in Beelitz, Übernachtungsparty in Birkenwerder …«

»Moment mal!« Ich legte Lankat die Hand auf den Arm. »Geh noch mal zurück auf das Bild.«

»Das hier?«

Ich nickte und beugte mich vor, um besser sehen zu können. Es handelte sich um einen Shot auf einem Dachboden, der in ein Spitzdach auslief, während unten die graubraunen Holzbohlen zu erkennen waren. Im Hintergrund war ein riesiges Lager aus Isomatten, einer großen Luftmatratze sowie jeder Menge Schlafsäcken und Taschen zu sehen. Micha Seiler saß im Schneidersitz ganz vorn und zeigte mit einem breiten Grinsen zwei erhobene Daumen. Neben ihm stand eine geöffnete Flasche Bier. Hinter ihm lag Pika Blum auf einer Matte, den Oberkörper aufgerichtet, und Karsten und Marlene hockten eng umschlungen neben Seiler, ebenfalls jeder eine Flasche in der Hand.

»Gibt's dazu noch mehr?«

»Moment mal.«

»Such mal nach Birkenwerder, Dachboden, Haus, Micha, solches Zeug«, schlug Henni vor. Sie hatte sofort erkannt, in welche Richtung meine Gedanken gingen.

»Wo liegt Birkenwerder?«, wollte Lankat wissen.

»Oben im Norden, jenseits von Reinickendorf und Frohnau.«

»Frohnau kenne ich, da gibt's eine S-Bahn hin. Hier wird eine Gartenparty in Birkenwerder erwähnt. Warte, hier, ja, *Michas Haus*. Das scheint ein Häuschen zu sein, vielleicht gibt's da oben so einen Dachboden.«

Ich nickte und sah Henni an. »Kannst du Jana darauf ansetzen? Damit sie rausbekommt, ob es eine Verbindung zu Seiler gibt? Grundbuchamt und so. Möglicherweise gehört das einem Verwandten von ihm oder so.«

Sie ging raus, um zu telefonieren. Ich nahm an, dass sie froh war, endlich in Bewegung zu kommen.

Ole und ich beschäftigten uns weiter mit den Listen, bis Henni wieder hereinkam.

»Die prüfen das. Kann aber einen Moment dauern.« Sie nagte an der Unterlippe.

Ich musste an Marlene denken. An Lankat gewandt, fragte ich: »Gibt es irgendwo einen Eintrag, an dem man erkennen kann, wo genau dieses Haus ist? Manchmal machen doch Leute auf Facebook so einen Post mit dem Smartphone, bei dem man genau sehen kann, wo sie sich befinden, oder?«

Er nickte, tippte etwas ein, klickte mit der Maus. »War aber

2010 vermutlich zu früh. Ich weiß nicht genau, wann Facebook das eingeführt hat, meine aber, dass das später war.«

Kurz entschlossen stand ich auf. »Kannst du das überprüfen und uns anrufen, falls du was findest?«

Überrascht sah er zu mir hoch, nickte dann.

»Was hast du vor?«, wollte Henni wissen.

»Wir fahren nach Birkenwerder. Vielleicht haben wir Glück und Ole findet eine GPS-Koordinate für uns. Oder Jana meldet sich, weil es einen Eintrag über das Haus gibt. Im schlimmsten Fall gurken wir ein wenig durch die Gegend. Aber wenn wir Glück haben, sind wir sofort vor Ort.«

Sie schluckte. Nickte. Lankat bat ich noch, uns alle Bilder, die er von dem Haus und Garten in Birkenwerder finden konnte, aufs Handy zu schicken. »Zur Not suchen wir das Scheißding auf Sicht«, entschied ich.

Im Auto sagte Henni eine ganze Weile gar nichts.

Ich berührte sie kurz am Bein, weil ich keine Plattitüden raushauen wollte. *Wir finden sie schon*, *es wird alles gut* oder *mach dir keine Sorgen*. Die Art von Blödsinn, die in Filmen verzapft wurde, kurz bevor die nächste Leiche gefunden wurde. Ich hatte keine Ahnung, wie ich Marlenes Chancen einschätzen sollte oder ob Haasberg wirklich nicht wusste, wo sie steckte. Möglicherweise hatte er das Gefühl gehabt, selbst tätig werden zu müssen, um den Rest der Gruppe zu beschützen. Seine Ex. Vielleicht noch Pika – aber die war nicht untergetaucht. Was verband ihn mit Owen? Hatte er den ebenfalls unter die Fittiche genommen? Jedenfalls war klar, dass wir Haasberg am nächsten Tag bei seinem Treffen mit den Geschäftsleuten aus London wiedersehen würden. Aber wusste Seiler das auch? Würde er ihm dort auflauern?

Ich klammerte mich an die Hoffnung, dass nicht Marlene, sondern jemand anders in Gefahr schwebte. Es ergab Sinn, dass Haasberg das Opfer Nummer sieben sein würde: *Seven For A Secret Not To Be Told.*

Das konnte entweder seine Mittäterschaft an dem Vertuschen von Fareses Tod sein, immerhin hatte er offenbar für die Versendung der Postkarten die Fäden gezogen, oder aber der Erpressungsversuch gegen ihn. Aber wie sicher konnte ich mir sein? Es blieb die spannende Frage: sieben oder zehn Zeilen? Würde Seiler aufhören, nachdem er Haasberg umgebracht hatte?

Während wir nach Norden fuhren, ließ ich Revue passieren, was bei den Befragungen herausgekommen war. Haasberg hatte Seiler belastet. Weder Sunny Marquardt noch Pika Blum hatten die Aussage unterstützt. Nur Owen Carling und Marlene hatten die Geschichte bestätigt. Möglicherweise hatte Haasberg mit dem Tod von Farese auch mehr zu tun, als die Versendung der Postkarten ahnen ließ. Aber egal wie ich es drehte, es würde auf eine große Konfrontation bei dem Businessmeeting hinauslaufen – falls Seiler davon wusste.

Kurz hatte ich eine Albtraumfantasie über eine Jagd quer durch das Hotel Adlon, bei der sich Seiler in irgendeinem Zimmer versteckte, um seinen nächsten Mord zu verüben, nachdem er Haasberg gewaltsam verschleppt hatte.

Henni unterbrach meine Gedanken. »Du hattest mich doch gestern nach *SolidConsult* gefragt.«

»Hast du was rausgefunden?«

Sie bejahte.

»Wow. Hast du heute Nacht überhaupt geschlafen?«

»Nicht viel«, gab sie zu und legte den Kopf schief.

»Okay, schieß los.«

»*SolidConsult* ist eine Firma, die auf einen *Olaf Haasberg* eingetragen war.«

»War?«

»Die ist pleitegegangen. Schon 2008. Und zwar weil sie von einem früheren Kunden belangt worden ist.«

»Weswegen?«

»Die *SolidConsult* ist auf Schadensersatz verklagt worden, weil die AD Weber GmbH angeblich wegen mangelnder beziehungsweise schlechter Beratertätigkeit Konkurs anmelden musste.«

»Und wer ist Olaf Haasberg?«

»Karsten Olaf Haasberg.«

»Nicht im Ernst?«

Sie nickte. Ich sah in den Seitenspiegel, setzte den Blinker und bog ab. Wir hatten Friedrichshain längst hinter uns gelassen und fuhren inzwischen auf Pankow zu.

»Warum hat er seinen zweiten Namen verwendet?«

»Weiß man nicht. Vielleicht hat er geahnt, dass so etwas passieren könnte. Er war damals noch echt jung. Stand ganz am Anfang. Und hat offensichtlich richtig Mist gebaut. Die haben ihn verklagt und gewonnen. Auf den Schulden sitzt der unter Garantie noch heute.«

Ich musste an das fette Appartement, die ganzen technischen Spielzeuge denken. Leben auf Pump. »Deswegen ist dieser Deal mit Rushford morgen so wichtig. Aber wissen die nicht, wer er ist? Dass er schon mal eine Firma brutal gegen die Wand gefahren hat?«

Während ich den Gedanken aussprach, kannte ich die Antwort bereits. Deswegen die Erpressung. Wenn jemand Haasbergs neuen Partnern steckte, dass er einen solchen Bock geschossen hatte, platzte das Ding auf jeden Fall. Insgesamt war Haasberg in der Branche vermutlich keinen müden Cent mehr wert, wenn bekannt wurde, was da in der Vergangenheit gelaufen war.

»Warum hast du mich danach suchen lassen?«

»Ich habe auf Karstens Computer eine Datei gefunden. Jemand hat versucht, ihn zu erpressen. Wegen *SolidConsult*.«

»Aber du weißt nicht, wer das war?«

»Keine Ahnung. Lässt sich vermutlich auch nicht wirklich herausfinden. Es gibt nur eine anonyme Internetadresse.«

»Müssten wir Karsten befragen.«

Ich schnaubte. »Ich glaube kaum, dass er darüber mit uns reden möchte. Mit irgendjemandem darüber reden möchte.«

»Wenn es mit dem Fall zu tun hat, könnten wir ihn zwingen.«

»Das müssen wir ihm aber erst mal nachweisen. Außerdem: zwingen zu was? Zuzugeben, dass ihm jemand diese Mails geschrieben hat? Solange wir nicht mehr in der Hand haben, ist das nichts als ein Hasenfurz.«

»Kannst du mir das Zeug geben? Damit ich mir das auch mal anschaue?«

»Du kannst es dir nachher vom Stick ziehen. Was genau ist damals passiert?«

»Karsten hat offenbar seine Zuständigkeiten überschritten. Ich kenne mich mit dem Kram nicht so richtig aus, aber offenbar gibt es da bestimmte Gewerbeberechtigungen, für welche Bereiche ein Unternehmensberater überhaupt tätig sein darf.«

»Wie ein Lungenarzt, der keine Augen-OPs durchführen darf?«

»Ungefähr, ja. Karsten hat diese Kompetenzgrenzen wohl relativ großzügig ausgelegt und ist außerdem schlampig bei der Erarbeitung der Grundlagen gewesen. Hat dann einen Plan aufgestellt, dem der Kunde gefolgt ist.«

»Und dran pleitegegangen ist.«

»Aber so lange, wie das zurückliegt, wer kann davon gewusst haben? Um ihn zu erpressen?«

Das, was mir als Antwort sofort durch den Kopf schoss, sprach ich nicht aus. *Marlene*. Sie war damals mit Karsten zusammen gewesen, sie musste es mitbekommen haben. Aber ich wusste selbst, dass das keine befriedigende Antwort war. Wenn sie davon gewusst hatte, hätte sie viel früher versuchen können, Druck auf ihn auszuüben. Außerdem machten die beiden auf mich nicht den Eindruck, als würde einer den anderen erpressen.

Nach wie vor gab es in diesem Dickicht aus Geheimnissen so viele weiße Flecken, dass ich davon Kopfschmerzen zu bekommen drohte.

Jana gewann das Rennen gegen Lankat. Sie rief an, noch bevor wir Birkenwerder erreicht hatten. Henni nahm das Handy, warf einen Blick auf das Display und reichte es mir.

»Hey. Wir haben was gefunden. Michael Seiler hat mehrere Jahre bei seiner Patentante in Birkenwerder gewohnt. Die Frau lebt nicht mehr. Soweit wir wissen, steht das Haus schon seit Jahren leer.«

»Fuck! Warum ist das in keinem der Dokumente aufgetaucht?«

»Das wissen wir nicht. Wahrscheinlich, weil diese Patentante nie offiziell seine Vormundschaft beantragt hat. Er ist einfach bei ihr untergekommen, so wie es aussieht. Mit Zustimmung der Mutter.«

»Oh Mann.« Patzer, dachte ich. Eine wichtige Verbindung

aus der Vergangenheit des Täters erst so spät aufzudecken, das war ein echt grober Schnitzer, der uns unterlaufen war. Der Jana und Densch unterlaufen war, berichtigte ich mich.

»Gehört es Seiler? Hat er das Haus geerbt?«

»Nein, die Schwester der Tante. Die taucht natürlich nirgendwo auf. Sie hat mit Micha wohl auch nur gelegentlich Kontakt gehabt. Wir sind dran, sie ausfindig zu machen. Und das MEK ist auf dem Weg, um sich das Haus anzusehen.«

»Wie lautet die Adresse?«

Jana zögerte. »Wo seid ihr?«

»Auf dem Weg zu dem Programmierer, von dem ich die Irlandinfos hatte. Kreuzberg.« Ich warf Henni einen schnellen Blick zu, zwinkerte, als sie ihn erwiderte.

Jana nannte mir die Adresse, die ich laut wiederholte, damit Henni sie auch hörte. »Mirko und ich machen uns gleich ebenfalls auf den Weg. Ich rufe dich an, sobald wir etwas wissen.«

Nachdem ich aufgelegt hatte, schüttelte Henni den Kopf. »Au Mann, das gibt richtig Ärger. Du hättest ihr die Wahrheit sagen sollen.«

»Dann hätte sie uns verboten, das Haus zu betreten. Und die Adresse für sich behalten. Wäre dir das lieber gewesen?« Ich redete, während ich das Navi des Handys einstellte.

Henni schluckte. »Nein.«

»Willst du aussteigen? Wenn es hart auf hart kommt, könnte das das Ende deiner Karriere sein.«

»Auf keinen Fall.« Sie klammerte sich so fest an den Griff der Tür, dass ihre Knöchel ganz weiß wurden. Als würde ich gleich versuchen, sie mit Gewalt aus dem Auto zu zerren.

»In Ordnung. Da vorne müssen wir rein.«

Wir bogen in eine Straße aus Kopfsteinpflaster ein, die sich nicht anfühlte, als sei sie noch Teil von Berlin. Oder auch nur in der Nähe davon.

Ich hielt vor einem Einfamilienhaus, dessen ehemals weißer Putz inzwischen schmutzig grau war. Der Garten rings herum war komplett verwildert, und das Tor des Jägerzauns hing wie betrunken schief in den Angeln. Die verblichenen Vorhänge hinter dunklen Fenstern sahen aus, als seien sie seit Jahren nicht mehr zurückgezogen worden. Insgesamt lag das Haus vollkommen tot da, und ich konnte mir kaum vorstellen, wie man hier eine fröhliche Party feiern wollte.

Als wir ausstiegen, warf ich einen Blick die Straße hinunter. Der Rest der Häuser war in keinem viel besseren Zustand, aber immerhin sahen einige noch bewohnt aus. In zwei Gärten standen zusammengesunkene Trampoline, deren kindliche Benutzer inzwischen wahrscheinlich längst erwachsen waren. Eine struppige Katze streckte den Kopf aus einer Lücke im Gartenzaun und begutachtete uns misstrauisch.

Henni stellte sich neben mich und betrachtete das Haus, das uns mit einer ominösen Aura zu erwarten schien. »Wie machen wir es?«

Zum wiederholten Mal, seit ich aus dem Dienst ausgeschieden war, wünschte ich mir eine Knarre. Vielleicht sollte ich mir einfach irgendeine in einem der vielen Kreuzberger Import-Export-Shops besorgen. Dann würde ich mich in Situationen wie diesen hier nicht so erbärmlich nackt fühlen. »Hast du deine Waffe?«

Sie nickte und zog sie aus dem Hüftholster.

Wäre ich mit Jana unterwegs gewesen, hätte ich sie an die Vordertür geschickt und hinten gesichert. Dort gab es die meiste Action, wenn der Täter versuchte, entweder durch die Hintertür oder ein Fenster zu fliehen. Aber was sollte ich mit Henni machen? Konnte ich das Risiko eingehen, dass ihr Seiler vorn begegnete? Was würde er mit ihr machen? Sie genauso zerquetschen, wie er es gedroht hatte, mit mir zu tun?

Sie stieß mich an.

Ich traf eine Entscheidung. »Bleib hier vorne. Warte auf mein Zeichen. Wenn ich mir einen Weg nach hintenrum gesucht habe, pfeife ich. Dann gehst du an die Vordertür und schaust, ob du hineinkommst. Nicht früher, klar?«

Sie nickte. Ich hoffte, dass die Vordertür abgeschlossen war und dass Seiler dort nicht die Flucht ergreifen würde. Möglicherweise würde ich auch gar kein Zeichen geben.

Es dauerte ein paar Minuten, bevor ich über den morschen Zaun von einem Nachbargrundstück in den Garten geklettert war. Ich war ein Stück die Straße hinuntergelaufen, hatte das Haus gefunden, das Rücken an Rücken mit unserem Objekt stand, und war dann in die Auffahrt gelaufen, an einem schlichten Backsteinhaus vorbei über ein Grundstück, auf dem eine umgekippte Schubkarre und eine verrostete alte Schaukel die einzigen Zeugnisse von Zivilisation in einem Meer aus Brennnesseln, Giersch, Ackerwinde und Vogelmiere darstellten.

Von hinten sah das Haus genauso verlassen und unheilvoll aus wie von vorn. Ich erkannte eine kleine Terrasse aus Waschbetonplatten, die auf einem der Fotos zu sehen gewesen war. Dort hatten weiße Plastikstühle und zwei Kästen Bier sowie ein transportabler Grill gestanden, und Seiler hatte mit einigen der anderen der Kamera zugeprostet.

Ich sprintete vornübergebeugt auf das Gebäude zu und drückte mich gegen die Hauswand neben der Tür. Schob mich vorsichtig nach oben und spähte durch ein Fenster. Dahinter lag die Küche dunkel und verlassen. Ich konnte keine

Anzeichen dafür sehen, dass jemand in dem Haus wohnte. Ohne den Blick abzuwenden, tastete ich nach der Klinke und drückte sie herunter. Es war offen.

Als die Tür leise knarzte, während ich sie aufzog, verzog ich das Gesicht. Kurz überlegte ich, ob ich Henni das Signal geben sollte. Entschied mich dagegen. Ich ertrug den Gedanken nicht, dass ihr etwas passieren könnte. Und was Jana dann mit mir machen würde.

Der schwarz-weiß geflieste Küchenboden war staubig, aber an verschiedenen Stellen war die Staubschicht durch Fußabdrücke verwischt worden. Jemand war vor nicht allzu langer Zeit hier unten gewesen. Durch eine offen stehende Tür kam ich in einen dunklen Flur. Am anderen Ende befand sich die Haustür, rechts gingen zwei Türen ab, und eine Treppe führte in den ersten Stock.

Ich hielt an beiden Türen inne und lauschte, konnte aber nichts hören. Dann schlich ich weiter, Richtung Front, und warf dabei einen Blick über die Schulter nach oben. Auch dort war niemand zu sehen. Plötzlich starrte ich in die Mündung einer Waffe. Mit großen Augen schauten Henni und ich uns an. Sie hatte nicht draußen gewartet, sondern war hereingekommen.

Mit erhobener Hand bedeutete ich ihr zu warten und sah nacheinander in die beiden verschlossenen Räume. Bei dem ersten handelte es sich um ein Wohnzimmer, das mich an Besuche bei meinen Großeltern erinnerte. Das zweite war ein Schlafzimmer mit einem großen Bett aus Massivholz. Beide waren leer.

Ich bedeutete Henni mit dem Finger, dass wir nach oben gehen würden, hielt sie aber sanft zurück, als sie vor mir die Treppe hinaufwollte.

Sie schüttelte den Kopf, sah mich trotzig an. Ich überließ ihr den Vortritt und geduckt, mit der Waffe im Anschlag, schlich sie vor mir die Treppe hoch. Vom Treppenabsatz im ersten Stock führten drei Türen weg. Henni öffnete die erste, schaute hinein. Gab mir ein Zeichen: negativ. Ich steckte den Kopf durch die nächste und fand ein Zimmer mit Bett, Schreibtisch und Schrank. An den Wänden Poster von Bands wie den *Dropkick Murphys* und *The Pogues*. Offenbar war das mal das Zimmer eines Jugendlichen gewesen.

Bei dem dritten Raum handelte es sich um ein Schlafzimmer, der Einrichtung nach von einer Frau. Der letzte war das Bad.

»Alles leer«, flüsterte ich frustriert.

Henni deutete nur nach oben und mir fiel ein, dass wir nach einem Dachboden suchten. Direkt über uns gab es eine Klappe, mit einem eisernen Ring versehen, an dem man sie nach unten ziehen konnte. Ich musste mich nur ein wenig auf die Zehenspitzen stellen, um den Ring zu greifen. Mit einem letzten Blick auf Henni, den sie mit einem Nicken quittierte, zog ich daran.

Die Klappe öffnete sich nach unten und faltete eine Holztreppe aus, die uns leise knarzend nach und nach entgegenkam. Das letzte Stück musste ich sie herunterziehen. Diesmal kam ich Henni zuvor, auf keinen Fall würde ich sie als Erste da hochgehen lassen. Ich packte das Holz und zog mich entschlossen nach oben, um den Kopf auf den Dachboden zu stecken und sicherzustellen, dass uns niemand auflauerte.

Für den Bruchteil einer Sekunde verspannte sich mein gesamter Körper. Erwartete den Angriff auf mein ungeschütztes Haupt. Den Schlag mit dem Gummihammer, den Tritt, was auch immer. Es ging gegen meinen Selbsterhaltungstrieb, mich vollkommen wehrlos dort zu zeigen. Aber es gab keine andere Möglichkeit hinaufzukommen.

Mich begrüßte ein staubiger, fast leerer Dachboden. Er sah genauso aus wie auf dem Foto, das wir gesehen hatten. In der Ecke, in der auf dem Bild das Bettenlager aufgebaut gewesen war, lagen inzwischen eine Isomatte und ein Schlafsack. Daneben stand eine offene Sporttasche, aus der einige Klamotten quollen. Ein Kasten Mineralwasser und zwei Supermarkttüten, offenbar mit Lebensmitteln, vervollständigten das Bild eines improvisierten Lagers.

Langsam stieg ich hoch und reichte Henni eine Hand, um sie mit einer gleitenden Bewegung nach oben zu ziehen.

Sie blieb neben mir stehen und flüsterte: »Ist er das?«

Die Frage musste ich nicht beantworten. Der riesige Körper, der dort am Boden lag, auf halbem Weg zwischen Luke und Lager, konnte nur Seiler gehören. Die langen Haare waren ihm ins Gesicht gefallen, genau wie es bei Sunny gewesen war, und seine breiten Schultern und mächtigen Oberarme wirkten noch massiver, weil die Arme hinter dem Körper verschränkt waren.

Benommen wollte Henni einen Schritt nach vorn machen, als ich sie aufhielt und mein Handy herausholte. Während ich Janas Nummer heraussuchte, flüsterte sie: »Lass mich.«

Mit kleinen Schritten, als ginge sie über das erste Eis im Winter, näherte sie sich Seiler. Kniete neben ihm nieder, streckte die Hand nach ihm aus. Sie sah klein und zerbrechlich neben seinem riesenhaften Körper aus.

»Ja?«, meldete sich Jana.

»Wir haben Seiler gefunden.«

»Wo seid ihr?«

»In Birkenwerder.«

Sie fluchte.

»Bringt einen Notarztwagen mit, um die Leiche abzutransportieren.«

»Nicht dein Ernst! Was hast du …«

»Ich habe gar nichts«, unterbrach ich sie. »Wir haben ihn so gefunden. Er ist das siebte Opfer.«

Stille am anderen Ende. Dann: »Das kann nicht sein.«

»Ich fürchte schon.« Während ich telefonierte, beobachtete ich, wie Henni sich erhob, mich ansah und den Kopf schüttelte. Ich bedeutete ihr zurückzukommen. Um den Tatort nicht zu verunreinigen. Um sie in den Arm nehmen zu können.

»Bis gleich«, sagte ich, bevor ich auflegte und Henni nach unten brachte.

Auf der Straße beugte sich Henni vor, keuchte, atmete tief ein. Erst dachte ich, dass sie sich vielleicht übergeben musste, aber sie brauchte bloß Sauerstoff.

»Das kommt mir alles so absurd vor.« Sie sah mich von unten her an. »Ich kannte Micha. Nicht gut, aber irgendwie halt schon. Es gab eine Situation vor fünf, sechs Jahren, da hat mich Marlene mit ins Kino genommen. Mit zu ihren Freunden. Da war Micha auch dabei. Er hatte uns die Plätze reserviert, war stolz wie Oskar, weil er Plätze ganz vorne bekommen hatte. Mir tat noch eine Woche hinterher der Nacken weh. Und Popcorn hatte er besorgt, riesige Tüten, aber mit salzigem Popcorn. Außer ihm hat das, glaube ich, keiner von uns gegessen. Hat ihn nicht gestört. Er hat sich durch mehrere von diesen riesigen Eimern gefuttert, bis ich dachte, mir wird alleine vom Zuschauen schlecht.« Sie hielt kurz inne, und ich wartete ab.

Ich wusste genau, was sie meinte. Manchmal fand man Dinge über Menschen heraus, die man nie im Leben für möglich gehalten hätte. Ich musste an meinen Gympartner und Boxkumpel Janos denken, der sich als der Killer Gorlaff entpuppt hatte.

»Es ist unwirklich. Selbst als es so aussah, dass alles dafür sprach, dass Micha unser Täter ist, habe ich es nicht so richtig glauben können. Als sei das alles nur ein Irrtum. Und jetzt liegt er da oben, selber das Opfer.« Sie schaute mich an. »Was bedeutet das?«

»Ich habe keine Ahnung.«

»Neben ihm liegt eine Karte. Wie bei den anderen. Die mit dem *Secret*.«

Ich nickte. Alles andere hätte auch keinen Sinn ergeben.

Wir standen auf der Straße und warteten. Nach fünfzehn Minuten tauchte das MEK auf, die aber nicht in Eile wirkten. Offenbar hatte Jana sie bereits informiert, dass der Verdächtige, den sie eigentlich festsetzen sollten, keinen Widerstand mehr leisten würde.

Ich schüttelte ein paar von den Jungs, die ich noch von früher kannte, die Hände, und es wurden knappe Begrüßungen ausgetauscht. Dann warteten sie mit uns zusammen. Eigentlich gab es hier für sie nichts mehr zu tun – Streifenbeamte, der ED und die Kommissare waren ja längst unterwegs. Vermutlich hatte aber irgendwer entschieden, dass, wenn sie schon da wären, sie auch den Tatort sichern konnten. Das taten sie auf sehr entspannte Art und Weise.

Noch ein paar Minuten später trafen Jana und Densch ein. Schon am Zuklappen der Autotür konnte ich erkennen, dass Jana richtig geladen war, und auch Densch schaute mürrischer als sonst.

»Du hast mir Mist erzählt. Weil du wusstest, dass ich dir die Adresse sonst nicht gebe«, herrschte sie mich an.

Densch besaß den Anstand, ins Haus zu gehen und sich meine Predigt nicht aus nächster Nähe anzusehen. Henni wollte etwas sagen, mir vermutlich beistehen. Mit einer Handbewegung bedeutete ich ihr, ruhig zu sein, aber Jana hatte es bereits bemerkt.

»Du hältst dich da raus, wir reden später«, herrschte sie Henni an.

»Ja, ich habe gelogen«, sagte ich. »Wir haben uns Sorgen gemacht.«

Sie starrte mich an, offenbar überrascht. Unschlüssig, wie sie weitermachen sollte.

»Es tut mir leid. Aber wir waren bereits auf dem Weg. Der Programmierer, von dem ich dir erzählt habe, hat parallel versucht, die GPS-Koordinaten des Hauses herauszubekommen.« Ich verschwieg ihr, dass Lankat ja bereits angekündigt hatte, dass die Chance dazu eher gering war. »Mir war wichtig, dass wir so schnell wie möglich hierherkommen. Ich hatte ja keine Ahnung, was wir finden würden.« Ich warf einen Seitenblick auf Henni. Wollte das Wort *Marlene* nicht aussprechen, weil sie immer noch verschwunden war.

Aber Jana verstand mich. Das gab mir ein gutes Gefühl, als ob noch etwas übrig geblieben war von unserer früheren Vertrautheit. Als wir uns blind verstanden hatten. Als es keine Absprachen gebraucht hatte, wer wann wo wie in ein Haus eindringen sollte, in dem wir einen Verdächtigen vermuteten.

Jana warf mir einen unsicheren Blick zu. Eigentlich war sie noch nicht fertig damit, mich zurechtzustutzen, aber ich hatte ihr den Wind aus den Segeln genommen.

Sie sah Henni an. »Ihr beide verbringt zu viel Zeit miteinander. Vielleicht wäre es ganz gut, wenn sie eine Pause vom unwiderstehlichen Charme des Johnny Thiebeck bekäme.«

Ich entschied mich dagegen, Protest einzulegen, auch wenn ich mir sicher war, dass ich weiterhin dafür sorgen wollte, dass Henni an den Ermittlungen beteiligt war. Zur Not durch mich. Wenn ich sie Jana und Densch überließ, würde sie vermutlich aus dem Gröbsten herausgehalten und durfte nur Innendienst machen. Wahrscheinlich würde sie das verrückt machen, solange ihre Schwester weiter verschwunden blieb.

Jana ging nach drinnen, um sich ein Bild vom Tatort zu machen. Henni und ich blieben draußen.

Wenig später kam Jana mit Densch wieder heraus.

»Habt ihr die Karte gefunden?«

Sie nickte. »Nummer sieben.«

»Sonst irgendwelche Unterschiede zu den anderen Tatorten?«

»Auf den ersten Blick nicht. Aber für relevante Aussagen müssen wir abwarten, was Arnes Untersuchung ergibt.«

»In knapp zwei Stunden treffen wir uns im Büro, um über die neuesten Ergebnisse zu beraten. Sie sind herzlich eingeladen, ebenfalls teilzunehmen«, sagte Densch.

Wir musterten uns einen Augenblick lang, dann nickte ich. Anerkennend. Ich konnte mir vorstellen, dass ihm das nicht leichtgefallen war.

18

Jana reichte mir eine Tasse Kaffee und einen Teller mit kleinen Muffins. Ich nahm ihn dankend entgegen. Henni hatte ich wieder mit zurück in die Stadt genommen, auch wenn ich an Janas Blicken gesehen hatte, dass es ihr lieber gewesen wäre, uns beide zu trennen. Aber offenbar hatte sie darauf verzichtet, dieses Fass an Ort und Stelle aufzumachen.

Jana schaute mir über die Schulter, und ihre Miene erhellte sich. »Frau Professor Körner! Schön, dass Sie gekommen sind.« Sie ging, um die alte Dame zu begrüßen, und trat kurz darauf mit ihr zu uns.

»Guten Tag, Herr Thiebeck. Wir haben uns ja schon lange nicht mehr gesehen«, sagte sie, und es kam mir vor, als würde sie mir zuzwinkern.

»Mirko und Daniel kommen gleich. Sie bringen die Vorabergebnisse von Arne mit«, erklärte Jana.

Ich nickte und schlürfte aus der Tasse.

Wenig später trafen die beiden ein und hatten nicht nur Hegerts Ergebnisse, sondern auch gleich ihn selber mitgebracht. Er begrüßte den Rest mit einem Nicken, mich streifte er bloß mit einem Blick.

»In Ordnung, was hast du für uns?«, fragte Jana.

Er pinnte ein paar Blätter und Fotografien von Tatort und Opfer an die Magnetwand. Dann drehte er sich zu uns um. »So viel vorweg: Michael Seiler ist ziemlich sicher einen Erstickungstod gestorben. Wie immer kann man das schlussendlich erst nach der Obduktion sagen, aber ich wäre überrascht, wenn da etwas anderes herauskommen würde. Neben dem Opfer wurde, genau wie bei den anderen sechs, eine Karte gefunden.«

»Selbe Handschrift? Selber Stift?«, wollte Densch wissen.

Hegert hob die Hand und lächelte. Diese Art ungeduldiger Zwischenfragen war er gewohnt, sodass sie ihn nicht aus der Fassung brachten. Ähnliche Fragen hatte ich ihm selbst früher gestellt.

»Die Graphologie ist dran. Auch hier sieht es für den Moment wohl so aus, als ob die Karte genuin wäre.« Er hob die Hände. »Keine Gewähr.«

Ich spürte die Unruhe, die sich bei seinen Worten unter den anderen ausbreitete. Wir hatten alle fest damit gerechnet, dass Seiler der Täter war. Dass Mörder manchmal selbst umgebracht wurden, kam vor. Aber dann hätte es keine Karte geben dürfen, oder bloß eine gefälschte.

»Klebstoff haben wir am Tatort nicht gefunden. Also, nur den, mit dem Seiler umgebracht worden ist«, berichtigte Hegert sich mit einem kleinen Lächeln.

»Das könnte bedeuten, dass Micha Seiler wirklich nicht der Täter ist«, sagte Kunzi.

Jana legte den Kopf schief. »Oder es bedeutet, dass Seiler der Täter war und unser neuer Mörder sich einfach bei dem Klebstoff und der Karte bedient hat.«

Hegert nickte. »Weitere Karten haben wir nicht gefunden. Aber das heißt natürlich nichts. Falls es welche gab, kann der Täter diese ebenfalls mitgenommen haben.«

»Wie wurde Seiler überwältigt?« Diese Frage interessierte mich am meisten, aber ich hatte mich nicht zu sehr in den Vordergrund drängen wollen.

»Gute Frage. Auf den ersten Blick – wie immer, inklusive Gewähr-Obduktion-blablabla, ihr wisst Bescheid – sieht es so aus, als ob Seiler mit einem ähnlichen Gummihammer wie dem, den wir in Seilers Wohnung sichergestellt haben, niedergeschlagen wurde. Fest, aber ohne harte Kanten. Keine Verletzungen der Haut. Allerdings war bei ihm mehr Wucht vonnöten. Die Spuren sehen mir danach aus, als hätte der Täter mehrfach zugeschlagen und auch nicht so sauber getroffen.«

»Wie oft sind die anderen Opfer geschlagen worden?«

»Jeweils nur ein einziges Mal. Dieses Mal gehe ich von drei- oder viermal aus. Vermutlich ist Seiler durch diese Schläge auch deutlich heftiger beeinträchtigt gewesen. Möglicherweise hatte er sogar ein Schädel-Hirn-Trauma. Das können wir mit Bestimmtheit aber erst nach der Obduktion beantworten.«

»Wurde Seiler also von einem anderen Täter niedergeschlagen als die übrigen Opfer?«, wollte Densch wissen.

»Das ist damit nicht gesagt. Bei unserem letzten Opfer handelt es sich um einen sehr großen und massigen Mann. Zum einen kann es sein, dass er einen initialen Schlag besser wegsteckt als manche der anderen Opfer, zum anderen befindet sich sein Kopf viel höher.« Er deutete erst auf Henni, dann auf mich. »Wenn zum Beispiel jemand von normaler Statur auf Thiebeck einschlagen wollte, müsste er den Arm höher heben und könnte seine Kraft weniger optimal einsetzen. Dadurch entstehen Unsicherheiten, die zu weiteren Schlägen führen könnten. Außerdem ist davon auszugehen, dass der Täter oder die Täterin von Seiler körperlich beeindruckt war. Er dürfte in jedem Fall kräftiger als der Täter selbst gewesen sein. Solch ein Respekt, vielleicht sogar Angst, gebiert ebenfalls Ungenauigkeiten. Durchaus möglich, dass all diese Umstände dazu geführt haben, dass der Schlag, die Schläge, nicht so präzise ausgeführt wurden. Man kann zu diesem Zeitpunkt jedenfalls nicht davon ausgehen, dass es sich zwangsläufig um einen anderen Täter gehandelt hat. Das wissen wir einfach noch nicht.«

Jana trat an die Tafel. »Lasst uns für den Moment mal unter zwei Prämissen operieren. Die erste: Micha Seiler war zumindest teilweise an den ersten sechs Morden beteiligt. Was könnte das bedeuten?«

»Dass wir es mit zwei Tätern zu tun haben«, bot Henni an. Jana nickte und schrieb es an die Tafel. »Prämisse Nummer zwei: Seiler ist keiner der Täter.«

»Das ergibt keinen Sinn«, sagte Densch mit einer wegwerfenden Handbewegung. »Nicht nach unserem Ermittlungsstand.«

»Was ist, wenn jemand Micha die Beweise bloß untergeschoben hat?«, bot Henni an. »Möglicherweise haben wir uns die ganze Zeit an der Nase herumführen lassen.«

Densch funkelte sie an. Ich konnte mir vorstellen, dass er diese Idee abgrundtief hasste. »Warum ist Seiler dann geflohen und hat sich versteckt?«

»Weil er uns nicht vertraut hat? Weil er selbst herausfinden wollte, wer ihn reinlegen will? Weil er paranoide Züge aufweist? Wir haben seinen Befund, das wäre nicht mal weit hergeholt. Jeder, der von Michas Medikamenten gewusst hat, kann davon ausgehen, dass er der perfekte Kandidat für eine derartige Täuschung ist. Nachdem wir in seiner Wohnung waren, haben wir *alle* geglaubt, dass er der Täter ist«, erklärte Henni.

Jana stimmte nickend zu.

»Was ist mit Sunny Marquardt?«, fragte Densch als *Advocatus Diaboli*. »Warum hätte er sie umbringen sollen?«

Mit nachdenklich verzogenem Gesicht war es Jana, die antwortete. Sie schien sich für die Möglichkeit der Idee zu erwärmen. »Was, wenn er mit Sunny reden wollte? Wir wissen, dass die beiden eine besondere Verbindung gehabt haben. Möglicherweise wollte er schauen, dass es ihr gut geht, oder es gab etwas, das er mit ihr besprechen wollte. Vielleicht ist er in der Wohnung auf die Tote gestoßen und hat Johannes quasi in einer Flucht- oder Panikreaktion angegriffen.«

»Was erklären würde, warum weder Thiebeck noch der Polizist tot ist«, fügte Henni hinzu.

Densch wandte sich an Frau Körner. »Halten Sie das für realistisch?«

Sie zögerte einen Augenblick lang und sagte dann: »Zunächst einmal weist sehr viel auf Michael Seiler als Täter hin. Seine Erkrankung, die Zeichnungen in seiner Wohnung, die darauf schließen lassen, dass er unter furchtbarem Druck stand und sehr unter inneren Dämonen zu leiden gehabt hat. Die Tatsache, dass er es war, der Amato Farese umgebracht hat, obwohl der sich als unschuldig herausgestellt hat. Er war es auch, der von Sunny Marquardt überhaupt erfahren hat, dass das Tribunal in Irland eine furchtbare Täuschung war. All das sind zwar bloß Indizien, aber sie deuten schon recht eindeutig auf Seiler als möglichen Täter hin.«

»Mal abgesehen von den Beweisen, die wir in seiner Wohnung gefunden haben«, fügte Densch hinzu.

»Aber ich weise trotzdem darauf hin, dass manchmal, trotz erdrückender Last, jemand *nicht* der Täter ist.«

»Also gut, es ist eine Möglichkeit«, gab Densch zu. »Können wir trotzdem noch einmal zu der Zwei-Täter-Theorie zurückkommen? Die halte ich doch für wesentlich wahrscheinlicher.«

Genauso wie Henni unbedingt wollte, dass Micha Seiler *nicht* der Täter war, wollte Densch nur ungern von ihm ablassen.

»Was ist, wenn es Streit zwischen den beiden Tätern gab, und Täter Nummer zwei hat Micha daraufhin überwältigt«, führte Henni weiter aus.

»Die große Frage ist dann: Macht Täter Nummer zwei jetzt alleine weiter? Und was wäre das Motiv für einen solchen zweiten Mörder?«

»Falls es überhaupt noch weitere Morde gibt«, gab ich zu bedenken. »Möglicherweise ist der ganze Spuk jetzt mit sieben Zeilen auch beendet.«

Jana nickte. Schrieb auch diese Möglichkeit an die Tafel. »Dann könnte Seilers Tod eine Katharsis darstellen.«

»Vielleicht ist es auch eine Art Freitod.« Wir alle sahen Kunzi an, der zum ersten Mal gesprochen hatte. »Was, wenn Seiler an der letzten Zeile angekommen war und selbst das letzte Opfer darstellte?«

»Warum hat er dann keinen Selbstmord begangen?«

Kunzi zuckte mit den Schultern. »Feigheit? Oder es entsprach nicht seinem Verständnis des Ablaufs?«

Ich nickte. Diesen Gedanken konnte ich zumindest nachvollziehen, auch wenn ich nicht daran glaubte, dass Seiler Angst vor einem Selbstmord gehabt hatte. Dazu erschien er mir bereits zu abgedreht.

»Dann hätte er jemanden um Hilfe bitten müssen, ihn genau auf diese Weise umzubringen? Wer würde das machen?«, warf Henni angewidert ein.

»Aber das würde erklären, warum Seilers Mörder mehrfach zuschlagen musste. Unsicherheit, weil er etwas tat, das er eigentlich nicht tun wollte«, bot Kunzi an.

»Es könnte auch Notwehr gewesen sein«, erwiderte Jana. »Vielleicht ist der Täter Nummer zwei, den wir suchen, auch Opfer Nummer sieben gewesen. Gibt es Hinweise darauf, dass Micha jemanden dorthin verschleppt hat?«, fragte sie Hegert. »Möglicherweise hat sich das Opfer befreien können und dann Micha überwältigt.«

»Bislang haben wir nichts in der Richtung gefunden. Das kann der Täter aber natürlich nach dem Mord alles beseitigt haben. Seile, Klebeband und Ähnliches.«

Mit einem entschuldigenden Seitenblick auf Henni räusperte sich Jana und sagte dann: »Jetzt mal Tacheles, wen ziehen wir denn als Verdächtige überhaupt noch in den engeren Kreis? Aus der Gruppe übrig sind noch Karsten Haasberg, Marlene Herzog …«

Henni schloss bei der Erwähnung ihrer Schwester kurz die Augen.

»… Owen Carling und Pika Blum.« Sie breitete die Hände aus und erinnerte mich damit an meinen Bruder. »Ist irgendwer von den vieren unser Täter?«

Keiner sagte etwas. Frau Körner trat neben Henni und hakte sich bei ihr unter.

»Müssen wir in Erwägung ziehen, dass es niemand aus der Gruppe ist? Haben wir etwas übersehen?«

In diesem Moment klopfte es und eine Beamtin in Uniform kam herein. Sie trat zu Densch, reichte ihm ein Blatt Papier und sprach eine Weile mit ihm. Von uns anderen hatte keiner vor, die beiden zu belauschen, aber gleichzeitig war unsere Beratung durch die Unterbrechung ein wenig ins Stolpern geraten. Ich nahm an, dass Jana Densch bei den weiteren

Überlegungen dabeihaben wollte. So drucksten wir ein wenig herum, gaben Belangloses von uns und warteten ungeduldig darauf, dass der Big Chief wieder zu uns trat.

Als er kam, sagte er: »Es gibt einen Hinweis, dass sich Karsten Haasberg möglicherweise in einem Ferienhaus seiner Eltern im Spreewald aufhält. Eine Nachbarin behauptet, ihn gesehen zu haben. Wenn wir Glück haben, befindet sich Marlene bei ihm. Ich würde gerne dort hinfahren, um mit ihm persönlich zu sprechen. Wir müssen die Gruppe unbedingt wieder wasserdicht unter Beobachtung bekommen. Henni, du kommst mit mir mit. Falls sich deine Schwester wirklich bei Haasberg befindet, könnte das nützlich sein.«

Sie warf mir einen kurzen Blick zu, nickte.

»Du könntest so lange mit mir mitkommen«, bot Jana mir an. »Ich möchte mit der Schwester von Seilers Patentante sprechen. Wir haben inzwischen eine Adresse von ihr.«

Ich wusste, dass das ein Versöhnungsangebot sein sollte, damit ich keinen Ärger machte, aber das hatte ich ohnehin nicht vor. Jana und Densch hatten ja recht, ich brachte die Kleine in Schwierigkeiten.

Kurz darauf saßen wir in Janas Dienstwagen.

»Du schaffst es mal wieder, eine interessante Balance zu halten«, sagte sie, nachdem wir vom Hof gefahren waren.

»Zwischen was und was?«

»Zwischen ›Ich würde dir gerne den Kopf abreißen, weil du dich großkotzig und ohne Rücksicht überall reindrängst und auf die Befindlichkeiten von anderen scheißt‹ und ›Du lieferst uns wertvolle Ergebnisse, und ohne dich würde diese Untersuchung vermutlich anders ablaufen‹.«

»Dann ist doch eigentlich alles wie immer, oder?«

Jana musste lächeln. »Wahrscheinlich. Aber seit unseren gemeinsamen Ermittlungen habe ich ein paar Fälle gehabt, bei denen ich dich nicht ertragen musste. Bei denen ich ohne dich auskommen musste. Daran kann man sich schnell gewöhnen.«

Ich zuckte mit den Schultern, als könnte man darüber durchaus debattieren, und sah aus dem Fenster. »Wo fahren wir hin?«

»Pankow.«

»Michael hatte schon als Junge ein merkwürdig gemischtes Gemüt«, sagte Susanne Patzner, als sie uns in ihr Wohnzimmer führte. »Meine Schwester hat diese dunkleren Momente immer *Sonnenflecken* genannt.« Sie lächelte uns entrückt an. »Wegen dieser Bereiche auf der Sonnenoberfläche …«

»Ich verstehe schon«, sagte Jana höflich, aber ungeduldig.

»Und im Grunde genommen war er ein wirklicher Sonnenschein«, fuhr die Frau unbeirrt fort. Sie hatte die Nachricht vom Tod Seilers betrübt, aber gefasst aufgenommen.

Wir setzten uns auf das grüne Samtsofa, bei dem an mehreren Stellen bereits die Füllung durchschimmerte. Sofort sprang eine Katze ebenfalls hinauf und lief schnurrend von mir über Jana und zurück.

»Das ist Minni«, erklärte Frau Patzner lächelnd. »Wie Minni Maus.«

Jana streichelte das Tier abwesend. »Michael hat mehrere Jahre bei Ihrer Schwester Martina gelebt, richtig?«

Frau Patzners Gesicht verdüsterte sich. »Er hatte es nicht einfach. Sie hat immer versucht, für ihn da zu sein. Auch als er noch zu Hause gewohnt hat.«

»Was ist mit seinen Eltern passiert?«

»Seine Mutter hat den Vater rausgeworfen. Aber viel zu spät, wenn Sie mich fragen.« Sie warf uns einen Blick über die tief sitzende Brille hinweg zu.

»War Michael das Opfer von häuslicher Gewalt? Von Missbrauch?«

Sie seufzte, schaute aus dem Fenster. »Das kommt wohl darauf an, wie eng Sie den Begriff definieren. Sein Vater war ein harter Mann. Wenn Michael als kleiner Junge nicht richtig essen wollte, dann bekam er nichts. So lange, bis er wieder ordentlich aß. Wenn er sich in die Hosen pinkelte, also da war er noch sehr klein«, schränkte sie ein, »um Ihnen kein falsches Bild zu vermitteln, noch keine vier, dann steckte ihn sein Vater in die kalte Dusche und spritzte ihn ab. Der Junge schrie dabei wie am Spieß. Duschen konnte er danach viele Jahre lang überhaupt nicht leiden.«

»Wie alt war Michael, als er zu Ihrer Schwester kam?«

Sie dachte nach. »Ich glaube, damals war er zwölf oder dreizehn. Er hat das erste Mal drei Jahre bei ihr gewohnt.«

»Das erste Mal?«

Frau Patzner nickte. »Er ist dann noch einmal zu seiner Mutter zurückgekehrt, um einen neuen Versuch zu wagen, sozusagen. Das hat aber kein halbes Jahr gehalten, dann war er wieder zurück bei Martina. Ausgezogen ist er dann mit siebzehn.«

Mir kam eine Idee. »Sagen Sie, gab es in Michaels Vergangenheit irgendein Erlebnis mit Kleber? Sekundenkleber, um genauer zu sein?«

Diesmal nahm ihr Gesicht eine ungesunde, graue Farbe an. »Das darf man nicht mit einem Kind machen«, sagte sie mit leiser Stimme.

Ich beugte mich vor, sprach genauso leise wie sie. Jana ließ mich machen. Als wir noch gemeinsam im Dienst diese Art von Unterhaltungen geführt hatten, hatte sie mir ebenfalls oft die Führung überlassen, sobald es um heftige, emotionale Dinge ging. Dabei war sie oft zu ungeduldig, und das wusste sie.

»Sein Vater?«

Susanne Patzner nickte.

»Was hat er mit ihm gemacht?«

»Ihn damit bestraft. Einmal hat Micha eine teure Uhr seines Vaters kaputt gemacht, obwohl er sie eigentlich nicht anfassen durfte. Da hat er ihm mit Sekundenkleber die Handflächen zusammengeklebt. Seine Mutter hat ihn eine ganze Weile in die Badewanne stecken müssen, damit der Kleber wieder abging.« Sie legte den Kopf schief und sah dabei aus wie eine Art Vogel. »Ich meine, er hat ihn damit nicht verletzt. Der Kleber ging wieder ab …«

Das deckte sich mit dem, was Hegert mir über solche Verbindungen von Cyanacrylat und menschlicher Haut erklärt hatte.

»Aber Martina und ich fanden es trotzdem grausam. Das kann man doch mit so einem Knirps nicht machen.«

Ich nickte. »War da noch mehr? Mit dem Kleber?«

Sie atmete schwer ein und aus. »Ja. Sein Vater hat ihm auch einmal den Mund zugeklebt, nachdem er sich im Auto erbrochen hatte. Es war ein relativ neuer Wagen, eine Anschaffung, die sich die Familie eigentlich nicht leisten konnte. Ein Statussymbol. Michaels Vater war so stolz auf dieses Auto, und dann hat sein Sohn nichts Besseres zu tun, als sich bei einer der ersten Fahrten in den Fußraum zu übergeben. Ich bin nicht sicher, ob sie den Geruch jemals wieder ganz aus dem Fahrzeug herausbekommen haben.«

Ich nickte, weil ich die Diskussionen aus diversen Autoforen kannte, in denen verzweifelte Familienväter versuchten, Tipps zu finden, wie man den unerträglich penetranten Gestank wieder loswurde.

»Als sie wieder zu Hause waren, hat er den Kleinen gepackt, ihm den Mund mit Kleber eingeschmiert und die Lippen zugeklebt. Er musste sogar die Nacht auf diese Art verbringen«, fuhr Susanne Patzner fort, und in ihrer Stimme schwang so viel Empörung und Schmerz mit, als hätte man von einer Wunde den Schorf zu früh abgepult.

»Wie alt war Michael da?«

»Ich weiß nicht mehr genau. Sieben oder acht? Vielleicht auch schon älter.«

Ich lehnte mich zurück. Das war also die Spur, die zurück in die Vergangenheit führte, von der Frau Doktor Körner gesprochen hatte. Der Faden, von dem sie gewollt hatte, dass wir ihn aufnahmen. Allerdings hatten wir das deutlich später getan als erhofft. Ich wusste jedoch auch nicht, wie viel uns dieses Wissen vorher genützt hätte. Wären wir in der Lage gewesen, auch nur einen der Morde zu verhindern, wenn wir gewusst hätten, dass Seiler als kleiner Junge von seinem Vater misshandelt worden war? Dass der Kleber eine echte Bedeutung für ihn hatte und nicht nur die kranke Idee eines gelangweilten Hirns gewesen war?

»Haben Sie eine Ahnung, was Michael in der letzten Zeit gemacht hat? Hatten Sie in den letzten Jahren Kontakt mit ihm?«, schaltete sich Jana wieder ein.

»Vor ein paar Jahren habe ich ihn mehrfach zufällig getroffen, weil er da meine Schwester öfter besucht hat. Das kam quasi aus dem Blauen heraus. Davor hatte sie ihn ewig nicht mehr gesehen.«

»Wissen Sie noch, wann das war?«

»Lassen Sie mich überlegen. 2011 vielleicht? Im Frühling? Das muss ein Jahr gewesen sein, nachdem Martina in die Brüsseler Straße gezogen ist. Die kannte Michael damals noch nicht.« Sie sah uns wieder mit diesem Lächeln an, das zeigte, dass sie zurück in die Vergangenheit glitt. »*White Wedding* stand in dicken, großen Buchstaben unten ans Haus geschrieben. In Schwarz. Wie der Song von Billy Idol, wissen Sie?«

Jana nickte.

»Wie ging es Michael damals? Wissen Sie das noch?«

»Mhm, er machte einen aufgeregten Eindruck, das weiß ich noch. Hat uns gar nicht richtig zugehört und sich die Wohnung kaum angesehen. Ich nehme an, er war mit seinen Gedanken ganz woanders«, erklärte sie mit einem nachsichtigen Lächeln. »Er war gerade damit beschäftigt, eine Reise zu planen.«

»Wohin wollte er?«

»Nach Italien. Florenz. Ich habe als junge Frau mal eine Studienreise dorthin gemacht, das ist eine wunderschöne Stadt. Ich habe sie mein Lebtag nicht mehr vergessen.«

Florenz. Die Heimat der Fareses. Der Ort, an den all die gefälschten Postkarten gegangen waren, nachdem Amato Farese längst tot gewesen war.

»Wissen Sie, was Michael dort machen wollte?«, fragte Jana weiter.

»Nein, nicht wirklich. Das hat er nicht erzählt.« Sie zögerte. »Beginnt dort nicht der Wallfahrtsweg des Franziskus? Nach Assisi? Dort pilgern doch sehr viele Menschen hin, oder nicht?«, fragte sie verwirrt, als sei es merkwürdig von uns, nach Seilers Motiven zu fragen.

»War er denn religiös?«

Sie lachte. »Nein, gar nicht. Der Rest der Familie auch nicht. Religion hat bei ihnen nie eine große Rolle gespielt. Ich glaube, Michael war als kleiner Junge nicht mal zu Weihnachten in der Kirche.«

»Haben Sie ihn in letzter Zeit mal wieder gesehen? Überhaupt seit 2011?«

Frau Patzner schüttelte den Kopf. »Nein. Seit der Beerdigung meiner Schwester bin ich Michael nicht mehr begegnet. Wir hatten auch davor keinen Kontakt, aber dort ist er mir wenigstens noch einmal über den Weg gelaufen. Und so ein stattlicher Mann ist aus ihm geworden. Sehr imposante Gestalt.«

Wir bedankten uns bei ihr und ließen sie mit ihren Erinnerungen an Micha Seiler zurück.

»Was denkst du?«, fragte Jana, als wir wieder ins Auto stiegen.

»Ich glaube, dass wir bestätigt bekommen werden, dass die ersten sechs Morde von Seiler begangen worden sind.«

»Was ist mit Florenz?«

»Schuldgefühle? Vermutlich ist das mit der Pilgerfahrt nicht mal ganz falsch. Er ist dort hingefahren, um seine eigene, persönliche Wallfahrt zu absolvieren. Dann müsst ihr jetzt Karsten Haasberg festnehmen. Wenn er die Karten an seine Yuppiefreunde in ganz Europa weitergeleitet hat, trägt er zumindest eine Teilschuld.«

»Davon wird aber wenig kleben bleiben, das ist dir klar, oder? Wir haben keine Möglichkeit zu beweisen, dass Haasberg wusste, worum es ging.«

Ich verzog das Gesicht. Seit Seiler tot war, fehlte uns gleichzeitig der wichtigste Zeuge, der uns hätte helfen können, aufzuklären, was genau es mit diesem Geheimnis auf sich hatte.

»Und ich habe keine Lust, ihn festzusetzen, auf den Grill zu legen, nur damit mir sein Anwalt und die Frau Staatsanwältin auf die Finger klopfen und ich ihn wieder laufen lassen muss. Der Kerl lässt sich von uns auch nicht so einfach beeindrucken.«

Janas Handy klingelte. Sie ging ran, hörte eine Weile zu, gab kurze Antworten und legte schließlich auf. »Das war Mirko. Das mit dem Ferienhaus ist eine tote Spur. Haasberg war nie dort. Aber die Iren haben sich gemeldet. Die Ergebnisse ihrer Obduktion sind da. Außerdem hat Richter was für uns.« Sie ließ den Motor an, und ich wusste es besser, als nachzufragen, was sich ergeben hatte. Jana hielt ihre Karten gern verdeckt, bis es Zeit war, den Royal Flush auf den Tisch zu legen.

»Die Obduktion des Toten, den die irischen Kollegen in den Wicklow Mountains gefunden haben, hat ergeben, dass es sich dabei in der Tat um Amato Farese handelt«, erklärte uns Densch.

Er, Jana, Henni und ich standen im Meetingraum des LKA.

»Außerdem hat uns Karsten Haasberg angelogen, ob wissentlich oder nicht, kann man natürlich nicht sagen. Fareses Tod ist nicht durch einen Unfall zustande gekommen. Er ist definitiv nicht gefallen und hat sich den Kopf auf einem Stein aufgeschlagen.«

»Sondern?«, fragte Jana.

»Sein Kopf ist durch mehrere Schläge mit einem festen Gegenstand ohne harte Kanten regelrecht zertrümmert worden. Was auch immer es war, mit dem auf ihn eingeprügelt wurde, der Täter hat es auf jeden Fall mehrfach getan. Die Pathologen gehen von so etwas wie einem Dutzend Schläge oder mehr aus.«

»Möglicherweise ist die Tatwaffe in Irland ebenfalls ein Gummihammer gewesen. Das würde erklären, warum sie jetzt benutzt wurde. Als eine Art Symbol.«

»Können Sie sagen, wie groß der Täter gewesen sein muss?«, wollte ich wissen. Tatsächlich interessierte mich nur, ob der Täter so um die eins fünfundsiebzig wie Haasberg oder eher um die zwei Meter wie Seiler gewesen sein musste.

»Leider nicht. Zum einen haben die Kollegen keine Ahnung, ob Farese am Fundort tatsächlich getötet wurde. Nach so vielen Jahren sind dort natürlich keine verwertbaren Spuren mehr vorhanden, und es sieht so aus, als ob Farese am Boden getötet wurde. Vermutlich hat ihn einer der ersten Schläge auf die Knie gezwungen, falls er sich nicht bereits dort befunden hat, und dann kamen die restlichen Treffer direkt von oben. Unmöglich zu sagen, wie groß der Täter war. Oder wie stark. Durch die abgepolsterte Art der Waffe ist es sehr schwierig zu bestimmen, mit wie viel Kraft die Schläge auf das Opfer eingewirkt haben.«

»Großartig«, kommentierte Jana unzufrieden.

Henni sah aus, als ob ihr gleich übel werden würde. Sie hatte wahrscheinlich genau wie ich die regnerische Sturmnacht bildlich vor Augen, in der Farese, unschuldig einer Vergewaltigung bezichtigt, vor die Tür gezerrt wurde. Eine Tür, die im heftigen Wind vermutlich hektisch hin und her schlug, bis sie jemand wieder schloss. Wie er rausgebracht und dort zusammengeschlagen wurde, bis er sich schließlich nicht mehr regte. Was mochte in den letzten Sekunden durch sein Hirn gegangen sein? War er sich überhaupt bewusst gewesen, was mit ihm passierte? Hatte er seine letzten Atemzüge benutzt, um Sunny zu verfluchen? Oder seine eigene Dummheit, sich mit ihr überhaupt eingelassen zu haben? Oder hatte er an etwas komplett anderes gedacht? Vielleicht an ein Weingut in den Bergen von Florenz oder an seine Mutter?

»Holt Haasberg her und macht ihn fertig«, grollte ich. »Der Kerl muss etwas wissen. Möglicherweise ist Seiler auch gar nicht der Mörder von Farese. Was, wenn Haasberg derjenige war, der Farese vor die Tür gezerrt und totgeschlagen hat? Dann hat er Seiler überredet, für ihn die Postkarten zu fälschen, und hat sie in ganz Europa verteilt. Seiler, der deswegen in emotionale Abgründe geraten und aus einer stabilen psychischen Lage komplett abgerutscht ist? Der sogar eine Wallfahrt zu den Fareses in Florenz unternimmt …«

»Was für eine Wallfahrt?«, unterbrach mich Densch und sah Jana an.

Sie erklärte kurz, was wir bei Susanne Patzner erfahren hatten. »Jedenfalls gibt es keine Beweise dafür, dass Seiler wirklich der Täter im Fall Farese ist.«

»Na ja, Marlene hat Karstens Geschichte bestätigt«, warf Henni ein und sah mich dabei verlegen an, als sei sie mir in den Rücken gefallen.

»Es gibt noch weitere Erkenntnisse«, sagte Densch und hielt einen Ordner hoch. »Richter hat sich die Karten angesehen und sie mit dem Zeug, das wir aus Seilers Wohnung geholt haben, verglichen. Und er hat zweifelsfrei festgestellt, dass die Karten mit den Zeilen des Reims von Seiler geschrieben worden sind.«

»Auch die neben ihm selbst?«

»Auch die.«

»Was aber nicht viel zu heißen hat. Sein Mörder kann die

Karten auch genauso gut in Seilers Versteck auf dem Dachboden an sich genommen haben«, wandte Henni ein.

»Richtig.«

»Und jetzt?«

»Wir versuchen weiterhin, Karsten Haasberg, Marlene Herzog und Owen Carling zu finden. Pika Blum befindet sich nach wie vor in unserer Obhut. Um sie müssen wir uns also keine Sorgen machen.«

»Morgen ist das Treffen von Haasberg mit seinen großen Kunden«, sagte ich. »Spätestens da kann man ihn vermutlich erwischen.«

Densch sah irritiert aus. Schon wieder eine Information, von der er nichts gewusst hatte. »Was für ein Treffen?«

»Karsten Haasberg trifft sich morgen im Hotel Adlon mit einem oder mehreren potenziellen Kunden aus London. Auf dieses Treffen hat er monatelang hingearbeitet, und das ist auch der Grund dafür, warum er sich geweigert hat, sich in Polizeischutz zu begeben. Er hatte Angst, dass das Meeting platzen könnte.«

»Woher haben Sie diese Informationen?«, wollte Densch misstrauisch wissen.

»Vertrauliche Quellen.«

»Wann genau soll dieses Treffen stattfinden? Und mit wem?«

»Acht Uhr dreißig. Ich leite euch die Informationen weiter, die ich darüber habe«, sagte ich an Jana gewandt. »Ich werde mich mal ausklinken. Henni, kann ich dich einen Augenblick sprechen?«

Nach einem kurzen Blick auf Jana und Densch folgte sie mir raus auf den Gang.

»Wo gehst du hin?«

»Muss mich um ein paar Sachen kümmern. Hier kann ich gerade ohnehin nichts tun. Kannst du mich auf dem Laufenden halten und dich melden, sobald ihr was rausfindet?«

»Natürlich.«

»Danke.«

Wir verabschiedeten uns mit einer Umarmung, und ich machte mich auf den Weg Richtung Fahrstuhl.

»Hey, Ulli, alles klar?«

»Ja, Mann, alles klar. Die Zwillinge sind nicht aufgetaucht. Hat das was mit dir zu tun?«

»Das ist bloß ein Aufschub. Die kommen wieder, wenn du nicht zahlst.«

»Ich weiß, das ist mir klar. Aber Attila besorgt die Kohle ganz sicher. Ich zähl auf den, der lässt mich nicht im Stich, bestimmt nicht.«

»Dein Wort in Gottes Ohr.«

Ich legte auf und hielt mir einen Moment lang das Handy gegen die Stirn. Wohin konnte der Hurenkönig mit diesem Riesenlaster verschwunden sein? Wo parkte man so ein Teil? Ich war mir nicht mal sicher, ob man mit dem einfach so über die Straßen rollen konnte. Das Ding war doch viel zu breit. Mir kam eine Idee.

Lankat meldete sich sofort.

»Ich bräuchte deine Hilfe. Hat aber nichts mit den Elster-Morden zu tun.«

»Kein Problem. Womit kann ich helfen?«

Ich nannte ihm die Adresse des Schrottplatzes. »Kannst du mir eine Übersicht erstellen, wo man von dort aus überall hinfahren kann, wenn man keine einspurigen Straßen benutzt?«

Lankat verstand nicht sofort, und so erklärte ich ihm, was ich brauchte.

Er überlegte. »Nicht so ganz trivial, wenn man das nicht alles selbst beziehungsweise per Hand machen will. Aber spannend. Ich schaue mir das mal an und melde mich dann, wenn ich was rausgefunden habe.«

Ich bedankte mich und legte auf.

Ich hatte mir gerade unterwegs etwas zu essen geholt, als mein Telefon klingelte. Eine unbekannte Nummer auf dem Display. Ich ging ran.

»Owen Carling hier. Ist dort Johannes Thiebeck?«

Den leichten Akzent hätte ich auch ohne den Namen erkannt. »Ja.«

»Erinnern Sie sich an mich? Sie haben mir Ihre Karte in den Briefkasten geworfen.«

Und Ihnen auf dem Bahnsteig eine Heidenangst eingejagt. »Ich erinnere mich an Sie. Wo befinden Sie sich gerade? Die Polizei ist auf der Suche nach Ihnen. Um Sie zu schützen.«

»Ich weiß. Aber zum einen vertraue ich den Bullen nicht und zum anderen gab es gute Gründe, mich bedeckt zu halten.«

»In Ordnung. Was wollen Sie?«

»Mich mit Ihnen treffen. Können wir reden?«

»Warum ich?«

Er zögerte. »Es gibt da etwas, was ich Ihnen sagen muss.«

Ich bohrte nicht weiter, auch wenn er meine Frage damit natürlich nicht beantwortet hatte. »In Ordnung. Wo treffen wir uns?«

Er nannte mir eine Adresse in Friedrichshain. »Ich bin für den Moment bei einem Freund untergekommen. Sie können einfach herkommen.«

»Kennt noch jemand diese Adresse?«

»Nein. Jedenfalls weiß niemand, dass ich hier bin.«

»In Ordnung. Wann?«

»So gegen sieben? Passt das?«

»Sicher. Ich bin da.«

Nachdem wir das Gespräch beendet hatten, überkam mich fast so etwas wie ein Hochgefühl. Ich hatte eine Ahnung, dass mir Owen Antworten auf die vielen unbeantworteten Fragen liefern würde, die uns bis jetzt geplagt hatten. Warum sonst sollte er plötzlich mit mir reden wollen?

Kurz überlegte ich, erneut Lankat anzurufen und Druck zu machen. Ich glaubte nicht daran, dass Attila, wenn er das Ding wirklich durchzog, sich brav bei Ulli melden würde, um ihm seinen Teil der Kohle abzudrücken. Und was passierte, wenn Attila wie immer voll heißer Luft war? Wie würden die Zwillinge dann an ihr Geld kommen?

Seufzend betrachtete ich das Display. Es hatte keinen Sinn, Lankat zu drangsalieren. Wenn er etwas hatte, würde er sich melden, so viel Vertrauen hatte ich zu ihm.

Ich suchte Kai Stehrs Nummer heraus.

»Hey, Meister, was steht an?«

»Kannst du etwas für mich rausfinden?«

»Möglich. Worum genau geht's?«

»Es gibt da einen Typen, der hat einen Schrottplatz in Lichtenberg.« Ich nannte ihm die genaue Adresse. »Ein Libanese namens Hamid. Kannst du herausfinden, ob der Knabe noch andere Firmen hat? Oder vielleicht für irgendwas eingetragen ist, wo man jede Menge Platz hat? Und vor neugierigen Blicken geschützt ist?«

»Du meinst groß genug, um einen M985 zu verstecken?«

Ich lachte. »Ja, ungefähr so groß.«

»Kümmer mich drum. Ist so gut wie erledigt.«

Ich bedankte mich und legte auf. Jetzt hatte ich noch ein paar Stunden totzuschlagen, bis ich mich mit Carling treffen würde. Also fuhr ich nach Hause, um meine Sportsachen zu holen und ins Gym zu gehen.

19

Carling wohnte in einer Straße, in der ich schon einmal gewesen war. Um die Ecke gab es ein kleines Kneipenkino, in dem ich mit Tamina mal einen Jim-Jarmusch-Film gesehen hatte.

Ich hatte keine Schwierigkeiten, einen Parkplatz zu finden, und schaute auf die Uhr in meinem Handy. Kurz vor sieben. Also stieg ich aus, ging zur Tür und suchte den Namen, den Carling mir genannt hatte. Klingelte bei *Wegner* und wartete auf eine Antwort. Nichts passierte.

Ich trat einen Schritt zurück, um nach oben zu sehen. Reiner Reflex, als wüsste ich, in welchem Stock dieser Guido Wegner wohnte, als würde ich dort etwas erkennen können. Unschlüssig sah ich die Straße hinunter. Nahm das Telefon aus der Tasche und rief Carling an. Bekam keine Antwort. Unruhig ging ich zurück zum Auto, setzte mich mit offener Tür auf den Beifahrersitz. Normalerweise machten mich solche Verspätungen von weniger als einer halben Stunde nicht besonders nervös. Aber in einem Fall wie diesem, mit bereits sieben Toten, stellten sich mir alle Nackenhaare auf. Wo war Carling?

Ich wartete über eine Stunde, in der ich immer wieder zum Klingelbrett ging und den Knopf drückte, bis sich ein junger blonder Mann näherte, als ich gerade vor der Tür stand. Ich klingelte erneut, sodass er sehen konnte, bei welchem Namen ich gedrückt hatte.

»Hey«, sagte er. »Sie wollen zu mir?«

»Sind Sie Guido Wegner?«

Er nickte.

»Johannes Thiebeck. Owen hat mich hergebeten. Wir waren für sieben verabredet, aber er macht nicht auf. Wissen Sie, wo er ist?«

Wegner schüttelte den Kopf. »Nein, keine Ahnung, wir haben uns heute Morgen das letzte Mal gesehen.«

»Kann ich kurz reinkommen?«

»Sicher.« Er schloss die Tür auf, und wir gingen hinein. Wegner war vielleicht Ende zwanzig, auf eine sportliche Art schlaksig, mit einem dichten Lockenkopf. Er trug tief sitzende, ausgewaschene Jeans, ein Paar alter Turnschuhe und ein T-Shirt, das der Welt einen Insiderslogan verkündete.

»Lebt Owen momentan hier?«

Wegner nickte. »Der brauchte für ein paar Tage eine Bleibe. Bei ihm wird irgendwas renoviert. Heizung, glaube ich. War natürlich kein Problem, dass er wieder bei mir unterkommt.«

»Wieder?«

»Als er damals nach Berlin gekommen ist, hat er schon mal hier gewohnt. Fast drei Monate.«

»Kann ich mal sein Zimmer sehen?«

Wegner zögerte. »Sicher. Warum nicht.« Er führte mich einen engen Flur hinunter, bis er eine Türklinke drückte und mir den Weg freimachte.

»Shit!«, stieß er hervor und stolperte zurück.

Ich musste nicht fragen, was er dort sah. Wortlos schob ich mich an ihm vorbei und sah in das kleine Zimmer. Ein schmaler Raum, nicht mehr als drei, dreieinhalb Meter breit, mit einem einzelnen Fenster auf den Innenhof an seinem Ende. Eine Wand komplett mit Regalen gefüllt, in denen Bücher,

DVDs, Brettspiele und Ordner mit Unterlagen standen. Eine Matratze, die zu Füßen dieses Regals lag, dicht am Fenster. Auf der Matratze Owen Carling. Die Hände auf dem Rücken, das Gesicht in der Bettwäsche.

Ich trat ein, prüfte den Puls. Nichts. Zog das Handy aus der Tasche und rief Jana an.

»Hey, Johannes.«

»Ich habe Owen Carling gefunden.« Ich nannte ihr die Adresse. An Wegner gewandt, sagte ich: »Besser, du wartest draußen vor der Tür. Kontamination und Spuren und so. Die Kollegen vom LKA werden gleich hier sein.«

Stumm nickte er. Ich wartete einen Augenblick, bis ich die Haustür klacken hörte. Dann stand ich auf und schnappte mir den alten Laptop, der neben dem Toten stand. Nahm ihn mit in die Küche. So abgebrüht, dass ich mich einfach neben die Leiche von Carling gehockt hätte, um in seinen Mails zu schnüffeln, war ich dann doch nicht.

Am Tisch erweckte ich den Rechner zum Leben. Standby, keine Passwortabfrage. Kein Standardmailprogramm wie Outlook oder Thunderbird, das hätte die Suche etwas vereinfacht. Ich warf einen Blick auf seine Ordnerstruktur. Nichts, was mir sofort ins Auge fiel. Nichts, was mit einer möglichen Erpressung zu tun hatte.

Dann der Browser. Ich überflog die Lesezeichen, suchte nach Mailprovidern. Wurde fündig, öffnete zwei verschiedene Links. Überprüfte die Log-in-Felder. Autovervollständigung von Formularen war für manche Nutzer ein kleiner Segen. Sparte Zeit und Nerven. Auch für semi-legale wie mich. War ich noch semi-legal oder bereits komplett illegal? Ich wusste, wie Densch diese Frage beantworten würde.

Ich klickte in das Feld für den Namen. Es wurde mir *oc.ar-*

lington angeboten. Nicht die Mailadresse, auf die ich gehofft hatte, aber als ich die Auswahl bestätigte und das Passwort automatisch ergänzt wurde, schaute ich trotzdem in den Mailaccount. Und fand die Zeile *Weitere Adressen* und dort: Mbhkfl-ing@postdead.com

Bingo!

Owen Carling hatte Karsten Haasberg erpresst. Ich prüfte kurz die Daten der ersten Mails und glich das mit dem ab, was ich über Carling wusste. Drei Wochen, nachdem er in Deutschland angekommen war, hatte er Haasberg die erste Mail geschrieben. War er deswegen nach Berlin gekommen? Mit der Absicht, Haasberg zu erpressen? Oder hatte Carling seinem Kumpel Wegner tatsächlich die Wahrheit erzählt und er war nach Berlin gegangen, um hier zu arbeiten, und war dann erst hier drüben über Haasbergs kleines Geheimnis gestolpert? Wie hatte Wegner es genannt? *Alte Kontakte reaktivieren?* Vielleicht gehörte dazu auch die eine oder andere Erpressung.

Ich blieb am Küchentisch sitzen, klickte planlos in Carlings Rechner herum und grübelte, bis Jana und Densch auftauchten. Offenbar hatte Wegner ihnen die Tür geöffnet.

»Nicht Ihr Ernst, oder?«, begrüßte mich Densch wütend. »Schon wieder?«

Ich ignorierte ihn und sprach stattdessen mit Jana. »Owen hat Karsten erpresst. Die Mails sind auf seinem Computer. Er hat die Erpressung gestartet, kurz nachdem er nach Berlin gekommen ist. Ich habe allerdings keine Ahnung, woher er die Infos über die gescheiterte *SolidConsult* bekommen hat.«

Densch trat an mich heran und klappte den Laptop heftig zu. »Sie sind ein erbärmlicher Ermittler, Thiebeck. Aber das wissen Sie ja bereits. Warum können Sie, verdammt noch mal, nicht ein einziges Mal auf den ED warten?« Er stand direkt neben meinem Stuhl, und seine Körperspannung zeigte mir, dass er quasi erwartete, dass ich aufspringen und ihn angehen würde. Zumindest hätte es ihn vermutlich nicht überrascht.

Aber das tat ich nicht. Stattdessen sah ich zu ihm auf und lächelte milde. »Nein, Densch, ich bin ein erbärmlicher *Beamter* gewesen. War ich immer schon. Aber ich bin ein hervorragender Ermittler. Und das wissen Sie auch.« Langsam erhob ich mich. »Das Treffen mit Haasbergs Investoren ist morgen früh um acht Uhr dreißig. Falls Sie ihn bis dahin nicht erwischt haben: Da bekommen Sie ihn auf jeden Fall. Wenn Sie clever sind, schauen Sie einfach mal, ob die Briten heute einchecken. Vielleicht schon eingecheckt haben. Das werden sie bestimmt unter dem Firmennamen machen. Ich würde mal davon ausgehen, dass ihnen Haasberg eine Reservierung im Adlon besorgt hat. Warum sich sonst da treffen? Jedenfalls gehe ich nicht davon aus, dass er sie kurzfristig umbucht. Gibt ja keinen Grund, denn er hat keine Ahnung, dass wir davon wissen. Also müsste man die Investoren auch finden können. Falls nicht im Adlon … Checken Sie alle Hotelregister dieser Stadt. Setzen Sie ein Team auf die Kerle an, und die führen Sie direkt zu Karsten Haasberg.«

Ich schob mich vorsichtig an ihm vorbei, ohne ihm zu sehr das Gefühl zu geben, ich würde ihn beiseitedrängen, und verließ die Wohnung. Auf der Treppe begegneten mir bereits die Techniker.

Unten stand Wegner neben einem Uniformierten, der ihn offenbar im Auge behalten und ihm Unterstützung anbieten sollte.

»Entschuldigen Sie uns einen Moment«, sagte ich zu dem Beamten und führte Wegner sanft an die Seite. »Ich hätte da noch ein, zwei Fragen.«

Wegner nickte. Er machte einen verstörten Eindruck, schien aber nicht unter Schock zu stehen.

»Woher kennt ihr euch?«

»Ich habe ein Jahr drüben in Dublin studiert. UCD. Dabei sind wir uns über den Weg gelaufen, haben ein paar Monate zusammen in einer WG gewohnt.«

»Wann ist Owen rübergekommen? Und warum?«

»Er hatte drüben seinen Job verloren. Also hat er das gemacht, was alle Iren machen, die auf der Suche nach Arbeit sind: Er ist ausgewandert. Und nach Berlin gekommen. Gibt eine ziemlich große Community von Expats hier drüben.«

»Ex-was?«

»*Expatriates*. Ausgewanderte. Die Stadt ist voll von Iren. Und Amerikanern.«

»Okay. Owen hatte damals in Irland Kontakt zu einer Reisegruppe, mit der er auch befreundet war. Hast du die mal getroffen?«

Wegner verzog das Gesicht zu der Andeutung eines Lächelns. »Owen kannte eine Million Menschen. Und eine ganze Menge davon hat er in Irland kennengelernt. Diese alten Bekanntschaften hat er natürlich teilweise zu aktivieren versucht, als er hier ankam. Allein schon, um seine Job- und Wohnungssuche zu erleichtern. Also ja, vermutlich hat er mit denen Kontakt gehabt.« Er zuckte mit den Schultern.

»Das war eine relativ homogene Gruppe.« Ich erwähnte ein paar der Namen.

»Ich bin mir nicht sicher. Glaube, der eine oder andere kommt mir bekannt vor. Er hatte auch kurz nach seiner Ankunft eine Freundin hier gefunden. Die stammte wohl auch aus seinen alten Irlandkontakten.«

»Einen Namen von dieser Freundin hast du nicht?«

»Leider nicht. Ist ja auch schon eine ganze Weile her. Das war nach ein paar Wochen auch schon wieder erledigt. Bevor er hier ausgezogen ist. Ich bin ihr hier halt ein paarmal begegnet, wenn er sie mit hergenommen hat.«

»Okay, danke dir.« Ich berührte ihn zum Abschied noch einmal an der Schulter und überließ ihn dem Polizisten, ging dann zu meinem Wagen.

Als ich hinter dem Lenkrad saß, fiel mir auf, dass ich nicht einmal geschaut hatte, ob es neben Carlings Leiche eine Karte gegeben hatte. Aber vermutlich spielte das auch keine Rolle mehr.

»Du gehst also davon aus, dass Karsten ihn umgebracht hat? Beziehungsweise ihn und Micha?«, fragte Henni mich.

Ich nahm einen langen Schluck von meinem Bier und betrachtete sie. Versuchte zu ergründen, was die Antwort für sie wohl bedeuten mochte. Von allen in der Gruppe kannte sie Haasberg am längsten. Außer natürlich Marlene. Auch wenn sie zu ihm offenbar keine persönliche Verbindung aufgebaut hatte, so hatte bereits die Nachricht von Michas Täterschaft sie ziemlich mitgenommen. Bei Haasberg durfte das deutlich heftiger sein. Immerhin war der Mann fast ihr Schwager geworden.

Nachdem ich von Wegners Wohnung weggefahren war, hatte ich Henni angerufen, um mich mit ihr zu treffen. Die Lage zu besprechen.

»Ich weiß nicht. Das ist das Einzige, was Sinn ergibt, oder?«, antwortete ich.

Sie überlegte, sagte aber nichts. Wahrscheinlich gab es bloß einen Gedanken, der wie ein Karnickel in ihrem Hirn im Kreis herumraste: *WoistMarlenewoistMarlenewoistMarlene*.

Ich redete einfach weiter, quasi über sie hinweg, um sie abzulenken. »Vielleicht sollte Karsten wirklich Opfer Nummer sieben werden. Das passt zum Reim. Er hat sich gewehrt, Micha überwältigt und umgebracht. Dann hat er sich gedacht, er kann doch auch einfach mit Nummer acht weitermachen und damit gleich noch die kleine Zecke loswerden, die ihm im Pelz sitzt und an seine Kohle will. Was war Zeile Nummer acht doch gleich?«

»*Eight For Heaven*«, rezitierte sie tonlos.

»Haben sie eine Karte neben Carlings Leiche gefunden?«

»Ja. Mit genau der Zeile.«

Also hatte ich richtig gelegen mit meiner Vermutung. »Ich weiß jetzt nicht genau, ob Owen Carling unbedingt mein Kandidat Numero Uno für einen Trip zur Himmelspforte wäre, aber immerhin ist er vermutlich gläubiger Katholik. Als Ire. Vielleicht hatte er damit wirklich die besten Chancen.« Ich zuckte mit den Schultern und trank erneut von meinem Bier. Bemerkte erst jetzt, dass Henni Tränen in den Augen standen. Ich überlegte kurz, ob der Grund wirklich Haasberg sein konnte, dann dämmerte es mir. »Marlene?«, fragte ich leise.

Sie nickte. Schluckte und antwortete: »Jana hat mich vorhin angerufen. Karsten hat sich per SMS gemeldet und gesagt, dass Marlene bei ihm ist. Dass es ihr gut geht.«

Aufgeregt lehnte ich mich nach vorn. »Wissen sie, wo er ist? Können sie sein Handy orten?«

Henni presste die Lippen aufeinander und schüttelte den Kopf. »Die SMS wurde über eine Website versendet. Sein Handy ist abgeschaltet. Keine Ortung möglich.«

»Scheiße.«

Sie nickte.

Ich dachte an die neunte Zeile. *Nine For Hell*. Würde

Haasberg jetzt aufhören? Gab es einen Grund, sich weiterhin an den Reim zu halten? Oder würde er das Bedürfnis verspüren, weiterzumachen? Bloß, um uns auf eine falsche Fährte zu lenken? Konnte Marlene Nummer neun sein? Weil sie ihn sprichwörtlich in die Hölle geschickt hatte? Hatte er ihr die Trennung vielleicht so übel genommen? Und wenn er wirklich weitermachte, wer würde dann sein krönender Abschluss sein, seine Nummer zehn? Die Ausgeburt des Teufels? Insgeheim hatte ich ja immer mit der Möglichkeit gerechnet, dass Seiler am Ende Selbstmord begehen würde. Es hätte zu seiner getriebenen Natur gepasst. Wer wäre besser als des Teufels Brut zu bezeichnen, als derjenige, der alle seine Freunde richtet und umbringt?

Aber würde das zu Haasberg passen? Die einzige andere Person, die nach Marlene noch infrage kam, das letzte Mitglied der Gruppe, war die kleine Pika Blum. Aber die konnte ich mir weder als Nummer neun noch Nummer zehn vorstellen. Weder mit der Hölle noch mit dem Teufel schien sie viel gemein zu haben. Konnte ich es deswegen ausschließen?

»Ich glaube nicht, dass er ihr etwas getan hat. Warum würde er sonst Jana und Densch informieren, dass sie bei ihm ist?«

Henni schien nicht überzeugt. »Um Zeit zu gewinnen?«

»Hat Jana was zu den Briten gesagt? Mit denen sich Karsten morgen treffen will?«

»Die sind im Adlon. Sie haben ein paar Zivile an ihnen dran.«

»Gut.«

Nach einem Moment fragte sie: »Du bist dir sicher, dass wir Karsten morgen erwischen, oder?«

»Auf jeden Fall. Der will diesen Deal. Und wenn die an

diesen Rushford-Leuten dranbleiben, führen die uns zu ihm. Und sobald er in Gewahrsam ist, ist der ganze Spuk hoffentlich zu Ende.«

»Okay.«

Ich hatte sie nicht überzeugt. Schweigend tranken wir unser Bier zu Ende, und als ich anbot, sie nach Hause zu fahren, nahm Henni dankend an.

Im Auto sagte ich: »Grübel nicht zu viel heute Nacht, in Ordnung? Es hilft niemandem etwas, wenn du morgen vollkommen durch bist.«

»Wie mache ich das?«

Ich versuchte mich an einem Lächeln. »Vielleicht noch etwas Alkohol. Oder warmen Tee. Oder nimm ein Fußbad, bevor du schlafen gehst.«

»Ein Bad«, beschloss sie.

Während wir durch die Stadt fuhren, schaltete ich das Radio an. Beats, die die ausschwärmenden Falter bis in die Clubs begleiten sollten. Sanft, kräftig, hypnotisch.

Bis sie von den Nachrichten unterbrochen wurden. Ich wollte gerade den Sound wegdrehen, als ich innehielt.

»… am frühen Abend einen spektakulären Diebstahl durchgeführt. Die unbekannten Täter hatten den Bereich unter dem Gebäude offenbar mit Wasser aus Hochdruckleitungen unterspült und die Statik derart geschwächt, dass der Boden unter dem Gewicht zusammenbrach. Der Tresor, der nach offiziellen Angaben mindestens eine halbe Million Euro enthielt, wurde vermutlich mit schwerem Gerät bewegt, damit er nicht vor Ort geöffnet werden musste. Bislang gibt es keine Hinweise auf die Identität der Täter, sagte ein Sprecher der Polizei.«

»Alles klar?«, wollte Henni mit einem Seitenblick wissen, als es in der nächsten Meldung um eine berlinweite S-Bahn-Störung ging.

Ich nickte.

Nachdem sie sich mit einer langen Umarmung von mir verabschiedet und die Autotür zugeklappt hatte, saß ich noch einen Moment lang da und sah zu, wie sie im Hauseingang verschwand. Hob ebenfalls die Hand, als sie mir ihre zum Abschied entgegenstreckte. Erst als sie verschwunden war, zog ich mein Handy heraus und rief Kai Stehrs an.

Vollkommen verschnupft meldete er sich.

»Hey, ich bin's. Hast du irgendwas für mich? Wegen Hamid? Dem Libanesen?«

»Ich weiß schon. Hamid Maalouf.« Er hustete. »Gib mir ein paar Minuten, ich habe das Zeug hier irgendwo liegen. Ich ruf zurück.«

Er unterbrach die Verbindung, und ich saß eine ganze Weile im Dunkeln da und hörte den leisen Club-Sounds zu. Mein Handy vibrierte.

»Okay, was hast du?«, fragte ich, ohne auf das Display zu sehen.

Es war Henni. »Sitzt du noch im Auto vor meiner Tür?«

»Ich hab telefoniert«, antwortete ich. Überrascht und etwas verlegen. »Keine Sorge, ich bin gleich weg.«

»Gute Nacht, Thiebeck«, sagte sie schließlich. »Ich bin froh, dass wir das hier zusammen machen.«

»Gute Nacht, Henni. Bis morgen.«

Als wir das Gespräch beendet hatten, vibrierte es erneut. Diesmal war es Stehrs.

»So. Hamid Maalouf. Auf ihn selbst eingetragen habe ich keine weiteren Grundstücke oder Firmen gefunden. Aber der Schrottplatz gehört ihm zusammen mit seinem Onkel, Bashir

Maalouf. Und über den habe ich eine ganze Menge herausgefunden. Dem gehören zum Beispiel zwei Import-Export-Läden auf der Oranienstraße und eine Trödelbude um die Ecke von der Bergmannstraße.«

Interessiert mich nicht, wollte ich sagen. Weil man in keinem der Läden einen riesigen amerikanischen Militärtruck verstecken konnte!

Stehrs schien meine Ungeduld zu spüren. »Aber außerdem hat Bashir Maalouf noch ein Gelände an der Schlesischen Straße gepachtet. Eine Art Industriebrache, wo anscheinend so Werkstatthöfe entstehen sollten. Allerdings hat es jede Menge Ärger mit dem Abriss und den Asbestsanierungen gegeben, sodass da bis heute noch nicht viel passiert ist.« Er schnäuzte sich. »Das klingt besser, oder?«

»Das klingt Bombe!«, stimmte ich zu. »Jede Wette, da haben die das Ding hingeschafft. Ich werde denen mal einen kleinen Besuch abstatten.«

»Und ich gehe zurück ins Bett«, hustete Stehrs, nachdem er mir die Adresse genannt hatte.

»Danke, Mann. Und gute Besserung.« Ich startete den Wagen, fuhr los und warf einen Blick in den Rückspiegel, als könnte ich Henni oben in ihrer Wohnung noch am Fenster stehen sehen.

Keine zehn Minuten später hielt ich in der Schlesischen Straße. Ein großes Gelände, eine hohe Ziegelmauer und jede Menge verfallener Gebäude im Hintergrund. Und ein riesiges Metalltor, mit gefährlich aussehenden Zacken an der Spitze. Außer mir war kaum jemand auf der Straße unterwegs. Hier gab es auch nicht viel: Während auf der südlichen Straßenseite einzelne Wohngebäude standen, wurde die nördliche

Seite fast komplett von riesigen Werkstätten und Industriehöfen eingenommen. Viele der ohnehin spärlich vorhandenen Straßenlaternen funktionierten nicht, und ich konnte mir gut vorstellen, dass die Anwohner nicht öfter und länger als notwendig auf der Straße unterwegs waren. In diesem Teil von Kreuzberg sah es fast trostloser aus als in Lichtenberg, und das wollte was heißen.

Nachdem ich ein paar Minuten einfach in der Dunkelheit im Auto gewartet hatte, stieg ich schließlich aus. Es war kühl geworden, und ich zog die Sweatshirtjacke fester um mich und die Kapuze über den Kopf. Jetzt passte ich auch vom Aussehen her hervorragend in die Gegend.

Außer mir war immer noch niemand zu sehen. Also ging ich über die Straße, auf das grün gestrichene Tor zu, von dem an vielen Stellen bereits der Lack abgeplatzt war, und prüfte es. Verschlossen. Ich hatte auch nicht ernsthaft erwartet, es einfach aufschieben zu können, aber ich wollte nicht umständlich auf das Gelände kommen, nur um dann festzustellen, dass ich auch durch den Haupteingang hätte hereinspazieren können.

Ich trat einen Schritt zurück und musterte die Mauer. Oben waren Stahlspitzen eingelassen, garniert mit Stacheldraht. Dagegen erschien mir das Tor mit seinen Zacken verhältnismäßig harmlos. Nachdem ich ein paar Meter zurückgegangen war, nahm ich Anlauf und sprang daran hoch. Packte die Kante, ignorierte den Schmerz, der mir in die Handflächen biss, und zog mich mit Schwung so weit hoch, dass ich ein Knie über die Zacken ziehen konnte. Ich versuchte, nicht daran zu denken, dass sich die Innenseiten meiner Schenkel anfühlten, als würden sie aufgeschnitten. Redete mir stattdessen ein, was für ein unglaublich knallharter Hund dieser Thiebeck doch war. Dann fand ein Schuh auf der Kante Halt, der Schmerz ließ etwas nach. Einen Augenblick später, in dem sich meine Hände bereits wie zwei Pfund Gehacktes anfühlten, hatte ich beide Füße oben und konnte den Druck von den Armen nehmen. Ich balancierte kurz in der Hocke und sprang nach unten, fing mich ab und machte ein, zwei unbeholfene Schritte über den bröckeligen Asphalt.

Ich schaute auf meine Hände. Erwartete, Blut zu sehen. Aber die Spitzen hatten bloß weiße Umrisse in meine Handflächen gegraben und brutal wehgetan. Meine Hose hatte ebenfalls gelitten, ein großer Riss zog sich vom Knie hoch zur Innenseite des rechten Schenkels.

Der Hof, in dem ich nun stand, sah genauso desolat und zerstört aus wie die Straße davor. Ich umrundete die riesigen Schlaglöcher, um im Dunkeln nicht zu straucheln und mir den Knöchel zu verletzen. Außer etwas Licht, das über das Tor von der Straße her drang, war es drinnen unangenehm dunkel.

Ich ignorierte die wie Mäuler wirkenden Eingänge links und rechts, von denen die meisten längst keine Türen oder Tore mehr besaßen, und drang weiter nach innen vor. Die Jungs brauchten Platz, um ihr Monster irgendwo abzustellen, und in keinem der Flachbauten, die sich vorne befanden, gab es davon genug.

Im Hintergrund standen mehrere höhere Gebäude, deren Außenmauern teilweise eingefallen oder -gerissen waren. Wie taumelnde Riesen, die in der Bewegung innegehalten hatten und nicht gestürzt waren, sahen diese Überreste aus. Zwischen den Ruinen konnte ich plötzlich den warmen Farbton von Feuerschein erkennen.

20

Ich drehte etwas ab und entfernte mich dabei möglichst weit von dem Gebäude, wo ich das Licht gesehen hatte, bis ich mich fast ganz an der gegenüberliegenden Front aus Garagen und Werkstätten vorwärtsschob.

Hinter den höheren Gebäuden, die das Gelände rückwärtig abschlossen, lag eine riesige Freifläche. Der Drahtzaun, der dort einmal gestanden hatte, war inzwischen löchrig, niedergetreten und teilweise gar nicht mehr vorhanden. Von dort aus hätte ich ohne Probleme auf das Areal kommen können.

Ich nutzte die großen Durchlässe, um auf die Wiese hinter die Gebäude zu schlüpfen, in der Hoffnung, einen Blick auf die Feuerstelle zu erhaschen. Ich schätzte, dass sie sich im dritten Stock befand, was hieß, dass ich mich ein Stück weit rausbewegen musste, um sie besser sehen zu können.

Die Wiese war keine wirkliche Wiese, sondern eher ein mit Gras bewachsener Schutthaufen. Immer wieder konnte ich Trümmerteile wie offene Wunden zwischen dem Bewuchs erkennen. Ich musste aufpassen, mir auf meinem Weg nicht alle Knochen zu brechen. Jede Menge Müll wie alte Waschmaschinen, Drahtgeflechte aus Zäunen oder Matratzen und Holzlatten sorgten dafür, dass ich nach einem Moment leise fluchend wieder umdrehte. Ich hatte mir die Hand an einem Stück Stacheldraht aufgerissen und war auf den Nagel in einer Planke getreten, der zum Glück meine Schuhsohle nicht durchstoßen hatte. Das war mir der Blick auf das Feuer nicht wert.

Ich würde mich direkt in das Gebäude schleichen und dort nach oben arbeiten. Kurz dachte ich darüber nach, ob es mehr Sinn ergab, erst nach dem Truck zu suchen. Aber die Aussicht, im Dunkeln herumzutappen und nach einem gut versteckten Fahrzeug zu fahnden, erschien mir wenig attraktiv. Wenn es sich bei dem Lichtschein um das Lager von Attila und seinen Leuten handelte, konnte ich mir möglicherweise eine langwierige Suche ersparen.

Zurück auf dem verfallenen Gelände suchte ich mir einen Weg ins Innere. Fand das Treppenhaus, musste aber feststellen, dass sich dort eine ähnliche Menge an Gerümpel wie draußen angesammelt hatte. Die Hände an den rohen Beton gedrückt, tastete ich mich vorsichtig nach oben. An verschiedenen Stellen war die Treppe so erodiert oder zerstört, dass ich kaum hinaufkam. Dort musste ich dann mehr klettern als hinaufsteigen, während ich die ganze Zeit bemüht war, keinen Lärm zu machen. Hände und Hose mussten weiter leiden, aber zumindest konnte ich meine Jeans nach der Aktion einfach in die Tonne treten. Was ich mit meinen Handflächen tun würde, wusste ich noch nicht.

Endlich erreichte ich den dritten Stock und schob mich Fuß für Fuß, Schritt für Schritt in einen Korridor voller Staub, Schutt und Zeug. Ich hatte keine Ahnung, was das hier mal gewesen sein mochte, bevor es sich in eine komplette Ruine verwandelt hatte. An Einrichtung war nichts mehr zu erkennen, und genauso gut wie ein Bürohaus hätte es sich um ein vollkommen zerstörtes Parkhaus handeln können. Weiter vorn hörte ich Stimmen.

Zwischenwände existierten ebenfalls kaum noch, höchstens Reste davon, aber riesige Pfeiler, die die Decke stützten, gaben mir Deckung. So arbeitete ich mich Stück für Stück vorwärts, immer weiter in Richtung der leisen Stimmen und des unruhigen Flackerns.

Und dann sah ich Attila. Er saß auf einem Feldbett und hatte eine dampfende Tasse in der Hand. Neben ihm kniete Kämmerer und stocherte mit einem Stück Holz in einer improvisierten Feuerschale herum. Brennholz fand sich an diesem Ort sicher genug, wenn man bereit war, ein wenig im Bauschutt herumzuwühlen.

Der Dürre in dem Sporthemd hockte auf einer Getränkekiste, der muskulöse Blonde auf einem weiteren Feldbett. Sie alle starrten wie gebannt in die Flammen und unterhielten sich gedämpft. Wenn sie in diesem Moment aufsahen, waren sie vermutlich blind, bis sich ihre Augen an die Dunkelheit gewöhnt hatten. Das machte mich überheblich.

Ich kam aus dem Schatten hinter einer der Säulen hervor und trat näher an das Feuer heran. Keiner der vier sah zu mir auf, obwohl sie mich bemerkt haben mussten.

Schließlich hob der Dürre den Blick und sah mich. »Shit!«, rief er und versuchte gleichzeitig, vom Kasten aufzustehen und nach hinten nicht das Gleichgewicht zu verlieren.

Die anderen erschraken zwar, hatten sich körperlich aber besser unter Kontrolle. Lediglich der Blonde streckte den Arm aus und griff hinter sein Feldbett. Das metallische Klirren auf Beton verriet mir, dass er vermutlich nach einer Stahlstange gelangt hatte. Davon gab es bestimmt ebenfalls jede Menge. Vielleicht hätte ich mir auch eine besorgen sollen. Oder eine Knarre mitbringen. Aber anscheinend verhinderte meine Arroganz, dass ich aus vergangenen Fehlern allzu viel lernte. Dann musste es halt so gehen: mit Fäusten, Chuzpe und etwas Charisma.

»Was will der Wichser hier?«, fauchte der Dürre, der es geschafft hatte, aufzustehen, ohne hintenüberzufallen.

»Ich habe Nachrichten gehört«, sagte ich. Ich war stehen geblieben, um nicht zu früh eine Konfrontation zu provozieren.

»Ach ja?«, antwortete Attila wenig beeindruckt.

Er schaute mich aus schmalen Augen von unten her an, und ich versuchte zu ergründen, ob er high war.

Der Blonde erhob sich, in der Hand tatsächlich ein leicht angerostetes Stahlrohr.

Attila hob die Hand, um ihn zurückzuhalten. »Lass mal, Mecki, der Bulle hat bestimmt einen richtig guten Grund, um hier hereinzuspazieren. Oder, Bulle?«

»Eine halbe Million gute Gründe.«

»Und da dachtest du dir, du schaust mal vorbei und guckst, ob wir Hilfe brauchen können. Beim Tragen. Oder Zählen.«

»So ungefähr.«

»Über dich erzählen sie immer nur, dass du ein brutales Schwein bist, Thiebeck. Hab noch niemanden sagen hören, dass du auch korrupt bist. Haste dich bloß immer besonders gut bedeckt gehalten, oder was?« Er lachte keckernd.

Mich beunruhigte der joviale Ton, mit dem er sprach. Als würde er sich tatsächlich keine Sorgen machen. An ihm gab es keine Spur der Nervosität, die den Dürren und Mecki so unruhig machten. Kämmerer sah uns allen bloß aus leicht wässrigen Augen zu. Wahrscheinlich hatte der schon ein paar Feierabendbier auf den Erfolg getankt, und überhaupt fehlte ihm in seinem Alter vermutlich der notwendige Testosteronpegel, um bei solchen Auseinandersetzungen noch mitspielen zu wollen.

»Ich will die Kohle für Ulli«, sagte ich, ohne weiter auf Attilas Bemerkung einzugehen.

»Der bekommt sein Geld schon«, winkte er ab.

»Und um das sicherzustellen, bin ich hier.« Kurz dachte ich darüber nach, warum Attila einen derart unbesorgten Eindruck über mein Erscheinen machte, aber bevor ich den Gedanken zu Ende denken konnte, krachte etwas brutal in meinen Rücken. *Meine Rippen*, schoss es mir durchs Hirn, während ich unbeholfen nach vorn stolperte. Aber der Schlag hatte mich oben, direkt unterhalb der Schultern erwischt, und ein pulsierender Schmerz zog sich meine Wirbelsäule hinab und breitete sich zwischen den Schultern aus.

Ein weiterer Hieb traf mich, und meine Knie gaben nach. Ich sackte nach vorn, versuchte, mich abzufangen, und fiel unbeholfen in ein Feldbett, das widerstandslos unter mir zusammenkrachte. Es knirschte und knackte, von irgendwo her hörte ich Lachen.

»Zieh ihm eins über die Rübe«, sagte jemand.

Ich rollte mich zur Seite, unter mir Stoffbezug und Alustangen. Meine linke Schulter wurde getroffen, etwas streifte meine Stirn und riss mir die Haut über dem Auge auf. Gesplittertes Holz.

Jetzt konnte ich einen Blick auf meinen Angreifer werfen: Ein hagerer Kerl mit Schnauzer und halblangen dunklen Haaren hielt ein Stück Balken in der Hand und machte sich gerade daran, ein weiteres Mal zuzuschlagen. Auf seinem Gesicht konnte ich keine Emotion erkennen. Er kannte mich nicht, aber wer ich war, konnte ihm völlig egal sein. Ich stand zwischen ihm und seinem Anteil an einer halben Million und hatte gedroht, sie hochgehen zu lassen. Also schlug er zu.

Mein Rücken pulsierte dunkel, meine Schulter ließ sich ebenfalls nicht ohne Schmerzen bewegen, und ich lag wie ein Käfer hilflos auf dem Rücken. Instinktiv wollte ich den Arm zur Abwehr heben, als der Typ über mir ausholte, unterdrückte den Reflex aber. Das Holz war massiv genug, um mir die Knochen zu brechen.

Stattdessen rollte ich mich mit einem Grunzen zur Seite und wurde nur an der Schulter gestreift. Wieder die linke! Schmerz waberte durch meinen Brustkorb, stach mir in den Schädel. Ich ignorierte den Aufschrei meiner Nerven, rollte weiter, versuchte auf die Beine zu kommen. Meine Hände bekamen etwas zu fassen. Ich stand, packte fester zu: eine Querstrebe des Feldbetts, die sich durch meine gewaltsame Attacke gelöst hatte. Ich ergriff beide Enden, bereit, den nächsten Schlag abzuwehren, wie sie es uns auf der Polizeischule mit Knüppeln und Tonfas beigebracht hatten. Blut lief mir von der Braue ins Auge. Ich blinzelte.

Erst als ich mit einem Ächzen die Arme hob, das Protestieren der Schulter ignorierend, fiel mir auf, wie leicht sich die Stange anfühlte. Alu!

Das weiche Metall bot dem Balken kaum Widerstand, knickte einfach weg, als das schwere Holz aufprallte, und ich schaffte es gerade noch, den Kopf zur Seite zu reißen.

Das Alu bog sich V-förmig durch und klemmte damit die Waffe meines Angreifers ein, während er durch den Schwung grunzend nach vorn taumelte. In einem hellen Moment drückte ich die Enden fester zusammen und riss sie nach hinten. Ich schaffte es nicht, meinem Gegner das Holz zu entwinden, aber er taumelte wieder nach vorn. Direkt in meinen Kopfstoß. Ich konnte fühlen, wie sein Nasenbein an meiner Stirn brach. Mehr Blut.

Er stolperte, stöhnte. Ich ließ das Alu los und hämmerte ihm mit beiden Händen links und rechts auf die Ohren. Während er mit geplatzten oder angerissenen Trommelfellen zusammensackte, riss ich das Knie hoch und rammte es ihm gegen den Kiefer. Erst dann richtete ich mich schwer atmend auf und scannte den Rest der Szene.

Attila saß immer noch auf dem Bett, hatte den Kampf aber aufmerksam verfolgt. Kämmerer hielt das Gesicht in den Händen vergraben. Vielleicht malte er sich aus, was als Folge meines Eindringens noch alles passieren würde. Eine Bank auszurauben war eine Sache, einen ehemaligen Bullen fertigzumachen oder gar zu töten eine andere.

Mecki und der Dürre standen da, mit leuchtenden Augen und hochgekochtem Adrenalin. In der Hand hielt Mecki immer noch sein Stahlrohr. Ich versuchte, mir vorzustellen, wie mein Rücken und meine Schulter aussehen würden, wenn ich davon getroffen worden wäre. Oder wenn Mecki zugeschlagen hätte statt dem mageren Dunkelhaarigen.

»Ich mach dich fertig, du Fotze«, rief der Dürre und sprang vor. Mecki in den Weg. Mir in die Arme.

Ich tatzte seinen ersten Schlag mit der flachen Hand zur Seite, drehte mich seitlich ein und hämmerte ihm dann die Faust in den Solarplexus. Als er sich zusammenkrümmte, um Luft zu bekommen, stieß ich ihn mit Schwung in Meckis Richtung, der durch den schnellen Vorstoß behindert worden war. Die beiden prallten zusammen, und ich nutzte die Gelegenheit, um mich auf sie zuzubewegen. In dem Moment, in dem Mecki den Dürren mit festem Griff an der Jacke zur Seite wuchtete, um sich wieder mir zuzuwenden, drosch ich ihm mit geöffneter Hand ins Gesicht, der Handballen zielte direkt auf seine Nase. Aber Mecki besaß gute Reflexe, er drehte den Kopf rechtzeitig ein, sodass ich ihn bloß seitlich am Wangenknochen erwischte.

Ich versuchte, ihn in einen Würgegriff zu nehmen, um ihm keine Gelegenheit zu geben, mit der Stange auszuholen. Er wehrte mich ab, wir bewegten uns vor und zurück. Traten auf den Dürren, der wimmernd zur Seite kroch.

Ich war größer als Mecki, aber er besaß mehr Muskelmasse. Eine Hand hatte ich an seinem Unterarm, um ihn vom Schlag abzuhalten, die andere versuchte, Halt in seinem Gesicht zu finden. Sich in die Nähe seiner Augen zu bewegen. Er probierte, seinen rechten Arm mit der Stange freizubekommen, während seine Linke mein Handgelenk gepackt hielt und mich davon abhielt, ihn zu einem Einäugigen zu machen. Würde ich durch Attila oder Kämmerer gleich erneut einen Schlag ins Kreuz bekommen? Aber ich konnte es mir nicht leisten, darüber nachzudenken, Mecki erforderte meine gesamte Aufmerksamkeit. Schließlich entschied er sich, die Stange fallen zu lassen. Klirrend fiel sie zu Boden. Mit einer geschickten Drehung der Hand gelang es ihm, sich aus meinem Griff zu entwinden und mich stattdessen zu packen. Meine Handgelenke wurden wie von eisernen Klammern umschlossen, er drückte meine Arme immer dichter zusammen. Wir keuchten beide, kamen uns ganz nahe. Ich roch den leicht alkoholisierten Atem, sah seinen Blick. Ich wusste, dass er nur darauf wartete, dass ich etwas versuchte: einen Kopfstoß, einen Tritt. Das wäre der Moment, in dem er mich zu Boden zwingen würde. Dort hätte ich gar keine Chance mehr gegen ihn, dort half mir meine Größe und die Länge meiner Arme nichts.

Ich konnte die Adern auf seiner Stirn sehen, beobachten, wie sie rhythmisch pochten. Versuchte, mich gegen seine

Kraft zu wehren, aber ich befand mich im Nachteil. Seine Arme waren kürzer und muskulöser, die Hebelwirkung besser. Ich stöhnte, lehnte mich mit letzter Kraft hinein, gab alles. Schloss die Augen. Und gab plötzlich nach, riss die Arme zusammen. Ich machte das, was er wollte: meine Unterarme zusammenbringen. Mit seinen Daumen dazwischen. Sie knallten aufeinander, mit der gesamten Macht unserer beider Schultern. Ich riss die Augen auf, sah seinen Gesichtsausdruck. Eine Mischung aus Entsetzen und Empörung. Darüber, verarscht worden zu sein. Ich konnte mir vorstellen, wie sich der Schmerz gerade von seinen Daumen über die Hände die Arme hinauffraß. Eine heftige Prellung, vielleicht waren sie gebrochen, mir egal. Was zählte, war, dass sein Griff sich löste. Und seine Konzentration ganz woanders war.

Ich lehnte mich kurz zurück, hob den rechten Fuß und trat ihm heftig auf den Spann. Noch ein Grunzen. Noch ein Schritt zurück, ein wuchtiger Tritt ins Knie. Mecki knickte einfach weg.

Mit einem Satz war ich bei Attila, der die Stirn hatte, immer noch auf seinem Scheißfeldbett zu sitzen. Ich schlug ihm mit der Faust ins Gesicht, in den Magen, riss ihn, als er sich zusammenkrümmen wollte, am Kragen nach hinten und schleifte ihn vom Bett. Klappernd fiel es hinter uns um, als seine Füße daran hängen blieben. Dann scharrten sie über den dreckigen Beton, als er verzweifelt versuchte, Halt zu finden. Seine Hände hielten meine Arme umklammert, konnten meinen Griff aber nicht lösen.

Hinter einer der fehlenden Wände sah ich den samtigen Nachthimmel von Berlin. Die vereinzelten Sterne, die trotz des Großstadtscheins zu erkennen waren. Roch die kühle Luft, leicht erdig. Vielleicht, weil sie unten von der Gras- und

Schuttwiese zu uns hochwehte. Wir erreichten den Rand. Ich riss Attila hoch, sodass er fast zum Stehen kam, stieß ihn nach hinten. In den Nachthimmel hinein, festgehalten nur von meinen Fäusten. Meine linke Schulter brannte wie Feuer, und ich schaffte es kaum, den Arm komplett hochzuheben, aber das ließ ich mir nicht anmerken.

»So, du Arschloch«, zischte ich, nachdem ich ihm einige Herzschläge lang Zeit gegeben hatte, zu begreifen, was gerade geschah. »Hast du die Schlagzeilen damals gelesen? Über mich?«

Aus riesigen Pupillen starrte er mich an. Er rang nach Atem, schielte zwischendrin immer wieder zur Seite. Wo ihn in der Dunkelheit der mit Trümmern übersäte Boden erwartete.

»Hast du?«

Er nickte schwach.

»Du weißt, was der Drecksau Lammert passiert ist?«

Noch eine schwache Bewegung des Kopfes.

»Dem haben wir nichts nachweisen können. Der war wie Teflon. Da bin ich einfach zu ihm in den Grunewald gefahren, in seine Villa spaziert und habe ihn vom Balkon geschmissen. Da brauchten wir keinen Prozess mehr. Davon hast du gehört, oder?«

Attila schluckte. Dass ich ihm einen Scheiß erzählte, dass die Geschichte damals ganz anders gelaufen war und ich nach Lammerts Tod dringend in Therapie gehört hätte, das ließ ich unerwähnt. Das wäre für meine kleine Inszenierung bloß hinderlich gewesen.

Er glaubte mir. Nahm mir ab, dass ich kurz davor stand, ihn einfach so aus dem dritten Stock zu werfen.

»Ist ein bisschen höher als damals mit Lammert, glaube

ich. Seinen Sohn, den habe ich vom selben Balkon gefeuert. Der hat aber überlebt. Müsste demnächst auch wieder aus dem Krankenhaus kommen.« Ich sah ihn mit hartem Gesichtsausdruck an. »Und jetzt, wo dir all das klar ist, überleg dir doch bitte kurz, ob du mir nicht einfach das Geld gibst. Dann bin ich hier weg und niemand muss mehr weitere Unfälle befürchten.« Probeweise lockerte ich den Griff meiner linken Faust. »Was denkst du?«

Er setzte zum Sprechen an, konnte aber nicht. Versuchte es erneut. »Ja.«

»Ja, was?«

»Klingt gut.«

»Das heißt, wenn ich dich jetzt langsam wieder einhole, wie einen fetten Marlin, der einem beim Hochseefischen am Haken sitzt, machst du keinen Ärger? Versuchst keinen Scheiß?«

Er nickte, merkte dann, was er tat, und schüttelte eilig den Kopf.

»Okay.« Ich zog ihn langsam zu mir heran, ohne zurückzuweichen. Bis er direkt vor meiner Brust stand und zu mir aufsehen musste. Ich hielt ihn immer noch gepackt, machte ihm klar, dass ich ihn ohne Schwierigkeiten auch einfach wieder hinaus ins offene Meer werfen konnte. Dann machte ich einen Schritt zurück, ließ seine Jacke los, aber packte schnell sein Handgelenk. Drückte zu, bis ich das leise Zucken von Schmerz um seine Augenwinkel sehen konnte.

»Keinen Scheiß, hörst du?«

Er nickte. Gemeinsam gingen wir zurück zu den Trümmern ihres kleinen, improvisierten Lagers. Der Dunkelhaarige lag immer noch am Boden, aber Kämmerer kniete neben ihm. Der Dürre saß an einen Pfeiler gelehnt, hielt sich mit einem Arm die Rippen umfasst. Vermutlich war dort entweder

Mecki oder ich draufgetreten. Mecki lag auf der Seite, das Gesicht in den Dreck gepresst, und hielt sich das Knie. Ich wusste, wie sehr so etwas schmerzte. Mit mir hatte das auch schon mal jemand gemacht.

Attila ging zu seinem umgeworfenen Feldbett und zog eine schmutzige Sporttasche hervor. Der springende Puma blätterte bereits ab. Wortlos hob er sie hoch und reichte sie mir. Ohne ihn aus den Augen zu lassen, stellte ich die Tasche ab und zog den Reißverschluss auf. Sah hinein. Dicke Geldbündel, dazwischen lose Scheine. Vermutlich, weil die Banderolen abgegangen waren. Oder die Jungs das Bedürfnis verspürt hatten, bis zu den Ellbogen im Zaster zu stecken.

»Du bist ein Schwein!«, fauchte der Dürre vom Boden her. Er war keine zwei Meter weit weg von mir.

»Wir könnten einen Deal machen«, bot Attila an, der offenbar langsam wieder Oberwasser bekam. »Ich meine, wir wissen, dass du die Kohle hast. Wenn wir teilen, kannst du dir sicher sein, dass wir nicht irgendwann kommen und sie uns wiederholen.«

Ich machte einen schnellen Schritt nach vorn, sodass er zusammenzuckte. »Weißt du, was das auch sicherstellen würde? Ich könnte euch alle hier einfach von oben runterschmeißen. Jeden Einzelnen. Um sicherzugehen, könnten wir beide noch ein paar Stockwerke höher steigen, Attila. Was meinst du? Wäre das nicht auch eine gute Versicherung?«

Er antwortete nicht, sondern atmete bloß schwer. Nachdem wir uns einen Augenblick lang angestarrt hatten, nickte ich, sah jeden Einzelnen von ihnen noch einmal kurz an und schnappte mir dann die Tasche. Stellte sicher, dass ich sie mit der Rechten griff – nicht dass mir noch ein Schmerzenslaut entfuhr, wenn ich sie mit der lädierten linken Schulter anhob.

Ohne mich umzudrehen, ging ich in Richtung Treppenhaus. Kein Grund, meine cineastische Vorstellung vom *bad motherfucker* durch zu viel Vorsicht zu ruinieren.

Ulli nahm sofort ab. Er klang nicht schläfrig, aber müde. Verbraucht. Zeit, dem ganzen Scheiß ein Ende zu machen.

»Triff mich im Gym«, sagte ich knapp.

Er stellte keine Fragen. »Bin in 'ner Viertelstunde da.«

Beim Coach im Kabuff brannte noch Licht, aber in der Halle war es bereits dunkel. Es trainierte niemand mehr, die Jungs waren längst zu Hause. Der Coach hatte kein echtes Zuhause mehr. Seine Frau hatte ihn verlassen, und seinen einzigen Sohn hatte das Schwein Gorlaff umgebracht. Schon früher hatte es für ihn nicht viel mehr als sein Gym gegeben, das war jetzt eher noch schlimmer geworden. Schmolli hatte bereits den Verdacht geäußert, dass Brehmer auch manchmal in der Halle schlief. Zugetraut hätte ich ihm das.

Ich klopfte gegen den Türrahmen. Die Tür war vor Jahren irgendwann mal herausgenommen worden, kein Mensch wusste, wo sie abgeblieben war. Das war auch ganz gut so, zum Öffnen der Tür hätte es ohnehin keinen Platz gegeben. Das Büro des Coachs war ein kleiner Abstellraum, in dessen Wand zum Flur hin eine Glasscheibe eingelassen worden war. Die hatte aber seit Jahrzehnten keinen Schwamm oder Wasser gesehen, sodass sie seine Privatsphäre mittlerweile besser beschützte, als es Milchglas getan hätte. Drinnen befand sich ein alter Schreibtisch, dessen Oberfläche vollkommen verkratzt und durch unflätige Kritzeleien verunstaltet war, als hätte er früher in einer Schule gestanden. Dahinter hatte der Coach mit seinem runden Bauch gerade Platz auf einem Drehstuhl, während die rückwärtige Wand durch eine Regalfront eingenommen wurde, in deren Fächer jede Menge Aktenordner, Videokassetten, Papierstapel und anderes Zeug hineingepresst worden waren.

»Der Rest schon weg?«

Im gelben Licht der Schreibtischlampe sah er auf und kniff die Augen zusammen, als würde er mich nicht sofort erkennen. Dann wedelte er mit der Hand. »Komm rein. Ich muss mit dir reden.«

Mit einem leisen Knall ließ ich die Sporttasche am Eingang fallen und setzte mich auf das einzige andere Möbelstück, einen Stuhl aus Stahlrohr und Lederimitat. Man konnte den nicht einmal weit genug zurückrücken, um entspannt zu sitzen: Sofort hatte man die Wand mit dem Fenster im Kreuz, und die Knie stießen vorn ans Holz. Zumindest ging es mir so. Aber auch, wenn die kleineren Jungs vielleicht etwas mehr Platz hatten, wusste ich, dass keiner von ihnen gern hier saß. Meistens gab es Ärger. Die coolen Sachen, Termine für neue Fights oder wenn es einen schönen Bericht über einen unserer Kampfabende gegeben hatte, die sagte er einem meist in der Halle. Unterbrach unsere Übungen, setzte sich mit uns auf eine der Matten oder an den Rand des Boxrings. Im Büro ging es meistens um nicht so angenehme Dinge. Trainingsrückstände zum Beispiel, weil man wegen angebrochener Knochen nicht kämpfen konnte. Oder wollte.

»Was machen deine Rippen?«

Unwillkürlich fasste ich mich an die Seite. Unterdrückte einen Ausdruck des Schmerzes. Ich fühlte mich, als wäre ich durchgekaut und ausgespuckt worden. »Besser.« Ich wollte gerade noch etwas hinzufügen, als er mich unterbrach. »Du weißt, dass das nichts mit deinem Körper zu tun hat, oder?«

Ich ahnte, worauf er hinauswollte, sagte aber nichts.

»Du bist ein Ochse, Johnny. Im positiven Sinne. Dich kann nichts aufhalten. Fast nichts. Schon gar nicht so eine Lappalie. Aber das weißt du nicht. Du bist wie wir alle, du hast Angst vor dem, was sein könnte. Das ist alles, was die Angst ist. Möglichkeiten. Weißt du, was ich meine?«

Ich nickte, obwohl ich nicht wirklich verstand.

»Vertrau dir. Dir und deinem Körper. Es hat dir Sorgen gemacht, was passiert ist. Was passieren könnte. Und das ist der Grund, warum du zögerst. Du bist nicht du selbst. In jedem von uns steckt ein kleines Mädchen.« Er winkte ab, als sei das nichts Schlimmes. »Manchmal ist das auch ganz gut so. Tut uns harten Burschen ganz gut, ein bisschen was Weiches zu haben. Aber wenn das kleine Mädchen zu dominant wird, dann ist das nicht gut. Nicht für einen Boxer. Im Ring will ich Thiebeck das Tier, Johnny. Ich will eine Hundertzwanzig-Kilo-Kampfmaschine, und ich will den King Kong in dir. Nicht das kleine Mädchen. Das hat keine Chance gegen Bussas.«

Ich runzelte die Stirn. Gegen Tauras Bussas, einen litauischen Schachboxer, hätte ich kurz nach dem Fall Gorlaff kämpfen sollen. Bussas, den sie auch *Buzzsaw*, die Kreissäge, nannten, wegen seines brutalen Kampfstils. Der Coach und sein Sohn David hatten damals alles dafür vorbereitet. Aber dann war es zum Kampf auf Gorlaffs Balkon gekommen, und er hatte mit seinem ganzen Gewicht an meinen Armen gehangen. Meine Rippen geknackt. Der Kampf war abgesagt worden.

»Bussas will immer noch gegen dich kämpfen. Er behauptet, du hättest Angst vor ihm. Will den Fight schon in zwei Monaten. Aber ich weiß nicht, ob ich ihm zusagen soll. Ob ich dir trauen kann. Bist du fit, Johnny? Wirst du dort im Ring gegen die Kreissäge stehen, oder schicke ich so'n lüttes Ding, um von ihm gefrühstückt zu werden?«

Jetzt musste ich lächeln. Ich musste an meinen Fight im Loft gegen Micha denken, an die Schläge mit der Holzlatte, die ich von Attilas Kumpanen kassiert hatte. An meine instinktive Reaktion und meine Gegenwehr.

»Schätze, du musst dir keine Sorgen machen, Coach. Ich mache dir keine Schande.«

Er schüttelte den Kopf. »Darum geht es mir nicht. Ich will wissen, ob du gewinnst.«

»Besorg mir den Kampf. Ich mach den Kerl platt.«

Er nickte, erwiderte mein Grinsen aber nicht, als würde er das Ganze vollkommen ernst nehmen. »Gut.«

Damit war die Sache erledigt. Es klopfte am Türrahmen. Ulli.

»'n Abend, die Herren.«

Der Coach nickte bloß, und ich begrüßte Ulli. Ich deutete auf die Tasche und sagte: »Ich habe mit Attila gesprochen und soll schön grüßen. Geh schon mal in die Umkleide. Ich komme gleich.«

Er betrachtete das abgewetzte Ding, schien zu überlegen, begriff dann offensichtlich, was ich ihm sagen wollte, und schnappte sich die Tasche. Der Coach sah ihm hinterher, fragte aber nicht, was wir beide um diese Uhrzeit abzukaspern hatten.

»Mir geht's auch um die anderen, Johnny«, fuhr der Coach unvermittelt fort, nachdem Ulli verschwunden war. »Du bist so etwas wie mein Vorzeigeprojekt. In unserer Truppe gibt es jede Menge Boxer mit Herz. Das ist das Wichtigste, was man haben muss, das weißt du. Das sage ich immer wieder. Das Herz ist wichtiger als die Fäuste. Oder der Kopf. Und wir haben auch gute Schachboxer dabei. Sind nicht alle wirklich gut am Brett, aber es reicht. Aber keiner von denen ist wie du,

Johnny. Du hast hier genug Power«, er deutete mit dem Finger auf seine Schläfe, »und hier auch.« Seine Hand umschloss den linken Bizeps. »Du hast den Biss und die Übersicht und bist ein toller Schachspieler. Bei dir stimmt das Gesamtpaket.«

»Mach mich nicht verlegen. Ich krieg gleich Pipi inne Augen.«

Er reagierte nicht auf meinen halb ernst gemeinten Scherz. »Der Kampf ist wichtig für die anderen. Du bist das Alphatier in meinem Gespann aus Schlittenhunden. Du musst nichts machen, nicht anführen. Dass du darauf keinen Bock hast, weiß ich.«

Ich grinste, weil ich immer eher das Gefühl gehabt hatte, Schmolli sei unser *Führungshund*. Aber ich hatte mich da eher auf Organisatorisches und allgemeine Lenkung bezogen, während der Coach vom rein sportlichen Aspekt redete.

»Irgendwas komisch?«

Ich schüttelte den Kopf, packte das Lächeln weg.

Der Coach hatte mir schon früher angeboten, bei ihm als Co-Trainer einzusteigen. Er fand, ich wäre hervorragend für die Rolle geeignet. Aber ich hatte keine Lust auf die Verantwortung.

»Du darfst dich aber auch nicht verstecken. Verstehst du, was ich meine?«

Ich nickte einfach mal. »Ist gut. Kein Verstecken.«

Er sagte befriedigt: »Ich regel das mit Bussas. Drei, vier Wochen, schätze ich, um dich wieder fit zu machen. Dich auszutrainieren.«

Ich stand auf und schüttelte ihm die Hand. Er war noch von der alten Schule. Bei ihm gab's keine Umarmungen, alles per Handschlag. Vielleicht mal einen Klaps auf die Schulter im Vorbeigehen. Gut, dass ich ihm die Rechte reichen konnte.

In der Umkleide befand sich die Tasche direkt beim Eingang, und der Reißverschluss stand ein paar Zentimeter offen, sodass ich wusste, dass Ulli am Geld gewesen war. Er saß auf einer Bank, die Hände in die Taschen seines Kapuzenpullovers gesteckt. Ich setzte mich ihm gegenüber hin, und einen Augenblick lang sahen wir uns ohne Worte an.

Schließlich sagte er: »Danke, Mann.«

»Passt schon.« Ich wollte noch etwas hinzufügen, ließ es aber bleiben. Musste an die Penner denken, die die Zwillinge losgeschickt hatten, um ihn aufzumischen. Dieser Part der Rechnung war noch nicht beglichen.

Nachdem wir noch ein paar Minuten einfach dagesessen hatten, erhob ich mich schließlich. Ulli kam auf mich zu, umarmte mich. Heftig genug, dass es wehtat. Wollte mich nicht wieder loslassen, bis ich ihm sanft auf die Schulter klopfte.

»Ist alles Karma, Alter. Das gleicht sich wieder aus«, sagte ich und konnte fühlen, wie er gegen meine Schulter nickte. Dann löste ich mich, berührte ihn ein letztes Mal am Oberarm, griff mir die Tasche und ging. Ich hob die Hand, als ich am Kabuff des Coachs vorbeikam, aber er schaute konzentriert über den Rand seiner heruntergerutschten Brille auf irgendwelche Papiere und bemerkte mich nicht.

Im Auto versuchte ich mich zu erinnern, wo sich die nächste Polizeiwache befand, konnte mich aber nicht erinnern. Also musste ich das Smartphone bemühen.

Ein paar Minuten später blieb ich blinkend in zweiter Spur stehen, packte die Tasche und stieg aus, um die Stufen hoch zur Wache zu nehmen.

21

»Morgen«, begrüßte ich die anderen, als ich in den Meetingraum im Adlon trat, in den mich der Zivilbeamte geführt hatte.

Henni und Jana grüßten mich freundlich, Kunzi höflich und Densch leicht unterkühlt.

Jana trat neben mich und berührte mich sanft am Rücken. Sie sprach mit leiser Stimme, als dürfte sie mich nicht erschrecken. Als könnte ich beim Anblick geballter Exekutive sofort Reißaus nehmen. Die Thiebeck-Flüsterin. »Die Briten sind auf ihrem Zimmer. Die haben hier unten gefrühstückt und sind dann wieder hoch, vermutlich, um sich auf das Meeting vorzubereiten.«

Es war kurz vor acht. In etwas über einer halben Stunde würde das Treffen zwischen Haasberg und seinen neuen Kunden stattfinden. Ich hoffte inständig, dass ich recht behalten und der Kerl aufkreuzen würde. Das LKA hatte einen Riesenzinnober aufgeboten: über ein Dutzend Zivilpolizisten im und um das Hotel herum, die Leitstelle im Meetingraum, die die Techniker noch in der Nacht aufgebaut hatten, und ein Mobiles Einsatzkommando, das bereitstand, um Haasberg notfalls auf der Flucht einzusacken. Falls er uns irgendwie entwischen sollte.

An der Wand standen mehrere Tische, auf denen Computer und vor allem Monitore aufgebaut waren, die das Foyer des Hotels aus einem Dutzend verschiedener Blickwinkel zeigten.

»Wie ist der Plan?«

Wenn mir jemand diese Frage gestellt hätte, wäre meine Antwort vermutlich gewesen: *Haasberg zeigt seine hässliche Visage, wir machen ihn platt. Ende des Plans.*

Die anderen hielten sich allerdings offenbar für nicht halb so komisch, und deswegen antwortete Jana bloß: »Wir gehen davon aus, dass Haasberg mit seinem Anwalt hier auftauchen wird. Zivile begleiten ihn unerkannt hinein. Haasberg hat einen Raum für seine Besprechung gemietet, dort wird er sich mit den Briten treffen. Sobald er sich in dem Raum befindet, mit oder ohne seine Kunden, schlagen wir zu. Dort drinnen sitzt er fest, kann nicht weg, und wir haben ein Minimum an Kollateralschäden zu befürchten.«

Ich nickte. Guter Plan.

»Habt ihr draußen keine Kameras?«

»Darauf haben wir verzichtet. Wir gehen davon aus, dass er mit dem Taxi kommt. Anhält, aussteigt, reinkommt. Lohnt den Aufwand nicht.«

Während sie mir antwortete, sah ich, dass mich Densch mit einem Blick musterte, in dem etwas zwischen Feindseligkeit und Besorgnis lag. Ihm musste es vorkommen, als befände er sich auf dem Prüfstand. Als würde ich ihn kontrollieren.

Und jetzt stand ich hier in seiner Befehlszentrale, machte einen auf dicke Hose und den Eindruck, als würde ich seine Entscheidungen infrage stellen. Dabei wollte ich das gar nicht. Es ging mir nicht darum, ihm eins auszuwischen. Ich war als Teamplayer vor Ort.

Deswegen versuchte ich, einigermaßen versöhnlich zu schauen, und nickte ihm unauffällig zu. Mochte er das deuten, wie er wollte, aber es war definitiv ein Friedensangebot. Densch erwiderte mein Nicken und wandte sich wieder dem schwarz-weißen Monitor zu, vor dem er und Kunzi saßen.

»Hast du schon was gegessen?«, wollte Henni wissen. Sie sah nicht aus, als hätte sie viel geschlafen. Vermutlich erwartete sie Haasberg mit mehr Ungeduld als wir anderen, immerhin würde er uns sagen können, wo sich Marlene befand. Und ob es ihr gut ging, fügte ich in Gedanken hinzu.

Ich schüttelte den Kopf und ging, um mir eine Tasse Kaffee zu holen. Essen konnte ich vor solchen Einsätzen nichts, eine Angewohnheit, die mir schon früher im aktiven Dienst öfter einen Rüffel meiner Vorgesetzten und Ausbilder eingebracht hatte.

Um Viertel nach acht wurde Densch angefunkt. »Die Engländer kommen jetzt runter und sind auf dem Weg ins Separee.«

Auf einem der Monitore konnte ich kurz darauf eine Gruppe von drei Männern in Anzügen sehen, Laptoptaschen in der Hand, die die Lobby durchquerten und einen Angestellten an der Rezeption ansprachen. Er brachte sie zu einer Tür, öffnete sie und ließ die Männer hinein.

Kunzi klickte an einem der Rechner mit der Maus herum und ein Fischaugenbild des Raums, den sie gerade betreten hatten, tauchte auf. Die Briten öffneten ihre Jacketts, setzten sich und holten die Rechner heraus, während der Hotelmann Wasser und Kaffee servierte.

»Jede Wette, das haben sie mit Absicht gemacht«, sagte Kunzi grinsend.

Keiner der anderen reagierte, also fragte ich: »Was?«

Er nickte in Richtung des Monitors. »Früher da zu sein als Haasberg. Ich meine, die hocken oben im Zimmer, ist ja nicht so, als hätten sie mit Stau auf der A 100 rechnen müssen oder einem verspäteten Flieger. Die sitzen jetzt schon da, damit Haasberg als Zweiter ankommt. Alte Strategie.«

Ich fragte nicht, was Kunzi von so einem Machiavelli-für-Unternehmer-Quatsch verstand, weil in dem Moment die Ansage kam, dass Karsten Haasberg vorfuhr.

»Im Taxi!«, stellte Densch triumphierend fest.

Ich trat näher an die Monitore heran und schaute Henni über die Schulter. Weil ich so dicht bei ihr stand, legte ich ihr die Hände auf die Schultern, um ihr zu signalisieren, dass ihr nicht einfach irgendwer zu nahe kam. Sie drehte sich mit einem kurzen Lächeln um.

Haasberg und sein Anwalt betraten das Foyer. Beide in Anzügen, beide mit kleinen Taschen in der Hand, die vermutlich ebenfalls Computer enthielten. Während der Anwalt zielstrebig auf die Rezeption zusteuerte, blieb Haasberg stehen. Hob den Arm, schaute auf die Uhr. Warf einen kurzen Blick auf den Anwalt, der mit einem Angestellten sprach. Sah sich im Raum um. Und zögerte.

Er starrte in eine Richtung, als hätte er etwas gesehen. Mir kam es vor, als ob sich seine Augen kurz weiteten, aber tatsächlich war die Auflösung zu schlecht, um solche Details zu erkennen.

»Fuck!«, rief ich. »Der hat was bemerkt. Zugriff, Densch!«

Henni zuckte unter meinen Händen zusammen, und Kunzi wollte sich eben in Bewegung setzen, als Densch zischte: »Ruhe! Wir warten.«

»Der hat die Lunte gerochen. Gleich haut er ab.« Es juckte mir in den Fingern, Densch sein Funkgerät vom Kragen zu zupfen und dem MEK selbst den Befehl zu geben, vors Adlon zu rollen, sodass sie Haasberg würden einsacken können, wenn er aus dem Eingang gestolpert käme.

Jana legte mir die Hand auf den Arm. »Selbst wenn er jetzt noch abhaut, bekommen wir ihn auf jeden Fall draußen. Ganz ruhig.«

Das hatte sie früher immer zu mir gesagt: *Ganz ruhig, Brauner!*

Der Anwalt löste sich vom Tresen und schaute sich nach Haasberg um, während der Angestellte ihm mit der Hand den Weg zum Meetingraum bedeutete. Wie gebannt starrte ich auf Haasbergs verpixelte Gestalt auf dem Monitor. Sah aus den Augenwinkeln, dass man ihn auf weiteren Bildschirmen im Profil und von hinten erkennen konnte. Er hatte die Geste seines Begleiters bemerkt und genickt, sah dann aber noch einmal in die Ecke der Lobby, in die er bereits geschaut hatte. Dann folgte er dem Anwalt. Kurz darauf betraten sie den Raum. Die Tür schloss sich.

»Zugriff!«, rief Densch über Funk unnötig laut.

Am Monitor beobachtete ich, wieder hinter Henni und neben Jana stehend, wie die Tür zu dem Raum aufgestoßen wurde und mehrere Beamte in Zivil hineinstürmten. Haasberg wurde gepackt und gegen den Tisch gedrückt, während ihm die Kabelbinder angelegt wurden. Der Anwalt protestierte, gut erkennbar an den wilden Armbewegungen. Niemand schien ihm zuzuhören.

»Let's go«, sagte Densch, als die Beamten Haasberg aus dem Raum geleiteten.

Wir begegneten der Gruppe in der Lobby. Jana und Densch traten dazu, während Henni und ich uns zurückhielten. Kunzi war im Raum geblieben, um alles für den Abbau der Technik vorzubereiten.

»Herr Haasberg, wo ist Marlene Herzog?«

Er zögerte, zog die Augenbrauen zusammen. Schaute

Densch kurz verwirrt an und nannte dann eine Adresse in der Nähe der Spandauer Altstadt.

Densch nickte. »Abführen.«

Er und Jana besprachen sich kurz unter vier Augen, dann folgte er Haasberg und seinen Begleitern nach draußen.

»Ihr könnt mitkommen, aber ihr bleibt im Wagen«, sagte Jana mit einem Blick auf Henni und mich.

Wir brannten natürlich darauf, nach Marlene zu sehen. Wie auf Knopfdruck nickten wir.

»Dann los.«

Vor der Tür erwarteten uns bereits mehrere Wagen mit abgedunkelten Scheiben. Jana steuerte auf einen davon zu und hielt uns die Tür auf, sodass Henni und ich hinten einsteigen konnten. Sie selbst schlüpfte auf den Beifahrersitz. Der Beamte des MEK, der den Wagen fuhr, schenkte uns keine weitere Beachtung. Wahrscheinlich war die ganze Truppe verärgert darüber, dass sie uns *Touristen* mitnehmen mussten.

Wir rasten im Konvoi mit Blaulicht und Martinshorn erst den 17. Juni und dann den Spandauer Damm entlang Richtung Osten.

Als wir in Spandau ankamen, machten die Jungs mit ihren Wagen quasi die komplette Straße dicht und stürmten Richtung Haus. Wir hatten keine Ahnung, was uns erwartete. Auf der Fahrt hatte keiner etwas gesagt, aber ich wusste, was Henni dachte. Würden wir nur noch Marlenes Leiche finden?

Auch wenn das MEK keinen echten Widerstand erwartete, weil nicht von einem weiteren Täter auszugehen war, bewegten sie sich trotzdem sichernd in den Altbau. Mich hielt es nicht im Auto. Jana warf mir einen ernsten Blick zu, als ich mich über Henni lehnte, die Tür öffnete und sie nach draußen schob, folgte uns aber sofort.

Die Wohnung befand sich im dritten Stock, aber schon als wir auf dem Absatz zum zweiten auftauchten, gab uns einer der maskierten Männer mit dem Daumen nach oben ein Zeichen. Auf halber Strecke kam uns Marlene, am Arm eines weiteren Beamten, mit aufgerissenen Augen entgegen. Die Wohnung von einem Haufen Maskierter gestürmt zu bekommen tat mehr für den Puls als ein paar Liter Kaffee.

Henni schob sich an mir vorbei und stürzte ihrer Schwester in die Arme. Da sie ohnehin etwas kleiner war und Marlene zwei Stufen weiter oben stand, sahen die beiden noch mehr aus wie kleine und große Schwester. Marlene drohte, durch die ungünstige Position aus dem Gleichgewicht zu geraten, aber der MEK-Mann stützte sie.

»Wo ist Karsten?«, wollte sie wissen, als wir sie nach unten begleiteten.

»In Gewahrsam«, antwortete Jana und hielt uns die Haustür auf, damit wir durchgehen konnten.

Am Auto deutete sie auf die Beifahrertür, um mir zu sagen, ich sollte vorn sitzen. Offenbar fand sie nicht, dass mit mir da hinten genug Platz für die beiden Frauen blieb. Mit einem Schulterzucken stieg ich ein.

Es dauerte nicht lange, bis unser Fahrer hinter das Steuer rutschte. Seine Maske hatte er sich in die Stirn geschoben, sodass es aussah, als würde er eine Wollmütze tragen. »LKA?«, fragte er Jana mit einem Blick in den Rückspiegel. Vermutlich hatte sie genickt, denn er startete den Wagen, wendete und fuhr los.

Ich warf einen Blick nach hinten. Henni und Marlene hatten sich aneinandergekuschelt und unterhielten sich flüsternd, während Jana mit leerem Blick aus dem Fenster sah.

Wahrscheinlich dachte sie bereits an Haasbergs Vernehmung, die ihr bevorstand, und an die offenen Fragen, die es noch zu klären galt. Ohne den eigenen Blick von der vorbeiziehenden Stadt zu nehmen, fasste sie mir in den Nacken und drückte mich liebevoll. Ich schaute wieder nach vorn.

Im LKA begleitete Jana die Schwestern nach oben, während sich der Fahrer erst mal eine Zigarette anzündete. Mir bot er ebenfalls eine an, doch ich schüttelte den Kopf. Nutzte die freundschaftliche Geste aber trotzdem, um einen Moment bei ihm zu bleiben.

Er stand an das Auto gelehnt und genoss den Rauch in vollen Zügen. Ich positionierte mich neben ihn, sah an dem imposanten Gebäude hinauf.

»Wie war die Situation in der Wohnung?«

Im Ohr trug er immer noch den Knopf seiner Funkeinheit. Deswegen ging ich davon aus, dass er über den Einsatz informiert worden war, auch wenn er selbst persönlich nicht an der Stürmung beteiligt gewesen war.

Er zuckte mit den Schultern und nahm einen langen Zug. »Keine Gegenwehr.«

Ich nickte und versuchte, nicht die Geduld zu verlieren. Mich nicht darüber zu ärgern, dass der Kerl mich für einen *Zivilisten* hielt, und musste mich davon abhalten, ihm zu stecken, dass ich früher einer von ihnen gewesen war.

Gerade wollte ich eine weitere Frage stellen, als mein Handy vibrierte. Es war Jana. Ich machte einen Schritt weg und ging ran. »Ja?«

»Kannst du hochkommen?«

»Sicher.«

Ich legte auf und drehte mich gerade um, als der MEKler

noch die Hand zum Abschied hob und dann in seinen Wagen stieg und davonfuhr.

Oben angekommen, erwartete mich Jana bereits und brachte mich in den Überwachungsraum, in dem ich die früheren Verhöre der Gruppe miterlebt hatte. Hinter dem Spiegel saß Haasberg am Tisch, die Hände gefaltet, neben ihm sein Anwalt. Ihnen gegenüber hockte Densch zusammengekrümmt am Tisch, als hätte er große Schmerzen.

»Ist der Kerl eigentlich Strafverteidiger? Ich meine, wenn der Haasbergs Anwalt in Kundenfragen ist, warum spuckt der uns hier immer wieder in die Suppe?«

Jana seufzte. »Keine Ahnung. Ist wohl nicht sein Spezialgebiet, aber er kennt sich gut genug aus, um uns das Leben schwer zu machen.«

»Wo ist Henni?«

»Bei Marlene. Die Kleine kommt aus dem Flennen gar nicht mehr raus.«

»Gib ihr eine Weile.«

Bei meinen Worten lächelte Jana, um mir zu zeigen, dass sie es nicht so hart gemeint hatte, wie es geklungen hatte. »Schon gut.«

»Warum hast du angerufen?«

»Der Kerl leugnet alles«, sagte sie und hob erschöpft die Arme. Ließ sie wieder fallen.

Ich brummte unverbindlich. Tatsächlich hätte ich auch eher erwartet, dass Haasberg in diesem Moment auspacken würde. Allzu viele weiße Flecken gab es ja nicht mehr. Aber grundsätzlich musste man bei so etwas immer damit rechnen, dass die Täter den Mund nicht aufmachten. Und manchmal musste man dann den mühseligen Weg über die Beweisführung gehen.

»Ich muss wieder rein«, sagte Jana und küsste mich zum Abschied auf die Schulter.

Drinnen setzte sie sich neben Densch. »Wir wissen, dass Owen Carling Sie erpresst hat. Wann haben Sie erfahren, dass er es ist, der Ihnen die E-Mails geschickt hat und Geld von Ihnen wollte?«, fragte sie in einem Tonfall, der vermuten ließ, dass sie dieselbe Frage bereits mehr als einmal gestellt hatte.

Hinter mir öffnete sich die Tür, und Kunzi steckte den Kopf herein. »Hey«, sagte er, offenbar überrascht, mich allein zu finden. Er warf einen Blick durch die Glasscheibe. »Noch immer nichts?«

Ich schüttelte den Kopf. Betrachtete Haasberg, der zwischen Fassungslosigkeit, Fatalismus und Verärgerung zu schwanken schien. »Ich habe damit nichts zu tun!«, rief er.

Ich musste wieder an die Situation im Hotel denken. Abrupt wandte ich mich an Kunzi. »Kann ich einen Blick auf die Bänder aus dem Adlon werfen?«

Verdutzt schaute er mich an. Sah dann auf Jana und Densch hinter der Scheibe und schluckte. Schaute wieder mich an. Seine Gedanken rasten. Offenbar hatte er nicht die Traute, mich abzuwimmeln. So gab er kurz darauf nach und nickte. Natürlich hätte er einfach darauf verweisen können, dass ich keinerlei Befugnis hatte, diese Bänder zu sehen, aber Kunzi hatte sich offenbar von Denschs bürokratischer Borniertheit noch nicht anstecken lassen.

Wir gingen den Gang hinunter, und er führte mich in einen Technikraum. Steckte einen USB-Stick in einen der Rechner und rief die zahlreichen Dateien auf, die die Videoüberwachung im Hotel produziert hatte.

»Wonach suchen wir?«, fragte er mit Betonung auf dem Wort *wir*, um klarzumachen, dass er mich keinen kompletten

Alleingang erledigen lassen würde. Immerhin musste er dafür später potenziell den Kopf hinhalten.

»Acht Uhr zwanzig, als Haasberg ins Hotel gekommen ist.«

Kunzi sprang mit der Maus in verschiedenen Videos an jeweils die richtigen Stellen.

»Dort«, sagte ich und zeigte auf eines der vier Fenster. Das war genau der Blickwinkel gewesen, in dem ich Haasbergs merkwürdige Reaktion verfolgt hatte. »Was sieht er da?«

Kunzi probierte ein paar andere Videos durch, bis wir Haasberg von hinten sahen. Schräg rechts war eine Sitzecke, in der mehrere kleinere Sitzgruppen aus Polstersesseln standen.

»Kennen Sie die drei?«, wollte ich wissen und deutete auf ein junges Paar, das mit Kaffeetassen und Handys beisammensaß. Weiter rechts gab es noch einen einzelnen Gast, Mittdreißiger, mit Dreitagebart. Der konnte auch gut zu den Zivilen gehören.

»Den Mann nicht, aber das Paar ist von uns. Sangers und Mehwald.«

»Darf ich?« Ohne eine Antwort abzuwarten, schob ich mich an Kunzi vorbei und übernahm die Kontrolle über die Maus. Sprang immer wieder zwischen den einzelnen Frames der angehaltenen Videos hin und her, bis ich mir sicher war.

»Haasberg schaut nicht auf den Kerl. Der sieht das Paar dort sitzen und stutzt.« Ich unterlegte meine Erzählung mit Bildern. »Er zieht die Augenbrauen zusammen. Irgendwas kommt ihm merkwürdig vor. Er sieht weg, will weitergehen. Schaut zurück.« Ich warf Kunzi einen Blick zu, der bestätigend nickte.

»Er kennt die beiden.« Ich richtete mich auf. Kunzi wollte gerade etwas erwidern, als ich ihn unterbrach. »Finden Sie heraus, wer Haasberg damals besucht hat. Als wir noch auf der Suche nach Seiler waren. Da sind Zivile und Streifenpolizisten zu allen Mitgliedern der Gruppe geschickt worden. Ich verwette meinen Arsch, dass Sie auf der Liste Sangers, Mehwald oder sogar beide finden.«

Ohne ein Wort des Widerspruchs, aber mit einem unsicheren Blick auf mich ging Kunzi vor die Tür, um zu telefonieren. Ich bedeutete ihm stumm, dass ich zurück in den Verhörraum gehen würde.

Dort drückte ich den Schalter, der mit einem kleinen Licht den Kommissaren, für die Verhörten unsichtbar, zu verstehen gab, dass ihr Typ draußen verlangt wurde. Densch warf einen missmutigen Blick auf den Spiegel, folgte dann aber Jana vor die Tür, nachdem sie sich kurz entschuldigt hatten.

»Was soll das?«, fragte Densch aufgebracht, als ihm klar wurde, dass niemand anderes als ich den Schalter gedrückt hatte. »Haben Sie den Verstand verloren? Sie wissen genau, wie wichtig ein durchgehendes Verhör ist.«

»Sind Sie kurz davor, ihm ein Geständnis abzuringen?«, fragte ich und versuchte, den Spott aus meiner Stimme zu halten, um ihn nicht noch weiter explodieren zu lassen.

»Wieso hast du uns rausgerufen?«, wollte Jana wissen.

»Ihr kommt bei dem kein Stück weiter.« Ich wandte mich an Densch. »Glauben Sie, dass er es war?«

Entgeistert verzog Densch das Gesicht. »Was meinen Sie?«

Ich deutete auf den Spiegel. »Kann der Mann wirklich so gut lügen?« Bevor er antworten konnte, versuchte ich es anders. »Ich habe mir die Videos aus dem Hotel angesehen. Als Haasberg gezögert hat.«

Beide hörten mir nun aufmerksam zu, selbst Densch hatte seinen Ärger für den Moment unter Kontrolle. Ich vermutete, dass er tatsächlich ebenfalls Zweifel daran hatte, dass Haasberg ein derart begnadeter Schauspieler war.

Als habe er nur auf sein Kommando gewartet, betrat Kunzi den Raum. Er sah kurz zu Densch und Jana, wandte sich dann mir zu und sagte geknickt: »Caroline Sangers und Christian Mehwald sind tatsächlich bei Haasberg gewesen, während wir nach Seiler gesucht haben.«

»Worum bitte geht es hier?«, wollte Densch verärgert wissen, dem es ganz offensichtlich nicht passte, dass sein Assistent mir Bericht erstattete.

Ich machte es wie beim Judo, machte mir den Schwung meines Gegners zunutze und kam Densch, der zwischen uns getreten war, ganz nahe. »Irgendwer hat zwei Beamte, die Haasberg bereits als Polizisten kennengelernt hat, auf eine verdeckte Aktion ins Adlon geschickt. Hat zwei Gesichter, die der Kerl längst kennt, wie ein Amateur mitten rein in die Kulisse gepackt.«

Densch wurde bleich und machte einen Schritt zurück. Natürlich war er nicht selbst für diesen Patzer verantwortlich, trotzdem trug er die Gesamtverantwortung für den Einsatz.

»Deswegen hat Haasberg gestoppt. Der hat die beiden wiedererkannt und sich gefragt, was zum Henker zwei Zivilpolizisten morgens im Foyer des Hotel Adlon machen. Dem war natürlich sofort klar, dass hier was faul ist.«

Densch machte eine Handbewegung, als würde er sich gleich den Schlips lockern wollen, unterbrach sich aber, als ihm klar wurde, wie hilflos die Geste wirkte.

Jana machte den Versuch, ihm beizustehen. »Aber das spielt doch überhaupt keine Rolle mehr. Du hast recht, das ist ein blöder Fehler gewesen und hätte nicht passieren dürfen. Aber Haasberg hat den Kopf nicht aus der Schlinge gezogen, ist nicht abgehauen, und wir haben ihn jetzt hier. Das lässt sich doch alles im Debriefing klären.«

Ich sah durch die Scheibe auf Haasberg, dessen Anwalt gerade mit gesenkter Stimme auf ihn einredete. »Aber die Frage ist doch: Warum hat er das gemacht? Warum hat er nicht versucht zu fliehen?« Ich schaute auf die beiden Kommissare. »Haasberg beteuert seine Unschuld, anstatt endlich alles aufzugeben. Mir kommt er nicht wie jemand vor, der sich verzweifelt an ein Lügenkonstrukt klammert. Was, wenn er die Wahrheit sagt? Was ist, wenn er die Polizisten erkannt, sich kurz gefragt hat, was sie dort machen, und dann entschieden hat, dass es letzten Endes ohne Belang ist, weil er einen wichtigen Termin hatte?«

Beide starrten mich an, unfähig zu begreifen, was genau ich als These in den Raum stellte.

»Was willst du damit sagen?«

»Dass wir den Falschen dort drinnen sitzen haben. Dass unser Mörder jemand anders ist. Und es gibt eine Person, die mir meine Theorie bestätigen kann.«

»Danke, dass Sie so schnell herkommen konnten.«

»Sicher, kein Problem.«

Ich führte Guido Wegner den Gang hinunter, bis wir vor dem Überwachungsraum standen, in dem Densch und Jana uns bereits erwarteten.

Zu viert versammelten wir uns vor der Scheibe und betrachteten die beiden Gestalten, die dahinter am Tisch hockten. Henni saß ganz dicht bei Marlene, die ältere Schwester hatte den Arm um die jüngere gelegt.

»Herr Wegner, ist eine der beiden Personen dort in dem Raum die Freundin von Owen Carling, von der Sie mir erzählt haben? Die Frau, die mehrmals bei Ihnen in der Wohnung war, nachdem Owen nach Deutschland gekommen und bei Ihnen eingezogen ist?«

Marlene streichelte Henni gerade über den Kopf, schob ihr eine Haarsträhne hinter das Ohr und küsste sie sanft auf die Stirn. Durch die Drehung blickte sie mehr oder weniger direkt in Richtung Spiegel. Wegner hatte keine Probleme, sie zu erkennen.

»Ja«, sagte er. »Das ist sie. Die Hintere. Sie ist damals ziemlich oft bei uns gewesen, aber ich habe sie irgendwann nicht mehr gesehen. Ich bin davon ausgegangen, dass die beiden sich getrennt haben.«

»Vielen Dank, Herr Wegner, Sie haben uns sehr geholfen.« Ich schüttelte ihm die Hand und begleitete ihn hinaus auf den Flur.

Als ich wieder hereinkam, starrten mich Jana und Densch wie benommen an.

»Was bedeutet das?«, fragte Jana hilflos.

»Marlene Herzog hat uns von Anfang an belogen. Wegner hatte mir erzählt, dass Owen Carling eine Freundin, angeblich aus dem Dunstkreis seiner Reisebekanntschaften, hatte. Die mehrere Wochen bei ihm gewohnt hat. Laut Marlenes Aussage hat sie Owen Carling zu der Zeit aber gar nicht gesehen.«

»Ja, und? Vermutlich wollte sie nicht, dass es Ärger mit Haasberg gibt. So, wie der sich immer noch mit ihr aufführt, hätte der doch bestimmt Stress gemacht.«

»Richtig. Aber wir wissen außerdem, dass Owen Carling kurz nach seiner Ankunft in Deutschland die erste Erpresser-Mail an Karsten geschrieben hat. Ich habe mich die ganze Zeit gefragt, wie er an die Informationen dazu gekommen ist.« Ich deutete auf den Durchblick zum nächsten Raum. »Die Antwort sitzt dort drinnen. Marlene hat, vermutlich ohne es zu wollen und vielleicht sogar unwissentlich, Owen den Schlüssel für diese Erpressung geliefert.«

»Das gibt ihr ein ziemlich handfestes Motiv«, überlegte Densch. Ich nickte. »Vor allem, weil einer von Marlenes stärksten Charakterzügen ihr Beschützerinstinkt ist. Sie wollte auf alle aufpassen, auf Henni, auf Karsten …«

»Offenbar nicht mehr auf Owen Carling«, sagte Jana ungewöhnlich zynisch.

»Sie musste sich entscheiden. Von dieser Sache hing Karstens berufliche Zukunft ab, sagt Henni.«

Jana nickte, schaute auf die beiden Schwestern. »Ich schicke Hegert mit seinem Team nach Spandau. Mal sehen, ob wir dort etwas finden.«

Gut eine Stunde später trafen wir drei mit Hegert im Aufenthaltsraum zusammen.

»Und?«, wollte Densch wissen. Hegert hielt eine durchsichtige Plastiktüte hoch. Darin befand sich ein Hammer mit einem schwarzen Gummikopf. Ich bildete mir ein, Haare daran erkennen zu können.

»Wo habt ihr den gefunden?«

»In einer Sporttasche in der Wohnung in Spandau, in der sich auch Marlene Herzog befunden hat. Wir nehmen an, dass es ihre Tasche ist. Dem restlichen Inhalt nach zu urteilen jedenfalls.« Er verzog das Gesicht zu einem verschämten Grinsen.

»Noch was?«, fragte Densch ungeduldig.

Hegert holte eine weitere Tüte aus der Jacke, deutlich kleiner. Ich konnte mehrere weiße Vierecke in Postkartengröße erkennen.

»Die restlichen Verse?«, fragte Jana und nahm die Tüte.

»Ja, Nummer neun und zehn. Offenbar stammen die ursprünglich aus Seilers Besitz, aber das müssen wir natürlich noch überprüfen. Ich bringe sie gleich zur Graphologie.«

Densch nickte und wandte sich an Jana. »Okay. Lass uns mit Marlene Herzog reden.«

22

Henni kam mir mit verheulten Augen im Aufenthaltsraum entgegen. Als sie mich erblickte, schossen ihr sofort erneut Tränen in die Augen, ihr Gesicht verzerrte sich zu einer Maske und sie schüttelte den Kopf. Sie machte einen Schritt zur Seite, blieb stehen, verneinte noch heftiger. Ich sagte nichts, trat auf sie zu und versuchte, sie in den Arm zu nehmen, aber sie wehrte mich ab, schlug mir gegen die Brust. Schüttelte den Kopf, dass die Haare flogen. Und die Tränen.

Schließlich gab Henni nach, sodass ich sie in einer Umarmung umschließen konnte. Sie schluchzte, und ich spürte, wie mein Shirt nass wurde. Meine Hand auf ihrem Kopf, versuchte ich hilflos und stumm, ihr irgendwie Kraft zu geben. Aber ich hatte keine Ahnung, wie.

»Es tut mir so leid«, flüsterte ich in ihre Haare.

Wieder schüttelte sie den Kopf, aber nicht mehr so heftig. Langsam löste sie sich von mir, sah mit verlaufenem Make-up zu mir auf. Zog laut die Nase hoch.

»Brauchst du ein Taschentuch?«

»Ja, bitte.«

Es klopfte. Jana stand im Türrahmen und machte einen Gesichtsausdruck, als wäre es ihr lieber, die Tür wäre geschlossen gewesen. Henni putzte sich die Nase und wandte sich ihr zu.

»Die Psychologin ist jetzt da.«

Henni nickte und ging raus auf den Gang.

Jana sah mich an. »Lauf nicht weg. Ich bringe Henni nur kurz zu Dr. Döwers.«

Kurz darauf kam sie wieder zurück und bedeutete mir von der Tür her, ihr zu folgen.

Wir betraten den Überwachungsraum. Kunzi begrüßte mich mit einem Nicken, während sich drinnen Densch und Marlene gegenübersaßen.

»Ich dachte, du willst vielleicht dabei sein«, sagte Jana, bevor sie die Tür zuzog und verschwand.

Einen Augenblick später betrat sie den anderen Raum und setzte sich neben Densch. Der warf einen kurzen Seitenblick auf den Spiegel, als wüsste er, dass ich mich dahinter befand.

»Frau Herzog, was können Sie uns zum Tod von Michael Seiler sagen?« Densch schien das Verhör zu leiten.

Marlene starrte auf die Tischplatte und hielt mit beiden Händen einen Plastikbecher umklammert. Was sich darin befand, konnte ich nicht sehen. Einen Augenblick lang sah es so aus, als würde sie nicht antworten. Dann sagte sie: »Ich habe ihn umgebracht.«

»Wie haben Sie ihn gefunden?«

»Ich bin nach Birkenwerder, weil ich vermutet hatte, dass er dort Unterschlupf gesucht haben könnte.«

»Haben Sie Karsten etwas davon erzählt?«

Sie schüttelte den Kopf.

»Würden Sie bitte antworten? Sonst haben wir Ihre Aussage nicht auf Band.«

»Nein, ich habe ihm nichts gesagt. Ich habe ihm auch nicht erzählt, dass ich überhaupt gehe. Er hätte sich sonst unnötig Sorgen gemacht.«

»Und Sie haben Michael Seiler in dem Haus seiner Patentante in Birkenwerder angetroffen?«

»Ja. Er hatte sich oben auf dem Dachboden eingerichtet.«

»War er überrascht, Sie zu sehen?«

Marlene zögerte einen Augenblick, als müsste sie sich die Situation in Erinnerung rufen. »Ich weiß nicht. Vielleicht schon. Ich war selbst so aufgeregt, dass ich darauf nicht geachtet habe.«

»Warum sind Sie nach Birkenwerder gefahren, Frau Herzog?«, fragte Jana mit sanfter Stimme.

»Ich wollte, dass Micha aufhört.«

»Womit aufhört?«

»Mit dem Töten.«

»Weil Sie vermutet haben, dass er Karsten töten würde?«

Sie nickte, erinnerte sich dann offenbar an die Aufforderung zu sprechen, und sagte: »Ja. Karsten wäre der Nächste gewesen.«

»Hatten Sie Hinweise darauf, oder haben Sie das bloß vermutet?«

Marlene schob das Kinn vor, als müsste sie mit Trotz auf diesen von Densch geäußerten Zweifel reagieren. »Micha wusste von Karstens Misserfolg. Von seinem Geheimnis. Karsten wäre Nummer sieben gewesen.«

»Hat Micha das zu Ihnen gesagt? In Birkenwerder?«

»Ich bin mir sicher«, antwortete sie und sah auf den Tisch.

Densch wollte erneut nachbohren, aber Jana hob die Hand, um ihn davon abzuhalten.

Es amüsierte mich zu sehen, dass Jana ihre Rolle im Verhör mit Densch zusammen offenbar getauscht hatte; sie war jetzt die Ruhige, Verständnisvolle. Früher war das eher ich gewesen, während sie Druck gemacht hatte.

»In welcher Verfassung war Micha, als Sie mit ihm gesprochen haben?«, fragte sie.

Kurz bevor Sie mit dem Gummihammer auf ihn eingedroschen und ihn getötet haben, dachte ich.

»Er wirkte … fahrig. Unkonzentriert. Dabei hat er sehr schnell gesprochen, als würde alles aus ihm heraussprudeln. Hat immer wieder von unserer Schuld gesprochen. Von der Strafe, die wir verdient hätten. Wir alle.«

»Sie alle, die in den Wicklow Mountains dabei waren?«

»Alle außer Pika. Die hatte mit der Sache nichts zu tun, fand er.«

»Weil sie von den ganzen Geschehnissen nichts mitbekommen hat?«

»Er hat mich gepackt, an der Bluse, und mir dabei fast einen Knopf abgerissen, als er mir erzählt hat, wie Sunny ihm gestanden hat, dass das mit der Vergewaltigung nur erfunden gewesen war. Ihm standen dabei die Tränen in den Augen. Die Geschichte in den Wicklow Mountains hat uns alle ziemlich mitgenommen, aber dann zu erfahren, dass Farese unschuldig war … Das hat bei ihm irgendwas zerbrochen.«

»Was ist mit Steffen Rasmus? Warum musste der sterben? Der hatte doch mit der ganzen Geschichte nichts zu tun?«

»Micha hat ihn besucht, nachdem er von Sunny die Wahrheit erfahren hat. Er hat ihm keine Schuld gegeben, aber er wollte, dass Steffen sich im Klaren darüber ist, was dort drüben passiert ist. Er wollte wohl eine Art … Absolution von ihm.«

»Weil er das Ganze quasi initiiert hat?«

Marlene nickte.

»Und dann?«, bohrte Densch weiter.

»Es kam zu einem Streit. Steffen hat ihn angeschrien, ihn für verrückt erklärt. Wollte die Polizei rufen. Da hat Micha ihn niedergeschlagen und entschieden, dass Steffen auch sterben muss. Damit wir anderen unsere Strafe bekommen können.« Sie sprach jetzt so leise, dass man sie kaum verstehen konnte.

»Was genau ist in Irland passiert?«

»Nachdem Sunny uns erzählt hat, was angeblich passiert ist, waren wir alle wütend. Es gab Streit, es wurde herumgeschrien. Farese hat zwar behauptet, da wäre nichts dran, aber er hat sich nicht sehr clever angestellt. Hat einige von uns verbal angegriffen und beschimpft.« Marlene zuckte mit den Schultern. »So wie er sich benommen hat, fiel es uns nicht schwer, Sunnys Geschichte zu glauben. Ich sage damit nicht, dass er an seinem Tod selbst schuld war«, schränkte sie ein. »Nur dass er es uns sehr leicht gemacht hat. Irgendwann hatten Karsten und Micha genug. Sie haben Farese gepackt und wollten ihn vor die Tür bringen.«

»Wo es regnete und der Sturm tobte.«

»Die Tür wurde ihnen fast aus der Hand gerissen, schlug im Wind hin und her. Farese hat sich gewehrt, geschrien und geflucht. Micha hatte ihn unter den Armen gepackt und nach draußen gezerrt. Karsten, Marius und Mulholland sind hinterher.«

Als sie aufhörte zu erzählen, fragte Jana sanft: »Und dann?«

»Draußen konnte Farese sich losreißen. Er hat mit einem Stock nach Micha geschlagen. Da ist der ausgerastet. Hat sich auf Farese geworfen und ihn zu Boden geprügelt.«

»Wo kam der Gummihammer her?«

»Auf dem Vorplatz neben dem Haus hatten ein paar von uns eigentlich ihre Zelte aufschlagen wollen. Dann hat uns der Sturm überrascht und Tabeas und Svenjas Zelt zerstört. Das Zeug lag da noch rum, weil plötzlich der Platzregen einsetzte. Heringe, Schnüre, Planen. Und der Hammer. Farese hat irgendwie einen der Heringe in die Hand bekommen und Micha damit bedroht. Wie mit einem Messer. Ich glaube, es war Mulholland, der Micha den Hammer in die Hand gedrückt hat. Um sich zu verteidigen.«

»Und dann hat Micha Farese erschlagen.«

»Zuerst hat er ihn nur niedergeschlagen. Ihm den Hering weggenommen. Ich dachte, sie würden ihn jetzt alle verprügeln, weil er so übergeschnappt ist. Aber außer Micha kam überhaupt niemand an ihn ran. Er hat immer wieder mit dem Hammer zugeschlagen, auf und ab, wie ein Schmied. Es regnete in Strömen, und Micha stand da und machte immer weiter.« Ihre Stimme stockte, und Tränen liefen ihr die Wangen hinunter.

Jana reichte ihr ein Taschentuch.

»In Birkenwerder hat Micha mir auch erzählt, dass er in Florenz war. Um Fareses Familie um Verzeihung zu bitten.«

Densch beugte sich überrascht vor. »Er war bei den Fareses?«

Sie schüttelte den Kopf. »Aber er ist zu Fuß nach Florenz und hat sich aus der Entfernung angesehen, wo sie leben. Um Abbitte zu leisten, stellvertretend für uns alle.«

»Was ist in Birkenwerder passiert?«

Sie überlegte einen Augenblick lang, offenbar auf der Suche nach Formulierungen. »Mir war klar, dass er nicht aufhören würde. Er wollte Rache an uns allen nehmen. Auch an sich selbst. Ich bin ganz sicher, er hätte sich als Letzten getötet. Als ich gar nicht mit ihm reden konnte, nicht zu ihm durchgedrungen bin, hatte ich irgendwann diesen Hammer in der Hand. Der lag oben auf einer seiner Taschen.«

»Und dann haben Sie zugeschlagen.«

»Ja. Anfänglich mehr aus Wut und Verzweiflung darüber,

dass er mir nicht zuhören wollte. Ich hatte Angst um Karsten. Nach dem ersten Schlag hat Micha mich nur blöde angestarrt. War wie benommen. Da habe ich noch einmal zugehauen, und er ist in die Knie gegangen. Mir war klar, dass ich etwas tun musste, sonst hätte er mich getötet, Reim hin oder her.«

»Sie haben ihn bewusstlos geschlagen?«

»Irgendwann lag er nur noch da. Da habe ich nach etwas gesucht, um ihn zu fesseln. In der Tasche gab es ein Stoffband, aber das war nicht genug, dem habe ich nicht vertraut. Und dann habe ich den Kleber gefunden. Also habe ich ihm erst die Hände zusammengeklebt. Um ihn ruhigzustellen.«

»Wann haben Sie entschieden, dass Sie ihn töten würden?«, fragte Densch.

Marlene nagte an der Unterlippe. »Als er dalag und ich an die anderen denken musste. An Steffen und an Marius, an Tabea und Svenja.« Wieder weinte sie. »Mir wurde klar, dass ich Angst vor ihm hatte. Davor, dass er zu sich kommen und sich losmachen würde. Davor, dass ich vor ihm weglaufen und er mir folgen würde, wie in einem Slasher-Movie. Dass er der Polizei entkommen würde. Ich wollte keine Angst mehr haben.« Ihre Züge verhärteten sich. »Ich wollte ihn bestrafen, für die anderen Morde. Und dann habe ich ihn umgebracht. So wie er die anderen getötet hatte.«

»Weil es Ihnen passend erschien, oder weil Sie uns in die Irre führen wollten?«

Ein leichtes Lächeln wanderte über ihre Lippen. »Ein bisschen von beidem, nehme ich an.«

Jana wechselte das Thema. »Woher wusste Owen von der Geschichte mit *SolidConsult*?«, fragte sie. »Sodass er Herrn Haasberg erpressen konnte? Hatte er die Information von Michael Seiler?«

»Nein. Ich habe mich irgendwann verplappert.«

»Wann genau war das?«

»Bei unserem Urlaub in Irland. Mir war überhaupt nicht klar, dass ich darüber etwas gesagt hatte, aber es hat genügt, sodass er später die restlichen schmutzigen Details ausgraben konnte.«

»Damals hatten Sie ein Verhältnis mit Owen Carling, richtig?«

»Nein! Kein Verhältnis.« Ärgerlich nahm sie einen Schluck aus dem Becher. »Ich habe mit ihm geschlafen. Ein einziges Mal. Weil ich Ärger mit Karsten hatte. Dabei habe ich dummerweise etwas über einen dunklen Fleck in Karstens Vergangenheit gesagt. Nicht viel, aber es hat ausgereicht, dass Owen später den Rest ausgraben konnte.«

»War er deswegen mit Ihnen zusammen, als er nach Berlin gekommen ist?«, wollte Densch wissen.

Marlene schnaubte verächtlich. »Ich habe ihn kontaktiert. Nicht andersherum. Nachdem ich erfahren habe, dass er in Berlin ist, wollte ich ihn wiedersehen. Karsten und ich hatten uns damals bereits getrennt.«

»Von seinem Erpressungsversuch wussten Sie aber nichts?«

»Nein. Karsten hat mir erst neulich davon erzählt. Weil er Owen kurzzeitig im Verdacht hatte, etwas mit den Morden zu tun zu haben.«

»Haben Sie Owen Carling umgebracht?«

Sie sah Densch und Jana fest an, bevor sie antwortete.

»Ja.«

»Um Karsten Haasberg zu schützen?«

»Ja.«

»Wovor genau?«

»Karsten hat Owen immer hingehalten, nie etwas gezahlt.

Immer gesagt, er hätte das Geld nicht, Owen müsse warten, bis er einen richtigen Deal bekommt. Ich wusste, dass Owen den Druck erhöhen würde, jetzt, wo Karsten endlich Erfolg hatte. Er hätte ihm das alles kaputt gemacht.«

»Und deshalb musste er sterben?«, fragte Densch.

Marlene antwortete nicht.

»Was ist mit den anderen Toten? Tabea, Sunny, Marius, Svenja, Steffen …«

»Micha hat sie getötet.« Marlene sprach erneut so leise, dass man sie kaum verstehen konnte.

Densch wollte sich vorbeugen und etwas sagen, unterließ es dann aber.

»Haben Sie die Karte für Owen Carling aus Michas Versteck mitgenommen?«, fragte Jana.

»Ja. Die anderen auch. Er hatte die letzten vier Karten bereits geschrieben. Und den Hammer habe ich ebenfalls eingesteckt.«

Um ihn an Owen Carlings Schädel zu benutzen, ergänzte ich in Gedanken.

Kurze Zeit später traf ich Jana im Aufenthaltsraum.

»Wusste Haasberg, dass sie es ist?«

Jana verzog das Gesicht. »Er behauptet, nein. Aber ich bin mir ziemlich sicher, dass er zumindest einen Verdacht gehabt haben muss. Viele waren ja nicht mehr übrig, besonders, nachdem Owen ebenfalls tot war.«

Ich starrte auf die Poster an der Wand, die verschiedene gute Ratschläge zur Verhinderung von Straftaten gaben und Möglichkeiten der internen Weiterbildung vorschlugen.

»Henni hat mir immer wieder von diesem massiven Beschützerinstinkt erzählt.« Ich sah Jana an. »Dass das so weit gehen würde …« Nach einem Moment fügte ich hinzu: »Hatte sie recht?«

»Was meinst du?«

»Wäre Haasberg der Nächste gewesen? Stand er als Nummer sieben auf Michas Liste?«

»Es gibt keine Liste. Die existierte offenbar nur in Michas Kopf. Das wissen wir also nicht.«

»Was ist mit Henni?«

Jana zuckte mit den Schultern. »Muss man sehen. Sie bekommt jetzt erst mal eine Reihe von Therapiesitzungen verordnet. Die ist zäh, ich kann mir vorstellen, dass sie das schon wegsteckt.«

»Wollen wir's hoffen.« Ich erhob mich, um zu gehen. Dann fiel mir noch etwas ein. »Sag mal, kannst du mir einen Gefallen tun?«

»Sicher.«

»Ich schicke nachher einen Kumpel vorbei, der soll sich mal eure Kartei anschauen. Ich brauche die Namen von ein paar Schlägern, die für die Zwillinge arbeiten. Kemal und Mustafa, diese beiden türkischen Geldhaie.«

Sie nickte. »Weiß schon. Ich kenne die Kerle. Kein Problem, ich gebe Bescheid. Sag mal, Johannes, die Kollegen vom Abschnitt 35 haben erzählt, dass die Kohle von dem Einbruch wieder aufgetaucht ist. Die haben auch gesagt, dass ein Ehemaliger von uns da einfach bei ihnen reinspaziert ist und eine Sporttasche voller Geld auf den Tresen geschoben hat. Wie hast du das denn gedreht?«

»Ich habe da noch Verbindungen.«

»Da fehlte aber was von dem Geld, sagen die Kollegen.«

Ich lächelte. »Sieht so aus, als ob die Täter sich schon was abgezweigt hätten.«

Nachdenklich sah sie mich an. »Aber wer das Geld geklaut hat, das weißt du nicht?«

»Tut mir leid. Als ich da aufgetaucht bin, waren die Vögelchen ausgeflogen. Habe ich aber auch alles zu Protokoll gegeben. Ich nehme an, die Kollegen vom Abschnitt 35 sind sofort raus für eine Razzia. Wahrscheinlich war den Kerlen klar, dass ihre Show vorbei ist, nachdem die Kohle weg war.«

»Glatte Hunderttausend sind weg. Du weißt, dass es einige Falken gibt, die dich in der nächsten Zeit mit Argusaugen beobachten werden, um zu sehen, ob du plötzlich über größere Mengen Geldes verfügst, oder?«

»Sollen sie doch. Denen muss doch klar sein, dass ich den Rest einfach anonym abgegeben hätte, wenn ich die Kohle behalten wollte. Oder gleich alles einbehalten hätte.«

»Das habe ich denen auch gesagt.«

»Quatsch. Du hast denen gesagt, sie sollen gefälligst die Fresse halten, weil ein Johnny Thiebeck niemals Kohle veruntreuen würde.«

Sie grinste. »Nicht in genau diesen Worten, aber ja, mehr oder weniger.« Nach einem Moment fügte sie hinzu: »Und du hattest nicht den Ehrgeiz, auf die Bande zu warten und die im Alleingang hochzunehmen? Der große Thiebeck, der wie Batman die Stadt aufräumt?«

»Vielleicht werde ich auf meine alten Tage doch noch weise«, erwiderte ich und klopfte zum Abschied kurz gegen den Türrahmen.

»Ich bezweifle es«, rief sie mir hinterher.

Erst als ich unten auf dem Parkplatz im Auto saß, holte ich das Handy raus und rief Ulli an.

»Was geht, Digga?«

»Wieso fehlen hundert Riesen von der Kohle? Du hast dir

fünfzig von den Zwillingen geliehen und brauchtest noch mal fünfundzwanzig für die Zinsen. Was ist mit dem Rest?«, herrschte ich ihn an.

»Tatiana. Ich meine, Ileana. Für die Operation ihrer Tochter Sveta. Das ist das Geld, das Attila ihr versprochen hatte. Es steht ihr zu.«

Ich seufzte. Wollte sagen: *Nein, es steht ihr nicht zu, genauso wenig, wie dir die Kohle zugestanden hat.* Aber ich wusste, dass das nichts bringen würde. Ulli würde sich bloß noch einmal bedanken, denken, ich würde nach Anerkennung fischen. Sein Schwarz und Weiß war nicht dasselbe wie meins.

»Vielleicht geht da auch was, Johnny. Ich glaube, sie mag mich. Und ich würde Sveta gerne kennenlernen. Vielleicht kann ich mal mit den beiden nach Rumänien fahren.«

Wieder sagte ich nichts. Ulli und die Hure mit dem goldenen Herzen. Ich seufzte. »Pass auf, fahr mal ins LKA und frag nach Kriminalhauptkommissarin Jana Kleidermann. Sie wird dich an einen Rechner setzen und dir ein paar hässliche Enten zeigen, die sie da in der Kartei haben und von denen sie wissen, dass die mit den Zwillingen zu tun haben. Vielleicht finden wir deine übereifrigen Schläger auf diese Weise.«

Er versprach, sich darum zu kümmern, und wir legten auf.

Lankat öffnete mir die Tür. »Hey«, sagte er, und ich folgte ihm in sein Zimmer. »Worum geht's?«

Am Telefon hatte ich bloß gefragt, ob er mir noch mit einer kleinen Sache helfen konnte.

»Es geht um das Leck im LKA. Die Informationen, die Kutter hatte.«

Er nickte.

»Ich habe hier eine Liste von Leuten, die näher mit dem Fall Rasmus zu tun haben. Könnte man die nicht durch den BOLE jagen, um zu schauen, ob sich irgendwelche Verweise auf Kutter finden lassen? Möglicherweise kennt ja jemand den Kerl, dann hätten wir zumindest eine Spur.«

»Warum gehst du davon aus, dass die beiden sich kennen?«

»Vielleicht nicht. Aber wenn du derart brisantes Material rausgibst, dann machst du das ja nicht zufällig. Also nicht an irgendwen. Zumindest musst du ja das Vertrauen haben, dass du nicht sofort auffliegst.«

Lankat nickte und nahm die Liste entgegen, um die knapp fünfzehn Namen in den Rechner einzugeben.

»Henni auch?«, fragte er, während er auf das Blatt starrte.

»Henni auch«, sagte ich, ohne eine Erklärung anzubieten. Auf dem Zettel standen alle Namen drauf. Auch Janas, obwohl ich mir im Leben nicht vorstellen konnte, dass sie oder Henni irgendeine Verbindung zu Kutter hatten.

Um die Zeit zu überbrücken, die der BOLE für seine Suche brauchen würde, lud ich Lankat so lange zu einem Lunch in einem der Cafés am Landwehrkanal in der Nähe der Kottbusser Brücke ein.

Als wir zurückkamen und Lankat die Ergebnisse überprüfte, verzog er das Gesicht. »Der Bot kann natürlich noch weitermachen, gibt immer noch die Chance, dass sich da was auftut, aber bisher hat er nichts gefunden. Ich fürchte, es sieht nicht gut aus.«

»In Ordnung. War ein Versuch. Hätte ja sein können, dass wir was finden. Trotzdem danke.«

Ein paar Stunden später rief Ulli wieder an und nannte mir ein paar Namen. Ich holte mir von Stehrs die zugehörigen

Adressen und telefonierte mit Schmolli. »Nimm Ulli mit«, sagte ich noch, bevor wir das Gespräch beendeten.

Tage darauf traf ich mich mit Henni in dem Laden in Kreuzberg, in dem wir schon mehrmals zusammen gefrühstückt hatten.

»Hey, wie geht's dir?«, fragte ich sie, nachdem wir uns eine ganze Weile umarmt hatten.

Sie atmete tief durch. »Geht so. Ich begreife es immer noch nicht. Das ist alles so bizarr.«

»Was ist mit Karsten?«

Sie schnaubte. »Er hält das für furchtbar romantisch. Hat es tatsächlich geschafft, den Deal mit den Briten trotz unserer Stürmung unter Dach und Fach zu bringen. Vielleicht finden die sogar das *Tough-guy*-Image ganz cool. Jedenfalls ist er jetzt wieder unsterblich in Marlene verknallt und hat versprochen, auf sie zu warten.«

Mein Handy vibrierte. »Entschuldige bitte.«

Sie nickte und trank von ihrem O-Saft.

Unbekannte Nummer.

»Was gibt's?«

»Kemal hier. Es hat da vorgestern einen kleinen Unfall gegeben. Ein Missverständnis, das zu einer Schlägerei geführt hat.«

»Habe ich von gehört, ja.« Vier Mann, die im Urban-Krankenhaus gelandet waren, weil sie aussahen, als hätte sie ein Zug überfahren.

Ich hörte ihn am anderen Ende atmen, als sei er sich nicht sicher, was er sagen wollte.

»Ist die Sache damit erledigt? Sind wir quitt? Oder geht das jetzt noch weiter?«

Ich ließ ihn kurz zappeln. Dann: »Die Sache ist damit erledigt. Aus der Welt.«

»Gut.«

»Eine Sache noch: Wenn ihr noch einmal Geld an jemanden verleiht, den ich kenne, komme ich direkt vorbei und breche euch eure dünnen Ärmchen, ist das klar? Dann gibt's keine Umwege.« Ich übertrieb mit dem Pathos, um ihn im Unklaren darüber zu lassen, wie ernst ich es wirklich meinte.

»Spiel hier nicht den Dicken, Johnny. Du bist nicht Ghetto genug für uns.« Seine Reaktion war ebenfalls ein Stück weit gespielt.

»Alles klar. Wir sehen uns.« Ich legte auf.

»Ich habe übrigens Jessica Schweinshaut kennengelernt«, teilte mir Henni mit.

»Was bitte?«

»Die Schwester von Arne? Die jetzt lieber *Schweinshaut* heißen wollte?« Sie hielt plötzlich inne, weil sie meinen veränderten Gesichtsausdruck bemerkt hatte. »Was?«

»Mir ist gerade etwas eingefallen. Wie hieß der Mann der Staatsanwältin früher? Bevor er ihren Namen angenommen hat?«

Henni starrte mich verwirrt ein. »Äh, Corthaus, glaube ich. Henning Corthaus, wenn ich mich richtig erinnere.«

Ich nickte und griff nach meinem Handy. »Entschuldige mich kurz.«

Lankat hob sofort ab. »Hey.«

»Kannst du mir einen Gefallen tun? Diese Suche nach Kutter, kannst du die Liste um die Namen *Schweinshaut* und *Corthaus* erweitern? Vielleicht kommen da noch ein, zwei Namen dazu.«

»Kein Ding. Willst du warten?«

»Ruf mich an, wenn du was hast.«

Es dauerte keine halbe Stunde, bis mein Telefon erneut vibrierte. Es war Lankat.

»Reinhard Kutter und Henning Corthaus sind alte Buddies. Da gibt es eine ganze Menge Querverbindungen. Zum Beispiel läuft das Facebook-Profil, beziehungsweise die URL, noch auf den alten Namen. Nur der Name, den das Profil anzeigt, wurde auf Sänger geändert. Die kennen sich vom Studium, haben auch gemeinsam Fußball gespielt. Was für euch aber viel wichtiger sein dürfte: Corthaus hatte vor zwei Jahren ein Verfahren wegen Fahrerflucht am Hals. Allerdings hatten sie Schwierigkeiten, ihm etwas nachzuweisen, weil es eine Aussage gab, die ihn massiv entlastet hat.«

»Soll ich raten, von wem diese Aussage kam?«

Ich konnte förmlich hören, wie Lankat am anderen Ende grinste. »Bingo. Reinhard Kutter.«

»Hat also seinem alten Kumpel aus der Patsche geholfen«, sagte ich nachdenklich. Ich bedankte mich bei Lankat und beendete das Gespräch.

»Der Mann von der Sänger ist das Leck?«

»Sieht so aus. Aber tu mir den Gefallen und häng das nicht an die große Glocke, okay? Ich will das auf dem kleinen Dienstweg regeln.«

»Kein Problem, Boss«, sagte Henni und lächelte.

»Was ist eigentlich mit eurem Fensterkreuztoten? Hat sich da was ergeben?«

»Tatsächlich hat der Bruder, der behauptete, der Tote hätte sich als gläubiger Katholik niemals selbst getötet, recht gehabt.«

»Ach ja?«

»Es hat sich rausgestellt, dass der Kerl etwas mit seiner Nachbarin, einer verheirateten Frau, hatte.«

»Ein Verhältnis?«

Sie nickte und trank von ihrem Saft. »Und der Kerl stand auf ein paar ziemlich krasse Sexpraktiken. Hartes Zeug. Unter anderem auf Asphyxiophilie.«

»Was bitte?«

»Hat sich daran aufgegeilt, in Atemnot zu geraten. Es gibt Menschen, die daraus einen Lustgewinn ziehen.«

»Und daran ist er gestorben?«

Sie zuckte mit den Schultern. »Da ist wohl was schiefgegangen. Die Nachbarin hat mit uns geredet. Es ist passiert, während sie miteinander zugange waren. Er hat sich mit einem Plastikschlauch selbst gewürgt, während er es ihr besorgt hat.«

»Und ist mittendrin draufgegangen?«

»Sie hat sich furchtbar erschrocken. Wollte natürlich auch nicht, dass irgendwas rauskommt. Ihr Mann lebt ebenfalls nebenan. Also hat sie den Toten gewaschen, ihn wieder angezogen und da oben hängen lassen.«

Ich verzog das Gesicht. »Sie hat ihn da baumeln lassen, während sie ihm die Klamotten wieder angezogen hat? Uh, toughe Braut.«

»Hatte offenbar genug Schiss.«

»Na, da wird der gläubige Bruder ja froh sein, dass der Mann sich nicht des Freitods schuldig gemacht hat. Sondern bloß abgedrehter Sexpraktiken und des Ehebruchs mit eines anderen Weib.«

Sie sah mich an. »Weil wir gerade von einem Bruder sprechen … Wolltest du mir nicht noch von deinem erzählen? Der komplizierten Geschichte?«

»Nein, das wollte ich nicht.«

»Komm schon. Spuck's aus.« Sie boxte mir gegen den Oberarm.

»Das ist eine Geschichte für einen anderen Tag«, sagte ich entschieden.

Sie verzog das Gesicht, schien sich aber damit abzufinden. Aufmerksam betrachtete ich ihr Profil, während sie einen Zuckerstreuer hin und her schob. Ich hatte das Gefühl, Jana würde recht behalten: Henni schien es so weit ganz gut zu gehen.

Als sie sich schließlich verabschiedete, blieb ich noch eine Weile im Café sitzen und schaute durch die Scheibe auf das geschäftige Kreuzberg. Schließlich nahm ich mein Handy und suchte Kutters Nummer heraus.

»Kutter«, brummte er.

»Thiebeck hier.«

»Was wollen Sie?« Wieder flammte sofort sein Misstrauen auf. Und diesmal hatte er allen Grund zur Sorge.

»Ich soll Sie schön grüßen.«

»Von wem?«

»Von Ihrem alten Kumpel Henning Corthaus.«

Einen Augenblick lang sagte er nichts. Dann noch einmal: »Was wollen Sie?«

»Warum haben Sie das damals gemacht?«

»Das war ein Fehler. Das hätte ich nicht tun dürfen.« Er klang aufrichtig, und ich glaubte ihm.

»Ist das der Grund, warum Corthaus Ihnen die Informationen gegeben hat? Quasi als Wiedergutmachung für die Scheiße, in die er Sie damals reingezogen hat?«

Er brummte eine Art Zustimmung. »Was machen Sie jetzt mit der Information?«

»Ich lasse es Sie wissen«, sagte ich und legte auf. Dann suchte ich die Nummer von Frau Sänger heraus und rief sie an. Nachdem ich meinen Namen genannt hatte, wusste sie sofort, wer ich war.

»Sie haben im Fall Gorlaff eine ziemlich gute Figur gemacht, Herr Thiebeck. Vielen Dank dafür.«

Warte mal ab, bis du erfährst, wie dieser Fall hier gelaufen ist, dachte ich. »Frau Staatsanwältin, Ihr Mann hatte vor zwei Jahren einen Autounfall.« Sie wollte etwas einwerfen, aber ich ließ sie nicht. »Der Mann, der damals für die Einstellung des Verfahrens verantwortlich war, heißt Reinhard Kutter. Ein Journalist. Dieser Mann war im Besitz hochbrisanter Insiderinformationen zum Fall Steffen Rasmus. Aus Ihrem Büro. Ich nehme an, entweder direkt aus Ihrem Rechner oder Ihrer Aktentasche. Ich schicke Ihnen alle Unterlagen, dann können Sie sich selbst ein Bild davon machen. Wer Kutter diese Unterlagen gegeben hat, können Sie sich vermutlich denken. Frau Sänger, ich werde weder Kommissarin Kleidermann noch Densch davon erzählen. Ich gehe davon aus, dass es sich um einen einmaligen Vorgang gehandelt hat. Aber wenn noch einmal aus Ihrer Ecke Ermittlungsergebnisse nach draußen dringen, dann muss ich meine Position möglicherweise noch einmal überdenken. Guten Tag.«

Ich legte auf und sah draußen auf ein paar spanische Rucksacktouristen. Dachte darüber nach, wie viel Ärger Henning Sänger, ehemals Corthaus, jetzt wohl bekommen würde, wenn Frau Sänger wirklich derart die Hosen anhatte. So tough, wie ich sie in Erinnerung hatte, konnte ich mir das Gespräch durchaus unangenehm für ihn vorstellen.

Ich schickte Arne Hegert eine SMS: *Hab euer Leck gestopft. Frag nicht, aber es ist zu.*

Gerade als ich es weglegen wollte, brummte das Telefon erneut.

»Hey, Mina.«

»Was machst du?«

»Ich war gerade mit einer Freundin frühstücken. Die Sonne scheint.«

Ich konnte hören, wie sie lächelte. »Schaffst du ein zweites Frühstück?«

»Wenn wir es Brunch nennen, klar!«

»Dann los, der Kaffee ist noch heiß.«

»Bin schon unterwegs.« Mir fiel noch etwas ein. »Du bist übrigens ein kleines Monster. In meinem Schrank.«

Sie lachte. »Was bitte? Wovon redest du?«

»Erkläre ich dir später. Frau Körner hat gesagt, ich soll in den Schrank schauen.« Ich verabschiedete mich.

»Johannes?«, hielt sie mich noch zurück, bevor ich auflegen konnte. »Ich habe einen Brief von dir bekommen. Komm her, dann lese ich ihn dir vor.«

Leseprobe

BERNHARD STÄBER
Vaters unbekanntes Land

1

Feuerwerkskörper schwirrten zischend in die Nacht empor, stiegen höher und höher, explodierten in einer Funkenkaskade und verglommen, um nichts als Dunkelheit zurückzulassen.

Der kalte, feuchte Betonboden drückte gegen Eivind Tverdals Wangenknochen. Es war das Erste, was seine Sinne registrierten, als er zu Bewusstsein kam. Die Finsternis um ihn herum besaß eine regelrecht physische Qualität. Sie war so umfassend, dass er sich für einen quälend langen Moment fragte, ob er womöglich seine Fähigkeit zu sehen eingebüßt hatte.

Mühsam wälzte er sich auf den Rücken, um den Druck auf sein Gesicht loszuwerden. Er blinzelte, doch seine Augen nahmen nichts anderes als tiefe Schwärze wahr.

Wo zur Hölle war er? Und wie war er hierhergekommen?

Gänsehaut überzog seine Arme und Beine. Erst jetzt bemerkte er, dass er völlig nackt war. Ruckartig setzte er sich auf. Sofort schien der Boden unter ihm zu schwanken, und er kippte zur Seite weg. Er klatschte hart auf dem unsichtbaren Boden auf. Schmerz fuhr so heiß durch seinen Kiefer, dass ihm ein Stöhnen entfuhr. Der Laut hallte dumpf in seinen Ohren wider. Wo auch immer er sich gerade befand, es war nicht im Freien. Der Raum musste groß sein. Eine Halle?

Eivind Tverdal lag auf der Seite. Ihm war zu schwindlig, um gleich noch einmal das Aufstehen zu versuchen. Sein Kopf war wie mit feuchten Wattebäuschen angefüllt. So tief er auch mit seinen verwirrten Fragen bohrte, er traf auf nichts Solides.

Er war doch … er war doch auf Lars' Party gewesen. Er hatte mit ihm vor seinem Haus gestanden, damit sie das Feuerwerk besser sehen konnten. Babette war mit einem Tablett voller Sektgläser herumgelaufen. Er hatte zwei davon genommen, als sie an ihm vorbeigekommen war.

Ein weiteres Mal versuchte er sich aufzusetzen. Diesmal schaffte er es, trotz des Schwindelgefühls und der dumpfen Kopfschmerzen, die ihm das Denken schwer machten. In der Finsternis vor seinen Augen blühten die leuchtend gelben und roten Sterne der Raketen auf, die über der Stadtsilhouette in den spätsommerlichen Nachthimmel gestiegen waren. Zum Glück war es nicht regnerisch gewesen, etwas, das an Norwegens Westküste mehr Ausnahme als Normalität darstellte. Das Licht des Feuerwerks über Bergen hatte sich in den hoch erhobenen Gläsern gespiegelt, als sie gegeneinanderstießen. Zusammen mit diesem Bild kehrte die Erinnerung an Lars' Lippen auf den seinen zurück, ihr fester Druck, als sie sich küssten, der leicht säuerliche Geschmack von Sekt auf seiner Zunge.

Wie lange war das her? Eivinds innerer Uhr nach nur wenige Stunden. Was war inzwischen bloß passiert?

»Hallo?«, rief er.

Hallo?, schallte es hohl zurück.

Okay, nachdenken. Er musste nachdenken, verdammt! Er war nicht so voll gewesen, dass er einen Filmriss gehabt hätte. Wieso konnte er sich dann nicht erinnern?

Das war ein ganz mieser Scherz. Jemand hatte ihm Knock-Out-Tropfen in einen seiner Drinks gekippt und ihn dann hier abgelegt, um ihm einen Schreck einzujagen. Wie hieß das Zeug noch mal? Rohypnol, Roofies?

Nur dass Eivind sich im Traum nicht vorstellen konnte, wer von seinen Freunden zu so einem geschmacklosen und gefährlichen Streich in der Lage wäre. Weder Lars noch Babette oder einem der anderen traute er so etwas zu. Wer ihn hierher verfrachtet hatte – wo auch immer dieses *hierher* sich befinden mochte –, musste sich große Mühe damit gegeben haben. Vielleicht war er in diesem Moment in der Nähe und beobachtete ihn.

Eivind fröstelte, und das nicht nur vor Verwirrung und Angst. Seitdem er bemerkt hatte, dass er keine Kleidung mehr trug, spürte er die kalte Luft, die ihn umgab. Sie roch abgestanden und schwach nach eingefettetem Metall, wie in einer Autowerkstatt. Vorsichtig stand Eivind auf. Sofort nahmen seine Kopfschmerzen zu. Er schwankte leicht, ging aber nicht in die Knie. Als er die Arme ausstreckte, um mit den Fingerspitzen in alle Richtungen zu tasten, griff er nur ins Leere.

»Ist da jemand?«, rief er.

Jemand, erklang das Echo seiner Stimme. Es hörte sich jämmerlich in seinen Ohren an. Im Geiste vernahm er, wie sein Vater ihn mit schneidender Stimme anherrschte: Mach schon, kneif endlich die schlaffen Arschbacken zusammen und finde raus, was hier los ist!

Er warf ihm immer vor, verweichlicht zu sein. Als Kind hatte Eivind wieder und wieder gegen ihn rebelliert. Inzwischen war er dreiundzwanzig, und er ertappte sich regelmäßig dabei, wie er sich selbst dafür verachtete, wenn er Schwäche zeigte. Irgendwann musste sein Vater sich in seinem Gehirn eingenistet haben und kritisierte nun jeden seiner Schritte.

Eivind straffte sich. Im Dunkeln ging er ein, zwei wacklige Schritte vorwärts, die Arme weiterhin nach vorne ausgestreckt, um mögliche Hindernisse zu ertasten. Früher oder später musste er doch eine Wand erreichen, und wo Wände waren, da befanden sich auch Türen.

Mit dem nächsten Schritt schoss ihm ein Stechen so unvermittelt durch die rechte Fußsohle, dass er gellend aufschrie. Instinktiv riss er das Bein hoch, schwankte und setzte es wieder ab. Sofort jagte ein neuer scharfer Schmerz durch seinen Fuß. Stöhnend humpelte er rückwärts und ließ sich auf die Knie fallen. Mit einer Hand stützte er sich auf den Boden und spürte etwas Scharfes, bevor seine Handfläche brannte. Er zuckte zurück und biss die Zähne aufeinander. Mit der unverletzten Hand befühlte er seine rechte und fühlte warme, klebrige Nässe. Auch sein Fuß blutete. Er war in etwas Scharfes getreten, das ihm noch immer im Fleisch steckte. Unbeholfen tastete er mit den Fingern der linken Hand über die Sohle seines verletzten Fußes und versuchte im Sitzen, den Fremdkörper zu finden. Da er Rechtshänder war, fiel es ihm nicht leicht, ihn herauszuziehen, doch schließlich gelang es ihm. Frischer Schmerz fuhr durch die weiche Stelle zwischen Zehen und Ballen, und die Wunde blutete stärker.

Eivind betastete den scharfkantigen Gegenstand, der fast so groß wie ein Kronkorken war.

Glas. Scheiße, was ging hier nur vor? Ob noch mehr Scherben auf dem Boden lagen? Auf allen vieren kroch er vorwärts, bis er glaubte, die Stelle erreicht zu haben, an der er in den Splitter getreten war. Als er vorsichtig über den Beton strich, fühlte er weitere Scherben, die klirrend gegeneinanderschlugen, als er mit den Fingerspitzen über sie fuhr. Er versuchte, über sie hinüberzugreifen, um festzustellen, wie weit sich die vor ihm im Dunkeln verteilten Scherben erstreckten, aber so weit er auch tastete, überall lagen Splitter. Frustriert stöhnte Eivind auf. Auf Knien robbte er Stück für Stück zur Seite, bis er das Gefühl hatte, einen Kreis um sich herum zurückgelegt zu haben.

Die Erkenntnis, dass er komplett von Glassplittern umgeben war, traf ihn wie ein Faustschlag und zerstreute seine Benommenheit. Adrenalin schoss durch seinen Körper, seine Sinne schärften sich. Da war es. Ein leises Atemgeräusch! Er war nicht allein im Raum. Stand die unbekannte Person vor ihm, vielleicht nur einen Meter von ihm entfernt im Dunkeln? Oder war sie genau hinter ihm?

Eivind fuhr herum. Die Schnittwunde in der Fußsohle pochte. Erst waren nur seine flachen, schnellen Atemzüge zu hören, doch als er angestrengt lauschte, vernahm er das leise Knirschen und Klirren von Glasscherben, verursacht von unsichtbaren Füßen, die auf sie traten und sie beiseiteschoben. Kam es von vorn oder von hinten? Eivind war sich nicht sicher. Die Geräusche schienen von überallher zu kommen. Er holte Luft, wollte denjenigen, der sich ihm näherte, anschreien, doch kein Ton entkam seiner Kehle. Was auch immer sich aus der Finsternis auf ihn zubewegte, pirschte sich so vorsichtig an wie ein Raubtier.

Zitternd hielt er den Atem an, erstickte jedes verräterische Geräusch, das von ihm ausgehen konnte. Das leise Klirren der Glasscherben auf dem Boden hatte aufgehört.

Wo war das Wesen, das sich ihm näherte, jetzt?

Ein tiefes, bedrohliches Grollen, direkt hinter ihm. Die zum Greifen dichte Dunkelheit hatte eine Stimme bekommen. Von kalter Panik gepackt kam Eivind auf die Beine. Ohne jeden weiteren Gedanken setzte er in wilden Sprüngen vorwärts in die Dunkelheit. Heiße Stiche bohrten sich in seine Fußsohlen, als er mit nach vorne ausgestreckten Armen und barfuß über die Glasscherben rannte, aber die Angst dämpfte den Schmerz. In seinem Rücken gab das Wesen, das sich mit ihm im Raum befand, ein tiefes kehliges Schnauben von sich. Es klang wie ein riesiger Keiler oder ein Stier, dem Speichel aus dem weit geöffneten Maul flog. Laut aufbrüllend stampfte es ihm hinterher.

Eivinds Hände prallten hart gegen etwas Festes. Er unterdrückte ein Keuchen und hielt abrupt an. Hektisch fuhr er mit schmerzenden Handflächen an dem Hindernis entlang. Eine Wand! Hinter ihm donnerte das monströse Etwas heran, die polternden Schritte und das wütende Schnaufen nahmen mit jeder Sekunde zu.

Ohne weiter nachzudenken hastete Eivind an der Wand nach links. Bei jedem Schritt krümmte er sich vor Schmerz und fühlte, wie ihm das Blut aus den zerschnittenen Fußsohlen strömte. Seine Handflächen streiften an der unsichtbaren Wand entlang und fanden nach wenigen Metern etwas, das sich wie ein Türrahmen anfühlte. Er umschloss mit den Fingern einen Griff, drückte ihn hinunter und zog wild daran.

Nichts. Verzweifelt stemmte er sich gegen die Tür, statt weiter an ihr zu reißen. Ein tiefes Brüllen von rechts verriet ihm, dass sein Verfolger ebenfalls die Wand erreicht hatte. Vor Eivind öffnete sich ein Spalt aus trübem gelblichem Licht. Es war kaum genug, um etwas erkennen zu können, aber nach seinem Aufenthalt in tiefster Finsternis musste er trotzdem für eine Sekunde geblendet die Augen schließen. Er taumelte durch die Öffnung, hörte, wie die Tür hinter ihm zuschlug, und sprang mit einem Riesensatz vorwärts. Als er sich blinzelnd umblickte, erkannte er, dass er sich in einem langen, schmalen Korridor befand, der so schlecht beleuchtet war, dass er kaum sein Ende sehen konnte. Von irgendwoher erklang ein dumpfes, monotones Brummen. Ein Generator?

Hinter ihm wurde die Tür aufgestoßen. Den harten Schlag, mit dem sie gegen den rohen Verputz der Wand knallte, begleitete das triumphierende Aufbrüllen seines Verfolgers.

Eivind wusste, dass er sich nicht umdrehen durfte, wenn er nicht stolpern und stürzen wollte. Doch er konnte nicht anders. Er *musste* einfach sehen, was hinter ihm her war.

Ohne anzuhalten blickte er ruckartig über die Schulter zurück in das trübe Dämmerlicht des Flurs. Seine Augen hatten sich noch immer nicht an das Licht gewöhnt, sodass er alles nur verschwommen sah.

Der Atem stockte ihm.

Der riesige Schatten hinter ihm lief auf zwei Beinen. Es war kein Raubtier, das ihn verfolgte, sondern ein Mensch! Und doch, dieser monströse, gehörnte Kopf wie der eines Bullen …

Mein Gott … was ist das, was ist das, was …

Um ein Haar wäre er gestrauchelt, doch er rannte wie besessen weiter den langen Korridor entlang. Er musste diesem … diesem *Ding* entkommen!

Scheinbar aus dem Nichts tauchte vor seinen Augen das Ende des Gangs auf. Eine schmutziggraue Metalltür stand einen Spalt offen. Eivind packte die Klinke, um die Tür weiter aufzureißen, doch die Scharniere klemmten. Knirschend bewegte sie sich nur wenige Zentimeter vor oder zurück. Eivind stieß ein verzweifeltes Wimmern aus. Im nächsten Moment sprang sein Verfolger ihn an und riss ihn von den Beinen. Eivind wurde hart gegen die Metalltür geschleudert. Der Knall, mit dem sie ins Schloss fiel, klang wie die endgültige Bekräftigung, dass seine Flucht misslungen war.

Der strenge Tiergeruch von struppigem Haar und Pisse, der von seinem Angreifer ausging, war schier überwältigend. Eivind wollte in Panik aufschreien, doch die Wucht der Attacke hatte alle Luft aus seinen Lungen herausgepresst, und nichts entkam seiner Kehle als ein heiseres Keuchen, das in dem tiefen Grollen dicht an seinem Ohr unterging. Er fühlte kein Fell, sondern glatte Haut, den Druck von Händen, die ihn fest am Boden hielten. Ein Körper, der ebenso nackt war wie er selbst, lag schwer auf ihm und verhinderte mit seinem Gewicht jede Gegenwehr.

Ein Paar Hände griffen in seine kurzgeschnittenen Haare, rissen ihm den Kopf hoch und schmetterten ihn so hart zu Boden, dass er sich tief in die Zunge biss. Ein grell leuchtender Stern flammte im Dämmerlicht auf. Sein Mund füllte sich mit Blut, das ihm warm in die Kehle rann. Er würgte und hustete, während sein Kopf erneut hochgezogen und auf den Boden geschlagen wurde.

Das Letzte, was Eivind Tverdal spürte, war der scharfe Schmerz von Zähnen, die sich um seine Halsmuskeln schlossen und hart zubissen. Sein Kopf wurde wie eine Ratte im Maul eines Terriers hin und her geschüttelt. Ein weiterer gleißender Stern entzündete sich vor seinen Augen. Er glich dem aus Fraktalen zusammengesetzten Bild im Inneren eines Kaleidoskops. Der Stern erblühte größer und immer größer, bis nichts anderes mehr vorhanden war als sein grelles Licht.

Er explodierte gelb und rot, wie das nächtliche Sommerfeuerwerk am Himmel über Bergen.

2

Ruhig. Ganz ruhig. Zähl von zehn bis eins runter.

Einatmen.

Ausatmen.

Arne Eriksen sog tief kühle Seeluft durch die Nase und wusste sofort, dass es die falsche Entscheidung gewesen war. Die Auspuffgase der auf das Autodeck fahrenden Wagen um ihn herum waren genau das, was ihn im Augenblick nicht beruhigen würde. So schwach der Geruch auch war, Arnes tiefe Atemzüge reichten aus, seine Erinnerung zu befeuern. Von einem Moment zum nächsten begann sein Herz wild zu hämmern. Die unberechenbare Springflut in seinen Eingeweiden war bereits am Horizont zu erkennen. Unaufhaltsam und dunkel rollte sie auf ihn zu.

Arne fokussierte seinen Blick und richtete ihn auf das Armaturenbrett seines VW Polos, den er eben in den Bauch der Fähre gesteuert hatte.

Die schwarzen Nummern auf der Digitalanzeige des Tachometers: 54 345.

Darunter 784, die Zahl der Kilometer, die er seit seinem Aufbruch von Berlin bereits hinter sich gebracht hatte, als er auf den Knopf daneben gedrückt und damit die Anzeige auf Null gestellt hatte.

Das schneeweiße Papier des Tickets für die Fahrt am Samstag, den dreißigsten August, um halb eins von Hirtshals nach Larvik, das aus dem Fach unter dem ausgestellten Radio herauslugte.

Die aufgerissene Tüte Fisherman's Friend daneben. Der frische, kühle Minzgeschmack. *Kühl*. Ein gutes Wort, und ein gutes Gefühl. Ein besseres Wort und ein besseres Gefühl als *Panik*. Panik war ein Wort, das Adrenalin durch die Adern pumpte. Es hörte sich heiß und erregt an, es stank regelrecht nach bitterem Schweiß unter den Achseln. Noch vor ein paar Monaten hatte Arne gedacht, er wüsste so ziemlich alles, was es über dieses Wort zu wissen gab. Schließlich hatte er Psychologie studiert. Das schien inzwischen tausend Jahre her.

Er versuchte, mit weit geöffnetem Mund so tief wie möglich ein- und auszuatmen, während er weiter auf Tachometer und Ticket starrte. Versuchte, den Abgasgeruch, der ihn fatal an den von Benzin erinnerte, in den hintersten Bereich seines Verstandes zurückzudrängen und sich stattdessen auf das zu konzentrieren, was vor ihm lag: die Überfahrt von Dänemark nach Norwegen.

Aus den Augenwinkeln nahm er Bewegungen wahr. Andere Passagiere, die hinter ihm geparkt hatten, hasteten so eilig zu den Seitenausgängen, die zu den Decks, den Läden und dem Bordrestaurant führten, als bekämen die ersten zwanzig Besucher Rabatt. Ein älterer Mann mit einem beeindruckenden Bierbauch schob sich keuchend am linken Seitenspiegel des Polos vorbei, während er jemandem hinter sich auf Deutsch zurief, die Kamera nicht zu vergessen. Arne hörte ihn ebenso deutlich wie die Unterhaltungen, Rufe, zuschlagenden Autotüren und Schritte um sich herum. Über all diesen Geräuschen hämmerte sein Herzschlag einen dumpfen Trommelwirbel gegen seinen Brustkorb.

Fahr das Fenster hoch und beruhig dich wieder. Lass die anderen erst mal vorgehen und steig aus, wenn sie weg sind.

Die leise, kaum zu vernehmende Stimme seiner Vernunft, die beruhigende Stimme des Therapeuten, ein wenig tiefer als gewöhnlich, die er im Gespräch mit seinen Patienten so oft eingesetzt hatte. Jetzt erklang sie in seinem Verstand, sprach gegen den Lärm und die Unruhe an, die wie aufkommende Windböen die nahende Flutwelle aus Panik noch höher anwachsen ließen.

Fahr das Fenster hoch. Komm schon, sperr den Lärm und den Gestank aus, dann geht's dir gleich besser!

Wie einfühlend sich das anhörte. Wie überlegt. Nur, dass er es einfach nicht konnte. Seine Hände hatten sich um das Lenkrad gekrampft, als wären sie mit ihm verwachsen und als wäre der Schmerz in den angespannten Fingermuskeln nicht sein eigener.

Und immer noch dieser schwache Geruch von Autoabgasen, der ihn an Benzin erinnerte.

An die kalte Flüssigkeit, die ihm schmierig und so penetrant riechend ins Gesicht klatschte, dass sie ihm schier den Atem raubte.

Die aufflackernde Flamme des Feuerzeugs.

Arnes Herz raste, sein Puls dröhnte ihm in den Ohren. Die Flutwelle schlug über ihm zusammen, wusch ihn mitsamt seinem schwarzen VW Polo, dessen Lenkrad er weiterhin umklammert hielt, als hinge sein Leben davon ab, Wochen und Wochen zurück in die Vergangenheit. Die Panikattacke war seine Zeitkapsel, und wie eine Fliege in Bernstein war er in dem Moment, der alles verändert hatte, gefangen.

In Berlin hat sich in den letzten Julitagen der nach einem verregneten Frühling sehnlichst herbeigewünschte Hochsommer ein wenig abgekühlt. Auf den Straßen sind wieder mehr und mehr Füße zu sehen, die in langen Hosen stecken. Die brütende Hitze, die noch bis weit in die Abende hinein zwischen den Häusern hing, hat abgenommen. Dieselben Leute, die noch vor Kurzem jammerten, wie ungewöhnlich kühl es dieses Jahr doch sei, und die sich zu Beginn der Hitzewelle als Erste darüber beschwerten, dass man bei diesen hohen Temperaturen kaum einen vernünfti-

gen Gedanken zu Ende denken könne, murren bereits wieder, der Sommer sei ja wohl ein wenig kurz zu Gast gewesen.

Arne Eriksen ist es nur recht, dass es nicht mehr so heiß ist. Er ist kein Liebhaber von Hitze. Länder wie Spanien oder Griechenland sucht er allenfalls im Frühling oder im Herbst auf. Vielleicht liegt es daran, dass er die blasse Haut seines norwegischen Vaters geerbt hat. Im Gegensatz zu seiner deutschen Mutter, deren Teint im Sommer beinahe so dunkel wie ihr nussbraunes Haar ist, hat Arne helle Haut, die schnell einen Sonnenbrand bekommt, und sein kurzgeschnittenes Haar die Farbe von sommerlichem Weizen.

Heute, am Freitag, den ersten August, hat er vor, etwas früher als sonst mit der Arbeit Schluss zu machen. Seine beiden Freunde Olli und Matthias haben ihn zu einer Weinprobe in Berlin-Dahlem eingeladen. Arne war noch nie auf einer Weinprobe. Er würde sich auch nicht als Weinkenner bezeichnen. Spanischer Rioja und italienischer Chianti sind ihm am liebsten. Er ist schon damit zufrieden, die Namen dieser Anbaugebiete zu kennen. Dass seine beiden Freunde aus Studienzeiten sich plötzlich für exquisite Weinsorten interessieren, hat ihn eher überrascht. Aber seitdem Ollis neue Freundin Eva die beiden vor ein paar Wochen zu einer Weinprobe mitgenommen hat, liegen sie Arne damit in den Ohren, was für ein Spaß so ein Event sein soll und dass es alles andere als versnobt wäre. Arne ist schon gespannt darauf. Es gibt bestimmt schlechtere Starts ins Wochenende.

Aber zuvor muss er noch am Rechner das Protokoll der letzten Teamsitzung beenden und an seine Kollegen verschicken. Der Text ist fast fertig, er überfliegt ihn kurz noch einmal. Wenn er den Blick über den Flachbildschirm und den Stapel an Ordnern und losen Blättern daneben hebt, sieht er das rauchblau und weiß gefleckte Rechteck des bewölkten Mittagshimmels durch das schma-

le Fenster des Altbaus, in dessen erstem Stock er sitzt. Der Grüne Laden darunter hat seinen Namen von der tiefgrünen Farbe, in der das Charlottenburger Haus in der Leibnitzstraße zwischen Otto-Suhr-Allee und Bismarckstraße gestrichen ist. Der stuckverzierte Bau aus der Gründerzeit gehört dem Verein »Stufen e. V.«, der sich der Unterstützung von jungen Menschen mit psychischen Erkrankungen verschrieben hat. Mehrmals in der Woche hat im Erdgeschoss der Grüne Laden mit einem Café und Räumlichkeiten für Freizeitaktivitäten und Gesprächsgruppen geöffnet. In den Stockwerken darüber befinden sich die Büroräume des Vereins und mehrere Wohngruppen.

Arne arbeitet nun schon seit drei Jahren bei »Stufen e. V.«. Der Verein hat ihn für die Einzel- und Gruppengespräche mit den Bewohnern und Besuchern des Grünen Ladens angestellt. Heute steht keine Gesprächsgruppe mehr an, nur noch ein Einzelgespräch mit Melanie Bahr aus Gruppe zwei, die jeden Augenblick an die Tür klopfen müsste. Wenn dieser Termin vorbei ist, kann er ins Wochenende gehen. Das Café unter ihm wird noch bis siebzehn Uhr geöffnet haben. Vielleicht wird er sich noch ein paar Minuten zu Petra Gellert setzen, die heute im Grünen Laden Dienst hat, und einen pechschwarzen Kaffee mit drei Stück Würfelzucker trinken.

Er lehnt sich in seinem Bürosessel zurück, verschränkt die Arme hinter dem Kopf und denkt nach. Er könnte auch jetzt schnell vor dem Gespräch mit Melanie noch mal nach unten laufen und sich einen von Petras flüssigen Fausthieben genehmigen, bei denen die Herzklappen Beifall klatschen. Starken Kaffee hat er während des Studiums schätzen gelernt, seine morgendliche Infusion, schwarz und extrem zuckerig, um für die ersten Seminare hellwach zu sein. Aber er überlegt es sich anders. Seit heute Morgen hatte er schon ein paar Tassen. So kurz vor einem Ge-

sprächstermin will er nichts mehr trinken, sonst muss er mittendrin auf die Toilette rennen, und das möchte er nicht. Er will sich ganz auf seine Patientin konzentrieren.

Gerade als Arne das Protokoll verschickt hat, klopft es an der Tür. Er blickt auf die Uhr. Fünf Minuten zu früh, schon wieder. Trotzdem ruft er: »Ja, bitte?«

Die Tür öffnet sich, aber es ist nicht die Bewohnerin von Gruppe zwei, sondern Petra Gellert, die ihren Kopf mit dem kurzgeschnittenen leuchtend roten Haar wie eine Handpuppe in einem Kasperletheater in sein Büro steckt. Die Arbeit bei »Stufen e. V.« ist ihr erster Job als Sozialarbeiterin frisch von der Fachhochschule. Nicht jeder aus der fünfköpfigen Runde war dafür, einer Berufsanfängerin von Mitte zwanzig eine Chance zu geben. Die Arbeit in der Sozialpsychiatrie ist herausfordernd und kräftezehrend, weshalb einige seiner Kollegen lieber jemanden mit ein paar Jahren Erfahrung für die freie Stelle in der Begegnungsstätte gesehen hätten. Aber Arne Eriksen und Claudia Brunkeberg, die stellvertretende Leiterin von »Stufen e. V.«, haben sich durchgesetzt. Arne kann sich noch gut daran erinnern, wie schwierig es vor einigen Jahren für ihn selbst als Berufsanfänger war, einen Fuß die Tür zu bekommen. Und so wie es aussieht, haben sie die richtige Wahl getroffen. Petra Gellert hat nach ihrem ersten Sprung ins kalte Wasser sehr schnell ihren Platz im Team gefunden.

»Was gibt's?«, fragt Arne sie. Ihr Gesichtsausdruck ist angespannt, nichts von ihrem sonst so fröhlichen und entspannten Wesen ist darin zu finden.

»Ich wollte dir Bescheid geben, dass Ralf Harren wieder aufgetaucht ist.«

Sie öffnet die Tür etwas weiter, tritt ins Büro und setzt sich auf einen der freien Korbstühle in der Ecke neben Arnes Schreibtisch.

»Wenn du mich fragst«, sagt sie, »dann gehört er in eine Klinik. Und zwar jetzt. Sofort. Seine Psychose blüht jeden Tag stärker, und er verweigert noch immer die Medikamente.«

Sie beugt sich vor und nimmt ein Toffee aus der braunen Keramikschale in der Mitte des kleinen, runden Tischs vor ihr. Ihre Finger nesteln nervös an dem Einwickelpapier, das sich nur schlecht von dem Karamell lösen will.

Arne pfeift lautlos durch die Lippen. Ralf. Das ewige Sorgenkind des Grünen Ladens.

Ralf Harren ist ein zweiundzwanzig Jahre alter Soziologiestudent. Er hatte eine massive psychotische Episode, während der er glaubte, von Nazis verfolgt zu werden. Auf dem Höhepunkt seiner Wahnvorstellungen war er von dem Balkon seiner damaligen Wohnung drei Stockwerke in die Tiefe gesprungen – um vor vermeintlichen gesichtslosen Gestapomännern zu fliehen, die bereits seine Tür eingetreten hatten und ihn nun in ein Vernichtungslager schleifen wollten. Zum Glück für ihn war er mit zwei hässlichen Beinbrüchen davongekommen. Nach einem längeren Klinikaufenthalt wurde er bei »Stufen e. V.« in der Wohngruppe eins aufgenommen. So hatte Arne ihn kennengelernt. Nach anderthalb Jahren war Ralf wieder ausgezogen, weil er sich in der Lage gefühlt hatte, alleine zu wohnen. Mit der Hilfe seines rechtlichen Betreuers hatte er eine Wohnung im Bezirk Wedding angemietet. Seitdem hält er immer noch Kontakt zu seinen früheren Mitbewohnern und kommt zu gelegentlichen Gesprächen mit ihnen und mit Arne ins Tagescafé. So weit, so gut. Wenn er sich nur nicht hoffnungslos in Melanie Bahr verliebt hätte.

»Ist er jetzt unten im Grünen Laden?«, fragt Arne.

Petra schüttelt den Kopf. »Nein, er ist wieder gegangen. Ich …« Sie holt tief Luft. »Ich habe ihm gegenüber ein Hausverbot ausgesprochen.«

Überrascht zieht Arne die Augenbrauen hoch. Ein Hausverbot ist zwar theoretisch laut der Regeln beider Hausgruppen möglich, aber in den drei Jahren, seitdem er bei »Stufen e. V.« arbeitet, ist das noch nicht vorgekommen. Wenn jemand wie Petra, die so ziemlich jedem Konflikt die Spitze nehmen kann, zu einer derart drastischen Maßnahme gegriffen hat, muss etwas wirklich Heftiges vorgefallen sein.

»Was ist passiert?«

Petra hat es endlich geschafft, mit nervösen Fingern das Toffee aus seiner Verpackung herauszupulen. Sie schiebt es sich in den Mund. Ihre rechte Backe beult sich aus wie die eines Hamsters, während sie auf den Tisch vor sich starrt, als würde sie das, was sie nun berichtet, von einem nur für sie sichtbaren Blatt Papier ablesen.

»Er wollte zu Melanie hoch in die Wohngruppe. Ich hab ihm gesagt, dass ich das für keine gute Idee halte. So wie er sie das letzte Mal bedrängt hat, hatten wir alle Mühe, sie wieder zu beruhigen. Ich habe versucht, das Thema darauf zu lenken, wie schlecht es ihm gerade geht, und ob es nicht besser wäre, wenn er sich für ein paar Tage eine Auszeit nehmen würde.«

Arne lacht freudlos auf. »Den Braten hat er natürlich sofort gerochen.«

Sie nickt. »Er hat gleich gesagt, dass er auf keinen Fall wieder ins Krankenhaus geht. Er ist nicht laut oder aggressiv geworden. Aber wie er mich angesehen hat …«

Sie hält inne und kaut gedankenverloren auf ihrem Toffee herum. »Er hat immer wieder darauf bestanden, Melanie zu sehen. Ich hatte das Gefühl, dass es in ihm bis zum Überlaufen kocht. Er ist wie eine geladene Waffe.«

»Wie hat er auf das Hausverbot reagiert?«

»Er hat nichts mehr weiter gesagt. Hat sich umgedreht und ist

rausmarschiert. Aber irgendwie war das unheimlicher, als wenn er angefangen hätte, rumzuschreien.«

Arne ist aufgestanden und zum Schrank mit den Akten ehemaliger Bewohner der Wohngruppen gegangen, die noch bis zu zehn Jahre nach ihrem Auszug aufbewahrt werden.

Er zieht Ralf Harrens Akte heraus, einen dicken, schwarzen Leitz-Ordner, der so prall gefüllt ist, dass das Umblättern schwerfällt. Gleich auf der ersten Seite mit dem Deckblatt stehen die Adresse und Telefonnummer von Ralfs rechtlichem Betreuer. Arne entnimmt dem Ordner die Seite und reicht sie Petra.

»Hier. Ruf Herrn Droste an und erzähl ihm von dem Auftritt, den sein Klient gerade hatte.«

Sie seufzt, als sie die Hand ausstreckt. »Großartig. Natürlich passiert so was Freitagmittag. Wann sonst. Ich kann dir jetzt schon sagen, was ich von ihm zu hören bekomme. Dass er in den letzten Wochen bereits zweimal versucht hat, seinen Klienten mit ärztlichem Beschluss einweisen zu lassen. Zweimal ist ein Arzt vom Sozialpsychiatrischen Dienst bei Ralf in der Wohnung gewesen. Zweimal ist er unverrichteter Dinge wieder gegangen, weil Ralf es geschafft hat, sich ihm gegenüber so zusammenzureißen, dass keine akute Selbst- oder Fremdgefährdung zu erkennen war. Dem Arzt war völlig klar, dass er jemanden vor sich hatte, dem es schlecht ging – aber eben noch nicht schlecht genug, um so einen massiven Eingriff in die Persönlichkeitsrechte zu verantworten.«

»Woher weißt du das?«, fragt Arne.

Petra lächelt gequält. »Was glaubst du, was du unten im Grünen Laden alles zu hören bekommst. Sobald du nur mal eine Weile ruhig hinter dem Tresen stehst, vergessen die meisten, dass du immer noch im Raum bist. Oder sie wollen sogar, dass du mithörst, was sie sich so erzählen.«

Es klopft. Die beiden sehen sich wortlos an.

Bernhard Stäber

Vaters unbekanntes Land

Thriller

Gäbe es das Dunkel nicht

Der Psychologe Arne Eriksen – halb Norweger, halb Deutscher – zieht nach einem traumatischen Erlebnis von Berlin nach Haugesund in Norwegen. Hier trifft er auf die junge Kommissarin Kari Bergland, die in einem grausamen Mordfall ermittelt und in einer Sackgasse gelandet ist. Arnes Wissen auf dem Gebiet der Psychologie könnte helfen, ein Profil des Täters zu erstellen, um neue Opfer zu verhindern …

Ein Sog aus Nervenkitzel, Emotionen und Überraschungsmomenten!

416 Seiten, kartoniert mit Klappe
€ 9,99 [D]
ISBN 978-3-8025-9579-0

---

www.egmont-lyx.de

LYX
EGMONT